Knaur.

Knaur.

Im Knaur Taschenbuch Verlag sind bereits folgende Bücher des Autors erschienen:

Ritus
Sanctum
Kinder des Judas
Blutportale
Judassohn
Judastöchter

Markus Heitz

ONEIROS
Tödlicher Fluch

Roman

Knaur Taschenbuch Verlag

Besuchen Sie uns im Internet:
www.knaur.de

Gerne empfehlen wir Ihnen weiteren spannenden Lesestoff aus unserem Programm – schreiben Sie einfach eine E-Mail mit dem Stichwort »Oneiros« an: fantasy@droemer-knaur.de

FSC
www.fsc.org
MIX
Papier aus verantwortungsvollen Quellen
FSC® C014496

Originalausgabe Mai 2012

Ein Unternehmen der Droemerschen Verlagsanstalt
Th. Knaur Nachf. GmbH & Co. KG, München
Ein Projekt der AVA International GmbH
Autoren und Verlagsagentur
www.ava-international.de

Umschlaggestaltung: ZERO Werbeagentur, München
Umschlagabbildung: Gettyimages/De Agostini Picture Library/
DEA/G. CIGOLINI; FinePic®, München
Satz: Adobe InDesign im Verlag
Druck und Bindung: GGP Media GmbH, Pößneck
Printed in Germany
ISBN 978-3-426-50590-8

2 4 5 3 1

Den Menschen, die täglich versuchen,
dem Tod ein Schnippchen zu schlagen,
ihm Tage, Wochen, Jahre abringen.
Als Kranke, als Ärzte, als Pfleger, als Wissenschaftler,
als Rettungskräfte und in jedem Beruf,
den ich vergessen habe.
Gebt bloß nicht auf.

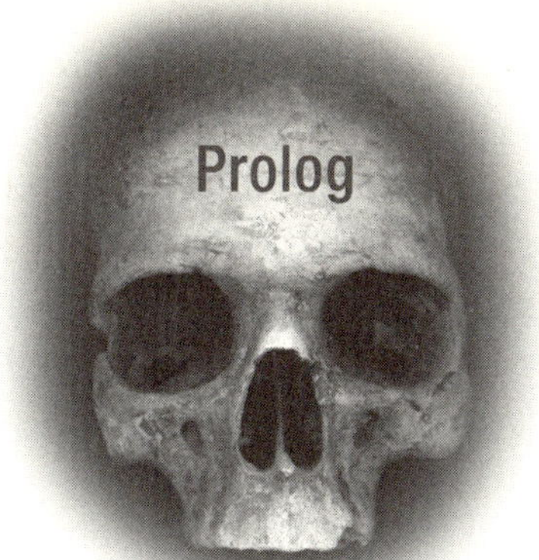

»… wünschen wir Ihnen guten Appetit bei Ihrem Frühstück. In etwa zwei Stunden, gegen 10.45 Uhr, erreichen wir den Flughafen Paris-Charles de Gaulle, in ungefähr einer Stunde beginnen wir allmählich mit dem Landeanflug und verringern die Flughöhe. Näheres dazu dann wieder von mir. Wenn Sie Fragen oder Wünsche haben, stehen mein Team und ich Ihnen jederzeit gern zur Verfügung.« Christine beendete die Ansage, die sie auf Französisch und auf Englisch mit charmantem Akzent tätigte. Sie machte ihren Kolleginnen Platz, die mit der Essensverteilung begannen.

530 Passagiere in jeweils drei Klassen auf zwei Decks wollten ihr Frühstück haben. Die Chefstewardess hoffte, dass es die Laune an Bord hob. Sie hatten zwei Stunden Verspätung, weil das Personal des JFK-Airports in New York überlastet gewesen war. Oder überfordert. Oder die Technik dort zu alt. Und das geschah nicht zum ersten Mal.

Christines Blick schweifte umher. Flug AF023 erwachte Platz um Platz zum Leben.

Sie mochte die Stimmung am Morgen. Die meisten Passagiere waren halbwegs munter, einige hatten noch die Schlafmasken auf den Augen und den Sitz zur Liege umgebaut, dösten vor sich hin oder hatten Kopfhörer auf den Ohren. Woanders wurde bereits ein Film geschaut; leises Gemurmel schwebte in der Luft, irgendwo in der hellen Kabine lachten Kinder. Sie musste lächeln, weil sie an ihren Sohn dachte. Olivier, sieben Jahre.

»Schaust du bitte mal nach Sitz 81?«, raunte Marlène ihr zu, während sie den ersten Servierwagen aus dem Küchenbereich schob. Es roch nach frisch gebrühtem Kaffee, gebratenen Eiern, Brötchen und Croissants; der Duft verbreitete sich langsam im A380-862.

»Was ist mit ihm?«

»Er nervt. Er hat schon den vierten Whiskey, hing vorhin in der Bar und beschwerte sich, dass ihm das Abendessen Diarrhö beschert hätte.«

»Was hat er gegessen?«

Marlène rollte mit den Augen und blieb stehen. »Zuerst eine Suppe, danach Lachs auf Zitronen-Safran-Reis mit Salat, dann noch ein weiteres Stück Lachs, zwei Croissants mit Schokoladencreme. Zwei Packungen Erdnüsse, eine Packung Chips. Mit scharfem Dip. Das ist das, was ich mitbekommen habe. Claire sagte, dass er zwischendurch einige Gratis-Snacks vernichtet hat. Oh, und er hat eine halbe Flasche Gin gesoffen. Mein Magen würde da auch streiken.«

»Ich kümmere mich darum.« Christine sandte sie mit einem Nicken nach draußen, um das Frühstück auf dem Hauptdeck zu verteilen, wo die meisten Passagiere der niedrigsten Preisklasse untergebracht waren. Bei der Air France nannte man sie ein wenig verschleiernd *Voyageurs,* was edler klang als dritte Klasse. 340 Männer, Frauen und Kinder waren hier in langen Sitzreihen hinter- und nebeneinander untergebracht. Die *Première,* die erste Klasse, war im vorderen Teil des Flugzeugs strikt davon abgetrennt.

Christine machte sich schnell auf den Weg, damit sie gleich beim Austeilen der Portionen helfen konnte. Chefin zu sein, bedeutete mehr Verantwortung und nicht weniger Arbeit. Um zu Sitz 81 und seinem renitenten Okkupanten zu gelangen, musste sie allerdings erst ins höher gelegene Deck. Hier befanden sich 106 weitere *Voyageurs* sowie 80 *Affaires*, die Business-Klasse.

Christine nahm die nächstbeste Treppe und erreichte das Oberdeck, schritt an den Reihen der *Affaires* entlang, um weiter nach hinten vorzudringen. Um sie herum schwärmten ihre Kolleginnen und Kollegen, um das durchaus luxuriöse Frühstück zu den Fluggästen zu bringen. Sie seufzte. Ausgerechnet im dicksten Trubel musste einer der *Passagiere* den Aufstand proben.

Im Vorbeigehen nickte sie den Stewardessen zu, die mit dem Verteilen des Essens begonnen hatten und die letzten Schlafenden mit einem gehauchten *bonjour* sanft aus den Träumen holten.

»Entschuldigen Sie!«

Christine zuckte zusammen, als sich kühle Finger um ihr Handgelenk schlossen und sie zum Anhalten zwangen.

»Kann ich bitte eine Kanne besonders starken Kaffee bekommen?«

Sie senkte den Blick und betrachtete den Mann. Er war um die vierzig, in einem vollkommen durchschnittlichen, nicht sehr kostspieligen Outfit. Christine konnte die Preise von Garderoben sehr genau einschätzen. Obwohl er sich offensichtlich ein Business-Class-Ticket leisten konnte, war seine Kleidung nicht mehr als hundert Euro wert, inklusive der Stiefel: Jeans, kariertes Hemd, Halstuch. Ein Pseudocowboy, obwohl er dem Akzent seines Englischs nach wohl aus Skandinavien kam. Er hatte ungepflegtes, blondes Haar, das schütter und wirr auf seinem Kopf lag, sowie tiefe Ringe um die hellblauen Augen. Er schien lange nicht geschlafen zu haben.
»Monsieur, ich sage meinen Kolleginnen Bescheid.«

Der Mann ließ sie nicht los, seine Augen starrten eindringlich. Unbeweglich. »Bitte richten Sie ihnen aus, dass er sehr, sehr stark sein muss«, raunte er heiser und rieb sich mit der freien Hand über das bleiche Gesicht. Ein dünner Schweißfilm überzog die hohe Stirn.

Christine sah, dass auf dem heruntergeklappten Tisch vier leere Dosen Energiedrinks standen, und die bräunlichen, ringförmigen Spuren auf der ansonsten sauberen Plastikfläche verrieten, dass er bereits Kaffee getrunken haben musste. »Das tue ich sofort, Monsieur. Würden Sie mich bitte loslassen?«

»Stark! Das ist wichtig!« Sein Blick flackerte, dann senkte der Mann die Augen und fixierte die Dosen. »Verzeihung«, flüsterte er und löste die Finger von Christines Arm. Dann sank er in sich zusammen, was wohl als eine Art Entschuldigung dienen sollte; sein anschließendes Gemurmel verstand sie nicht.

Christine setzte ihren Weg fort und beschloss, den Namen des Mannes auf der Passagierliste zu prüfen, sobald sie zurückkam. Das war kein normales Verhalten. Außerdem sah er nicht aus, als würde er in die Business-Class gehören. Am Ende hatte sie es mit einem Junkie zu tun, der es vor Entzug nicht mehr aushielt und kurz vor der Landung ausrastete. Oder während der Landung.

Sie richtete im Gehen ihre marineblaue Jacke, das in einem helleren Ton gehaltene Halstuch sowie die Brosche mit ihrem Air France-Emblem und betrat das Reich der *Voyageurs,* wo die Passagiere im 2-4-2-Sitzsystem nebeneinandersaßen, ohne beengt zu sein. Kein Vergleich zu den alten Maschinen.

Sitz 81. Hellwach, schlecht gelaunt und eine Brechtüte in der Hand. Er redete auf seine Nachbarn ein, eine junge Frau mit ihrem Sohn rechts und ein Orientale links, die nickten, aber nichts antworten konnten, weil er unermüdlich erzählte. Gestikulierte. Sich echauffierte.

Christine analysierte ihn blitzschnell. Akzent: Italiener.

Garderobe: um die fünfhundert Euro, ohne den Goldschmuck. Kategorie: geiziger Geschäftsmann, Angeber und *cazzo.*

»Monsieur?« Sie bleckte die Zähne und präsentierte ihr »Leck mich am Arsch«-Lächeln, das unverzichtbar zum Repertoire einer guten Stewardess gehörte. Eine Beleidigung, die keine war.

Sein schwarzer Lockenkopf zuckte herum, das leichte Doppelkinn wippte. Er war höchstens Mitte dreißig, aber eine *bella figura* machte er nicht. Eine leichte Alkoholfahne umgab ihn. »Si?«

»Monsieur, meine Kollegin sagte, dass Sie sich unpässlich fühlen. Was darf ich Ihnen zur Linderung bringen? Kohletabletten oder …«

»*Porca miseria!* Mir ist zum Kotzen, weil ich von diesem Franzosenfraß gegessen habe!«, stieß er auf Englisch hervor und machte eine sehr italienische Handbewegung dazu, die sagen sollte: Mit Alitalia wäre das nicht passiert. »Verspätung haben wir auch«, setzte er hinzu, als wäre die Unpünktlichkeit des Flugs Schuld an seinem Zustand.

Die Passagiere in seiner Reihe verdrehten die Augen, der Junge spielte gelangweilt mit einem bunten Stift mit einer kleinen Leuchtdiode herum. Der Orientale hatte eine Sauerstoffflasche vor sich abgestellt, ein durchsichtiger Schlauch führte von dort unter das Hemd und kam am Hals wieder zum Vorschein. Zwei dünne Enden ragten in seine Nasenlöcher.

Christine beugte sich nach vorne. »Monsieur, ich bedaure Sie außerordentlich. Unser Kapitän hat bereits alles versucht, um den Zeitverlust zu minimieren.« Christine warf den Sitznachbarn entschuldigende Blicke zu, die sich auf den Umstand bezogen, dass ausgerechnet sie diesen Passagier ertragen mussten. »Was das Essen angeht, so haben mir meine Kolleginnen zugetragen, dass Sie unter Umständen etwas viel durcheinander zu sich genommen haben. Darf ich Ihnen vorschlagen …«

Er verzog das Gesicht. »Haben *Sie* gerade gesagt, dass *ich* selbst schuld bin, dass ich kotzen muss und mein Darm mich alle paar Minuten auf das Klo zwingt?« 81 warf die Hände in die Luft, das Goldkettchen am rechten Handgelenk klirrte leise und funkelte im Licht der Leselampe. Den eingravierten italienischen Spruch konnte Christine nicht lesen. »Das muss ich mir nicht bieten lassen! Ich habe viel Geld bezahlt und werde dafür vergiftet!«

Christine atmete tief ein und richtete sich auf. Ihr Lächeln wurde noch breiter und verachtender. »Monsieur, bitte beruhigen Sie sich. Ich verspreche Ihnen …«

»Ich will die Hälfte meines Geldes zurück«, rief er und sah sie angriffslustig an, rülpste dabei unterdrückt. »Nein, am besten eine volle Rückerstattung, oder ich verklage Air France.« Die dunklen Augen blitzten, er kreuzte die Arme vor der Brust. »Wenn es sein muss, nehme ich eine Probe von meinem Durchfall und lasse ihn untersuchen.« Dann erhob er sich ruckartig, zwängte sich an seinen Nachbarn und der Chefstewardess vorbei und hastete zur Toilette.

Christine verstand, warum Marlène sie um Hilfe gebeten hatte. Dieses Mal bekam *sie* bedauernde Blicke von den Passagieren. »Ich kann mich für den Zwischenfall nur entschuldigen, messieurs dames«, sagte sie in die Runde.

»Kein Problem«, gab der Orientale, der ein traditionelles Gewand sowie einen dichten schwarzen Bart trug, schwer atmend zurück. Christine erinnerte sich an ihn, weil er eine Sondergenehmigung beim Einchecken für seine Sauerstoffflasche vorgezeigt hatte.

»Da können Sie mal sehen, dass Reisen bildet: Mein Sohn bekommt mehr italienische Schimpfwörter beigebracht, als er je brauchen könnte«, fügte die junge Frau ironisch hinzu. Der Junge kümmerte sich gleichgültig um den Leuchtstift.

Christine nickte dankbar. »Vielen Dank für Ihr Verständnis,

messieurs dames. Ich werde schauen, ob ich für Besserung sorgen kann.« Sie ließ offen, ob sie damit den Zustand von 81 meinte, oder ob sie den Mann auf einen anderen Sitz verfrachten wollte, um die Geduld und die Nerven der übrigen Fluggäste zu schonen. Zwei Stunden an der Seite eines Profinörglers konnten sehr lange sein.

Schon wurde der Italiener wieder am Ende des Ganges sichtbar, drückte sich an die Kabinenwand neben der Toilette und winkte ihr verstohlen zu.

Christine ging zu ihm und bemerkte, dass er dabei auf ihre schlanken Beine schaute. »Monsieur, was kann ich für Sie tun? Ist das Toilettenpapier alle?«

Aber 81 gab sich friedlich. »Verzeihen Sie mein Auftreten«, sagte er leise und gestikulierte dennoch weiter, als würde er sich aufregen. »Ich wollte nicht, dass der Araber Verdacht schöpft.«

»Monsieur? *Der Araber*? Ich verstehe nicht.«

81 drehte sich so, dass man sein Gesicht von den Sitzen aus nicht erkennen konnte. »Er hat die ganze Zeit im Koran gelesen«, raunte er, »und vor sich hin gemurmelt.«

»Es ist in den Maschinen der Air France nicht verboten, religiöse Bücher zu lesen, Monsieur«, hielt sie dagegen. Ein anstrengender Fluggast mit Paranoia. Das hatte ihr noch gefehlt. Sie wusste genau, auf was er hinauswollte. »Die Dame auf Sitz 53 las vorhin die Bibel, und einer der Herrschaften in der *Affaires* hatte das Kommunistische Manifest vor sich liegen. Deshalb müssen sie nicht gleich Terroristen sein.«

»Die Sauerstoffflasche!«

»Monsieur, der Mann ist im Besitz einer Ausnahmegenehmigung der Air France. Auch wenn ich Ihnen das nicht sagen dürfte, doch zu Ihrer Beruhigung: Er ist lungenkrank und hat eine …«

»Aber er hat sie nicht aufgedreht.«

Christine musste zugeben, dass sie sich einen Moment verunsichern ließ. »Vielleicht muss er nicht die ganze Zeit inhalieren?«

Er warf ihr einen triumphierenden Blick zu. »Er hat sie kein einziges Mal benutzt, seit wir eingestiegen sind. Die Anzeige steht auf *off*. Ich kenne das Modell, mein Vater bekam unterstützend Sauerstoff. Dieser Araber ist nicht lungenkrank, darauf verwette ich meinen Goldschmuck.«

Jetzt war ihr Misstrauen tatsächlich geweckt, auch wenn sie es nicht mochte, dass 81 recht haben könnte. »Bon. Monsieur, ich lasse die Genehmigung nochmals prüfen.«

»Dann kann es zu spät sein!« Er packte sie am Arm, an der gleichen Stelle, wo sie vorhin der *Affaires* mit der kalten Hand und den müden Augen berührt hatte. »Wir haben elf Araber an Bord. Ich habe sie gezählt, und sie sind gut verteilt auf den Decks. Vorhin standen sie an der Bar zusammen und redeten leise. Sie kennen sich! Aber warum sitzen sie dann nicht zusammen?«, sprach er eindringlich. »Was ist, wenn sie zusammengehören und einen Anschlag planen? Wenn es eine Bombe ist oder ... Giftgas, das der Mann neben mir dabeihat?« Er sah rasch über die Schulter. »Was machen wir?«

»*Wir* machen nichts, *ich* unternehme etwas, Monsieur.« Christine ärgerte sich, dass es 81 nun endgültig gelungen war, sie mit seinem Verfolgungswahn anzustecken. Es war zwar mehr als unwahrscheinlich, dass sich die italienischen Hirngespinste als etwas anderes als Paranoia herausstellten, aber Sicherheit ging vor. Bei über fünfhundert Menschen an Bord konnte sie nicht so tun, als hätte er nichts gesagt. »Sie kehren an Ihren Platz zurück, Monsieur. Ich prüfe die Passagierlisten und die Genehmigung des Mannes und leite Sicherheitsmaßnahmen in die Wege«, erklärte sie ihm rasch, damit er beruhigt war. »Sollte Ihnen etwas auffallen, tun Sie so, als wäre Ihnen schlecht, und ich komme wieder.« Christine nickte ihm zu.

Er nickte zurück und schien stolz auf seine Leistung, dann presste er für einen Moment die Hand auf den Magen. »Oh, mir ist wirklich nicht gut«, fügte er hinzu. »Aber Sie haben recht: Ich bin selbst schuld.« Trotz der aschfahlen Gesichtsfarbe zwinkerte er ihr sehr italienisch zu und kehrte zu seinem Sitz zurück.

Christine fand ihn nicht mehr ganz so unsympathisch und eilte zum Crewbereich, um die Prüfungen vorzunehmen.

»Denken Sie an meinen Kaffee«, rief jemand verlangend hinter ihr. »Extra stark, ja? Ich schlafe sonst gleich ein.«

»Aber ja, Monsieur!«, gab sie im Laufen zurück, ohne anzuhalten, was sie unter normalen Umständen niemals tun würde. Aber jetzt hatte sie Wichtigeres zu tun. Der Pseudocowboy sollte sich nicht so anstellen. Als würde Air France seichten Kaffee anbieten! »Ich sage es meiner Kollegin tout de suite.«

Christine erreichte das Hauptdeck, während im A380 die letzten Frühstücke verteilt wurden. Angespannt setzte sie sich an den Computer, nahm die Passagierlisten zur Hand, glich die Daten mit dem Sitzplan ab, überprüfte die vorhandenen Informationen.

Die fraglichen Orientalen stammten aus verschiedenen arabischen Staaten, es gab keinerlei Eintragungen, die sie irgendwie verdächtig machten.

Dann aber legte sich ihre Stirn in Falten, als sie den Namen des Passagiers neben 81 las: Rub al-Chali.

Sie meinte sich zu erinnern, dass eine Wüste im Oman so hieß. Früher war sie viel mit einer anderen Airline im dortigen Raum unterwegs gewesen, daher kannte sie sich etwas aus.

War es möglich, dass ein Mann und eine Wüste denselben Namen trugen oder …?

Wieso sollte sie einen der Sicherheitsleute einschalten. Unter den Passagieren befanden sich vier Bewaffnete, zwei auf jedem Deck, Mitglieder eines Spezialkommandos. Air France setzte sie bei Flügen von und nach New York ein, aus Umsicht und zur Abwehr von Entführungen durch Extremisten. Unauffällig, gekleidet wie normale Reisende.

Rub al-Chali.

Ihr wurde heiß und kalt, sie rieb sich vor Nervosität die Schläfen. Die italienischen Hirngespinste schienen immer weniger absurd.

»Warum ausgerechnet bei meinem Flug?«, murmelte Christine. Sie beschloss, den *capitaine* über ihren Verdacht zu informieren. Er sollte entscheiden, was zu tun war.

Tommaso Luca Francesco Tremante rutschte auf seinem Sitz herum und ließ den Araber neben sich nicht aus den Augen. Sein Leben gestaltete sich gerade zu schön, und es sollte nicht hier enden.

Er hatte sein Geld mit Immobilien gemacht und tat es noch immer: Er verkaufte reichen Franzosen günstige amerikanische Häuser, die es dank der Krise in den USA zuhauf gab. Die Geschäfte liefen gut. Das Letzte, was Tommaso wollte, war, von einem Extremisten gesprengt oder vergast oder zum Teil eines Flugzeuggeschosses gemacht zu werden, das auf ein französisches Bauwerk zusteuerte. Deswegen sein bühnenreifer Aufstand.

Nach zwanzig Minuten war die nette Mutter mit dem gelangweilten Kind aufgerufen worden, weil sie laut Durchsage angeblich an einem bordinternen Gewinnspiel teilgenommen hatte und nun zusammen mit ihrem Sohn einen Sitz in der ersten Klasse bekam. Die beiden freute es.

Nach zehn weiteren Minuten tauchte dann ein großer, breitschultriger Mann auf, der es sich neben dem Araber bequem machte, weil ihm im Hauptdeck zu viel Lärm herrsche. »Wie gut, dass hier etwas frei wurde«, hatte er lächelnd gesagt, eine Zeitung aufgeschlagen und gelesen.

Die *bella donna,* die Chefstewardess, hatte ihm mit einer kleinen Geste angedeutet, dass der Mann zum Personal gehörte. Sky Marshal oder etwas in dieser Richtung.

Das hatte Tommaso etwas beruhigt, doch er machte sich immer noch Sorgen.

Der Araber verhielt sich normal, aß ein Croissant und trank Kaffee, las im Koran; seine rätselhafte Sauerstoffflasche blieb nach wie vor verriegelt.

Tommaso hoffte, dass der Sky Marshal den Araber abknallen würde, sollte er sich auch nur ansatzweise auffällig benehmen.

Er fand es lustig, dass der Muslim mit Genuss das Croissant aß. Ausgerechnet. Denn gemäß einer Legende sollte das Hörnchen aus Blätterteig nach der Belagerung Wiens durch die Türken, also den Islam im weitesten Sinn, erfunden worden sein. Die Osmanen wollten einen Tunnel unter der Stadtmauer graben, was ein Wiener Bäcker bemerkte und der daraufhin Alarm schlug. Da Siege gerne mit einem den Gegner demütigenden Gericht verbunden wurden, kreierten sie ein Gebäck in Form des türkischen Halbmondes. So weit die Legende.

Ob es stimmte, wusste Tommaso nicht. Sein Magen schien sich jedenfalls nicht mit den drei fettigen Halbmonden anfreunden zu können, die er zum Frühstück mit Butter und Nussnougatcreme gegessen hatte. Oder war es die Aufregung wegen der Terroristen? Oder der ultrastarke Kaffee, den er unverlangt bekommen hatte? Als er eine Stewardess danach fragte, räumte sie ein, dass der Kaffee wohl für einen anderen Fluggast bestimmt gewesen war.

Beim Landeanflug machte er sich beinahe in die Hosen. Deshalb löste er sofort den Gurt, als die Räder des A380 auf dem Asphalt aufsetzten und die Maschine ihre Geschwindigkeit reduzierte. Es brodelte in Tommasos Innereien.

»Monsieur, das ist gefährlich«, sagte der Araber freundlich. »Wir stehen noch nicht. Wenn wir gerammt werden …«

»Bleiben Sie sitzen«, schaltete sich zu allem Überfluss auch noch der Sky Marshal ein und warf ihm einen belehrenden Blick zu. »Die Anschnallzeichen sind noch nicht erloschen.«

Tommaso ignorierte die Warnungen und schob sich in den Gang. »Passen Sie lieber auf den *imbecille* neben sich auf«, fauchte er den Sicherheitsmann an. »Ich scheiße mir sicher nicht in die Hose, wenn das Klo keine paar Meter weg ist. Schließlich war sie teuer.«

Er lief los, stützte sich an den Sitzen ab, um sicheren Halt zu haben, und näherte sich der erlösenden Toilette. Der Airbus war immer noch mit einer beträchtlichen Geschwindigkeit unterwegs. Die Passagiere sahen ihm nach, manche verständnislos, andere lachten schadenfroh. Freunde hatte er sich mit seiner kleinen Einlage vorhin keine gemacht. Dabei hatte er sie alle gerettet!

Nur noch wenige Schritte, dann hatte er die Schüssel erreicht. Es wurde höchste Zeit. Er schwor sich, niemals mehr Croissants zu essen, Geschmack hin oder her.

»Monsieur!« Das war die Stimme der *bella donna.* »Setzen Sie sich sofort hin!«

»Scusi, geht nicht anders. Sie laufen ja auch herum«, gab er zurück und verschwand in die Kabine, warf die Tür zu und streifte die Hosen herab.

Die Erleichterung setzte schlagartig ein, und er seufzte glücklich.

Weniger schön war das wütende, maßregelnde Klopfen.

»Monsieur, kommen Sie raus! Sofort!«

Tommaso lachte. »Glauben Sie mir, *das* wollen Sie nicht, *bella.*« Er rieb sich den Bauch. »Mir passiert schon nichts. Ich halte mich auch gut fest. Versprochen.«

Wieder das Pochen, dann ihre Stimme.

»Monsieur, ich weise Sie darauf hin, dass es verboten ist und Sanktionen nach sich zieht, gegen die Anweisungen des Personals zu verstoßen.«

Das Flugzeug fuhr eine sanfte Kurve, die Zentrifugalkräfte zwangen Tommaso, sich am Waschbecken und der Seitenwand festzuhalten.

»Mir egal. Ich bezahle die Strafe. Die wird nicht so teuer sein wie eine neue Hose«, rief er durch die Tür. »Lassen Sie mich in Ruhe kacken.« Ihm fiel auf, wie warm es in der kleinen Kammer war. Die Lüftung schien nicht zu funktionieren.

»Monsieur, ich warne Sie …«

Der Lautsprecher über ihm knackte, dann erklang eine weibliche Stimme und verkündete, dass man sicher gelandet sei. Die Ansage wurde begleitet vom gedämpften Klatschen der Passagiere. »Bitte bleiben Sie zu Ihrer eigenen Sicherheit angeschnallt, bis die Maschine zum Halten gekommen ist und wir unsere Parkposition erreicht haben.«

Vor seiner Tür war es unterdessen still geworden. Kein drohendes Klopfen mehr, keine Befehle der überreizten Chefstewardess.

»Sie holen jetzt aber nicht den Mann mit der Waffe, oder?« Das Grollen und Rumoren in seinen Innereien hatte fürs Erste aufgehört, aber wirklich gut ging es ihm deshalb nicht. Zudem war das Toilettenpapier nicht gerade das weichste. Sein Hintern dürfte inzwischen leuchten wie ein roter Paviansarsch.

»Wir bedanken uns, dass Sie mit Air France …«, kam es aus der in der Decke eingelassenen Box, doch ein helles, unangenehmes Knistern wie von einem Störsender unterbrach die Ansage.

Tommaso musste sich die Ohren zuhalten, das hohe Summen zog an seinem Trommelfell und verursachte Kopfschmerzen.

Dann herrschte unvermittelt Ruhe.

»Was war das denn?« Tommaso erhob sich, betätigte die Spülung, zog die Hose hoch und wusch die Hände.

Die Triebwerksgeräusche hatten nicht nachgelassen, der A380 fuhr nach wie vor zügig übers Rollfeld und suchte seinen Platz. Die Piloten schienen es eilig zu haben.

Tommaso musterte sich im Spiegel, tupfte sein Gesicht ab und zwinkerte sich zu. Kritisch fuhr er das dickliche Kinn entlang. »Habe schon mal besser ausgesehen«, sagte er, entriegelte und öffnete die Kabine. »Ciao, *bella!* Wenn Sie mir unbedingt …«

Beinahe wäre er über den Körper zu seinen Füßen gestolpert, und er erkannte die Chefstewardess, die leblos davor lag. Ein Sturz? Sie hatte die Augen weit aufgerissen, eine Wunde konnte er nicht entdecken. Herzinfarkt? Schlaganfall?

»Maledetto!« Er bückte sich sofort und prüfte ihren Puls an der Halsschlagader, fand jedoch keinen. »Hilfe!«, rief er und lief in den Gang. »Ist ein Arzt an …« Tommaso verschlug es die Sprache: Die Passagiere saßen auf ihren Plätzen, die Glieder schlaff, die Köpfe auf der Brust oder zur Seite, einige hingen über die Lehnen. Was war hier los? Sie konnten doch nicht alle auf einen Schlag eingeschlafen sein.

Totenstille.

Panik erfasste Tommaso, als er an die Gasflasche des Arabers dachte, und er hielt sofort die Luft an. Giftgas! Er hatte doch recht gehabt!

Hastig trat er an einen Platz heran, riss an der Deckenverkleidung herum, bis sie wie durch ein kleines Wunder absprang und die Sauerstoffmaske darunter freigab.

Zumindest saß der bärtige Araber wie alle anderen auf seinem Sitz; er hatte die Augen geöffnet, eine Hand am Druckregulierer der Flasche, die bis zum Anschlag aufgedreht war. Leise zischend strömte der Inhalt in die Kabine.

Der Airbus rollte noch immer schnell vorwärts. Anscheinend hatte man im Cockpit nichts vom Anschlag bemerkt.

Ein Krachen erfolgte, und ein Zittern erfasste das Flugzeug, es begann zu schlingern.

Tommaso sah aus dem Fenster und erkannte, dass der A380 zwei Gangways umgefahren hatte. Im grellen Scheinwerferlicht rannte das Bodenpersonal rudelweise hektisch umher, Fahrzeuge mit rotierenden gelben Lampen begleiteten den Airbus. In der Ferne tauchten Blaulichter auf.

Da kam ihm der schreckliche Gedanke, dass das Gas auch bis zu den Piloten gekrochen war! Das erklärte, weswegen der A380 nicht bremste.

Vor ihm tauchten Ausleger der Terminals auf.

Er hegte keinen Zweifel, dass die Terroristen sich in der Kanzel befanden und den Airbus in eines der Gebäude jagen wollten.

»Porca miseria!« Vor Tommasos innerem Auge entstand ein Inferno: einstürzende Hallen, auslaufendes Kerosin, Explosionen und Flammen, Tod und Vernichtung.

Sein Blick fiel auf den Leichnam des Sky Marshals, der ein Auge geschlossen und ein anderes geöffnet hatte. Die Linke lag am Griff seiner halbautomatischen Pistole, zum Ziehen war er nicht mehr gekommen.

Was sollte er nun tun? Fliehen oder einen heroischen Angriff auf die Terroristen im Cockpit wagen? Und wenn er rauswollte, dann wie? Notrutschen und dergleichen konnte er vergessen, solange die Fahrt andauerte. Aber die Tür zur Kanzel, war sie nicht eigentlich schlagfest und nicht zu knacken?

Er fühlte den Schweiß, der über seinen Rücken nach unten rann und das Hemd tränkte.

Dann wurde ihm jede Entscheidung abgenommen, als die Schnauze des A380 mit dem Terminal 2E kollidierte und sich in die Konstruktion aus Stahl und Glas bohrte, ohne den Schub zu verringern.

Eine Turbine detonierte spektakulär, fegte das Plastikglas aus den kleinen, ovalen Bullaugenfenstern im hinteren Teil des Flugzeugs und drückte lodernde Flammenzungen in den Innenraum.

Tommaso wurde durch den Aufschlag nach vorne katapultiert, prallte gegen einen Sitz und stürzte bewusstlos in den Gang. Um ihn herum breitete sich das von ihm befürchtete Inferno aus.

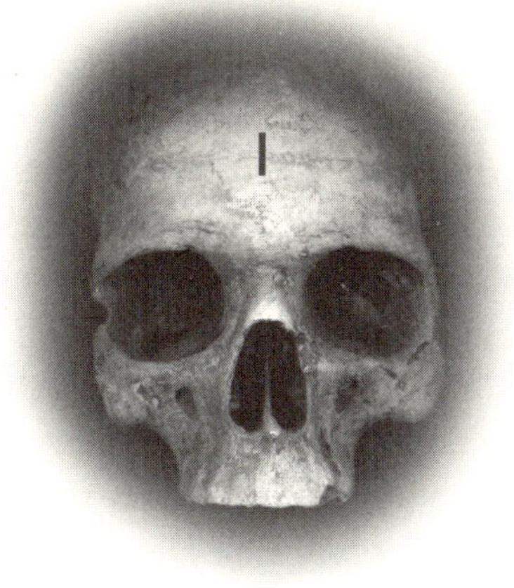

Das Mädchen:
Vorüber! Ach, vorüber!
Geh, wilder Knochenmann!
Ich bin noch jung, geh, Lieber!
Und rühre mich nicht an.

Der Tod:
Gib deine Hand, du schön und zart Gebild!
Bin Freund und komme nicht zu strafen.
Sei gutes Muts! Ich bin nicht wild,
Sollst sanft in meinen Armen schlafen!

Matthias Claudius (1740–1815), Der Tod und das Mädchen

Leipzig, Deutschland

Konstantin blickte auf die Uhr, die neben der Tür an der Wand hing und ihm zeigte, dass es kurz nach neun war.

Das Tagwerk wartete auf ihn und die Mitarbeiter von *Ars Moriendi*, seiner Firma, die er gern scherzhaft *Ruhe Sanft GmbH* nannte, wie das Bestattungsunternehmen in dem komödiantischen Horrorfilm mit Vincent Price, Peter Lorre und Boris Karloff. Mit deren mörderischen Methoden hatten sie jedoch nichts zu tun.

»Dann mal los, die Herrschaften. Oder gibt es noch Unklarheiten? Ich bin ab übermorgen wieder auf Reisen, aber über Handy erreichbar.«

In dem kleinen Büro wurden die Köpfe geschüttelt.

Die elf Damen und Herren passten kaum in das Zimmer, die meisten mussten stehen. Sie waren eben gemeinsam die Wochenliste durchgegangen: eine Handvoll regulärer Bestattungen auf den hiesigen Friedhöfen, zwei Überführungen ins Ausland, zwei Seebestattungen, davon eine im Atlantik und eine in der Ostsee; dazu kam die 24-Stunden-Abrufbereitschaft für neue Todesfälle.

In Leipzig starben jedes Jahr um die 5600 Menschen, das machte im Schnitt pro Tag fünfzehn Tote. Eine Beerdigung kostete zirka 5000 Euro. Viel Arbeit und hohe Einkommenschancen also, weshalb die Zahl der ansässigen Bestatter auch entsprechend hoch war. Das wiederum reduzierte das Einkommen.

Das *Ars Moriendi* hatte einen sehr guten Ruf. Dank ihm, dem jungen Chef mit den guten Ideen und der ruhigen Hand, die auch außerhalb Leipzigs ein hohes Ansehen besaß. Deshalb bekam er regelmäßig Aufträge in ganz Europa, was ihm einen Bonus und bezahlte Reisen bescherte.

»Bestens. Dann einen schönen Tag.« Konstantin sah zu den beiden jungen Männern, die sich als Erste erhoben. »Maik, Florian, ihr fahrt raus, wenn wir einen Auftrag reinbekommen. Geht das klar?«

Sie nickten.

»Und prüft nochmals die Kühlung von Wagen vier für die Überführung an den Atlantik. Es soll die ganze Woche heiß werden, und die Fahrtstrecke dauert mit dem Transporter zwei Tage. Könnte sonst eine böse Überraschung werden, wenn ihr Monsieur Contignac aus dem Sarg holt.« Konstantin erhob sich, während seine Leute einer nach dem anderen verschwanden und sich an die Arbeit machten.

Ich habe schon gute Mitarbeiter. Er trank seinen Tee im Stehen aus und beobachtete durch das Fenster zum Fuhrpark, wie sie sich auf die Fahrzeuge verteilten. Gestecke abholen, Bestattungen an verschiedenen Orten vorbereiten, Papierkram und vieles mehr gehörte zu ihrer Routine, und alle Arbeiten wurden mit aller Würde erledigt, wie es sich gehörte.

Konstantins Name stand im Gegensatz zu dem mancher Kollegen nicht für Abzocke, für überteuerte Preise oder einen laxen, unpassenden Umgang mit den Verstorbenen. Eine Leiche mochte streng genommen nur eine seelenlose Hülle sein, aber sie war einmal ein geliebtes Elternteil, ein geliebtes Kind oder ein geliebter Freund gewesen.

Sein Blick fiel auf sein Spiegelbild im Glas. *Ich sollte dringend zum Frisör.* Die dunkelbraunen Haare kitzelten im Nacken und weigerten sich trotz Wachs, in der Form zu bleiben, die er wollte. Dennoch: Für einen Mann von knapp vierzig Jahren sah er noch erstaunlich gut aus. Die meisten schätzten ihn auf Ende zwanzig, und das verdankte er nicht irgendwelchen Cremes oder Schönheitsoperationen. Wurde er nach seinem Geheimnis gefragt, antwortete er stets, dass der Tod ihn jung hielte. Und dass das Formalin, das er sich spritzte, besser als Botox sei. Bestatterhumor.

Die schwarzen Wagen rollten vom Hof, während Maik und Florian in die Werkstatt gingen.

Konstantin schlenderte ins Vorzimmer, wo Sekretärin Mendy Kawatzki saß und alles managte, was es zu managen gab, von Terminen bis zu Anträgen. »Meine Schönheit, wo bleibt der Bewerber?«

Mendy, eine Mitdreißigerin und die treue Seele des Unternehmens, sah über den Rand ihrer schwarzen Brille. »Warum haben Sie sich denn einen Bart stehenlassen? Sie sehen aus wie Johnny Depp in diesem Film …«

»Sie meinen hoffentlich nicht Jack Sparrow?«

»Nein. Sie wohnen zwar auch auf einem Schiff, aber ich meinte … wie hieß er denn?« Sie bemerkte einen offenen schwarzen Knopf an ihrer weißen Bluse und schloss ihn. »Mit der Jolie. In Venedig.«

»The Tourist.« Konstantin lächelte. Er hatte den Film gesehen und den Bart des Schauspielers gar nicht schlecht gefunden, was auch der Grund für sein verändertes Aussehen war. Johnny Depp glich er aber wirklich nicht. Sein Gesicht war etwas länger, mit schlanken Wangen. »Steht er mir nicht?«

Mendy lächelte. »Doch. Aber immer wenn ich mich daran gewöhnt habe, wie Sie aussehen, verändern Sie etwas.« Sie zuckte mit den Schultern und zeigte auf den Bildschirm. »Der Azubi-Anwärter hat eine Mail geschickt. Er kommt eine halbe Stunde später, weil er noch ein Zeugnis besorgen muss.«

Konstantin brummte unzufrieden. »Das fällt ihm aber früh ein.« Er trat zu der Tür, die durch einen nüchternen Flur in den Arbeitsraum führte. »Schicken Sie ihn gleich zu mir, wenn er kommt. Ich fange schon mal an.«

Sie sah ihn prüfend an. »Aber nicht die harte Tour, oder?«

Er musste lachen. »Sind Sie sein Fürsprecher, Frau Kawatzki?«

»Nein. Aber er sieht nett aus.«

»Und kommt zu spät. Dafür hätte er schon einen Blick auf Herrn Meininger verdient.« Konstantin grinste. »Dank Ihnen bleibt ihm das erspart.«

Die Behandlung von Herrn Meininger oder besser das, was von ihm übrig geblieben war, konnte man als hart verdientes Geld bezeichnen: Ein Mann im besten Alter, nach einer feuchtfröhlichen Nacht in einen Leipziger Kanal gefallen und darin ertrunken, von der Strömung sanft entführt und nach Wochen von entsetzten Spaziergängern an einer Böschung gefunden. Nach der Freigabe durch die Polizei hatten die Angehörigen von Herrn Meininger seine aufgedunsene, gewässerte und von Pathologieskalpellen zerschnittene Leiche durch das *Ars Moriendi* abholen lassen.

Der Anblick und vor allem die Gerüche von Herrn Meininger dürften selbst den hartgesottensten Bewerber in Ohnmacht fallen lassen. Es sei denn, er müsste sich vorher mehrfach übergeben; dann könnte ein Malheur ins andere übergehen.

Konstantin zeigte auf seine Uhr. »Aber wenn er mehr als eine halbe Stunde zu spät ist, hat er verloren. Dann gibt es die harte Tour.«

Er verschwand durch die Tür und ging den gekachelten Korridor entlang, in dem es leicht nach Desinfektionsmittel roch und der in den eigentlichen Arbeitsbereich führte. Die zwei Welten von *Ars Moriendi.*

Den Namen seiner Firma hatte er nicht zufällig gewählt oder weil sich eine Bezeichnung auf Lateinisch schicker anhörte als *Bestattungsunternehmen* oder *Pietät.*

Übersetzt bedeutete es *die Kunst des Sterbens* und bezog sich einerseits auf die christlichen Bücher, die im späten Mittelalter entstanden und den Menschen im christlichen Sinn auf den Tod vorbereiten sollten, zum anderen auf den Umgang mit den Toten und deren Herrichtung für eine angemessene, würdevolle Beisetzung.

Nicht zuletzt war das Sterben für Konstantin tatsächlich eine Kunst.

Die Literatur überbot sich mit verschiedenen Mythen von Unsterblichen wie Zombies, Vampire, Seelenlose, es gab Flüche, Tinkturen, Alchemie, Magie, göttliches Wirken, Teufelspakte und vieles mehr.

Er dagegen hatte eine ganz eigene, besondere Art, mit dem Schnitter umzugehen.

Konstantin betrat die Umkleide, tauschte die schwarze Stoffhose und das schwarze Polohemd gegen einen gleichfarbigen Trainingsanzug. Hundert Prozent reinstes Polyester, denn nur aus dem Kunststoff ließen sich Gerüche und Flecken restlos auswaschen. Außerdem war er billiger zu ersetzen als Kleidung aus Baumwolle.

Über den Anzug kam eine langarmige, weiße Schürze, danach die lilafarbenen Kautschukhandschuhe für die Finger. Die bequemen Turnschuhe erhielten folienartige Überzieher.

Es kann losgehen. Konstantin schritt durch die Schwingtür und betrat seinen Arbeitsplatz.

Als Erstes schaltete er den MP3-Spieler ein. Der Zufallsgenerator wählte einen Song aus, und schon drang aus den Boxen der Mix aus getragenem, schwerem Stehbass und Synthie-Elementen der Leipziger Band Lambda. Die wundervolle Stimme der Sängerin erfüllte den fünfundzwanzig Quadratmeter großen, gefliesten Raum mit einem Liebeslied. Manche hätten die Musik vielleicht als unpassend empfunden, aber für Konstantin stand sie nicht im Widerspruch zu dem, was er im Begriff war zu tun.

Sein Reich, sein Arbeitsplatz. Zwei höhenverstellbare Metalltische mit Abflusssystem und Handbrause standen in der Mitte, an der linken Wand führte ein Durchgang zur Kühlkammer. In einer Ecke befand sich eine große Spüle mit einem Hängeschrank darüber, in dem die wichtigsten Utensilien lagerten, die Konstantin benötigte. Chirurgische Instrumente, Skalpelle, Scheren, Wundverschlusspulver, spezielles Sprühpflaster, Feuchtigkeitscreme. Dann gab es noch Tübchen mit Vaseline, Haarspraydosen und eine ganze Batterie von Make-up-Zubehör, Föhn sowie Bürste. Nicht zu vergessen Nähzeug und Fixierband. Jeder, der schon mal einen Krimi gesehen hatte, würde sich in der Pathologie oder in einem Operationssaal glauben.

Es gehörte zum Service des *Ars Moriendi,* die Toten herzurichten, sie zu waschen, einzucremen und anzukleiden, selbst wenn sie nicht offen aufgebahrt wurden. Die Männer erhielten dazu noch eine Rasur, Frauen wurden geschminkt. Fotos, die ihnen die Angehörigen übergaben, dienten dabei als Vorlage.

War eine offene Aufbahrung gewünscht und es verstrichen Tage zwischen Todeszeitpunkt und Bestattung, kamen Konstantins Künste der Thanatopraxie zum Einsatz. Deswegen verfügte der rechte Tisch über ein Pumpsystem, mit dem das Blut der Verstorbenen aus dem Körper entfernt und eine spezielle, rosa gefärbte Flüssigkeit in die Arterien geleitet wurde, die bis in die kleinsten Blutgefäße drang. Durch die rosa Flüssigkeit bekam der Verstorbene seine natürliche Hautfärbung zurück. Die Chemikalienmischung, die Konstantin selbst zusammenstellte, bestand zu einem gewissen Prozentsatz aus Formaldehyd, das den Verwesungsprozess aufhielt.

Vereinfacht ausgedrückt, machte er die Leichen haltbar, so dass sie nicht mehr auf Kühlung angewiesen waren und sogar extremste Wetterbedingungen überstanden. So konnten Verwandte und Freunde am Sarg defilieren, ohne von Gerüchen oder anderen Auflösungserscheinungen belästigt zu werden.

Konstantin sah auf die Liste der Toten, die für heute anstanden, und überflog die Information zu dem ersten Namen darauf. *Das wird ein leichter Fall. Genau richtig für einen Montagmorgen.*

Er ging in die Kühlkammer und schob die Bahre mit Gerd Pamuk, einundachtzig Jahre, in das Behandlungszimmer.

Er vermutete, dass der alte Mann einen friedlichen Tod gehabt hatte. Maik hatte den Körper gestern aus einem Seniorenheim abgeholt. Herzinfarkt, konstatierte der Totenschein, kurz nach dem Kaffeekränzchen. Die Leiche war in den obligatorischen Plastiksack eingepackt und schräg gelagert, mit den Füßen abwärts, damit das Blut nicht in den Kopf lief und seine Züge blau verfärbte.

Gerd Pamuks Verwandtschaft hatte den Wunsch geäußert, den alten Herrn nochmals zu sehen. Im offenen Sarg. Heute Vormittag sollte das geschehen, in Trauersaal eins des *Ars Moriendi,* also richtete Konstantin ihn her. Und das mit größtem Respekt.

»Schauen wir mal, wie viel ich zu tun habe.« Er öffnete den Sack.

Dünne, silberne Haare erschienen zuerst, es folgte eine hohe, faltige und gebräunte Stirn, buschige Augenbrauen, dann der Rest eines freundlichen Greisengesichts. Der Tote wirkte mit seiner bleichen, wächsernen Haut regelrecht puppenhaft. Die Augen waren geschlossen, der Mund leicht geöffnet. Süßlicher Geruch stieg aus dem Plastiksack auf. Zersetzungsbakterien arbeiteten schnell, trotz der Lagerung bei fünf Grad.

Gerd Pamuk war geradezu zierlich, der runzlige Körper mit wenig Fleisch versehen. Also konnte Konstantin ihn problemlos alleine auf den Behandlungstisch hieven. Durch die Steifheit des kühlen Leibs, die *rigor mortis,* wurde es noch einfacher.

Dabei bemerkte Konstantin eine alte Tätowierung am linken Oberarm. Blassblau und grob gestochen, segelte ein Zweimaster über die zerknitterte Haut, darunter stand ein unleserlicher Name. Vielleicht war Gerd Pamuk einmal Seemann gewesen, mit einem Mädchen in jedem Hafen? Immer an Deck, bei Wind und Wetter. Zwei uralte Einschussnarben in der linken Schulter ließen den Schluss zu, dass er im Zweiten Weltkrieg gekämpft hatte. Der betagte Skipper war von Bord des Lebensschiffes gegangen.

Ob er es zu schätzen gewusst hat, dass er sterben durfte? Vermutlich war Pamuk der Tod ungelegen gekommen, mitten beim Tanztee und umringt von Damen, die sich an dem rüstigen Rentner erfreuten.

Es klopfte an der Tür.

»Kommen Sie«, rief Konstantin und sah gespannt zur Schwingtür. Er hatte die Schritte in der Umkleide gehört und gewusst, dass es nicht Mendy Kawatzki war. »Ich hoffe, Sie sind bereits umgezogen?«

»Bin ich, Herr Korff«, erfolgte die Antwort. Herein trat ein junger Mann mit schwarzgefärbten Haaren, einem Nasenpiercing, je vier Ringen in den Ohrmuscheln und Kajal um die Augen. Ein Gothic, von denen es in Leipzig einige gab. Sein Alter lag bei etwas über zwanzig. »Mein Name ist Jaroslaf Schmolke«, stellte er sich vor. »Ich muss mich für meine Verspätung entschuldigen. Mein ehemaliger Arbeitgeber hatte vergessen, mir das Zeugnis zu schicken.«

Na wunderbar. Konstantin seufzte innerlich. Gerd Pamuk lag auf dem Tisch wie eine Barrikade zwischen ihm und seinem möglichen Azubi. »Nehmen Sie mir die Frage nicht übel, aber Sie sind nicht zufällig Fan von *SixFeetUnder* oder *NavyCIS?*« Seit es solche Serien gab, hatte ein Bewerberansturm auf die Gerichtsmedizin begonnen, und auch das *Ars Moriendi* bemerkte eine steigende Nachfrage nach Ausbildungsstellen. Die meisten Bewerber gaben jedoch bei der harten Tour auf. »Sie sollten keine falschen Vorstellungen von diesem Beruf haben.«

Jaroslaf blieb ungerührt; auch der Anblick des Toten schien ihm nichts auszumachen. »Nein, Herr Korff. Ich nehme an, Sie spielen auf die Forensikerin bei *NavyCIS* an, die den Quotengrufti mimt? Ich kann Ihnen versichern, dass mein Interesse an diesem Beruf keine Modeerscheinung ist oder ich ein Klischee bedienen möchte.«

Reden kann er. Konstantin hatte schon mit den schrägsten Vögeln zu tun gehabt, von ehemaligen Metzgern bis hin zu esoterisch angehauchten Yogalehrerinnen, die bei ihm anfangen wollten. Er bedeutete ihm, näher zu kommen. »Sie waren nach der Schule zunächst in einem anderen Beruf tätig?«

»Rettungsdienst. Ich kenne den Anblick eines menschlichen Körpers in verschiedenen Zuständen.« Jaroslaf lächelte. »Der Herr hier sieht im Vergleich zu einem Motorradunfall noch sehr gut aus.«

Konstantin nickte, und Hoffnung keimte in ihm auf, endlich einen guten Anwärter gefunden zu haben. »Sie können mir ein wenig zur Hand gehen, und wir reden dabei.« Er besprühte den Körper des Toten mit einem Desinfektionsmittel und schob eine Stütze aus Plastik in den Nacken. Von Jaroslaf ließ er sich Watte um eine Pinzette wickeln und in Alkohol tauchen, damit reinigte er Pamuks Ohren. Mit zwei weiteren alkoholgetränkten Wattebäuschchen fuhr er unter den weißen Wimpern und unter den Fingernägeln entlang. Augenhöhle, Nase und Mund wurden ebenso gründlich behandelt, um jede Verunreinigung zu beseitigen. Sonst bildeten sich Keime, die für üblen Geruch sorgten. Er bemerkte, dass die Zahnprothese locker saß. »Sie haben eine Ausbildung bei einem meiner Kollegen abgebrochen, wie ich las?«

»Ja. Er war nicht gut genug.«

»Ah. Und wieso denken Sie das?«

»Er ist nachlässig und kann mir nicht die Kenntnisse in Thanatopraxie vermitteln, die mich interessieren. Sie dagegen, Herr Korff, gelten als der beste Thanatologe in Deutschland und, soweit ich weiß, auch in Europa.«

Konstantin lächelte. »Wer sagt so etwas?«

»Es steht in Fachzeitschriften. Sie werden immer dann gerufen, wenn ein Fall besonders schwer ist oder andere Ihrer Zunft eine Einbalsamierung mit vorangehender Rekonstruktion abgelehnt haben.« Jaroslaf sprach ruhig, aber überlegt. Eine unaufdringliche, angenehme Stimme.

Konstantin betätigte die Handbrause und spritzte kaltes Wasser über den Toten. Warmes Wasser begünstigte Bakterien. »Holen Sie mir bitte das Bild von Herrn Pamuk, das auf der Ablage liegt«, wies er Jaroslaf an und tupfte das faltige Wachsgesicht mit einem weichen Schwamm ab. Er wusch die weißen Locken mit ein wenig Shampoo, spülte sie behutsam aus und knetete sie mit einem Handtuch trocken. »Stellen Sie sich dahin und halten Sie das Bild.« Konstantin frisierte die Haare wie auf dem Foto, der Föhn übertönte das nächste Lied von Lambda, das sich passenderweise *Charon* nannte. »Das ist genau mein Lied. Warum wollen Sie das Handwerk der Thanatopraxie erlernen? In Deutschland ist die Aufbahrung von Toten nicht weit verbreitet. Sie schwankt zwischen fünf bis zehn Prozent, wie Sie bestimmt schon wissen«, fragte er, als er den Föhn ausschaltete.

»In England sind es neunzig Prozent«, kam es von dem jungen Mann wie aus der Pistole gefeuert. »Ich denke daran, nach ein paar Berufsjahren ins Ausland zu gehen. Dorthin, wo es warm ist und ich gebraucht werde.«

Clever ist er auch. Konstantin hatte ein sehr gutes Gefühl bei diesem Bewerber, der anatomische Vorkenntnisse und Ehrfurcht mitbrachte, aber genug Wissensdurst besaß, um sich selbst fortzubilden. »Was wissen Sie über den Ursprung der Thanatologie?«

Jaroslaf schien mit der Frage gerechnet zu haben und antwortete, ohne zu zögern. »Jean Nicolas Gannal, französischer Offizier und Chemiker, geboren 1791 in Saarlouis. Abgesehen von einigen anderen Erfindungen, wurde er für seine Einbalsamierungsmethoden berühmt.«

»Wie kam es dazu?«

»Er wollte tote Soldaten nicht mit grausamen Verstümmelungen oder Entstellungen zu ihren Verwandten zurückschicken. Es ging darum, einen geliebten Menschen in guter Erinnerung zu behalten und nicht als verwestes, zerfetztes Stück Fleisch.«

Konstantin nickte beeindruckt. *Das könnte was werden.* Er massierte behutsam die Wangen des Toten von den Schläfen zur Mitte hin, um die Leichenstarre zu lösen. Als sich der Kiefer bewegen und der Mund öffnen ließ, streute er vorsichtig ein Pulver in Mund und Nase des Toten. »Wissen Sie, was ich eben gemacht habe?« Absichtlich hielt er das Etikett der Dose zu.

»Das müsste Ardol sein. Ein geruchs- und feuchtigkeitsbindendes Puder, das sich zu einer Masse verfestigt, sobald es mit Flüssigkeit in Berührung kommt. Man sichert üblicherweise noch mit Wattestücken ab, um zu verhindern, dass Körperflüssigkeit ausläuft. Oder Knetwachs, das tut es auch.« Jaroslaf hielt noch immer das Bild in die Höhe. »Übrigens hat das mein vorangegangener Chef nicht gemacht. Das meinte ich mit nachlässig.«

»Sie wissen schon sehr viel. Respekt. Geben Sie mir die Eye Caps und die Creme vom Tischchen, bitte.«

Jaroslaf reichte ihm die halbrunden, glatten Halbschalen sowie die kleine Tube.

»Danke.« Konstantin trug die Haftsubstanz auf, setzte die Caps auf die Augen des Toten und verschloss Gerd Pamuks Lider, damit sie sich nicht während des Defilés öffneten. Einen solchen Schock galt es für Besucher und Angehörige zu vermeiden. »Sie können wieder nach oben gehen und Frau Kawatzki ausrichten, dass Sie die Stelle auf Probe haben, Herr Schmolke. Solange Sie mit mir an den Verstorbenen arbeiten, dürfen Sie die Ohrringe und den Kajal weiter tragen, aber sobald es um Kundenkontakt geht, müssen Sie leider etwas mainstreamiger auftreten.«

»Selbstverständlich, Herr Korff!« Jaroslaf strahlte. »Darf ich Ihnen noch zuschauen, bis Sie Ihre Arbeit beendet haben?«

Bei den meisten anderen Bewerbern hätte Konstantin vermutet, sie wollten sich einschleimen. Nicht bei Jaroslaf. Er zeigte echte Begeisterung für den Beruf, für das Handwerk, für den letzten Dienst an den Toten. *Das hat man selten.* »Sie dürfen. Legen Sie das Bild weg, und schieben Sie bitte den hellen Sarg herein.«

»Geben wir Ardol hinein?«

»Nein. In der kurzen Zeit werden keine Flüssigkeiten austreten. Auf das Ausstreuen des Bodens können wir daher verzichten.«

Jaroslaf eilte hinaus.

Er denkt wirklich mit. Währenddessen vernähte Konstantin mit einer gebogenen Nadel Gaumen, Lippen und Kinn durch die Mundhöhle, damit sich die Kiefer später nicht wie zu einem Schrei öffneten. Die Ligatur, wie dieser Vorgang genannt wurde. Keine leichte Arbeit, weil Konstantin ein besonderes Verfahren benutzte. Er zog den Faden durch die Scheidewand der Nase, vor den oberen Schneidezähnen entlang und um den Unterkiefer unterhalb der Haut, bevor er die Enden verknotete. Die Lippen selbst wurden nicht vernäht. Da die Zahnprothese locker saß, schob er sicherheitshalber einen Mundformer aus gebogenem Plastik hinter die Lippen und bestrich sie dann mit leicht rosagefärbter Vaseline. *Fertig.*

Zwischendurch war Jaroslaf zurückgekehrt und hatte ihn stumm beobachtet, sog jeden Handgriff auf und assistierte, als hätte er sein Leben lang nichts anderes getan. Aber als er zur Schere griff und den schönen grauen Anzug, den Pamuk bestimmt nur sonntags getragen hatte, aufschneiden wollte, griff Konstantin ein.

»Was haben Sie denn vor?«

»Aufschneiden, damit wir die Sachen ganz einfach überstreifen können. Hat mein Chef so gemacht.« Er legte die Schere weg. »Dachte mir schon, dass das nicht gut ist.«

»Wenn Sie mich fragen, macht so etwas kein seriöser Bestatter! Kleidung wird ordnungsgemäß angezogen und nicht aufgeschnitten«, erklärte Konstantin seine Einstellung. »Sollte es vorkommen, dass Kleidung nicht passt, bitte ich die Angehörigen, andere Kleidung vorbeizubringen.« Er nickte Jaroslaf zu. »Merken Sie sich das.«

Sie kleideten den Toten an, und gemeinsam hoben sie ihn in den vorbereiteten Sarg.

Konstantin bettete den Kopf auf ein Kissen, bedeckte die Beine mit einer weißen Decke und massierte die steifen Totenfinger biegsam, damit er die Hände wie zum Gebet falten konnte. »Gute Arbeit«, entließ er Jaroslaf schließlich. »Schürze aus, Handschuhe und Überzieher wegwerfen, Hände desinfizieren und hoch zu Frau Kawatzki. Die Probezeit hat hiermit begonnen. Ab Montag immer um neun Uhr zur Besprechung.«

»Danke, Herr Korff!« Der junge Mann tat wie geheißen und verschwand in die Umkleide, aus der gleich darauf ein unterdrückter Freudenschrei drang.

Endlich einer, der was taugt. Auf die Gruftis ist Verlass. Konstantin grinste und stäubte Kosmetikpuder mit Hilfe eines großen Pinsels über das Gesicht des Toten, die letzte Tätigkeit, bevor er den Sarg hinaus in den Gang rollte. Dann ging er zurück in den Raum, reinigte das Arbeitsgerät und stellte alles wieder an seinen Platz zurück.

Nachdem er sich umgezogen hatte, fuhr er Gerd Pamuk in Trauersaal eins, schuf mit Kerzen und leiser klassischer Musik ein Ambiente, in dem die Verwandten Abschied nehmen und sich dem Verlustschmerz hingeben konnten. In aller Privatheit.

Er mochte den Spruch, den sich der Tote zu seinen Lebzeiten für seinen Grabstein ausgesucht hatte:

Wenn die Blätter fallen,
wirst du zum Kirchhof kommen,
mein Kreuz zu suchen.
In einer kleinen Ecke
wirst du es finden.
Und dort werden
viele Blumen wachsen.

Obwohl er als Bestatter schon viele Zitate zu Gesicht bekommen hatte, geschmacklose und geschmackvolle, hörte er die Zeilen von Lorenzo Stecchetti zum ersten Mal. Ihm gefiel die Kombination aus Abschied und Aufmunterung.

Konstantin kehrte zu Mendy zurück, die sehr fröhlich wirkte. »Was ist denn mit Ihnen los?«

»Sie haben den jungen Mann eingestellt«, rief sie überschwenglich. »Das finde ich so toll!«

»Er ist gut, egal, was er anzieht und welchen Schmuck er trägt. Ich wäre ein schlechter Chef, wenn ich das nicht erkennen und honorieren würde. Und noch muss er die Probezeit durchstehen.« Er ließ sich von ihr das schwarze Sakko geben, das in einem Garderobenschränkchen hing, und warf es über das Polohemd.

Die Trauernden würden in einer Stunde eintreffen, und Konstantin hielt sich an das, was er Jaroslaf gesagt hatte: gegenüber den Kunden zu jeder Zeit professionell aussehen. Das Jackett verbarg die eintätowierten Schriftzeichen auf der Innenseite seines rechten Unterarms. Er trug den mahnenden Satz seit einundzwanzig Jahren in seiner Haut, und die Buchstaben hatten ihn in mancher harten Stunde vor einem Fehler bewahrt. Einem Fehler, der Unschuldigen das Leben gekostet hätte.

Ein kurzer Blick in den Spiegel zeigte, dass er in dieser Aufmachung vor die Hinterbliebenen treten durfte. Das schwarze

Sakko betonte seine sportliche Figur nicht zu sehr. »Die Pamuks kommen bald, es ist alles vorbereitet. Ist der Papierkram fertig?«

»Ja, natürlich.« Mendy schien sich immer noch über den neuen Azubi zu freuen. »Ah, bevor ich das vergesse: *Ars Moriendi* hat eine Anfrage für einen dringenden Auslandseinsatz erhalten. Kam via E-Mail.«

»Wo?«

»Paris. Am besten sofort, hieß es.«

Konstantin überlegte. Er musste übermorgen nach Moskau. Für einen Abstecher in die französische Hauptstadt blieb kaum genug Zeit. *Schade.* »Schicken Sie …«

Mendy schüttelte den blonden Schopf. »Sie wurden ausdrücklich verlangt: der beste Thanatologe Europas.« Sie wollte ihm den Ausdruck reichen, als Stimmen an der Eingangstür erklangen. Gerd Pamuks Angehörige.

»Leiten Sie mir die Mail weiter«, sagte er leise und ging den Menschen entgegen, die unsicher ins Foyer des *Ars Moriendi* traten, um sie zu empfangen und ihnen die Scheu zu nehmen. Vor dem Tod des geliebten Opas, Vaters, Freundes und vor dem Gedanken an die eigene Sterblichkeit.

Cospudener See, Leipzig, Deutschland

Konstantin saß auf dem Oberdeck der *Vanitas,* seinem Hausboot, und genoss die letzten Sonnenstrahlen des wundervollen Tages, die auf der Oberfläche des Cospudener Sees glitzerten.

Er war nach der Arbeit noch im Gewandhaus gewesen, hatte die öffentlichen Proben für das Konzert von Felix Mendelssohn Bartholdys 5. Sinfonie in d-Moll, der sogenannten »Reformations-Sinfonie«, gehört und die adrette, blonde Cellistin bewundert, wie er es seit einem Jahr tat.

Und sie hatte ihm zugelächelt. Wie sie es seit einem Jahr tat.

Es war ein Ritual zwischen den beiden, das ein unglaublich festes, unausgesprochenes Band zwischen ihnen bildete. Ein Paar, solange sie im Gewandhaus saßen. Er dort unten, sie da oben.

Mehr passierte nicht zwischen ihnen, auch wenn es Konstantin gefallen hätte, und der Cellistin vermutlich auch. Sie hieß Iva Ledwon, war fünfundzwanzig, hatte Cello studiert und kam aus Stralsund, wie er in ihrer Vita im Internet gelesen hatte.

Er wagte es nicht, den Kontakt zu vertiefen, weil er keine Lust auf Geheimnistuerei hatte.

Weil die Gefahr für sie einfach zu groß war …

In Sachen unerfüllter Liebe kannte Konstantin sich bestens aus, und in Sachen Dramatik war er bis an sein Lebensende restlos bedient. Daher gab er sich mit den Gedanken an Iva Ledwon und den Träumen an eine schöne Zeit mit ihr in einem anderen Leben zufrieden.

Vielleicht sollte ich die Besuche im Gewandhaus ganz sein lassen. Die kommenden Wochen würden sie sich ohnehin nicht sehen, denn er war viel unterwegs, und Teile des Ensembles gingen auf eine Tournee durchs Baltikum und durch Russland. Seine hartnäckigen, unerwünschten Gefühle konnten abkühlen oder am besten ganz auf Eis gelegt werden.

Er fläzte sich in den Liegestuhl, nahm einen Schluck von seinem abgewandelten *Red Russian* und blätterte in einem Buch. Oscar Wilde, *The Importance of Being Earnest* oder *Ernst sein ist alles.* Einer von Konstantins besten Freunden zitierte den Schriftsteller ständig.

Am Ufer, etwas weiter entfernt von seiner Anlegestelle, herrschte reger Betrieb. Menschen vergnügten sich in Kneipen und Bistros, Kinder lachten und kreischten ausgelassen. Es wurde geplanscht, mit Booten gefahren oder geschnorchelt.

Eine der besten Ideen, die die Stadtoberen je gehabt hatten, war die Flutung der Braunkohlegruben rund um Leipzig und in den angrenzenden Gemeinden. Das Leipziger Neuseenland, das wuchs und wuchs, war ein kleines Paradies, und die Wasserqualität steigerte sich von Jahr zu Jahr.

Konstantin hatte das Kunststück geschafft, an der Anlegestelle am Ostufer, an der Marina des Zöbigker Winkels, einen Festplatz für sein Hausboot zu ergattern. Mit seinem schnellen, wendigen Beiboot kam er über den See und durch die Kanäle bis in die Innenstadt von Leipzig. Besser ging es kaum.

Er wohnte gern auf dem Wasser. Es vermittelte ihm eine gewisse Sicherheit, obwohl ein Meer noch besser gewesen wäre. Spaßeshalber hatte er sich einmal nach den Preisen von ausrangierten Bohrplattformen erkundigt, die Idee aber schnell wieder verworfen. So viele Menschen konnte er gar nicht beerdigen, um das nötige Geld zu verdienen.

Er beobachtete die Besucher, die auf dem Steg der Marina entlangschlenderten und die Schiffe bestaunten. Nach einem weiteren Schluck *Red Russian,* der dank der drei hinzugegebenen Minzblätter eine wunderbar erfrischende Note hatte, wandte er sich wieder dem Buch zu.

Ein leises *FIEP* verriet, dass sein Smartphone eine SMS erhalten hatte.

Konstantin nahm das Gerät zur Hand und sah eine Nachricht von Mendy: »Vergessen Sie bitte nicht den Kunden aus Paris, auch wenn Sie schon Feierabend haben. LG MK«

Sie kennt mich zu gut. Er durchsuchte seinen Posteingang und fand die weitergeleitete Mail aus Frankreich.

Da er die Sprache aus seiner Vergangenheit noch fließend beherrschte, war es kein Problem, den Inhalt zu verstehen. Der Verfasser, das erkannte er an den ersten Sätzen, griff auf Formulierungen zurück, wie sie ein Mensch mit Umgangsformen benutzte.

Geschätzter und geehrter Monsieur Korff,

nach dem gestrigen schrecklichen Unfalltod meiner geliebten Tochter Lilou ist es mir ein enorm wichtiges Anliegen, ihren Leichnam im Rahmen einer Abschiedszeremonie der Familie, den Verwandten, Freunden und der Öffentlichkeit ein letztes Mal präsentieren zu können.

Dabei geht es weniger um mich, auch wenn mir der Verlust meines Kindes Herz und Seele zerreißt.
Aber meiner Gemahlin ergeht es weitaus schlimmer. Seit der verheerenden Nachricht steht sie am Rande des Wahnsinns und weigert sich, den Tod unserer Tochter zu akzeptieren. Sie isst nicht, schläft nicht, redet unentwegt von Lilous Rückkehr und gerät immer tiefer in eine Scheinwelt.

Wir haben Angst, dass wir auch sie verlieren!

Meine Ärzte rieten mir, meiner Gemahlin eine aktive Abschiednahme zu ermöglichen, da dies für den Trauerprozess wichtig sei. Damit das Begreifen einsetzt und die Ablehnung des Geschehenen endet. Je plötzlicher der Tod und je jünger der Verstorbene, desto wichtiger sei es, meinten sie.

Meine Tochter war gerade einmal siebzehn Jahre, Monsieur Korff, und eine herausragende Schönheit. Der Stolz unserer großen Familie.
Die Andeutungen, die mir die Behörden über ihre Verletzungen machten, genügten, dass ich mich unverzüglich dazu entschloss, Ihre Dienste in Anspruch zu nehmen.

Ich habe Ihnen die Nummer meines persönlichen Sekretärs beigefügt, Monsieur Carlos Caràra. Er kümmert sich um die Abwicklung meiner Geschäfte und wird Ihr Ansprechpartner in allen Fragen sein.

In aller Offenheit: Geld spielt keine Rolle!

Ich erstatte Ihnen Ihre Auslagen in doppelter Höhe und bezahle das dreifache Honorar.
Oder Sie nennen Monsieur Caràra eine Summe, die er Ihnen im Voraus überweisen wird, aber ich flehe Sie an:

Kommen Sie sofort nach Paris!

Retten Sie meine Frau vor dem Wahn!

Erhalten Sie meiner in Trümmern liegenden Welt wenigstens diesen Hoffnungsschimmer!

Ergebenst und voller abgrundtiefer Trauer
Erneste Xavier de Girardin

Im Anhang der E-Mail befand sich ein Bild von einer jungen Frau, die fröhlich in die Kamera lachte: Lilou.

Die langen braunen Haare wehten im Wind, die blauen Augen blitzten fröhlich, als würde sie sich über eine Nachricht aus vollem Herzen freuen. Um ihren Hals lag eine Kette mit einem wundervollen Edelstein, der in der Sonne glitzerte. Die Aufnahme schien auf einem Boot gemacht worden zu sein, im Hintergrund sah Konstantin die weißen Dreiecke von Segeln und einen blauen Himmel, wie es ihn nur am Meer gab.

Anmut, Lebensfreude, Eleganz. Diese Worte huschten durch seinen Kopf. Er schluckte und trank den *Red Russian* auf Ex aus. *Da hat sich der Tod ein hübsches Opfer gesucht.*

Deswegen fühlte Konstantin jedoch nicht mehr Mitleid als

sonst. Das bewahrte er sich für gestorbene Kinder auf, vor allem solche, die durch einen plötzlichen Unfall starben. Auch Selbstmörder rührten ihn an, weil sie so verzweifelt gewesen waren, dass sie dem Tod freiwillig auf die Schippe sprangen.

Doch Lilou, das spürte er, hatte etwas Besonderes umgeben, das nur wenige Menschen ihr Eigen nannten.

Und da kam seine thanatologische Kunst ins Spiel: Er musste der Toten diese Besonderheit zurückgeben. Für ein paar Stunden, für einen Gottesdienst, bis sich der Sargdeckel schloss und die Zersetzung letztlich doch über die Chemie siegte. Dabei spielte weniger das Geld eine Rolle, als die Herausforderung.

Konstantin goss einhändig Wodka und Kirschlikör in sein Glas, während er die Nummer von Caràra eingab. Klirrend landeten just die Eiswürfel darin, als sein Anruf entgegengenommen wurde, so dass er den Namen des Mannes nicht verstand. »Bonjour, Monsieur Caràra«, sagte er und verfiel ins Französische. »Hier spricht Korff.«

»Ich freue mich, von Ihnen zu hören, Monsieur Korff. Darf ich annehmen, dass ich Monsieur le Marquis einen positiven Bescheid überbringen kann?« Caràra sprach mit Akzent, allerdings geschliffen und sehr deutlich. Kein Vergleich zu Konstantins Gossenfranzösisch.

Er war kurz überrascht. *Marquis? Ich hätte den Namen Girardin im Internet prüfen sollen.* »Das dürfen Sie, Monsieur Caràra. Spätestens morgen Mittag sollte ich in Paris sein.«

»Ich würde Ihnen empfehlen, mit dem Flugzeug nach Saarbrücken zu fliegen und den Rest der Strecke mit dem TGV zurückzulegen. Nach dem Unfall ist der Flughafen Paris-Charles de Gaulle vorerst geschlossen, und die übrigen sind hoffnungslos überlastet.«

»Danke für den Hinweis.« Konstantin fügte dem Cocktail noch einige Minzblättchen hinzu, schwenkte sein Glas, um

Likör und Wodka zu mischen, und nippte daran. »Monsieur Caràra, ich hoffe, mit Ihnen kann ich offen sprechen, auch wenn es unschön ist? Ich bräuchte noch ein paar Einzelheiten zur Schwere der Verletzungen von Lilou de Girardin. Gibt es Fotos?«

»Nein, Monsieur. Der Marquis hat sich dagegen verwehrt. Ich kann Ihnen nur einen Obduktionsbericht anbieten.«

Er verzog das Gesicht. *Obduktion* und *Unfall* verhießen nichts Gutes für die Rekonstruktion. Es wunderte ihn nicht, dass man nach ihm verlangte. »Tun Sie das bitte, Monsieur Caràra. Ich schicke Ihnen gleich eine Liste von persönlichen Dingen, die ich benötige, damit ich Demoiselle Lilou für die Aufbahrung entsprechend herrichten kann.«

»Was meinen Sie damit, Monsieur?«

»Lieblingskleid, Parfüm, Accessoires. Um das zu betonen, was sie ausgemacht hat. Zumindest das Äußerliche.«

»Selbstverständlich, Monsieur Korff. Es wäre hilfreich, wenn Sie mir außerdem eine Liste mit Materialien schickten, die Sie brauchen, um die Rekonstruktion durchzuführen. Ich lasse Ihnen eine Suite im *Hôtel de Vendôme* reservieren. Es liegt sehr schön und bietet formidablen Service. Sobald Sie angekommen sind, rufen Sie mich an. Ich hole Sie ab und bringe Sie … an den Ort.«

Konstantin hob die linke Braue. »*Den Ort?* Monsieur Caràra, das ist ein wenig unpräzise.«

Es war dem Privatsekretär unangenehm, darüber zu sprechen, wie der Tonfall verriet. »Monsieur, Sie können das vermutlich nicht wissen, aber die Familie Girardin ist sehr bekannt in Frankreich. Um zu vermeiden, dass die Presse Demoiselle Lilous sterbliche Überreste findet, muss ich darauf bestehen, die Lage des Ortes geheim zu halten, wo sie … aufbewahrt wird. Nicht auszudenken, wenn ein Foto des unbehandelten Leichnams in die Öffentlichkeit geriete. Ich möchte

Ihnen mit dieser Auflage keinesfalls unterstellen, die Medien einzuschalten, aber die Damen und Herren sind sehr fix, was solche Dinge angeht. Dazu nicht minder rücksichts- und anstandslos.«

Das verstand Konstantin, ohne beleidigt zu sein. »Kein Problem. Machen wir es so, wie es der Marquis wünscht.« Ihm fiel auf, dass Caràra kein einziges Mal nach dem Honorar gefragt hatte. Er sah in seinen *Red Russian* und überlegte, ob er noch etwas wissen musste.

»Monsieur Korff?«

»Ja, ich bin noch da. Ich … nenne Ihnen meine Mailadresse, damit Sie mir den Bericht schicken können.« Konstantin gab sie durch.

»Sehr gut, Monsieur. Bliebe noch die Entlohnung«, sagte Caràra. »Wie der Marquis Ihnen schrieb, spielt Geld keine Rolle. Ich nehme an, Sie haben einen Stundensatz, wenn Sie außerhalb von *Ars Moriendi* tätig sind?«

»Habe ich, Monsieur Caràra. Er liegt bei …«

»Monsieur Girardin bezahlt Ihnen fünfhundert Euro die Stunde, sofern diese Summer über Ihrem herkömmlichen Satz liegen sollte«, unterbrach ihn der Privatsekretär, »und zwar unabhängig vom Resultat Ihrer Bemühungen. Wenn Sie es schaffen, Ihrem Ruf gerecht zu werden, und Demoiselle Lilou so herrichten, dass sie schlafend anstatt tot erscheint, erhalten Sie einen Bonus von 100 000 Euro. Ihre Diskretion wird der Marquis mit weiteren 150 000 Euro belohnen, ohne dass eine deutsche Steuerbehörde jemals davon erfahren muss, sofern Sie das wünschen.« Caràra sprach über die schwindelerregenden Summen so nebensächlich wie andere Menschen über Obst oder die Farbe einer Wand.

»Sehr großzügig.« Konstantin nahm erneut einen Schluck von seinem Drink. »Aber *zu* großzügig. Richten Sie Monsieur de Girardin meinen Dank aus, doch ich möchte nicht von seinem Leiden profitieren. Ich nehme meinen üblichen Stundensatz.«

»Wie Sie wünschen, Monsieur Korff.« In Caràras Stimme schwang hörbar Hochachtung mit. »Sie rufen mich an, sobald Sie einsatzbereit sind? Denken Sie an die Materialliste. Guten Abend.«

»Guten Abend, Monsieur Caràra.« Konstantin legte auf und leerte den zweiten *Red Russian.* Es fühlte sich unglaublich gut an, auf das viele Geld verzichten zu können. Das *Ars Moriendi* warf genug ab, seine Zusatzeinsätze auch. Er musste keinen Trauernden und Verzweifelten ausplündern. Es ging um Professionalität.

Dafür war er früher schon geschätzt worden.

Vor seiner Tätigkeit als Thanatologe.

Er nahm das Buch wieder zur Hand und stockte: *The Importance Of Being Earnest. Ernst sein ist alles.*

Wilde hatte damals mit *Ernst,* als Begriff und als Name, ein Wortspiel getrieben. Das Schicksal hatte es so gewollt, dass sein französischer Auftraggeber *Erneste* hieß.

Nein, ich will gerade kein Ernst sein.

Nach wenigen Seiten wurde Konstantins innere Unruhe zu groß, um noch weiterzulesen. Die Gedanken an Paris und Lilou ließen ihn einfach nicht los.

Er legte das Werk zur Seite und kümmerte sich um die Vorbereitungen für seine Blitzreise nach Paris, buchte Flug und Zug, sah sich das Hotel an und staunte, wie edel es war. Dann schickte er Caràra die Liste und recherchierte beim dritten *Red Russian* den Namen Erneste Xavier de Girardin. Der französische Adlige war ein Magnat, der Beherrscher eines Stahlimperiums mit Firmenbeteiligungen in der ganzen Welt. Verheiratet seit zweiundzwanzig Jahren, vier Kinder, alle unauffällig wie die Eltern. Ein Bilderbuchleben.

Über die Familie war kaum etwas Privates bekannt, man sah

sie nur selten bei Veranstaltungen. Allem Anschein nach war Lilou als jüngste Tochter gerade für die Klatschpresse interessant geworden, da sie als Model Karriere machte und durchstartete wie kaum ein anderes Mädchen vor ihr.

Bis zum gestrigen Tag.

Konstantin las die Meldung, dass unbestätigten Berichten zufolge Lilou de Girardin beim Unfall auf dem Flughafen Paris-Charles de Gaulle ums Leben gekommen sein sollte. Ein A380 war nach der Landung in ein Terminal gerast und hatte immense Verwüstung sowie Feuer angerichtet und über achthundert Tote gefordert. Die Zahl der Verletzten ging in die Hunderte.

Er verzichtete darauf, sich näher mit dem Artikel zu beschäftigen. Konstantin mochte keine Sensationsnachrichten.

Er nahm noch einen Schluck, Wodka und Kirschlikör rannen angenehm kühl seine Kehle hinab. *Zeit zu packen.* Er erhob sich und streckte sich. *Sport wäre dringend an der Reihe. Ich könnte ein bisschen Bew…*

»Hey! Haltet die Schweine!«, ertönte die laute Stimme von Fritz Wutschke, dessen Segelschiff gegenüber am gleichen Anleger wie die *Vanitas* schaukelte. »Sie haben meine Objektive!« Der ältere Mann stand in Unterhose an Deck und hielt sich die Stirn, wo Blut aus einer Platzwunde rann und seine nackte Brust verunzierte.

Konstantin blickte den Steg entlang und sah zwei Männer, die mit den geraubten Fototaschen davonrannten.

Ein böses Lächeln stahl sich auf sein Gesicht.

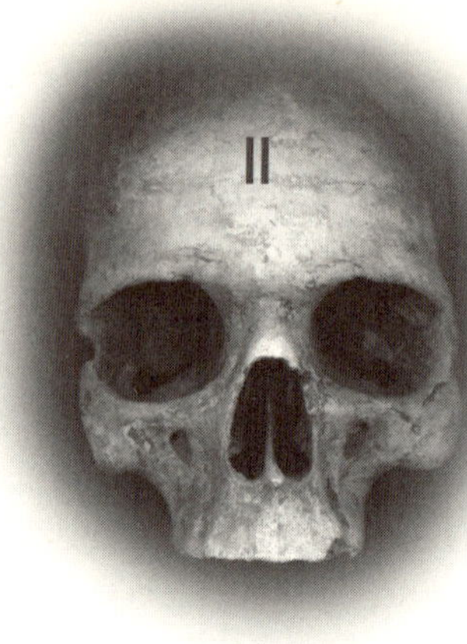

Death, the only immortal who treats us all alike,
whose pity and whose peace and whose refuge are for all –
the soiled and the pure, the rich and the poor,
the loved and the unloved.

Mark Twain

Minsk, Weißrussland

Ein Blutschwall sprudelte wie aus einem Geysir empor. Es füllte die mit einem Skalpell geschaffene Wunde, rann über Hals und Nacken des Patienten. Die eben noch deutlich sichtbar gewesenen Wirbel versanken in dem Lebenssaft.

Professor Smyrnikov zog das Skalpell hastig zurück. »Eine Blutung«, bellte er unter seiner Maske auf Englisch seine Diagnose hervor und ließ sich eine Klemme geben, während die Helfer dem roten See mit Saugern und Tupfern zu Leibe rückten.

Leise fluchend verfolgte er, wie die Schwestern versuchten, ihm freie Sicht zu verschaffen, damit er das verletzte Gefäß abklemmen konnte, doch das Blut floss schneller, als sie es beseitigten.

Smyrnikov hatte gerade die Separierung des Schädels vom Rückgrat vorbereiten wollen. Sehnen, Muskeln, Gefäße, eins nach dem anderen, bis zur Trennung der Wirbel. Diese Komplikation machte seinen Bemühungen einen Strich durch die Rechnung.

Er wechselte einen raschen Blick mit seinen beiden Assistenzärzten McNamara und Lange. In ihren Augen sah er, dass sie das Gleiche dachten.

Leise plätschernd rann das Blut wie in einem Miniaturwasserfall zu Boden und formte einen zweiten kleinen See.

»Blutdruck fällt rasch«, meldete der Pfleger an der Überwachungseinheit, mehrere Maschinen gaben Alarmgeräusche von sich.

Der Einsatz von Blutkonserven wäre der normale nächste Schritt, um dem operierenden Arzt genug Zeit zu geben, die verletzte Ader zu finden und sie abzuklemmen, damit der Patient keinen schwereren Schaden nahm.

Doch der Patient, dessen Nummer 77 lautete, lag nicht in einem herkömmlichen Krankenhaus und war auch nicht freiwillig auf dem Operationstisch von Smyrnikov gelandet. Daher unternahmen seine Ärzte nicht das, was sie in der Ausbildung beigebracht bekommen hatten.

»Planänderung«, sagte Smyrnikov in die Runde. »Wir machen eine Entnahme. Alles vorbereiten für Nährmittellösung und Sauerstoffversorgung. Ich will das Gehirn von Patient 77 in neuer Bestzeit entfernt sehen. Professor McNamara, Sie tun es. Doktor Lange, Sie assistieren.«

Niemand wagte Widerspruch. Jedem Mitglied des Teams war klar, dass Smyrnikov den Mann auf dem Tisch abgeschrieben hatte und dass es darum ging, dass McNamara und Lange als Neue im Team Routine bekamen.

»Die Zeit läuft ab … jetzt!« Smyrnikov zog sich in den Hintergrund zurück und sah zu, wie die jungen Ärzte die Regie im

OP übernahmen. Die Überwachungsgeräte wurden abgeschaltet, der Mann würde ohnehin sterben. Aber sein Verstand, in der pursten Form, war vielleicht zu retten.

McNamara und Lange lagerten Nummer 77 rabiat auf den Rücken um und setzten ihn auf, sein Blut sprenkelte die OP-Schürzen der Ärzte. Schläuche wurden entfernt, blitzschnell war der Schädel in eine Halterung eingespannt, damit er nicht wegrutschte. Als McNamara zögerte, nahm Lange die elektrische Rundsäge in die Hand. Das Gerät heulte auf und fräste sich durch Haut und Knochen, das austretende Blut wurde von den Helfern entfernt.

Dafür, dass auf dem kahlen Schädel keine Schnittlinien markiert waren, arbeitete Lange sehr präzise. Smyrnikov schätzte, dass er die ruhige Hand des Brasilianers gut gebrauchen konnte. McNamara dagegen, der bleichhäutige Ire, stand unschlüssig neben 77 und schien zu zaudern. Beide waren ausgebildete Chirurgen, die lange Zeit an Krankenhäusern gearbeitet hatten, bevor sie eine Einladung nach Minsk erhielten. Anscheinend hatte McNamara ein Problem mit dem Auftrag.

»Durch«, meldete Lange und ließ die Helfer die Schädeldecke entfernen.

Darunter kam das Zerebrum zum Vorschein, eine grauweißliche Masse mit Maserungen, die an eine unreife Walnuss erinnerte. Rosafarbenes Hirnwasser lief über die Stirn des Patienten, über die Nase und den offen stehenden Mund. Die Augen glotzten gleichgültig, wenn auch nicht blind. Die Narkosemittel hielten ihn ruhig, aber 77 lebte noch.

Lange hatte die Säge weggelegt und sah McNamara an. »Was ist? Wir liegen gut in der Zeit! Jetzt …«

McNamara rührte sich nicht. »Ich … kann das nicht.«

Smyrnikov sah sich in seiner Vermutung bestätigt. Der Ire war ein Feigling, ein theoretischer Forscher, der es anderen überließ, sich die Hände schmutzig zu machen. »Wieso?«

»Der Mann … er …« McNamara deutete mit dem blutbeschmierten Zeigefinger auf 77. »Ich kann das nicht!«, wiederholte er einfach. »Nein, bei Gott! ICH KANN DAS NICHT!«

»Puls ist weg, Herz schlägt nicht mehr«, sagte ein Helfer aus dem Hintergrund, der die stummgeschalteten Vitalwerte abgelesen hatte. »Wiederbelebung?«

Smyrnikov winkte ab. 77 war ihm gleichgültig, für ihn war der von plötzlichen Gewissensbissen befallene Ire das eigentliche Problem. Als Nächstes würde er wegwollen.

Aber wer einmal den Weg nach Minsk und in den OP-Saal des Instituts Leben angetreten war, konnte nicht einfach aussteigen. Schweigen konnte man sich in Weißrussland leicht erkaufen, doch in der westlichen Welt würde die Stimme eines Arztes, der die Experimente eines internationalen Teams anklagte, gehört werden.

Das durfte Smyrnikov nicht zulassen.

»Was ist nun?«, drängelte Lange genervt und machte sich bereit, das Hirn zu entnehmen. Er stand hinter dem verstorbenen 77, dessen Oberkörper voller Blut war, das in Bahnen an ihm hinabgelaufen war und nun trocknete. Der metallisch süße Geruch kroch hinter die Atemmasken der Ärzte. Im Moment sahen sie alle eher wie Schlachter aus als wie Mediziner.

»Abbrechen«, befahl Smyrnikov leise. »Aufräumen und sauber machen, 77 wandert ins Krematorium. Gute Arbeit, Doktor Lange. Ich weiß Ihr Engagement zu schätzen.«

Lange nickte, schien aber nicht glücklich.

Smyrnikov zeigte auf McNamara, bevor er sich zum Ausgang wandte. »Folgen Sie mir bitte, Herr Kollege.«

Schweigend verließen sie den OP, legten die verschmierten Kleidungsstücke ab, reinigten sich und zogen sich um. Dabei vermieden sie Blickkontakt.

Smyrnikov ließ McNamara den Vortritt, als sie die Umkleide verließen und wies auf den Besprechungsraum. »Da hinein, bitte.«

Sie betraten das Zimmer.

Smyrnikov setzte sich sofort mit dem Rücken zu dem zugemauerten Fenster und bot McNamara weder etwas zu trinken noch von den Nüssen an, die auf dem Tisch standen. Die Gastfreundlichkeit hatte er sich verscherzt.

McNamara hatte die Hände in die Taschen seines Kittels gesteckt, die Schultern hingen herab, die schlanke, schlaksige Statur machte ihn zu einem niedergeschlagenen Schuljungen, der nach einem aufgeflogenen Streich auf dem Weg zum Direktor war.

Der Ire wollte etwas sagen, doch Smyrnikov hob die Hand. »Sie müssen nichts erklären. Ich habe verstanden, dass Sie aussteigen wollen. Sie sind nicht der Erste, der mit unseren Forschungen nicht zurechtkommt.«

McNamara sah erleichtert aus. »Es tut mir leid, dass ich aussteigen muss. Ich habe mir darunter etwas anderes vorgestellt. Die Verpflanzungen, die Transplantationen, sicherlich, das reizt mich, doch ich dachte, wir experimentieren an Tieren. An Affen«, plapperte er. »Dass ich …«

»Unsinn. Sie wussten, was Sie erwartet, Professor McNamara.« Smyrnikov entließ ihn nicht aus seiner Schuld und dem Vorwurf des Versagens. »Sie sollten sich eingestehen, dass Sie nicht zu dem taugen, für was wir Sie in unserem Institut brauchen. Unsere Geldgeberin will Resultate, Resultate an Menschen. Alles andere hat keinen Nutzen, Professor, vor allem keinen finanziellen. Affen besitzen keine Millionenvermögen, das sie für den Erhalt ihres Lebens ausgeben können.« Er hob den Arm und deutete auf die Tür. »Sie können gehen. Packen Sie Ihre Koffer und melden Sie sich unten beim Empfang. Ein Fahrer wird Sie zum Flughafen bringen. Sie wissen, dass Sie zum Schweigen verpflichtet sind. Halten Sie sich daran. Der

Bruch unserer Abmachung hätte weitreichende Folgen für Sie und alle Menschen, die Ihnen in irgendeiner Weise nahe stehen.«

McNamara setzte zu einer Erwiderung an, doch dann nickte er nur müde. Er erhob sich, nickte Smyrnikov nochmals zu und verließ den Raum.

Nach ein paar Sekunden hob der Institutsleiter den Telefonhörer ab und informierte die Wachen am Eingang, wohin sie McNamara tatsächlich bringen sollten.

Dann überlegte er, wie er ihrer Investorin den unerwarteten Ausfall von Patient 77 erklären sollte.

Es gab nicht viel, vor dem Smyrnikov sich fürchtete. Doch diese Frau gehörte dazu.

Paris, Frankreich

»Ja, Mamma! Mir ist nichts passiert.« Tommaso hatte es im Krankenhaus nicht ausgehalten und von dem Angebot Gebrauch gemacht, auf Kosten des französischen Steuerzahlers wenigstens noch für zwei Tage in einem schicken Vier-Sterne-Hotel zu wohnen. Solange die heiße Phase der Ermittlungen lief, wollte man ihn nicht gehen lassen. Die Entschädigungssumme, die ihm Air France angeboten hatte, war auch nicht schlecht.

Als er im Fernsehen die ersten Bilder vom Flughafen Paris-Charles de Gaulle gesehen hatte, war ihm schlecht geworden: Das Terminal 2 e gab es nicht mehr, es hatte Feuer gefangen und war zu großen Teilen zerstört worden. Auch der A380 war kaum noch erkennbar: die rechte Tragfläche durch die Turbinenexplosion abgerissen, die Nase komplett eingedrückt, große Partien des vorderen Rumpfs zersplittert und zerfetzt. Das Feuer, das den Flieger ebenso wie das Gebäude verheerte, verkohlte manche der Toten bis zur Unkenntlichkeit. Inferno. Alles deutete auf einen Anschlag hin.

Tommaso konnte angesichts der Bilder nicht glauben, dass er sich – abgesehen von einer leichten Gehirnerschütterung und einer schwachen Rauchvergiftung – keine Verletzungen zugezogen hatte. Feuerwehrleute hatten ihn gefunden und rausgezerrt. Er war irgendwann im Krankenhaus aufgewacht, die Ermittler hatten ihm danach die ersten Fragen gestellt.

Ziemlich genau die gleichen Fragen stellte seine inquisitorische Mamma. Nur noch aufdringlicher und unausweichlicher. Das beschwichtigende Gestikulieren, in das er gewohnheitsmäßig verfiel, half nichts, schließlich sah sie die Gesten nicht. Sie erwartete einen Bericht. In epischer Länge.

»Nein, Mamma. Ich bin aus dem Klo gekommen und ...«

Es klopfte laut gegen die Tür.

»Ciao, Mamma. Die Polizei ist wieder da und möchte was von mir. Ich rufe dich später an. ... Ja, aus dem Hotelzimmer. ... Ja, das bezahlen auch die Franzosen. ... Genau. Ciao, ciao.« Schnell legte er auf und ging zur Tür, um sie zu öffnen.

Der Anblick des einzelnen Mannes im schwarzen Anzug verwunderte ihn. Er hatte mit dem kleinen Radont vom französischen Geheimdienst gerechnet, mit dem er seit seinem Erwachen im Krankenhaus regelmäßig in Kontakt stand. Von der Uhrzeit her hatte das Klopfen gepasst. Der Mann vor ihm sah mit dem weißen Hemd, schwarzen Schlips und Ray-Ban-Sonnenbrille aus, als sei er direkt einem Agenten-Film entstiegen. Vielleicht war der Unbekannte vom FBI?

»Si?«, machte Tommaso argwöhnisch. Er ruckte an seinem Bademantel herum, unter dem er nur eine Unterhose trug.

»Hallo, Mister Tremante.« Der Schwarzhaarige nahm die Sonnenbrille mit einem hollywoodreifen Lächeln ab und hielt mit der rechten Hand einen Ausweis in die Höhe, auf dem sein Name zu lesen stand. Tommaso konnte sich nur den Nachnamen merken, weil er so lustig klang: Darling. »Mein Name ist Darling, ich bin Commander beim MI6 und mit den Ermittlungen zu den Vorkommnissen rund um den Flug AF023 beauftragt.« Er deutete in das Zimmer. »Darf ich?«

»Si, claro.« Tommaso gab die Tür frei und zeigte auf die Sitzgruppe, in der er bereits viele Stunden mit Radont und dessen Aufnahmegerät verbracht hatte. »MI6. Wieso denn der englische Geheimdienst?« Er holte zwei Gläser und eine Flasche Wasser aus der Minibar. »Wo bleiben denn die Amis?«

»Ah, die Kollegen von der CIA werden schon noch auftauchen.« Darling setzte sich. Älter als dreißig konnte er unmöglich sein, ein Dreitagebart verlieh seinem hübschen Gesicht etwas mehr Kantigkeit. Popstar, Model, Schauspieler, der Mann hätte Dutzende Möglichkeiten, mit seinem Äußeren Geld zu verdienen. »Bei dem Ereignis sind britische Staatsangehörige ums Leben gekommen, und die Berichte, die Kollege Radont bislang an mich weiterleitete, fand ich unbefriedigend.«

»So?«

»Ja. Es fehlt mir an Tiefe. Mit Ihrer Erlaubnis, Sir, würde ich gerne mit Ihnen ein paar Dinge klären, die mir unverständlich blieben.«

»Si, si.« Tommaso setzte sich, goss Mineralwasser in die Gläser. »Was wollen Sie wissen, Commander?«

Der Brite lächelte freundlich. »Sehr nett, danke. Sobald Sie den Eindruck haben, eine Pause einlegen zu wollen, unterbrechen Sie mich jederzeit, Sir. Ich kann mir vorstellen, dass es ein wenig viel für Sie ist, Mister Tremante. Wo Sie der einzige Überlebende des Flugs AF023 sind.«

Tommaso nickte. »Es scheint, als hätten mich höhere Mächte vor dem Gas beschützt.« Er steckte die Hände in die Taschen des Bademantels.

Darling zückte ein schwarzes Notizbuch. »*Waren* es höhere Mächte? Sir?«

»Wie … was soll es denn sonst gewesen sein? Wenn ich nicht aufs Klo gegangen wäre, hätte mich das Gas ebenso erwischt wie die anderen. Dieser Araber wollte noch, dass ich sitzen bleibe!« Dann verstand Tommaso, dass der Commander eine Andeutung gemacht hatte, und diese Andeutung gefiel ihm nicht. Sie gefiel ihm überhaupt nicht. »Sie denken, *ich* hätte was mit der Sache zu tun?«, brach es aus ihm heraus, und er fühlte, wie sein stattliches Doppelkinn zitterte.

»Schön, dass Sie es selbst ansprechen.« Darlings Lächeln blieb wie festgemeißelt. »Welche Erklärung haben Sie denn? Die Toiletten sind nicht luftdicht, also hätten Sie ebenso wie alle anderen sterben müssen, Mister Tremante.«

»No!«, rief er bestürzt und starrte den Agenten an.

Darling fuhr sich leicht über die Haare, als wollte er den Sitz seiner Frisur prüfen; die Haare glänzten leicht feucht und schimmerten im Licht. »Über fünfhundert Menschen sterben laut Ihren Angaben in etwa zehn Sekunden an einem Gas, das sich unmittelbar danach in nichts auflöst. Es wurden keinerlei Rückstände gefunden, weder im Innenraum des Airbus noch in den Lungen der Toten. Well, well, Sir. Das ist, mit Verlaub, die unglaubwürdigste Geschichte, die ich in meiner ganzen Laufbahn gehört habe.« Er zeigte mit dem Stift auf Tommaso, und er klang freundlich, doch bestimmt. »Was haben Sie also getan, um zu überleben? Oder ist Ihre ganze Geschichte ein Märchen, um sich selbst zu schützen?«

»Ich …« Tommaso wusste nicht, was er erwidern sollte. Die Vorwürfe waren lächerlich, unerhört! Er wollte Radont anrufen, damit er ihm den britischen Mistkerl vom Hals schaffte.

Doch Darling ließ nicht locker. »Angenommen, Sie sagen die Wahrheit: Sie müssen doch etwas bemerkt haben. Einen Geruch, ein Geräusch, erstickte Schreie oder …«

»Ein Knistern!«

Darlings Augen wurden schmal, das gefährliche Lächeln wurde von einem lauernden Ausdruck ersetzt. »Im Bericht der Franzosen stand nichts von einem Knistern.«

»Es ist ja auch nicht wichtig.«

»Vielleicht doch, wer weiß? Erzählen Sie, Sir.« Der Commander lächelte wieder, hielt seinen Stift und sein Notizbuch bereit.

»Die Stewardess machte eine Durchsage und ... dann knisterte es. Wie ein Störgeräusch. Graues Rauschen oder wie nennt man das?«

»Belassen wir es bei Knistern.«

»Si.« Tommaso trank einen Schluck Wasser, seine Hand zitterte leicht, weil die Erinnerung mit voller Wucht zurückkehrte. Das Kettchen um das Gelenk schwang hin und her. Der französische Traumaexperte, den ihm die Polizei nach der ersten Befragung schickte, hatte ihn gewarnt, dass die Bilder ihn lange verfolgen könnten und er eine Therapie in Erwägung ziehen sollte. Anfangs hatte er nicht daran geglaubt, aber dank des Briten spürte er zum ersten Mal Angst. Horror. Er stand wieder in der Kabine, sah sich selbst im Spiegel zuzwinkern, während vor der Tür Hunderte Menschen ihr Leben verloren. »Danach war es still«, flüsterte er.

»Zuerst das Knistern, dann das Sterben?«

»Ich denke. Si.«

Darling verzog den Mund und schrieb. »Aufschlussreich. Könnte sein, dass Sie eine Störung vernommen haben, die vom Funksignal einer Fernbedienung stammte. Der Auslöser für die Einleitung des Gases, Sir.«

Tommaso war erleichtert, dass ihm der Agent glaubte. Er hatte sich fast schon in britischer Untersuchungshaft gesehen, und die Antiterrorgesetze auf der Insel waren um ein Vielfaches schärfer als die der Franzosen. In einer kleinen, engen Zelle, die ihn an die Flugzeugtoilette erinnern würde. »Lassen Sie bloß diesen Schwachsinn mit den Anschuldigungen«, murmelte er.

»Ach, *das?*« Darling lächelte freundlich. »Das war ein Verhörtrick, Sir. Ich habe Sie unter Stress gesetzt. Dadurch wird Adrenalin ausgeschüttet, das bringt den Körper auf Touren.« Er pochte gegen die Schläfe. »Auch den Verstand. Wissen Sie, der Mensch ist ein vernunftbegabtes Wesen, das immer dann die Ruhe verliert, sobald von ihm verlangt wird, nach Vernunftgesetzen zu handeln, um es mit einem Zitat zu sagen. Ich habe Sie dazu gebracht, die Ruhe zu verlieren und Ihre Erinnerung wiederzufinden. Bitte entschuldigen Sie vielmals, Sir. Aber Ihr neuer Hinweis wird auch die französischen Kollegen voranbringen. Immerhin scheint es eine zentrale Vorrichtung für die Einspeisung des Gases gegeben zu haben. Die Klimaanlage, vermute ich.«

»Aber der Araber ...«

»Die Stahlflasche des Mannes enthielt nichts als reinen Sauerstoff. Sie, Mister Tremante, leben vermutlich wegen eines kleinen Zufalls noch, den die Terroristen nicht bedachten.« Er nahm das Glas, setzte es an die Lippen und leerte es.

»Wie sind die Attentäter ins Cockpit gelangt? Weiß man das schon?«

Darling zuckte mit den Achseln. »Die Kanzel wurde durch den Aufprall zu stark zerstört, um Rückschlüsse auf den genauen Ablauf zu ziehen. Fest steht, dass die Tür offen stand und sich eine Stewardess gegen die Vorschrift von Air France bei den Piloten befand. Vielleicht wurden sie erpresst, die Tür zu öffnen. Aber das herauszufinden ist Sache der Franzosen. Es sollte ihnen recht problemlos gelingen, sobald die Black Box gefunden ist. Ich hingegen bin auf der Suche nach den winzigen Details, die verlorengehen könnten.«

Tommaso erinnerte sich plötzlich an die stickige Luft in der Toilette. »Die Frischluftzufuhr war kaputt!«

»Bitte?«

Ihm wurde plötzlich klar, warum er in einem gemütlichen Hotel saß, anstatt zusammen mit den übrigen Passagieren im Leichenhaus zu liegen – oder zu Asche verbrannt zu sein. »Im Klo! Die Lüftung funktionierte nicht, es kam weder Luft rein noch raus!«

»Das wird es gewesen sein, Sir.« Darling stellte das Glas auf den Tisch. »Wo wir Ihre grauen Zellen auf Trab gebracht haben, fällt Ihnen noch was ein? Sie wissen jetzt ja, dass es auf die kleinste Kleinigkeit ankommt.«

Tommaso rieb sich über die linke Ohrmuschel, als könnte er seine Erinnerung damit stimulieren. Alles, was er sah, waren jedoch die Gesichter der Toten. Darling schien das Trauma mit seinen beschissenen Psychospielchen aktiviert zu haben. »Nein. Tut mir leid.« Tommaso konnte immer noch nicht glauben, dass er sein Leben etwas so Banalem wie einer kaputten Lüftung verdankte. »Einer kaputten Lüftung und einem brutal starken Kaffee«, murmelte er vor sich hin.

»Kaffee, Sir?« Darling hatte sich unbemerkt erhoben und eine Karte auf den Tisch gelegt.

»Si.« Er steckte sie ein. Damit war das Dutzend an Visitenkärtchen von Ermittlern voll. »Ich habe aus Versehen, wie mir gesagt wurde, einen Kaffee bekommen, der für einen anderen Passagier vorgesehen war. So etwas Starkes habe ich noch nie getrunken. Und ich bin Italiener! Als hätte man Espresso in eine Kaffeekanne gefüllt. Das hat meinem Magen den Rest gegeben.«

»Trotzdem tranken Sie ihn?«

»Er war lecker«, sagte Tommaso leise. »Über den Geschmack konnte ich mich nicht beschweren. Nur die Wirkung war fatal. Und dann auch wieder nicht. Er rettete mir immerhin das Leben.«

»Was für ein Zufall.« Darling setzte seine Sonnenbrille wieder auf und reichte Tommaso die Hand: trocken, kräftig und warm im Gegensatz zu seiner feuchten, kühlen Haut. »Dann wünsche ich Ihnen alles Gute, Sir. Sollten Ihnen weitere Details einfallen, zögern Sie nicht, mich anzurufen. Im Namen des MI6 möchte ich mich bei Ihnen für Ihre Mitarbeit bedanken.«

»Keine Ursache.« Tommaso blieb sitzen und schaute nicht hin, als der Agent zur Tür hinausschritt und ihn mit den Bildern der Toten allein ließ.

Er schaltete den Fernseher ein und zappte durch die zahlreichen Sondersendungen zum Unglück.

Je mehr er sah, desto weniger konnte er es begreifen. Je mehr Zerstörung er sah. Je mehr Details zu sehen waren. Familien ausgelöscht, junge und alte Menschen. Gute Menschen. Dabei vermischten sich seine eigenen Erinnerungen mit den gezeigten Bildern. Die Mutter mit ihrem Sohn, der Sky Marshal, der Araber, die Stewardess … Es wurde schwerer und schwerer, die Bilder zu ertragen.

»Warum habe ich überlebt?«, flüsterte er und schaltete den Fernseher aus. Er wollte nichts mehr davon sehen. »Warum ich?«

Auf das penetrante Telefonklingeln reagierte er nicht.

Cospudener See, Leipzig, Deutschland

Konstantin sprang vom Oberdeck auf den Steg und rannte los, den beiden Räubern hinterher, die beinahe sofort bemerkten, dass sie verfolgt wurden und ihre Geschwindigkeit erhöhten. Dumpf polterten die Sohlen ihrer Turnschuhe über die Holzbohlen.

Keiner der Besucher der Marina stellte sich den Männern in den Weg. Sie machten ihnen stattdessen Platz, um nicht in die Sache verwickelt zu werden.

Konstantin fühlte eine gewisse Leichtigkeit, die drei *Red Russians* machten sich bemerkbar. Er war besser vorsichtig, denn alkoholbedingte Selbstüberschätzung konnte schnell zur Katastrophe führen.

Über kleinere Hindernisse auf seinem Weg, wie gespannte Seile oder Kisten, setzte er problemlos hinweg und holte rasch auf. In seiner Freizeit betrieb er den recht ungewöhnlichen und anstrengenden Sport Parkour, und diese Verfolgungsjagd war fast so etwas wie eine Trainingseinheit.

Die Räuber hatten das Land erreicht und rannten zu einem abgestellten Motorrad.

Zeit für eine Abkürzung. Konstantin kniff kurz die Augen zusammen und plante seinen Weg, dann sprang er kurzerhand vom Steg auf ein Boot, rutschte über das Deck, hüpfte von da auf ein Tretboot, in dem die Passagiere vor Schreck aufschrien, drückte sich ab und hechtete auf das nächste vertäute Segelschiff, zog sich an der Reling empor. Von da flankte er auf ein kleineres Boot hinunter. Einige weitere befanden sich gerade an so günstiger Position, dass er sie wie schwimmende Trittsteine nutzen konnte, auch wenn er mehrmals fast abrutschte. Zum Glück waren heute so viele Menschen auf dem Wasser unterwegs, dass die Boote, wenn auch nur gerade eben, nah genug beieinander lagen.

Mit einem gewaltigen Satz erreichte er das Land und stand vor dem Motorrad der Räuber, die ihn fassungslos betrachteten. Er hatte es fast gleichzeitig mit ihnen erreicht, da er sich auf dem direkten Weg bewegt hatte, während die Diebe die ganze Promenade entlanglaufen mussten. »Her mit den Objektiven.« Konstantin atmete zwar schneller, aber richtig angestrengt hatte er sich nicht. Nur sein rechter Knöchel klopfte leicht, der eine Sprung war nicht ganz sauber gewesen.

»Verpiss dich!« Der Kräftigere der beiden ließ drohend seine Muskeln spielen.

»Eher nicht. Wir warten, bis die Polizei kommt und euch einpackt.«

Die Männer schüttelten beinahe mitleidig die Köpfe, stellten das Diebesgut ab, zogen Teleskopschlagstöcke aus den Hosentaschen – und griffen an. Die Art, wie routiniert sie dabei vorgingen, zeigte ihm, dass sie das nicht zum ersten Mal taten. *Vermutlich Kampfsportler. Oder Türsteher.*

Noch bevor einer von ihnen ausgeholt hatte, machte Konstantin einen Ausfallschritt, trat dem Kräftigen gegen das linke Knie und stieß mit der Ferse in einer anschließenden Bewegung auch gegen das rechte. Es knackte hörbar, das Gelenk brach, und der Mann knickte schreiend zusammen.

»Dich mach ich tot!« Sein Kumpel schlug mehrmals mit dem Schlagstock nach Konstantin, der den Hieben mit schnellen, genau dosierten Ausweichbewegungen entging, bis er schließlich zupackte und sich das Handgelenk des übrig gebliebenen Diebes schnappte. Die Kraft, die der Mann in seine Bewegung gelegt hatte, nutzte Konstantin zu einem Kaiten-Nage, einer Technik des Aikido.

Was für einen Zuschauer nach tänzerisch-leichten Drehbewegungen und -schritten aussah, endete für den Gegner in einem Wurf auf den Asphalt. Der Schlagstock flog davon.

Mühsam rappelte sich der Angreifer hoch und schien zu überlegen, was er als Nächstes tun sollte: abhauen oder nochmals angreifen? Er sah bereits ziemlich ramponiert aus, Blut rann aus einer Schürfwunde am Ellbogen und von der rechten Wange.

»Sei schlau und bleib da stehen, bis die Polizei kommt«, riet ihm Konstantin ruhig und kreuzte die Arme vor der Brust. Beifall brandete von der Marina auf.

Fritz Wutschke, der Besitzer der gestohlenen Objektive, näherte sich, ein Handtuch gegen die Kopfwunde gepresst und inzwischen mit Hemd und Shorts bekleidet. »Danke, Herr

Korff«, sagte er erleichtert. »Diese Arschlöcher!« Er warf den Räubern böse Blicke zu. »Die Polizei kommt gleich. Ich habe angerufen.«

»Sehr schön, Herr Wutschke.«

Schnell nahm der ältere Herr die Fototaschen an sich. »Ich wusste gar nicht, dass Sie so sportlich sind, Herr Korff.«

»Sie meinen *für einen Bestatter?*«, fügte er grinsend hinzu und behielt die Gesetzesbrecher im Auge. Der eine lag noch immer am Boden und hielt sich das verletzte Knie, der andere leckte sich angespannt über die trockenen Lippen und schien auf den richtigen Moment für einen Fluchtversuch zu warten.

Wutschke musste lachen. »Erwischt.«

»Ausgleichssport ist alles. Parkour.« Konstantin war es nicht unangenehm, auf seine Fähigkeiten angesprochen zu werden, aber unter anderen Umständen, sprich ohne drei *Red Russians* auf nüchternen Magen, hätte er aus der Verfolgung keine solche Show gemacht. *Alkohol, verflucht.*

»Parkour? Habe ich noch nie gehört.«

»Man geht auf dem kürzesten Weg von A nach B und überwindet dabei alle Hindernisse.«

»Aha.« Wutschke schien beeindruckt. »Und was war das, was Sie mit dem Typen veranstaltet haben? Das sah so elegant aus, zack, und plötzlich flog er durch die Luft!«

»Aikido. Japanischer Kampfsport. Richtet die Kraft des Gegners gegen ihn selbst«, erklärte er knapp. »Und das«, er zeigte auf das verletzte Knie des Kräftigeren, »war einfach nur ein Tritt.«

Wutschke lachte. »Das hat der Typ nötig gehabt.«

Ein Streifenwagen rollte heran, die Beamten stiegen aus und nahmen den Sachverhalt auf. Die Räuber schwiegen und verweigerten die Aussage. Die Polizisten bestellten für den Verletzten vorsorglich einen Krankenwagen, dann ließen sie Konstantin und Wutschke gehen.

»Es hat in den letzten Wochen immer wieder Einbrüche auf der Marina gegeben. Anscheinend sind die Täter dank Ihnen gefasst. Nochmals vielen, vielen Dank, Herr Korff«, sagte Wutschke, als sie über den Steg gingen. »Die Objektive sind um die zehntausend Euro wert. Das wäre mehr als ärgerlich gewesen. Wenn ich Ihnen einen Gefallen tun kann, sagen Sie Bescheid.«

»Nein, lassen Sie mal. Das verbuche ich unter Nachbarschaftshilfe.« Konstantin kehrte auf die *Vanitas* zurück. »Gehen Sie lieber an Land und lassen Sie sich von einem Sanitäter untersuchen. Die Wunde an Ihrem Kopf sollte vielleicht geklammert werden, sonst reißt sie auf.«

»Haben Sie mit so etwas auch Erfahrung?«

»Wer Parkour macht, stürzt gelegentlich. Ich kenne einige Krankenhäuser und Arztpraxen von innen, Herr Wutschke.« Konstantin verabschiedete sich winkend. »Gute Nacht.«

»Sie haben recht, das können sich die Sanitäter anschauen. Aber erst verstaue ich meine Schätzchen wieder. Nacht, Herr Korff.« Wutschke ging an Bord seines Seglers.

Konstantin überlegte kurz, ob er sich einen vierten *Red Russian* mixen sollte. *Zur Feier.* Aber weil er noch packen musste, ließ er es bleiben und ging unter Deck.

Da er von Paris aus direkt nach Moskau flog, nahm er einen Koffer, in den Kleidung für mehrere Tage passte. Seine Spezialinstrumente für die Rekonstruktion von Lilou de Girardin würde er morgen früh aus dem *Ars Moriendi* holen. Zwar hatte ihm Privatsekretär Caràra zugesagt, alles Notwendige zu besorgen, doch manche Werkzeuge hatte sich Konstantin selbst angefertigt. Ein unschlagbarer Vorteil und der Grund für seinen Ruf.

Er zog sich im kleinen Bad des Hausbootes aus, prüfte im hellen Neonlicht seinen Knöchel. Es war nicht ratsam, Parkour zu laufen, ohne sich warm zu machen. Aber da die Räuber sonst entkommen wären, hatte er kaum eine Wahl gehabt.

Konstantin tastete. *Nicht heiß, nicht geschwollen. Gut!*

Erleichtert ging er durch den schmalen Flur und öffnete die Tür, die zu einem winzigen Räumchen führte: zwei Meter lang, einen Meter breit, und es stand nichts drin außer seinem Bett.

Konstantin kletterte hinein, zog die Tür zu und schob den dicken Riegel vor. Erst danach öffnete er das kleine Bullauge einen Spalt, um den Wellen zuzuhören, die beruhigend monoton gegen den Rumpf der *Vanitas* gluckerten.

Das leicht offen stehende Fenster bedeutete einen Luxus, den er sich an Land niemals erlauben könnte.

Paris, Frankreich

Konstantin saß in der schmucken Lobby des *Hôtel De Vendôme* und wartete, umgeben von Stuck und Prunk, auf den Privatsekretär des Marquis. Er las die *Le Monde*, sah gelegentlich auf.

Neben der gemütlichen Sitzbank, auf der er sich niedergelassen hatte, stand sein harmlos aussehender Aluminiumkoffer, dessen Inhalt am Flughafen Saarbrücken allerdings für Wirbel gesorgt hatte. Weniger, weil man in Konstantin einen Attentäter vermutete, sondern weil die Werkzeuge einfach zu ungewöhnlich waren, um keine Fragen zu stellen. Er musste dem Personal seine Sondergenehmigung zeigen und erklären, was er von Beruf war und für was man die Zangen, Röhrchen, Halterungen und dergleichen benötigte. Die Flughafenangestellten wurden daraufhin blass und verloren ihre anfängliche Neugier. Sein Alukoffer landete in der Obhut einer Stewardess, das Gepäckstück bekam er erst nach der Landung und außerhalb der Maschine zurück.

Inzwischen war es kurz nach Mittag. Im beeindruckend

gestalteten Eingangsbereich des Hotels herrschte reges Kommen und Gehen.

Zwar trug Konstantin einen schwarzen Anzug mit schwarzem Polohemd, die beide nicht eben billig gewesen waren, doch er wirkte in dieser Umgebung extrem underdressed. Das *Vendôme* war ein Hotel der höchsten Kategorie, mit aufmerksamem Personal und Gästen, für die Geld in der Regel keine Rolle spielte.

Der Luxus zog sich durch das ganze Haus. In seiner Suite hätte man sich wahlweise verlaufen oder ein Basketballspiel austragen können. Überall roch es gut, nirgends entdeckte er Schmutz oder Staub, nicht mal im hintersten Winkel der Schränke. Bei aller Freude über die Unterbringung empfand Konstantin es auch ein Stück weit als unanständig, dass sein Auftraggeber so viel Geld für ein Zimmer bezahlte. Für eine Nacht. *Aber mit Frühstück.*

Konstantin überflog die nächste Seite der Zeitung schnell, bevor er umblätterte und die zahlreichen Fotos mit Rettungswagen und Helfern, Flammen und qualmenden Ruinen verschwanden.

Er hatte es nicht vermeiden können, doch nähere Informationen zum Unglück auf dem Flughafen Paris-Charles de Gaulle zu bekommen. Die *Le Monde* brachte wie alle französischen Zeitungen Sonderseiten zu dem Vorfall, über den heftig spekuliert wurde. Die Behörden hüllten sich in Schweigen und verwiesen auf die laufenden Ermittlungen. Aber es sprach Bände, dass die höchste Terrorwarnstufe verhängt worden war.

Ein Anschlag. Was soll es sonst gewesen sein? Konstantin legte die Zeitung zur Seite und schaute zum Eingang, während seine Gedanken um den Anschlag kreisten.

Auch über Lilou und ihre Familie wurde in den meisten Medien berichtet. Wie tragisch das alles sei, wie schön die junge Frau gewesen sei, wie viele Pläne sie als Model gehabt habe, wie engagiert sie sich für Hilfsprojekte gezeigt hatte und wie sie ihren kaltherzigen Vater zu einem guten Menschen gemacht habe.

Inzwischen hatte Konstantin sehr viele Aufnahmen von ihr gesehen und musste den Journalisten recht geben: Lilou de Girardin war in jedem Alter eine Schönheit gewesen.

Der Zeitpunkt für die Trauerfeier stand inzwischen fest, wie er ebenfalls aus der Zeitung erfahren hatte: in zwei Wochen, und zwar nicht in irgendeiner Kirche, sondern in einer Kathedrale.

Der Kathedrale.

In Notre-Dame. In aller Öffentlichkeit, mit zahllosen Fotografen, die ein Bild der Toten machen würden. *Von der unvergleichlichen Lilou.*

Es wurde in der Presse angenommen, dass sämtliche fünf Glocken von Notre-Dame erklingen würden. Auch die Glocke namens Emmanuel, die nur zu den höchsten Festtagen und zu besonderen Anlässen geläutet wurde. Zehntausend Menschen passten in die riesige Kathedrale, und es konnte sein, dass es eng werden würde.

Die Last der Verantwortung auf seinen Schultern war spürbar größer geworden, seit er das wusste. Inzwischen musste er einräumen, dass er eine gewisse Nervosität spürte, die sich erst legen würde, wenn er die Tote sah. *Vierundzwanzig Stunden, wenn es gut läuft. Mehr habe ich nicht, um gute Arbeit abzuliefern.*

Ein südländisch anmutender Mann in einem dunkelgrünen, dezenten Anzug kam herein und sah sich suchend um. Während er den Kopf drehte, wippte das Ende seines kurzen Pferdeschwanzes nicht einmal andeutungsweise, als wären die schwarzen Haare gestärkt. Sein Blick fiel auf Konstantin. Er lächelte knapp, hob den Arm und gab ein dezentes Zeichen, dass er ihm folgen sollte. Ohne sich noch einmal umzusehen, verließ er die Lobby des *Vendôme.*

War das Monsieur Caràra? Konstantin wunderte sich über den Auftritt. Durch die Glasfront verfolgte er, wie der Mann in das mittlere von fünf Taxis stieg, die vor dem Hotel standen. Konstantin erinnerte sich, dass der Sekretär vom hohen Interesse der Medien gesprochen hatte. *Aha. Ein Täuschungsmanöver.*

Er stand auf, setzte die Sonnenbrille auf, nahm seinen Koffer und trat auf die Straße. Als er Caràras Taxi erreichte, beugte er sich zum geöffneten Fenster hinunter. Er hatte bemerkt, dass in den anderen Wagen jeweils zwei Männer auf der Rückbank saßen. »Verzeihen Sie, aber Sie sind Monsieur Caràra?«, fragte er auf Französisch.

»Ja. Steigen Sie bitte ein, Monsieur Korff. Ich erkläre Ihnen unterwegs alles.« Er öffnete ihm die Tür.

Konstantin begab sich auf den Platz hinter dem Beifahrersitz. »Ich nehme an, es geht darum, der Journaille zu entkommen und den Ort geheim zu halten, an dem Demoiselle Lilou aufbewahrt wird?«

Kaum saß er, fuhren die Taxis eines nach dem anderen los, bildeten eine Kolonne, in der sie durch gewagte Überholmanöver ständig die Position wechselten.

»So ist es, Monsieur.« Caràra hielt ihm die Hand hin. »Willkommen in Paris.«

Konstantin schlug ein. »Danke.« Dann sah er aus dem Heckfenster. Wenn er sich nicht täuschte, wurden einige Taxis von Rollern und anderen Autos verfolgt. *Wir auch.*

»Der Marquis hat fünf Taxis geliehen und mit eigenen Fahrern und Mitarbeitern besetzen lassen. Die GPS-Sender sind ausgeschaltet«, erklärte der Sekretär, während sich der Korso an einer breiten Straße plötzlich in verschiedene Richtungen aufteilte. »Wir werden außerdem bald den Wagen wechseln. Niemand wird herausfinden, wohin wir fahren.«

Konstantin bemerkte eine orangefarbene Vespa, die beharrlich an ihrem Heck klebte. Eine Frau lenkte, der Mann hinter ihr hielt eine Fotokamera mit riesigem Objektiv wie ein Gewehr in die Höhe gereckt. »Noch sind wir nicht alleine.«

Caràra lächelte. »Aber gleich.« Er wies den Fahrer an, das Tempo zu reduzieren, als sie in einen vierspurigen Kreisel einbogen. Jetzt wurde Konstantin Zeuge, was einen Franzosen von einem Deutschen unterschied: Er kannte keine Angst um seinen Wagen.

Der Fahrer wechselte die Bahnen, ließ das Auto im bunten Blechmahlstrom nach innen treiben und wieder hinaus, so dass Konstantin die Vespa aus den Augen verlor. Es ging Runde um Runde, innen, Mitte, außen, und wieder zurück.

Auf einmal glaubte Konstantin im Gewühl aus Lackfarben und Autoformen hinter einer Scheibe ein bekanntes Gesicht zu erkennen, das ihn ebenso verwundert anschaute wie er den schwarzhaarigen Mann. Doch schon war der Wagen des anderen wieder verschwunden.

Was macht er denn hier? Die Überraschung wurde schnell von Unruhe verdrängt. *Ist es wegen meines Auftrags? Ist er mir gefolgt? Nein, dann hätte er mich auch in Leipzig …*

Da gab ihr Fahrer plötzlich Gas, schnitt zwei Wagen und donnerte aus dem Kreisel, um danach gleich rechts abzubiegen.

Die Vespa tauchte nicht wieder auf.

»Verzeihung, Monsieur Korff. Aber Sie haben …«

»Volles Verständnis.« Konstantin nickte. »Ich nehme an, Sie werden mir auch nicht sagen, wohin wir fahren?«

»Nein. Es ist nicht die beste Gegend. Irgendwo in der Banlieue.« Caràra blickte sich immer wieder um. Er blieb wachsam. »Damit rechnet die Presse nicht. Wie ich Ihnen schon sagte: Ein Bild von der toten Demoiselle in ihrem jetzigen Zustand wäre nicht tragbar.«

Die Fahrt verlief rasant und endete in einem Hinterhof, wo

ein zweites Auto auf sie wartete: eine wuchtige schwarze Peugeot-Limousine.

Caràra stieg aus. »Ich fahre, Monsieur. Bitte nehmen Sie vorne Platz.«

Konstantin folgte ihm. *Ist beinahe wie früher.* Er musste grinsen, stellte seinen Koffer hinter dem Sitz ab und schwang sich in den Wagen. Gleich darauf ging es weiter, dieses Mal weniger schnell und rücksichtslos.

Da Konstantin sich in Paris nicht auskannte, hatte er keinen blassen Schimmer, wo sie sich befanden. Gelegentliche Hinweisschilder auf Sehenswürdigkeiten waren eine kleine Hilfe, aber auch diese wurden weniger.

Dafür geriet die Umgebung trostloser: graue Hochhäuser, Mülltonnenmeere, alte Autos, Brandflecken auf dem Asphalt, viele junge Menschen, die nach Einwandererkindern aussahen.

Das Ghetto von Paris. Konstantin dachte daran, dass hier Parkour groß geworden war. Als Beschäftigungstherapie für Jugendliche, damit sie nicht in die Kriminalität abrutschten.

»Haben Sie etwas mit dem Bericht anfangen können, den ich Ihnen schickte, Monsieur Korff?«, durchbrach Caràras Stimme seine Gedanken.

»Ja, danke sehr. Aber ich kann den Zustand der Leiche erst richtig abschätzen, wenn ich sie sehe.«

Der Obduktionsbericht erwähnte zwei harmlose Brüche der rechten Rippen sowie Quetschungen, die eigentlich nicht letal gewesen waren und von einem postmortalen Sturz herrührten.

Vermutlich war Lilou beim Einschlag des A380 aus dem Sitz geschleudert worden. Nicht schön waren der Bruch des Nasenbeins sowie des rechten Wangenknochens. Das bedeutete hässliche Blutergüsse. Sobald er das Blut aus den Gefäßen entfernt hatte, müssten sie sich aber mit einigen Tricks und Chemie kaschieren lassen.

»In den Nachrichten war mehrmals von Feuer die Rede. Es stand aber nichts von Brandverletzungen im Bericht.«

Caràra bestätigte dies zu seiner Erleichterung. »Demoiselle Lilou befand sich im vorderen Teil, wo die erste Klasse untergebracht war. Sie war nicht von den Flammen betroffen. Das hätte den Marquis und vor allem seine Gattin innerlich zerrissen, fürchte ich.« Er fuhr an einer Gruppe Jugendlicher vorbei, die den Peugeot mit leeren Dosen bewarfen und ihm nachgrölten. Das noble Auto löste an diesem Ort keineswegs Bewunderung aus. »Sie werden inzwischen begriffen haben, welche Verantwortung auf Ihnen lastet, Monsieur Korff. Die Familie hat größtes Vertrauen in Sie.«

»Ich weiß.«

Caràra schien zu überlegen. »Ist es wahr, dass das Abschiednehmen so wichtig ist?«

»Sie meinen von einem Toten? Nun, im Fall von Madame Girardin sicherlich. Die Psyche bekommt Gelegenheit, den Verlust zu begreifen und nicht als abstrakte Meldung verarbeiten zu müssen.« Konstantin erinnerte sich an viele ergreifende Szenen, denen er als Bestatter beigewohnt hatte. Manche Leute machten den Schmerz des Verlusts leise mit sich aus, andere schrien und weinten krampfartig am Sarg. Doch nur selten hatte er eine Reaktion als übertrieben oder unangenehm empfunden. »Es wäre sicher besser, wenn Madame ohne Publikum Abschied von ihrem Kind nimmt. An einem neutralen Ort und nicht erst in der Kathedrale.«

»Ah, Sie haben sich kundig gemacht.« Caràra bog ab und gelangte in eine verlassene Gegend, in der kleine und große Hallen aneinandergereiht standen. »Das, was Sie hier sehen, ist der gescheiterte Versuch, Betriebe in diesem Stadtteil anzusiedeln, um den Jugendlichen die Chance auf eine Ausbildung zu geben.«

»Es funktionierte nicht?« Konstantin sah zu den verwaisten Gebäuden.

»Nein. Es lag nicht an den Jugendlichen. Die Betriebe sackten die Unterstützung des Staates ein und haben dann dichtgemacht. Betrüger.« Enttäuschung und Ärger waren Caràra deutlich anzusehen.

Sie fuhren in den Hof eines Unternehmens, das auf Klimatechnik spezialisiert gewesen war, wie ein verwittertes Schild verriet. Im Schatten der Gebäude verborgen, waren zwei Aufpasser postiert, breit gebaute Männer in einer Mischung aus Tarnklamotten und Lederkluft sowie Synthetikanoraks.

»Wir sind da, Monsieur Korff.« Caràra lenkte den Peugeot in den Teil des Hofs, der von der Straße nicht einsehbar war, hielt an und stieg aus.

Konstantin nahm seinen Koffer und folgte dem Sekretär durch eine Tür, an zwei weiteren Aufpassern vorbei und in einen Keller hinab. Ein dumpfes Surren verkündete, dass irgendwo im Inneren des Hauses ein Aggregat lief.

»Das Gebäude gehört dem Marquis«, erklärte Caràra auf dem Weg. »Er hat den gesamten Komplex gekauft und wird bald eine Schule errichten. Das schlug die Demoiselle vor, zu ihren Lebzeiten.«

Konstantin erinnerte sich daran, was die Zeitungen über die positive Veränderung des Tycoons durch seine Tochter gesagt hatten. *Hoffentlich hält sein Altruismus an.*

Caràra schob eine schwere Tür auf. Kühle Luft schlug ihnen entgegen. Geschätzte fünf Grad. Genau richtig zum Lagern von Leichen. Er schaltete das Licht ein.

Die Dunkelheit wurde von aufflackerndem Neonlicht vertrieben, ein gekachelter Raum erschien.

An der Wand war eine Art Tapeziertisch aus Aluminium aufgebaut, auf dem sich alle Werkzeuge und chemischen Mittel aufreihten, die Konstantin verlangt hatte. In der Mitte des Raums erhob sich ein Tisch, auf dem ein weißer Plastiksack lag und darauf wartete, dass man ihn öffnete. Eine Absaugvorrichtung für die Körperflüssigkeit gab es ebenso wie eine OP-Leuchte, ein Handwaschbecken, sogar eine Dusche sowie eine Wanne fand er vor. Außerdem hatte man ihm eine provisorische Garderobe hergerichtet, an der die übliche Arbeitskleidung eines Thanatologen hing. Auf einem weiteren Tisch hatte man die Kleidung der Verstorbenen sowie persönliche Gegenstände und Schmuck samt Fotos drapiert.

Der Sarg stand ebenfalls bereit.

Ein von der Form her schlichtes Modell, weiß lackiert, mit Blattgold und minimalistischen Schnitzereien verziert. Das obere Drittel des Deckels ließ sich öffnen, um den Blick auf die Tote zu erlauben.

»Ist alles zu Ihrer Zufriedenheit, Monsieur? Der Marquis lässt ausrichten, dass er die Umstände bedauert, unter denen Sie diese wichtige Arbeit ausführen müssen, doch die Sicherheit geht leider vor.« Caràra war an der Tür stehen geblieben, während Konstantin durch den Raum geschritten war.

»Ja.« Er zog das schwarze Sakko aus und hängte es auf einen Bügel. Am meisten hoffte er, dass die Pathologen darauf verzichtet hatten, Lilous Hirn zu entnehmen und zu untersuchen. Kahler Schädel, hässliche Narben und Schnitte auf der Stirn. Es hatte nicht im Bericht gestanden, aber manchmal wurde vergessen, alle Arbeitsschritte aufzuführen, vor allem, wenn es keinen Befund gab. »Sie können draußen warten.«

Caràra nickte dankbar. »Sollten Sie einen Kaffee wünschen oder eine Pause machen und etwas essen wollen, kommen Sie nach oben. Wir haben alles da.« Er ging hinaus, zog die schwere Tür kräftig hinter sich zu.

Leise hallte das Krachen nach, dann wurde es still, sogar die Lampen summten nicht mehr.

Diese Stille kannte Konstantin. Und er mochte sie. Die Stille und den Frieden seiner Arbeit.

Er zog sich um, legte die lilafarbenen Handschuhe an und

richtete die Utensilien, die er benötigte, um Demoiselle Lilous Schönheit zu erhalten. *Oder sie ihr zurückzugeben.*

Er hatte nicht umsonst einige Monate bei einem Schönheitschirurgen gelernt, wie sich eine Gesichtsform modellieren ließ. Sein Vorteil war, dass er keine Rücksicht auf mögliche Schmerzen der Patienten, auf Nervenverläufe und dergleichen nehmen musste. Einzig das Resultat zählte.

Konstantin stellte seinen Alukoffer auf den Werkzeugtisch, öffnete ihn und legte seine eigenen Instrumente zu den fremden.

Ganz zum Schluss holte er den MP3-Spieler hervor, befestigte ihn auf dem Rücken am Gürtel und schob sich die kleinen Stöpsel in die Ohren. Gleich darauf erklangen die ruhigen Töne von Lambda, die ihm dabei halfen, seine Gedanken zu fokussieren, während er an den Tisch trat und den weißen Plastiksack betrachtete, in dem sich grob die Umrisse von Demoiselle Lilou erkennen ließen.

Konstantin atmete tief ein, nahm den Zipper des Reißverschlusses fest zwischen Daumen und Zeigefinger. »Bonjour, ma belle.«

Er zog ihn nach unten.

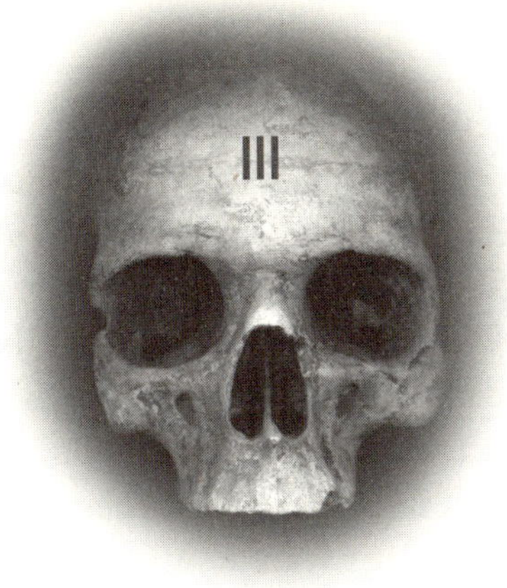

Das Leben ist nur ein Moment,
der Tod ist auch nur einer.

Friedrich von Schiller

Paris, Frankreich

Noch einen«, sagte Tommaso düster zum Barkeeper und stürzte den Pastis die Kehle hinab. Er hasste Darling. Je länger der Tag dauerte, umso größer wurde sein Abscheu gegenüber dem britischen Agenten.

»Aber gern, Monsieur.«

Gleich darauf hatte er ein neues Glas mit milchigtrüber Flüssigkeit vor sich, aus dem penetranter Anisgeruch aufstieg.

Bis zum Besuch des MI6-Agenten hatte sich Tommaso keinerlei Gedanken gemacht, sondern war froh gewesen, den Anschlag überlebt zu haben. Selbst das Gespräch mit dem französischen Psychologen über eine mögliche Traumatisierung, Flugangst, Furcht vor bestimmten Gerüchen und Geräuschen oder engen Kabinen war ohne Wirkung geblieben.

Aber seit der kleinen Psychonummer des Briten konnte er

sich nicht mehr von den Bildern der Toten lösen. Auch die Frage, warum der Tod ihn verschont hatte, bekam er nicht mehr aus dem Kopf. Warum ausgerechnet ihn, der nichts Bedeutendes im Leben geleistet hatte? Dabei waren bestimmt Bessere als er in der Maschine gewesen.

Seit sechzehn Uhr saß Tommaso in der Hotelbar und soff gegen die quälenden Erinnerungen und Gedanken an, die ihn peinigten. Achtete er sonst auf sein Äußeres, scherte es ihn im Augenblick nicht, dass ihm das Hemd aus der Hose hing und dass seine Haare zerzaust waren. Was machte das schon für einen Unterschied?

Er hob das Glas und nahm einen Schluck, die Hälfte des Drinks rann seinen Rachen hinab. »Wieso ich?«, fragte er sich mit schwerer Zunge selbst.

»Wieso was, Monsieur?«

Die helle Stimme kam nicht vom Barkeeper, und er wandte sich zur Seite.

Neben ihm hatte eine zierliche Frau Platz genommen, die ihre brünetten Haare in einem kleinen Pferdeschwanz trug, was ihr hervorragend stand. Normalerweise mochte Tommaso diese Art Frisur nicht, aber bei ihr passte es perfekt. Ihre sportliche Figur wurde von der tailliert geschnittenen roten Bluse und den schwarzen Hosen betont. Das Lächeln galt ihm, und sie sah interessiert aus.

»Wieso ich noch lebe«, erklärte er und bemühte sich, deutlich zu reden.

Sie ließ sich vom Barkeeper einen Wodka auf Eis geben und prostete ihm zu. »Na, da hätten Sie doch Grund, sich zu freuen.«

»Schon. Aber *warum?*«

»Monsieur, Sie v-v-verwirren mich.« Ihre braunen, fast schwarzen Augen zogen seine Blicke an und ließen sie nicht mehr los.

Tommaso hob hilflos die Schultern und ließ sie wieder fallen. »Ich verstehe einfach nicht, warum ausgerechnet ich überlebt habe«, stieß er hervor und seufzte. »Achthundert Menschen, tot. Und ich bin der Einzige, der das Scheißunglück … den Anschlag …« Er senkte den Kopf und legte eine Hand in den Nacken. *»Porca miseria.«*

Sie senkte ihr Glas, Entsetzen spiegelte sich in ihrer Miene. »S-s-sie waren an Bord des Airbus, der in das Terminal raste?«

»Ja.« Tommaso schauderte. »Aber ich verrate Ihnen was: Die Menschen im Flugzeug sind schon vorher an irgendeinem Gas verreckt.«

»Wow.« Sie trank den Wodka aus und gab dem Barkeeper das Zeichen für Nachschub. »Wieso hat man das n-n-nicht in den Nachrichten gesagt?«

»Geheim. Eigentlich dürfte ich das gar nicht sagen, und vermutlich wird man mich deswegen anzeigen. Oder meine Aufpasser, die sich irgendwo hinter mir verstecken, prügeln mich durch.« Tommaso rollte mit den Augen. »Mir scheißegal. Jetzt wissen Sie's.« Die Umgebung drehte sich leicht, und Tommaso musste sich an der Bar festhalten. Der Pastis vernebelte seine Sinne.

Die Unbekannte betrachtete ihn neugierig. »Kennen Sie den Film *Unbreakable?* Die Hauptfigur überlebt alle möglichen Katastrophen, b-b-bis sich herausstellt, dass sie eine Art Superheld ist und den Gegenpart zu einem Bösewicht bildet.« Sie nippte an ihrem neuen Wodka. »Vielleicht ist es bei Ihnen a-a-auch so?«

Tommaso stieß ein kurzes, freudloses Lachen aus. »Wollen Sie mich verarschen? Oder sind Sie eine Reporterin?« Er musterte sie, konnte aber weder eine Kamera noch ein Aufnahmegerät entdecken. Dann schaute er sich in der Hotelbar um. Seine Aufpasser sah er nirgends, vermutlich machten sie Pause.

»Nein«, wehrte sie rasch ab. Der kleine Pferdeschwanz, den

sie am Hinterkopf trug, hüpfte; eine lange, geschnitzte Haarnadel, die durch ein gelochtes Lederstück gesteckt war, hielt die Haare zusammen. »Ich bin geschäftlich in Paris. Ehrlich, ich wusste nicht, dass Sie in der Maschine waren. Wie auch?« Sie hielt ihm die Hand hin. »Kristin.«

Tommaso seufzte tonlos. Er fühlte sich elend. Seelisch und körperlich. Die Anwesenheit der *bella signora* linderte die Pein nicht wirklich. Aber ihr leichtes Stottern machte sie sympathisch.

»Tommaso.« Er schüttelte ihre Hand. »Tja. Da sitzen wir.« Er wischte sich über die Stirn, die sich fettig anfühlte, weil er geschwitzt hatte. Er glänzte bestimmt wie eine Speckschwarte. »Haben Sie auch mal eine Katastrophe überlebt?«, fragte er, weil ihm nichts Besseres einfiel.

Es wunderte ihn ein bisschen, dass er ausgerechnet heute angesprochen wurde. Er war ja nicht gerade in der besten Verfassung. Vielleicht war sie eine Prostituierte? Sie sah gut aus und war noch nicht alt, vielleicht dreißig. Den Akzent in ihrem Englisch konnte er nicht einschätzen, aber er barg leichten osteuropäischen Einschlag, und sie sprach wegen des Stotterns auffallend langsam, betont, als müsste sie über jedes Wort nachdenken. Er verwarf den Gedanken wieder, dass sie eine Hure sein könnte. Das Stottern wäre ihrem Geschäft kaum zuträglich.

Kristin schüttelte den Kopf. »Nein. Aber ich überlebe – s-s-so gut ich kann.«

»Sie sind krank?« Tommaso musterte sie. »Sie sehen kerngesund aus. Und sehr hübsch, wenn ich das anmerken darf. Aids?« Er wusste nicht, warum er ausgerechnet das sagte. Vermutlich, weil er an Sex gedacht hatte.

Sie lächelte schwach und traurig. »Letale familiäre I-i-insomnie. Die letzte Scheiße, das kann ich Ihnen sagen. Dann lieber Aids.«

»Davon habe ich noch nie gehört. Was ist das?«

»Na ja, eine extrem seltene krankhafte Veränderung des Gehirns, die verhindert, dass man richtig schläft, und die früher oder später zum Tod führt. W-w-wer von uns beiden hat nun die Arschkarte, Tommaso?« Kristin lehnte sich gegen die Theke und schlug ein Bein über das andere. Sie redete jetzt flüssiger, weniger bedächtig. »Die Schlafstörungen sind l-l-lästig und machen mich fertig. Sie führen zu Benommenheit und Schläfrigkeit t-t-tagsüber. Irgendwann kommen Gleichgewichts- und Gehstörungen dazu, dann Muskelzuckungen, die Aufmerksamkeit wird gestört, das Gedächtnis gibt den Geist auf. Noch halte ich mich gut. Hoffentlich s-s-stört Sie mein Stottern nicht zu sehr. Gehört auch zur Packung. Ich t-t-trinke noch einen, und dann ist es weg. Alkohol hilft.«

Sie tat Tommaso leid, und sein Gejammer fühlte sich plötzlich kindisch an. Sie ging sehr abgeklärt mit ihrem Leiden um, was ihn umso mehr beeindruckte. Kristin hatte sich arrangiert, ohne aufzugeben. »Kann man da nichts machen?«

»Nein. Bisher ist noch jeder Patient innerhalb weniger Jahre gestorben. Wenn ich Glück habe, gehöre ich zu denen, die plötzlich an Herzversagen oder an einem Hirnschlag eingehen, bevor eine schwere Bewusstseinsstörung einsetzt.«

Tommaso wusste nicht, was er darauf antworten sollte, und beließ es bei einem mitleidigen Blick. Er roch ihr Parfüm und fand es ebenso anregend und anziehend wie die Frau selbst.

Kristin trank ihren Wodka aus, den dritten hatte der Barkeeper bereits vor ihr abgestellt. »Haben Sie's bemerkt? Ich stottere nicht mehr«, flüsterte sie, als würde dieses Mal *sie* ein tödliches Geheimnis verraten. »Ich bin eigentlich total schüchtern und schweige von morgens bis abends.« Sie langte in ihre Handtasche und hielt einen Abreißblock in die Höhe. »Ich schreibe den Leuten normalerweise Botschaften, um mich nicht zu blamieren.«

Tommaso grinste. »Sehr clever. Und sexy.« Das Letztere war ihm rausgerutscht. Der Pastis.

Als sie ihm ihre Hand für Sekunden auf den Rücken legte, kribbelte es in ihm. Sein letztes Zusammensein mit einer Frau lag schon eine Weile zurück, und Kristin erregte ihn immer mehr.

»Vielen Dank. Das kann ich nur zurückgeben.« Ihr Gesichtsausdruck veränderte sich, als hätte sie einen Entschluss gefasst. Sie warf ihm einen, wie er fand, tiefen, erotischen Blick zu. »Hier sitzen demnach zwei Menschen, die den Tod kennen, richtig?«

Tommaso nickte. Ihm wurde heiß, als er eine Hand auf ihren festen Oberschenkel legte.

Sie zog das Bein nicht weg. »Denken Sie nicht auch, dass das eine ungewöhnliche Konstellation ist? Wir zwei beide?«

Tommaso glaubte, ein deutliches Signal in ihren Worten zu hören. »Das kann kein Zufall gewesen sein«, redete er drauflos. »Das Schicksal weiß, wen es zusammenbringen muss.«

Kristin nahm einen Stift und kritzelte etwas auf den Block, das Blatt trennte sie ab und gab es ihm, dann küsste sie ihn auf den Mund. »Finden wir heraus, was es noch mit uns vorhat.« Sie glitt vom Stuhl, während sie ihr Handy zog. »Ich rufe kurz meinen Bekannten an und sage, dass es später wird.« Sie verließ die Bar leicht schwankend.

Tommaso sah auf den Zettel: *Zimmer 34.* Ihre Handschrift war wunderschön, geschwungen und leicht altertümlich.

Er schluckte, sah auf das halbvolle Glas mit Pastis, das vor ihm stand, dachte an die sexy Frau, die in Zimmer 34 auf ihn wartete – und entschied sich für das Schicksal.

Tommaso folgte Kristin.

⁂

»Hey!«

Tommaso wollte die Augen öffnen, als er die Stimme hörte, doch die Müdigkeit war zu groß.

»Hoch mit dir!«

Ein heftiger Schlag ins Gesicht ließ ihn zusammenfahren, jetzt schossen seine Lider in die Höhe. Verwirrt und schläfrig setzte er sich im Bett auf. »Bist du bescheuert?«, murmelte er. »Du kannst mich doch nicht aus dem Zimmer schmeißen.«

Er versuchte, sich zu erinnern, was geschehen war. Ein Blick auf die Uhr zeigte ihm, dass er erst eine Stunde bei Kristin verbracht hatte. Sie hatte ihn geküsst, hatte begonnen, sich auszuziehen, und ihm etwas zu trinken gegeben und …

Tommaso wurde etwas wacher. »Bin ich eingeschlafen? Vor dem Sex?«

Kristin stand in weißem BH und Slip, die ihren gebräunten Teint besonders hervorhoben, vor dem Bett. Ihre Figur war unglaublich definiert, sie musste viel Sport treiben. Sie war heiß und er todmüde. Zwei Zustände, die vom Schicksal wiederum so nicht gedacht gewesen sein konnten. Es sei denn, es mochte Ironie. Ganz abgesehen davon war er auch noch angezogen.

»Erzähl mir, was an Bord passiert ist.«

»Hä?«, machte er wenig intelligent und rieb sich die Augen. Sie trug Tätowierungen am ganzen Körper, wie ein Kreuz mit einer Öse oben, in verschiedenen Ausführungen und Größen. Er wusste nicht, was das bedeuten sollte. »Wollten wir nicht ficken?«

»*Du* wolltest ficken.« Kristin wirkte plötzlich sehr kalt. »*Ich* wollte etwas anderes.«

Tommaso versuchte, die Schläfrigkeit aus seinen Gedanken zu vertreiben. Hier geschah etwas, das ihm nicht gefiel. »Du kannst mich doch nicht mitten aus dem Tiefschlaf reißen, damit ich dir erzähle …« Er stockte, weil er zwei Paar Männerbeine auf dem Boden hinter dem Sofa in der Ecke bemerkt hatte.

Tommaso lehnte sich ein Stück zur Seite, um besser sehen zu können, und erkannte die beiden Polizisten, die Radont als Aufpasser für ihn abgestellt hatte.

Jetzt war Tommaso wach und setzte sich kerzengerade hin. Sein pastisvernebeltes Hirn arbeitete langsam, doch selbst in diesem Zustand war ihm klar, dass keine Reporterin mal eben zwei Beamte ausschalten würde, um an Informationen für eine Story zu kommen.

Seine Kehle war rauh und trocken, er wusste nicht, was er tun sollte.

»Sie sind tot«, sagte sie teilnahmslos. »Wenn du weiterhin als Überlebender des Unglücks gelten möchtest, solltest du mit dem Erzählen beginnen.«

Er hatte Schwierigkeiten, den Sinn ihrer Worte zu erfassen. »Tot? Wieso? Was ...« Tommasos Augen wurden groß.

»Also, leg los. Die ganze Geschichte.« Kristin vollführte eine Geste, die Langeweile auszudrücken schien. »Ich habe dich zum Einschlafen gebracht, um dich zu testen. Aber es ist nichts geschehen. Was ist los mit dir? Wie hast du es im Airbus angestellt?«

»Wovon redest du?« Er verstand gar nichts.

Mit einem Sprung landete sie neben ihm im Bett. Im Flug zog sie die Haarnadel aus ihren Haaren und rammte sie ihm in den Oberschenkel; seinen Schrei erstickte sie mit einem harten Schlag ins Gesicht. Als er sich zur Seite wälzen wollte, weg von ihr, bekam er einen zweiten Schlag, der ihn rückwärts vom Bett warf. Rumpelnd fiel er zu Boden.

Sofort saß Kristin auf seiner Brust und hielt ihm die blutige Nadel vor das linke Auge. »Damit komme ich bis auf die andere Seite deines Gehirns, Tommaso. Einmal quer durch den Schädel. Rede endlich, wie du es angestellt hast!«

Der Schmerz in seinem Oberschenkel brachte ihn zum Aufstöhnen. Millionen Gedanken schossen durch seinen Kopf. Er versuchte, sich einen Reim darauf zu machen, was diese Irre von ihm wollte. Hielt sie ihn für den Schuldigen des Attentats? War sie eine Angehörige?

Ein roter Tropfen löste sich von der Spitze der Nadeln und klatschte ihm ins Auge, ließ ihn krampfhaft blinzeln.

Am besten, er redete mit der Verrückten und hoffte, dass die Polizei bald ihre Leute vermisste. Hatte er den Zettel mit der Zimmernummer an der Bar gelassen? Dann würden sie ihn …

Die Nadel stach zu und bohrte sich durch seine linke Wange, verletzte die Zunge. Kristin schlug ihre Nägel in seinen Hals und würgte seinen Aufschrei regelrecht ab.

»Ich war kacken«, presste er keuchend heraus. »Ich weiß nicht, was passiert ist.«

Sie sah ihn durchdringend an. »Beschreib, was du getan hast und was passiert ist, als die Menschen gestorben sind.«

Tommaso wiederholte stammelnd, was er Radont und Darling berichtet hatte, in allen Einzelheiten, während Kristin auf ihm saß und ihn betrachtete, als sei er nichts weiter als ein Insekt. Kein Mensch, sondern ein Käfer, den sie einfach auslöschen konnte. Mit einem Zucken ihrer Hand.

Schließlich hatte er seine Erzählung beendet und wagte nicht, sie anzuschauen. Er fürchtete sich davor, sie herauszufordern. Es war zu gefährlich, sich zu wehren, solange die Nadelspitze weniger als zwei Millimeter vor seinem Auge schwebte.

»Bleib liegen und rühr dich nicht«, befahl sie ihm nach längerem Schweigen. Kristin beugte sich nach vorne und nahm die Nadel zur Seite, um ihre Stirn an seine zu legen.

Tommaso fühlte die Spitze jetzt in seinem Ohr. Es war fast absurd, dass eine verführerische Frau beinahe nackt auf ihm lag und ihn töten wollte. In einem Film wäre das vielleicht spannend, aber für ihn hatte die Szene nicht einmal einen Hauch von Erotik. Er wollte nur lebend aus dem Zimmer entkommen.

Kristin schloss die Augen – und plötzlich begann es, auf der Höhe seiner Nasenwurzel zu kribbeln! Das Gefühl breitete sich aus, als würde die Haut von diesem Punkt aus einschlafen.

Dann richtete sich die brünette Frau auf und blickte ihn enttäuscht an. Die Nadel verharrte an seinem Ohr. »Du warst es nicht«, befand sie abfällig.

»Nein«, sagte er erleichtert. »Ich habe damit nichts zu tun.« Er schluckte und hoffte, jetzt von ihr in Ruhe gelassen zu werden, was auch immer sie eben getan hatte.

Sie tätschelte seine durchlöcherte Wange. »Tut mir leid. Ich hatte es angenommen, weil du der einzige Überlebende warst.« Sie zuckte entschuldigend mit den Schultern, ihre kleinen Brüste bewegten sich sachte. »Jetzt weiß ich, dass es noch eine Person geben muss, die den Unfall des A380 überstanden hat. Vermutlich ist dieser Mensch schon über alle Berge. Oder die Behörden verstecken ihn wie dich. Aber das werde ich herausfinden.«

Tommaso blieb ruhig liegen, spannte jedoch die Muskeln allmählich an. Der Moment schien gekommen, die Irre abgelenkt genug zu sein, dass er einen Fluchtversuch wagen konnte. Wenn sie die Spitze noch ein paar Millimeter wegzog, würde er es riskieren, bevor …

Die Haarnadel stieß mit viel Kraft durch das Trommelfell bis ins Gehirn des Italieners. Der Raum war unvermittelt in grelles Licht getaucht, es roch nach Schokolade und Ginster; irgendwo brandete ein Meer gegen Klippen, die Luft schmeckte nach Salz. Wie in Tommasos Kindheit, als er Wochen bei seinen Großeltern an der Küste verbracht hatte.

Dann erschienen die ersten Gesichter der Toten aus dem Airbus vor ihm. Sein Herz schlug schneller, die schönen Erinnerungen wurden von der aufsteigenden Panik verjagt. Im Sterben blickte er zu Kristin.

Sie sah auf ihn herab. »Oh, entschuldige. Ich muss gehen.« Kristin schwang sich von ihm herab. »Wie die Medien berichtet haben: Es gibt *einen* Überlebenden. Nicht zwei.«

Paris, Frankreich

Für Konstantin war Lilou de Girardin nichts weiter als eine Tote, die er einbalsamierte, auch wenn es diesmal ungleich schwieriger war, ein perfektes Ergebnis zu erzielen, als bei einem normalen Fall.

Gelegentlich wurden im *Ars Moriendi* Verstorbene angeliefert, die zuvor durch die Hände der Rechtsmedizin gegangen waren, da der Arzt »ungeklärte Todesursache« oder »nicht natürlicher Tod« auf dem Totenschein angekreuzt hatte. Um die Möglichkeit eines Verbrechens auszuschließen, obduzierte man solche Menschen.

Dieses Schicksal hatte auch Lilou getroffen, die er aus dem Plastiksack geschält und auf den Edelstahltisch gelegt hatte: Y-Schnitt über Brust und Bauch, Einstiche in der Haut, vernähte Stellen, wo die Pathologen recht rücksichtslos Proben aus dem Körper entnommen hatten, um dem Tod auf die Spur zu kommen. Glücklicherweise hatten sie darauf verzichtet, den Schädel zu öffnen. Vermutlich verhinderte ihre prominente Herkunft diese sonst übliche Vorgehensweise. Dennoch machte das zerstörte Gefäßsystem die Einbalsamierung extrem kompliziert. Zudem hatte man ihr die Halsorgane entnommen, aber zumindest der Hals selbst wies keine Schnitte auf.

Jetzt weiß ich, warum sie mich holten. Konstantin begutachtete die Prellungen im Gesicht, die Brüche, die er remodellieren musste.

Er trennte die provisorischen Nähte auf und warf einen kurzen Blick in die Bauchhöhle der Leiche.

Sie war ausgeräumt und die Organe nach der Untersuchung in eine Tüte hineingegeben worden. Das machte es für ihn wiederum einfacher, das Entlüften und Absaugen konnte er sich sparen. Konstantin entnahm den Beutel. Er würde den Inhalt komplett so belassen und eine unverdünnte Formaldehydlösung hinzugeben. Mit der Zeit diffundierte die Lösung in die Zellen, eine gesonderte Behandlung war nicht notwendig.

Konstantin legte los. Waschen, desinfizierende Reinigungsflüssigkeit, Lösen der Totenstarre durch Massage und Bewegen der Gliedmaßen, damit die Leiche geschmeidig wurde und sich die letzten wenigen Blutreste lösten.

Behutsam schob Konstantin Injektionsnadeln in den noch intakten Teil des Gefäßsystems der Leiche und verband sie mit den Schläuchen der Einbalsamierungspumpe. Über die Beinschlagader leitete er die Einbalsamierungsflüssigkeit ein. Er rechnete nicht damit, dass noch größere Mengen Restblut austraten, da es normalerweise über die Jugularvene abgeleitet wurde. Lilous Lebenssaft war in der Gerichtsmedizin verblieben.

Klack, klack, klack, die mechanische Pumpe hielt ihren Takt, während Konstantin den Körper der Toten knetete und massierte, damit die konservierende Flüssigkeit selbst in die kleinsten, schlecht durchbluteten Stellen gelangte.

Immer wieder kontrollierte er, wie sich die Mischung aus Formaldehyd und weiteren Substanzen verteilte, ob es zu ungewollten Ansammlungen kam. Mehrmals musste er die Nadeln im Körper umstecken, da die Venen und Arterien durch die pathologische Behandlung gekappt waren. Eine aufwendige Prozedur, die höchste Sorgfalt verlangte.

Die Totenflecken verschwanden schließlich durch seine Bemühungen, die Blutergüsse wichen der normalen Gesichtsfärbung. Dennoch verbrauchte der Vorgang mehr Fluid als sonst.

Als er sicher war, dass die Konservierung weitestgehend gelungen war, trocknete er Lilou ab und bettete sie auf einen zweiten Tisch, den er mit Küchenrollenpapier ausgelegt hatte.

Konstantin wurde langsam müde, sein Zuckerspiegel senkte sich. Konzentration war aber wichtig.

Pause.

Es war kurz nach sieben Uhr abends, wie ihm seine Uhr verriet, und er hatte Hunger.

Er zog Atemschutz, Handschuhe, Schürze und Schuhüberzieher aus, desinfizierte die Hände und verließ den Raum, stiefelte die Kellertreppen hinauf, an deren Ende ihn einer der gestählten Aufpasser mit einem Nicken begrüßte und auf eine angelehnte Tür zeigte. Es war weniger ein Hinweis, wo er etwas zu essen fand, als vielmehr die Anweisung, nicht ins Freie zu gehen.

Konstantin trat durch die Tür in einen Raum, wo Caràra auf einem Stuhl saß und in einem Buch mit einem spanischen Titel las.

Es roch nach Kaffee, nach Wurst und Brötchen. Auf einem blitzsauberen Tisch bot eine mit Zellophan abgedeckte Platte Schnittchen, die sicher von einem Meistercaterer belegt worden waren.

»Hallo«, sagte Konstantin.

Caràra sah auf. »Fertig, Monsieur?«

»Pause. Es wird noch dauern. Aber ich bekomme es hin.« Konstantin absolvierte ein paar Dehn- und Streckbewegungen. Danach setzte er sich, während der Privatsekretär sein Buch zuklappte und ihm Kaffee aus einer Thermoskanne eingoss. »Danke.«

»Dauert eine Einbalsamierung immer so lange?«

»Nein. Normalerweise bin ich nach zwei Stunden fertig.«

Konstantin wählte ein Brötchen mit Schinken, das mit Tomate und Ei garniert war. Einbalsamieren machte hungrig. Ihn zumindest.

»Aha.« Mehr sagte Caràra nicht und schenkte sich ebenfalls ein.

Konstantin schwieg und ging in Gedanken die nächsten Arbeitsschritte durch. Einige Stunden würde er noch in dem Keller verbringen müssen. »Ich soll Demoiselle Lilou komplett ankleiden und einsargen, oder?«

»So lautet der Wunsch des Marquis, Monsieur Korff.« Er bot ihm Milch und Zucker an, beides nahm Konstantin reichlich. »Ich habe mit ihm telefoniert, und er lässt ausrichten, dass es ihm sehr recht wäre, wenn Sie kurz vor der Trauerfeier noch einmal vorbeikommen und nach der Demoiselle sehen.«

Wie schön er es umschrieben hat. »Ich habe sehr viel zu tun …«

»Ihr Aufwand wird extra bezahlt, Monsieur.«

»Was nichts daran ändert, dass ich noch andere Kunden habe, Monsieur Caràra«, beharrte Konstantin mit einem Lächeln. »Ich sitze morgen bereits im Flieger nach Russland, dazu kommen Leipzigs Tote, um die ich mich ebenfalls kümmern muss.« Er biss von seinem Brötchen ab und kaute.

Caràras Lippen wurden schmal. »Das wird dem Marquis nicht gefallen.«

»Ich kann es nicht ändern. Richten Sie ihm aus, dass es ausreichen wird, wenn er einen Visagisten nochmals einen Blick auf den Körper werfen lässt.« Konstantin trank schlürfend vom Kaffee, der heiß und süß schmeckte. Der Formaldehydgeschmack in seinem Mund ließ dadurch endlich nach. »Meine Arbeit muss nicht überprüft werden. Solange Sie oder sonst jemand die Überreste der Demoiselle nicht vor der Trauerfeier in die Sommersonne schieben, wird nichts geschehen. Das garantiere ich Ihnen.«

»Gut. Ich werde Ihre Worte dem Marquis übermitteln.« Caràra trank ebenfalls von seinem Kaffee und schaffte es, dabei ungehalten und beleidigt zu wirken.

Der Rest der Pause verlief stumm.

Nach einer halben Stunde kehrte Konstantin unter die Erde zurück.

Er tupfte Lilou erneut ab und gab Füllmaterial in den Bauchraum, legte die Tüte mit den inneren Organen hinzu, zudem sparte er nicht an Ardol. Er benutzte anschließend feines, unsichtbares Garn, um die Schnitte zuzunähen.

Dann waren die Körperöffnungen an der Reihe, wo es ums Verschließen und die Geruchsbindung ging. Demoiselle sollte keinesfalls einen streng süßlichen Geruch in der Kathedrale verströmen.

Der nächste Schritt verlangte nun Fingerspitzengefühl: Konstantin kümmerte sich mit gezielten Injektionen um die Stellen, an denen die blauen Flecken hartnäckiger geblieben waren. Hypodermale Einbalsamierung nannte sich die Methode.

Danach richtete er die Knochen an Wange und Nase, soweit es ihm möglich war, und griff zu einer sich verfestigenden Gelmasse für die deformierten Stellen in Lilous Gesicht, drückte sie mit einer speziellen Spritze unter die Haut und modellierte sie. Konstantin verglich penibel die Züge der Toten nach jeder Korrektur mit den Bildvorlagen, schob und veränderte Millimeter, prüfte, schob und korrigierte, bis er zufrieden war. Das war die kniffligste Arbeit, die von ihm erwartet wurde, aber sie gab Lilou ihre Schönheit zurück.

Er merkte nicht, wie die Zeit verging. Sein Tun nahm ihn vollkommen in Beschlag. Dass sein MP3-Spieler inzwischen schwieg, nahm er ebenso wenig wahr.

Nach fünf Stunden richtete er sich auf und lächelte auf die Leiche nieder.

Gut. Das Schwierigste ist geschafft.

Jetzt kam wieder Routine, die ihm leicht von der Hand ging, ohne dass er die Konzentration dabei vernachlässigte: den Hals mit Zellstoff auspolstern – einen zusätzlichen Rachenverschluss benötigte er nicht –, Gehörgänge mit Knetwachs abdichten, die Ligatur für den Mund und Augenkappen unter die Lider, um das Einfallen und Öffnen zu verhindern.

Jetzt war es beinahe geschafft. Konstantin bereitete den Sarg mit Ardol vor. Behutsam zog er der Leiche ein weißes, hochgeschlossenes Spitzenkleid an und legte sie in den Sarg, wo er mit der kosmetischen Behandlung begann.

Als Frisur hatte der Marquis sich etwas Einfaches, Natürliches gewünscht: glatte, offene Haare. Leichte Grundierung, dezente Schminke, und fertig war sein Werk.

Zum Schluss steckte er Ringe auf ihre schlanken Finger und faltete die Hände über dem flachen Bauch. Um ihren Hals legte er ein einfaches, dunkles Seidenband, an dem ein bläulicher Edelstein baumelte. Konstantin vermutete, dass es ein Juwel von beträchtlichem Wert war. *Noch ein Grund für die Aufpasser.* Lilou trug den Anhänger auch auf dem Bild, das an Bord des Schiffs entstanden war und ihm als Vorlage diente.

Er machte einen Schritt zurück und betrachtete die Tote, nahm ein Bild zur Hand und verglich ein letztes Mal, bevor er aufräumte und seine Werkzeuge desinfizierte. Keiner der Trauergäste würde wissen, wie viel Zeit er damit verbracht hatte, Lilou wie eine Schlafende wirken zu lassen.

»Besser geht es nicht. Nur im Leben warst du schöner«, sagte er leise und empfand Bedauern. *Der Tod ist ein Egoist. Er umgibt sich zu gern mit hübschen jungen Menschen.* Lilou de Girardin war eine Schönheit mit einer guten Seele gewesen. *Und der Tod ist ein Arschloch.*

Unvermittelt setzte sich die Spieluhr in Gang, die bei den persönlichen Gegenständen lag.

Ein Schauer rann über Konstantins Rücken.

Abergläubische Menschen hätten es als Antwort des Todes gewertet, aber er wusste es besser.

Der Schnitter konnte sich ihm nicht zeigen.

Es ging nicht.

***

»Sie … sieht aus, als würde sie schlafen. Meisterhaft, Monsieur Korff!« Caràra stand neben ihm und betrachtete die tote Lilou. Er konnte anscheinend nicht fassen, wie perfekt das Resultat von mehr als zwölf Stunden Arbeit geworden war.

»Es war unproblematischer, als ich dachte.« Konstantin lächelte glücklich, aber erschöpft. Er hatte seine Arbeitskleidung abgelegt, geduscht und Hose, Polohemd sowie Sakko angezogen. Es roch feucht, nach Desinfektions- und verschiedenen Balsamierungsmitteln, deren spezieller Fluidduft sich bald verflüchtigt haben würde.

Im Sarg ruhte Lilou Girardin, in dem schönen, hochgeschlossenen Spitzenkleid, das es ihm leichter gemacht hatte, die Verfärbung am Hals zu kaschieren. Die Augen waren friedlich geschlossen, die Haare umrahmten das wunderschöne Gesicht der jungen Frau, die Konstantin dezent geschminkt hatte. Die Facetten des Diamanten schimmerten sacht im Neonlicht.

»Kann jetzt noch etwas geschehen?«, erkundigte sich Caràra vorsichtig.

»Sie meinen, ob der Verwesungsprozess fortschreitet und sich Demoiselle bis zur Bestattung aufbläht?« Konstantin mochte es nicht, wenn man zu euphemistisch von den Vorgängen sprach, die der Tod nach sich zog. »Nein. Ich habe Maßnahmen ergriffen, Monsieur. Wie ich vorhin sagte: Ihre sterbliche Hülle wird bis zur Trauerfeier in diesem Zustand bleiben, durchgehende Kühlung vorausgesetzt. Ich würde sie bis zur Beerdigung in diesem Raum lassen und einen Luftentfeuchter aufstellen.« Dabei beließ er es. Es stand Caràra ins Gesicht geschrieben, dass er keine Details wissen wollte. »Wenn es Ihnen nichts ausmacht, wäre ich dankbar, wenn Sie mich ins Hotel zurückfahren könnten.« Konstantin hob den Aluminiumkoffer an.

»Natürlich, Monsieur Korff.« Caràra deutete eine Verbeugung an, die der Leiche galt, und wandte sich vom Sarg ab, um den Raum zu verlassen. »Ich muss Ihnen ein großes Kompliment machen«, sagte er im Gehen. »Ich kannte Demoiselle Lilou acht Jahre, Monsieur, und ich … war skeptisch. Ich fürchtete, dass Sie sie wie eine Wachspuppe aussehen lassen würden oder ihr ein Aussehen geben, das ihrem Naturell nicht gerecht wird. Nun muss ich Abbitte leisten, Monsieur Korff.«

»Das ist ein großes Lob, Monsieur Caràra. Ich freue mich, dass ich das erhalten konnte, was sie ausmachte.« Er dachte an die Gemahlin des Marquis. »Sie sollten ihre Mutter bald zu ihr schicken. Vielleicht nicht unbedingt in diesen Keller.«

»Das ist klar, Monsieur. Wir lassen Demoiselle Lilou später abholen und an einen anderen Ort bringen, wo die Atmosphäre privater und es sicherer ist.«

Sie hatten das Erdgeschoss erreicht und verließen das Haus.

Es war inzwischen tiefe Nacht, und die Luft trug den Stadtgeruch aus Staub und Abgasen, gemischt mit Rauch. Irgendwo verbrannte jemand Müll.

Konstantin und Caràra schritten an den Aufpassern vorbei, stiegen in den Peugeot, und die Rückkehr zum Hotel begann.

Wieder schwiegen die beiden, weil es nichts zu sagen gab. Caràra würde nicht wissen wollen, wie die Einbalsamierung im Detail verlaufen war, und er fühlte sich zu müde, um Fragen nach der Familie Girardin zu stellen. *Geht mich auch nichts an.*

Vor dem Hotel fand der Sekretär schließlich seine Stimme wieder. »Monsieur Korff, was die Bezahlung angeht: Bar? Jetzt sofort? Per Überweisung?«

»Sie wollen mir sagen, dass Sie ein paar tausend Euro in bar mit sich herumschleppen?«

Caràra lächelte vielsagend.

»Wenn das so ist, dann nehme ich es in bar.« Konstantin bekam von ihm einen Umschlag gereicht. Er sparte sich die Mühe nachzuzählen, es fühlte sich schwer genug an. *Mehr als vereinbart gewesen war.*

»Über den Bonus entscheidet der Marquis, wenn er seine Tochter gesehen hat, Monsieur Korff. Sie werden von mir erfahren, wie sein Urteil ausfällt.« Caràra schüttelte ihm die Hand.

»Wie ich schon sagte, das ist nicht nötig. Guten Abend, Monsieur Caràra. Alles Gute.« Konstantin steckte den Umschlag in sein Sakko, stieg aus, nahm den Alukoffer von der Rückbank und betrat die Lobby des *Hôtel De Vendôme.* Zu dieser Zeit war sie bis auf den Concierge leer.

Der Hotelangestellte nickte ihm zu, reichte ihm seinen Schlüssel und eine kleine Karte. »Die hat ein Gentleman für Sie abgegeben, Monsieur Korff.«

»So?« Konstantin öffnete sie. Er erkannte die Handschrift, und das Zitat ließ auch den letzten Zweifel verschwinden.

I choose my friends
for their good looks,
my acquaintances
for their good characters,
and my enemies
for their intellects.
A man cannot be too careful
in the choice of his enemies.

Oscar Wilde, The Picture of Dorian Gray

Also habe ich mich nicht geirrt! Ich habe ihn in dem Kreisverkehr wirklich gesehen. Wie eigenartig, dass sich einer seiner besten Freunde gerade in Paris aufhielt. *Wenn auch sicher nicht freiwillig.*

Er musste lachen und senkte die Karte. Dass sie sich in der Metropole Paris in einem vierspurigen Kreisel begegneten und vorher mehr als ein halbes Jahr nichts voneinander gehört hatte, passte zu ihrer besonderen Beziehung.

Konstantin nahm es als Hinweis, sich bei ihm zu melden. *Aber nicht mehr heute. Ich brauche ein Bad und ein Glas Wein, danach muss ich mich in den nächsten Fall einlesen.* Die Moskauer hatten mit einem schwierigen Fall zu kämpfen, und er war gespannt, ob er etwas beisteuern konnte.

»Gute Nachrichten, wie ich sehe, Monsieur Korff«, kommentierte der Concierge höflich. »Das ist doch erfreulich.«

»Ja, das kann man so sagen.« Er ging auf den Fahrstuhl zu. »Gute Nacht.«

In dem Moment kam ein Pärchen zur Tür herein und ging schnurstracks auf den Aufzug zu. Er hörte den erbosten Ruf des Concierge, aber sie schoben sich zu ihm in die Kabine. Der Mann hielt eine Kamera in der Hand und wollte sie gerade anheben.

Jedenfalls versuchte er es.

Das sind die Typen mit der Vespa! Konstantin hielt seinen Koffer wie einen Schild vor sich und drängte sie zurück in die Eingangshalle, wo der Angestellte bereits wutentbrannt um den Tresen eilte. »Ich glaube nicht, dass die beiden Hotelgäste sind«, sagte Konstantin unwirsch.

»Nein, Monsieur Korff«, antwortete der Concierge und packte den schmalen Fotografen am Kragen. »Presse. Sie waren schon einmal da, und ich habe sie vor einer Rückkehr gewarnt.«

Der Mann versuchte trotzdem, Aufnahmen von Konstantin

zu schießen, doch der Koffer versperrte ihm die Sicht. Nach einem kurzen Handgemenge mit dem Concierge fiel der Apparat zu Boden, das Objektiv zersprang.

Konstantin nahm das Gehäuse an sich und machte einen Rückwärtsschritt in den Fahrstuhl. Rasch nahm er den Chip aus dem Gerät und warf die Kamera der Frau zu, die geistesgegenwärtig zupackte.

»Monsieur«, rief sie und hielt ein Smartphone in die Höhe, die kleine Linse war auf ihn gerichtet. »Ein Interview, bitte! Was haben Sie mit Caràra …«

Konstantin drehte sich zur Seite, die Tür schloss sich. Sein Gesicht gehörte bestimmt nicht auf die Titelseite eines Klatschblattes. Das könnte das Interesse der falschen Leute wecken. Auftraggeber von früher, als er noch andere Jobs angenommen hatte.

Der Fahrstuhl trug ihn empor, zu seinem luxuriösen Zimmer.

Wo er die Nacht verbringen konnte, hatte er gleich nach dem Einchecken überprüft: Er würde sich mit den großen, gemütlichen Sofapolstern ein Bett in der Ankleide richten.

Denn die Ankleide, das hatte er grob geschätzt, war der kleinste Raum der Suite. Beste Voraussetzungen für einen ungefährdeten, ungefährlichen Schlaf. Die Angestellten des *Hôtel De Vendôme* sollten nicht zu Schaden kommen, falls er sie beim Betreten der Suite nicht hörte.

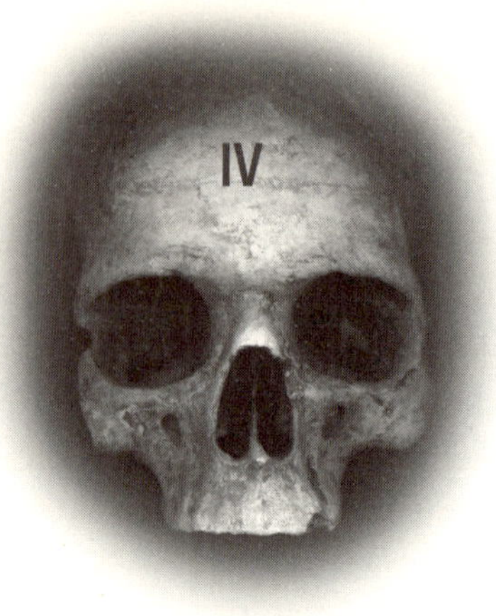

Ein ewig Rätsel ist das Leben,
Und ein Geheimnis bleibt der Tod.

Emmanuel Geibel, Lieder aus alter und neuer Zeit

Minsk, Weißrussland

Ian McNamara saß auf dem Rücksitz eines Geländewagens, dessen Marke er nicht kannte. Vermutlich war es ein weißrussisches Eigenfabrikat. Im Kofferraum war das umfangreiche Gepäck untergebracht, sein Fahrer und ein weiterer Mann hatten vorne Platz genommen und unterhielten sich auf Russisch, während sie wie die Schlote qualmten. Gelegentlich lachte einer von ihnen. Für die beiden Männer schien McNamara nicht zu existieren.

Er sah aus dem dreckigen Wagenfenster und betrachtete das vorbeiziehende Minsk, das er noch nie richtig gesehen hatte.

Der Preis für das sehr hohe Gehalt und die Mitarbeit bei einem medizinischen Vorreiterprojekt waren Ausgangssperre und Kontaktverbot. Gelegentlich durften Nachrichten via

Mail versandt oder knappe Telefonate geführt werden, um den Lieben zu Hause etwas über einen falschen Job in Afrika vorzulügen. McNamaras Schwester, die einzige Verwandte, die er noch hatte, glaubte, er wäre in Burkina Faso und würde in einem Krankenhaus arbeiten.

Graue Häuserfronten bestimmten das Stadtbild, als sie durch die Innenstadt kurvten.

McNamara hätte sich vor dem Heimflug gern ein Bier oder einen Wein in einer Kneipe gegönnt. Aber das würde er zu Hause nachholen, in Killarney, und sich die letzten Wochen mit Whiskey und Kilkenny aus dem Kopf spülen. Dann würde er nach einer Anstellung in irgendeinem kleinen Krankenhaus suchen. Um Patienten zu helfen, nicht um Gesunde zu verkrüppeln oder zu töten.

Sein Ehrgeiz war an der ganzen Sache in Minsk schuld. Er hatte sich geehrt gefühlt, dass Smyrnikov mit ihm zusammenarbeiten wollte.

Aber schon beim ersten Rundgang durch diese Alptraumklinik hatte sich ein dicker Kloß in McNamaras Hals festgesetzt, der auch nach Tagen und Wochen nicht verschwand. Die Experimente, die dort durchgeführt wurden, traten den Eid des Hippokrates nicht mit Füßen, sondern bearbeiteten ihn mit Macheten, Spitzhacken und Motorsägen.

McNamara seufzte. Er hätte gar nicht erst nach Minsk gehen sollen. Alles, was sich in den verschiedenen Abteilungen des Instituts abspielte, war gesetzeswidrig und verstieß gegen jegliche Ethik, der er sich als Arzt verpflichtet sah. Die Mediziner und Spezialisten, die Smyrnikov um sich scharte, erinnerten ihn an die Nazi-Ärzte, die Experimente mit KZ-Häftlingen durchgeführt hatten. Das waren Verbrecher.

Die Rechtfertigung für das grausame Treiben – für das Abschneiden von Köpfen, die Entnahme von Hirnen, die Untersuchungen des Zerebrums bei vollem Bewusstsein der armen

Männer und Frauen, für die Transplantationen – hörte sich an wie ein Hohn.

McNamara wusste, dass er niemandem davon berichten durfte, auch wenn sein Gerechtigkeitssinn es verlangte. Er war sich sicher, dass Smyrnikov seine Drohung sonst wahr machen würde, aber er tröstete sich mit dem Gedanken, dass es ohnehin niemanden interessierte, was in Minsk geschah. Wer sollte gegen Smyrnikov intervenieren, wenn sich die Behörden und die Machthaber des Landes von ihm bestechen ließen? Über diplomatische Drohungen lachte man in Weißrussland.

Das Zeichen für Flughafen huschte vorbei – es zeigte in die entgegengesetzte Richtung.

McNamara verzog den Mund, doch seine Überraschung hielt sich in Grenzen. Damit hatte er gerechnet. Männer wie Smyrnikov hielten ihr Wort nicht. Die beiden Riesen auf den Vordersitzen hatten garantiert den Auftrag, ihn an einen abgelegenen Ort zu fahren und verschwinden zu lassen.

Es hatte ihn sogar gewundert, dass sie es nicht gleich in der Klinik versuchten. Vermutlich wegen der übrigen Wissenschaftler.

McNamara blieb ruhig, er war vorbereitet. Auch ein Chirurgieprofessor wusste mit Waffen umzugehen. An seinem zweiten Tag nach seiner Ankunft in Minsk hatte er dem Wachschutz am Eingang eine Pistole gestohlen. Der Mann hatte den Verlust wohl nicht gemeldet. Ein Magazin musste reichen, um zu entkommen.

Er nahm die Waffe, eine Makarov neun Millimeter, aus seiner Jacke, lud sie einmal durch, damit die Riesen wussten, woran sie waren, und drückte die Mündung in den Nacken des Fahrers.

»Zum Flughafen«, befahl er auf Englisch. Wenn er erst mal da war, sollte er sicher sein. McNamara ging davon aus, dass sie ihm in Anwesenheit zahlreicher Augenzeugen nichts antaten, um Aufsehen zu vermeiden. »Ich will nur nach Hause. Sie setzen mich ab, ich steige in die Maschine, und Sie sind mich los.«

Seine Begleiter wechselten einige Worte, die McNamara nicht verstand. Zur Sicherheit verstärkte er den Druck der Pistole. »Keine Tricks, keine Anrufe. Los, umdrehen.«

Der Riese hinterm Steuer setzte fluchend den Blinker und bog mehrmals ab, bis sie auf die Straße in Richtung Flughafen gelangten.

Sein Kumpel sah über die Schulter. »Denkst du, du kommst lebend in dein Flugzeug?«

McNamara nickte. Da hatte er den Beweis, dass sie nicht vorgehabt hatten, ihn gehen zu lassen. »Ich habe eine Abmachung mit Smyrnikov. Wenn er sie nicht freiwillig einhält, sorge ich selbst dafür.« Mehr sagte er nicht. Warum auch?

Sie näherten sich dem Flughafen, der Verkehr nahm zu.

Anspannung breitete sich in dem Iren aus. Er würde die beiden Riesen ohnmächtig schlagen müssen, sobald sie angekommen waren. Die Waffe und alles andere würde er im Wagen lassen und den nächstbesten Flieger nehmen, Hauptsache raus aus Weißrussland und weg von Smyrnikovs Einfluss. Es musste schnell gehen.

Einen anderen Plan hatte er sich auf die Schnelle nicht zurechtlegen können. Mit dem Wagen, dem Zug oder dem Bus bis zur nächsten Grenze zu fahren erschien ihm zu gefährlich. Es dauerte zu lang, und er sprach kein Russisch.

»Wir machen deine Schwester kalt, wenn du aussteigst«, sagte der Beifahrer zähneknirschend.

McNamara durchfuhr ein kalter Blitz. »Schnauze.«

»Wir wissen alles über dich«, redete er weiter. »Lass den Unsinn, leg die Waffe weg und komm mit uns.«

»Wir wollen dir nichts Böses«, mischte sich der Fahrer ein. »Doch wenn du nicht aufgibst, fahren wir oder ein paar Kumpels zu ihr, ficken sie durch und erwürgen sie dabei. Was hältst du davon?«

»Ich habe gesagt, ihr sollt die Fresse halten!« McNamara wurde übel vor Sorge. »Ihr werdet meiner Schwester nichts tun.«

»Doch. Wir ficken sie. Und wenn wir sie töten, weiß sie, dass es deine Schuld ist«, widersprach der Beifahrer.

»Danach klingeln wir bei deiner Nachbarin und ficken sie auch, saufen ihr Bier und bringen sie um«, fiel der Fahrer ein und warf McNamara einen Blick im Rückspiegel zu, hielt Augenkontakt, während er grinste. »Das machen wir mit …«

»Stoi!«, brüllte sein Kumpel plötzlich und stemmte die Hände gegen das Armaturenbrett. »Stoi, stoi!«

Der Fahrer richtete den Blick nach vorne und trat auf die Bremse. Vor ihnen hatte sich der Verkehr gestaut, die rot aufleuchtenden Hecklichter und Warnblinker schufen ein zuckendes Lichtermeer. McNamara wurde in den Anschnallgurt geworfen. Dabei löste sich ein Schuss aus der Makarov, jagte durch die Kopfstütze und riss dem Fahrer das rechte Ohr ab. Die Kugel durchschlug die Windschutzscheibe, Blut spritzte aus der Wunde und besprenkelte den gesamten Innenraum.

Der Fahrer kreischte auf und hielt eine Hand an die Verletzung. Trotzdem gelang es ihm irgendwie, den Geländewagen rechtzeitig zum Stehen zu bringen, bevor er in das Ende der Schlange raste. Sie befanden sich mitten auf einer Kreuzung.

Der Beifahrer wandte sich blitzschnell um, packte die Makarov und blockierte mit seinen Fingern den Abzug. Er versetzte McNamara einen Handkantenschlag auf den Mund.

McNamara wurde nach hinten geschleudert und sah Sternchen vor seinen Augen. Tränen schossen aus den Augen, er schmeckte Blut im Mund. Die Lippen fühlten sich aufgesprungen an. Sein Plan war soeben ruiniert worden.

Der Riese auf dem Beifahrersitz entwand ihm die Pistole,

richtete den Lauf auf den Kopf des Iren und grinste, während sich seine Finger um den Abzug krümmten.

Noch bevor der Schuss fiel, dröhnte ein lautes Hupsignal.

Im nächsten Moment wurde der Geländewagen von einem Einschlag erschüttert, der die Seite eindrückte und verformte. Die zweite Tür befand sich plötzlich neben McNamara, als wäre der Innenraum innerhalb eines Lidschlags verkleinert worden. Die Scheiben barsten und überschütteten ihn mit Glassplittern, er wurde durchgeschüttelt und schlug sich den Kopf an der Seitenstrebe an, prallte gegen die Kopfstütze des Fahrers.

Der Geländewagen wurde zur Seite geschoben und drehte sich dabei mehrmals um die eigene Achse, gleich einem fetten, unförmigen Kreisel, bevor er in den Gegenverkehr schlitterte – und von einem weiteren Pkw gerammt wurde. McNamaras Kiefer schlugen aufeinander, er biss sich auf die Zunge und schmeckte noch mehr Blut. Der Wagen drehte sich noch zweimal um die eigene Achse, dann kam er endlich zum Stehen.

Die Benommenheit ließ sich nur schwer abschütteln, der deformierte Innenraum des Wagens schwankte vor seinen Augen. Mit zitternden Händen fummelte McNamara am Verschluss des Anschnallgurtes herum, bis er ihn endlich aufbekam.

Er hörte mehrere russische Stimmen durcheinanderrufen. Hände packten ihn, zerrten ihn aus dem Fenster ins Freie.

McNamara wusste nicht, wie ihm geschah, und schon fand er sich am Fahrbahnrand liegend wieder. Jemand warf ihm eine Rettungsdecke um, eine Frau hielt seine Hand und untersuchte gleichzeitig sein Gesicht. Was sie zu ihm sagte, verstand er nicht.

Plötzliche Übelkeit ließ ihn würgen, die Folgen einer Gehirnerschütterung, nahm er an. Wegen des Adrenalins spürte er geringe Schmerzen. Doch die würden noch kommen. Die

Welt hörte auf zu schwanken, aber sein Blick blieb etwas unscharf.

Er drehte langsam den Kopf und sah die Kreuzung, wo ein Autotransporter mit eingedellter Front hielt, der sie anscheinend erwischt hatte. Auch der Pkw, der sie gerammt hatte, stand nicht weit daneben. In ihm saßen mehrere Verletzte. Menschen liefen umher, versuchten, die Türen der verbeulten Pkws zu öffnen, andere telefonierten.

McNamara richtete sich gegen den Protest seiner Helferin auf und schob sie zur Seite. Er musste weg, solange das Adrenalin noch wirkte. Zum Flughafen.

Mit unsicheren Bewegungen erhob er sich, wankte los und folgte der Straße. Er hatte Pass und Geld dabei, alles andere war unwichtig. Er musste zum Flughafen.

Gelegentlich sprachen ihn Passanten an, doch er marschierte an ihnen vorbei, dorthin, wo sich in der Ferne bereits die Terminals erhoben. Als Erstes musste er mit seiner Schwester telefonieren. Sie sollte verschwinden, raus aus Killarney, bevor ihr das zustieß, wovon die Riesen im Wagen gesprochen hatten.

Ein knatterndes Motorengeräusch näherte sich, ein Motorrad fuhr zwischen den Reihen der Autos entlang, die im Stau weder vor noch zurück kamen, bis es auf gleicher Höhe mit ihm war. Der Polizist darauf bedeutete ihm, stehen zu bleiben.

McNamara dachte nicht daran. »Flugzeug«, sagte er undeutlich und spuckte einen Klumpen geronnenes Blut aus.

Der Polizist schüttelte den behelmten Kopf und wies ihn wieder an, anzuhalten. Der Ton wurde schärfer und unfreundlich.

McNamara fragte sich, ob Smyrnikov ihn geschickt hatte, um ihn abzufangen. Aber so schnell konnte er nicht erfahren haben, was mit seinen Handlangern geschehen war. Der Beifahrer musste tot sein, aber vielleicht hatte der andere überlebt und Smyrnikov verständigt? Aber egal, jede Verzögerung bedeutete einen Vorteil für die Gegenseite.

Jetzt stellte der Polizist die Maschine ab, stieg ab und lief hinter McNamara her, packte ihn am Arm.

»Nein, nein!«, schrie der Ire ihn an. »Ich habe nichts getan. Ich muss zu meinem Flieger! Ich will weg! Verstehen Sie nicht? Ich will weg! Ich ...«

Es knallte leise hinter ihnen.

Der Polizist gab ein Stöhnen von sich und griff sich an die Schulter. Blut rann zwischen seinen Fingern hervor, er schwankte.

McNamaras Kreislauf sackte ab, er wollte sich in Deckung werfen, doch er fiel lediglich nach vorne und schrie vor Schmerzen, als er auf dem Boden aufprallte. Die dämpfende Wirkung des Adrenalins hatte ihre Grenze erreicht. Prellungen, Quetschungen, Platzwunden verschonten ihn nicht länger.

Wieder knallte es, die Schüsse kamen näher. Menschen schrien, Autotüren schlugen, Wagen starteten und wollten weg, verkeilten sich dabei jedoch nur mit anderen Autos. Der verletzte Polizist hatte sich inzwischen hinter einen Transporter gekauert.

McNamara kroch ächzend einen halben Meter auf dem Bürgersteig entlang, dann brach die Ohnmacht über ihn herein.

Den Schuss, der ihn aus der gestohlenen Makarov traf, spürte er nicht mehr. Die Waffe befand sich jetzt in der Hand des verletzten Fahrers mit dem abgerissenen Ohr. Der Mann schoss noch zwei weitere Male. Von drei Kugeln getroffen, starb Ian McNamara.

Moskau, Russland

Konstantin saß im Freien, im *Bosco Café* und genoss das herrliche Moskauer Wetter.

Pärchen schlenderten über den Roten Platz, Kinder rannten umher und spielten Fangen. In dem regen Trubel mischten sich Touristen und Einheimische zu einem bunten Durcheinander.

Die Fotoapparate der Urlauber erinnerten ihn an die Speicherkarte, die er dem Reporter abgenommen hatte. Die Bilder darauf waren zum Glück harmlos gewesen: er und Caràra im Wagen, ins Gespräch vertieft, dann ein paar verwackelte, unscharfe Aufnahmen von ihm in der Lobby. Und dafür hatte der Fotograf sein Objektiv geschrottet und vermutlich auch den Korpus der Kamera verloren.

Für Konstantin war es jedoch wichtig, dass sein Gesicht nicht zu sehr in die Öffentlichkeit geriet. Daher hatte er den Chip mit der Schere zerschnitten und die Einzelteile durchs Klo gespült. *Berufsrisiko der Paparazzi.*

Dem Café gegenüber, auf der anderen Seite des Roten Platzes, lag das Haus seines Kunden, von dem er eben kam.

»Haus« war nicht unbedingt der korrekte Ausdruck bei der Größe des Bauwerks. Heimlich war er durch den Seiteneingang gelotst worden, tief in das würfelförmige Gebäude aus schwarzem Labradorstein und rotem Granit. Konstantin hatte die Stufen nach unten gezählt und war auf dreißig gekommen, dann hatte er zusammen mit seinen drei Begleitern vor dem Kristallsarg gestanden.

Der Auftrag war erledigt, und zwar wesentlich schneller als bei Demoiselle Lilou. Eigentlich plädierte die Mehrheit der Russen seit Jahren für eine Beerdigung der prominenten Leiche. Doch Wladimir Iljitsch Uljanow lag noch immer in seinem Mausoleum und empfing Gäste. Im Augenblick unter der

Woche an vier Tagen, immer vormittags. *Lenin versammelte gerne Leute um sich.*

Konstantin hatte einen Tee aus dem Samowar vor sich stehen und knusperte russische Kekse mit dem schönen Namen *bylo wkusno*, was so viel bedeutete wie *Es war lecker.* Er stippte und dippte genüsslich, auch wenn der Kellner verzweifelt versucht hatte, ihm etwas Italienisches aufzuschwatzen.

Die Moskowiter und Touristen zogen an ihm vorbei, während er den Tag genoss und über die Leiche des Revolutionärs nachdachte. *Klein, blass und unwirklich.* Hätte er eine derartige Arbeit bei Lilou abgeliefert, würde ihn der Marquis vermutlich vierteilen lassen.

Konstantin wollte nicht unfair sein, weil er wusste, wie lange die Leiche bereits dort lag und wie schlecht man sie jahrzehntelang behandelt hatte, weil man es nicht besser wusste, bis sie heute nichts weiter war als eine gruselige Touristenattraktion, um die sich Gerüchte rankten.

Selbst eine Wachspuppe sieht besser aus. Vielleicht war das der Trick an der Sache: Lenin musste genau so aussehen, um die Besucher und ihre morbide Sensationslust zu befriedigen.

Man hatte Konstantin nach Moskau geholt, damit er die Mumie begutachtete, die unter ihrem Glaskasten lag, in der chemisch behandelten Kleidung, die alle paar Jahre für unglaublich viel Geld von einer Stiftung ausgetauscht wurde. Und alle achtzehn Monate musste Lenin neu einbalsamiert und in ein Kräuterbad versenkt werden, dessen Rezeptur die Verantwortlichen mit Konstantin besprochen hatten.

Das hätte ich mir nicht träumen lassen. Er verfolgte, wie eine Gruppe asiatischer Touristen ins Mausoleum wollte und an der geschlossenen Pforte scheiterte. *Dass ich einmal von den Russen um Rat gefragt werde.*

Mit seiner Hilfe und einer Rezeptkorrektur der Balsamierungsflüssigkeit hielt Lenin noch hundert Jahre durch, vielleicht sogar hundertfünfzig. Danach würden sich die Fehler der Vergangenheit zu stark auswirken. Formalinspritzen mit Zinkchlorid hatte man ihm nach seinem Tod eilends verpasst, eine lange Aufbewahrung war nicht vorgesehen gewesen. Darin lag das Problem.

»Ich kenne Sie doch.« Eine Frau, die vor seinem Tisch stehen geblieben war, riss ihn aus seinen Gedanken. Sie hatte lange blonde Haare und trug ein weich fallendes, gemustertes Sommerkleid, das ihre Figur umspielte und im Gegenlicht leicht durchsichtig wurde. Mit einer roten Sonnenbrille schützte sie ihre Augen. »Ja, sicher! Sie sind der nette Mann, der sich fast alle unsere Proben und Konzerte anschaut. Sagen Sie nicht, Sie sind wegen unseres Auftritts hierhergereist?!«

Konstantin brauchte ein paar Sekunden, um sich von Lenin und dessen Geheimnissen zu lösen. Dann erkannte er sie. *Iva!* Die Cellistin aus dem Gewandhausorchester.

Mit ihr hatte er auf dem Roten Platz in etwa so sehr gerechnet wie mit der Queen von England, auch wenn er wusste, dass Teile des Orchesters auf Tournee im Osten waren. Deswegen war er nun so überrumpelt, dass es ihm die Sprache verschlug.

Er lächelte schließlich und bekam endlich ein »Hallo«, heraus.

Dabei bemerkte er durch eine schmale Lücke im Menschengetümmel einen älteren Mann mit Sonnenbrille, der eine Kamera mit einem großen Teleobjektiv in der Hand hielt und Fotos schoss. Was ihn inmitten des Gewusels auffällig machte, war, dass er mit seiner Frisur aussah wie ein gealterter Rock 'n' Roller, den man gezwungen hatte, Klamotten in gemäßigtem Landhausstil zu tragen.

Die durchmesserstarke Linse zielte auf das Café. Konstantin hatte das unschöne Gefühl, dass sie dazu noch auf ihn gerichtet war.

Iva nahm ihre Sonnenbrille ab. »Oh, ich habe Sie überrascht. Tut mir leid. Ich hoffe, ich bin nicht zu aufdringlich und bringe Sie bei Ihrer Begleitung in Schwierigkeiten.« Sie sah auf den Tisch, auf das einzelne Gedeck. »Alleine. Wie bei den Proben und den Aufführungen. Sind Sie gerne einsam?«

Ihr schönes Lächeln ohne die Bühne, ohne das Cello, ohne das Gewandhaus zu sehen, brachte ihn durcheinander. Aber die sensationelle Wirkung ihrer Lippen blieb. »Liegt an meinem Beruf«, sagte er hastig. Konstantin fühlte sich blockiert und gehemmt.

Der Wind drehte und trug ihm Ivas Parfüm zu, eine merkwürdige, aber spannende Mischung, weiblich und zugleich herb, wie sie Demoiselle Lilou niemals getragen hätte. Er bemerkte Spuren von Bergamotte, Jasmin, Rosen und Patchouli. *Zu ihr passt es.*

Iva hielt ihre Handtasche in der Rechten. »Darf ich?« Sie deutete auf den freien Stuhl.

Konstantins kindischer Impuls war, entweder nein zu sagen oder aufzuspringen und wegzurennen.

Er wusste, dass es nicht bei einem harmlosen Gespräch bleiben würde. Sie war genau sein Typ, und dass es umgekehrt genauso war, hatten ihre Blicke bei den Proben ebenso verraten wie das einladende Lächeln, das sie auch in diesem Augenblick auf dem Gesicht trug. Sympathie, Anziehung, Neugierde. Hier, am Roten Platz in Moskau, konnte etwas beginnen, was er hatte vermeiden wollen. Wie sehr ihn die junge Cellistin auch anzog … es war zu gefährlich.

Oder ich riskiere alles und sage ihr sofort die Wahrheit über mich. Für einen Moment richtete Konstantin seinen Blick wieder auf den Platz, hielt Ausschau nach dem Fremden mit dem Teleobjektiv, aber er war verschwunden.

Iva setzte sich, ohne seine Antwort abzuwarten. »Welchen Beruf haben Sie denn?«

Konstantin schaute sie an, versank in ihren braunen, wachen Augen. »Wie bitte?«

Sie wandte sich kurz ab, um beim Ober das Gleiche wie er zu bestellen, dann sprach sie wieder. »Sie sagten, Ihr Beruf mache Sie einsam. Daher nehme ich an, Sie sind entweder ein Kreativer oder einfach ein Arschlochtyp, bei dem der Beruf egal ist.« Sie grinste, um zu zeigen, dass sie einen Scherz gemacht hatte.

Konstantin lehnte sich ganz langsam nach hinten. Iva war ihm etwas zu forsch, seine eigenen Gedanken schwirrten so schnell umher, dass er sie kaum fasste. »Jedenfalls bin ich kein Musiker, der im Gewandhausorchester spielen darf wie Sie.«

Der Ober brachte eine Fuhre Samowartee plus russische Kekse und verschwand sofort wieder.

Sie senkte den Kopf ein wenig, blonde Haarsträhnen wollten vor ihr Gesicht rutschen, wurden aber mit einer eleganten Handbewegung zurückgeschoben. »Großer Gott, ich bin unmöglich, oder?«, sagte sie mit gedämpfter Stimme. »Das geht mir immer so, wenn ich ... nervös bin. Ich falle mit allem ins Haus, was es gibt: Türen, Fenster, das Dach.« Iva lächelte. »Und dem Kamin.«

Und da verstand Konstantin, dass sie genauso unsicher war wie er, nur dass sie es mit großer Klappe und Getöse zu überspielen versuchte. *Sie ist nervös. Meinetwegen!* Ihm wurde warm, was nicht am Tee lag. Der Tag, vor dem er sich gefürchtet hatte und den er ersehnte, nahm seinen Lauf. »Ich wusste nicht, dass das Orchester hier auftritt.«

Sie war erleichtert, dass er ihr Geständnis nicht kommentierte, und griff das Thema dankbar auf. »Ja, eine schöne Gelegenheit, mal ohne einen Cent auszugeben vor die Tür zu kommen. Wir haben eine Einladung der russischen Regierung bekommen. So eine Partnerschaftssache. Moskau, Sankt Petersburg und vier weitere Städte, die ich gerade vergessen habe. Die Kontakte gehen vermutlich noch auf die DDR zurück, keine Ahnung. Das war vor meiner Zeit.« Iva wurde sichtlich ruhiger, dann lachte sie. »Das ist schon ein Ding, oder? Wir sehen uns so oft, und ich denke jedes Mal, dass ich Sie endlich ansprechen und auf einen Kaffee einladen sollte.« Sie hob ihre Tasse. »Und in Moskau ist es so weit. Auf dem Roten Platz.« Sie schüttelte den Kopf und grinste.

»In letzter Zeit erlebe ich öfter glückliche Zufälle.« Konstantins Herz pochte schnell. Je länger er Iva vor sich sah, ihr Lachen hörte und die Stimme vernahm, desto wohler fühlte er sich. Und genau *das* hatte er immer vermeiden wollen. *Kein gutes Zeichen.*

Sie aßen Kekse, tranken Tee und plauderten die Zeit davon.

Iva wurde wie er unbefangener und suchte ständig Augenkontakt. Sie hingen einander an den Lippen, lauschten auf jedes Wort. Beinahe hätte er seine Hand auf ihre gelegt.

Konstantin wusste bald, dass sie Ludovico Einaudi mochte, Cello und Klavier studiert hatte, in einer Band sang, Yoga machte und gerne tanzte. Sie sammelte sämtliche Comics mit Batman und konnte aus jedem der neueren Filme mit Christian Bale zitieren. Außerdem bezeichnete sie sich als miserable Köchin, konnte aber backen, weswegen ihr wenigstens Aufläufe gelangen. Ihr Vater war schon lange tot, ihre Mutter hieß Gabriele und lebte noch immer in Stralsund, ihre fünf Schwestern hießen Eva, Carmen, Magdalena, Evita und Selma. Und ja, Iva mochte ihre spanischen Wurzeln, denen sie die braunen Augen verdankte.

Es schien, als habe sie ebenso wie er auf diesen Tag gewartet, um ihm all das erzählen zu können, und nun sprudelte es hervor, wie um die Zeit, die sie mit ihrer Zurückhaltung vergeudet hatten, aufzuholen.

Irgendwann sah Iva in ihre leere Teetasse. »Toll. Ich rede und rede. Was war mit deinem Beruf, der dich so einsam macht?«

Ich kann dir stundenlang zuhören. Tagelang. Doch anstatt diese Worte auszusprechen, zeigte Konstantin auf das Mausoleum. »Das mache ich.«

»Aha. Maurer sind einsam.«

»Bestatter und Thanatologe.«

Iva runzelte die Stirn. »Was ist denn …«

Klar, dass sie das nicht weiß. Wer kennt den Begriff schon? »Einbalsamierung. Ich mache Leichen haltbar, wenn sie aufgebahrt oder über lange Strecken ohne durchgehende Kühlung transportiert werden sollen.« Er beobachtete ihre Reaktion genau. Eine erste Hürde – dabei wartete eine noch viel größere. Eine tödliche.

»Oh.« Sie drehte eine goldene Locke um den kleinen Finger. »Und du hast einen reichen Russen konserviert.«

»Nein. Keinen reichen. Einen berühmten. Lenin.« Weil er sah, dass in ihren dunklen Augen echtes Interesse aufleuchtete, berichtete er weiter. »Ich war bei der Leichenschau dabei, um die russischen Kollegen zu unterstützen. Sechzig Jahre lang haben sich etwa hundertfünfzig Pathologen, Biochemiker und andere Spezialisten um die Leiche gekümmert. Man hat wohl das Überdauern seiner Ideen an die Erhaltung seines Leichnams gekoppelt, was natürlich Unsinn ist. Jetzt würde man ihn am liebsten unter die Erde schaffen, aber die politischen Mühlen mahlen langsam.«

Iva blickte zum Mausoleum. »Heute ist geschlossen. Schade. Mit deinen Erklärungen wäre es bestimmt spannend gewesen.«

»Du verpasst nichts.«

»Und wie haben sie ihn haltbar gemacht?«

»Das ist geheim.« Konstantin machte ein bedauerndes Gesicht, das Iva auflachen ließ. Er freute sich über ihre Reaktion – und über ihr Interesse. »Aber ich kann es dir beschreiben: Die Balsamierungsflüssigkeit füllt die Zellen, anstatt sie auszutrocknen wie bei alten Mumien, und verdrängt Wasser sowie Bakterien. Der Gewebezerfall findet deshalb nicht statt. Mit den richtigen Umweltbedingungen und ein bisschen Make-up wird er richtig lange halten. Aber schön ist anders.« *Du bist schön.* Er lächelte.

»Das ist wohl wahr.« Dann sah sie ihn verwundert an. »Du hast mir nichts über dich erzählt. Abgesehen von deinem Job, den ich übrigens cool finde. Auch wenn es nichts für mich wäre.«

Konstantin schenkte ihr einen spitzbübischen Blick. »Ich wollte dich vorhin nicht in deinem Erzählen bremsen.«

Sie sah auf die Uhr und erschrak. »Oh, du meine Güte. Ich muss los! Die Proben!« Iva sprang auf, schnappte sich seine Tasse und trank seinen Tee mit einem Zwinkern aus. »Danke. Gibst du mir deine Nummer?«

»Wir sehen uns in Leipzig. Bei der nächsten Probe.«

Sie kniff die Augen zusammen. »Versprochen?«

»Versprochen. Bestatterehrenwort.«

Bevor er sich ihrer Berührung entziehen konnte, beugte sie sich vor und hauchte ihm einen Kuss auf die rechte und auf die linke Wange; dadurch fiel sein Blick unweigerlich in ihren Ausschnitt, und er sah ihre taubengraue Unterwäsche, eine Mischung aus raffiniert und alltagstauglich. Ihre weiche Haut fühlte sich auf seiner an wie Samt. *Sie riecht unglaublich gut!*

Dann war die junge Frau schon unterwegs. »Der nächste Tee geht auf mich«, rief sie von weitem.

»Die Kekse auch?«

»Die auch!« Iva winkte lachend, setzte die Sonnenbrille auf und lief los.

Konstantin blieb sitzen und sah ihr mit einem unglaublich breiten Grinsen nach, bis sie im Gewühl verschwunden war, und dachte dann immer noch an sie.

Er dachte an Iva, als er die Rechnung beglich und in die

Metro stieg. Er dachte an sie, als er im Zug einen Fahrschein löste, als er ausstieg und in sein Hotel ging. Als er in sein Zimmer trat und aus dem Fenster schaute. Eigentlich dachte Konstantin nur noch an sie und wusste, dass es mehr als Verliebtheit war. Das Gefühl in seinem Inneren hielt sich, das Kribbeln, die Wärme, die Stelle, wo Iva ihn auf die Wangen geküsst hatte – bis er den Mann mit Rock 'n' Roll-Frisur und Landhausklamotten vor dem Hotel auf der anderen Straßenseite bemerkte. *Er schon wieder?*

Da vibrierte sein Smartphone.

Konstantin zog es aus der Tasche. Er hatte eine neue Mail erhalten. Sie begann wieder mit einem Zitat:

It is a very sad thing,
that nowadays there is
so little useless information.
Oscar Wilde

Darunter war eine knappe Meldung aus einer französischen Zeitung einkopiert.

Paris (afp). In der Innenstadt von Paris wurden in einem Hotelzimmer die Leichen von drei Männern gefunden.
Ersten unbestätigten Meldungen zufolge handelt es sich dabei um zwei Angehörige des französischen Geheimdiensts sowie einen italienischen Staatsbürger.
Der Italiener soll an Bord des A380 gewesen sein, der ins Terminal des Flughafens Paris-Charles de Gaulle raste. Damit wäre der Mann der einzige Überlebende des bislang rätselhaften Vorfalls gewesen, bei dem 842 Menschen ihr Leben verloren, darunter auch Musiker Fred Dizier, Schauspieler Franco Camerone sowie das Model Lilou de Girardin, die Tochter des französischen Stahlmoguls Erneste Xavier Marquis de Girardin.

Ob die Morde im Zusammenhang mit den Vorkommnissen auf dem Flughafen stehen, ist noch unbekannt.

Die Behörden gaben bislang mit Verweis auf laufende Ermittlungen keinerlei Stellungnahme ab.

– weiterer Bericht folgt –

Darunter war geschrieben worden:

Ich hoffe, das warst nicht du?
Wir müssen uns treffen.
Ruf mich an, sobald du aus Moskau zurück bist …

Konstantin wusste, von wem die Botschaft stammte, die ihm ein generischer blödsinniger Mail-Account gesendet hatte, den es schon nicht mehr gab.

Zuerst Lilou, die im Airbus gesessen hatte, dann die Meldung über den Mord am Überlebenden des Flugs. Zufall?

Er glaubte nicht daran.

Seine Vergangenheit schien ihn gerade einzuholen, und wie es aussah, hatte er sich das selbst eingebrockt, ohne es zu wollen. Ohne es herauszufordern. Indem er schlicht einen Auftrag angenommen hatte.

Konstantin blickte erneut aus dem Fenster, aber der alte Mann mit der Rock ’n’ Roll-Frisur stand nicht mehr vor dem Hotel. *Nein, das war auch kein Zufall.*

Selbst, als seine Gedanken zu Iva zurückkehrten, verbesserte sich seine Laune nicht nachhaltig.

Ganz im Gegenteil, denn er bezweifelte, dass er sich selbst davon abhalten konnte, die Cellistin in Leipzig wiederzusehen. Was er streng genommen nicht durfte.

Unter *keinen* Umständen.

Er überlegte. Dass ihn sein Freund eines Dreifachmords

verdächtigte, kränkte ihn. Dass er wusste, wo Konstantin sich aufhielt, wunderte ihn dagegen nicht. Der Mann mit dem Zoomobjektiv konnte damit zusammenhängen.

Oder er gehörte zum russischen Geheimdienst und wollte ein neues Foto von mir für ihre Kartei. Schließlich kenne ich eines der größten Geheimnisse des Landes: Lenins Badewasser.

Konstantin fühlte sich plötzlich unwohl. Zu viele Menschen interessierten sich für ihn. Bekannte und unbekannte.

Minsk, Weißrussland

»Mama, hast du *den* Schuss gesehen?«, rief Eugen begeistert, und seine junge Stimme vermengte sich mit tausend anderen, die nicht weniger aufgeregt klangen. Das Spiel der Männer des *HK Dinamo Minsk* gegen eine russische Auswahlmannschaft des Eishockey-Nationalteams verlief mitreißend, schnell und hart. »Boah, auf *die* Entfernung und *beinahe* drin!«

Kristin lächelte und fuhr ihrem achtjährigen Sohn durch die kurzen, brünetten Haare, die sie ihm vererbt hatte. Hoffentlich das Einzige, was die Genetik ihm von ihrer Seite mitgegeben hatte. »Das war beeindruckend«, gab sie ihm recht.

Sie saßen in einer der VIP-Logen, über den Köpfen der Spieler und der knapp 15 000 Zuschauer, die in die riesige *Minsk-Arena* gekommen waren, um das Match zu verfolgen. Sie tranken Tee, aßen Kleinigkeiten vom an der Rückwand aufgebauten Büfett und hatten ihren Spaß, während die Spieler dem Puck hinterherjagten, sich weitgehend harmlos foulten, Tore erzielten und eine sehr gute Show ablieferten.

»Was denkst du? Gewinnen wir?« Kristin nahm nicht an, dass es zu brutal wurde. Bei Freundschaftsspielen hielt man sich zurück, zumal es nicht gegen eine westliche Mannschaft ging. *Dinamo Minsk* wollte demonstrieren, dass sie gegen

Schwergewichte des Sports bestanden, auch wenn sie in der Saison der kontinentalen Hockey-Liga eher katastrophal abschnitten. Momentan lagen die Minsker mit zwei Punkten hinten, und es war deutlich zu sehen, dass die Russen sich zurückhielten.

Eugen wackelte mit dem Kopf. »Nee. Die Russen sind zu stark.« Er schlürfte an seinem Früchtetee und schob sich einen halben Schokoriegel in den Mund.

»Nicht so schlingen, junger Mann«, rügte Kristin sofort, streichelte ihm dabei jedoch den schmalen, kindlichen Nacken, der selbst unter ihren schlanken Fingern zerbrechlich wirkte; dabei wurde eine ihrer Ankh-Tätowierungen am Handgelenk sichtbar. Sie genoss die wenigen Stunden, die sie mit ihm verbrachte, und versuchte, die vier Männer im Raum zu vergessen, die nicht zu den übrigen VIP-Gästen gehörten.

Wie meistens gelang es ihr nicht. Das ubiquitäre Quartett war ein Team von Aufpassern, die für ihren Ex-Mann arbeiteten. Profis, ehemalige Agenten des FSB, des russischen Inlandgeheimdienstes. Sie standen herum, unauffällig und doch unübersehbar.

Bis heute war sich Kristin nicht sicher, ob die Bodyguards Eugen vor ihr beschützen sollten oder vor der Bedrohung durch Fremde. Der Junge wäre seinem Vater einiges an Geld wert. Als Mutter tötete sie ohnehin jeden Entführer.

Kristin jubelte mit Eugen, als *Dinamo* den Anschlusstreffer erzielte und gleich darauf den russischen Torhüter mit einer Attacke, die schwer an Kampfsport erinnerte, aufs Eis schickte. Spektakulär, aber nichts Ernstes. Die anschließende Rangelei wurde durch die Schiedsrichter unterbunden. Die Stimmung im Stadion kochte erst recht über, als der Ausgleich erzielt wurde. Ein starkes Spiel als Wiedergutmachung an die Fans für die schlechte Saison.

Die Minuten an der Seite ihres Sohnes verflogen viel zu

rasch. Sobald die Schlusssirene ertönte, hätte Kristin die Bodyguards am liebsten ohne Eugen zurück zum Flughafen geschickt.

Doch das wäre keine gute Idee.

Ihr Ex-Mann hatte viele Mitarbeiter, und Geld spielte keine Rolle. Er hätte sie innerhalb weniger Tage ausfindig gemacht, und dann würde sie Eugen niemals mehr wiedersehen. Das hatte er ihr nach der Trennung eröffnet. Ruhig und sachlich: *Ein* Verstoß gegen die Abmachung, und sie erhielte noch einmal im Jahr ein Bild von ihrem Sohn. An seinem Geburtstag.

Das hätte Kristin niemals verkraftet, also hielt sie still. Außerdem brauchte sie das Geld ihres Ex-Manns für ihre Forschung. Für Eugens Forschung.

Einer der Männer sah auf seine teure Armbanduhr und trat an Kristin heran. »Wir müssen gehen, Eure Wohlgeboren. Die Maschine ist startbereit.«

»Sicher.« Kristin hasste die altertümliche Anrede. Obwohl sie jedes Mal insistierte, dass die Männer sie nicht benutzten, kam sie zum Einsatz. Vermutlich hielt ihr Ex die Bodyguards dazu an. Er hatte sich immer gern über ihre Herkunft lustig gemacht.

»Mach's gut, mein Großer.« Sie beugte sich zu Eugen und gab ihm einen Kuss auf die Wange, dann auf die Stirn und schloss ihn lange in die Arme.

Ihr Sohn erwiderte die Zärtlichkeit stumm, er rang wie bei jedem Abschied mit den Tränen. Sie würden sich erst in einen Monat wiedersehen. »Tschüs, Mama. Ich schreibe dir! Und wir reden über den Computer.«

»Das machen wir.« Sie lächelte und richtete sich auf. »Ich denke mir was Schönes für unser nächstes Mal aus. Wie wäre es mit dem Museum und danach ein Eis?«

»Au ja!« Eugen winkte, während ihn die vier Leibwächter

umschlossen wie lebendig gewordene Pfähle und ihn zur Tür führten. »Ich hab dich lieb! Tschüs!«

Kristin schluckte die Tränen. »Ich liebe dich auch«, flüsterte sie und verließ langsam die VIP-Lounge.

Ein eigener Gang führte sie und die anderen betuchten Besucher zu einem separaten Ausgang, damit sie unbedrängt von den Massen das große Stadion verlassen konnten.

In Gedanken versunken ging sie zu ihrem Wagen, ein Mercedes M der Edition 10, der dreckig war, als wäre er im Gelände unterwegs gewesen.

Kristin stieg ein und fuhr los, stadteinwärts in Richtung Osten, und vergoss hinter dem Steuer die Tränen, die sie Eugen nicht hatte zumuten wollen. Er hatte es schon schwer genug.

Um sich abzulenken, schaltete sie das Radio ein. Nachrichten.

Selbst in Weißrussland verfolgte man das Unglück auf dem Pariser Flughafen. Es gab Neuigkeiten, die für Kristin keine mehr waren: Der Italiener und Immobilienmakler Tommaso Luca Francesco Tremante hatte sich wirklich an Bord von Flug AF023 befunden und war in einem Pariser Hotel ermordet worden, zusammen mit den zwei Polizisten, die ihn überwachen sollten. Der begeisterte Moderator erging sich in den unterschiedlichsten Theorien, zum Beispiel vermutete er in Tremante einen übergelaufenen Terroristen oder einen Informanten, den seine Komplizen erledigten.

»Jedenfalls war er der Falsche«, murrte Kristin ärgerlich und fischte ein Medikamentenröhrchen aus der Innentasche ihres dünnen Mantels. Sie bemerkte, dass sich zusehends ein Schwindelgefühl ausbreitete. Dagegen gab es etwas. Einhändig öffnete sie den Verschluss, ließ zwei Pillen in den Mund rutschen und schluckte sie trocken. Das Röhrchen legte sie auf den Beifahrersitz.

Kristin war sich bei Tremante sicher gewesen, einen von ihnen geschnappt zu haben. Der einzige Überlebende. Ihr war keine Zeit geblieben, genauere Informationen über Tremante einzuholen und ihn zu beobachten, wie sie es sonst tat. Ins Hotel, prüfen, mitnehmen, so hatte der Plan gelautet. Aber schon sein Verhalten hätte sie stutzig werden lassen müssen. Immerhin hatte noch die Möglichkeit bestanden, dass er seine Fertigkeiten just an diesem Tag zum ersten Mal unwillentlich zum Einsatz brachte. Diese Hoffnung hatte sich jedoch als falsch herausgestellt, und so hatte sie den nutzlosen Italiener ausgeschaltet.

Normalerweise ging sie subtiler vor, inszenierte ein Feuer oder eine andere kleine Katastrophe, aber da sie französische Polizisten umgebracht hatte, musste es schnell gehen. Und das bedeutete leider Aufsehen.

Zu ihrer Erleichterung schien es keinen konkreten Verdacht gegen sie zu geben. Nach dem oder den Mördern wurde gefahndet. Sicherlich war sie bemerkt worden, der Barkeeper würde sich unter Umständen an sie erinnern. Aber da sie sonst keine Spuren hinterlassen hatte …

Weitere Nachforschungen nach dem wahren Verantwortlichen für das Airbus-Unglück hatte sie noch nicht anstellen können. Das Treffen mit Eugen war ihr wichtiger. Außerdem würde sie bald wieder einen von *ihnen* abgreifen. Anwärter auf ihren Besuch gab es noch genug.

Es dauerte eine Weile, bis sie die Minsker Prachtstraßen hinter sich ließ und in das Netz aus vielen kleinen, dreckigen Straßen voller Schlaglöcher eindrang, die sie zu ihrem Ziel führten: ein Gebäude mitten in der Stadt, das einst zum Medizinischen Institut gehört hatte. Es war alt, aber funktionstüchtig, so dass im Erdgeschoss nach wie vor einige Vorlesungen der Staatlichen medizinischen Universität Minsk stattfanden, für die im Hauptgebäude kein Platz mehr gewesen war.

Die Stockwerke über und unter dem Erdgeschoss gehörten Kristin.

Besser gesagt, gehörten sie dem Institut Leben, einer privaten Klinik für schwer neurologisch Erkrankte, die mit modernsten Geräten untersucht wurden, vom Kernspin-Scanner bis zum Computertomographen. Es gab die Abmachung mit der Regierung, dass der Staat eines Tages sämtliches technisches, millionenteures Inventar übernehmen durfte. Deswegen stellte niemand eine Frage zum Betrieb. Oder zu den genauen Vorgängen.

Kristin stellte den titanfarbenen Mercedes auf ihrem Parkplatz ab, nahm das Röhrchen vom Beifahrersitz und verschloss es, bevor sie ausstieg und das Gebäude betrat.

Der Wachmann sah von seiner Zeitungslektüre auf und nickte ihr zu, ohne sie zu kontrollieren. Jeder wusste, wer sie war.

Kristin erhaschte einen Blick auf die Schlagzeilen, in denen von einem Raubüberfall auf einen Ausländer die Rede war. Sie hätte sich nicht dafür interessiert, wenn der Angestellte nicht versucht hätte, einen Arm über die Zeilen zu legen.

Sie blieb stehen, ging zu dem nervösen Wachmann und ließ sich die Zeitung geben. Sie überflog den knappen Artikel: Ein unbekannter Tourist war erschossen worden, seine Wertsachen geklaut. Das verpixelte Bild des Opfers, das mit einer schlechten Handykamera von einem Augenzeugen geschossen worden war, genügte, um Kristins mäßige Laune vollkommen zu verderben. Jemand hatte besser eine gute Erklärung, wie Ian McNamaras Leiche auf die Titelseite geraten konnte.

Sie warf dem Wachmann die Zeitung zu und betrat den Fahrstuhl. Sie steckte eine Chipkarte in den passenden Schlitz und gab eine Zahlenkombination im Feld darunter ein. Erst danach fuhr die Kabine an und brachte die braunhaarige, zierliche Frau in den vierten Stock.

Längst hatte die verborgene Kamera sie erfasst und ihr Gesicht, ihre Retina mit der Sicherheitsdatenbank abgeglichen. Niemand gelangte in die Räume des Instituts, der dort nichts verloren hatte.

Die Pillen wirkten, das Schwindelgefühl ließ nach. Allerdings breitete sich aufgrund des langen Schlafmangels Erschöpfung in ihr aus, ihre Hände zitterten leicht.

Kristin nahm die für sie speziell gemischten Koffein-Guarana-Tabletten aus ihrer Jackentasche und schluckte zwei. Das Koffein wirkte sofort, während das Guarana für einen lange anhaltenden Effekt sorgte. Die Dosierung hätte einen gesunden Menschen in aufgekratzte Hyperaktivität ausbrechen lassen und vielleicht einen Herzinfarkt verursacht. Sie jedoch war es gewohnt. Wurde die Erschöpfung schließlich zu überwältigend und lähmend, um noch von Koffein und Guarana bewältigt zu werden, griff sie auf Amphetaminpulver zurück.

Angelogen hatte sie Tremante nicht: Sie litt tatsächlich an der letalen familiären Insomnie, einer Prionkrankheit und eine Art Verwandte von Creutzfeldt-Jakob. Vererbbar und übertragbar dazu.

Kristin steckte im Teufelskreis von Wachmachern und Schlafmitteln. Die Insomnie ließ sie ohne brutal starke Schlafmittel nicht ins Reich der Träume finden, ihr Körper bekam keine Erholung gewährt. Diesen gravierenden Mangel musste sie in ihren Wachphasen mit Pillen kompensieren.

Gleichzeitig hatte ihr die beschissene Krankheit ein unglaubliches Geschenk gemacht!

Der letzte Check hatte ergeben, dass die Veränderungen in ihrer Hirnrinde, im Thalamus und im Kleinhirn zunahmen. Der Anfang vom Ende, denn behandeln ließ sich die Insomnie nicht.

Noch nicht.

Mit ein Grund, weswegen es das Institut Leben gab.

Der Lift hielt an, die Türen öffneten sich.

Kristin trat in die dahinterliegende Schleuse, die jegliche Verunreinigung durch Keime verhindern sollte. Sie zog Kittel, Handschuhe und Überzieher an, verbarg die Haare unter der Haube und legte den Mundschutz an. Jenseits der durchsichtigen Kabine wartete bereits ein älterer Herr, der das gleiche Outfit trug.

Er öffnete ihr die Tür. »Frau von Windau, ich grüße Sie.« Er reichte ihr sofort ein Computerpad, auf dem die neuesten Berichte zu den letzten Eingriffen standen. Er behandelte sie, als wäre alles normal. Wollte er ihr McNamaras Tod allen Ernstes verheimlichen?

»Guten Tag, Professor Smyrnikov.« Sie überflog schnell die Ergebnisse und las fast nur von Enttäuschungen. »Ich korrigiere das *guten*«, fügte sie hinzu.

»Es tut mir auch sehr leid, dass die Neuzugänge, die Sie uns brachten, die zweiten und dritten Operationen nicht so überstanden, wie wir es uns vorgestellt hatten.«

Kristin bemerkte die gleichen Ursachen bei den misslungenen Fällen. »Sepsis?« Zahlreiche Organe der Operierten waren von Infektionen befallen und entfernt worden.

»Leider.«

Sie schwieg mit düsterem Gesicht und scrollte sich durch die Unterlagen, blätterte und betrachtete die Bilder. »Wird bei der Hygiene geschlampt, Professor?«, fragte sie leise und lauernd. »Welchen Grund kann es sonst haben, dass die Patienten verstarben, obwohl keine Komplikationen beim Eingriff auftraten?«

»Da kann es viele geben, Frau von Windau.«

»Sie haben demnach überprüft, woher die Keime stammten?«

Smyrnikov sah sie ernst an. »Die Herkunft lässt sich nicht zweifelsfrei feststellen.«

Kristin beugte sich zu ihm. »Achten Sie auf Ihre Leute, Professor, und halten Sie sie zu mehr Sauberkeit an. *Ihnen* ist klar, dass wir uns auf einem unbekannten Gebiet der Chirurgie und Neurologie befinden, und zu dieser Erkenntnis muss *jeder* in Ihrem Team gelangen. Unsere Forschungsergebnisse werden auf dem freien Markt Millionen wert sein, sofern sie tatsächlich Leben retten.« Sie gab ihm das Pad zurück. »*Erfolge*, Professor. Der nächste, der eine Sepsis an einem Probanden verursacht, wird automatisch dessen Ersatz sein.«

Smyrnikov erwiderte nichts.

Sie gingen einen Korridor mit vielen Türen entlang, auf dem ihnen kleinere Teams von Ärzten entgegenkamen. Man diskutierte auf Englisch mit den verschiedensten Akzenten, Spezialisten aus aller Herren Länder kamen hier zusammen. Elf Männer und Frauen. Falsch. Zehn, nach dem Ausfall von McNamara.

Kristin hatte sie auf Rat des Professors aus ihren Universitäten und Kliniken heraus eingekauft, und nicht wenige von ihnen waren vorher durch ihre Ansichten oder Taten in Misskredit geraten. Genau das zeichnete sie aus: Sie standen in der Tradition von Demikhov und White, als deren Erben und mit besseren Mitteln ausgestattet.

Kristins Forschungen in Minsk liefen alles in allem seit vier Jahren. Unter Ausschluss der Öffentlichkeit. Geld hatte die Mediziner angelockt, die Aussicht auf noch mehr Geld hielt sie in Minsk. Vorsichtshalber ließ Kristin jeden von ihnen überwachen. Kein Baustein ihres Geheimnisses durfte verloren gehen oder bekannt werden. Die Panne mit dem Iren empfand sie als schweren Fehler, der sie aufbrachte. Smyrnikov dagegen blieb die Gelassenheit selbst. Er schien es wirklich nicht ansprechen zu wollen.

»Was ist mit Professor McNamara geschehen?«, fragte sie scharf. »Wieso muss ich von seinem Tod aus der Zeitung erfahren? Es wird sich dabei nicht wirklich um einen Überfall gehandelt haben, denke ich. Sie hatten die Pflicht, mich zu informieren.«

Smyrnikov schnalzte mit der Zunge. »Ich hätte mir denken können, dass Sie davon erfahren, bevor ich es erklären kann.«

»Hätten Sie.«

Er seufzte. »Ich entschuldige mich für das Versäumnis.«

»Also?«

»Er wollte aussteigen, aus moralischen Gründen. Ein Unfall machte das übliche Verfahren unmöglich. McNamara flüchtete, Dranko erwischte ihn gerade noch, bevor er den Flughafen erreichte. Die Polizei hielt sich zurück, aber heutzutage besitzt jeder Idiot ein Fotohandy. Die Aufnahme gelangte an einen jungen Redakteur.« Smyrnikov räusperte sich. »Die Zeitung druckte die Meldung, bevor ich denen unseren Mann von der Regierung auf den Hals hetzen konnte. Es war nicht mehr zu verhindern.«

Kristin schüttelte andeutungsweise den Kopf. »Das ist nicht gut, Professor. Ich hoffe, niemand liest diesen Artikel im Ausland.« Sie glaubte nicht, dass er sie wirklich hatte informieren wollen. Smyrnikov fürchtete sie.

»Er wird nicht online stehen«, versicherte er. »Ich habe alles Sonstige regeln können. Die Behörden helfen uns bei der Vertuschung des Unfalls. McNamaras Identität wird ein Geheimnis bleiben. Seine Leiche verschwindet.«

»Was ist mit seiner Schwester?« Kristin erinnerte sich an die Einstellungsgespräche mit dem Iren, den sie auf Smyrnikovs Empfehlung und vor allem Wunsch eingekauft hatte.

»Sie wird eine Urne mit seiner Asche und einen Brief aus Burkina Faso bekommen. Eine Infektion hat ihn dahingerafft. Die Telefonnummer, die auf dem Schreiben zu finden ist, führt zu einem unserer Leute, der ihr als Arbeitskollege eine rührselige Geschichte erzählen wird.«

»Schön. Warten wir ab, ob sie darauf reinfällt. Falls nicht, wird sie einen Unfall haben.« Kristin war unzufrieden. Smyrnikov spielte mit ihrem Vertrauen. Das würde sie ihn lange spüren lassen. »Ich möchte Patient 34 sehen«, beendete sie das Thema. »Ich habe noch ein paar Fragen an ihn.«

»Wie Sie wünschen«, entgegnete Smyrnikov. Er klang wegen seines Fehlers schlecht gelaunt. Oder weil sie ihn ertappt hatte.

Sie nahmen einen zweiten Fahrstuhl am Ende des Ganges, fuhren ins oberste, achte Stockwerk, das sich von den darunterliegenden dadurch unterschied, dass es lediglich vier, sehr geräumige Patientenzimmer gab.

Sie traten nach kurzem Klopfen durch die erste Tür auf der linken Seite des Korridors.

Der Raum stand voll mit elektronischen Geräten, automatisierten Injektionsmaschinen und den unterschiedlichsten medizinischen Überwachungseinheiten, Monitore, die gleichförmige wellenartige Muster abbildeten. Kameras an der Decke überwachten Patient 34 außerdem optisch, das Mikrofon vor seinen Lippen übertrug den geringsten Laut aus seinem Mund.

Zahllose Infusionsschläuche und die Kabel der Messgeräte führten über ein Haltesystem zu einer Plexiglaszelle in der Mitte des Raums und von dort zu einem Bett. Der mit mehreren Riemen gefesselte, nackte Mann darin steckte voller Kabel und Schläuche, durch die Mixturen verschiedenster Mittel in sein Blut rannen. Auf seinem kahlgeschorenen, in ein Metallgerüst eingespannten Kopf saßen Elektroden, die ein EEG zwecks Neurofeedback anfertigten. Alles an und in ihm wurde permanent überwacht, von den Blutwerten bis zu den Hirnströmen. Bewegen konnte er sich kaum einen Millimeter, dafür sorgten die Riemen und die Schädelhalterung.

Man hätte glauben können, dass besorgte Ärzte ein schwerverletztes Unfallopfer vor dem Tod gerettet hatten und es immobilisierten, damit die Genesung schneller voranschritt.

Die Wahrheit sah vollkommen anders aus.

Kristin bemerkte die geöffneten grünen Augen des Mannes, die blicklos ins Leere starrten. Aufregung und Freude durchfuhren sie. »Wie lange ist er schon wach?«

»Wir holten ihn gestern aus dem Koma«, antwortete Smyrnikov. »Doktor Willers wird gleich hier sein. Sie kennt die Details.«

»Sie nicht?«, merkte Kristin spitz an.

»Nein, Frau von Windau. Ich kümmere mich um die schweren Fälle.« Er wies mit dem Zeigefinger auf den Mann. »Patient 34 leidet an keinerlei körperlichen Beschwerden, er darf sich nur nicht bewegen.«

Die Tür hinter ihnen öffnete sich, und Willers kam herein.

Sie war von ihrem Alter her schwer zu schätzen, aber sie musste mindestens siebzig sein. Sie hatte bei Doktor White gelernt und seitdem seine Methode verfeinert. Viel wichtiger war noch, dass sie seinen Geist, sein Denken, seine Einstellung weitertrug und in ihrer eigenen Interpretation den jungen Ärzten und Wissenschaftlern in Minsk vermittelte.

Kristin lächelte ihr zu. Sie mochte die Frau, die mit ihren toupierten, dünnen Silberhaaren aussah wie eine gemütliche Oma, mehr als Smyrnikov. Ihr wäre der Fehler mit McNamara nicht passiert. »Ah, die Expertin.«

»Zumindest für 34.« Willers reichte ihr die Hand. »Wie war das Spiel der *Dinamos?*«

Irritiert sah sie die Ärztin an. »Wie kommen Sie darauf?«

Willers schnupperte geräuschvoll. »Sie riechen nach einer Mischung aus Rauch und Fastfood, und mit dem Pullover, den ich unter ihrem Kittel erkenne, sind Sie zu dick für die Jahreszeit angezogen. Das bringt mich zu dem Schluss, dass Sie im Eisstadion waren.« Sie grinste.

Kristin erwiderte das Lächeln. »Die *Dinamos* haben sich gut gehalten, das muss man ihnen lassen.« Sie schätzte den wachen Verstand der Ärztin, der mit dafür sorgte, dass Patient 34 schon so lange lebte. Länger als alle zuvor. »Bei wie vielen Tagen ist er jetzt?«

»Dreiundsiebzig, davon einundsiebzig im Koma. Gestern und heute ist er wach. Jedenfalls behaupten das die Werte des EEGs. Das Neurofeedback ist eindeutig.«

»Kommunikationsversuche?«

»Bislang keine.« Willers lächelte verhalten. »Das könnte sich ändern, wenn 34 Sie sieht, Frau von Windau.«

»Denken Sie?«

»Die meisten Menschen würden auf den Anblick ihrer Mörderin reagieren, wenn sie die Gelegenheit dazu bekämen«, gab Willers mit süffisantem Tonfall zurück.

Smyrnikov beschränkte sich darauf, die Unterhaltung zu verfolgen und die Werte des Mannes im Auge zu behalten.

Kristin sah zur Plexiglaszelle. »Können wir das riskieren? Nicht, dass wir einen Keim hineintragen, mit dem wir ihn töten.«

Der Professor lachte leise vor sich hin. Als Kristin ihm einen scharfen Blick zuwarf, verstummte er.

»Nein. Sein Immunsystem ist stabilisiert, die Chemotherapie ist lange abgeschlossen. Wir sind sauber genug für ihn, solange wir ihm nicht zu nahe treten. Demnächst werden wir uns sein Gedächtnis vornehmen. Die erste Dosis Propranolol hat er bereits intus, um die Wirkung der traumatischen Erlebnisse zu reduzieren.« Willers machte eine einladende Geste, zog ihren Mundschutz hoch und ging voraus. »Die Rekalibrierung seiner Erinnerung wird funktionieren. Ich studierte die Methode von Elizabeth Loftus und habe einen ihrer Assistenzärzte angeworben. Bald wird Patient 34 uns für seine besten Freunde halten. Sogar Sie, Baronesse.«

Kristin folgte ihr. Smyrnikov blieb draußen, auf die Monitore achtend.

Sekunden darauf standen sie am Bett des Mannes, der unvermindert ins Nichts blickte.

»Wir befeuchten seine Augen dreimal täglich«, erklärte Willers und schien zufrieden. »Sehen Sie das? Keine Entzündungen der Nähte und keine Abstoßungsreaktion. Die Luft ist in der achten Etage scheinbar gesünder als bei Kollege Smyrnikov. Hier stirbt man nicht so rasch.« Sie nahm Kristin am Ellbogen und schob sie nach vorne. »Gehen Sie ruhig näher ran, damit er Sie sieht. Das Mikrofon ist auf die höchste Empfindlichkeitsstufe eingestellt. Ich bin gespannt, was geschieht«, sagte sie und faltete die Hände auf Höhe des Bauchnabels.

Kristin betrachtete Patient 34. Die dunkle Haut des an vier Schrauben eingespannten Kopfes und des Halses hob sich deutlich von der weißen Farbe des Restkörpers ab.

Überall erkannte sie verheilte Narben, mal klein, mal groß, die größte von allen rings um den Hals. Vier Schläuche liefen unterhalb des Adamsapfels unter die Haut, vier weitere in den Nacken, und ein Venenkatheter lag am Schlüsselbein. Ableitung und Zuführung. Auf den dunkleren Hautlappen waren Reste von zerschnittenen Tätowierungen zu erkennen: Sanskritsprüche und Symbole.

»Wir haben die Nähte außen entfernt, die Haut von Mister Singh ist mit der von Mister Estevez gut verwachsen«, erklärte Willers hinter ihr, die Maske dämpfte ihre Stimme. »Sie drin zu lassen, wäre nur ein Risiko gewesen.«

»Verstehe.« Kristin winkte mit der Hand vor den Augen des Gefesselten auf und ab, um seine Aufmerksamkeit zu erregen. »Hallo, Ranjeet Singh«, sagte sie laut und deutlich. »Erinnerst du dich an mich?«

»Herzfrequenz steigt, die Wellen ebenso«, meldete Smyrnikov von außerhalb der Zelle. »34 erkennt Sie, Frau von Windau.«

Dann bewegten sich die Lippen des Mannes, zuckten. Die geraunten Worte wurden vom Mikrofon aufgenommen, verstärkt, entstört und durch die Box wiedergegeben: »Was hast du getan?«

»Ich? Ich habe dich aufgespürt, überwältigt und nach Minsk gebracht. Den Rest«, Kristin deutete auf Willers, »hat sie erledigt. In meinem Auftrag.«

»Puls 140 und steigend, Blutdruck 140 zu 110, Achtung«, warnte Smyrnikov. »Nicht, dass wir die neu aufgebauten Synapsen mit diesem Spielchen schädigen.« Er hackte auf eine Tastatur ein. Vermutlich gab er den Geräten den Befehl, Beruhigungsmittel in den Patienten einzuleiten.

Die dunklen Augen des Inders zuckten hin und her, bis sie Kristin fixierten. »Das ist nicht mein Körper«, sagte Singh mit seiner ächzenden Grabesstimme, die durch die Lautsprecher unheimlicher wurde.

»Das ist nicht ganz korrekt.« Kristin winkte die Ärztin näher. »Würden Sie Mister Singh erklären, wie sein Kopf auf den Körper von Mister Estevez gekommen ist? Doktor Willers war eine Schülerin eines der großen Mediziner des vergangenen Jahrhunderts.«

Singh keuchte, mehr nicht. Ein Laut des Entsetzens.

»Mister Singh, ich arbeitete mit Doktor White, dem es 1962 gelang, ein Tiergehirn aus dem Schädel zu entfernen und es am Leben zu erhalten. Zwei Jahre später war ich dabei, wie er ein Hundegehirn in den Nacken eines anderen Hundes einpflanzte und es am Leben erhielt, indem er es an den Blutkreislauf des Trägerhundes anschloss. Es gab ein paar kleinere Rückschläge, doch dann kam die Sache mit dem Affen.« Willers lächelte unter ihrer Maske, wie Kristin an den Augen erkannte. »Wir transplantierten seinen kompletten Kopf auf einen anderen Körper. Wie bei Ihnen, Mister Singh. Damals konnte dieser Kopf ein bisschen mit dem Gesicht wackeln und auf Stimuli reagieren, aber der Affe blieb paralysiert. Leider.«

»Verrückte!«, ächzte der Mann.

»Blutdruck und Puls steigen weiter«, sagte Smyrnikov mahnend. »Ich würde abbrechen.«

»Machen Sie weiter«, forderte Kristin fasziniert. »Erklären Sie ihm, wie wertvoll er ist.«

»Mein Mentor war erfüllt von dem Gedanken, dass Menschen, die nach einem Unfall in einem irreparablen Körper steckten oder zu sterben drohten, durch eine Transplantation in einen anderen Leib ihr Leben zurückerhalten könnten«, referierte Willers voller Begeisterung. »Ein Hirn in einem Spenderkörper. Die eigenen Kinder aufwachsen sehen, Familie, Job, Freunde ... es wäre ein unglaubliches Geschenk!«

»Sie können sich vorstellen, dass sich Doktor White mit seinen Experimenten wenig Freunde machte«, ergänzte Kristin.

»Offiziell. Inoffiziell gab es genug Förderer«, fügte Willers hinzu. »Die Regierung der USA bat mich, seine Forschung fortzuführen und vor allem mit den in der Zwischenzeit gemachten Entdeckungen auf anderen Forschungsfeldern weiterzuentwickeln. Nehmen wir die Verbindung des Kopfes mit der Fremdwirbelsäule. Eine mechanische Fixierung und eine Versteifung sind kein Problem. Aber wie verhindere ich, dass der Empfänger gelähmt bleibt? Was in diesem Fall *Sie* wären, Mister Singh.«

»Nein«, stöhnte er und riss die Augen weiter auf.

»Herzschlag und Blutdruck stabil«, kam es von draußen.

Willers deutete auf die Kabel und Apparaturen im Raum. »Stammzellen, lautet das Zauberwort. Dem Departement of Physical Medicine and Rehabilitation der University of California gelang es, beschädigtes Rückenmark auf diese Weise zu reparieren. Die gelähmten Patienten konnten nach der Behandlung wieder laufen! Und genau das versuchen wir bei Ihnen.«

»Die *Patienten*, von denen Doktor Willers spricht, waren Mäuse«, stellte Kristin klar. »Aber es funktioniert. Lässt man die ethischen Bedenken außer Acht …«

»Das Beste ist, dass vor nicht allzu langer Zeit die Forscher in Berkeley Stammzellen benutzten, um altes Muskelgewebe instand zu setzen und zu reparieren. Sie veränderten den biochemischen Pfad, nach dem die Natur üblicherweise bei einem Heilungsprozess vorgeht.« Willers hatte das Leuchten in den Augen, das Kristin so bewundernswert fand. »Verstehen Sie, was wir hier tun, Mister Singh? Wie wichtig Sie sind? Mit unserem Verfahren könnten wir dem Tod ein Schnippchen schlagen. Für alle Zeiten. Indem wir verschiedene Methoden kombinieren.«

Wenn sie Erfolg hatten, wäre das Kristins Rettung. Und Eugens. Aber jegliches Wissen war nützlich. Gerade mit Blick auf ihre Insomnie.

Plötzlich sprang Willer Piepser an, auch Smyrnikovs Rufgerät ertönte.

»Was ist?« Kristin sah das Entsetzen auf dem Gesicht der älteren Frau.

»Patient 22! Seine Hirnströme haben sich geändert. Die Delta-Wellen nehmen ab, die REM-Phase wird abgeschlossen, der Tiefschlaf unterbrochen. Wir haben erste Theta-Wellen! Die Sedierung greift nicht mehr«, stieß Willers hervor. »Er geht in eine andere Schlafphase über. Wie konnte das passieren, Professor?«

Smyrnikov rannte ohne ein Wort hinaus. Was hatte er vor? Den Ärzten zur Hand gehen? Oder flüchten, damit wenigstens er überlebte?

»Auf welchem Stockwerk liegt er?« Kristin versuchte, sich nicht von der Panik anstecken zu lassen. Der sensationelle

Transplantationserfolg mit Patient 34 wäre völlig bedeutungslos, wenn sie 22 nicht unter Kontrolle bekamen. Sonst könnte sie genauso gut eine Neutronenbombe zünden, eine derartige Katastrophe war nicht vertuschbar. Sie stand unter enormer Spannung, der letzte Rest Müdigkeit war wie weggeblasen.

»Eins unter uns, im siebten. Wir haben nicht genug Zeit, um alle in den Keller in Sicherheit zu bringen.« Willers starrte ihre Chefin an und übertrug ihr damit jegliche Verantwortung.

Kristin setzte sich in Bewegung, eilte zur Treppe, um ins siebte Geschoss zu gelangen.

Sie wusste, was zu tun war, und sollte es ihr nicht gelingen, waren gleich sehr viele Menschen tot.

Im Haus und im Umkreis von drei Kilometern.

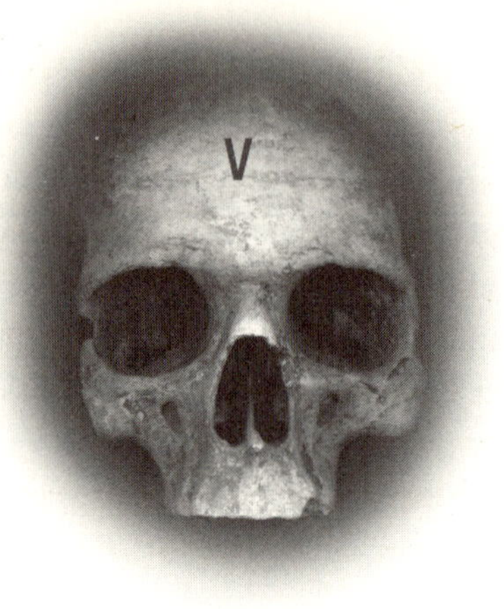

Der Lebenslauf des Menschen besteht darin,
dass er, von der Hoffnung genarrt,
dem Tod in die Arme tanzt.

Arthur Schopenhauer, Die Welt als Wille und Vorstellung

Leipzig, Deutschland

Do not fall asleep, until …

Konstantin lag in einem fremden, duftenden Bett auf dem Rücken und fuhr gedankenverloren über die eingestochenen Buchstaben in seinem rechten Unterarm, die schwarz und neu schimmerten wie an dem Tag, als er aus dem Tätowierladen gekommen war. Das lag daran, dass er den Halbsatz regelmäßig auffrischen ließ. Dabei ging es weniger um das Aussehen des Tattoos, sondern um das Ritual, um die Erinnerung und die Mahnung an sich selbst.

Er wandte den Kopf nach rechts, sein Blick legte sich liebevoll auf Iva.

Die junge Frau schlief, atmete tief und langsam. Voller Vertrauen.

Das blonde lange Haar umspielte ihr Gesicht und breitete sich auf dem Kissen aus. Das Laken war verrutscht, so dass Konstantin ihre linke, entblößte Brust mit dem zartrosafarbenen Vorhof sah, den er vor Stunden noch geküsst und gestreichelt hatte. Iva hatte wundervolle Haut, hell und rein, und sie roch nach Creme und Parfüm.

Konstantin hob die Hand und konnte nicht anders, als die Schlafende sanft zu berühren, ihre Schulter, das Schlüsselbein, den Brustansatz.

Er fühlte ihre Wärme an seinen Fingerkuppen, und ein Schauder der Glückseligkeit durchlief ihn, sandte ein warmes Gefühl in seine Mitte und brachte das Sonnengeflecht zum Glühen. Seine Gedanken waren nahezu verträumt, schwärmerisch. Derart irrational kannte er sich nicht und wunderte sich selbst über seinen schwärmerischen Zustand, der ihm geradezu esoterische Gedanken und Bilder eingab. *Ich bin verrückt nach ihr! So was von verrückt nach ihr!*

Nach ihrer Rückkehr von der Russland-Tournee war alles ganz schnell gegangen: Probenbesuch, Cafébesuch, Wohnungsbesuch, ein unbeschreiblich überirdischer Augenblick, eine Übereinstimmung der Seelen gebar Verwirrung und Verschmelzungswunsch. Eine unwiderstehliche Woge hatte sie erfasst, gleichzeitig, sie mitgerissen und ins Bett gespült, wo sie zum ersten Mal Sex hatten. Danach auf dem Fußboden und auf dem Tisch in der kleinen Küche. Hinterher war Iva erschöpft eingeschlafen.

Konstantin nicht. Er *durfte* nicht. Stattdessen überlegte er, ob er ihr die Wahrheit über sich und sein Geheimnis sagen sollte. Er wollte es, damit sie Bescheid wusste. Heute. Am besten gleich, sobald sie die Augen aufschlug. Damit nichts zwischen ihnen stand.

Er sah auf den Wecker auf ihrem Nachttisch. *5.32 Uhr. Ob sie Frühaufsteherin ist? Eher nicht.* Er lächelte Iva an und unterdrückte das Gähnen.

Er war es nicht mehr gewohnt, ohne Schlaf auszukommen. Sein Hausboot hatte ihm nach Jahren den unglaublichen Luxus beschert, sich jederzeit hinzulegen und fest zu schlafen.

Das war hier anders. Konstantin befand sich in Ivas Bett, im kleinen Schlafzimmer ihrer Drei-Zimmer-Küche-Bad-Altbaubude im Zentrum von Leipzig. Ohne schützendes Wasser, ohne Kontrolle über die Umgebung.

Vor den kleinen Fenstern erwachte die Stadt. Fahrräder rollten über das Kopfsteinpflaster, Menschen unterhielten sich im hastigen Vorbeigehen, ein Reinigungsfahrzeug drehte eine letzte Runde. Vor ein paar Minuten hatte ein kräftiger Regen eingesetzt, das gleichbleibende Rauschen wirkte einschläfernd. Doch Konstantin durfte nicht nachgeben.

Deshalb stand er vorsichtig auf und zog sich leise an. Er konnte sehr, sehr leise sein.

Früher hatte er *Intermezzi* bevorzugt, wie er sie nannte, kurze Affären, bei denen er sich hinterher aus der Wohnung der Frauen schlich. Es gab klare Absprachen, was sich beide Seiten von den Nächten und dem Zusammenkommen versprachen: Sex. Vor zwei Jahren, mit Beginn seines neuen Lebens als Bestatter und Thanatologe, hatte Konstantin damit aufgehört.

Was tue ich? Sie wecken? Er stand unschlüssig neben Iva und ging vor ihr in die Hocke. Er hauchte ihr einen Kuss auf die Stirn und sog ihren Nachtgeruch tief ein, dann stahl er sich in die Küche und öffnete das Fenster, um dem fallenden Regen zuzuschauen.

Er würde ihr die Wahrheit sagen. Dieser Entschluss ließ ihn – nach Stunden der Euphorie, des Überschwangs, der erschreckend schönen Emotionen – Furcht empfinden. Sie machte sich in ihm breit, schob das Wundervolle achtlos zur Seite und malte es Grau wie die Hauswand ihm gegenüber.

Wie wird sie es aufnehmen? Konstantin hätte loslaufen müssen. Loslaufen, weit weg von Iva, der Frau, die ihn faszinierte und ihn in seinem Innersten berührte, um sie hinter sich zu lassen und ihr niemals mehr zu begegnen, genau wie er es sich in Moskau vorgenommen hatte. Bleib weg von den Proben, hatte er sich im Flugzeug immer wieder gesagt. Geh nach Hause, hatte er sich auf dem Weg zum Gewandhaus zugerufen. Kehr um, hatte er im Foyer gemurmelt und sich doch in den Stuhl gesetzt, auf dem er immer saß, um Iva zu sehen.

Das war daraus geworden: eine Nacht voll ehrlichem Gefühl.

Konstantin wollte dieses unvergleichliche Empfinden, diese durch nichts zu ersetzende Zweisamkeit nicht mehr aufgeben. Er wollte Iva nicht aufgeben, allen Ängsten zum Trotz.

Sein Blick senkte sich auf den Unterarm.

Do not fall asleep, until …

Um sich abzulenken, suchte er in ihrer Küche alles zusammen, was man für ein gemeinsames Frühstück brauchte. Wie lange hatte er das nicht mehr gemacht! Nach kurzer Zeit war der Tisch gedeckt, das Teewasser brodelte. Leise nahm er sich ihre Schlüssel sowie einen Schirm und verließ die Wohnung, um zehn Minuten später mit frischen Brötchen zurückzukehren.

Inzwischen war Iva erwacht und erwartete ihn im Flur. Sie trug ein schwarzes, langes Nachtshirt, darüber eine weiße, grobmaschige Strickjacke, die blonden Haare fielen auf ihre Schultern, und sie hatte eine Tasse Tee in der Hand. Die hellbraunen Augen suchten Konstantins Blick. »Für einen Moment dachte ich, du kommst nicht mehr wieder«, sagte sie ruhig und gab den Weg in die Küche frei. Im Vorbeigehen küsste sie ihn, strich ihm über die Brust.

»Dann wäre ich reichlich dämlich.« Konstantin setzte sich.

Iva nahm gegenüber Platz und wühlte in der Brötchentüte. »Du warst bei meinem Lieblingsbäcker!« Sie wählte ein Körnerbrötchen und schnitt es auf. »Versuch die mal. Die sind unglaublich lecker.« Bevor sie begann, es zu belegen, goss sie ihm Tee ein. »Du bist mein Held. Wenn ich überlege, wie viel Zeit wir vergeudet haben, weil sich keiner traute, den anderen anzusprechen.«

Er sah sie an, lächelte nervös, rieb sich über die Tätowierung. Sein Mut hatte sich durch jede kleinste Pore verflüchtigt. Er wusste nicht, wie er anfangen sollte. Wo. Weil sein Geheimnis unbeschreiblich groß war und weil es starke Gefühle durch die immense Angst erdrückte, die es verbreitete. *Unwirklich ist es noch dazu. Sie wird mich für einen Spinner halten, der zu viele Horrorbücher gelesen hat.*

Leise tickte die Küchenuhr, Sekunde um Sekunde verstrich.

»Iva, ich muss dir was sagen.«

»Ja?« Sie legte ihr Brötchen weg und drängelte nicht, sie tippelte nicht ungeduldig mit den Fingern. Iva saß einfach nur auf dem Stuhl, die Füße daruntergezogen und überkreuzt. Grazil und sexy, eine Frau, die er in seinem Leben haben wollte.

Die Angst ließ ihn nicht los, erstickte die guten Vorsätze von Ehrlichkeit und Offenheit.

Konstantin holte Luft, nahm innerlich Anlauf, blieb im Lächeln stecken, atmete doch nur aus und rieb sich über den Arm. Sein ganzes Leben hatte er verborgen, was ihn umgab, und nun, wo er einen besonderen Menschen gefunden hatte, dem er sich offenbaren wollte … *Vielleicht ist es doch zu früh.*

»Die Tätowierung.« Iva deutete mit einem Nicken darauf. »Do not fall asleep, until … Hat es was damit zu tun? Und mit den vielen Narben?«

»Woher …« Konstantin erschrak, weil die Wahrheit plötzlich zum Greifen nah war.

»Warst du im Gefängnis?« Iva sah ihn ohne Angst an. »Wir haben nie über dich gesprochen. Ich weiß dank dir viel über Thanatopraxie, über den Umgang mit Leichen, ich kenne deine Hobbys. Aber du hast mir nichts über deine Familie erzählt, nichts aus deiner Kindheit. Oder über die Jahre vor dem *Ars Moriendi.* Ex-Sträflinge haben oft Angst, dass sie zurückgewiesen werden, wenn herauskommt, dass sie im Gefängnis saßen.« Sie schenkte ihm ein bezauberndes Lächeln, das seinen Mut zu ihm zurückbrachte. »Ist es bei dir so?«

Wenn du jetzt lügst, ist alles in Ordnung, sagte ein leises Stimmchen in ihm. *Sie wird dein Verhalten auf Macken aus dem Knast zurückführen, und du kannst dein Geheimnis für dich behalten. Du musst es ihr nicht sagen. Was soll es bringen? Sie wird höchstens schreiend davonlaufen, weil sie nicht neben einem Monster …*

Konstantin ballte die Hände zu Fäusten, um das Stimmchen zu erdrücken.

Iva bemerkte seine Reaktion. »Habe ich was Falsches gesagt?«

»Nein. Eher genau das Richtige. Nun, fast, weil …« Er hielt ihr die Tätowierung auf seinem Unterarm hin, als könnten die Buchstaben sich selbst erklären. »Ich weiß nicht, wie ich anfangen soll. Du wirst mich für einen Wahnsinnigen halten oder für einen Killer oder …« Konstantin atmete wieder tief ein und spürte, wie sich der Schweiß unter seinen Armen sammelte.

»Weswegen warst du im Knast?«

Er konnte hören, dass sie eigentlich behutsam danach fragte, ob er ein Mörder oder Vergewaltiger war. »Ich war nicht im Knast. Ich war … Söldner.«

Iva entspannte sich, aber nur etwas. Auch Söldner konnten Mörder und Vergewaltiger sein. »Du hast Menschen erschossen. Willst du mir das damit sagen? Oder hast du mit einem Trauma aus deinen Einsätzen zu kämpfen?«

Es gibt kein Zurück mehr. Konstantin zog die einzelnen Worte des Tattoos auf seiner Haut mit dem Finger nach. »You are all alone.«

Sie versuchte zu ergründen, was er meinte. »Ist das der Rest des Satzes?«

Er nickte und seufzte. »Do not fall asleep, until you are all alone. Schlafe nicht ein, bis du absolut alleine bist. Es ist ein Befehl an mich, eine Regel, eine Mahnung, vielleicht mein Lebensmotto.« Konstantin wollte aufspringen und hinausrennen, weil sich die Wahrheit im freien Fall befand und auf das Glück zuraste, dabei fetter und schneller und schwerer wurde. Wie ein Tonnengewicht auf eine Glasrose.

»Warum? Was geschieht, wenn du nicht alleine einschläfst?«

»Ich ... sie ... sie müssen sterben!«, rief er verzweifelt aus, seine Augen brannten. *Nur noch ein Satz!* »Sobald ich einschlafe, kommt der Tod.«

»Dann kommt der Tod, ja?« Iva hatte die Brauen zusammengezogen, sie sah verwundert aus. Verwundert und sehr, sehr ungläubig.

»Ja. Und er ... er kann mich nicht sehen, und das macht ihn wütend. Aber er weiß, dass ich irgendwo bin, und tötet alles um mich herum, um seinem Hass auf mich Luft zu machen. Um ... mir zumindest zu schaden und alles zu nehmen, was mich umgibt«, brach es aus ihm hervor. Er redete schnell und viel zu undeutlich. *Was wird sie tun? Was wird sie tun?*

Iva beobachtete ihn, wie man einen Verrückten betrachtete, darauf wartend, was er wohl als Nächstes anstellte oder sagte.

Sein Geheimnis war offenbart. Konstantin wusste, dass er nun alles geben musste, um sie von dieser Wahrheit zu überzeugen. »Menschen wie ich nennen sich Todesschläfer. Ich bin unsichtbar für den Tod. Solange ich wach bin, droht dir keine Gefahr. Aber wie gesagt, sobald ich schlafe, erscheint er, weil ich ihn anlocke. Keine Ahnung, wie. Die einen sagen, der Tod schlage alles nieder, was sich um einen Todesschläfer herum befindet, und hofft, dass er ihn dabei erwischt. Andere sagen, der Tod töte die Menschen aus Rache, um uns auf diese Weise das Beste und Liebste zu rauben.« Er griff ihre Hand. »Du musst mir glauben!«

»Aha«, machte Iva. »Und wie genau funktioniert das?«

Sie glaubt es? Gott, ja! Sie glaubt es! »Jeder Todesschläfer hat unterschiedlich starke Auswirkungen auf seine Umgebung. Mal richtet sich der Schnitter gegen jedes sichtbare Lebewesen, vom Mensch bis zum Insekt, mal sind Pflanzen davon ausgenommen, mal nicht. Es gibt unterschiedliche Beschränkungen wie zum Beispiel geschlossene Räume oder Wasser. Je länger die Person unsichtbar für den Tod und umso häufiger sie eingeschlafen ist, desto stärker werden die Auswirkungen. Vermutlich weil der Hass des Gevatters immer größer wird. Und er kennt keine Gnade.«

»Und wenn du dir den Kopf anstößt und ohnmächtig wirst?« Iva schien pragmatisch veranlagt zu sein. Sie sah ihn aufmerksam an, während sie wieder von ihrem Tee trank.

»Nein, das wirkt nicht. Bei einer Ohnmacht oder Bewusstlosigkeit geschieht der Umgebung nichts, aber bei der Einnahme von Schlaftabletten oder leichten Anästhetika schon.«

Sie sah ihn nachdenklich an. »Du bist unsterblich und unverwundbar, ja? Wie bei *Highlander?*«

Er lachte. »Nein, schön wär's. Ich verletze mich normal, heile normal, sterbe aber nicht an Krankheiten, sondern erleide nur deren Auswirkungen. Wenn man so möchte, verlängere ich das Leiden für mich selbst, wenn es schlecht läuft.« Konstantin fühlte erste Erleichterung in sich aufsteigen. Iva saß ihm gegenüber und stellte Fragen. Gute Fragen. Vernünftige Fragen. »Wir sind gelegentlich die sogenannten *medizinischen Wunder* in den Lehrbüchern. Es gibt auch die Theorie, dass wir durch Schlaf schneller heilen, da andere für unseren Schlaf mit dem Leben zahlen.«

»Es gibt keine Möglichkeit, den Tod reinzulegen?«

»Wie schon gesagt, Wasser hilft. Er mag es nicht und braucht länger, um mich zu finden. Deswegen lebe ich auf einem Hausboot.«

»Das heißt, du bist auch nicht immun gegen die Auswirkungen der Zeit?«

»Richtig. Äußerlich halten wir uns vielleicht etwas besser, aber wir altern einfach immer weiter und weiter und werden runzliger und runzliger, mit all unseren Gebrechen.« *Liegen im Bett, sitzen im Rollstuhl, siechen vor uns hin.*

»Und wenn man dir das Herz rausreißt, was geschieht dann?«

Drastisch. Aber logisch. Konstantin musste grinsen. »Na ja, ohne Spenderherz oder Kunstherz würde ich vermutlich eine Zeitlang weiterleben, bis die Zellen anfangen zu zerfallen. Irgendwann würde ich umfallen und wie tot aussehen.« Er fuhr sich mit der Hand durch die Haare. »Von da an ist alles nur Theorie. Wir gehen davon aus, dass unser Bewusstsein oder das, was man Seele nennt, an der Stelle bleibt, wo das letzte Körperstück von uns verwest ist.«

»Wie lange?«

Konstantin konnte es nicht beantworten. »Theorie. Ich denke, dass man ewig gefangen bleibt. Der Schnitter nimmt uns nicht mit ins Jenseits.«

»Ah. Dann seid ihr die Geister, von denen berichtet wird.«

»Möglich. Ich weiß es nicht.«

Iva kaute auf ihrer Unterlippe herum, sah an die Decke und wieder zu ihm. »Bist du das von Geburt an?«

»Ich denke. Bei den meisten setzt es in der Pubertät oder später ein. Wir haben keine Erklärung dafür.«

»Bei den meisten? Aber dann würde ein Baby ja seine eigene

Mutter direkt nach der Geburt umbringen, sobald es zum ersten Mal einschläft!« Sie schüttelte sich.

»Kindbettfieber. Sucht man in der Geschichte, finden sich viele Hinweise auf die Wirkung von Todesschläfern.«

»Wahnsinn!« Iva grinste plötzlich. »Bist du deswegen Bestatter geworden? Du sorgst für deine eigene Kundschaft. Kennst du den Film mit Boris Karloff, Vincent Price und ...«

Sie denkt, ich mache einen Scherz! »Ich meine es ernst«, sagte er entsetzt.

Sie lachte und streichelte seine Wange. »Klar. Wie sieht der Tod aus? Hat er eine Kapuze und trägt eine Sense? Wie man das aus Filmen und Büchern kennt? Oder mehr wie in *Final Destination?*«

»Iva, ich treibe keine Späße mit dir!« *Nein! Bitte, sie muss mir glauben!* Konstantin hielt ihr in einer Geste der Hilflosigkeit seinen Arm mit dem eingeritzten Halbsatz hin. »Der Tod hat keine Gestalt, er kommt als ... Geruch, als ein Geräusch, als Heulen, als ...«

»Sicher, Konstantin. Ich kenne noch andere, bei denen merkwürdige Dinge geschehen, sobald sie einschlafen. Die einen werden in ihre Traumwelt eingesogen, die anderen erleben Rückführungen in ein anderes Leben.« Sie küsste seine Hand, lehnte sich nach hinten und warf feixend ihre blonde Mähne zurück. »Sei froh, dass man mir nicht so leicht Angst einjagen kann, du klingst nämlich ziemlich überzeugend. Als würdest du das wirklich glauben. Und obendrein bist du noch Bestatter. Die Idee mit der Unsterblichkeit ohne Vorteile gefällt mir übrigens. Du solltest ein Buch daraus machen. Es ist tragisch und romantisch und sehr gruselig. Wie in einem traurigen Märchen.«

Konstantin fühlte sich schlecht. *Wieso hätte sie mir glauben sollen? Es ist ein Ding der Unmöglichkeit, etwas, das höchstens in den Filmen passiert.*

Ich habe es dir gesagt, jubelte das Stimmchen. *Du hättest lügen sollen, um sie zu halten.*

»Sollte ich wohl.« Er stand eilends auf und verließ die Küche, weil er es nicht mehr aushielt. Sein Geheimnis wurde nicht angenommen, Iva hielt es für einen Witz, eine lustige Idee, eine ausgedachte Geschichte. *Was tue ich?* »Ich muss gehen«, stammelte er. »Es warten noch ein paar Beerdigungen auf mich.« Er ging in den kleinen Flur hinaus.

»Konstantin?« Stuhlbeine scharrten über den Boden, Iva war aufgestanden. Sie hatte bemerkt, dass ihre Reaktion seinen fluchtartigen Aufbruch auslöste. »Was habe ich denn falsch ...?«

»Nichts. Ich habe alles falsch gemacht. Ich dachte ...« Er schüttelte hilflos den Kopf, warf ihr einen letzten Blick zu und rannte aus der Wohnung, nach unten, durch die Tür und mitten in den Schauer. Die Regentropfen benetzten sein Gesicht, die braunen Haare, durchtränkten das schwarze Polohemd, die Stoffhosen. Das Wasser lief in seine Turnschuhe.

Er fühlte sich verletzt, ausgelacht und hilflos. Sein Mut war gegangen, die Vernunft regierte in seinem Verstand. *Ich hätte es wissen müssen. Es war zu früh, viel zu früh für die Wahrheit. Ich darf sie nicht mehr wiedersehen. Das Zusammensein mit ihr würde in einer Katastrophe enden, mit ihrem Tod sogar.* Konstantin leckte sich über die Lippen, nahm den Geschmack des Regens auf. *Niemand kann verstehen, welcher Fluch mich umgibt. Es ist unmöglich.*

Schritte erklangen auf der Treppe. »Konstantin, bitte, ich ...«

Er sprintete los, die Straße hinunter, setzte über Poller hinweg, über Zeitungsverkaufskästen, kletterte über Autos, lief und lief, bis sein Atem schneller ging und er ins Schwitzen geriet. Konstantin hetzte durch Großbaustellen, in denen die ersten Arbeiter umherliefen und ihm verwundert nachriefen. Er kümmerte sich nicht darum, rannte und rannte.

Schließlich stand er keuchend in einem alten Hinterhof, das Haus dazu war von seinen Besitzern dem Verfall preisgegeben. Aufgegeben.

Schlimmes Seitenstechen zwang ihn, sich nach vorne zu beugen. Ihm war schlecht vor Anstrengung. Die Überanstrengung auf nüchternen Magen bescherte ihm schwarze Flecken vor den Augen, die Knie gaben nach.

Mit zitternden Beinen sank er auf einen Steinhaufen und ließ sich mit geschlossenen Augen die Tropfen auf den gesenkten Kopf prasseln.

Ich hätte es wissen müssen, ich Idiot. Ich kann nicht mit einer Frau zusammen sein. Ich darf es nicht.

Das stete Pochen der Tropfen auf dem Boden, auf umherliegenden Glasscherben, Holzbalken, Metalldosen, Steinen und die Einschläge in Pfützen erzeugten ein beschwichtigendes Konzert im sonst stillen Hinterhof.

Konstantin wurde allmählich ruhiger.

Er faltete die Hände im Nacken, öffnete die Augen und sah blinzelnd hinauf in die grauen Wolken, als wartete dort eine Eingebung und stürzte sich gleich auf ihn.

Muss ich sie wirklich aufgeben?

Das wäre nicht einfach bei dem, was er für sie empfand. Von Anfang an hatte sie ihn bezaubert, schon im ersten Moment, als er sie inmitten des Orchesters am Cello gesehen und sie seinen Blick erwidert hatte. Mit einem Lächeln.

Seine Flucht aus Ivas Wohnung erschien ihm nun, wo er ruhiger darüber nachdachte, kindisch. Sie machte eine Rückkehr zu ihr schwerer. Welche Erklärung konnte er ihr für sein Verhalten geben? Er hätte lachen und sie in ihrer Meinung, er habe einen Scherz gemacht, bestätigen sollen. Offenbar wollte sie keine Wahrheit. Vielleicht käme sie zu einem späteren Zeitpunkt damit zurecht?

Angenommen, er dachte sich eine gute Geschichte für das

aus, was eben passiert war, und würde mit Iva zusammenbleiben, dann musste er Vorsichtsmaßnahmen treffen.

Irgendwo hatte er noch die alten Tabletten für den Notfall. Hallo-Wach hoch zehn. Damals nahm er sie nach seinen Einsätzen, um fit zu bleiben und schnellstens eine größtmögliche Strecke zwischen sich und den Ort zu bringen, an dem er einen seiner Aufträge ausgeführt hatte.

Ob sie noch haltbar sind?

Meditation galt als unbedenklicheres Mittel, um Kraft zurückzuerhalten und auf Schlaf verzichten zu können. Konstantin verzog den Mund. *Nicht eben meine größte Stärke.*

Dennoch gab es keine Alternative, abgesehen von seinen üblichen einsamen Übernachtungen auf der *Vanitas.* Konstantin wollte aber in Ivas Nähe sein. So oft es ging, so lange es ging. Der Egoismus der Liebe.

Ich sollte damit anfangen, mir eine Geschichte auszudenken, mit der ich ihr unter die Augen treten kann. Oder? Konstantin seufzte und erhob sich, streckte die schmerzenden Beine und schüttelte sie aus.

Das Stimmchen wisperte derweil, dass es besser wäre, Iva aufzugeben. Die Liebe aufzugeben – paradoxerweise um das Geliebte zu schützen. Er hasste seine Unentschlossenheit und die Ausweglosigkeit seiner Situation.

Durch das allgegenwärtige Rauschen des Regens vernahm er ein entferntes leises Klicken, das sich rasch wiederholte.

Das klingt nach einem Kameraverschluss. Konstantin drehte den Kopf zum Eingang des Hinterhofs und sah den älteren Mann wieder, der ihm bereits in Moskau auf dem Roten Platz aufgefallen war. Rock 'n' Roller-Frisur und eher zünftige Kleidung, ein Mix aus Outdoor und Landhaus. Trotz des frühen Morgens trug er eine Sonnenbrille, auf der der Regen abperlte. Dass Kamera und Objektiv nass wurden, störte ihn nicht.

Im Gegensatz zu ihrer ersten Begegnung gab es keinen

Zweifel, dass Konstantin sich im Fokus des Mannes befand. »Hey!« Er machte ein paar Schritte auf ihn zu. »Warum verfolgen Sie mich?«

Auf dem gebräunten Gesicht zeigte sich ein überhebliches Lächeln. »Für die Ablage, Kleiner. Nur für die Ablage.« Die Stimme trug die Patina unendlich vieler Zigaretten, von Whiskey und lautem Gegröle, vielleicht zu Songs des Kings. Er senkte die Kamera und produzierte eine große Kaugummiblase, die knallend zerbarst. Ein Taubenschwarm stieg aufgeschreckt vom Dach empor und flatterte umher. »Bleib ruhig, okay? Fotos tun nicht weh.«

Konstantin eilte auf den gelassenen Fremden zu, um ihn zu packen. »Ich hätte Fragen zur *Ablage:* Hat Jester Sie geschickt?«, sagte er – und blieb stehen, als der Mann unter seine Jacke langte und einen grobschlächtigen Revolver zog, dessen Mündung sich unverzüglich auf ihn richtete.

»Ich kenne deine Sorte, Junge. Ich habe kapiert, dass du ein Netter geworden bist. Also werde ich dir nichts tun«, sagte der Fremde mit knarrender Rockerreibeisenstimme. »Ich kann dir jetzt in den Fuß schießen oder in eine andere Stelle deines Körpers, und du würdest umfallen. Die nächsten Tage wären versaut. Krankenhaus, Polizei, Befragungen, langwierige Wundheilung, was nicht automatisch bedeutet, dass du ohne Dauerschaden davonkommst«, zählte er lässig auf. Der Revolver, der zwei Läufe übereinander hatte, zielte auf Konstantins Mitte. »Bleib einfach da stehen, während ich wieder gehe.« Langsam zog er sich aus dem Durchgang zurück.

Konstantins Gedanken überschlugen sich. Gehörte der Mann zu Jester? Was meinte er mit »seine Sorte«? Bedeutete er eine Bedrohung für Iva? Welche Ablage?

Er wollte Antworten, doch gegen einen Revolver richtete er mit Aikido nichts aus. Die Kraft einer Kugel konnte man nicht gegen das Geschoss richten. Vorsichtig folgte er dem Fremden.

Der Mann war inzwischen auf der anderen Seite des bogenförmigen Hofeingangs angelangt, der Revolver zielte noch immer auf Konstantin. »Kleiner, geh zurück.« Klackend legte er den Schlagbolzen um. »Ich treffe übrigens verdammt gut. Nur als Warnung, falls du denkst, dass dir das Gehüpfe oder dein Kampfsport was bringen.«

»Wieso verfolgen Sie mich?«

»Ich brauchte ein gutes Bild. Das ist alles. Die Aufnahmen aus Moskau waren nichts. Du wirst mich so schnell nicht noch einmal zu Gesicht bekommen, versprochen. Und deine Kleine interessiert mich nicht, da brauchst du dir keine Sorgen zu machen. Sie ist schließlich keine von euch. Ich wünsche ihr viel Glück, damit sie dich überlebt. Schlaf kann übermächtig werden, es ist eine Frage der Zeit.« Der Fremde sah nach rechts und nach links.

Konstantin nutzte den Moment: Er duckte sich, sprang gegen eine schrägliegende Palette, drückte sich ab, von da gegen die Wand und jagte auf den Angreifer zu.

Die Mündung folgte seinen artistischen, raschen Manövern, dann krachte es.

Konstantin spürte den Schlag gegen den Oberschenkel, rechts außen, der ihn einknicken ließ. Keinen halben Meter von dem Fremden entfernt, fiel er mit einem Schmerzensschrei in den feuchten Dreck. Schwindel erfasste ihn, seine Sicht verdunkelte sich. Schockauswirkung. »Sagte ich dir doch, Kleiner: Ich treffe verdammt gut. Streifschuss, nichts Schlimmes, aber es hält dich auf.« Der Mann steckte den ungewöhnlichen Revolver ein. »Jetzt folgst du mir bestimmt nicht mehr.« Er hob den Fotoapparat und machte noch zwei Aufnahmen von ihm. »Die schicke ich dir. Als Erinnerung an deine Ignoranz.« Er grinste breit und zeigte gelbliche Zähne, wie sie starke Kaffeetrinker und Raucher hatten. »Noch ein wohlgemeinter Ratschlag: Halt dich von der Süßen fern, bevor du sie in den Tod reißt.« Er trat aus dem Hofeingang auf die Straße und verschwand.

Scheiße! Konstantin stemmte sich an der feuchtkalten Wand in die Höhe und presste die Kiefer fest zusammen. Warm rann sein Blut aus der Wunde, und es schmerzte unglaublich. Die nächsten Tage konnte er Sport vergessen.

Hinkend und fluchend folgte er dem Mann, doch er war nirgends mehr zu sehen. Er nahm sein Handy aus der Hosentasche, das jedoch den Geist aufgegeben hatte – ob durch den Regen und den Sturz, wusste er nicht.

Ein Passant näherte sich Konstantin. »Brauchen Sie Hilfe?«, fragte er unsicher.

»Würden Sie einen Krankenwagen rufen?«, bat er. »Ich habe mich am Bein verletzt.«

»Sicher. Kommen Sie, wir warten da drin.« Der junge Mann half Konstantin über die Straße in einen orientalischen Einkaufsmarkt namens HALAL, wo der Besitzer gerade damit beschäftigt war, neue Ware in den Laden zu schieben.

Konstantin bekam von dem Orientalen, der sich als Jussef vorstellte, sofort Tee zu trinken. Die Blutung wurde vorerst mit Kompressen und einem Druckverband gestillt.

»Danke.« Konstantin hielt sich an dem kleinen Glas fest, aus dem es heiß dampfte und nach Apfel roch.

»Kein Problem.« Jussef nickte. »Übel. Wer hat Sie denn angeschossen?«

Der Passant erbleichte, und Konstantin fluchte innerlich darüber, dass die Beschaffenheit der Wunde anscheinend so eindeutig war. »Nein, ich bin an einem Eisendraht hängen geblieben. Ich laufe Parkour.« Rasch erklärte er, was Parkour war und was sich angeblich zugetragen hatte.

»Ah.« Jussefs Gesichtsausdruck besagte, dass er kein Wort glaubte. »Ich war früher Arzt im Irak, deswegen dachte ich, ich erkenne eine Schusswunde. Aber ich habe mich wohl geirrt. Ich bin schon lange aus meinem Beruf raus, und es geht mich auch nichts an.«

Der Krankenwagen rollte vor den HALAL, die Sanitäter kamen herein und kümmerten sich um Konstantin, befragten ihn über den Unfall. An ihren Blicken erkannte er, dass sie seine Version des Geschehens im Gegensatz zu Jussef nicht in Zweifel zogen.

Unvermittelt fiel ihm ein, dass es für Halal noch eine andere Bedeutung gab als die islamische. Auf Ungarisch und mit einem Akzent versehen bedeutete es: Tod. *Ausgerechnet.* Das Schicksal hatte Sinn für schwarzen Humor.

»Dann alles Gute!« Der freundliche Passant machte sich wieder auf den Weg. Auch Jussef wünschte ihm eine schnelle Genesung und gab Konstantin noch ein Glas Hummus mit. Für mehr Kraft.

Die Sanitäter brachten ihn zum Krankenwagen, um ihn mit ins Krankenhaus zu nehmen, wo die Wunde richtig gesäubert werden musste.

Konstantin stimmte zu, weil er nicht wollte, dass kleine Stoffreste im Loch zu einer Entzündung führten. *Keine Blutvergiftung. Bloß nicht!*

Auf der Fahrt rief er mit dem Handy des Rettungsassistenten im *Ars Moriendi* an und sagte Mendy, dass er heute nicht kommen konnte. Danach machte er es sich auf der Liege bequem und dachte über den schwerbewaffneten Lodenrocker nach, der ihm anscheinend bereits längere Zeit an den Fersen haftete und Fotos machte. Für eine ominöse Ablage, die sich mit Todesschläfern beschäftigte.

Länger als zwei Jahre.

Länger als ein neues Leben in Leipzig währte.

Leipzig, Deutschland

Die Tür zum Krankenzimmer schwang in der gleichen Sekunde auf, in der geklopft wurde.

Konstantin sah verwundert zum Eingang, weil er nicht mit Besuch rechnete. Er hatte gerade seine Plastiktüte nehmen und verschwinden wollen. Das Taxi war schon bestellt.

Ein Mann in einem schwarzen Anzug, weißem Hemd und dunkler Krawatte schob sich herein, nahm die Sonnenbrille ab und musterte ihn. »Guten Tag, Sir. Ich darf mich vorstellen: Darling, Agent des britischen Geheimdienstes«, sagte er zu ihm, das geübte Lächeln entstand auf Knopfdruck auf dem attraktiven Gesicht. »Ich habe einige Fragen an Sie, Mister Korff.« Er schloss die Tür hinter sich. »Wo waren Sie gestern …«

»Jester, lass den Quatsch.« Konstantin grinste breit.

»Warum sollte ich? Ein MI6-Agent vergisst nie die richtigen Umgangsformen.« Er streckte die Arme aus wie ein Showmoderator. Commander Timothy Chester Darling, mit dem Spitznamen Jester, liebte den großen Auftritt, dem man nicht entkommen konnte.

»Weil ich keine deiner Tussis bin, die du damit beeindrucken kannst?«

»Ach, richtig. Da war was.« Jester reichte Konstantin die Hand und schüttelte sie herzlich, legte die andere obendrauf, dann schlug er ihm auf die Schulter. »Was ist passiert, alter Knabe? Wieso muss ich dich im Krankenhaus besuchen, anstatt auf deinem schönen Hausboot mit Blick auf bezaubernde Frauen in knappen Schwimmsachen?« Er zog sich einen Stuhl heran und setzte sich vors Bett, auf das sich Konstantin wieder niederließ. »Ich hatte mich schon auf einen *Red Russian* gefreut.«

»Ein schöner Freund bist du. Sendest mir die ganze Zeit

Nachrichten und weißt anscheinend immer, wo ich bin, aber kaum werde ich von einem rockenden Senner niedergeschossen, warte ich vergebens auf deinen Beistand.«

Jester sah ihn mit offenem Mund an. »Rockender Senner? By Jove! Ist nicht dein Ernst!«

»So ziemlich.« Konstantin erklärte in aller Kürze, aber mit sämtlichen Details, was sich in dem Hinterhof abgespielt und was der Unbekannte zu ihm gesagt hatte. »Gehörte der Typ zu dir, Mister MI6?«

»Bist du verrückt?« Jester hielt ihm Zeige- und Mittelfinger entgegen, die Geste des englischen »fuck you«. »Meine Leute sind so unauffällig normal, dass sie eine Bank überfallen könnten, ohne identifiziert zu werden.« Er langte in die Innentasche des Sakkos und zog ein Smartphone heraus. »Beschreib mir noch mal seine Pistole, bitte. Klingt nach einem ungewöhnlichen Ding.«

»Es hatte mehr als sechs Schuss, die Trommel war zu dick für ein halbes Dutzend Patronen«, betonte Konstantin. »Und sie hatte einen zweiten Lauf.«

»Hm. Abwarten. Habe gerade keinen guten Empfang«, meinte Jester, hob den Kopf und blickte seinen Freund an. »Kaum zwei Jahre im neuen Leben, und schon wirst du angeschossen. Das ist dir damals nicht passiert.«

»Aber nur, weil sie mich nie getroffen haben. Stattdessen wurde ich abgestochen, gesprengt, überfahren und aus einem Flugzeug geworfen.« Er erinnerte sich an Ivas Gesicht, als sie seine Narben gesehen hatte. Sehr viele Narben, die er ihr mit Parkour erklärt hatte. *Einer Medizinstudentin hätte ich das nicht weismachen können. Sie hätte die Lüge sofort erkannt.*

»Klingt, als wärst du der Geheimagent gewesen und nicht ich.« Jester lachte auf, wurde jedoch rasch wieder ernst. »Das ist nicht gut, Stan. Ich höre mich um, wer dich fotografiert hat.« Er schüttelte den Kopf, danach prüfte er mit einer knappen Bewegung den Sitz des Seitenscheitels seiner schwarzen Haare.

»Er sagte was von *deiner Sorte.* Das heißt vermutlich, er kennt uns. Unseren Fluch.«

»Wenn er dich als harmlos eingestuft hat und deswegen am Leben ließ, müsste das im Umkehrschluss bedeuten, dass er gegen andere vorgeht, um sie auszuschalten, soweit es ihm möglich ist.« Jester sah beunruhigt aus.

Mit einem Geräusch meldete sich das Smartphone.

»Ah, wer suchet, der findet.« Jesters Augenbrauen wanderten nach oben, als er auf das Resultat schaute. »Hoppla!« Er hielt das Display so, dass Konstantin einen Blick darauf werfen konnte. »War *das* der Revolver? Würde zu dem Mann passen, den du beschrieben hast, Stan. Very old school.«

Das Bild zeigte einen LeMat Perkussionsrevolver, im Original entworfen im Jahr 1856 in New Orleans von Colonel Dr. Jean Alexandre François LeMat und General Pierre Gustave Toutant Beauregard. Neun Schuss lagerten in der Trommel, die Trommelachse stellte einen zusätzlichen Lauf dar, mit dem der Schütze eine Ladung Schrot gegen seine Feinde jagen konnte. *Perfekt für den Nahkampf.*

Spätere Modelle hatten ein Kaliber von elf Millimetern, was das große Loch in Konstantins Bein und das laute Krachen des Revolvers erklärte. Zumindest hatte ihn die für Handfeuerwaffen ungewöhnliche Größe der Wunde vor Fragen geschützt, niemand hatte die Polizei verständigt, wie es bei Schusswunden Vorschrift war. »Ja, von der Grundform her stimmt es«, sagte er und hasste es, wenn Chester die Abkürzung seines Namens nutzte. »Aber der Revolver des Unbekannten sah wesentlich moderner aus.«

»Vielleicht ein Freak, der sich was Eigenes gebaut hat oder anfertigen ließ.« Jester deutete auf die Informationen unter dem Bild. »So etwas wird heute nicht mehr produziert. Er muss sich die Einzelteile irgendwo beschafft haben oder jemanden kennen. In Suhl gibt es beispielsweise Büchsenmacher, denen ich zutraue, so ein Ding anzufertigen. Ich höre mich um. Wir kriegen ihn schon.« Er steckte das Alleskönnerangeberhandy wieder ein. »Und auf seine *Ablage* bin ich auch sehr gespannt.«

»Deswegen wolltest du aber nicht mit mir sprechen.«

»Nein. Wollte ich nicht.« Er sah auf die Uhr am linken Handgelenk, ein teures Zeigermodell, das sicherlich mehrere tausend Euro gekostet hatte. »Wenn ich nicht wieder zurück zur Queen müsste, würde ich ja warten, bis sie dich rausschmeißen, und wir gehen ins *Mephisto* auf einen Cocktail. Well, well.« Er räusperte sich.

»Was ist denn, um Himmels willen? Mach es doch nicht so spannend. Wir haben uns in Paris gesehen. Hängt es damit zusammen?«

»Ich ... habe einen Job für dich«, sagte er schnell, als täten ihm die Worte an den Lippen weh.

Konstantin lachte auf. »Ist nicht wahr!«

»Nicht so einen, wie du sie früher erledigt hast. Du sollst mir helfen, jemanden ... zu fangen, der mir gerade große Probleme bereitet, Stan. Mir und der ganzen Welt.«

»Du hast die geballte Macht des MI6 zur Verfügung und willst, dass ich jemanden suche? Das kann nur heißen, dass du echte Probleme hast«, resümierte Konstantin. »Und sag nicht *Stan,* bitte. Dieser Name gehört in die Vergangenheit.«

»Der MI6 weiß nichts von *uns.* Daher bist du wesentlich besser für die Jagd geeignet.« Er rutschte mit dem Stuhl näher an das Bett heran. »Du denkst wie ...«

Konstantins Entscheidung war bereits gefallen. »Nein.«

»Hör dir bitte erst an, was ...«

»Jester, *nein!*«

»Paris, Charles de Gaulle, achthundert Tote«, stieß er stakkatohaft hervor. »Darunter war deine Lilou de Girardin.«

Konstantin stutzte. »*Deswegen* warst du dort!«

Sein Freund nickte niedergeschlagen. »Offiziell natürlich wegen der Briten an Bord des Airbus. Aber ich ahnte, dass es einen anderen Grund geben musste als das ominöse Giftgas, das die Tragödie verursacht haben soll.« Wieder nahm er das Smartphone heraus und aktivierte es, hielt es Konstantin erneut hin.

Sichtbar wurde ein unscheinbarer, hellhäutiger Mann in Westernklamotten, der wirkte, als seien die Sachen zu groß für ihn. Das Bild war auf einem Jahrmarkt geschossen worden, der Mann stand vor einem elektrischen Bullen und grinste. Unter dem in den Nacken geschobenen Hut spitzten kurze, blonde Haare hervor; darunter stand in weißer Computerschrift *Target: BENT ARCTANDER. Picture #23, 13. März 2011, 15.32 Uhr, Liverpool.*

Der Mann sah harmlos aus. Aber Konstantin wusste, dass das Äußere nichts zu bedeuten hatte, schon gar nicht bei seinesgleichen. »Warum hat er sie alle umgebracht?« Er verstand es nicht. »Und warum in einem Flugzeug? Er musste doch damit rechnen, schwer verletzt zu werden.«

Jester seufzte. »Es ist meine Schuld.«

»Inwiefern? Seit wann bist du königlicher Beauftragter für Massenmorde?« Konstantins Stimme war schneidend. Genau *das* war der Grund, weswegen er ausgestiegen war: zu viel Tod, zu viel Leid. »Der MI6 ist aber plötzlich radikal geworden.«

»Arctander gehörte zu mir. Ich wollte ihm helfen, Kontrolle zu lernen, aber es ging ihm nicht schnell genug, und da ist er abgehauen. Jetzt hat er Angst vor mir, weil er weiß, dass ich ihn aufhalten muss. Auf die eine oder andere Art.«

Konstantin kannte die *Topor's Men,* denen Jester seit Ewigkeiten angehörte und deren Leitung er inzwischen innehatte. Ein Zusammenschluss von Männern und Frauen, deren Ziel es war, Kontrolle über die eigenen Fertigkeiten zu erlangen und ein normales Leben zu führen. Jester und seine Gruppe legten ein gewisses Moralverständnis an den Tag, was nicht unbedingt selbstverständlich für Todesschläfer war, und gingen mit ihren Fähigkeiten gegen Verbrecher vor, vor denen die herkömmliche Justiz kapituliert hatte: Solche Gesetzesbrecher töteten sie gezielt.

»Achthundert Tote. Warum hat er …«

»Er kann es nicht kontrollieren.«

Konstantin schnaubte abfällig. »Es gibt Kaffee, Guarana, Hallo-Wach-Pillen, Amphetamine, Meditation und vieles mehr. Hat er so viele Allergien, dass er nichts davon einwerfen kann, um solche Unglücke zu verhindern?«

»Arctander ist … Narkoleptiker.« Jester klatschte einmal in die Hände und rieb sie nervös aneinander. »Er schläft einfach ein. Je mehr Stress er hat, desto wahrscheinlicher wird es.«

Verfluchter Mist. Konstantin verstand endlich den Sinn des Besuchs. »Wenn du ihn jagst und er es bemerkt, bekommt er einen Anfall und verursacht das nächste Massensterben.« Arctander kannte vermutlich die Angehörigen der *Topor's Men,* wusste um Jesters Kontakte im MI6 und sah in jedem Menschen einen potenziellen Verfolger.

»Exakt. Seit er abgehauen ist, reist er durch die Weltgeschichte, um uns abzuschütteln. Beim Rückflug aus New York lief es schief. Aber so richtig.«

»Und dann ist er ins Hotel, um auch den letzten Überlebenden zu töten?« Konstantin hielt das für unwahrscheinlich und sah Jester an, dass es ihm ebenso ging. »Nein?«

»Nein. Keine Ahnung, wer den Italiener und seine Aufpasser umlegte. Ich tippe auf die Mafia. Als rücksichtsloser Immobilienmakler hat sich Tremante nicht allzu viele Freunde gemacht. Man hat ihn erstochen, mit einem langen dünnen Gegenstand durchs Ohr. Seine Aufpasser starben durch Stiche in den Nacken, vermutlich die gleiche Waffe. Klingt sehr nach klassischer Vendetta.«

»Vielleicht war Arctander auf Tremante angesetzt, und der Mörder brachte seinen Job zu Ende?«

»Glaube ich nicht. Arctander ist ein rücksichtsloser Idiot, aber kein Auftragskiller. Er saß einfach nur im Flugzeug. Tremante erzählte mir übrigens bei seinem Verhör, dass er einen brutal starken Kaffee bekommen hat, der für einen anderen Gast bestimmt war.« Jester legte die Fingerspitzen zusammen. »Ich vermute, dass Arctander sich den Kaffee bestellt hat.«

»Er wollte verhindern, dass er einschläft.« Das machte ihn für Konstantin etwas sympathischer, auch wenn es eine unglaubliche DumHmeit war, als ungeübter Todesschläfer ein Flugzeug zu betreten. Wie es enden konnte, zeigten die Nachrichten. *Ein verstörter, bedauernswerter Typ, der sich von allen verfolgt fühlt.*

»Richtig.«

»Er reist unter Tarnnamen, schätze ich?«

Jester sah immer unglücklicher aus. »Ja. Da er zu den *Topor's Men* gehörte, bekam er die üblichen falschen Pässe, Zugangsdaten für Konten, Schließfachnummern für Notfälle. Das macht es schwer, ihn zu kriegen.«

Mehr und mehr begriff Konstantin die Misere, in der sein Freund steckte, und welchen Alptraum in Cowboykluft er auf die Welt losgelassen hatte. Er sah auf das harmlose Gesicht des Flüchtenden, das im Display so glücklich strahlte. »Er ist wieder verschwunden?«

»Ja. Ist er. Ich konnte verhindern, dass die Behörden von ihm erfahren. Offiziell war er niemals an Bord.« Jesters Blick wurde eindringlich und bittend. »Du weißt, dass seine Kräfte jedes Mal wachsen, sobald er einschläft, und er schläft ständig ein. Bereits jetzt ist die Gefahr, die von ihm ausgeht, unkalkulierbar. Wir müssen ihn finden, bevor er irgendwann so mächtig wird, dass er die Wirkung einer Atombombe erreicht!«

»Habt ihr herausgefunden, an welche Restriktionen seine Kräfte gebunden sind?« Jester legte den Kopf schief und schien sich innerlich zu wappnen, bevor er etwas sagte. Das war Konstantin Antwort genug: »Die gleichen wie ich!«

»Well, well. Du verstehst, warum ich dich um Hilfe bitten muss, alter Knabe? Du hast damals Katz und Maus mit uns gespielt. Wir haben dich nie erwischt, keiner hat dich erledigen können. Nicht mal die Inder, und das ist eine unglaubliche Auszeichnung. Du verstehst dich wie kein Zweiter aufs Untertauchen. Niemand von uns könnte besser nachvollziehen, wie Arctander als ein Gejagter denkt, was er vorhat, welche Verstecke für ihn in Frage kommen. Wir müssen ihn finden, Konstantin! Außerdem können wir an ihn ran, ohne zu sterben, falls er einen Anfall bekommen sollte.« Jester packte ihn mit beiden Händen an den Schultern und drückte zu. »Wenn er sich in einer Großstadt herumtreibt und auf einem Hausdach einschläft oder … mit offenem Fenster, könnten Tausende wegen ihm sterben! Tausende!«

Konstantin schwieg. Sie kannten sich lange, waren bei mehreren Aufträgen und Missionen aneinandergeraten, bis aus Rivalität Freundschaft wurde. *Der Mann vom MI6 und der Killer für die gute Sache.* Er dachte an Iva und seinen Verfolger mit der Kamera und dem Revolver. »Ich muss erst sichergehen, dass Iva keine Gefahr durch diesen Typen droht, der mir ins Bein schoss«, antwortete er leise.

»Iva? Deine Katze?«

»Meine …« Konstantin wusste nicht, wie er sie bezeichnen sollte. Es gab keine passende Bezeichnung für den Status ihrer Beziehung. »Eine Frau, die mir viel bedeutet. Er hat mich beschattet und weiß, wo sie wohnt.« Er schluckte.

»Der Kerl wird ihr sicherlich nichts tun, Konstantin! Bitte, hilf mir, Bent Arctander zu schnappen und aus dem Verkehr zu ziehen!«

Konstantins Blick wurde hart. Er schüttelte die Hände des Freundes ab. »Sie ist die Frau meines Lebens. Ich darf sie nicht in Gefahr bringen.«

»Das tust du schon, indem du dich mit ihr triffst«, konterte Jester und warf die Arme in die Höhe. »By Jove! Ich verstehe dich doch. Aber was ist, wenn Arctander sich in diesem Moment in Leipzig aufhält und dank seiner Narkolepsie in Schlaf versinkt? Wenn er in einer Straßenbahn sitzt, die nicht alle Fenster geschlossen hat? Es wird ein Sterben von biblischen Ausmaßen beginnen, und es könnte sein, dass deine Iva zu den Opfern gehört. Einfach so, ohne dass du etwas dagegen machen kannst.«

Konstantin rang nach den richtigen Worten. »Ich will nicht mehr, Jester«, flüsterte er. »Ich will diese ganze Scheiße los sein, den Tod nicht mehr um mich haben. Deswegen bin ich ausgestiegen. Und ich will mich einfach nur hinlegen, die Augen schließen und einschlafen. Auf einer Wiese im Sonnenschein, im Schwimmbad auf einer Liege, an Deck der *Vanitas.* Wann und wo ich will. Und vor allem neben der Frau, die ich liebe.«

»Das wollen die meisten von uns, alter Knabe.« Er lächelte schwach und verständnisvoll. »Aber so läuft es nicht.« Jester legte ihm eine Hand auf die Schulter. »Wir können keinen Deal mit dem Schnitter eingehen. Ich habe es schon versucht.«

»Du?« Konstantin konnte nicht verhindern, dass seine Stimme ungläubig klang.

»Vielen Dank. Jetzt komme ich mir gar nicht wie ein gefühlskaltes Arschloch vor.« Jester drückte die Personalruftaste auf der Kontrollleiste neben dem Bett und rückte das Sakko zurecht.

»Was machst du denn da?«

»Ich habe Durst. Die Bedienung kann uns was bringen.« Als die Tür sich öffnete und eine junge Lernschwester hereinkam, nickte er ihr freundlich zu. »Hallo, Schwester Moni«, sagte er auf Deutsch. »Wären Sie so nett und organisieren uns zwei Kaffee?« Sein Lächeln troff vor Charme, und sie versprach prompt, das Gewünschte zu bringen. Als sie weg war, wandte Jester sich wieder an Konstantin. »Folgendes: Ich erzähle dir, was ich bei meinen Nachforschungen über den Tod herausgefunden habe, aber ich warne dich: Es sind nur ein paar nette Theorien und nichts, was dich voranbringt. Danach verschwinde ich und lasse dir via Mail alles über Arctander zukommen, falls du es dir anders überlegen solltest. Und *das* wirst du. Du bist ein Mann mit Verantwortungsbewusstsein.« Er wurde ernst.

Der Modus des jungenhaften Spaßmachers, der jeden um den Finger wickeln konnte, war abgeschaltet.

Lernschwester Moni kam mit zwei Kaffee herein und hatte tatsächlich noch Kekse aufgetrieben, die sie auf einem Extrateller präsentierte. Rasch verschwand sie wieder.

Konstantin hielt es vor Neugierde kaum mehr aus. Was taugten Jesters Geschichten?

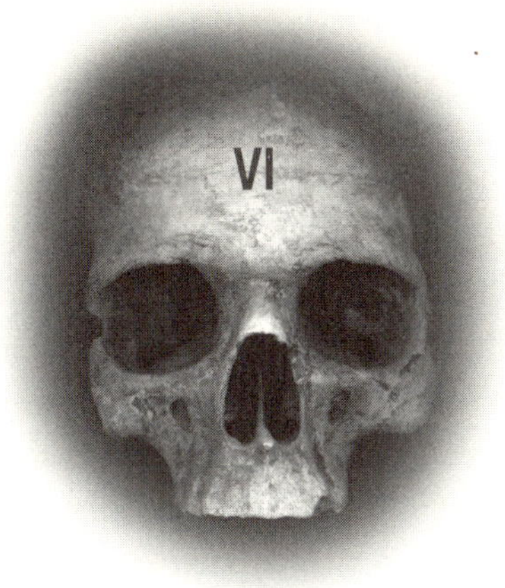

Lo! Death has reared himself a throne
In a strange city lying alone
Far down within the dim west,
Where the good and the bad and the worst and the best
Have gone to their eternal rest.
(…)
So blend the turrets and shadows there
That all seem pendulous in air,
While from a proud tower in the town
Death looks gigantically down.

Edgar Allan Poe, The City in the Sea

Minsk, Weißrussland

Der Alarm gellte durch das Institut Leben und forderte die Mitarbeiter auf, sich unverzüglich in den Schutzraum unter der Erde zu begeben. Keine Übung, sondern ein Ernstfall.

Kristin bemerkte die Andersartigkeit der Situation auf dem Weg nach unten auf Anhieb: Eine außergewöhnliche Spannung lag in der Luft, die von einem süßlichen Geruch erfüllt war, der an warmen Mais erinnerte.

Kristin rannte durch das Treppenhaus, gab den Code in das elektronische Tastenfeld neben der Tür zum siebten Stock ein und stieß sie auf.

Chaos hatte die Station fest im Griff. In Panik jagten Menschen durch die Gänge. Weißbekittelte Männer und Frauen stauten sich vor den Fahrstühlen, andere kamen Kristin entgegen, um durch das Treppenhaus nach unten zu flüchten.

»Aus dem Weg!« Kristin kämpfte gegen den Strom an, um Patient 22 zu erreichen, bevor das Sterben begann und dieses Projekt zerstörte. Das durfte nicht geschehen! Wegen ihres Vaters und in erster Linie wegen Eugen.

Kaum einer der Flüchtenden wusste überhaupt, warum sie sich in Sicherheit bringen mussten.

Kristin hatte Wert darauf gelegt, dass nur eine Handvoll ranghoher Spezialisten den wahren Grund für den Alarm kannten. Die meisten Angestellten nahmen ein ausgetretenes Bakterium oder einen Virus an, einen Brand oder Probleme mit irgendwas, das für die Allgemeinheit nicht gut war.

Dass ein Todesschläfer aus dem künstlichen Koma in den Schlaf überging und dadurch den Tod zu ihnen lockte, ahnten sie nicht.

Sobald ein Todesschläfer in die gefährliche Schlafphase wechselte, verströmte er Theta-Wellen. Vermutlich waren es diese Wellen, auf die der Schnitter wie auf ein kreischend lautes Tonsignal reagierte. Er suchte sofort die Quelle, um sie zum Schweigen zu bringen und sie zu vernichten. Da er sie nicht genau sah, schlug er wild um sich. Was er traf, starb. Ausnahmslos. So zumindest hatte Kristin sich den Ablauf stets vorgestellt.

»Lassen Sie mich durch!« Kristin hatte die Tür mit der Aufschrift 22 beinahe erreicht und verpasste einer Krankenschwester, die nicht schnell genug auswich, einen Faustschlag, der sie seitwärts gegen die Wand schleuderte.

Der Geruch von warmem Mais steigerte sich, wurde durchdringend. Übelkeit erregend. Von Todesschläfer zu Todesschläfer wechselten die Anzeichen für die Nähe des Todes, mal war es ein Knistern, mal ein Geruch. Individuell wie die Person, die den Schnitter herbeirief.

Kristin trat die Tür auf und stürmte ins Zimmer von Patient 22.

Harmlos ausgestreckt lag der junge kahlköpfige Mann im Bett, angeschlossen an Kabel von Überwachungsgeräten, an das EEG, verbunden mit Infusionsschläuchen und Kathetern. Der nackte, ausgemergelte Oberkörper war voller Narben, wo versagende Organe entnommen und durch neue ersetzt worden waren; aufgemalte frische Markierungen kündigten neue Schnitte an. Die Haut hatte sich vom ständigen Gebrauch der Desinfektionsmittel stellenweise tieforange gefärbt. Über seine Stirn und den kahlen Schädel zog sich eine durchgehende, waagerechte Linie.

Er bot einen jämmerlichen Anblick, aber das war nicht das eigentliche Problem. Um ihn herum auf dem Boden lagen drei Pflegekräfte und Doktor Dranski. Die aufgezogene Spritze mit dem Betäubungsmittel, um den Patienten zurück in den harmlosen Tiefschlaf zu zwingen, lag zerbrochen neben seiner Hand. Das Gerät, mit dem dank transkranieller Magnetstimulation die Hirnwellen verändert werden konnten, stand an der Wand, doch Kristin kannte sich damit nicht aus. Es stank nach konzentriertem, verkochendem Mais, der Geruch schnürte ihr die Luft ab. Der Tod befand sich bereits hier und verrichtete seine Arbeit, wie er es seit Millionen von Jahren tat. Kein menschliches Wesen konnte noch in dieses Zimmer gelangen. Sie alle würden mit stockendem Herzen auf der Schwelle zusammenbrechen – außer ihr.

»He! Aufwachen! Hoch!« Kristin rüttelte Patient 22 an der Schulter, um ihn zu wecken.

Der junge Mann hielt die Augen geschlossen, atmete tief ein und aus. Die Delta-Wellen waren inzwischen fast vollkommen von den Theta-Wellen ersetzt worden.

Auf dem Gang vor dem Zimmer wurde es plötzlich leiser, Schreie erklangen nur noch aus der Ferne. Der Tod holte sich als Erstes die Menschen, die sich dem Zimmer am nächsten befanden, und Mauern würden in diesem Fall niemanden retten. Wände, Decken und Böden hielten den allgewaltigen Schnitter nicht auf.

»Aufstehen, du Bastard!« Kristin versetzte dem Patienten mehrere Schläge ins Gesicht, aber die Sedierung wirkte nach wie vor. Schnell würde er keinesfalls erwachen.

Das EEG meldete mit einem dunklen Ton, dass der Übergang in den Bereich der Theta-Wellen in wenigen Sekunden abgeschlossen war. Sie stabilisierten sich im kritischen Bereich, die Frequenz der Schwingungen lag um die fünf Hertz.

Nun musste Kristin handeln, auch wenn sie damit eine ihrer besten Versuchspersonen verlor. Internationale Aufmerksamkeit und Schlagzeilen konnte sie sich nicht leisten. Beides würde es geben, wenn sie jetzt zögerte. Und da sich 22 nicht wecken ließ …

»Scheiße, verdammte!« Sie beugte sich über ihn und legte ihre Stirn gegen seine, dann aktivierte sie ihre einzigartige Gabe, das Geschenk der Insomnie.

Über ihrer Nasenwurzel kribbelte es. Das Ziehen breitete sich über den ganzen Schädel aus, sogar hinter ihren Augen fühlte sie das Stechen von Millionen kleiner Ameisen, die durch ihren Kopf wuselten und mit ihren Zangen in ihr Hirn bissen.

Wie genau es funktionierte, wusste sie nicht, aber seit ihr Hirn die ersten Anzeichen der Krankheit zeigte, konnte sie

Theta-Wellen auch im Wachzustand erzeugen. Den Tod rief sie damit nicht, das tat sie weiterhin nur, wenn sie tatsächlich schlief. Doch durch einen Zufall hatte sie herausgefunden, dass sich ihre Theta-Wellen mit den Wellen eines Todesschläfers koppeln ließen, sie wurden überlagert, veränderten sich. So machte sie sie für den Tod sichtbar, gab dem Schnitter einen Angriffspunkt gegen die verhassten Menschen, die ihm ansonsten entwischten!

Und eine solche Gelegenheit ließ sich der Gevatter niemals entgehen.

Das Stechen wie von Tausenden Nadeln in Kristins Kopf nahm zu. Der Geruch nach Mais wurde so widerlich durchdringend, dass sie sich zu übergeben drohte. Tausende Nadeln stachen in ihren Kopf, sie stöhnte.

Der Patient schrie plötzlich auf, Speicheltröpfchen sprühten gegen sie. Er versuchte verzweifelt, sich von ihr zu lösen, die Vitalwertanzeigen schnellten abrupt in ungesunde Höhen. Der Mann spürte, dass sein Tod bevorstand. Ein *echter* und unumkehrbarer Tod.

Feuchtheiß und abgestanden brandete sein Schrei gegen Kristin.

Sie umklammerte den kahlen Schädel und hielt den Kontakt, was nicht leicht war, denn der Patient entwickelte in seiner Panik unbändige Kraft, trotz der geschwundenen Muskeln, trotz seines Bewusstseinszustandes. Die Arme ruderten, Krämpfe durchliefen den dürren Leib. Kristin blieb stehen, Stirn an Stirn.

Und endlich erklang das erlösende Maschinenpfeifen. Herzstillstand. Tot.

Damit endete zugleich das Sterben im *Institut Leben* und in Minsk, bevor es in großem Ausmaß beginnen konnte. Kristin überließ dem Schnitter das Leben, nach dem er gegiert hatte.

Keuchend ließ sie den Kopf von Patient 22 los und kotzte

auf den Leichnam. Tränen liefen über ihre Wangen, sie bekam kaum noch Luft. Erst nach der dritten Übelkeitsattacke gelang es ihr, ihrem Körper Einhalt zu gebieten.

Hustend taumelte sie auf den Gang, um nachzuschauen, wie sehr der rasende, zornige Tod unter den nichtsahnenden Menschen gewütet hatte.

Dicht an dicht lagen die Leiber im Korridor, in der Notausgangstür und zwischen den Kabinentüren eines Fahrstuhls, die stumpf versuchten, sich zu schließen, sich aufschoben und erneut zusammenfuhren, immer und immer wieder. Umgestürzte Liegen hatten Menschen unter sich begraben; verstreute Akten, heruntergefallene Laptops und zerborstene Flaschen mit Proben und Chemikalien vervollständigten das Bild der heillosen Verwüstung.

Kristin stützte sich am Rahmen der Tür ab und spuckte auf den Boden, um den widerlichen Geschmack im Mund loszuwerden. Ihr fehlte die Kraft, einen ähnlich lauten Schrei wie Patient 22 auszustoßen. So viel Potenzial, einfach vernichtet. Auch wenn die Männer und Frauen aussahen, als würden sie schlafen, waren sie und alles, was sie hier noch hätten erreichen können, ausgelöscht.

Ein Blick in die verglasten Krankenzimmer des siebten Stocks zeigte Kristin, dass die übrigen Todesschläferprobanden noch lebten, während ihre Betten ebenso umringt von Toten waren wie das von 22. Ungesehen vom Schnitter und damit verschont.

Verdammt! Einen solchen Betriebsunfall hatte sie unter allen Umständen vermeiden wollen.

Dabei lag der Fehler nicht bei Kristin. Die Mannschaft, die das EEG mit dem klaren Auftrag überwachen sollte, den Mann nicht aus dem Koma erwachen zu lassen und die Hirnströme im Delta-Wellenbereich um ein Hertz herum zu halten, hatte versagt. Nicht sie.

Durch die Tür des Notausgangs traten Gestalten in weißen Schutzanzügen, als müssten sie sich vor einem tödlichen Virus schützen. Vermutlich glaubten sie sogar, dass es so war.

»Frau von Windau«, rief ihr einer zu. »Alles in Ordnung?«

Was sollte sie darauf antworten? »Ich bin okay. Nur eine leichte Übelkeit.« Kristin hustete. »Scheint ein Gasunfall gewesen zu sein. Ich habe Glück gehabt, dass die Lüftung schon das meiste abgesaugt hatte.« Sie ging den Männern entgegen. »Wo ist Professor Smyrnikov?«

»Im Keller. Wir sollen Sie zu ihm bringen und danach hier oben aufräumen«, antwortete der Mann und nahm sie stützend am Oberarm.

Kristin schüttelte ihn ab. »Es geht schon. Fangen Sie gleich hier an.«

Benommen und mit pochenden Kopfschmerzen stieg sie die Treppe hinab und warf sich dabei zwei ihrer aufputschenden Pillen ein. Sie übersah beinahe die Leiche von Doktor Willers. Sie lag mit weit geöffneten Augen auf dem Absatz des siebten Stocks, eine Hand am Hals, die andere in die linke Brust gekrallt, als hätte sie versucht, den Tod aus ihrem Herzen zu reißen.

»Scheiße«, murmelte Kristin deprimiert. Das übertraf den Verlust von Patient 22 um ein Vielfaches. Sie musste dringend mit Smyrnikov sprechen und das weitere Vorgehen diskutieren. So etwas durfte sich keinesfalls wiederholen. Mit Geld konnte man vieles kaufen, nicht zuletzt die kostspielige Einrichtung des Instituts, aber eine Koryphäe wie Willers ließ sich mit nichts ersetzen.

Die Ausfallrate in ihrem Team war deutlich zu hoch.

***

»Die Verantwortung für das, was geschehen ist, trägt ganz alleine Willers. 22 war ihr Patient. Sie hat mir versichert, sie habe alles im Griff.« Smyrnikov saß zusammen mit Kristin in einem hochmodern eingerichteten Besprechungsraum im Keller und wies zum wiederholten Mal alle Schuld von sich.

»Das ist mir egal. Es hätte nicht geschehen dürfen.« Sie hob das Patientenprotokoll von 22 in die Höhe, wo die elektrischen und elektronischen Geräte minutiös den Verlauf der Katastrophe festgehalten hatten. »Erst verabreichte man ihm das falsche Medikament, so dass er in einen herkömmlichen Schlaf glitt, danach konterte man seine Gehirnwellen nicht mit dem Brainwaver.« Sie schüttelte wütend den Kopf. »Der Zwischenfall wäre leicht zu verhindern gewesen.«

»Nicht meine Abteilung.« Der Professor zeigte sich unbeeindruckt.

»Geben Sie hier nicht den Besserwisser«, fauchte Kristin ihn an. Sie legte die Füße hoch und sah zur Wand, massierte die Nasenwurzel, um die Schmerzen dahinter zu vertreiben. Die Übelkeit war Erschöpfung gewichen. Sie hatte bereits Amphetamine genommen, doch die Wirkung des Aufputschmittels ließ zu wünschen übrig. Wenigstens das lästige Stottern kehrte nicht zurück. Es hätte die Wirkung ihrer Tirade um ein Vielfaches geschmälert.

Stille kehrte in den Raum ein.

Kristin dachte an den so aussichtsreichen Patienten 22, der genau genommen aus zwei Hauptkomponenten bestanden hatte.

Der Körper stammte von einem vitalen Burschen, den sie in einer russischen Garnisonsstadt im Vorbeigehen entdeckt und dessen Namen sie vergessen hatte. Betäuben, nach Minsk bringen und in die Hände von Doktor Willers legen, das war der übliche Ablauf für einen Körperspender. Den Träger. Das Ärzteteam prüfte ihn auf Herz und Nieren und bereitete ihn für die Transplantation vor.

Nach dem Russen hatte sich Kristin Mister Georg Dickens geschnappt, einen Amerikaner, der zu den *Deathsleepers* gehörte und den Ruf hatte, ein sehr mächtiger Todesschläfer zu sein. Seine Entführung verlief ähnlich wie beim Träger, nur mit mehr Vorsichtsmaßnahmen: tiefste komagleiche Sedierung, damit er auf keinen Fall schlief und den Gevatter anlockte.

Bei ihren Versuchen mit Todesschläfern verfolgte Kristin verschiedene Methoden, um ans Ziel zu gelangen – einmal die Komplettverpflanzung des Kopfes, die recht unästhetisch, aber einfacher zu bewerkstelligen war als Methode zwei: das Transplantieren des Hirns in einen anderen Träger.

Smyrnikov, Willers und die Teams prüften bei beiden Verfahren, wo die größten Probleme lagen und wie sich die Risiken minimieren ließen.

Das Ziel war natürlich, eine gefahrlose Anwendung von Methode zwei zu entwickeln, damit der Eingriff so einfach wurde wie das Entfernen eines Blinddarms. Aussichtsreicher war es allerdings, Methode eins zu vervollkommnen und sie als Brückentechnologie zu nutzen. Bis zum Tag X.

Dickens zählte zu denen, bei denen sie das Zerebrum versetzten. Kristin hatte dabei zugesehen, wie das Hirn von Dickens in den Schädel des Russen transferiert wurde. Patient 22 war geboren. Es lief alles bestens, vom ersten Schnitt, vom Kappen der Venen bis hin zum Anschließen im Kopf des Trägers. Und das bei einem Eingriff, den die meisten Ärzte als unmöglich abtun würden.

Danach hatten sie Patient 22 im künstlichen Koma gehalten, um dem Restleib unter gezielter Zugabe von Stammzellen Zeit zur Heilung zu geben. Und sich natürlich an das neue Hirn zu gewöhnen. Dickens schien sich im Russen wohl gefühlt zu haben, es gab keine Probleme mit Infektionen. Komplikationen tauchten dagegen bei der Steuerung der Organfunktionen auf, eine Niere hatten sie entfernen müssen, außerdem hatten sie ihm einen Zwerchfellschrittmacher eingesetzt, um die eigenständige Atmung sicherzustellen. Danach befand sich Patient 22 aber auf dem Weg der Besserung.

Und dann *das!*

Zumindest hatte der Zwischenfall bewiesen, dass ein Todesschläfer seine Fertigkeiten nicht verlor, wenn man seinen Verstand verpflanzte. Dass es gerade mit Dickens passierte, war allerdings mehr als ärgerlich. Wie sie heute festgestellt hatte, trug er seinen Ruf zu Recht. Seine Gabe hatte keinerlei Einschränkungen unterlegen. Das war zu einem hässlichen Problem mit weitreichenden Folgen für das Institut geworden.

Und schließlich ging es bei den Experimenten im Wesentlichen auch um nichts weniger als um die Frage nach der Seele, die einen Menschen erst ausmachte.

Patient 22 war der Erste, bei dem sich ein sicherer Erfolg abzeichnete. Sie hatten ihn nach der Chemotherapie und der Transplantierung mit embryonalen Stammzellen behandelt, worin die Mediziner den Grund des Erfolgs sahen. Alle vorangegangenen Versuche mussten bereits früher abgebrochen werden.

Kristin schüttelte frustriert den Kopf. Sie verfolgte diese Pläne nicht für sich selbst. Tatsächlich gab es im Institut eine Abteilung, die sich nur mit dem therapeutischen Einsatz von Stammzellen bei Prionerkrankungen befasste. Vielmehr aber dachte sie an die Zukunft ihres Sohnes.

Er würde nicht unter der Insomnie leiden, sie hatte bereits einen Gentest durchführen lassen, um sich Gewissheit zu verschaffen. Aber sie war sich sicher, dass auch er ein Todesschläfer werden würde wie sein Großvater und seine Mutter vor ihm. Doch er sollte ein besseres und schier unendliches Leben in verschiedenen Körpern führen können. Ohne die Qual des hohen Alters und allem, was für Todesschläfer danach kommen mochte. Eugen würde sein Gehirn einfach in einen jungen Leib verpflanzen, alle fünfzig Jahre oder früher, ganz nach seinem Belieben. Deswegen musste die Methode zwei sicherer werden.

»Wir standen kurz vor einem gewaltigen Durchbruch«, murmelte sie und warf zwei Guarana-Koffein-Tabletten in ihren Kaffee, rührte um und trank in kleinen, schnellen Schlucken. »Wir hätten so viel von Dickens erfahren können.« Kristin war immer noch wütend und schlug unvermittelt mit einer Faust auf den Tisch. »Und jetzt ist er tot.«

Smyrnikov sichtete auf dem Notepad Zahlen und Aufzeichnungen. »Sie haben mit Ihrem Eingreifen sehr gute Ärzte gerettet, Frau von Windau. Es ging nicht anders.«

Kristin schnaubte. »Ich habe meine größte Hoffnung vernichtet, weil mich Ihre Stümper dazu zwangen. Wenn der Tod sie nicht geholt hätte, hätte ich es getan.« Sie verfluchte die Kopfschmerzen, die sich wegen der Aufputschmittel in ihrem Blut wieder verstärkten. »Ist schon etwas an die Nachrichten durchgedrungen?«

Der Professor wischte auf seinem Pad herum und verschob die Tabs. »Nichts, was uns Sorgen machen müsste«, erwiderte er. »Nur eine kleine Meldung über ein rätselhaftes Vogelsterben. Ein Schwarm Tauben muss im falschen Augenblick über das Haus geflogen sein. Außerdem erlitten auf der gegenüberliegenden Seite des Instituts zwei Damen Schwächeanfälle, aber es geht ihnen inzwischen wieder gut. Keines dieser Vorkommnisse wird die Behörden zu einer Pseudountersuchung zwingen.«

»Und das Internet?«

»Die üblichen Verschwörungstheorien, in denen es um einen Giftgastest geht, weil die U-Bahn nicht weit von hier ist. Zwei andere betreffen das Institut, aber auch das ist harmlos.« Smyrnikov zeigte sich gelassen. »Sie haben *uns* schlechte Publicity und *Minsk* ein Massenbegräbnis erspart, Frau von Windau.« Er schob das Pad zu ihr hinüber, darauf war eine Liste zu sehen, betitelt mit »Verluste«. »Allerdings sieht es innerhalb des Instituts schlecht aus. Ich war so frei, bereits einige Namen von Personen zu notieren, die ich gerne ansprechen möchte.«

»Tun Sie das. Aber nicht wieder labile Gestalten wie diesen Iren. Die Verluste entsorgen Sie bitte in unserem Krematorium. Ich nehme an, es ist kein kritischer Fall dabei?«

»Nein. Alles Alleinstehende ohne Familien, wie wir es immer halten. Auch ihre fingierten Anstellungen im Ausland halten einer Überprüfung stand.« Smyrnikov tippte auf zwei Porträts. »Diese beiden hatten eine Frau beziehungsweise eine Familie. Ich lasse ihnen den üblichen Unfug über einen Autounfall zukommen und richte die Leichen entsprechend her.«

»Sehr gut.«

»Ich muss anmerken, Frau von Windau, dass ich bis zum Eintreffen der neuen Arbeitskräfte nicht mit meinen Forschungen fortfahren kann. Zu viele Patienten haben durch den Zwischenfall auf Station sieben ihre medizinischen Betreuer und Stationsärzte verloren. Natürlich bin ich grob im Bild, aber die Details …« Er sah sie entschuldigend an.

Kristin zwang sich zur Ruhe; in ihrer Vorstellung zerschlug sie dem behäbigen Smyrnikov das Gesicht. Weil er es nicht verstand: Es ging um ihre verrinnende Zeit, ihren nachlassenden Verstand, ihre tödliche Insomnie und ein gut bestelltes Haus für ihren Sohn. Sie hatte keine Sekunde zu verschenken, und doch tat Smyrnikov genau das. »Sicher, Professor. Das verstehe ich«, gab sie leise und beherrscht zurück, während sie sich erhob. »Ich m-m-mache mich auf den Weg und suche unter den T-t-todesschläfern nach einem Ersatz für P-p-patient 22.« Die Worte verhedderten sich in ihrem Mund.

»Es sind noch zwei gute Körperspender im Tiefschlaf eingelagert, Frau von Windau. Wir brauchen nur ein Hirn, das wir ihnen einsetzen können. Immer bereit, wie wir bei den Pionieren zu sagen pflegten.«

Kristin konzentrierte sich stärker auf das, was sie laut sagte, um Hänger zu vermeiden. »Gut. Vermutlich bin ich zurück, wenn Sie das neue Personal eingearbeitet haben.«

Sie reichten sich die Hände, und Kristin verließ den Besprechungsraum.

Ihr Weg führte sie durch einen nüchternen Gang, vorbei an Türen, die zu Maschinenräumen für die Fahrstühle führten, zu den Generatoren, zur Klimaanlage, zu den Kernspin- und CT-Geräten. Der warmen Luft haftete ein elektrischer, klinischer Geruch an, und sie musste wieder an den penetranten Maisgestank denken.

Das war ihr noch nicht begegnet. Alle Todesschläfer lockten den Tod an, sobald sie einschliefen und Theta-Wellen erzeugten. Aber damit endeten häufig die Gemeinsamkeiten. Für alles, was danach geschah, gab es kaum Gesetzmäßigkeiten, außer den Tod der Umgebenden.

»Mais«, sagte sie leise und schüttelte den Kopf, die braunen Haare flogen um ihr Gesicht, eine Strähne kitzelte sie an der Nase. »Wieso denn Mais?« Ihr wurde übel, sobald sie daran dachte. »Verstehe einer den Gevatter.«

Um sich abzulenken, überlegte sie, wie sie die Suche nach dem nächsten Kandidaten anging. Es würde Zeit in Anspruch nehmen, da nicht wenige der geheimen Organisationen der Todesschläfer inzwischen wussten, dass jemand Jagd auf sie machte, und entsprechend vorsichtig geworden waren.

Es gab sogar vereinzelte Gerüchte, dass sie mit dem Verschwinden der Männer und Frauen in Verbindung stand, aber niemand konnte ihr etwas beweisen. Sollte herauskommen, *was* sie mit den Entführten anstellte, wäre sie geliefert.

Kristin blieb vor einer Tür stehen, auf der *Cryo* geschrieben stand.

Sie gab einen Öffnungscode in das Tastenfeld daneben ein, legte die rechte Hand auf die Klinke und drückte sie hinunter.

In dem Raum standen fünf tankartige Gebilde in verschiedenen Größen, mit blauem Plastik ummantelt. Dicke Kabel waren an unterschiedliche Buchsen der Tanks angeschlossen und führten von dort zu einem weiteren kleinen Raum, dem Rechen- und Überwachungszentrum, mit eigener Stromversorgung und gegen Ausfälle dreifach gesichert.

Kristin ging zum vordersten Tank, auf dem in Englisch und in kyrillischer Schrift verschiedene Warnungen geschrieben standen, weder etwas abzuschalten noch etwas zu verändern. Die Beschriftung darunter lautete:

+ + +

Friedrich Wenzeslaf Eugen Karol von Windau
Geboren: 1922
Gestorben: –

+ + +

Sie kam oft hierher, um nach ihrem Vater zu sehen, auch wenn sich ihre Treffen darauf beschränkten, dass sie vor ihm stand und eine Hand an die Isolierung des Tanks legte. Sie begann mit einem stummen Gebet, in dem sie um Kraft für seine tiefgefrorene Seele bat, die diesen Zustand nun schon seit zehn Jahren aushalten musste. »Hallo, Papa«, flüsterte sie. Ihre Rechte berührte das Plastikblau.

Sie konnte ihm nie sagen, wie lange er noch bei minus hundert Grad im Tank liegen musste, bis sie eine Heilung der Insomnie mittels Stammzellen gefunden hatte. Dabei hatte er sich so sehr gewünscht, seinen Enkel zu sehen.

»Eugen ist groß geworden«, erstattete sie Bericht, als würde der erstarrte Mann mit dem durch und durch gefrorenen, von der Krankheit stark angegriffenen Hirn etwas hören. »Er sieht dir immer ähnlicher, vor allem die Kinnpartie. Er wird ein echter von Windau. Ich freue mich darauf, wenn du ihn siehst und er dich in die Arme schließen kann.« Ihre Finger blieben auf der Isolierung. »Es gab einen Rückschlag, wie du sicher mitbekommen hast. Aber Smyrnikov versprach mir, dass es weitergeht, sobald er seine Mannschaft aufgestockt hat. Und ich m-m-muss mich wieder auf die Reise machen.« Sie pochte zweimal gegen das Plastik, ein Zeichen des Abschieds. »Bis bald, Papa.«

Kristin sah zu den vier verbliebenen Tanks.

Die zwei ganz hinten in der Ecke waren leer und dienten als Reserve.

Rechts neben dem Tank ihres Vaters stand der Behälter mit ihrem Namen, den sie nur im äußersten Notfall zu nutzen gedachte.

Und links daneben wartete das Behältnis für: Eugen.

Sie hatte das Geld ihres Ex-Mannes gut angelegt, sie war selbst auf den Misserfolg – oder vielmehr einen zu späten Erfolg – vorbereitet, auch wenn sie nicht daran denken mochte. Es gab für alles auf der Welt Profis, sowohl für den Tod als auch für das Leben. Sie hatte beide Seiten für die Zeit nach ihrer bewussten Existenz beauftragt. Smyrnikov würde weiterforschen, bis er ein sicheres Verfahren für die Transplantation des Verstandes und ein Heilmittel für die Insomnie gefunden hätte. Und die Cryo-Experten würden sich in der Zwischenzeit um ihren Körper kümmern – und notfalls auch um den Körper ihres Sohnes.

Diesen schrecklichen, grausamen Gedanken schob Kristin weit von sich, da sie fest daran glaubte, Erfolg zu haben. Mit allen Mitteln.

Dazu brauchte sie nur die grauen Zellen eines Todesschläfers, im wahrsten Sinne des Wortes.

Leipzig, Deutschland

Jester schlürfte an seinem Krankenhauskaffee und verzog das Gesicht. »Man merkt, dass das Gebräu so harmlos wie möglich sein soll«, kommentierte er und sah Konstantin an. »Was ist?«

»Ich warte. Auf die Informationen, die du mir versprochen hast.« Er wunderte sich immer noch, dass sein Freund Nachforschungen zum Tod angestellt hatte. Konstantin hatte geglaubt, dass Jester sein Dasein als Todesschläfer genoss oder zumindest nicht damit haderte, weil er seinen Fluch kannte und steuerte. Und ihn einsetzte, wie Konstantin es getan hatte, um die Bösen aus dem Weg zu räumen. Jester für die Regierung, er für Geld.

»Well, well.« Jester räusperte sich. »Die Liebe macht selbst vor denen nicht Halt, die den Tod bringen. Es schmerzt umso mehr, wenn dies geschieht. Manchmal glaube ich«, er senkte den Blick und betrachtete das dunkle Braun seines Kaffees, »dass der Tod die Liebe als Waffe gegen uns erfand.«

Konstantin erwiderte nichts. Er merkte, dass die Heiterkeit seines Freundes nicht ohne Grund verschwunden war. *Oha!*

»So unwahrscheinlich es dir auch vorkommen mag«, sprach er seufzend, »ich verliebte mich vor Jahren. Mit allem, was dazugehört, nur dass ich mich nicht traute, ein Leben mit ihr zu beginnen. *Eine* unachtsame Nacht, und der Schnitter hätte sich über sie hergemacht und sie getötet, während ich friedlich neben ihr geschlafen hätte. Niemals!«

Konstantin nickte. *Wie gut ich das verstehe!*

»Ich hoffte, dass es eine Möglichkeit geben könnte, mit dem Tod ins Geschäft zu kommen.« Er beugte sich nach vorne, stützte die Ellbogen auf die Knie, nahm die Tasse zwischen beide Hände. »Die meisten von uns glauben, dass er uns nicht sieht, aber weiß, dass es Menschen gibt, die seiner

Allmacht trotzen. Nur im Schlaf locken wir ihn zu uns, legen eine Spur für ihn, der er folgt und alles erschlägt, was um uns herum lebt. Aus Rache und Hass, um uns zu schaden. Was weiß ich.«

Konstantin nickte. Er hatte manche Nacht mit seinem Freund damit verbracht, darüber zu philosophieren, was der Fluch sollte. Was ihn auslöste, auf verschiedenen Kontinenten, bei verschiedenen Völkern. Wie immer war es bei Theorien und Glaubensansichten geblieben.

»Ich begann, nach schriftlichen Quellen über den Tod zu suchen. In Archiven, zu denen ein Normalbürger niemals Zugang bekommen würde.« Jesters Stimme war tiefer geworden, geheimnisvoll. »Schließlich fand ich einen Hinweis in der Kunst.«

»Bitte keine Verschwörungstheorien à la Sakrileg oder etwas in der Art«, sagte Konstantin halblaut.

»Nein. Keine Verschwörung. Aber Hinweise, alter Knabe.« Jester versuchte ein schwaches Grinsen. »Du sitzt drauf. Nun, im weitesten Sinn.«

»Ich?«

»Nicht jetzt gerade. Aber sobald du aus dem Krankenhaus entlassen wirst.« Er trank den Kaffee aus, behielt die Tasse aber in den Fingern.

Konstantin überlegte und kam zu dem Schluss, dass sein Schiff gemeint war. »Was sollte die *Vanitas* damit zu schaffen haben?«

»Das *Motiv* der Vanitas, nicht dein Boot. Zeichen für die Vergänglichkeit, für die Nichtigkeit des menschlichen Lebens und der Eitelkeit«, referierte Jester. »Die Meister des Barocks verewigten immer wieder bestimmte Symbole auf ihren Gemälden, die für Verfall standen. Als ich mich näher damit beschäftigte, stolperte ich über eine Legende. Die Legende der Gevattersteine.«

Gevatterstein. Beinahe sofort entstanden Bilder vor Konstantins Augen, ein schwerer Mühlstein, der einen Menschen unter sich begrub, Felssteine am Wegesrand, die vor Gefahrenstellen warnten, an denen der Tod besonders gerne lauerte. Er war fasziniert von Jesters Erzählung. *Wie lange weiß er davon schon?*

Wieder fuhr sich der Brite über den Seitenscheitel. »Kaum wusste ich, wonach ich suchen musste, entdeckte ich viele Hinweise, vor allem in Erbschaftsaufzeichnungen und Testamenten. Da ich bald verstand, auf *was* ich zu achten hatte, fiel es mir leicht, Spuren dieser Steine bis in die Gegenwart zu verfolgen.«

Konstantin hing an jedem Wort, das seinem Gegenüber von den Lippen sprang. *Hatte er nicht betont, er wäre erfolglos geblieben?*

»Well, well. Man nennt sie auch Schnitterring, Todesstein, Endlichkeitsamulett und Vanitasmedaillon, im Englischen *reaper's ring* und *deathgem,* im Französischen auch *gemme mortelle.* Mit diesen Begriffen werden Schmuckstücke bezeichnet, die angeblich den Tod anziehen. Meistens sind sie mit einem bestimmten Edelstein und einem Vanitas-Symbol versehen.« Jester stellte seine Tasse auf den kleinen Tisch neben Konstantins Bett. »Diese wiederum findest du auch auf alten Gemälden und Darstellungen. Hat man erst ein Auge für die Symbolik, fällt sie einem beinahe überall auf. Es gibt eine Vielzahl von Zeichen.«

»Du hast dir solche Schmuckstücke besorgt!«

»Richtig gefolgert. Meinen Glückwunsch.« Jester salutierte spielerisch. »Ich legte mir eine ganze Sammlung zu, um den Wahrheitsgehalt der Legenden zu prüfen, die sich um die einzelnen Schmuckstücke rankten.«

»Was wolltest du mit Ringen, die den Tod anziehen? Dazu musst du nur einschlafen.«

»Ich vermutete, dass ihre Funktion für einen Todesschläfer anders wäre.«

»Verstehe ich nicht.«

Jester nahm die Mineralwasserkanne und schüttete Wasser in seine Tasse, trank davon. »Ich traf einen alten Todesschläfer, einen Inder. Er erzählte mir ein Märchen, in dem Kali Schmuckstücke verschenkt, mit denen sie unsere Art für sich sichtbar machen kann. Die Steine oder das Schmuckstück als solches dienen der Göttin als Leuchtfeuer. Sie sieht uns dadurch und ist beruhigt, weil sie uns jederzeit holen kann. Wie einen gewöhnlichen Menschen. Sterblich.«

»Und wir könnten unbesorgt einschlafen!« Kali war für Konstantin nur ein weiterer Begriff für den Tod. Eine seiner vielen Personifizierungen, obwohl der Schnitter niemals in einer festen Gestalt erschien, erst recht nicht als Kapuzenmann mit Sense; das hatten er und Jester durch ein paar Versuche überprüft. Für Todesschläfer manifestierte er sich in Geräuschen und Gerüchen. »Einschlafen, wie herrlich! Wo auch immer, wann auch immer.« Er sah Jester freudig an. *Neben Iva!* Doch das unverändert ernste Gesicht seines Freundes dämpfte seine Euphorie. »Sag mir bitte nicht, dass es nur ein Märchen ist.«

»Der Inder erzählte auch, dass die Göttin rasend wird, wenn man das Amulett jemals wieder abnimmt. Der Bruch des Paktes mit ihr sei das Schlimmste, was man tun könne, und ließe sie nur umso ärger wüten. Ob es stimmt, wer weiß?« Er sah aus dem Fenster. »Mir gefiel der Ansatz. Ich leitete daraus die Theorie ab, dass manche Todesschläfer gar nicht wussten, was sie waren und welche Art Schmuck sie trugen, bis sie vom Tod geholt wurden. Stell dir vor, wie lustig der Gevatter es finden muss, wenn man sich aus Versehen für ihn sichtbar macht und stolz den neuen Brillanten am Ring trägt.«

»Oder man weiß, was der Schmuck bewirkt, und verschenkt ihn absichtlich an seine Feinde.« Konstantin grinste.

Jester lachte leise. »Ich trug sie *alle,* um zu sehen, was geschieht. Ob er sich … materialisiert, oder ob ich einen Geruch wahrnehme. Ein Geräusch. Irgendein Zeichen.« Er seufzte wieder. »Ich sah aus wie eine bekennende Obertunte: eine Million Ringe und Medaillons und Broschen. Aber nichts. Er kam nicht zu mir.«

»Wie lange hast du sie getragen?«

»Ein paar Wochen. Nach dem, was ich alles angestellt hatte und wie oft ich ihn reizte, indem ich absichtlich ständig einschlief, hätte er angeflogen kommen müssen, um mich mit seiner Sense in Stücke zu fetzen, um ein Klischee zu bemühen.« Er zuckte mit den Schultern. »Du siehst, alter Knabe, ich sitze hier. Lebendig.«

Konstantin begriff langsam, dass sein Freund gerade gestanden hatte, dass er einen Selbstmordversuch unternommen hatte. *Aus Verzweiflung? Aus Liebe? Wegen der Ausweglosigkeit ihrer Situation?*

»Ich selbst glaube seitdem nicht mehr an das Märchen.« Jester erhob sich. »Es ist nur eine Geschichte, auf die ich hoffte, wie kleine Kinder an Sterntaler glauben. Oder an das Schlaraffenland.« Er entfernte ein imaginäres Haar von seinem Anzug. »Ende der Erzählstunde. Es war nichts weiter als eine lächerliche Hoffnung.« Daumen und Zeigefinger öffneten sich, ließen das unsichtbare Haar los. »Weg ist sie. Und seitdem mache ich das Beste aus dem, was ich bin. Indem ich Arschlöcher erledige, die der Welt auf die Eier gehen, oder Todesschläfer jage, die mit ihrer Gabe Unheil anrichten.« Er tippte sich an die Stirn und deutete auf Konstantin. »Denk an Bent Arctander. Lass mich nicht alleine jagen. Du bist der Einzige, der mir wirklich helfen kann. Der Mann, der die *Topor's Men* unentwegt foppte.«

Konstantin konnte sich nicht von Jesters Geschichte lösen. »Das ist schon lange her? Das mit der Recherche und deinen Versuchen?«

»Oh, sehr lange.«

»Hast du noch alles? Die Unterlagen und ...«

»Den Schmuck? Nein. Ich habe ihn bei Tiffany verkauft. Hat mir ordentlich Geld eingebracht. Mehr als ich bezahlen musste.« Jester warf ihm einen warnenden Blick zu. »Du willst nicht hinter dem gleichen Gespenst herjagen wie ich, oder? Es ist sinnlos, alter Freund. Ich habe dir das zur Abschreckung erzählt, nicht, um dich anzustacheln.«

Konstantins Gedanken kreisten unablässig um die Legende von Kali und ihren Geschenken. Jesters Worte hörte er kaum. *Es wäre herrlich, wenn ein winzig kleiner Kern Wahrheit darin steckte. Möglicherweise finde ich etwas, was er übersah?* »Sei so gut und sende mir das, was du herausgefunden hast.« Er hob die Hand. »Pass auf: Du schickst mir alles, ich lese es mir in Ruhe durch und recherchiere selbst. Dafür unterstütze ich dich bei der Suche nach Arctander.«

Jesters Züge hellten sich auf, und er schlug ein. »Guter Vorschlag! Absolut großartiger Vorschlag! Du wirst jeden Buchstaben von dem Unsinn bekommen. Aber verschwende nicht zu viel Zeit damit. Denk lieber an Arctander und was er alles anrichten könnte.« Er schüttelte nochmals die Hand des Freundes. »Ich muss zurück nach London. Die Queen wartet mit dem Tee.« Jester sah zur Kaffeetasse, in der sich am Porzellan eine schwache bräunliche Ablagerung gebildet hatte, und schüttelte sich. »Das möchte ich nie, nie, nie wieder trinken müssen. Und dir gute Besserung. Sobald ich was über den Revolver rausgefunden habe, schicke ich dir das auch.« Er verließ das Zimmer.

Konstantin legte sich aufs Bett und sah zum Fenster hinaus, vor dem Vögel in der Luft tanzten. Ihr Gezwitscher drang leise durch das Glas.

Da taufe ich mein Schiff Vanitas. Als ob ich es gewusst hätte.

Er konnte es kaum abwarten, Jesters Nachforschungen zu

den Schmuckstücken zu lesen und eigene Schlüsse zu ziehen. Er hatte in langen Nächten eigene Theorien gesponnen, wie man mit dem Schnitter ins Geschäft kommen könnte, damit der Wahnsinn endete, ohne dabei selbst ins Gras zu beißen. Erfolglos.

Er wollte nach Dingen suchen, die Jester vielleicht entgangen waren, bei aller MI6-Schulung.

In Sachen Intuition sah er sich seinem Freund überlegen, und das wollte er ausnutzen, wie er es damals schon getan hatte, um ihm und seinen Männern zu entkommen.

Und wenn man nur in eine andere Richtung denken musste? Wenn es Steine gab, die den Tod anzogen, gab es vielleicht auch welche, die ihn abschreckten. Eine Art Schutzstein, der vor dem Zugriff des Todes bewahrte? *Es würde reichen, wenn wenigstens Iva geschützt ist,* überlegte er. *Oder es gibt einen Stein oder ein Symbol, das es ermöglicht, mit dem Gevatter zu sprechen und einen Deal einzugehen.* Seine Aufregung stieg mit jedem Herzschlag. Er wollte mit Iva ein normales Leben beginnen. *Das* war seine Zukunft!

Doch der logische Teil seines Verstandes schaltete sich langsam auch wieder ein. Konstantin wurde bewusst, dass er sich absolut irrational verhielt. Er nahm Märchen sofort als Realität an. Theoretisch könnte er sich ebenso auf die Suche nach dem Gral begeben. Jester hatte ihn genau davor gewarnt.

Er atmete tief ein und aus. *Ruhig. Ich muss mit Vernunft an die Sache herangehen. Ich sollte die Märchen als Grundlage für eine Hypothese nehmen und muss mir überlegen, wie ich diese Hypothese verifizieren oder falsifizieren kann.*

Wichtiger war ohnehin erst einmal Bent Arctander, der Narkoleptiker und brandgefährliche Todesschläfer. *Jester hat recht. Man darf ihn nicht unkontrolliert herumlaufen lassen.*

Konstantin schwang sich in seiner geliehenen Krankenpflegerhose vom Bett, stöhnte auf, weil er seine Beinverletzung vergessen hatte, und humpelte zum Schrank, wo eine Plastiktüte mit der blutigen Hose lag. Konstantin entließ sich selbst, um auf sein Hausboot zurückzukehren, wo sein Computer wartete. Der Ausgangspunkt für die Nachforschungen zum Schnitter, den Steinen und Arctander.

Als er gegen den Protest von Lernschwester Moni in den Aufzug stieg, kamen ihm Jesters niedergeschlagenes Gesicht und dessen Worte in den Sinn: »Die stärkste Waffe des Todes ist die Liebe.«

Konstantin hatte vergessen, danach zu fragen, was mit Jesters Beziehung geschehen war.

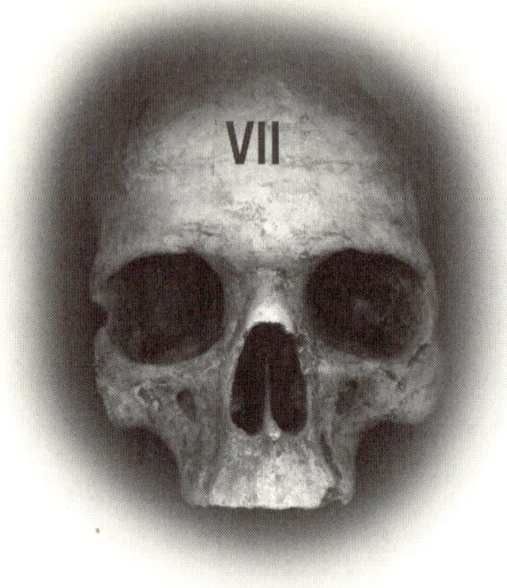

Der Geschmack des Todes
ist auf meiner Zunge.
Ich fühle etwas,
das nicht von dieser Welt ist.

Angebliche letzte Worte
von Wolfgang Amadeus Mozart,
verstorben am 5. Dezember 1791

Leipzig, Deutschland

Konstantin saß in der Straßenbahn Linie 1 und gondelte durch Leipzigs abendliche Innenstadt, bekleidet mit einer weißen Krankenpflegerhose und seinem schwarzen Poloshirt; der rechte Turnschuh starrte vor getrocknetem Blut.

Sein Handy funktionierte wieder, er hatte es noch im Krankenhaus unter einem Händetrockner geföhnt. Iva rief er dennoch nicht an. Ihm war noch nichts eingefallen, womit er seine Flucht aus ihrer Wohnung und seine wirr klingende Geschichte vergessen machen konnte. Konstantin sah auf die unter Hosenstoff und Verbandszeug verborgene Schusswunde und den versifften Turnschuh hinab. *Hätte ich mal besser die Klappe gehalten und wäre bei ihr geblieben.*

Seine Haltestelle, Clara-Zetkin-Park, näherte sich, und er erhob sich vom Behindertensitz, hinkte zum Ausgang und schwang sich einigermaßen behende hinaus. Das Loch in seinem Bein war zwar behandelt, doch es tat weh, klopfte, pochte und gab alles, um ihn an die Verletzung zu erinnern. Nicht vom Tod gesehen zu werden bedeutete leider nicht, keine Krankheiten zu bekommen oder auf wundersame Weise zu heilen. Ein Todesschläfer zu sein brachte keine echten Vorteile mit sich, wie Konstantin fand.

Selbst das Nichtsterben war ein Nachteil.

Er erinnerte sich an eine Mission, bei der er im Auftrag einer Witwe einen reichen britischen Politiker zur Strecke bringen sollte. Jesters Leute hatten damals die Sicherung des Mannes übernommen. Konstantin und das Personenschützerteam waren aneinandergeraten, der MI6 hatte sein gesamtes Waffenarsenal von Automatikpistolen bis hin zu Sprengstoffen eingesetzt, um den korrupten Politiker vor Konstantin zu retten. Dabei war Stella, ein Mitglied der *Topor's Men,* in eine Benzinverpuffung geraten. Siebzig Prozent verbrannte Hautoberfläche, die Augen versengt und blind, das rechte Bein war nicht mehr als ein verkohltes Stück Fleisch gewesen – und doch pumpte Stellas Herz unerbittlich und hielt sie am Leben, trotz der Schmerzen, trotz der Tatsache, dass sich ihr Körper unmöglich erholen konnte. Jester hatte sie an einen abgeschiedenen Ort gebracht und sie von ihrem körperlichen Leiden befreit. Ihre Seele wartete vermutlich noch immer auf Erlösung.

Das wird mir erspart bleiben. Er humpelte die Käthe-Kollwitz-Straße entlang. Die Plastiktüte mit seinen Sachen hatte er sich über die Schulter gelegt, damit sie nicht aus Versehen gegen seine Wunde schlug. Durch seinen schiefen Gang kam er sich wie ein alter Seebär auf Landgang vor.

Es war trotz der späten Uhrzeit sommerlich warm. Menschen saßen in den Außenbereichen der nahen Cafés, genossen gutes Essen, redeten bei einem Schwarzbier oder bei Absinth.

Danach stand Konstantin gerade nicht der Sinn.

Er hatte ein ernstes, schwieriges Gespräch mit der Frau zu führen, in die er verliebt war und die er ganz sicher liebte. Mit Seele und Körper. Der Gedanke zu scheitern, sie nicht zurückzugewinnen, bescherte ihm kalte Hände und ein Ziehen in der Magengegend. Unvergleichliche Angst.

Konstantin ging zur Anlegestelle des Rudervereins im Seitenarm des Elstermühlgrabens, wo er sein schnelles Boot vertäut hatte. Er löste die Leinen und überlegte, wie er mit seinem verletzten Bein über die senkrechten Metallsprossen nach unten gelangen sollte. *Vielleicht nehme ich ausnahmsweise die Tram an den See?*

»E-e-es ist gar nicht so leicht, Sie zu finden«, sagte eine Frauenstimme in seinem Rücken. »Aber ich dachte mir, dass ich S-s-sie früher oder später bei Ihrem Boot antreffen würde.«

Konstantin wandte sich langsam um, die Tüte immer noch über der Schulter. *In letzter Zeit wollen zu viele Menschen was von mir.*

Er stand einer gutaussehenden Frau von Anfang dreißig gegenüber, die ein fließendes Sommerkleid einer Edelmarke trug und darin umwerfend aussah; das Hellgrau betonte ihre leuchtenden braunen Haare, die kurz geschnitten, aber hinten lang genug für eine Spange waren. Das Griffende der Haarnadel, die durch eine Lederlasche gesteckt war und einen kleinen braunen Zopf in Zaum hielt, gefiel Konstantin: Es war ein grinsender Totenschädel, so geschickt gearbeitet, dass das Motiv erst auf den dritten Blick auffiel. »Wer hat Ihnen denn verraten, dass ich ein Boot und eine Anlegestelle habe?«

»Ihre S-s-ekretärin. Nachdem ich bereits im Krankenhaus

war und man mir sagte, dass Sie gegangen sind, vermutete ich Sie hier. Oder auf Ihrem H-h-hausboot.« Sie lächelte und hielt ihm die Hand hin. »Ich bin Sophie Kronau, und ich habe einen Auftrag für Sie, Herr Korff. Bitte v-v-verzeihen Sie mein Stottern. Die A-a-aufregung.«

Es kam Konstantin merkwürdig vor, dass die Frau ihn spätabends am Anleger abpasste und nicht einfach gewartet hatte, bis er morgen früh wieder im Büro saß. Entweder war die Sache dringend – oder es verbarg sich ein ganz anderer Grund dahinter.

Daher blieb er vorsichtig, als er ihre Hand nahm und sie schüttelte; an ihrer Pulsader und auf der Innenseite des Oberarms sah er Ankhs, ägyptische Kreuze, eintätowiert. Das Symbol für Unsterblichkeit. »Kommen Sie doch bitte morgen ins *Ars Moriendi.* Meine Geschäftszeit ist für heute vorbei.« Er wollte rasch auf die *Vanitas,* sich umziehen und die Nachforschungen starten.

Sophie machte keine Anstalten zu gehen. »Das s-s-sagte mir Ihre Sekretärin auch, aber es ist sehr d-d-dringend. Sie müssten mich heute noch begleiten.« Sie sah an ihm herab, von dem dreckigen Polohemd über die Krankenhaushose bis zu dem verkrusteten Schuh. »Aber vielleicht packen Sie vorher noch ein paar Dinge, damit Sie sich u-u-umziehen können … und am Flughafen durch die Sicherheitsk-k-kontrolle kommen.«

Ihren leicht rollenden Akzent konnte er nicht recht einordnen, er ließ ihn ans Banater Deutsch denken. »Wenn ich Sie richtig verstehe, soll ich Sie sofort begleiten? Um *was* zu tun?«

»S-s-sie sind der beste Thanatologe Europas, wurde mir gesagt.« Sophie schien sich über ihr Stottern selbst zu ärgern und mied seinen Blick. Sie kramte in ihrer kleinen Handtasche und nahm ein Röhrchen mit Tabletten heraus, öffnete es, schüttete zwei auf die Hand und schleuderte sie mit einer routinierten

Bewegung in den Mund. »Entschuldigung. G-g-gleich wird es besser.«

Konstantin hatte noch nie von einer Pille gegen Stottern gehört. Vermutlich waren die Tabletten ein psychologischer Trick aus einer Therapie, der half, die Sprachblockade zu lösen. »Tut mir leid, aber Frau Kawatzki hätte Ihnen gleich sagen sollen, dass ich die nächsten Tage ausgebucht bin. Und mit dem verletzten Bein kann ich ohnehin kaum reisen. Fragen Sie den Kollegen Kuckelkorn aus Köln. Er steht im Telefonbuch. Entschuldigen Sie mich bitte.« Er streckte die Finger nach dem Handlauf aus, um die erste Sprosse zu erklimmen und zu seinem Boot zu klettern.

»Bitte! Es ist für Sie nicht mehr als ein Tag Arbeit. Mein Bruder ist von einer Straßenbahn erwischt worden, und meine Familie möchte Abschied nehmen. Ich bin mir sicher, dass kein anderer als Sie es hinbekommen kann, dass mein Bruder wieder nach meinem Bruder aussieht.« Sie blickte ihn flehend an, doch etwas an ihrem Gesichtsausdruck wollte nicht recht passen. In ihren Augen fehlte die Emotion. Eine Laienschauspielerin.

Konstantin wurde misstrauisch. *Weg von hier.* »Es tut mir leid, Frau Kronau. Ich habe zu tun.«

»50 000 Euro, Herr Korff? Hin- und Rückflug erster Klasse, Fünf-Sterne-Hotel inklusive.«

»Einen schönen Abend und nichts für ungut.« Konstantin stieg langsam hinab, biss auf die Zähne, weil sein Bein höllisch weh tat.

Sophie ging in die Hocke, damit sie sich auf Augenhöhe befanden. »Ich weiß, dass man einem Mann, der mit Toten hantiert, keine Angst machen kann, Herr Korff, aber sollten Sie nicht mit mir kommen, wird es weitreichende Konsequenzen haben«, sagte sie mit einem verbindlichen Lächeln, das die Drohung merkwürdigerweise verstärkte.

Der Argwohn bemächtigte sich seiner. Konstantin hielt inne und sah in ihre dunkelbraunen Augen. *Gehört sie zu dem Lodenrocker?* »Sie haben keinen toten Bruder. Was wollen Sie wirklich von mir?«

Das Lächeln verschwand, ihre Gesichtszüge wurden hart. »Dass Sie mich begleiten.«

»Wohin und warum?«

Als Antwort zog sie einen Taser aus ihrer Handtasche. Grell knisterte der Strom, der zwischen den Elektroden bläulich aufblitzte.

Konstantin ließ den Handlauf los und sprang rückwärts auf sein Beiboot. Er landete hart, schrie auf, weil er dachte, sein durchschossener Oberschenkel würde explodieren, und fiel nach hinten auf die Planken.

Der Länge nach lag er im schaukelnden Kahn, sah hinauf zum Kai.

Sophie sprang ihm nach. Im Flug zog sie die Nadel elegant aus dem Haar und stieß noch während der Landung zu, durchbohrte Konstantins rechten Handballen; die geschliffene Spitze trat auf der anderen Seite wieder aus.

Er hatte keine Chance, der Attacke zu entgehen, schon gar nicht auf dem Rücken liegend. Der Schmerz in seiner Hand gesellte sich zu dem im Bein und überlagerte ihn gar.

Das Boot schaukelte unter den heftigen Bewegungen.

Schon zuckte der E-Schocker heran.

Konstantin wehrte ihren Angriff ab, versetzte Sophie einen Tritt mit dem gesunden Bein, der sie nach hinten trieb. Hastig griff er an den Außenbordmotor, schaltete ihn an und gab Gas. Röhrend beschleunigte der Motor, die Schraube wirbelte das Wasser am Heck auf.

Sophie wurde von der heftigen Bewegung überrascht und verlor das Gleichgewicht, das Boot schnellte unter ihr davon. Sie stürzte ins Wasser.

»Ist Leipzig denn plötzlich voller Bekloppter?«, murmelte Konstantin. Er stemmte sich in die Höhe und reduzierte das Gas.

Er tuckerte den Seitenarm entlang, sah nach rechts und links zum Ufer, ob sie nochmals auftauchte.

Doch Sophie, sofern es ihr wahrer Name war, blieb verschwunden.

Er presste die verletzte Hand fest zwischen die Knie, um die Blutung zu stoppen. *Prima. Noch ein Loch.* Konstantin hoffte, dass sie kein Haarfärbemittel benutzte oder irgendeine Verschmutzung an der Nadel gehaftet hatte, die zu einer Entzündung führte. *Ich fahre nicht schon wieder ins Krankenhaus. Wodka wird zur Desinfektion ausreichen.*

Er drehte den Motor auf, und das Beiboot schoss in den Kanal in Richtung Cospudener See. Der laue Sommerabendwind wehte ihm um die Nase. Das grelle Scheinwerferlicht am Bug warnte ihn rechtzeitig vor Treibgut auf dem Wasser, dem er auswich, ohne die Geschwindigkeit zu verringern.

Er passierte die Schleuse, erreichte den Cospudener See und sauste quer darüber, um zu seinem schwimmenden Zuhause zu gelangen.

Was wollte sie von mir? Ihr Angriff mit dem Taser zeigte ihm, dass sie ihn betäuben und mitnehmen wollte. Im Auftrag des Typen mit dem LeMat? *Verdammt.* Zwei Jahre lang hatte er ein beschauliches Leben geführt, sich eine Existenz aufgebaut, und von einem Tag auf den anderen zog er plötzlich gefährliche Idioten an. *Vielleicht kann Jester mir zu ihr was sagen.*

Als er umständlich an Bord der *Vanitas* kletterte, spürte Konstantin, wie hundemüde er war. Eigentlich gehörte er ins Bett, um seine Wunden zu schonen. Doch die Nachforschungen warteten auf ihn.

Schnell goss er sich Wodka über die Hand, spülte den Durchstich damit und stöhnte dumpf, als die Schmerzen aufflammten. Dann trank er zwei zuckerfreie Energiedrinks, nahm zwei Guaranatabletten und kochte sich rasch einen mörderischen Espresso, damit er wach und bei klarem Verstand blieb.

Nach einem Klamottenwechsel setzte er sich an seinen Laptop. Im Posteingangsfach leuchtete eine dringende Nachricht von Monsieur Caràra auf. Konstantin wurde nach Paris gebeten.

Leipzig, Deutschland

Die Tätowierung am Handgelenk ist neu. Gehen dir schon die Stellen aus, oder warum hast du es an einer so sichtbaren Position machen lassen? Martin Thielke schoss durch das starke Teleobjektiv mehrere Aufnahmen von der dunkelhaarigen Frau im Flughafengebäude, die sich Korff gestern als Sophie Kronau vorgestellt hatte. Zweihundert Meter Luftlinie und die Glasfront des Flughafeneingangs trennten sie. *Ich müsste dich mal wieder nackt vor die Linse bekommen, um meine Ablage abzugleichen.*

Er verbarg sich auf dem Parkplatz zwischen zwei Kleintransportern und fotografierte aus dem Hinterhalt. Es wäre nicht gut, wenn von Windau ihn zu Gesicht bekäme. Noch wusste sie nichts von ihm. Er von ihr schon. Taktischen Vorteil nannte man so etwas.

Thielke spuckte den alten Cola-Kaugummi aus und nestelte mit einer Hand in der Tasche herum, bis er einen neuen aus der Packung herausgefummelt hatte. Dazu rauchte er eine filterlose Kippe, Importware mit Nikotinwerten, die in Deutschland nicht erlaubt waren, aber er brauchte das Zeug genauso dringend wie sein Insulin. Thielke kannte sich mit Abhängigkeiten aus.

»Was wolltest du von Korff?«, brummte er als Frage an Windau, die Zigarette wippte zwischen den Lippen, Asche rieselte auf den schwarzgrauen Asphalt. Das Gehäuse der Nikon war teilweise mit Gilb überzogen und stank nach kaltem Rauch, als würde er sie als Aschenbecher benutzen. »Oder vielmehr, was wolltest du *mit* Korff?«

Die Frau war für ihn ein Rätsel. Sie reiste unglaublich viel, und zwar in Länder, für die er Wochen im Voraus ein Visum beantragen musste, um hineingelassen zu werden. Deswegen hängte sie ihn regelmäßig ab und tauchte anschließend an Orten auf, an denen er sie nicht vermutete. Wie in Leipzig.

Thielke hatte es nicht leidgetan, auf den Thanatologen zu schießen, schließlich hatte der Typ es mit seinem Angriffsversuch herausgefordert. In ihm war die Neugier gestiegen, was Korff als Nächstes tat, daher war er an dem Mann drangeblieben. Und da erschien mir nichts, dir nichts von Windau, erzählte Unsinn und versuchte als Krönung ihrer kleinen Show, Korff einen Elektroschock zu verpassen.

Dass sie ihn nicht umbringen wollte, war klar. *Sie hat noch was mit ihm vor.* Thielke sah einen Mann auf die Baronesse zukommen, den sie anstrahlte und herzlich begrüßte. *Kein Vergleich zum Zusammentreffen mit Korff.*

Er zoomte das Gesicht des hageren Mannes groß und schoss Bilder von ihm: Front, Seite, rechts, links, Augenfarbe.

Die Aufnahmen würde er am Abend hochladen, ein kleines Programm starten und sämtliche zugängliche Datenbanken, Facebook, Google und den Rest des Internets durchstöbern lassen. Damit ließen sich recht gute Ergebnisse erzielen. Wie mühselig die Recherche damals noch gewesen war, vor der Computerwelt und des weltweiten Netzes.

Wegen seines LeMat-Revolvers wagte er sich nicht ins Flughafengebäude, auch wenn die Sicherheitskontrollen in Leipzig nicht unbedingt als besonders scharf bezeichnet werden konnten. Thielke wollte keine Überraschung erleben. Entdeckte man seine Waffe, wäre ihm eine Verhaftung sicher, und wenn die Ballistiker Untersuchungen damit anstellten, wäre er erledigt.

Deswegen konnte er nicht nah genug an die beiden heran, um ihr Gespräch zu verfolgen, und musste sich aufs Lippenlesen verlassen. Da ständig andere Menschen durchs Bild eilten, wurden die englischen Sätze und Worte unvollständig.

Das Wort *Minz* fiel ein paar Mal, was auch immer das bedeuten mochte. Aber er verstand, dass sich der Mann auf seine Aufgabe freute, dass er sein ganzes Leben auf diese Gelegenheit gewartet habe. Windau erwiderte etwas von guter Bezahlung, herausragenden Ergebnissen und Forschung auf Spitzenniveau.

Thielke war sich nicht ganz schlüssig, was er da eigentlich vor seinem Tele sah. *Entweder er ist ein Todesschläfer und sie lockt ihn in die Falle, die für Korff bestimmt war, oder sie braucht ihn für echte Forschung.* Er machte noch ein paar Fotos. Für die Ablage.

Der Mann hatte einen Gepäckwagen hinter sich stehen, auf dem sich ein halbes Dutzend Koffer stapelten. An einem baumelte ein Namensschildchen herab, so dass Thielke es lesen und fotografieren konnte: Tillman, G., Tankstreet 3723, Wisconsin, USA.

Tillman und Windau drehten sich zur Anzeigetafel, auf der die Flüge aufleuchteten, dann schüttelten sie sich die Hände, und die Frau verließ den Mann wieder. Ihr brauner Schopf verschwand im Gewühl der Menschen.

Thielke senkte die Nikon und kehrte zu seinem Transporter zurück, einem alten Bedford Blitz in verblasstem Gelb, den noch die Überreste von verschiedenen Werbebeschriftungen zierten, die einmal Eis, Gemüse und Backwaren angepriesen hatten. Er war der achte Besitzer, der zweite Motor steckte unter der Haube und stand bei knappen 139 000 Kilometern. So wie Korff auf einem Hausboot lebte, so verbrachte Thielke die meiste Zeit seines Lebens in diesem Bedford.

Er öffnete die seitliche Klapptür und stieg ein.

Den kalten Rauchgeruch, der ihm entgegenschlug, nahm er kaum noch wahr, seine Kippe frischte den Gestank ohnehin wieder auf.

Im Inneren waren kleine Spinde an den Wandverstrebungen festgemacht, ein Schlafsack und eine Isomatte lagen zerknüllt in der Ecke und hatten dem Tisch weichen müssen, auf dem sein Laptop stand.

Jetzt zeig mal, wer du bist und warum dich die Baronesse toll findet. Thielke setzte sich auf den Klapphocker, nahm die Speicherkarte aus der Kamera, um die Bilder auf den Rechner zu ziehen. Er startete die Suchanfrage: einmal zu dem Namen des Mannes, einmal zu dem Konterfei.

In der Zwischenzeit tippte er seinen neuesten Bericht und schickte ihn zusammen mit den Aufnahmen via Webstick verschlüsselt an einen Server. Auf seinem Laptop waren nie mehr als die neuesten Daten zu finden, seine gesammelten Erkenntnisse bewahrte er im großen Netz der unbegrenzten Möglichkeiten auf. In Sicherheit.

Thielke zog die Schublade mit der grauen Markierung auf, nahm einen Insulin-Pen mit schnell wirkendem Insulin heraus, und rammte sich die dünne, kurze Nadel ohne viel Aufhebens seitlich in den Oberschenkel, um sich eine Dosis des Medikaments zu spritzen. Anschließend holte er einen Schokoriegel aus einer anderen Schublade und vertilgte ihn genüsslich, bevor er den kleinen Kühlschrank öffnete und eine Flasche Cola herausnahm. *Scheiß auf den Zucker.*

Dabei dachte er über die Baronesse nach, die seit ihrem Ausstieg bei den *Deathsleepers* eine umtriebige Einzelgängerin war. Ganz verstand er nicht, was sie tat und warum. Sie ging zu geschickt vor. Doch eines wusste er: Todesschläfer, die mit ihr zu tun hatten, verschwanden.

Korff dagegen war nach einem wilden Leben als Auftragskiller ein braves Lamm geworden. *Vom Saulus zum Paulus.* Thielke beließ es daher dabei, den Thanatologen zu überwachen. Sollte es Anzeichen geben, dass Korff in sein altes Leben zurück wollte ... *Noch einmal lasse ich dich damit nicht durchkommen.*

Thielke nahm sich einen zweiten Schokoriegel und vertraute darauf, dass das Insulin alles im Griff hatte. Anfangs hatte er seine Krankheit ignoriert und dank des Diabetes das linke Augenlicht und seinen rechten Unterschenkel eingebüßt. Inzwischen war er vernünftiger geworden – ein bisschen.

Die nächste Zigarette hatte er bereits aus der Schachtel genommen und angesteckt. Knisternd brannte der Tabak, er inhalierte tief. »So«, murmelte er und sah nach den Ergebnissen der ersten, oberflächlichen Recherche. »Ah, soziale Netzwerke. Tolle Erfindung«, sagte er lachend.

Ein Abgleich mit den Bildern, die er geschossen hatte, bestätigte die Suchergebnisse. Der Mann war Gainsborough Tillman aus Wisconsin, amerikanischer Staatsbürger mit mehreren Doktortiteln, der nach einem Klinikskandal nach Südamerika verschwand. Ihm wurde vorgeworfen, dass er Organtransplantationen ohne Notwendigkeit und ohne Einverständnis der Patienten beziehungsweise ihrer Bevollmächtigten vorgenommen hatte. Woher die eingesetzten Organe stammten, blieb im Dunkeln. Über Mexiko und eine Drogenbande wurde spekuliert.

»Kollega Tillman hat ein wenig experimentiert. Nice, Sir.« Thielke trank einen Schluck aus der Flasche. Diesen brillanten, aber moralisch untragbaren Arzt hatte sich die Baronesse also unter den Nagel gerissen. Mit Sack und Pack, wenn er an die vielen Koffer dachte.

Thielke recherchierte weiter, suchte nach Hinweisen, die ihn als Todesschläfer enttarnten, auch wenn Thielke seine Hand dafür ins Feuer gelegt hätte, dass Tillman ein normaler Mensch war. Sicher war sicher.

Was will sie mit dir? Thielke starrte auf das Bild, auf dem sich Windau und Tillman unterhielten. *Hat es mit den verschwundenen Todesschläfern zu tun? Das wäre ein Hammer!*

Er kannte sich aus mit den Männern und Frauen, die dem Tod trotzten, ohne es zu wollen. Und er wusste um ihre geheimen Organisationen aus eigener Erfahrung. Inzwischen kannte er auch viele der Einzelgänger und Aussteiger. Doch die Baronesse blieb ihm ein Rätsel.

Thielke überlegte, wozu sie den korrupten Arzt gebrauchen könnte. *Benötigt sie ein neues Organ und möchte nur das eines Todesschläfers?*

Er zog den LeMat aus seiner Tasche und legte ihn auf den Tisch, dann entledigte er sich alles anderen, weswegen man ihn festnehmen konnte. Sonnenbrille und Kamera mit einem formatierten Chip nahm er mit und stieg aus dem Bedford, ging schnurstracks und rauchend auf den Flughafeneingang zu. Er wollte Doc Tillman auf die Probe stellen.

Kurz vor den automatischen Türen schnippte er seine Kippe weg, betrat die Halle und sah sich um.

Er entdeckte den Arzt in der Schlange vor dem Eincheck-Schalter. Geduldig stand er in der Reihe, las dabei eine Fachzeitschrift und behielt gleichzeitig sein Wägelchen mit den sechs Koffern im Blick.

Thielke sah auf die Anzeige über dem Schalter. Der Flug ging über Warschau nach …

Scheiße, sie hat Minsk gesagt, nicht Minz!

Thielke hob die Nikon und schoss ungeniert Aufnahmen, machte mit dem hektisch klackenden Verschluss absichtlich auf sich aufmerksam. Aus der Nähe erinnerte der Mann an einen Geier oder an die Karikatur eines Bestatters.

Tillman drehte sich weg und ignorierte ihn ansonsten. Aber als Thielke nachrückte und weitere Fotos machte, hielt er sich das Heft vors Gesicht. »Was soll das?«

»Nur ein paar Fotos für die *dpa*, Herr Doktor«, rief er frech. »Sie sind doch Doktor Tillman aus den USA, der Promi-Schönheitschirurg!«

»Nein, bin ich nicht«, zischte der Arzt. »Hören Sie sofort auf! Sie haben kein Recht, mich zu fotografieren.«

Thielke tat unschuldig und senkte die Kamera. »Aber auf Ihrem Schildchen steht doch *G. Tillman.* Sie sind nicht George Tillman, der Michael Jackson unterm Messer hatte?«

»Nein.« Er machte einen Schritt auf ihn zu und streckte den Arm aus. »Her mit der Speicherkarte.«

Thielke sah, dass er seine Reiseunterlagen in der Innentasche des Sakkos trug. Möglicherweise gab es da noch Zusatzinformationen zu holen. »Klar.« Er öffnete die Abdeckung, nahm den Chip heraus, ging auf den Arzt zu und tat, als würde er stolpern. Schon lag er in Tillmans langen Armen und schnappte sich die Papiere, ehe er vom Arzt ruppig weggeschoben wurde. »Sorry.« Er reichte ihm den Datenträger und hielt sein Diebesgut unter der Jacke verborgen. »Schönen Tag noch.«

Thielke drehte sich weg, humpelte zum Ausgang und las hastig die Zettel, bevor Tillman den Verlust bemerkte und einen Aufstand probte.

Die Reisedaten brachten nichts Neues. Eine ausgedruckte Straßenkarte, unter der dick die handschriftliche Ergänzung INSTITUT LEBEN stand, war da schon deutlich interessanter.

Alles klar. Thielke ließ die Papiere unauffällig neben einer Bank fallen. Sollte die Flughafensicherheit ihn am Ausgang stellen, wollte er damit nicht erwischt werden.

Thielke verließ das Gebäude, ohne aufgehalten zu werden, verschwand zügig in seinen Bedford und begann rauchend und Cola trinkend eine neue Recherche. Über Minsk und das Institut Leben, das anscheinend Tillmans Reiseziel war.

Seine Nachforschungen über Bent Arctander und Timothy Chester Darling legte er vorerst auf Eis.

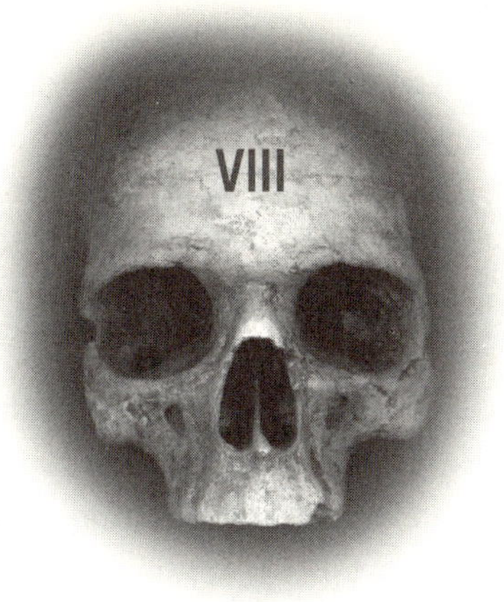

Ich bin der Tod,
ich scheu keinen Mann.
Tret jeglichen an
und verschone keinen.

Hugo von Hofmannsthal, Jedermann

Paris, Frankreich

Noch ein Unglücksedelstein.

Konstantin saß in seiner Suite des *Hôtel De Vendôme.* Um ihn herum standen die Reste des Frühstücks, das er sich aufs Zimmer hatte kommen lassen. Er wollte ungestört sein und das Lesen kaum unterbrechen. *Spannend.* Er sichtete mit Hilfe seines Laptops Jesters Unterlagen und vergrub sich seit Tagen regelrecht darin. Ebenso recherchierte er über das Motiv der Vanitas mit ihren Facetten, Symbolen, Deutungen und Gegenströmungen. Unendliche Möglichkeiten taten sich auf; mit dem Sichten der Bilder aus der damaligen Zeit kam er kaum hinterher.

Zu Bent Arctander hatte ihm Jester ebenfalls einige Informationen geschickt, aber die Dateien mit den Nachforschungen zum Tod waren zu verlockend. Zu anspornend.

Natürlich wusste er, was er in Wahrheit tat: flüchten. Vor Iva, vor den Gedanken an ihr schönes Gesicht und seinen überwältigenden Gefühlen für sie.

Er reagierte auf keine Botschaft, die Iva ihm zukommen ließ. Weder auf den Brief, der für ihn ans *Ars Moriendi* ging, noch auf ihren handgeschriebenen Zettel, den er kurz vor seiner Abreise an Deck der *Vanitas* gefunden hatte. Ihm fehlte der Mut, sie durch seine Anwesenheit in Gefahr zu bringen, und weiterhin unverändert eine glaubwürdige Geschichte.

Caràras Bitte war ihm daher recht gekommen. Durch seinen Aufenthalt in Paris mied er das Gewandhaus, besuchte kein einziges Konzert und ging nicht mal mehr durch die Straße, in der sich Ivas Wohnung befand. Niemals war der Wunsch in Konstantin größer gewesen, seinen Fluch abzustreifen. Damit er zu Iva zurückkehren konnte. Bis dahin schottete er sich von ihr ab, sonst würde er schwach werden, das wusste er. Seine Schwäche, seine Liebe konnte Schreckliches heraufbeschwören.

Bleibt noch ein bisschen Zeit? Konstantin sah rasch auf die eingeblendete Uhr auf dem Monitor: 10.21 Uhr.

Um elf Uhr würde ihn Caràra abholen, damit er einen letzten Blick auf Lilou de Girardin warf. Zwar hatte ihm der Privatsekretär bereits bestätigt, dass der Zustand der Leiche tadellos sei, aber der Marquis habe darauf bestanden.

Weil Konstantin im Moment vieles egal und er für jede Ablenkung dankbar war, die außerhalb von Leipzig lag, hatte er dem reichen Franzosen zugesagt. Mendy schmiss den Laden so lange für ihn, Jaroslaf erwies sich als Azubi als Glücksgriff, und auf seine sonstige Mannschaft konnte er sich bestens verlassen.

Also weiter im Text. Jesters Nachforschungen zu Gevattersteinen waren umfangreich, sie beschäftigten sich mit Vergänglichkeitssymbolik, mit Besonderheiten von Edelsteinen und vielem mehr. Konstantin hatte entschieden, sich zuerst mit den Wirkungen und der Beschaffenheit von Edelsteinen auseinanderzusetzen, indem er die Notizen seines Freundes mit weiteren Recherchen vervollständigte.

Er war sich bisher nicht bewusst gewesen, welche große Rolle Edelsteine in der Geschichte der Menschheit spielten. Schon in der Bibel wurden spezielle Edelsteine erwähnt, zum Beispiel in Exodus 28, 17 bis 21.

Und du sollst sie besetzen mit vier Reihen von Steinen.
Die erste Reihe sei ein Sarder, ein Topas und ein Smaragd,
die andere ein Rubin, ein Saphir und ein Diamant,
die dritte ein Lynkurer, ein Achat und ein Amethyst,
die vierte ein Türkis, ein Onyx und ein Jaspis; in Goldgeflecht sollen sie gefasst sein.
Zwölf sollen es sein in Siegelstecherarbeit nach den Namen der Söhne Israels, dass auf jedem ein Name stehe nach den zwölf Stämmen.

Auch die Offenbarungen des Johannes, die Apokalypse, erwähnten Juwelen, mit denen Jerusalems Grundfeste errichtet sein sollte:

Und die Grundsteine der Mauer um die Stadt waren geschmückt mit allerlei Edelsteinen.
Der erste Grundstein war ein Jaspis,
der zweite ein Saphir,
der dritte ein Chalcedon,
der vierte ein Smaragd,
der fünfte ein Sardonyx,
der sechste ein Sarder,

der siebente ein Chrysolith,
der achte ein Beryll,
der neunte ein Topas,
der zehnte ein Chrysopras,
der elfte ein Hyazinth,
der zwölfte ein Amethyst.

Zweifelsohne hatte die Menschheit Edelsteinen schon seit jeher einen Einfluss auf das eigene Leben zugesprochen.

Die Christen ordneten den Aposteln und zwölf Schutzengeln jeweils einen Edelstein zu, und seit dem 18. Jahrhundert wurden Edelsteine mit den zwölf Monaten in Verbindung gebracht. Es kam in Mode, dass man verschiedene Steine für jeden Monat besaß, später wurde lediglich der Edelstein des Geburtsmonats getragen. *Das gibt es heute immer noch.*

Auch die unterschiedlichen Frühkulturen stellten bereits Schmuck her. Die ältesten zur Zier genutzten Steine, so nahmen Forscher aufgrund von Ausgrabungsfunden an, waren Bergkristalle, Bernstein und Jade.

Also alles, was leicht zu finden und zu bearbeiten war.

Deswegen hatte Konstantin zuerst eine dieser Edelsteinarten im Verdacht, eine anziehende Wirkung auf den Schnitter zu haben, doch er kam sehr schnell darauf, dass er im Grunde jeden geläufigen Schmuckstein fast automatisch ausschließen konnte, sofern er nicht zu einem einzigartigen Schmuckstück mit einer besonderen Geschichte gehörte.

Er fand es interessant, wie sehr der Mensch früher und zum Teil auch heute noch an die übersinnliche Macht der Edelsteine glaubte. Geheimnisse und Magie umgaben sie, sie versprachen Schutz vor bösen Wesen, sollten sogar Gott und die Engel positiv stimmen. Entgifter, Pestabwehrer, Wegfinder, Heilmittel. Hildegard von Bingen, die Nonne und Heilerin, schwor auf sie.

Das las sich zwar spannend, brachte ihn jedoch nur bedingt voran. Konstantin sah seine Recherche als Puzzle, als Mosaik aus falschen und richtigen Teilchen, die er erst erkannte, wenn er etwas mehr vom Gesamtbild sah.

Abgesehen von den Ausführungen zu Edelsteinen, wimmelte es in Jesters Unterlagen vor Hinweisen auf Unsterbliche, meistens Heilige oder besonders schlechte Menschen. Entweder stand ihnen der Glauben oder das Böse gegen die Macht des Schnitters bei. Solche Geschichten tauchten in allen Mythologien auf.

Ob sie einfach nur verflucht waren wie ich?

Konstantin nahm einen Schluck vom kalt gewordenen Kaffee.

Nebenbei bemerkte er an den verschiedenen Daten der Eintragungen und Scans, dass Jester diese Suche vor mehr als zwanzig Jahren begonnen – vermutlich kurz nachdem er von seinem Fluch erfuhr – und nach fünf Jahren aufgegeben hatte.

»Der Diamant, in einem Ring eingefasst, verhilft einem Krieger zum Sieg und zur Unverwundbarkeit, wehrt Dämonen ab sowie Krankheiten, schützt vor Gift, vor Verhexung, dem bösen Blick, der Mondsucht, vor Trübsinn und Besessenheit«, las er und machte sich einen kurzen Vermerk. Das klang zu positiv für einen Schnitterstein. Diamanten fielen also auch aus.

Eigentlich.

Denn es gab ein paar Ausnahmen, allen voran der *Blue Hope.* Dieser Diamant hatte unglaubliche 112 Karat und war nach einer alten indischen Überlieferung einst das Auge in einer Statue der Göttin Sita. Er zog Todesfälle und Katastrophen an. Dann gab es noch einen gelben Diamanten namens *Florentiner,* den ähnlich mysteriöse Umstände umgaben. Aber diese Diamanten gehörten zu den wertvollsten der Welt, und das dürfte der Grund sein, warum sie Begehrlichkeiten weckten und immer wieder Tragödien heraufbeschworen. Der Diamant als solcher wurde in der einschlägigen Literatur jedoch als *gut* betrachtet.

Außerdem hätte es Konstantin gereizt zu wissen, welche Edelsteine sich im Nibelungenschatz befunden hatten. Sie hatten dem Tod reichlich Arbeit beschert, wenn er sich richtig an die Sage erinnerte.

Übrig blieb als wahrscheinlichster Stein, der den Tod anzog, der Opal. Dass er in keiner Bibelstelle auftauchte, zementierte seine Theorie.

Konstantin suchte nochmals die Stellen über Opale heraus, die ab dem 18. Jahrhundert mit Hungersnöten, Seuchen und dem Untergang von Monarchien in Verbindung gebracht wurden.

Man betrachtete den Opal als Stein der Künstler und Musiker, aber zugleich war es verboten, ihn an den schwedischen und englischen Königshöfen zu tragen. Konstantin fand ihn trotzdem in den Kronen verschiedener Herrscher.

Auf die Wirkung eines Opalrings sollte zudem der Tod Alfons des XII., seiner Gattin, seiner Großmutter sowie seiner Schwester zurückgehen. Konstantin hatte jedoch herausgefunden, dass die Cholera zu der Zeit grassierte.

Oder ein Todesschläfer hatte damit zu tun … Egal. Ein Puzzleteilchen mehr.

Die Schlagworte zu diesem Stein lauteten somit Unfrieden, Krankheiten, Verderben jeglicher Art, Entzweiung. *Ja, der Opal ist ganz weit vorne.*

Moderne Erklärungsversuche für den schlechten Ruf des Steins argumentierten, dass er schwer zu verarbeiten war, oftmals zersprang und nicht selten nachträglich Risse bekam, was die Träger eines Schmuckstücks natürlich extrem ärgerte.

Dennoch fand Konstantin es bemerkenswert, dass man ihn als *das Opium unter den Edelsteinen* bezeichnete. Es gab astrologische Lehren, die nur ausgewählten Menschen das Tragen eines Opals empfahlen. Ausschließlich diese Personen würden keinen Schaden nehmen.

Dieser Hinweis gab für Konstantin den Ausschlag. Er würde seine Recherche auf den Opal konzentrieren, er war bisher der wahrscheinlichste Kandidat für einen Schnitterstein.

Als er wieder auf die Uhr blickte, merkte er, wie schnell die Zeit vergangen war.

Caràra kommt gleich.

Rasch stand er auf, nahm seinen Einsatzkoffer und zog sein Sakko über das schwarze Poloshirt, um in die Lobby zu gehen und zu warten.

Er rechnete damit, dass der Privatsekretär die gleiche Vorgehensweise wie das letzte Mal wählen würde, um die Reporter zu überlisten. Morgen fand die Aufbahrung statt, also würden sie wie die Schmeißfliegen um das Anwesen des Marquis kreisen, um ein Foto von einem leidenden Familienmitglied zu schießen.

Mit dem Lift fuhr er nach unten, die Türen öffneten sich.

Fast rechnete Konstantin damit, die beiden Fotografen vom letzten Mal wiederzusehen.

Doch die Lobby barg lediglich einen Gast, der auf der Kaminbank saß und in der *Le Monde* las: Timothy Chester Darling, in seinem schwarzen Designeranzug mit weißem Hemd und dunkler Krawatte. Er sah zu Konstantin und erhob sich, die Zeitung legte er achtlos zur Seite.

Konstantin trat überrascht aus dem Fahrstuhl. »Jester, was tust du denn hier?«

»Dir den Arsch retten, alter Junge.« Er nahm ein Foto aus der Tasche und hielt es ihm hin. »Ruf mich sofort an, wenn du sie siehst.«

Konstantin warf einen Blick darauf: eine Frau, kurzes braunes Haar und Mini-Pferdeschwanz, nussfarbene Augen, ansprechendes Gesicht. *Wie könnte ich sie vergessen?* »Diese Verrückte war schon bei mir.«

Jester, der eben den Sitz seiner Krawatte korrigieren wollte, staunte ihn an.

Santo Domingo de Guzmán, Dominikanische Republik

Kristin winkte in die eingebaute Webcam ihres Laptops und verabschiedete sich von ihrem Sohn Eugen mit einem gehauchten Kuss in die Linse, bevor sie die Verbindung unterbrach. Sie klappte den Deckel zu, verstaute den tragbaren Computer in ihrer Tasche und nahm die Flasche Mineralwasser in die Hand, aus der sie mit einem Strohhalm trank.

Vor ihr plätscherte das Karibische Meer gegen die Befestigung der Uferpromenade, auf der wahre Heerscharen flanierten und den atemberaubenden Sonnenuntergang genossen.

In den Abendstunden waren die Temperaturen in der Dominikanischen Republik gut zu ertragen, der Wind sorgte dafür, dass sich die Hitze des Tages nicht staute.

Eine Musikband lief mit ihren umgeschnallten Instrumenten vor den Fronten der Bars und Kneipen auf und ab, um mit den Melodien der Marimbas, der Steel Pans und anderer Trommeln das typische Karibikfeeling zu verbreiten.

Kristin saß zurückgezogen im Außenbereich einer Bar und beobachtete die Menschen um sie herum. Mit einer Bewegung, über die sie gar nicht mehr nachdachte, nahm sie die Pillendose aus der Tasche, schüttelte zwei Tabletten heraus und legte sie unter die Zunge. Die Aufputschmittel zerfielen, lösten sich auf und gaben ihre Substanzen in die Blutbahn ab. Kristin brauchte vollste Konzentration.

Wo andere Urlaub machten, wartete auf sie knifflige Arbeit: die Jagd. Und sie stellte einer ganz speziellen Beute nach.

Das *Esparcimiento* war eine Club-Bar für Leute mit einem großen Geldbeutel, der günstigste Drink kostete umgerechnet zwanzig Euro, was Pauschaltouristen und einheimische Habenichtse abschreckte. Es gab zahlreiche kleine Räume für eigene Festivitäten, während im Hauptraum jeden Abend eine stilvolle Themensause geboten wurde mit Essen, Getränken und Unterhaltung im exklusiven Ambiente. Weil diese Veranstaltungen sehr beliebt waren, tummelte sich die glanzvolle Gesellschaft im *Esparcimiento.*

Kristins ahnungsloses Opfer befand sich noch im Hauptraum, würde aber bald in einem Nebenraum verschwinden, um dort mit Freunden seine Beförderung zu feiern.

Sie blickte auf die Uhr. In genau zehn Minuten würde sie sich an der Bar in Position bringen und zuschlagen.

Ein blonder Mann erhob sich am Nachbartisch aus dem Schutz seiner Gruppe und steuerte auf ihren Tisch zu. Ihr weißes Kleid mit den roten Ornamenten darauf hatte die Aufmerksamkeit geweckt; ihre teilweise sichtbaren Ankh-Tätowierungen und die verspiegelte Sonnenbrille schreckten offenbar nicht genug ab.

Der Mann stand gleich darauf vor ihr. »Guten Abend«, sagte er auf Spanisch. Sie hörte ihm sofort an, dass er eigentlich Amerikaner war. Südstaaten. Vermutlich im Ölgeschäft oder Rinderzüchter. »Ich bin Edward. Meine Freunde nennen mich Ed. Die Jungs und ich haben uns gefragt, ob Sie sich vielleicht zu uns setzen möchten, Lady?«

Kristin sog den letzten Rest Mineralwasser aus der Flasche und warf ihm einen Blick über den Brillenrand zu. »Warum sollte ich, Edward?«, erwiderte sie ebenfalls auf Spanisch. Sie fand es erstaunlich, dass sie am meisten auf Deutsch zum Stottern neigte. Spanisch kam ihr reibungslos über die Lippen, Englisch und Russisch ebenso. Ob das mentale Ursachen hatte?

»Wir würden uns über Ihre Gesellschaft freuen, Lady.«

Kristin setzte ihr verstörend überhebliches Lächeln auf. »Weil?«

»Weil …« Der Blonde überlegte und verstand endlich, dass sie kein Interesse hatte, daher tippte er sich an eine imaginäre Hutkrempe und kehrte zu seinen Kumpels zurück.

Kristin grinste ihm nach, stand auf und wechselte in den Innenraum an die Bar. Sie postierte sich in der Nähe der Tür, die zum Nebenraum führte, bestellte sich einen alkoholfreien *Mata Hari* und wartete geduldig. Die sonstigen Vorbereitungen waren abgeschlossen.

Zehn Minuten später tauchte er auf, lachend, umringt von seinen Freundinnen und Freunden. Er wirkte etwas angetrunken, das Gelächter klang ausgelassen. Seine braune Haut konnte die roten Flecken nicht kaschieren, die er immer im Gesicht bekam, wenn er Alkohol zu sich genommen hatte. Was er sehr selten tat, weil er es sich in seinem Beruf nicht leisten konnte. Doch die Karibik war für einen Mann wie ihn weniger gefährlich als Miami oder El Paso, wo mexikanische Killer an jeder Ecke lauerten.

Er bekam einen Rum vom Barkeeper gereicht, dann streifte sein Blick Kristin.

Unverzüglich komplimentierte er die Gruppe in den kleinen Privatraum, während er die Bar umrundete und zu ihr kam.

Sie tat so, als habe sie ihn nicht bemerkt, und verschanzte sich zum Schein hinter der Cocktailkarte.

»Kristin!«, sagte er, legte einen Arm um ihre Taille und gab ihr einen angedeuteten Kuss auf die Wange. »Ist das schön, dich zu sehen!« Seine Freude war echt, und doch verhinderte sie nicht, dass sich argwöhnende Verwunderung in seinen hellgrünen Augen abzeichnete. »Urlaub?«

»Hey, Clarence! Wow!« Sie lachte auf und umarmte ihn

kurz. Sein Körper war muskulös, er hatte viel trainiert. »Ja, klar, Urlaub! Hatte keine Lust auf den eher spärlichen Sommer zu Hause und dachte mir, ich gehe dahin, wo der Rum in Strömen fließt.«

»Das wäre dann Kuba«, gab er mit einem Augenzwinkern zurück.

»Als ob der nicht bis nach Santo Domingo käme. Ihr lasst die Schmuggler doch durch, und du steckst eine Kiste extra ein, habe ich recht?«

Clarence bekam das breite Grinsen nicht mehr aus dem Gesicht, das Misstrauen verschwand langsam aus seinen Augen. Ein attraktiver Mann. »Was unterstellst du mir? Ich bin der leitende Special Agent der Caribbean Division! Ich bin zwar nicht zuständig für die Unterbindung des Alkoholschmuggels, aber ich darf das, was du mir da nonchalant unterstellst, nicht einmal denken. Mein Chef von der DEA würde mich auf der Stelle feuern, sollte ich solche illegalen Machenschaften nicht unterbinden!«

»So? Würde er? Dann bekäme er doch auch keinen Rum mehr von dir.« Kristin prüfte neckend seine Oberarmmuskeln. »Was hast du vor? Ironman-Wettbewerb?«

Clarence spannte den Bizeps an, sein Hemdsärmel weitete sich bedrohlich, der Stoff knirschte. »Fitness ist wichtig. Ich nehme mir die Arschgeigen gerne selbst vor. Gerade vorgestern haben wir ein Labor hochgenommen. Früher haben die Kartelle die Dominikanische Republik als Umschlagsort benutzt, heute baut jeder Idiot kleine Speed- und Crackküchen in den Hinterhöfen. Aber ich schnappe sie mir.«

Kristin nickte und stieß mit ihm an. »Dann mal auf deine Erfolge. Mögen sie anhalten.«

»Danke sehr.« Er trank seinen Rum auf ex und bestellte zwei neue. »Du bist doch dabei? Auf die alten Zeiten, oder?«

Sie nickte. »Auf *die* immer, Clarence.«

Er lehnte sich gegen den Tresen, betrachtete sie und schien nachzudenken. Der Alkohol gab ihm den notwendigen Mut für den nächsten Satz, das sah sie ihm an. »Willst du wieder zurück zu uns?«

Mit *uns* meinte er die *Deathsleepers,* einen Zusammenschluss von Todesschläfern, die in den Staaten und Kanada agierten. Sie waren Ableger der britischen *Topor's Men* und hatten im Zuge der Besiedlung der Neuen Welt dafür gesorgt, dass das Recht mit exportiert wurde. Recht, wie es die Gerechtigkeit verlangte und nicht die verqueren Gesetze.

Kristin hatte einst zu ihnen gehört …

Sie nahm ihr Glas in die Linke, schwenkte den Rum. Süß und zugleich stechend stieg der Alkoholduft in ihre Nase, und sie war bereit, darauf zu wetten, dass er aus Kuba stammte. Illegal, so wie der Barmann dreinschaute. »Um ehrlich zu sein: Ich habe darüber nachgedacht«, log sie.

Clarence legte ihr eine Hand sanft auf die Schulter, die unter seinen kräftigen Finger vollständig verschwand. »Ich habe nie verstanden, weswegen du ausgestiegen bist. Du warst unschlagbar in Washington. Du hattest die Senatoren im Griff und konntest sie im Sinne unserer Sache lenken. Deinen Ausstieg haben dir viele krumm genommen.«

»Ich weiß.« Kristin hätte ihm jetzt von der letalen familiären Insomnie erzählen können, von der Trennung von ihrem Mann, den sie ungebrochen liebte, von ihrem Sohn, den sie selten sah, und was sie alles sonst noch beschäftigte, wovon er und die *Sleepers* keine Ahnung hatten. Aber sie tat es nicht. Deswegen war sie nicht hier. »Aber du nicht, Clarence.«

»Nein. Ich fand es einfach schade.« Er ließ die Hand auf ihrer Schulter, drückte sanft, als wollte er ihr damit noch mehr zeigen als Verständnis. »Was stellst du mit deiner Freiheit an?«

Sie lächelte. »Was sagt man denn, was ich tue?«

Clarence lachte auf und prostete ihr zu, trank den Rum wieder in einem Zug aus. »Dass du gefährlich bist und schon einige von uns verschwunden sind, nachdem sie sich mit dir getroffen haben.« Der Argwohn schien in seinen Blick zurückzukehren. »Ich weiß, dass du unglaublich viel reist. Mit deinen Freimeilen könntest du das ganze Jahr um den Globus jetten. Aber sobald du den Boden berührst, wirst du ein Phantom. Das macht manchen Angst, Kristin.«

»Dir nicht, wie ich sehe.«

»Nein. Mir nicht.« Jetzt sah er sie ernst an. »Schon deswegen wäre es besser, wenn du zu uns zurückkehrst. Du könntest zeigen, dass die Bedenken dir gegenüber unberechtigt sind.«

Sie drehte das volle Glas in der Hand, ließ es kippeln und sah dem Rum zu, wie er über die Ränder schwappte und in öligen Schlieren am Glas herabrann. Illegaler, guter Stoff. »Ich bin ganz sicher kein Phantom, aber … ich kann nicht zurückkommen, Clarence.«

»Weswegen?«

»Ich hatte Probleme«, raunte sie.

»Bitte?«

»Ich sagte«, sie hüstelte, »ich hatte Probleme in Washington, weil Jefferson aus New York sich in meine Zuständigkeiten einmischte. Das ging schon ein paar Jahre. Ich hatte keine Lust mehr auf den Mist. Ich wollte keine Unruhe in die Reihen der *Sleepers* tragen.« Jetzt stürzte sie den Alkohol hinunter. Die nächste Lüge war ausgesprochen.

»Jefferson? Ich wusste, dass ihr euch nicht leiden konntet, aber …« Clarence drückte das breite Kreuz durch. Er stellte sich an ihre Seite. Ein Beschützer durch und durch. »Was war los?«

»Kompetenzgerangel. Er dachte, dass die Kontrolle über New York wichtiger sei als die über Washington, dieser Idiot. Er eliminierte etliche meiner Informanten in New York City, um sich nicht in die Karten schauen zu lassen. Mir war das zu dämlich.« Sie verweigerte einen dritten Rum und sog am Strohhalm des *Mata Hari.* »Wer macht denn jetzt meinen Job und darf sich mit ihm herumschlagen?«

»Jefferson«, sagte Clarence und zog ein Gesicht, als habe er eine mit Chili durchsetzte Zitrone im Mund.

»Was? Er kontrolliert Washington *und* New York?« Kristin pfiff anerkennend durch die Zähne.

Ähnlich wie die *Topor's Men* trachteten die *Sleepers* nach Kontrolle der staatlichen Organe und nach Einfluss auf die Regierung, damit der Kampf gegen das Verbrechen besser geleitet und vor allem effizienter wurde. Todesschläfer waren gute Manipulatoren und Henker. Ein Missbrauch dieser Macht wurde selbstverständlich verlockend, und deswegen achteten die *Sleepers* gegenseitig auf sich. Oder das sollten sie zumindest.

»Dann ist Jefferson der nächste starke Mann bei den *Sleepers?* Hat er sich für den Vorsitz beworben, oder weswegen darf er die Macht derart bündeln?«

Clarence nahm die Hand von ihrer Schulter. »Scheiße«, sagte er abwesend. »Dieser kleine Mutterficker! Das hat er geschickt eingefädelt, der Pisser!« Die Muskeln auf seiner Brust zuckten. »Ich wusste, dass er ein Arschloch ist, aber das lasse ich ihm nicht durchgehen. Er wird sicherlich nicht unser Anführer.« Er nahm sein Handy aus der Tasche und wählte eine Nummer. »Entschuldige mich kurz.« Er drehte sich weg und redete leise auf Spanisch in das Gerät.

Kristin lächelte kalt und bestellte ihm noch einen Rum. Unauffällig zog sie ein kleines Alubriefchen aus der Tasche, entfaltete es und schüttete das weiße Pulver in den Rum, das sich sofort auflöste.

Nach zwei Minuten wandte Clarence sich ihr wieder zu. »Jefferson geht mir eh auf die Eier. Ich dachte mir, dass er etwas mit deinem Ausstieg zu tun hatte.«

»Wen hast du angerufen?«

Clarence beugte sich nach vorn und gab ihr einen Kuss auf die Wange. »Chang, von der NSA. Er wird sich Jefferson vornehmen und abklopfen, was er in den letzten Wochen alles veranstaltet hat.«

»Chang ist jetzt bei der NSA? War er nicht bei der Homeland Security?«

»Sie haben ihn letztes Jahr abgeworben, und das war uns nur recht. Er hat Zugang zu den besten Geheimdienstressourcen, die es gibt.« Clarence sah sie an. »Du hättest mir das viel früher sagen müssen, Kristin.«

Sie täuschte Hilflosigkeit vor. »Ich ... hatte eben den Eindruck, dass ihr eher Jefferson glauben würdet als mir.« Ihr Blick huschte zur anderen Seite der Bar, wo zwei Freunde von Clarence auftauchten und winkten. »Du wirst vermisst.«

»Ja, ich sollte wieder zu ihnen.« Er nahm den Rum. »Wofür ist der?«

»Für dein Vertrauen, Clarence.« Kristin drückte sich vom Hocker in die Höhe und umarmte ihn. »Danke. Danke, dass du an mich geglaubt hast.«

Er erwiderte die Umarmung, die Finger der freien Hand glitten über ihren Rücken und streichelten sie zärtlich. Es war nicht die Berührung eines Freundes, sondern die eines Mannes, der mehr sein wollte als ein Freund. Er hatte die Schwäche für sie nicht abgelegt, was ihn zu leichter Beute machte. »Komm wieder zu uns. Wenn ich Jefferson etwas nachweisen kann, werden zwei Posten frei. Dann kannst du dir einen aussuchen, das verspreche ich. New York oder Washington?« Er ließ sie los und sah ihr in die Augen. Sein Argwohn war vergangen.

»New York. Jefferson hatte tolle Appartements«, gab sie zurück und streichelte seine Wange.

»Abgemacht.« Er trank seinen Rum aus, ohne den Blick von ihr zu nehmen.

Sie schubste ihn spielerisch von sich. »Jetzt verschwinde zu deinen Freunden. Ich muss ohnehin gleich los, mein Flieger geht morgen früh. Aber ich rufe dich nächste Woche an, versprochen.«

»Wirklich?«

»Ja. Und jetzt geh.«

»Dann bis nächste Woche.« Clarence gab sich sichtbar einen Ruck und drehte sich um. Er schritt durch die Tür in den Privatraum.

Kristin sah auf die Uhr und wartete genau zehn Minuten. Dann stand sie auf und ging zu den Toiletten, um sich ungesehen in einer Kabine auf dem Männerklo einzusperren. Dort nahm sie den Elektroschocker aus der Tasche und legte ihn auf den Toilettendeckel, auch wenn sie nicht glaubte, dass sie ihn benötigte. Clarence würde kaum in der Lage sein, Gegenwehr zu leisten.

Nach einer halben Stunde und vielen unerwünschten Besuchern, inklusive einem Pärchen, das sich in der Kabine nebenan einen Quickie gönnte, hörte sie, wie die Tür aufgestoßen wurde und jemand ein Würgen unterdrückte.

Kristin sah unter dem Türschlitz hindurch.

Sie erkannte Clarences Beine. Angeschlagen vom Alkohol und dem Mittel, das sie ihm verabreicht hatte, torkelte er auf eine Kabine zu. Er schlug die Tür zu, danach erklang ein lautes Würgen, gefolgt von Platschen.

Kristin verließ ihr Versteck, sah sich schnell um und stellte erfreut fest, dass sie alleine waren. Daraufhin nahm sie das »Reinigung, kurz geschlossen«-Schild vom Haken neben dem Spiegel und hängte es an die Eingangstür. Mit einem Dietrich sperrte sie von innen ab. Damit hatte sie die wenigen Minuten Ruhe, die sie benötigte.

Während Clarence sich ächzend übergab, öffnete sie das große, vergitterte Fenster, vor dem sie ihren gemieteten Geländewagen geparkt hatte, einen alten grünen Wrangler mit offener Ladefläche. Zwei schnelle Schläge gegen die dünnen Eisenstreben, die sie letzte Nacht angesägt hatte, und das Metallgeflecht ließ sich zur Seite schleudern. Klirrend landete es auf der Straße.

Jetzt musste es schnell gehen.

Kristin brachte sich vor Clarences Kabine in Position und wartete, bis erneut Würgen erklang. Im selben Moment rammte sie die Tür auf, die ihn in den Rücken traf, so dass er mit dem Kopf nach vorne gegen den Wasserkasten knallte.

Schnaubend wollte er sich umdrehen.

»Nicht, Clarence.« Sie zog ihm die Beine weg und versetzte ihm einen harten Handkantenschlag in den Nacken. Er brach neben der Schüssel zusammen, begrub die Klobürste unter sich.

Nun begann der buchstäblich schwerste Teil: An den Füßen zog sie den muskulösen Mann aus der Kabine, schleifte ihn zum Fenster und hievte ihn mit gekonnter Technik durch die Öffnung – was ihr nur so gerade eben gelang. Er fiel in ein weiches Bett aus Jutesäcken auf der Ladefläche. Staub flog auf, als er in dem Haufen versank.

Kristin beugte sich nach vorne und breitete ein paar Säcke aus dem groben Stoff als Sichtschutz über dem Ohnmächtigen aus, eilte zu ihren Sachen und schnappte sie.

Stimmen erklangen vor der Tür, jemand machte sich am Schloss zu schaffen. Vermutlich hatte ein Gast mit einer kleinen Blase einen Mitarbeiter des *Esparcimiento* geholt.

Kristin zögerte, überdachte ihre Möglichkeiten. Sie konnte durch das Fenster flüchten, aber das offene Fenster – es ließ sich leider nicht von außen schließen – und das entfernte Gitter würden unverzüglich Aufmerksamkeit wecken, die sie nicht gebrauchen konnte. Sie benötigte einen kleinen Vorsprung, um Clarence aus der Dominikanischen Republik zu schaffen.

Kristin rannte zum Fenster und schloss es, hüpfte in Clarences vollgekotzte Kabine und verriegelte sie. Im nächsten Moment klickte es, und der Eingang wurde geöffnet.

Stimmen erklangen, gefolgt von einem Lachen. Aber es war nur ein einzelner Mann, der zum Pissoir schritt. Ein Reißverschluss wurde geöffnet, es plätscherte, gefolgt von einem lauten Furz und einem geseufzten »Yeeehaa!«.

Der Mann hatte eine große Blase. Es dauerte lange, bis er fertig war.

Kristin wurde ungeduldig, weil sie nicht wusste, wie es Clarence ging. Sie hatte ihm eigentlich längst das Gegenmittel zum Kotzpulver verabreichen wollen, damit der Brechreiz endete, und ihn mit einem Sedativ in einen unnatürlichen, tiefen Schlaf versetzen. Sein Fluch durfte nicht zum Ausbruch kommen.

Der Mann summte eine Melodie und ging zum Waschbecken, wieder plätscherte es. Immerhin wusch er sich die Hände. Der Trockner sprang an. Er hatte es offensichtlich nicht eilig. »Was stinkt denn hier? Hat hier einer alles vollgekotzt?«

Als seine Schritte durch das dumpfe Tönen des Heißluftventilators erklangen, wurde Kristin kalt. Der Mann bewegte sich zum Fenster. Er wollte lüften.

Es klackte, das Fenster wurde geöffnet.

Kristin verließ lautlos ihre Kabine und sah den Südstaatler, der sie vorhin angesprochen hatte, mit dem Rücken zu ihr stehen. Edward betrachtete das abgesägte Gitter, seine Blicke richteten sich gerade auf den Jeep. Sie nahm den Elektroschocker aus ihrer Tasche und setzte ihn eingeschaltet in den Nacken des Mannes.

Edward machte »gnnnhhhh« und brach unkontrolliert zuckend zusammen.

Kristin versetzte ihm noch drei Tritte – für das *Yeeehaa* beim Urinieren, für den Furz, dann sprang sie aus dem Fenster.

Schnell kletterte sie von der Ladefläche auf den Fahrersitz des Wranglers, startete den Motor und fuhr mehrere Straßenzüge entlang, bevor sie anhielt und Clarence Antidot und Sedativ spritzte.

Beruhigt bog sie auf die Straße ab, die sie zu dem kleinen Flughafen San Juan de la Maguana führte. Eine Sportmaschine wartete dort auf sie und Clarence. Nächster Halt: Mexiko. Von Mexiko nach Weißrussland zu kommen, war dank ihrer Kontakte zu den Drogenkartellen recht unproblematisch.

Kristin überlegte auf der Fahrt, was jetzt noch schiefgehen könnte. Möglicherweise handelten die verbliebenen DEA-Agenten nach dem Verschwinden ihres Chefs schneller, als sie vorgesehen hatte.

Es wäre so viel einfacher gewesen, wenn sie Korff in die Falle locken oder überwältigen hätte können. Aber er hatte sie überrumpelt, was sie maßlos ärgerte. Das letzte Mal war sie im Kindesalter über Bord gegangen.

Korff war fortan gewarnt. Doch erst einmal brauchte sie den Deutschen nicht, da sie Clarence in die Hände von Tillman gab. Als neuen Probanden und Ersatz für Patient 22.

Falls sie Korff benötigte, würde sie ihn aus dem Hinterhalt betäuben, ohne sich zuvor groß bemerkbar zu machen. Darin war sie verdammt gut.

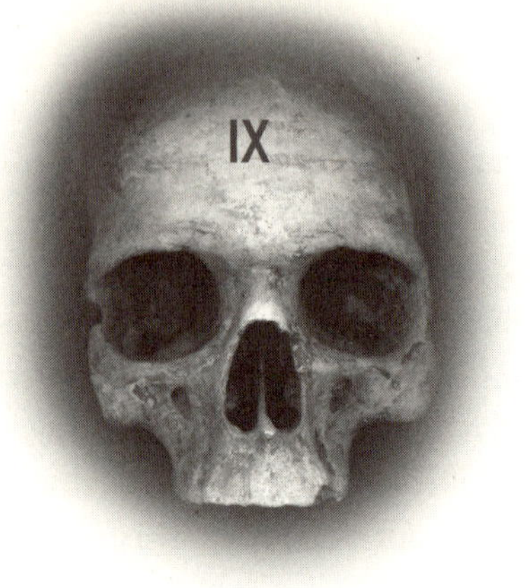

Ez ist ein dinc vil wunderlich,
swer nâch dem tôde wirbet,
daz der vil kûme stirbet,
und der des tôdes nit engert,
der wit vil schiere sîn gewert.

(sinngemäß:
Es ist eine wunderliche Sache,
dass, wer sich nach dem Tod sehnt,
erst gebrechlich sterben wird,
und wer ihm zu entgehen versucht,
dem wird er sehr bald gewährt.)

Konrad von Würzburg, Partonopier und Meliur

Paris, Frankreich

Konstantin tippte auf das Bild. »Sophie Kronau.«
Jester sah mit einem überraschten Gesichtsausdruck auf das Foto. »Mit *dem* Namen hat sie sich vorgestellt?«

Er nickte. »Ja. Sie stotterte leicht, und sie wollte, dass ich eine thanatologische Behandlung ihres Bruders vornehme. Es war nicht schwer, die Lüge zu durchschauen.« Knapp fasste er die Begegnung mit ihr zusammen und zeigte Jester den verheilten Stich, der nicht mehr als ein roter Punkt war. Inzwischen behinderte ihn auch die Schusswunde nicht mehr. Als er seinen Bericht beendet hatte, sah er seinen Freund fragend an. »Was hast du mit ihr zu schaffen?« Dann verstand er. *Sie ist eine von uns!* »Das Airbus-Unglück?«

Jester zog ihn in eine Ecke der Lobby, wo sie sich ungestört unterhalten konnten. »Nein, damit hat sie nichts zu schaffen.« Er suchte ein zweites Bild heraus, dieses Mal von einem Mann um die fünfzig, der kräftig und gut gebräunt war. Der Unbekannte stand vor einem Schreibtisch, im Hintergrund wehte eine mit Photoshop einmontierte amerikanische Flagge. Auf dem Foto prangte das Emblem der DEA, der amerikanischen Drogenbekämpfungsbehörde. »Aber mit seinem Verschwinden. Das denken die *Sleepers* zumindest.«

Konstantin sah kurz zum Eingang, weil er Caràras Ankunft erwartete. »Wer ist das?«

»Clarence Hicks, Leiter der DEA-Abteilung Karibik. Er verschwand bei einer Feier spurlos. Wollte zur Toilette gehen und kam nicht mehr zurück. Vorher hat er sich aber mit ihr unterhalten. Dafür gibt es Zeugen.« Jester hielt das Konterfei der Frau hoch.

»Kronau.«

»Baronesse Kristin Sophia von Windau. Das ist ihr richtiger Name. Sie gehörte zu den *Deathsleepers* und war für Verbrechensbekämpfung und Kontaktpflege in Washington D.C. verantwortlich, bis sie überraschend ausstieg.« Jester steckte die Fotos wieder ein. »Es geht das Gerücht um, dass sie was mit dem Verschwinden von mehreren Todesschläfern auf der ganzen Welt zu tun hat. Nachweisen konnte man ihr bisher allerdings nichts.«

Da hatte ich Glück. »Sie wollte mich betäuben. Braucht ihr noch mehr Beweise?«

Konstantin erinnerte sich an die Ankhs auf den Armen.

Jester zeigte mit dem Daumen auf seine Brust. »Der MI6 kümmert sich ab jetzt darum. Ich habe meine Leute schon auf die Suche nach ihr geschickt. Erklär mir bitte noch mal genau, *was* sie alles gesagt hat.« Er nahm sein Angeberalleskönnerhandy aus dem Sakko und schaltete die Aufnahmefunktion ein.

Konstantin wiederholte seine Geschichte. Dann fragte er: »Was ist mit dem alten Mann in den Landhausklamotten?«

»Ah, der Schütze mit dem LeMat-Nachbau.« Jester schaltete die Aufnahme ab. »Nein, leider nichts. Wenn er das nächste Mal aufkreuzt, schieß ein Foto von ihm. Das kann ich durch unsere Datenbank jagen und einen Gesichtsabgleich machen. Der MI6 hat gute Programme zur Personenidentifizierung, glaub mir. Sollte er jemals in England gewesen sein, am besten in London, ist er von einer Überwachungskamera erfasst worden. Dann wissen wir bald mehr.«

»Ich glaube dir.« Konstantin sah Bewegung vor dem *Hôtel De Vendôme.* Statt einer Taxikolonne kam ein einzelner Wagen draußen zum Stehen, ein schwarzer Jaguar S-Type. Caràra öffnete die Hintertür und winkte ihm sowohl grüßend als auch auffordernd zu. Dieses Mal schien er sich weniger Mühe mit dem Verwirrspielchen zu geben. »Jester, ich muss gehen.« Er zeigte auf seinen Alukoffer.

»Ich weiß. Lilou.« Er reichte ihm die Hand. »Sei vorsichtig.

Die Baronesse hat es auf dich abgesehen. Wir wissen nicht, was sie mit den Todesschläfern anstellt, die verschwunden sind. Als Leichen tauchen sie zumindest nicht wieder auf.«

»Ich halte die Augen offen und rufe dich sofort an, sollte sie mir begegnen.« Konstantin nickte seinem Freund zu, lief hinaus und stieg in den Jaguar, der von einem Chauffeur gelenkt wurde.

Der Wagen schnurrte los, die Straßen von Paris entlang.

»Bonjour, Monsieur Korff.« Caràra trug wieder einen dunkelgrünen Anzug, darunter ein schwarzes Gilet und eine weiße Lilie im Knopfloch. »Ich darf Ihnen vom Marquis ausrichten, dass er sich sehr freut, Sie in Paris zu wissen.«

Konstantin und er schüttelten sich die Hände. »Es ließ sich einrichten«, blieb er vage. »Und es freut mich auch. Doch wie ich schon sagte, ich rechne nicht damit, dass es etwas zu tun gibt.«

»Ich auch nicht, Monsieur. Aber es dient der Beruhigung einer aufgewühlten Seele, da morgen der schmerzlichste Tag im Leben von Monsieur le Marquis sein wird.« Caràra hatte ein mildes Lächeln aufgesetzt. »Es ist schwer, seinen Arbeitgeber, den man als harten Geschäftsmann und liebenden Familienvater kennt, in einer derartigen Verfassung zu sehen. Der Marquis gleicht sich kaum noch.«

»Ich kenne das.« Konstantin hatte Angehörige vor sich stehen sehen, die innerhalb von wenigen Tagen schlagartig abnahmen, ergrauten und Falten wie ein Greis bekamen, als sauge der Tod ihnen Lebenskraft aus. »Wie nahm es Madame auf?«

Caràra schwieg einen Moment. »Nicht gut«, antwortete er dann langsam. »Aber sie hat verstanden, dass sie ihre Tochter verloren hat und sie nicht mehr zurückkehren wird. Egal ob Madame weint, flucht, schreit oder den Herrgott zum Teufel wünscht.«

Konstantin war froh, nicht Zeuge gewesen zu sein, wie die Mutter vor dem offenen Sarg ihrer jüngsten Tochter stand und zusammenbrach. *Das ist der Nachteil am Leben: Es endet irgendwann. Bei den meisten.*

Er bemerkte, dass der Jaguar nicht auf die Schnellstraße stadtauswärts bog, sondern sich nur in ein anderes Quartier bewegte. Den Schildern nach kamen sie der Notre-Dame immer näher. »Die Demoiselle ist bereits aufgebahrt«, schloss er daraus.

»Ja, Monsieur Korff. Der Marquis wollte die Vorbereitungen in aller Ruhe treffen und ließ den Sarg bereits in die Kathedrale transportieren.« Caràra gab dem Fahrer Anweisungen, welche Strecke er nehmen sollte.

Erneut wurde Konstantin bewusst, wie mächtig die Familie Girardin sein musste, dass ein Pariser Wahrzeichen auf deren Wunsch kurzerhand für Abertausende Touristen geschlossen wurde. »Ist die Pressemeute schon aufgezogen?« Konstantin befürchtete, dass der Wagen sie vor einem Pulk von Kameraleuten und Fotografen absetzte. Wenn das der Fall war, würde er kaum verhindern können, dass sein Gesicht in der Zeitung auftauchte.

»Natürlich, Monsieur Korff, aber das muss sie nicht schrecken. Niemand wird uns belästigen. Die Polizei hat den Zugang zur Kathedrale weiträumig abgesperrt.« Caràra zeigte nach links, wo Übertragungswagen standen. Kameraleute lungerten herum und unterhielten sich, Reporter machten Interviews mit Passanten, weil sie nicht wussten, was sie sonst anstellen sollten.

Der S-Type zog in sicherer Entfernung an ihnen vorbei und fuhr in eine provisorische Schleuse neben der Notre-Dame, die mit stoffverhängten Bauzaunelementen geschaffen worden war. Darin stiegen Caràra und Konstantin ungesehen aus und betraten die Kathedrale durch einen Seiteneingang.

Es war im Inneren kühler als gedacht. Das gedämpfte Licht, das durch die Fenster drang, tauchte das Kirchenschiff in ein sanftes, vielfarbiges Leuchten.

Konstantin hatte durch seine Tätigkeit etliche Kirchen, sogar Kathedralen gesehen, doch die Notre-Dame beeindruckte ihn vor allem durch die Stimmung, die darin herrschte.

Er und Caràra schritten nebeneinander auf den Mittelgang zu. Die harten Absätze des Sekretärs erzeugten ein geradezu blasphemisches Knallen, das unter seinen Sohlen in alle Richtungen davonschoss und hallte.

Den offenen Sarg sah Konstantin bereits von weitem. Rechts und links davon flackerten große Kerzen und beleuchteten Lilou de Girardin, zwei leere Stühle standen in wenigen Metern Entfernung.

Je näher sie kamen, desto aufmerksamer wurde er. Er sog mehrmals prüfend die Luft ein. Verwesungsgeruch sollte nicht zu riechen sein, er hatte im Vorfeld gute Arbeit geleistet. *Aber nichts war unmöglich.* Früher war in den Kirchen nicht nur zur Gottespreisung Weihrauch verbrannt worden, sondern weil die Leute stanken. Die Toten erst recht.

»Monsieur le Marquis wird Totenwache halten, und ich bleibe bei ihm«, erklärte Caràra die beiden Sitzgelegenheiten. Er setzte sich auf einen Stuhl. »Wenn Sie bitte anfangen möchten, Monsieur Korff?«

Konstantin nickte und stellte den Alukoffer auf dem Marmorboden ab, was trotz der Gumminoppen leise Geräusche hervorrief, die in der stillen Notre-Dame zu Lärm wurden. Er bemühte sich, noch leiser zu sein, als er die Verriegelung öffnete und den Deckel aufklappte, um an die Schminkutensilien zu gelangen.

Dann trat er an die Tote in ihrem letzten, weißen Bett heran und betrachtete sie kritisch, als Thanatologe und Bestatter, der seine Arbeit prüfte.

Alles war bis auf winzige Kleinigkeiten perfekt, kaum etwas musste korrigiert werden. *Haare, der Hautteint, Lippenfarbe,* ging er in Gedanken die Checkliste durch.

Der Mund und die Augen der Schönheit waren geschlossen. Vorsichtshalber prüfte er nochmals die Lider, schminkte die Ränder nach, untersuchte das Kleid auf eventuelle Flecken, die durch Kondensation entstehen konnten. Doch sein Balsamierungsfluid hatte gewirkt, nirgends gab es Anzeichen von unappetitlichen Malen.

Gut. Wie ich es mir dachte: alles sauber.

Konstantin richtete sich auf. Es schien, als hätte der Tod es nicht gewagt, ihr die faszinierende Ausstrahlung und ihre Anmut zu rauben.

Er betrachtete den Fingerschmuck, das Halsband mit dem Diamanten, die sie auf dem Foto trug, das ihm damals als Vorlage gedient hatte. An dem schönen Tag, an Deck eines Bootes, am Meer, umgeben von Wasser, Wind und Lebensfreude.

Konstantin sah zu Caràra. »Wir können gehen. Wie ich schon sagte, es gibt keinen Grund, sich Sorgen zu machen.«

»Sehr gut, Monsieur Korff. Dann bringe ich Sie ins Hotel zurück. Der Marquis lädt Sie zur Trauerfeier ein, wenn Sie möchten.«

Konstantin musste keine Sekunde nachdenken. »Es wäre mir eine Ehre.«

Der Diamant blinkte bei seinem Abschiedsblick zu Lilou auf, als würde er nur für ihn glitzern.

Paris, Frankreich

Konstantin saß in seiner Suite und starrte auf den Bildschirm, ohne die Worte darauf wahrzunehmen.

Bald würde Caràra ihn abholen und zur Notre-Dame fahren, wo um die zehntausend Gäste und Schaulustige erwartet wurden. Seit heute morgen um zehn Uhr konnte man an der jungen Toten vorbeigehen und sich von ihr verabschieden – oder sie zum ersten Mal sehen und begaffen.

Vor seinem inneren Auge sah er Lilou de Girardin in ihrem Sarg. Perfekt, wundervoll.

Sein Blick fiel auf den Brief, der aus seinem Koffer ragte, mit der Handschrift darauf, die zu Iva gehörte. Es war die Nachricht, die er an Deck der *Vanitas* gefunden hatte. Ungeöffnet schleppte er sie überall mit hin. Sein Talisman. Sein Ansporn, nicht aufzugeben, bis er eine Lösung gefunden hatte und er frei vor Iva treten konnte. Frei von dem Fluch, von dem ungewollten Band mit dem Schnitter. Und frei von Wahrheiten ebenso wie Lügen, die zwischen ihnen standen.

Die Erinnerung an die letzte Begegnung mit ihr schmerzte. Die Szene am Küchentisch, auf dem sie sich geliebt hatten. Die so gut begann und so katastrophal endete.

Todesschläfer – ein Scherz, nein, *wie im Märchen* hatte sie gesagt. Jester hatte im Zusammenhang mit einer Lösung des Fluchs vom Glauben an das Schlaraffenland und Sterntaler gesprochen.

Konstantin fand den Vergleich nicht unpassend. Deren Geschichten standen in Büchern, wurden Kindern zur Unterhaltung, zum Belehren vorgelesen. Man konnte von Sterntalern schwärmen oder sich einen Aufenthalt im Schlaraffenland wünschen. Nichts davon gab es.

Ich bin der Held eines tragischen Märchens, ohne zu wissen, wie es endet. Die dahingesagten Worte von Iva hallten in seinen Gedanken nach, wollten sich nicht verdrängen lassen. Sie erinnerten ihn an etwas, das er in Jesters Unterlagen gelesen hatte.

Märchen!

Konstantin prüfte Jesters Aufzeichnungen. Es gab das Märchen von Kali, aber hatte er sich, davon abgesehen, mit dieser Literaturgattung auseinandergesetzt? Aber anscheinend hatte sein Freund diesen Aspekt außer Acht gelassen. Er tauchte nicht mal auf der To-do-Liste auf, eines der letzten Dokumente, die Jester damals angelegt hatte. Weil es zu phantastisch war oder zu abgefahren? Gab es das Wort *unrealistisch* im Zusammenhang mit einem Todesschläfer überhaupt?

Konstantin suchte auf die Schnelle im Internet nach Märchen von, mit oder über den Tod. Ohne sie zu lesen, lud er Texte dazu runter, speicherte Links, kopierte sie in ein rasch eingerichtetes Verzeichnis. Eine weitere irrationale Hoffnung. Zuerst die legendären Schnittersteine, nun Märchen, Sagen und Legenden. Er musste wirklich verzweifelt sein, dass er sich Hinweise aus Kindergeschichten erhoffte. *Aber egal. Solange es etwas bringen könnte, versuche ich alles.*

Nach dem Sterbeamt für die Demoiselle würde er sich näher damit beschäftigen. Jetzt musste er sich erst einmal umziehen.

Er schlüpfte für den Gottesdienst in ein schwarzes Hemd, legte eine Krawatte an und warf sich das Sakko über. Zusammen mit der Sonnenbrille und dem Hut würde ihn bestimmt niemand erkennen. Er wollte nicht, dass findige Fotografen herausfanden, wer er war. Solche Art Werbung wollte er keinesfalls.

Er verließ seine Suite und fuhr mit dem Aufzug in die Lobby, die er inzwischen in- und auswendig kannte. Er hielt Ausschau nach Paparazzi, die sich jedoch sicherlich geschlossen an der Kathedrale herumtrieben, um ihr widerliches Geschäft zu betreiben und möglichst viele Prominente »abzuschießen«.

Konstantin nahm sich mit der Zustimmung des Concierge einen der Regenschirme aus dem Ständer neben dem Ausgang, um ihn unter Umständen als Blickschutz benutzen zu können. Er rief Caràra an, um ihm zu sagen, dass er keinen Chauffeur benötigte. Ihm war nach einem Spaziergang. Bis zum Gottesdienst dauerte es noch eineinhalb Stunden.

Zeit genug, mir die Füße zu vertreten.

Er schlenderte die Rue de Rivoli entlang, vorbei an den Tuillerien, an der Glaspyramide des Louvre, folgte Hinweisschildern und wusste sich ungefähr auf dem Weg zur Notre-Dame.

Links von ihm tauchte weiter oberhalb an einer Kreuzung das Centre Pompidou auf, dann erschien rechts die Notre-Dame, vor der ein Großaufgebot an Polizei und privaten Sicherheitskräften aufgezogen war.

Das ging schnell. Der Fußmarsch hatte nur etwas mehr als eine halbe Stunde gedauert, und Konstantin verspürte keine Lust, sich schon jetzt in das Gewusel zu stürzen.

Er sah sich etwas unschlüssig um. Dabei fiel sein Blick auf eine kleine Insel in der Seine, die als Île Saint-Louis ausgewiesen war. Sie wirkte wie ein Ruhepol, obwohl sie sich genau gegenüber der Kathedrale befand. Gebäude, die sehr alt erschienen, reihten sich dort dicht an dicht. Sein neues Ziel.

In wenigen Minuten hatte er die Brücke erreicht, die zu der Insel führte, und entdeckte in einer Straße, die Quai de Bourbon hieß, eine kleine Brasserie.

Konstantin nahm im Freien Platz, umgeben von Rauchern, Touristen und einer Handvoll Franzosen.

Von hier aus sah er das riesige Bauwerk auf der anderen Seite des Ufers, in dessen Inneren sich Demoiselle Lilou befand und von Freunden und Unbekannten verabschiedet wurde. Stumm, tränenreich, leidend, betroffen, apathisch, laut schreiend – Konstantin kannte jegliche Spielart der Trauer und den Umgang damit.

Bei einer netten französischen Bedienung bestellte er sich einen Kaffee und ein Croissant und, entgegen seinen Gewohnheiten, einen Pastis. Ihm war einfach nach einem Schuss Alkohol im Blut. Das löste Blockaden und brachte ihn vielleicht auf neue Gedanken, die ihm bei seiner Recherche helfen konnten.

Die Verbindung des Schnitters mit den Märchen ging ihm nicht aus dem Kopf. *Gab es da nicht ein Märchen mit einem toten Mädchen und einem Topf voller Tränen, die ihre Mutter vergossen hatte?* Sein Laptop mit den Texten wartete im Hotel auf ihn. *Erst der Abschied von Lilou.*

»›The good ended happily, and the bad unhappily.‹« Jester nahm so selbstverständlich an seiner Seite Platz, als wären sie verabredet gewesen. »›That is, what fiction means.‹«

»Du könntest Wilde wenigstens auf Französisch zitieren, wenn wir schon in Paris sind.«

»Wilde werde ich, so lange ich lebe, ausschließlich auf Englisch zitieren.« Jester nahm die Speisekarte in die Hand und sah hinüber auf Notre-Dame. »So ein schönes Mädchen.«

»Der Tod war gnädig mit ihr. Es gab Opfer im Flugzeug und im Terminal, die so stark verbrannt waren, dass selbst DNA-Tests versagten.« Konstantin fand es nicht überraschend, dass sein Freund aufkreuzte. Nach der kurzen Unterhaltung in der Lobby gestern war klar, dass er noch einmal zu ihm kam. Außerdem hatte er eben aus dem Augenwinkel gesehen, wie er sich an seinen Tisch heranpirschte. »Als hätten die Flammen die Demoiselle auf Geheiß des Schnitters verschont.«

»Well, well. Sehr romantisch-morbide.« Jester bestellte sich einen Kaffee, als die Bedienung mit Konstantins Bestellung kam, und starrte staunend auf den Pastis, den sie vor Konstantin abstellte. »Du trinkst jetzt schon, alter Knabe?«

»Nur einen. Wird heute anstrengend, denke ich.«

»Das Trinken?«

»Der Gottesdienst.« Konstantin blickte auf die Kathedrale.

»Ich war vorhin schon kurz in Notre-Dame. Respekt. Lilou sieht gut aus, beinahe zu perfekt.«

Konstantin schnalzte mit der Zunge und trank von seinem

Pastis, den er nicht mit Wasser verdünnte, wie es in Frankreich üblich war. »Was machen die Ermittlungen?« Langsam drehte er den Kopf, weg von der beeindruckenden Kathedrale, hin zum MI6-Agenten.

»Ich bin in erster Linie deinetwegen hier. Wir wurden gestern unterbrochen. Es geht nicht nur um die Baronesse.« Jester lächelte der Kellnerin zu, die ihm den Kaffee servierte, und wartete, bis sie sich entfernt hatte. »Ich weiß, du wolltest dich bei mir melden, sobald dir was zu unserer Zielperson einfällt. Aber es ist dringend! Bent Arctander hat wieder zugeschlagen. Seine Narkolepsie ist unkontrollierbar für ihn.« Er hielt Konstantin sein Smartphone hin und rief eine Meldung aus der *La Repubblica* auf:

Roccastrada/Grosseto (red). In der toskanischen Provinz Grosseto kam es zu mehreren rätselhaften Todesfällen in der Ortschaft Roccastrada.
Nahe einer Kurklinik fand man die Leichen von dreizehn Bewohnern des Dorfes, unter ihnen auch der Leiter der Kurklinik, Professor Massimo Auro.
Die Toten lagen auf der Straße, vor den Türen ihrer Häuser sowie in ihren Wohnungen. Augenzeugen berichten, dass die Menchen von einem Moment auf den anderen umgefallen seien. Sie scheinen, vorläufigen Untersuchungen zufolge, an einem Herzschlag gestorben zu sein. Unbestätigten Aussagen zufolge ist der Todeszeitpunkt bei allen acht Opfern identisch.

Die Toten im Alter von elf bis einundsechzig Jahren zeigten keine Anzeichen einer Vorerkrankung oder Spuren äußerer Gewaltanwendung.
Die ermittelnden Behörden stehen vor einem Rätsel.

– weiterer Bericht folgt –

Das ist für Eingeweihte leicht erkennbar. Erst recht durch die Zeugenaussagen. »Bist du sicher, dass es …«

»Wir wissen, wie Arctander aussieht, alter Knabe. Es gibt Überwachungsfotos, die ihn in der Gegend zeigen.« Jester steckte das Handy wieder ein. »Er sucht nach Verstecken vor uns, in netten, abgelegenen Dörfern. Aber da erweckt er mit einer solchen Nummer größere Aufmerksamkeit als in einer Großstadt. Wobei er mit der Auswahl der Kurklinik halbwegs clever war.«

»Findest du?«

»Ja. In Altersheimen oder ähnlichen Einrichtungen sterben so regelmäßig Menschen, dass selten Fragen gestellt werden. Blöderweise war Arctander bei seinem Anfall einen halben Kilometer von der Kurklinik entfernt.«

»Na ja, wenn plötzlich unverhältnismäßig viele Menschen gleichzeitig sterben, fällt es so oder so auf. Oder?« Konstantin beobachtete Jester aufmerksam. Sein Freund schien sich sehr über den flüchtenden Todesschläfers zu ärgern. Das war durchaus verständlich, aber … *Da ist noch irgendetwas anderes.* »Lassen wir mal außen vor, dass er gefährlich ist – was ist *noch* mit ihm?«

»Du kennst mich zu gut.« Jester nahm sich, ohne zu fragen, Konstantins Pastis und trank das Glas in einem Schluck aus, dann schüttelte er sich. »By Jove! Was für ein Zeug! Kein Wunder, dass wir so oft Krieg mit den Franzosen hatten, bevor uns die Deutschen als Gegner lieber wurden.«

»Was macht dir so zu schaffen, dass du freiwillig Alkohol anrührst?« Jester trank genauso selten wie Konstantin, wie die meisten Todesschläfer. Alkohol machte zu leicht schläfrig.

Jester rieb die Handflächen gegeneinander, klatschte einmal leise, wie um sich selbst anzufeuern. Schließlich flüsterte er: »Phansigar.«

Dieses Wort hatte Konstantin lange nicht mehr gehört, und

sein Herz schlug automatisch rascher. *Auch das noch.* Er lehnte sich schweigend zurück, während die Glocken von Notre-Dame einsetzten. Eine nach der anderen erklang, zuerst die kleinen, dann stimmten die großen mit ein. Voll und majestätisch dröhnten ihre gusseisernen Stimmen über die Seine und riefen zu Lilous Gottesdienst. »Woher wissen sie von ihm?«

»Sie werden die Nachrichten verfolgen, und einige Informanten besitzen sie immer noch.« Jester legte den Kopf in den Nacken. »Wenn *sie* ihn in die Finger bekommen, haben wir ganz andere Probleme als ein paar hundert zufällige Opfer in einem A380.«

Konstantin rann ein Schauer über den Rücken. *Bent Arctander würde sich in ihrer menschlichen Waffenkammer gut machen.*

Die *Phansigar* oder auch *Thuggee Nidra,* was man mit Schlafmörder übersetzen könnte, waren eine Vereinigung von indischen Todesschläfern, deren Wurzeln bis ins 13. Jahrhundert reichten und die früher Thuggee genannt wurden.

Unangenehm machte sie zum einen ihre Einstellung zum Fluch der Todesschläfer: So wie die *Topor's Men* für Recht und Ordnung sorgten, verdienten die *Phansigar* ihr Geld mit Auftragsmorden. Killer für jede Gelegenheit, ohne Skrupel und Einschränkungen.

Sie arbeiteten für jede politische Seite, von Geheimdiensten bis Terroristen.

Zweitens hatten sie trainierte Schlafwandler in ihren Reihen, die selbst während des Schlafs unglaublich zielgerichtet agierten. Solche Mörder bewegten sich auf ihr Opfer zu, während der Tod um sie herum wütete. Damit stieg ihre Gefährlichkeit um ein Vielfaches.

Und drittens hielten sie sich für kleine Götter, nicht für Verfluchte. Die meisten von ihnen hatten mehr als fünfhundert Menschen auf dem Gewissen.

Die *Phansigar* arbeiteten in Dreierteams, um sich gegenseitig zu sichern, wie ihre historischen Vorgänger. Man spekulierte, dass die indischen Thuggee, die im 13. Jahrhundert das erste Mal auftauchten, von Anfang an Todesschläfer gewesen waren und dass deshalb die Zahl der ihnen zugeschriebenen Opfer so hoch war. Manche Forscher gingen über die Jahrhunderte von fünfzigtausend Toten aus, im Guinnessbuch der Rekorde standen zwei Millionen.

Konstantin wusste, dass Jester verhindern wollte, dass die *Phansigar* einen Fuß auf europäischen Boden setzten. Er hatte ihnen den Kampf angesagt. In der Tradition der britischen Kolonialmacht, welche die Thuggee bereits im 19. Jahrhundert zu vernichten versucht hatte – und der es offiziell gelungen war.

Konstantin setzte zu einer Erwiderung an. »Ich kann …«

»Nein, hör mir zu! Ich habe die *Topor's Men* offiziell damit beauftragt, Arctander zu töten. Egal wo, ob am Picadilly Circus oder vor dem Buckingham Palace oder mitten in der U-Bahn. Für die *Phansigar* ist Arctander die ideale Waffe für Großaufträge.«

»Das ist zynisch.«

»Aber leider nicht übertrieben, alter Knabe.« Jester sah ihn an. »Wann fängst du richtig an, ihn zu suchen?«

»Möglicherweise wollen die Inder ihn auch töten, weil sie ihn für zu gefährlich halten.«

»Sicher. Und Hitler wurde von Anfang an missverstanden und wollte alle erobern, damit Friede auf der Welt herrscht.« Er nahm sein Handy wieder zur Hand, als es ihm eine eingegangene Mail meldete. Hastig überflog er die Zeilen. »Ah, ich muss schon wieder los. Die Wogen schlagen gerade ziemlich hoch.« Er stand auf und zog einen Zwanziger aus der Hosentasche, legte ihn auf den Tisch. »Hier, geht auf mich. Ich rufe dich später an. Wir müssen den Narko finden!« Er lächelte sein Schauspielerlächeln, das schon mal überzeugender gewesen war, und verließ die Brasserie.

Schöne Scheiße. Konstantin beobachtete, wie Jester die Straße überquerte, zu einem parkenden schwarzen Bentley marschierte und einstieg. Das Fahrzeug blieb stehen, Jester unterhielt sich darin mit einem anderen Mann, wie er durch die Scheiben erkannte.

Konstantin nahm sein eigenes Handy aus dem Sakko und überlegte kurz, welche Vorwahl er benötigte. 0091? Er versuchte es einfach und wählte nach den vier Ziffern eine Nummer, die er schon lange nicht mehr angerufen hatte.

Es knackte und summte in der Leitung, auf das Klackern folgte ein Freizeichen, das stabil und laut klang.

Jester hätte mich eben ausreden lassen sollen. Konstantin trank einen Schluck Kaffee und biss vom Croissant ab.

Wie es aussah, war niemand da.

Nach dem dreißigsten *tuuut* legte Konstantin auf und schaute wieder zur Notre-Dame. Sämtliche Glocken waren in Betrieb, als wäre ein neuer Papst gewählt worden oder der französische Ministerpräsident verstorben. Lilou wurde die größte Ehre zuteil, welche die Kathedrale vergeben konnte.

Der schwarze Bentley fuhr an, drehte auf der Straße, ohne Rücksicht auf den hupenden Gegenverkehr, und schoss an der Brasserie vorbei. Jester winkte Konstantin nochmals zu und deutete auf sein Smartphone.

MI6. Das gefällt dir, Mister Bond. Er nahm einen zweiten Bissen vom Croissant. Konstantin richtete seine Sonnenbrille und bewahrte Jesters Zwanziger mit einem raschen Griff davor, von einer Böe gestohlen zu werden.

Er stellte den Zuckerstreuer als Beschwerer auf den Schein – und erblickte auf der metallenen Oberfläche die Spiegelung einer Gestalt hinter sich, die ihm sehr bekannt erschien. Hinter einer Säule verborgen entdeckte er den älteren Mann, der ihn in Leipzig zuerst fotografiert und ihm anschließend ins Bein geschossen hatte!

Der Fremde hatte seine Kamera dabei, die er zum Auslösen just vors bärtige Gesicht hielt.

Ich habe ihn zu Jester geführt. Oder Jester ihn zu mir? Konstantin überlegte fieberhaft, wie er reagieren sollte.

Er schätzte seinen Schatten so ein, dass er den LeMat-Revolver bei sich trug. Demnach würde eine offene Konfrontation vermutlich mit einem weiteren schmerzhaften Beinschuss enden. *Ich warte fürs Erste einfach ab, was er will. Aktuelle Fotos von mir für seine geheimnisvolle Ablage hat er schon. Das kann es nicht sein.* Konstantin tat so, als habe er ihn nicht bemerkt, und beobachtete dessen verzerrtes Abbild im Zuckerstreuer.

Als sich der Fremde nach einer Weile aufmachte, blieb Konstantin wenige Sekunden sitzen und folgte ihm mit genügend Abstand.

Dummerweise führte ihn sein Weg nicht zur Notre-Dame, sondern in die Straßen der Île Saint-Louis. Lilou de Girardin würde wohl ohne ihren Thanatologen den letzten Segen bekommen.

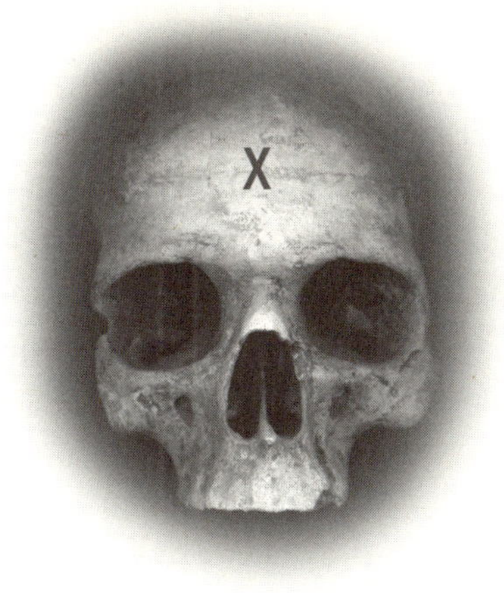

Hier liegen
meine Gebeine,
ich wollt',
es wären
Deine.

Grabinschrift,
Verfasser unbekannt

Ciudad Mier, Mexiko

Kristin saß in einem holzwurmdurchlöcherten Schaukelstuhl auf einer verlassenen Veranda, die zu einem Haus gehörte, das wiederum am Ende einer Straße namens *Colón* lag, am südöstlichen Rand des Städtchens Mier.

Fünftausend Einwohner sollten einst hier gelebt haben. Wenn sie seit ihrer Ankunft zwei Menschen zu Gesicht bekommen hatte, waren es viel gewesen.

Sie unterdrückte ein Gähnen, balancierte auf dem schmalen Grat zwischen Wachen und Schlafen. Absichtlich.

Unmittelbar neben der Veranda stand ihr Auto, ein abgewrackter dunkelgrauer Dodge Ramcharger, der in der Stadt nicht weiter auffiel – sofern es außer den beiden Leuten jemanden gab, dem es auffallen konnte. Die Einwohner waren schon einmal geflüchtet, nachdem das Drogenkartell der *Los Zetas* angekündigt hatte, jeden im Ort zu töten. Einige kehrten zurück, aber Mier lag am Boden. Banken, Läden, Tankstellen, Einrichtungen des öffentlichen Lebens – geschlossen. Eine Geisterstadt.

Alles in allem kam sie sich wie in einem Tarantino-Film nach dem abschließenden Showdown vor, die zerschossenen, abgebrannten Häuser, die zerfetzten Autowracks sowie eine Handvoll Tote auf der Straße. Der Streifen schien nicht angehalten zu haben, sondern lief weiter und zeichnete die traurigen, unheroischen Reste der vorangegangenen Kämpfe auf. Eine Putzkolonne erschien gewiss nicht.

Der Vorteil an Filmen war allerdings, dass man den Geruch in einer solchen Szene nicht einatmen musste.

Kristin konnte sich hinsetzen, wo sie wollte, es roch unangenehm süßlich, der Gestank von verwesendem Fleisch. Verbrecher, Polizisten, unschuldige Einwohner – hier hatte der Tod mit Sicherheit reiche Beute gemacht. Dafür sah man sogar recht wenige Leichen auf den Straßen. Doch irgendwo lagen sie. Und sie stanken. Mit dem und gegen den Wind.

Kristin nahm einen Schluck Cola und spülte die Tablette runter, die sie sich vor ein paar Minuten unter die Zunge gelegt hatte. Sie hatte Kopfschmerzen, sah doppelt, Übelkeit rollte in Wellen über sie hinweg. Die Insomnie wollte ihr das Leben zur Hölle machen.

Im riesigen Kofferraum des Geländewagens lag Clarence, der DEA-Abteilungsleiter Karibik. Eingepackt in eine Metallkiste mit Luftschlitzen, schlief er dank eines wirkungsvollen Sedativs sehr, sehr tief. Das war notwendig, um zu verhindern, dass er in einen normalen Schlaf fiel. Wie Patient 22.

Sie sah auf die Uhr.

Ihr Kontaktmann namens Trejo würde gleich auftauchen und sie zur Start- und Landebahn bringen, die südwestlich von Mier lag und einmal eine breite Fernstraße namens *Carretera Federal 54* gewesen war. Nun endete sie drei Meilen vor dem Städtchen an einem Stapel aufgeschütteter Betonklötze, die an Wellenbrecher erinnerten. Allerdings gab es an dieser Stelle Mexikos kein Meer.

Nun hatten die *Zetas* eine Basis für ihre Hubschrauber und Kleinjets in unmittelbarer Nähe zu den USA. Kein Wunder, dass Mier als einer der heißesten Drogenumschlagorte galt. Kristin vermutete, dass die *Zetas* deshalb die Morddrohung gegenüber den Bewohnern der Stadt ausgesprochen hatten. Keine Zeugen bei ihren Geschäften. Sie zählte heute schon vier Lastwagen, die aus dem Grenzstädtchen aufbrachen und sicherlich nichts Harmloses transportierten. Dem Begleitschutz aus gepanzerten, hochgerüsteten Humvees nach hätte man annehmen können, es würde Gold verfrachtet. Tatsächlich war es weißes Gold, das durch die Nase rauschte.

Ein schwarzlackierter Humvee-Geländewagen mit angeberisch verchromten Anbauten und einer detailliert gemalten Patrone auf der Motorhaube bog in der Ferne auf die Straße ein und kam röhrend auf die Veranda zu. Die Dachluke war geöffnet, ein Mann in kugelsicherer Weste und Headset stand in einer Drehringlafette hinter einem martialischen Maschinengewehr und sicherte die Fahrt. Hinten saß ein weiterer Schütze an einem kurzläufigen Granatwerfer. Der Look mit Spiegelbrille und Bart, Tätowierungen am Hals und im Gesicht erinnerte ebenfalls an Tarantino.

Kristin unterdrückte ein Gähnen und erhob sich, lehnte sich an den mit Einschüssen übersäten Pfeiler, der das Dach hielt.

Der Humvee stoppte, die breiten, grobstolligen Räder

rutschten über den Staub und wirbelten bräunliche Schwaden auf, die zu ihr trieben.

Aus dem Wagen stiegen vier Bewaffnete, die kaum anders als der Typ am großen MG aussahen. Kevlarwesten, neueste Headsets, moderne Schnellfeuergewehre und Handgranaten. Die *Zetas* waren Paramilitärs mit guter Ausrüstung und guter Ausbildung. Es wunderte Kristin daher nicht, dass sie große Teile der mexikanischen Provinzen nach Belieben beherrschten und sogar das mexikanische Militär zurückschlugen.

»Hallo«, grüßte sie auf Spanisch und lächelte leicht.

»Hallo, meine Schöne«, sagte der vorderste Mann, der eine Spinnentätowierung im Gesicht hatte. Die giftgrüne Arachnide saß auf der linken oberen Ecke der Stirn, wo der schwarze Haaransatz begann. Damit würde er es schwer haben, in einem seriösen Geschäft eingestellt zu werden, doch vermutlich hatte er das gar nicht vor. Er war gedrungen, aber muskulös. »Du bist die Russen-Braut?«

Sie sah keine Veranlassung, ihn zu verbessern, und nickte. Sie war sich bewusst, dass sie in ihren Edelklamotten auffiel wie ein Fisch in der Wüste, doch es kümmerte sie nicht. »Ich bin Sophia.«

»Aye. Ich bin Trejo.« Er grinste und zeigte zwei goldene Schneidezähne. »Du hast einen Learjet nach Toronto bestellt?«

»Habe ich. Nonstop.«

»Hast du das Geld?«

»Hast du den Jet, Trejo?« Kristin setzte langsam ihre Sonnenbrille auf und schaute in den blauen Himmel, als sonnte sie sich.

Er tippte sich gegen das Headset. »Ich kann den Vogel herbeirufen, sobald du mir deine Scheine gezeigt hast. Vorher wird er nicht landen.«

Kristin hob mit der Ferse eine lose Verandalatte an, unter der ein Koffer zum Vorschein kam. Wenn sie schon in eine

Tarantino-Nummer geraten war, konnte sie auch etwas dramatisches Flair verbreiten.

Trejo schickte mit einem Nicken einen seiner Leute los, der den Koffer holte, vor seinem Chef ablegte und ihn öffnete. Darin lagen stapelweise violettfarbene 500-Euro-Scheine. 100 000 Euro für einen Trip nach Kanada.

Ihr eigentliches Reiseziel kannten die *Zetas* nicht. »Und? Wo ist der Vogel?«

Trejo grinste breit und öffnete über sein Headset einen Kanal zum Piloten, gab ihm die Anweisung, auf dem »Flughafen Mier« zu landen und sich anschließend sofort wieder zum Start bereitzumachen. »Ich bringe dich zum Terminal«, sagte er lachend zu Kristin und machte eine Geste, die seine Leute zurück in den Humvee scheuchte.

Kristin verließ die Veranda, stieg in den Ramcharger und folgte den Verbrechern, die durch die Straßen rasten, als würden sie sich ein Rennen mit ihr liefern.

Dabei bekam sie einen drastischen Eindruck von dem unbarHmerzigen, gleichgültigen Terror, den die *Zetas* verbreiteten: Sobald der Mann am Maschinengewehr ein Ziel sichtete, sei es ein Tier oder ein Wagen, der ihren Weg kreuzte, eröffnete er das Feuer. Munitionshülsen flogen im hohen Bogen davon, knallten als metallischer Hagel auf den Ramcharger.

Der zweite Mann am Granatwerfer versuchte unverzüglich, das Ziel des MG-Schützen zu zerlegen, bevor er es treffen konnte.

Wo die großkalibrigen Geschosse einschlugen, verschwand die Umgebung in einem Blitz und einer Explosionswolke, die aus Staub, Metallfetzen, Holz oder Steinstücken bestand – und häufig genug auch aus Blut und Fleischbrocken, je nachdem, was sie getroffen hatten.

Kristin schaltete schließlich die Wischer ein, um die MG-Hülsen und den Dreck von der Scheibe zu bekommen. Das

Mitleid in ihr stieg, ändern konnte sie nichts. Außerdem waren die *Zetas* wie alle anderen Kartelle gewissenlose Schergen, die sie brauchte. Mit ihrer Hilfe hatte sie bereits zwei Todesschläfer entführt. Mister Estevez gehörte unter anderem dazu.

Trejos Truppe hinterließ eine qualmende Spur der Zerstörung, einen toten Menschen, neun zerplatzte Hunde und Katzen und neue Einschusslöcher in nahezu allen Häuserfronten, die sie passierten. Dann hatten sie *Carretera Federal 54* beinahe erreicht.

Das bestellte Flugzeug zog im Landeanflug mit kreischenden Triebwerken über Kristin hinweg, ein Learjet 40, der sie in knapp drei Stunden nach Toronto bringen würde.

Sie fühlte sich gut. Gleich würde sie die Annehmlichkeiten der klimatisierten Kabine genießen, sich dringend notwendige Hallo-Wach-Tabletten einwerfen und ein wenig mit Fernsehen entspannen.

Wirklich schlafen – sofern es ihr die Insomnie gewährte – könnte sie erst in Minsk, notfalls mit Anästhetika. Doch vorher musste sie noch die Besprechung in Paris mit einer weiteren Aspirantin auf einen Doktorposten absolvieren. Möglicherweise konnte sie die Dame direkt einladen.

Der Humvee bremste plötzlich ab und hielt an, bevor er den Schutz der Querstraße, die irgendwas mit *Palacios* hieß, verließ. Die zerschossenen Schilder an den Hauswänden konnte man nicht mehr lesen.

Der Typ am MG wechselte den Patronengurt, auch der Schütze am Granatwerfer verfiel in hektische Tätigkeit.

»Was zum … Hey!«, rief Kristin und stoppte ebenfalls. Sie wollte die Tür öffnen, um Trejo zu fragen, was das sollte. Sie fürchtete nicht um ihr Leben. Da die *Zetas* noch öfter Geld mit ihr verdienen wollten, war sie sicher. Nachverhandlungen womöglich? Ein kleiner Nachschlag? »Hey, Trejo! Was soll das?«

Da tauchte ein Stück rechts von ihnen ein Mann in einer Wüstentarnuniform an der Biegung auf, der ein M16 im Anschlag hatte und einen Helm trug; auf seinem Ärmel sah Kristin das mexikanische Wappen. Er kniete sich unbemerkt von den *Zetas* im Schutz einer Mauer nieder und sprach in sein Funkgerät.

»Scheiße!« Kristin wusste, was das bedeutete: Das Militär unternahm einen Versuch, Ciudad Mier von den Drogenbaronen zu säubern. Und ein millionenteurer Jet war ein lukratives Ziel für eine Armee, die sonst wenig Erfolge gegen die Kartelle errang.

Der Soldat erhob sich wieder und zog sich langsam zurück.

Kristin lehnte sich aus dem Fenster und schrie den MG-Schützen an. »Hey, ihr, rechts, Militär!« Der Kerl rief ihr etwas zu, was sie nicht verstand. Aber offensichtlich waren weder seine Waffe noch der Granatwerfer einsatzbereit. Das sinnfreie, sadistische Rumgeballere hatte die Munition ausgehen lassen.

Der Humvee setzte plötzlich zurück und rammte den Dodge.

Kristin wurde in den Gurt geschleudert, dann legte sie fluchend den Rückwärtsgang ein und wich dem gepanzerten Geländewagen aus. Trejo schien seine Kundin egal geworden zu sein.

Dann erkannte sie, warum die *Zetas* sich beeilten: Auf der Straße kam ein Spähpanzer näher, der sein Geschütz eben auf den Humvee ausrichtete und schoss.

Trejos Fahrer reagierte blitzschnell und wich aus, die fehlgegangene Salve riss den uralten Asphalt auf. Sekunden darauf preschten zwei gepanzerte Militärjeeps um die Ecke und nahmen die Verfolgung auf.

Kristin schaltete den Motor ab, legte sich über die Schaltung auf den Beifahrersitz und rührte sich nicht. Mit Glück wurde der unauffällige Ramcharger im Durcheinander vorerst mit Trejos Truppe nicht in Verbindung gebracht und ignoriert.

Sie lauschte auf die Geräusche und machte sich bereit, jederzeit aus der Fahrerkabine zu springen und vor Salven zu flüchten.

Ein Wagen, noch ein Wagen rollten vorbei, dann das dumpfe Blubbern des Spähpanzers, Schüsse aus der Entfernung. Große Kaliber, kleine Kaliber, Explosionen, welche die Scheiben des Dodge zum Beben brachten.

Als sie lange genug gewartet hatte, wie sie hoffte, schnellte sie in die Höhe und sah erleichtert, dass sie alleine war. Sie startete unverzüglich den Wagen, gab Gas und fuhr in Richtung der *Carretera Federal* – mitten in eine Gruppe vorrückender Infanterie hinein. *Verdammt.*

Kristin verringerte ihre Geschwindigkeit nicht. Mehrmals knallten Soldaten gegen den Ramcharger, sie sah die erschrockenen Gesichter der Männer. Die Körper prallten vom Wagen ab und wurden davongeschleudert, ein großes Rucksackfunkgerät zerschellte am Kühlergrill, Blut spritzte gegen den zerkratzten Lack und die Frontscheibe, ein Helm drosch gegen die Seitentür. Dann war sie durch den Pulk gestoßen.

Die mexikanischen Truppen hinter ihr eröffneten das Feuer. Es klackte merkwürdig, als die Kugeln die Karosserie durchschlugen und wütenden Insekten gleich durch den Innenraum surrten.

Kristin bog ab und ließ die Soldaten hinter sich. Sie hielt auf die breite Nationalstraße zu, wo sie etwa zweihundert Meter entfernt den Jet erkannte. Er war bereits von einer Einheit umstellt, aus der schmalen Tür stiegen die zwei Piloten und hoben die Hände.

Ein olivfarbener, eckiger Hubschrauber schoss über sie hinweg, sie erkannte die beiden vollautomatischen Gatling-Maschinengewehre an den Rumpfauslegern, deren Läufe in Rotation versetzt waren. Doch zu ihrer Erleichterung beteiligte sich der Helikopter an der Jagd auf Trejo. Der Ramcharger wurde als zweitrangiges Ziel betrachtet.

Der Jet rückte näher, die Einheit dort bemerkte sie. Vier Mann knieten sich ab und hoben die Gewehre, die Mündungen schwenkten auf den Dodge.

»Nein! Ich bin Amerikanerin!«, schrie sie aus dem Fenster. Kristin nahm den Fuß vom Gas und blendete dabei auf, hupte immer noch und winkte hinaus. Vorsichtshalber machte sie sich hinter dem Lenkrad klein, um ein schwierigeres Ziel zu bieten, und nahm ein Döschen mit einer blauen Markierung aus der Jacke. Hastig steckte sie sich zwei Pillen daraus in den Mund, kaute sie und spülte die knirschenden Reste mit pisswarmer Cola hinunter. »Amerikanerin! Nicht schießen!«

Der verbeulte, blutbesprenkelte Ramcharger rollte, sie kuppelte aus und hielt den Wagen zwanzig Meter vor der Einheit an.

Behutsam öffnete sie die Tür und stieg mit wackligen Knien aus, die Arme hoch erhoben. Jetzt war sie froh, die für den Ort ungewöhnliche Designerkleidung zu tragen, die sie von den *Zetas* abhob. »Nicht schießen! Ich bin entführt worden!«, rief sie auf Spanisch mit einem amerikanischen Akzent. Sie wankte an dem mit roten Flecken und Schlieren versehenen Wagen auf die verdutzten Männer zu, stolperte und stürzte. Nur war das kein Schauspiel mehr. Ihr Körper gehorchte ihr kaum noch, die Inhaltsstoffe der Tabletten entfalteten ihre Wirkung. Noch wenige Sekunden.

Zwei Männer lösten sich aus der Formation und kamen im Laufschritt auf sie zu, die Gewehrläufe zeigten weiterhin auf sie. »Liegen bleiben, liegen bleiben!«, schrien sie. »Runter, runter!«

Kristin fühlte die Wärme des Asphalts unter ihrer Wange, roch den Staub.

Trejos schwarzer Humvee tauchte in einiger Entfernung auf. Der Kampfhubschrauber schnitt ihm den Weg ab und jagte unaufhörlich Garben aus den Gatlings in ihn; in dunklen Linien prasselten die Patronenhülsen zu Boden.

Der brachialen Kraft und Geschwindigkeit der Projektile hatte die Panzerung des Geländewagens nichts entgegenzusetzen. Er explodierte, als die Granatmunition detonierte, und ein schwarz-roter, öliger Feuerball wälzte sich himmelwärts, durch den der Helikopter stieß und dabei unentwegt feuerte. Anscheinend gab es noch Bodentruppen der *Zetas.*

Kristins Sicht trübte sich, die Geräusche wurden leise. Sie erkannte kleine schwarze Punkte auf manchen Hausdächern, die mit dünnen Strichen fuchtelten, aus denen Flämmchen zuckten. Alles verschwamm.

Hände packten sie, tasteten sie hart ab, drehten sie auf den Rücken. Zwei verschwommene Gesichter schauten sie unter Helm und Sturmhaube fragend an.

»Hören Sie mich?«, vernahm sie aus weiter, weiter Entfernung.

Die Schlaftabletten taten endlich ihre Wirkung, und Kristin senkte mit einem bösartigen Lächeln die Lider …

… um sie gleich darauf wieder zu heben.

So erschien es Kristin in den ersten Sekunden des Erwachens.

Aber da es dunkel um sie herum war, dunkel und still, wusste sie, dass Zeit vergangen war. Sicherlich Stunden. Ein Blick auf die Uhr bestätigte, dass sie zwei Stunden geschlafen hatte.

Ächzend erhob sie sich und nahm einen tiefen Zug der mexikanischen Nachtluft, bevor sie die Blicke schweifen ließ. Es roch nach chemischem Feuer, nach Tod, in den sich ein seltsamer Hauch von Chlor mischte. Das war ihre persönliche Note, wie es bei Patient 22 der Maisgestank gewesen war.

Neben ihr ruhten die zwei toten Soldaten, die sie gefilzt hatten.

Am Jet lagen die restlichen Mitglieder sowie die Piloten der Zivilmaschine; ihren Posen sah man deutlich an, dass die Menschen von einer Sekunde auf die nächste zusammengebrochen waren.

Der Militärhubschrauber hatte sich in die erste Häuserzeile von Ciudad Mier gebohrt und einen Brand ausgelöst, der gerade mangels neuer Nahrung von selbst erlosch. Die Explosionen, welche die Häuser zerrissen hatten, mussten spektakulär gewesen sein.

Der Spähpanzer lag umgekippt mitten auf der *Carretera Federal,* ein Geländewagen war darin verkeilt. Ein zweiter Jeep schien fünf Meter davon harmlos geparkt zu sein, die Insassen hingen in den Sitzen wie eingeschlafen. Kampfpause.

Kristin spuckte aus. Sie mochte den Geschmack nicht, den die Schlaftabletten hinterließen.

Der Chlorgeruch verflüchtigte sich, zurück blieb der Rauch der Brände in der Stadt.

Sie ging mit unsicheren Schritten auf den Ramcharger zu, öffnete die durchsiebte Heckklappe. Ohne die schützende Metallbox, die alle Kugeln aufgehalten hatte, wäre der Körper des Amerikaners nicht mehr zu gebrauchen gewesen. Kristin öffnete die Kiste, hievte sich Clarence über die Schultern und stapfte vorwärts.

Schnaufend und keuchend trug sie ihn vorbei an den Toten die schmale Treppe des Jets hinauf in die Kabine und positionierte ihn in einem der Sitze, schnallte ihn an.

Schweißgebadet schloss Kristin die Luke, ihre Oberschenkelmuskeln zitterten von der Überbeanspruchung.

Sie warf sich drei ihrer Hallo-Wach-Tabletten ein und schmiss eine Pille gegen die Kopfschmerzen hinterher. Das sollte vorerst genügen. Wenn die Wirkung nachließ, würde sie

Amphetamin nehmen. In der Minibar fand sie einen Energy-Drink, spülte den Mund damit und schluckte.

Dann begab sie sich ins Cockpit und nahm auf dem Pilotensessel Platz, zog den Kopfhörer über und aktivierte den Funk.

Im Äther überschlugen sich die Meldungen, darunter auch aufgeregte Warnungen, die Umgebung von Ciudad Mier zu meiden, da die *Zetas* Giftgas eingesetzt hätten, um eine Spezialeinheit des Militärs auszuschalten. Ein zweites Spezialkommando sei bereits auf dem Weg.

»Dann werde ich nicht mehr hier sein«, murmelte Kristin und fuhr die Bordsysteme des Flugzeugs hoch. Der Vorteil, jahrelang die Gattin eines Multimillionärs gewesen zu sein, bestand unter anderem darin, dass sie viele Dinge als Hobby erlernte. Wie das Fliegen.

Giftgas würden die Militärs nicht finden. Der Tod, den sie brachte, hinterließ keine Spuren. Ihr Aufenthalt in Mier wäre der einzige Hinweis gewesen, aber niemand konnte von ihr berichten.

Kristin brachte den Jet in Startposition, rief die Navigationsdaten ab und änderte die Route. Sie würde erst einmal unter dem Radar ins Landesinnere fliegen und später abdrehen, um sicher zu sein, dass das mexikanische Militär sie nicht verfolgte. Die Tanks des Learjets waren gefüllt, reichten trotz des Umwegs bis nach Toronto.

Kristin ließ die Triebwerke schneller laufen und beschleunigte.

Das Flugzeug nahm Fahrt auf, schoss die *Carretera Federal 54* entlang. Bei ungefähr dreihundert Stundenkilometern zog sie die Nase hoch, und der Learjet hob sich in den Abendhimmel, während sie den Schub unvermindert beibehielt, um rasch zu steigen. Mit achthundert Sachen rauschte sie ins mexikanische Landesinnere, um in einer Viertelstunde eine Schleife zu ziehen und nach Kanada einzuschwenken.

Es tat ihr leid, dass sie die Soldaten hatte töten müssen, aber sie war dazu gezwungen worden. Alternativlos. Weder verspürte sie Lust auf stundenlange Verhöre durch mexikanische Behörden noch darauf, dass sich die DEA einschaltete, um sie in die Finger zu bekommen. Der Leiter der karibischen DEA-Abteilung im Kofferraum des Ramcharger hätte Fragen aufgeworfen, die sie nicht beantworten wollte. Vor allem hätten Clarence und die *Deathsleepers* ohne Zweifel gewusst, dass sie für die verschwundenen Todesschläfer verantwortlich war. Das hatte sie nicht zulassen können.

Kristin hoffte nur, dass es nicht zu viele Bewohner von Cuidad Mier erwischt hatte.

Die Extraktion von Clarence war eindeutig aus dem Ruder gelaufen, doch noch erfolgreich zu nennen. Nur das zählte.

Paris, Frankreich

Konstantin folgte dem unbekannten Mann, dessen Gang etwas Schleppendes hatte. Er bekam mehrere gute Gelegenheiten, mit seinem Handy Fotos zu schießen. Der Bart und die Sonnenbrille ließen ihn allerdings zweifeln, ob die Aufnahmen brauchbar für eine Identifizierung waren.

Sie verließen die Île Saint-Louis nicht. Der LeMat-Besitzer steuerte auf einen alten Lieferwagen zu, der in der Rue Poulletier gegenüber einer Kirche abgestellt war. Die Überbleibsel von sinnlos gewordenen Werbesprüchen und Bemalungen waren auf dem verblichenen Lack zu erkennen. Er nahm den Schlüssel aus der Tasche, öffnete die Seitentür und verschwand im Inneren.

Ein Bedford Blitz. Du meine Güte! In so etwas fuhr mal ein Eisverkäufer bei uns durch die Straßen. Ein kastenförmiger Kleintransporter mit kurzer Schnauze und vermutlich nicht mehr als achtzig Pferdestärken. Der Unbekannte schien ein Fan von alten Autos zu sein und nicht viel Wert auf Schnelligkeit zu legen, was wiederum zu seinem eigenwilligen Klamottenstil passte. Oder aber seine finanziellen Mittel ließen nicht mehr zu.

Tja. Konstantin überlegte, was er jetzt machen sollte, da schwang die Tür schon wieder auf.

Der Unbekannte hatte sich eine einfache Jeansjacke angezogen und noch eine Fototasche umgehängt. Die Rock-'n'-Roll-Frisur war unter einer abgegriffenen dunkelblauen Schildmütze verschwunden. Er winkte sich ein Taxi herbei, stieg ein und war verschwunden.

Konstantins Blicke wanderten zu dem *Bedford Blitz.*

Ohne Hast sah er sich um, ging zum Kleintransporter, schlug die Scheibe mit dem Ellbogen ein und öffnete die Tür.

Er schwang sich hinein und begann zu husten. Es war, als würde man eine Raucherkneipe betreten, in der zehn Jahre nicht mehr gelüftet worden war. Sogar die Scheiben trugen eine Gilbschicht. Er riss die Kabelbaumverkleidung ab und suchte die richtigen Drähte, um den Wagen kurzzuschließen.

Der Bedford sprang beim dritten Versuch tuckernd an.

Gelernt ist gelernt.

Mit einem kraftvollen Ruck zerbrach er das Lenkradschloss, dann fuhr er los, raus aus der Straße und runter von der Insel. Er stellte den *Blitz* auf einem Parkplatz auf dem Boulevard Morland ab und schob sich dann durch die Sitze nach hinten.

Der Gestank nach kaltem Rauch haftete an allem, doch es war ziemlich ordentlich, was Konstantin verwunderte. Er hatte mit mehr Chaos gerechnet. Die eingebauten Schränke verrieten ein großes Maß an Organisationswillen.

Ein Laptop war von einem kleinen Tisch hinuntergerutscht – vermutlich durch Konstantins Fahrt mit dem ungewohnten Wagen –, das Gerät war, ohne Schaden zu nehmen, auf einer Isomatte gelandet. Speicherkarten lagen auf dem Boden umher, die er einsteckte.

Schnell, aber überlegt filzte er die Schränkchen und fand Kameraausrüstung, Richtmikrofone, Nachtsichtferngläser, Aufzeichnungsgeräte, handliche Videokameras und Miniaturlinsen, Peilsender und andere Geräte, die man benötigte, wenn man jemanden unbemerkt ausspionieren wollte.

Ein kleiner elektronischer Kasten, nicht größer als ein altertümliches Handy, blieb für ihn ein Rätsel. Er wurde über einen kiloschweren Akku mit Strom versorgt, der selbst gebaut wirkte, trug einen On-off-Schalter und eine kurze dicke Antenne. Konstantin nahm an, dass es sich um einen Störsender handelte.

Außerdem entdeckte Konstantin päckchenweise Kippen einer Marke, die er nicht kannte, Nikotinpflaster, Süßigkeiten und Insulin in Stiftinjektoren und kleine Glasphiolen mit Spritzen.

Offensichtlich hat er ein Problem mit seinem Zuckerspiegel. Und dem Nikotin. Konstantin startete den fremden Laptop, scheiterte jedoch direkt an der ersten Passwortabfrage.

Er steckte das Gerät ein, um es Jester zu übergeben. Dessen Spezialisten vom MI6 knackten die elektronischen Sicherheitsschranken sicher in wenigen Sekunden. Und dann wären die Geheimnisse des Mannes bestimmt enthüllt – oder zumindest leichter aufzuspüren.

Keine Ausweispapiere, keine persönlichen Gegenstände, nicht mal einen Namen fand er. Dafür merkte er sich das Nummernschild. Auch das würde er Jester checken lassen. *Wird geklaut sein.*

Konstantin suchte weiter.

Ein Notizblock mit einem letzten leeren Blatt darauf erweckte seine Aufmerksamkeit. Er fand einen Bleistift in der Ablage und schraffierte das Papier ganz behutsam.

Buchstaben kamen allmählich zum Vorschein, aber die Worte überschnitten und kreuzten sich. Ein Geduldsspiel, das er lieber zu Hause oder im Hotel beginnen wollte als im *Blitz*.

Konstantin nahm sich eine leere Plastiktüte aus einem Schränkchen, steckte den Rechner und den Block hinein. Es war Zeit zu verschwinden.

Sein Handy summte.

Die Nummer war unterdrückt, doch er hatte eine Ahnung, wer etwas von ihm wollte. Er nahm den Anruf entgegen, ohne seinen Namen zu nennen.

Aus dem Lautsprecher erklangen leise Atemgeräusche. »Durga«, sagte eine weibliche Stimme.

Konstantin lächelte. *Wie ich es mir dachte.* »Hallo. Hier ist Oneiros.«

»Dass du dich meldest, ist eine Fügung, die ich äußerst begrüße«, sagte die Frau auf Englisch mit einem indischen Akzent. »Namaste.«

»Namaste«, erwiderte er den Gruß und ertappte sich dabei, wie er sich aus alter Gewohnheit leicht verbeugte und die Hände gerne zusammengelegt hätte. »Wie ist das Wetter in Chennai, Durga?«

»Ich weiß es nicht. Ich bin nicht in Chennai, Oneiros.« Sie lachte. »Ich habe erst letzte Woche an dich gedacht.«

»So?«

»Ja. Sie haben drüber gesprochen, wie du ihnen damals entkommen bist.«

»Ohne deine Hilfe hätten Yama und seine Truppe mich erwischt.« Konstantin stieg aus dem Blitz und ließ die Tür offen. So konnten sich Clochards darin austoben oder Pariser Jugendliche. Es würde seine Spuren verwischen und den Diebstahl nach einem Zufall aussehen lassen. »Du bist geschäftlich unterwegs, nehme ich an.«

»Das nimmst du richtig an. Ich bereite vor.« Ihre Stimme

klang wohltuend sanft wie warme Milch. Welch Kontrast zu ihrem Beruf und zu dem, was sie im Begriff stand zu tun. »Es muss etwas Wichtiges sein, wenn du anrufst. Das hast du schon lange nicht mehr getan.«

Konstantin sah sie vor sich, die feingliedrige, leichtfüßige Inderin mit dem markanten Gesicht, die in einem Businessanzug eine ebenso gute Figur machte wie in einem traditionellen Sari. Oder auch ganz ohne Stoff am Leib.

Seine Vorstellungskraft gaukelte ihm ihr Parfüm vor, während er eine Straße entlangging, die ihn zurück zur Notre-Dame führte. Seine Erinnerungen an ihre Begegnungen waren sehr intensiv. Aber sie stammten aus einem Leben, das er abgeschlossen geglaubt hatte. Bis die Ereignisse sich überschlugen.

»Es tut mir leid, dass ich deine Vorbereitungen störe.« Er wusste, dass in den nächsten Stunden ein Mensch durch ihre Gabe sterben würde. Ändern konnte er es ohnehin nicht, und Vorwürfe machte er Durga nicht. Es stand ihm nicht zu. Nicht bei seiner Vergangenheit. »Hier in Europa ist es gerade stürmisch. Die *Topor's Men* suchen einen Mann namens Bent Arctander, der zu ihnen gehört hat. Ein Narkoleptiker, der sehr gefährlich ist, weil er den Fluch nicht beherrschen kann. Und einer meiner Freunde …«

»Du meinst Commander Darling«, unterbrach sie ihn amüsiert. In ihrer Stimme schwang aber auch unverkennbare Abneigung mit. »Der Mann, der sich für den besseren James Bond hält.«

»Ja. Darling hat erfahren, dass die *Phansigar* hinter Arctander her sind.« Konstantin hoffte, dass er mit diesem Anruf keinen Fehler beging. Aber er vertraute Durga. »Kannst du mir sagen, was ihr mit ihm vorhabt?«

Die Inderin schwieg mehrere Herzschläge lang. »Es tut mir leid, aber ich kenne diesen Bent Arctander nicht.«

Jetzt war Konstantin verwundert. *Würde sie mich anlügen?* »Führt ihr ihn vielleicht unter einem anderen Namen?«

»Ich wüsste es, wenn wir einen Narkoleptiker suchten, Oneiros. Ein ungewöhnlicher Fall.« Sie kicherte. »Du glaubst mir nicht. Ich sehe dein skeptisches Gesicht vor mir.« Es raschelte, sie schien den Hörer in die andere Hand zu nehmen. »Bei der Göttin, deren Name ich trage, schwöre ich dir, dass mir bis zu deinem Anruf der Name Arctander nichts sagte und dass wir, die *Thuggee Nidra,* ihn folglich nicht jagen.« Nach einem Atemzug setzte sie hinzu: »Die Frage, die sich mir stellt, ist: Warum behauptet Darling das?«

Konstantin fragte sich dasselbe. *Ist Jester so verzweifelt, dass er sogar bereit ist, mich anzulügen?* »Ich werde es herausfinden. Ich danke dir vielmals, Durga. Pass auf dich auf.«

»Das sollte ich lieber *dir* sagen. Ich kann dich nicht noch einmal retten, Oneiros.«

»Ich führe ein anderes Leben …«

»… das dich immer noch mit dem MI6 verbindet. Und damit führst du fast das gleiche Leben.« Die Inderin hantierte mit einem metallischen Gegenstand, leises Klirren erklang. »Hüte dich vor uns, Oneiros. Jeden Tag. Yama hasst dich.« Sie legte auf.

Konstantin stand vor einem Schaufenster und sah sich selbst darin, mit der Plastiktüte, im feinen Anzug, mit Krawatte, Hut und Sonnenbrille. Er kam sich unglaublich fremd vor.

Sie hat recht. Ich sollte aufpassen, was ich tue, sonst führe ich bald wieder das Leben, von dem ich genug hatte.

Er steckte sein Handy ein und schlenderte zur Kathedrale.

Die Glocken schlugen nicht mehr, der Gottesdienst hatte mit Sicherheit begonnen, und ein zu spät kommender Gast würde sofort auffallen.

Konstantin beschloss, später nach Lilou zu sehen. Er wurde Durgas Bild nicht mehr los. Aufgestiegen aus den Erinnerungen, blieb es haften wie ein altes Bild in einem Spiegelrahmen, das sich stets auf die Betrachtung der Gegenwart auswirkte.

Ihren richtigen Namen kannte er nicht. Todesschläfer, die als Attentäter arbeiteten, nutzten meist Codenamen. Seiner hatte *Oneiros* gelautet. Der Dämon der Träume.

Durga hingegen war in der Hindu-Mythologie die wütende Manifestation der Göttin Kali, übersetzt bedeutete der Name so viel wie »die schwer zu Begreifende«. *Besser hätte sie es nicht treffen können.*

Ähnlich wie Konstantin bei einem Auftrag an Jester geraten war, so war es ihm auch mit den *Phansigar* ergangen. Ihre Begegnung war ungewollt und verlief gewaltsam.

Wo der MI6-Mann allerdings Humor zeigte, hatten die Inder weniger Sinn für kollegiale Konkurrenz. Abgesehen von Durga, mit der er eine leidenschaftliche Affäre gehabt hatte. Eine Art Katz-und-Maus-Spiel, mal liebten sie sich, mal versuchten sie, den anderen in seinem Job zu schlagen, um später wieder gemeinsam im Bett zu landen.

Bei seinem vierten Einsatz in Neu-Delhi waren die *Phansigar* unter Führung von Yama plötzlich aufgetaucht, um ihn auszuschalten. Sie hatten ihn beinahe erwischt. Durga rettete ihn durch einen Trick vor ihren eigenen Leuten.

Würden sie davon erfahren, würden sie sie, ohne zu zaudern, bestrafen. Aufs schwerste.

Mit seinem Ausstieg vor zwei Jahren hatte er den Kontakt zu ihr abgebrochen. Zu ihrem Schutz, zu seinem eigenen Schutz. Oder aus welchen Gründen auch immer.

Manchmal hatte Konstantin es bereut, nicht bei Durga geblieben zu sein und sie überredet zu haben, mit ihm auszusteigen. Es war etwas Besonderes, eine Beziehung mit jemandem zu haben, der verstand, was es bedeutete, ein Todesschläfer zu sein. Es machte ihren Fluch für die Umgebung nicht weniger gefährlich, eher im Gegenteil, da sich gleich zwei Personen mit der tödlichen Gabe an einer Stelle aufhielten, doch man konnte mehr aufeinander achten.

Mach dir nichts vor. Wenn wir zusammen ausgestiegen wären, hätten die Phansigar uns beide gejagt und unsere Körper zerstört.

Durga war ... so ganz anders als Iva. Als Konstantin an Iva dachte, entstand ihr Bild vor seinen Augen und verdrängte die Erinnerungen an die Inderin, als wollten ihm seine Gefühle zeigen, wer in der Gegenwart die Oberhand über sein Herz und seine Seele hatte.

Er riss sich zusammen und bemühte sich, seine Gedanken auf die aktuellen Probleme zu lenken. Er kannte Durga zu gut. Sie log ihn nicht an. Und so blieb eine simple, doch wichtige Frage ohne Antwort:

Weswegen behauptet Jester, dass die Phansigar hinter Arctander her sind?

Vermutlich wollte sein Freund noch mehr Druck aufbauen, um ihn zum Einlenken und damit zur Jagd auf Arctander zu bewegen. *Ich verstehe es, aber nett ist es nicht.*

Konstantin spürte das Gewicht des Laptops in der Tüte und entschied, Jester den Computer und die Speicherkarten erst mal nicht zu überlassen. Er hatte ihm versprochen, Ermittlungen anzustellen. *Das tue ich jetzt auch.* Er fand sicherlich jemanden, der das Passwort knacken konnte. Sein Azubi Jaroslaf hatte bestimmt einen Kumpel, der Informatik studierte und sich ein paar Euros dazuverdienen wollte. *Jester wird Augen machen, wenn ich ihm etwas liefere, was sein MI6 nicht herausbekommen konnte.*

Als er an einem Drogeriegeschäft vorbeikam, hatte er eine Idee.

Konstantin ging hinein und suchte nach der digitalen Fotostation. Er fand das Gerät und hatte zusätzliches Glück: Der wuchtige Apparat, der einem Kopierer ähnelte, bot die Möglichkeit, für viel Geld bis zu zehn Bilder sofort auszudrucken, anstatt sie zu ordern. Von CD, Chip oder USB. Perfekt.

Konstantin stellte die Tüte ab, steckte nacheinander die geklauten Speicherkarten in die Station und ließ sich die Fotos, die der Unbekannte geschossen hatte, auf dem Monitor anzeigen.

Auf den ersten Bildern sah er sich und von Windau in Leipzig. Anschließend folgten Bilder von der braunhaarigen Frau aus verschiedenen Perspektiven mit starkem Tele, dann Bilder von ihr und einem langen, dürren Mann am Leipziger Flughafen; schließlich noch ein Foto von einer Anzeige für einen Flug nach Minsk.

Wollte von Windau dorthin oder das Klappergestell? Konstantin druckte sich ein Bild von der Frau und dem Mann aus, die Flugnummer schrieb er sich auf.

Auf dem zweiten Chip warteten Fotos, die mit einem Infrarotnachtsichtgerät geschossen worden waren. Die Gesichter auf den Fotos blieben unkenntlich, das Rauschen verunstaltete die Züge wegen der hohen ISO-Zahl. Die nächsten Bilder zeigten ein verwischtes Gebäude, das an einen Bahnhof erinnerte, Geschäfte und immer wieder eine Gestalt, von hinten aufgenommen. Wieder ein Bahnhof, ein Bahnsteig mit wenigen Leuten darauf.

Zum Schluss waren zwei Bilder so weit gelungen, dass Konstantin erkennen konnte, wen der bärtige Fremde verfolgt hatte: *Arctander!*

Der Skandinavier war von der Seite erwischt worden, in der Hand hielt er eine Zugfahrkarte. In der anderen Hand hatte er eine Brezel, die zur Hälfte aufgegessen war; seine Sachen trug er in einem kleinen Koffer, der als Handgepäck durchging. Er wirkte unglaublich müde.

Das nächste Bild zeigte das herangezoomte Ticket. Es war ausgestellt von *München Hbf* nach *Venezia Santa Lucia.* Dem Datum nach war er vorgestern aufgebrochen.

Die Lagunenstadt. Er wollte wohl kaum wegen der Romantik dorthin.

Sollte er ins nächste Flugzeug steigen und nach Venedig fliegen, um nach Bent Arctander zu suchen? Die kleine Stadt war recht übersichtlich, er hätte nicht die schlechtesten Chancen, ihn zu finden. Doch Konstantin verwarf den Einfall. *Er war vor zwei Tagen dort. Mittlerweile kann er ganz woanders sein.*

Noch bemerkenswerter fand er, dass der unbekannte Fotograf, der ein Faible für Ablagen, Nikotin und Süßigkeiten trotz seines Zuckerproblems hatte, in der Lage war, den Narkoleptiker zu finden, ihn abzulichten und nicht einzugreifen, während Jester sich die Hacken abrannte und sämtliche Register des MI6 zog, ohne ihm einmal nahe zu kommen.

Welches Spiel treibt dieser Kerl? Er weiß garantiert, wie gefährlich Arctander für die Allgemeinheit ist.

Konstantin ließ sich zwei Abzüge ausdrucken, bezahlte mit Kreditkarte und verließ das Drogeriegeschäft.

Er würde Arctander suchen – aber ohne die Hilfe der *Topor's Men* und des MI6. Das alles war einfach zu verworren. Konstantin wollte erst einmal eigene Ermittlungen anstellen und seine Schlüsse daraus ziehen, bevor er sich mit seinem Freund Jester besprach. *Jaroslaf wird mir helfen, den Laptop zu knacken. Mit den Infos darauf bin ich wieder ein Stück schlauer.*

Er rechnete sich zudem mehr Chancen aus, wenn er den Narkoleptiker allein suchte. Arctander kannte jedes Gesicht der *Topor's Men* und reagierte panisch darauf. Aus der Panik resultierte ein narkoleptischer Anfall – und daraus die nächste Katastrophe. *Jester wird meine Gründe verstehen.*

Konstantin überquerte eine Brücke, setzte sich auf dem Platz vor der Notre-Dame auf eine Bank und wartete. Die Plastiktüte mit dem Laptop legte er neben sich.

Sobald die Menschen die Kathedrale verlassen hatten, würde er hineingehen. Ein letzter Besuch bei Lilou de Girardin.

Ganz ohne seinen Make-up- und thanatologischen Utensilienkoffer.

Leipzig, Deutschland

»Und er hat ihn geknackt?« Konstantin sah auf den Laptop, den er aus dem *Bedford Blitz* geklaut und nach seiner Rückkehr Jaroslaf überlassen hatte. Sein Azubi stellte keine Fragen, als er die fadenscheinige Begründung seines Chefs hörte, er habe das Passwort vergessen. Schon am folgenden Tag brachte er den Computer wieder mit. »So schnell?«

Jaroslaf nickte. Unter dem offenen Kittel, den er bereits angezogen hatte, schaute ein schwarzes T-Shirt heraus, auf dem PIETÄTSGESCHWADER aufgedruckt war. Gruftihumor. Solange Jaroslaf es nur in den hinteren Räumen trug, hatte Konstantin nichts dagegen einzuwenden. »Ja, Herr Korff. War nicht leicht, aber er … sagen wir, er hat gewisse Programme. Er kauft gebrauchte Computer und löscht die Festplatten, bevor er die Geräte an einen Kunden abgibt. Sonst landen die Pornobilder von Oma Müller sonstwo. Deswegen kann er das recht gut.«

»Danke.« Konstantin wollte ihm hundert Euro für den Kumpel geben.

Jaroslaf winkte ab. »Ist nicht nötig, Herr Korff. Das hat er kostenlos gemacht.« Er ging zur Tür, öffnete sie und verschwand hinaus.

Konstantin klappte den Bildschirm des Laptops hoch und schaltete ihn ein.

Sekunden darauf erklang gehorsam die Startmelodie, eine nichtssagende Benutzeroberfläche erschien, ohne dass ein Kennwort verlangt wurde.

Wer bist du, zuckerkranker Nikotinjunkie? Seine Finger legten sich auf das Touchpad, er begann zu suchen.

Schneller als ihm lieb war erkannte Konstantin, dass es kaum Daten gab, mit denen er etwas anfangen konnte. Zwar hatte Jaroslafs Kollege die erste Hürde beseitigt, aber viele Bereiche blieben weiterhin gegen seinen Zugriff gesperrt. Jeder Programmaufruf endete in einer Passwortabfrage. Unter *Eigenschaften* und *Benutzer* stand ein *Max Mustermann* eingetragen.

»Scheiße.« Konstantin schnaubte.

Nach kurzem Überlegen startete er den Internetbrowser und ging über die WLAN-Verbindung des Büros ins Internet.

Dieses Mal wurde er nicht enttäuscht.

Anhand des Browserverlaufs besuchte er die Seiten, welche der Unbekannte angesurft hatte: Fluggesellschaften, Reiseveranstalter und Bahnbetreiber in der ganzen Welt.

Dazu gesellten sich zwei Datensicherungsserver, natürlich mit Passwortabfragen, sowie Berichte verschiedener Zeitungswebseiten, darunter verschiedene Meldungen zu dem Flugzeugunglück, dem später getöteten Überlebenden, den rätselhaften Todesfällen in Roccastrada, ein kurzer Artikel über den Tod eines Vogelschwarms in Minsk und ein paar andere Beiträge, die im Zusammenhang mit Arctander oder den Fotos von der Baronesse mal mehr, mal weniger Sinn ergaben.

Es lag an Konstantin, die Informationen zusammenzufügen. Er schloss den Drucker an und druckte den Verlauf aus, damit er sich auf den Blättern Notizen machen konnte.

Nach wie vor verstand er nicht, was der Unbekannte mit seinem Tun bezweckte. Er beschattete, dokumentierte, hielt sich im Hintergrund, scheute aber auch keine Konfrontation, wenn er wie bei Konstantin auffiel. Außerdem hatte der Junkie eine genaue Vorstellung davon, was es bedeutete, ein Todesschläfer zu sein.

Plötzlich öffnete sich ein Pop-up-Fenster, in dem ein Chat-Protokoll aktiviert wurde.

NoOne logged in.

In dem kleinen Kästchen erschien eine Botschaft.

NoOne: Wer auch immer meinen Rechner geklaut hat, ich finde dich, du Arschloch!

Er hat sich an einem anderen Computer eingeloggt und gewartet. Zuerst wollte Konstantin die Verbindung unterbrechen, doch dann tippte er – und traute seinen Augen nicht. Vor seinen Worten blendete sich ein Name ein: *Thielke.* Der Unbekannte hatte in diesem Programm einen Namen benutzt.

Thielke: Wie geht es deinem Bedford?

NoOne: ICH FINDE DICH. Und dann bist du fällig!

Konstantin dachte an den LeMat-Revolver und das Loch in seinem Bein.

Thielke: Da kannst du lange suchen.

NoOne: Online zu gehen, war ein Fehler, du Arschloch!

Das grüne Lämpchen neben der Webcam im Rahmen des Monitors leuchtete auf.

NoOne: Ach? Der Herr Thanatologe? Na, da kann ich mir die IP-Suche ja sparen. Wie es bei Ihnen im Hintergrund aussieht, sitzen Sie im Ars Moriendi.

Konstantin fluchte. »Ich nehme an, Sie hören mich, Herr Thielke?«

NoOne: Ja.

»Wollen Sie nicht mit mir sprechen?«

NoOne: Nein. Ich schreibe.

»Verstehe.«

Konstantin nahm an, dass er sich an einem öffentlichen Ort aufhielt, vermutlich in einem Internetcafé.

»Haben Sie Ihren Wagen wiedergefunden?«

NoOne: Habe ich.

»Und?«

NoOne: War noch alles da. Hatte jemand anderen in Verdacht, aber jetzt weiß ich ja, bei wem ich mich bedanken muss. Ich war nachlässig. Dafür entführe ich Ihr Hausboot – wie wäre das?

»Nicht lustig, Herr Thielke. Würden Sie mir ein paar Fragen beantworten?«

Konstantin beugte sich nach vorne, um direkt in die Kamera zu sehen.

»Zum Beispiel, warum Sie über Todesschläfer Bescheid wissen und Arctander verfolgen?«

NoOne: Nein.

»Dann vielleicht einen Tipp zu von Windau?«

NoOne: Fragen Sie Ihren MI6-Freund. Ich bin nur Zuschauer. Meistens. Na, sagen wir es so: Ich kann auch auf andere Körperteile als Beine schießen, wenn ich der Meinung bin, es ist angebracht.

»Eine Drohung?«

NoOne: Nein. Nur eine Feststellung.

»Aber Sie haben Arctander nichts getan, obwohl er einen A380 …«

NoOne: Ich kam nicht nahe genug heran. Begrenzte Reichweite. Aber das verstehen Sie nicht.

Konstantin schaute nachdenklich auf den Bildschirm. *Er will den Narkoleptiker auch aus dem Verkehr ziehen.*

NoOne: Sie haben mich beklaut, Korff. Das nehme ich persönlich.

Konstantin lachte auf.

»Sie sind lustig! Sie haben mir ins Bein geschossen. Wie soll ich das denn nehmen: unpersönlich?«

NoOne: Seien Sie fair – ich hatte Sie gewarnt. Sie hätten einen Krüppel wie mich mit Ihrer Aikido-Nummer fertiggemacht.

Wieso denn Krüppel? »Glauben Sie nicht, dass es einfacher wäre, wir würden uns treffen, und wir red…«

NoOne: Ich habe Sie schon mal getroffen. :o)

Witzig! Konstantin begann noch mal.

»… wir würden uns treffen, **ohne** *uns gegenseitig zu verletzen, und wir reden dann?«*

NoOne: Damit Ihr MI6-Freund mich kaltstellen kann? Keine Chance, Korff. Außerdem arbeite ich lieber allein. Den Laptop können Sie behalten. Ich habe während unseres Gesprächs meine Daten gelöscht und diverse Viren plaziert. Damit ist das Ding Schrott. Schönen Tag noch.

NoOne logged off.

Das grüne Betriebslämpchen neben der Kamera erlosch. Zeitgleich wurde der Bildschirm schwarz, der Laptop schaltete sich von selbst aus.

Konstantin verzichtete auf den Versuch, den Computer wieder in Gang zu setzen. Er glaubte, was Thielke gesagt hatte.

Das Summen des Druckers endete ebenso, auf dem Display stand ERROR. Die Zeit hatte nicht ausgereicht, den gesamten Browserverlauf auf Papier zu bannen. Elf Blätter waren es.

Konstantin nahm den Zettel zur Hand, der vom Notizblock aus dem Bedford stammte. Unter dem Licht der Leselampe versuchte er, die handschriftlichen Notizen zu entziffern und schrieb sie auf ein eigenes Blatt.

Bald stand dort:

~~Roccastrada, Via Balzina~~
~~Venedig, farmacia al lupo coronato~~
→ *Marokko, Daoudiate? Avenue Palestine?*
Reluob E., ED6I-O, 23.8.
→ *Madrid, Almudena*
Minsk, Inst. Leben?

Konstantin versuchte, daraus schlau zu werden. *Eine Art Reiseroute von Arctander?* Hatte Thielke mit seinen Wunderwerken der Technik in Erfahrung gebracht, wohin der Flüchtende wollte?

Da Venedig durchgestrichen war, ging er davon aus, dass Arctander schon nicht mehr dort war. Also Marokko? Der 23. 8. müsste ein Datum sein. Das war in drei Tagen. Zeit genug herauszufinden, wo in Marokko sich diese Straße befand. Konstantins Arabisch war zwar nicht das Beste, doch es reichte aus, um einen Ort zu finden und ein paar Fragen zu stellen.

Auch wenn es ihm schwerfiel, das *Ars Moriendi* musste die nächste Zeit ohne ihn auskommen. Er verließ sein Büro und informierte Mendy darüber, dass er wegen dringender Geschäftsangelegenheiten verreisen musste, was sie nicht kommentierte.

»Sie haben Post.« Mendy schob ihm einen Brief hin. »Schon wieder.«

Ivas Handschrift prangte auf dem Umschlag.

Er nahm ihn an sich und steckte ihn ein. »Sie halten die Stellung für mich, Frau Kawatzki. Geben Sie Jaroslaf ordentlich was zu tun.« Er ignorierte den Brief, um Mendy davon abzuhalten, Fragen zu stellen. Was diese nur zu gerne getan hätte, das war ihr anzusehen.

»Sicher.«

»Wenn etwas sein sollte, Sie können mich jederzeit anrufen.«

Mendy schüttelte den Kopf und sah über den schwarzen Brillenrand. »Nur Standardbeerdigungen, nichts Besonderes. Sie können unbesorgt fahren, Herr Korff.«

Konstantin nickte ihr zu und ging nach draußen auf den Fuhrpark, wo er sein Fahrrad abgestellt hatte.

Er radelte zum Anleger, um mit dem Schnellboot zur *Vanitas* zu fahren. Er glaubte nicht, dass Thielke etwas gegen ihn unternehmen würde. *Das hätte er schon viel früher tun können.*

Unterwegs klingelte sein Handy, die Nummer verriet, dass es sein Freund Jester war. »Ja?«

»›The true mystery of the world is the visible, not the invisible‹«, kam es in mustergültigem *British English* aus dem Hörer. »So, alter Knabe, möchtest du mit mir das Sichtbare namens Bent Arctander jagen?« Jester klang zuversichtlich.

»Ich denke nicht.« Konstantin kam es vor, als ob sich seine Stimme anders anhörte als sonst. Ablehnend und zurückhaltend. »Ich suche ihn, aber ich habe ein paar Spuren, denen ich erst mal allein nachgehen will. Ich hatte übrigens eine nette Unterhaltung mit einem Mann namens Thielke.«

»Thielke? Wer soll das denn sein?«

»Der Besitzer des LeMat.«

Jester holte tief Luft. Konstantins Alleingang schien ihm nicht zu gefallen. »Well, well. Du bist wieder einmal der Einzelkämpfer. Aber halte mich auf dem Laufenden, bitte.«

»Was Neues von der Baronesse?«

»Nein«, schnarrte er.

»Und von den Indern?« Er konnte nicht anders, als den Haken auszuwerfen.

Und Jester biss an. »Ja, ich habe erfahren, dass die *Thuggee Nidra* ein Team zusammenstellen. Das macht es natürlich noch schwieriger für uns. Wenn Arctander merkt, wie viele Leute ihn jagen, bekommt er einen Anfall nach dem nächsten, und was das bedeutet, alter Knabe, weißt du.«

Du Lügner! Lass doch endlich deine Geheimdienstscheiße. Demnächst sage ich ihm deswegen die Meinung. Aber erst, wenn ich ihm genüsslich neue Informationen zu Arctander präsentieren kann. »Na, dann viel Glück bei der Jagd.«

»Dir auch.«

Klick.

Eingeschnappt. Typisch. Konstantin schickte ihm kommentarlos die Bilder, die er von Thielke geschossen hatte. Danach lenkte er das Boot durch die Kanäle und steuerte die Schleuse an. Dort ließ er das Boot mit ausgeschaltetem Motor in die Schleuse treiben, die man von Hand bediente. Es wurde leise um ihn herum.

Die Stille erinnerte ihn an Notre-Dame, an seinen Besuch als letzter Gast an Lilous Sarg. Die wunderschöne junge Frau trug den blauen Diamanten um den Hals, der ihn mit seinem Funkeln lockte. Das brachte seine Gedanken wiederum zu den Schnittersteinen. *Das darf ich nicht aus den Augen verlieren.*

Er spürte Ivas Brief in der Jackentasche, hörte ihn leise knistern. Ein sanfte Erinnerung.

Konstantin dachte an sie, an ihre Worte, an die Märchen, auf deren Spur sie und Jester ihn mit ihren dahingesagten Worten gebracht hatten. Noch wollte er nicht an einen Erfolg glauben, doch er durfte die Spur nicht einfach abtun, ohne sie zu prüfen.

Wie untersucht man uralte Geschichten auf ihren Wahrheitsgehalt? Das ist total bescheuert. Er seufzte. Wenn er sich um seinen Flug nach Marokko gekümmert hatte, würde er sein altes Märchenbuch aus dem Schrank suchen, das auf einer der ursprünglichen Ausgaben der Gebrüder Grimm basierte. *Egal. Ist es eben bescheuert. Mal sehen, welche Spuren der Schnitter darin hinterlassen hat.*

Der Gevatter Tod

Es hatte ein armer Mann zwölf Kinder und mußte Tag und Nacht arbeiten, damit er ihnen nur Brot geben konnte.
Als nun das dreizehnte zur Welt kam, wußte er sich in seiner Not nicht zu helfen, lief hinaus auf die große Landstraße und wollte den ersten, der ihm begegnete, zu Gevatter bitten.
Da kam der dürrbeinige Tod auf ihn zugeschritten und sprach: »Nimm mich zum Gevatter.«
Der Mann fragte: »Wer bist du?«
»Ich bin der Tod, der alle gleichmacht.«
Da sprach der Mann: »Du bist der Rechte, du holst den Reichen wie den Armen ohne Unterschied, du sollst mein Gevattersmann sein.«
Der Tod antwortete: »Ich will dein Kind reich und berühmt machen; denn wer mich zum Freunde hat, dem kann's nicht fehlen.«
Der Mann sprach: »Künftigen Sonntag ist die Taufe, da stelle dich zu rechter Zeit ein.« Der Tod erschien, wie er versprochen hatte, und stand ganz ordentlich Gevatter.

Als der Knabe zu Jahren gekommen war, trat zu einer Zeit der Pate ein und hieß ihn mitgehen.
Er führte ihn hinaus in den Wald, zeigte ihm ein Kraut, das da wuchs, und sprach: »Jetzt sollst du dein Patengeschenk empfangen. Ich mache dich zu einem berühmten Arzt. Wenn du zu einem Kranken gerufen wirst, so will ich dir jedesmal erscheinen. Steh' ich zu Häupten des Kranken, so kannst du keck sprechen, du wolltest ihn wieder gesund machen, und gibst du ihm dann von jenem Kraut ein, so wird er genesen. Steh' ich aber zu Füßen des Kranken, so ist er mein, und du mußt sagen, alle Hilfe sei umsonst. Aber hüte dich, daß du das Kraut nicht gegen meinen Willen gebrauchst, es könnte dir schlimm ergehen.«

Es dauerte nicht lange, so war der Jüngling der berühmteste Arzt auf der ganzen Welt.

»Er braucht nur den Kranken anzusehen, so weiß er schon, wie es steht, ob er wieder gesund wird oder ob er sterben muß«, so hieß es von ihm, und weit und breit kamen die Leute herbei, holten ihn zu den Kranken und gaben ihm so viel Gold, daß er bald ein reicher Mann war.

Nun trug es sich zu, daß der König erkrankte.
Der Arzt ward berufen und sollte sagen, ob Genesung möglich wäre. Wie er aber zu dem Bette trat, so stand der Tod zu den Füßen des Kranken, und da war für ihn kein Kraut mehr gewachsen.
›Wenn ich doch einmal den Tod überlisten könnte‹, dachte der Arzt, ›er wird's freilich übelnehmen, aber da ich sein Pate bin, so drückt er wohl ein Auge zu, ich will's wagen.‹
Er fasste also den Kranken und legte ihn verkehrt, so daß der Tod zu Haupten desselben zu stehen kam. Dann gab er ihm von dem Kraute ein, und der König erholte sich und ward wieder gesund.
Der Tod aber kam zu dem Arzte, machte ein böses und finsteres Gesicht, drohte mit dem Finger und sagte: »Du hast mich hinter das Licht geführt, diesmal will ich dir's nachsehen, weil du mein Pate bist, aber wagst du das noch einmal, so geht dir's an den Kragen, und ich nehme dich selbst mit fort.«

Bald hernach verfiel die Tochter des Königs in eine schwere Krankheit. Sie war sein einziges Kind, er weinte Tag und Nacht, daß ihm die Augen erblindeten, und ließ bekanntmachen, wer sie vom Tode errette, der sollte ihr Gemahl werden und die Krone erben.
Der Arzt, als er zu dem Bette der Kranken kam, erblickte den Tod zu ihren Füßen. Er hätte sich der Warnung seines Paten erinnern sollen, aber die große Schönheit der Königstochter und das Glück, ihr Gemahl zu werden, betörten ihn so, daß er alle Gedanken in den Wind schlug. Er sah nicht, daß der Tod ihm zornige Blicke zuwarf, die Hand in die Höhe hob und mit der dürren Faust drohte; er hob die Kranke auf und legte ihr Haupt dahin, wo die Füße gelegen hatten. Dann gab er ihr das Kraut ein, und alsbald regte sich das Leben von neuem.

Der Tod, als er sich zum zweitenmal um sein Eigentum betrogen sah, ging mit langen Schritten auf den Arzt zu und sprach: »Es ist aus mit dir, und die Reihe kommt nun an dich«, packte ihn mit seiner eiskalten Hand so hart, daß er nicht widerstehen konnte, und führte ihn in eine unterirdische Höhle.

Da sah er, wie tausend und tausend Lichter in unübersehbaren Reihen brannten, einige groß, andere halbgroß, andere klein. Jeden Augenblick verloschen einige, und andere brannten wieder auf, also daß die Flämmchen in beständigem Wechsel zu sein schienen.

»Siehst du«, sprach der Tod, »das sind die Lebenslichter der Menschen. Die großen gehören Kindern, die halbgroßen Eheleuten in ihren besten Jahren, die kleinen gehören Greisen. Doch auch Kinder und junge Leute haben oft nur ein kleines Lichtchen.«

»Zeige mir mein Lebenslicht«, sagte der Arzt und meinte, es wäre noch recht groß.

Der Tod deutete auf ein kleines Endchen, das eben auszugehen drohte, und sagte: »Siehst du, da ist es.«

»Ach, lieber Pate«, sagte der erschrockene Arzt, »zündet mir ein neues an, tut mir's zuliebe, damit ich König werde und Gemahl der schönen Königstochter.«

»Ich kann nicht«, antwortete der Tod, »erst muß eins verlöschen, eh' ein neues anbrennt.«

»So setzt das alte auf ein neues, das gleich fortbrennt, wenn jenes zu Ende ist«, bat der Arzt.

Der Tod stellte sich, als ob er seinen Wunsch erfüllen wollte, langte ein frisches, großes Licht herbei, aber weil er sich rächen wollte, versah er's beim Umstecken absichtlich, und das Stöckchen fiel um und verlosch.

Alsbald sank der Arzt zu Boden und war nun selbst in die Hand des Todes geraten.

Gebrüder Grimm, Kinder- und Hausmärchen,
Ausgabe von 1812

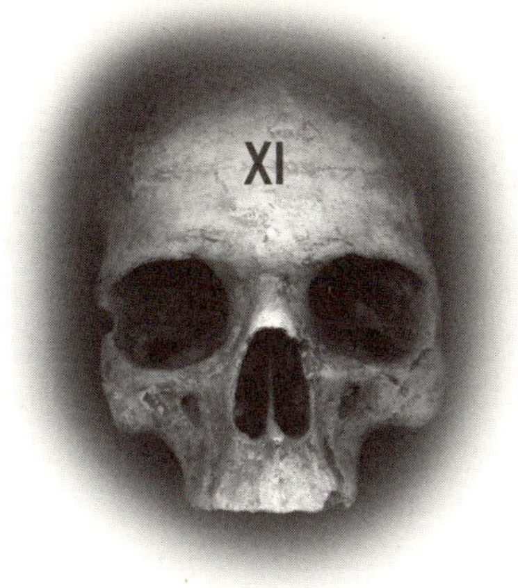

Oft denk' ich an den Tod, den herben,
Und wie am End' ich's ausmach'?!
Ganz sanft im Schlafe möcht' ich sterben –
Und tot sein, wenn ich aufwach'!

Carl Spitzweg

Marrakesch, Marokko

Konstantin schwitzte sich unter dem Sonnenschirm der Teestube schier tot.

Er trank brühend heißen Minztee und dazu eine Flasche Mineralwasser nach der anderen. Sobald er einen Schluck nahm, schien er die Flüssigkeit schon wieder auszudünsten.

Das Märchen vom »Gevatter Tod« hatte ihm Hoffnung gemacht. In ihm konnte man mit dem Tod sprechen. Man konnte ihn überlisten – aber auch von ihm überlistet werden.

Doch nur weil es in einem Märchen stand, war es noch lange keine Tatsache, das wusste Konstantin ganz genau und kam sich ungebrochen seltsam dabei vor, diese Geschichten auszuwerten.

Es war eine umfangreiche Recherche, doch er hoffte in den Texten Hinweise, vielleicht Muster entdecken zu können, die ihm nähere Aufschlüsse darüber ermöglichten, wie man mit dem Tod in Verbindung trat. *Falls es mir überhaupt möglich ist. Er sieht mich ja nicht. Am Ende brauche ich jemanden, der für mich mit ihm spricht.*

Vor allem brauchte er Zeit, um das ganze Material zu sichten. Allerdings hatte er kaum freie Stunden, sich intensiv mit seinen Nachforschungen zu beschäftigen, weil er zunächst Bent Arctander finden musste. In Marrakesch, wie er dank des Internets und den Notizen von Thielke herausgefunden hatte. Doch so hilfreich seine Notizen auch waren, der Mann selbst blieb ein Mysterium. Jester hatte ihm geschrieben, dass ihm das Gesicht nichts sage, er das Foto aber durch die gängigen Suchdatenbanken jage. Noch war nichts dabei herausgekommen.

Die *Avenue Palestine* war relativ leicht zu finden gewesen, zumal sich *Daoudiate,* ein weiteres Wort von Thielkes Notizzettel, als das Stadtviertel in Marrakesch entpuppte, in der die Straße lag. Aber seine Fragen nach *Reluob, E, EDbI-O* blieben ergebnislos. Konstantin sah sich bereits von Haus zu Haus pilgern und arabische Klingelschilder lesen.

Er war einen Tag vor dem 23. 8., dem Datum auf dem Wisch, in Marrakesch angekommen. Somit konnte er sich in der *Palestine* genau umschauen, um Hinweise zu entdecken, die ihm morgen zum Vorteil gereichten.

Einen ersten Streifzug hatte bereits hinter sich gebracht und festgestellt, dass die hiesigen Temperaturen nicht für Westeuropäer geschaffen waren. Als Thanatologe hätte er wahre Wunder vollbringen und mit allen Tricks sowie Mitteln arbeiten müssen, um der Verwesung eines Körpers in diesem Klima Einhalt zu gebieten und den Schmeißfliegen das Fleisch zu verderben, in das sie zu gerne ihre Eier legten.

Das mittelalterliche Stadtzentrum mit seinen Touristenströmen mied er, trotz der Empfehlung des Reiseführers, den er im Flugzeug gelesen hatte, und der Stellung als UNESCO-Weltkulturerbe.

Besonders lachen musste er, als er diese Passage las:

... kommen.

Ganz besonders sei Ihnen, liebe Besucher, unsere Hauptattraktion in der alten Stadt ans Herz gelegt: die Djemaa el Fna, was sich am besten mit »Versammlung der Toten« übersetzen lässt. Es handelt sich dabei um den weltberühmten, mittelalterlichen Platz, auf dem neben dem Markttreiben auch die Hinrichtungen stattfanden.

Keine Angst, heute treffen Sie dort ...

Die Versammlung der Toten. Konstantin tupfte sich mit einem Taschentuch den Schweiß von der Stirn. Er war die *Avenue Palestine* bereits einmal rauf- und runtergegangen, ohne etwas besonders Auffälliges entdeckt zu haben. Dieser Teil der Stadt, die Neustadt, lag außerhalb der üblichen Touristenziele, wenn man vom nahe gelegenen Jardin Majorelle absah.

Kein Kolonialglanz, keine Spuren aus den Anfängen Marrakeschs, und modernen Protz gab es erst recht nicht.

Daoudiate beherbergte eine Handvoll kleiner Pensionen, war ansonsten aber vor allem den Einheimischen vorbehalten. Hier wohnten vor allem jene marokkanischen Familien, die sich nach Einschätzung Konstantins aus der Unterschicht emporgearbeitet hatten und sich freuten, ein kleines Heim in Marrakesch zu haben. Dem Baustil nach, der dezent an Europa angelehnt war, tippte er auf die 80er als Errichtungszeit. Er vermutete darin traditionelle Handwerker, die keinen Schrott und Nippes für abzockwillige Touristen herstellten, sondern alles, was man im täglichen Leben benötigte.

Die *Palestine* selbst wies etliche Läden auf, in denen es unter anderem Back-, Schreiner- und Metallwaren gab. Dazwischen fand sich stets eine kleine Teestube, in der es das landestypische Gebräu aus starker Minze und viel Zucker gab. Die Plakate, die an den Wänden hingen, priesen ein Musikfestival an, auch zeitgenössische Kunst wurde irgendwo in Daoudiate ausgestellt.

Die süßen Köstlichkeiten, die Konstantin in den Auslagen der Teestuben sah, lockten zwar, doch er traute dem schönen Aussehen nicht. Er wollte sich den Magen nicht verderben, auch wenn das bunte Konfekt geradezu danach schrie, gekostet zu werden.

Der Geruch von frisch gebackenen Broten und gemahlenen Gewürzen schwängerte die Luft, ohne dass der Duft zu einem Klischee wurde. Er gehörte zum Leben in der Neustadt und war nicht Teil eines Schauspiels, das für Ausländer aufgeführt wurde, damit sie sich am exotischen und sinnlichen Orient erfreuten. Das erkannte er auch an den verhältnismäßig niedrigen Preisen, die in der *Palestine* verlangt wurden.

Touristen sah Konstantin selten, was leider ein Nachteil war. Ein hellhäutiger Mann wie er fiel sofort auf, zumal er Schwarz trug, was nicht eben üblich war. *Kein Wunder, bei der Hitze. Ich hätte mir was Weißes einpacken sollen.*

Er überlegte, ob er die weitere Erkundung der Straße in die kühleren Abendstunden verlegen sollte, während er an seinem Tee nippte. *Lieber drehe ich jetzt noch eine Runde, verschwitzt bin ich eh schon.*

Konstantin bezahlte, stand auf und fühlte die Kleidung an seiner feuchten Haut kleben. *Vielleicht kaufe ich mir etwas Traditionelles. Diese weiten Gewänder scheinen bei den Temperaturen nicht schlecht zu sein.* Foqia hieß die marokkanisch-arabische Bekleidung der Männer, die ihm aufgrund seiner Größe höchstens bis an die Unterschenkel reichen würde. *Darunter eine einfache Leinenhose, und ich würde weniger leiden.*

Im Schatten laufend, schlenderte er die *Avenue Palestine* entlang, stets auf die Klingelschilder und die Namen darauf achtend. Er passierte Stände mit getrockneten Früchten, mit frischen Datteln und Feigen, mit gewürztem Fleisch, das die Einheimischen bedenkenlos kauften und aßen. Konstantin wagte es nicht. Nahrungsbedingte Diarrhö käme ihm bei dem, was er vorhatte, extrem ungelegen.

Lieber betrachtete er die angebotenen Holzarbeiten, die mit Eisenplättchen und emaillierten Mosaiken beschlagenen Tische, die robuster waren, als sie aussahen. Konstantin spielte den harmlosen Touristen recht gut, wie er fand.

Hinter den Gläsern seiner Sonnenbrille beobachtete er die Umgebung und hielt vor allem nach Thielke Ausschau. Doch er entdeckte weder den Deutschen noch das erlösende Schild, auf dem ein Reluob oder das ominöse Kürzel geschrieben stand. Also suchte er weiter nach dem Sandkorn im Staub.

Er kam an einem Geschäft für Hammam-Bedarf vorbei und nahm sich vor, ein solches Bad unbedingt zu besuchen, bevor er abends zu seinem dritten Streifzug aufbrach. In seiner Unterkunft, einem feudalen Hotel, dessen Zimmer in einer komfortablen, renovierten Riad-Anlage mit wundervollem Innenhof untergebracht waren, wurde dieser Service angeboten. *Das wird so guttun!*

Konstantin überlegte, was er mit Arctander anstellen sollte, falls er tatsächlich hier auftauchte. Ihn auszuschalten, wie Jester es beabsichtigte, war nicht ganz fair. *Arctander hat sich schließlich nicht darum gerissen, ein Massenmörder mit einem Fluch zu werden.* Es gab auch Alternativen. Eine Insel zum Beispiel. *Wo es nichts und niemanden gibt, dem er etwas antun kann.*

Konstantin fand seine Idee besser als das, was Jester tun wollte. Es sei denn natürlich, Arctander stellte sich als Psychopath heraus, der wahllos tötete. *Aber Arctander hat zumindest eine Gelegenheit verdient, dass ich mit ihm spreche. Wenn er einwilligt, ein Einsiedler zu werden, überrede ich Jester.*

Falls Jester stur bliebe, könnte er den Narkoleptiker auch ohne das Wissen des MI6-Commanders ins Exil schaffen und den Ort geheim halten. *Das würde Jester nicht witzig finden.*

In der Spiegelung des Schaufensters sah er hinter sich den Eingang eines kleinen Ladens, der bereits geschlossen hatte.

Sein Blick fiel auf das vergilbte Inhaberschild in der Auslage, wollte sich nicht davon lösen. E. Bouler.

Es dauerte eine ganze Weile, bis Konstantin erkannte, warum ihn sein Verstand zögern und verharren ließ. Die Buchstaben formten sich hin und her, setzten sich von selbst in eine andere Reihenfolge: *Reluob E. Ist das der Name, der auf dem Zettel stand? Hat ihn Thielke falsch abgeschrieben?*

Er wandte sich langsam um, überquerte die Straße und stellte sich vor das Fenster.

Die Auslage war teuer, aber nicht sehr eindrucksvoll. Landestypischer Schmuck, alte Uhren, Porträts marokkanischer Herrscher aus verschiedenen Epochen, alles zu unerschwinglichen Preisen und nichts für Touristen, die ein paar Dirham für ein Souvenir ausgeben wollten. Auch die Bewohner von Daoudiate schienen nicht die Primärkundschaft zu sein. Dafür waren die Gegenstände zu speziell, zu alt und zu teuer.

Der Laden gehörte wohl einem Antiquitätenhändler oder einem Pfandleiher. Konstantin legte eine Hand abschirmend gegen das Glas und beugte sich vor, um den Innenraum hinter der spiegelnden Scheibe besser sehen zu können. Er suchte nach Anhaltspunkten, warum Thielke und Arctander hierherwollten.

EDbI-O hatte das Kürzel im Zusammenhang mit Bouler gelautet. Das Schaufenster gab darauf keine Hinweise.

Eine Gestalt in einer schwarzen Foqia mit Nadelstreifen

näherte sich von dem Hammam-Zubehörladen, wie er im Glas der Auslage sah, und kam zielstrebig auf ihn zu. »Mister«, erklang es in seinem Rücken.

Konstantin drehte sich um. »Ja?«, sagte er auf Arabisch.

Der Mann, vermutlich ein Marrakschi, lächelte, als er seine Muttersprache vernahm. »Ich grüße Sie, mein Herr. Haben Sie Interesse an einem der Stücke?« Er steckte eine Hand in die Tasche und sah sich rasch um.

Konstantin rechnete mit einem Angriff und hielt sich bereit, Aikido einzusetzen. »Ich sammle außergewöhnliche Dinge«, gab er zurück, die Sonnenbrille verbarg das Misstrauen in seinen dunkelbraunen Augen.

»Oh, *dann* sind Sie bei Monsieur Bouler genau richtig.« Er zog einen Schlüssel hervor.

»Sie sind Monsieur Bouler?«

»Nein, ich bin sein Nachbar und gelegentlicher Partner. Mein Name ist Rabih. Monsieur Bouler wird morgen erst wieder zurück sein, aber es wäre sträflich, deswegen einen Kunden abzuweisen.« Er lächelte verschmitzt und öffnete die Tür für Konstantin. Der Duft von kaltem Weihrauch, trockenem Holz, Leder, Papier und Gewürzen schlug ihm entgegen. »Bitte sehr, mein Herr. Treten Sie näher.«

Noch war Konstantin nicht überzeugt, dass es keine Falle war, und blieb wachsam. Er machte einen Schritt über die Schwelle.

Der Laden von Monsieur Bouler erschien klein, ein bisschen Krämerladen, ein bisschen Räuberhöhle, ein bisschen Zerfall und eine Prise Opulenz. Die Balken waren alt, die Wände von Rissen übersät und teilweise mit uralten Bemalungen versehen.

»Beeindruckend«, murmelte Konstantin, bevor er sich an Rabih wandte und die Sonnenbrille abnahm. »Ich dachte, Daoudiate ist die Neustadt?«

»Ach, wissen Sie, es gibt so viele Schätze in Marrakesch«,

gab der Araber zurück und grinste, als wäre er ein Bruder der Sphinx. »Woher kommen Sie?«

»Frankreich.« Er reichte dem Mann die Hand. »Laurent ist mein Name. Ich war ein bisschen verwundert, als ich den Namen eines Landsmannes an einem Geschäft entdeckte.«

»Das verwundert Sie? Die Franzosen waren doch lange genug hier.«

Konstantin fluchte innerlich. Richtig, die Franzosen waren Kolonialmacht gewesen. Seine Kenntnisse der französischen Geschichte waren noch nie die besten gewesen. *Wie war das noch mit Casablanca und der Zeit danach?* »Na, aber nicht in einem Viertel, in dem angeblich nur Marokkaner zu finden sind«, versuchte er, seine Bemerkung zu retten. »Wie lange lebt Monsieur Bouler denn schon in Marrakesch?« Er deutete vage in den Raum. »Wenn man das so betrachtet, scheint er schon sehr, sehr lange hier zu sein.«

Rabih lachte lauthals und klatschte in die Hände. »Das werde ich ihm sagen. Er ist um die siebzig Jahre alt und hat diesen Laden, seit ich denken kann. Aber ich weiß es nicht genau.« Er ging zum Tresen und zog ein paar Schubladen auf. »Also, womit kann ich dienen? Schmuck? Antiquitäten? Alte Bücher arabischer Gelehrter?« Er sah Konstantin an und wartete auf eine Antwort.

Ist Bouler ein Todesschläfer? Oder ist es etwas anderes, das ihn für Arctander interessant macht? Er sah in die Schubladen und schaute auf Halsketten, Medaillons, Ringe, die alle betagt aussahen. »Ringe wären nicht schlecht«, sagte er, um Rabih zu beschäftigen und nachdenken zu können. »Am besten ausgefallene.«

»Ausgefallene, mein Herr?« Er schob die Schubladen zu und machte zwei Schritte zur Seite, bückte sich und verdeckte mit seinem Körper, welche Handgriffe er vollführte. Es quietschte und klickte, Zahnrädchen surrten.

Ein versteckter Tresor. Gut zu wissen. Konstantin wartete geduldig und überlegte weiter.

Zuerst die Toten in Roccastrada, anschließend der Ausflug nach Venedig, nun Marrakesch. Warum wollte sich Arctander mit Bouler treffen? Der Narkoleptiker unterbrach seine Flucht vor den *Topor's Men,* anstatt in Bewegung zu bleiben. Es gab nun einen Ort, an dem man ihn abpassen konnte. Er ging damit ein nicht unerhebliches Risiko ein.

Da Thielke Arctander schon bis nach Venedig verfolgt hatte, nahm Konstantin an, dass auch die Information über Marrakesch zutreffend war. Das bedeutete wiederum, dass Arctander jemandem sein Pläne mitgeteilt haben musste, per Telefon, Fax, Mail, SMS oder auf sonstige Weise. Somit hätte auch der MI6 theoretisch Gelegenheit bekommen, Ort und Zeit von Arctanders Termin mit Bouler in Erfahrung zu bringen. Das machte dieses Treffen so gefährlich. *Vermutlich steht er noch mehr unter Stress als sonst. Ich sollte mich unbedingt ins Thema Narkolepsie einlesen, gleich nachher im Hotel.*

Rabih kehrte zu ihm zurück, balancierte zwei Panzerkassetten, die wiederum mit einem Stahlring an einer Kette lagen; wohin die Sicherung führte, sah man nicht. Er stellte die Kästen auf dem Tresen ab, huschte zur Tür und schloss den Laden ab. »Monsieur Laurent, das wird Ihnen gefallen!«

Effektheischend schaltete er eine Leselampe an und richtete sie auf die Schatullen, dann drehte er an den Rädchen für die Zahlenkombination, ließ die dicken Schlösser aufschnappen. »Voilà, Monsieur!«

Die Deckel wurden nacheinander angehoben.

Ein Funkeln und Glitzern flutete den Raum. Unzählige Facetten brachen das Licht der Lampe und streuten es bunt auf die Umgebung, auf den Tresen, auf die Gesichter der Männer, an die Decke, einfach bis in die letzte Ecke. Ali Babas Schatzhöhle hätte nicht mehr leuchten können.

Konstantin betrachtete ehrfurchtsvoll all die Smaragde, Rubine und Diamanten. Er war sicherlich kein Experte, wenn es um den Wert von Edelsteinen ging, aber durch den Umgang mit dem Schmuck von Toten kannte er sich ein bisschen aus. Sollte es sich bei den Steinen nicht um Fälschungen handeln, ging der Wert der beiden Schatullen in die Hunderttausende. *Einfach so. Im Tresor.*

»Ist etwas dabei, was Ihnen gefällt?«

»Darf ich wissen, woher die stammen?«

Rabih lachte wieder dröhnend und schlug sich gegen die Brust. »Ich schwöre Ihnen, mein Herr, dass sie legal erworben sind. Monsieur Bouler und ich stellen Ihnen die Zertifikate zur Verfügung.«

»Hm. Schön. Wie teuer?«

Der Marrakschi lächelte wieder sehr orientalisch-geheimnisvoll. »Welchen Ring finden Sie schön, mein Herr?«

»Diesen«, sagte er und zeigte willkürlich auf einen Rubin. Er hatte gehofft, einen Opal zu entdecken, doch diesen Gefallen tat ihm der Zufall nicht.

»Vierzigtausend. Ohne zu feilschen.«

Konstantin hatte vierhundert Dirham und zweihundert Euro in der Tasche. Dass Rabih eine EC- oder VISA-Karte akzeptierte, hielt er für unwahrscheinlich, zumal ihm die Bank niemals die Abbuchung eines solchen Betrags erlaubte. *Abgesehen davon, was soll ich mit einem 40 000-Euro-Ring?*

»Ah, ich sehe, Sie finden den Ring nicht mehr so schön. Das kann jedem passieren.« Rabih beherrschte das Kunststück, einen finanzschwachen Kunden das Gesicht wahren zu lassen. Er packte die Schatullen mit den Edelsteinen weg, kettenklirrend und klappernd verschwanden sie im Tresor. Dann legte er ein Holzkästchen vor Konstantin ab und öffnete es ohne Brimborium.

Vor ihm erschien eine Auswahl an Ringen, die mehr oder

weniger sorgfältig mit Nadeln befestigt auf einem schwarzen Kissen lagen. Sicherlich waren sie von Meistern gefertigt, aber die Edelsteine stellten Splitterchen dar, kaum so groß wie das Auge eines kleinen Insekts.

»Sie sagten, Sie suchen etwas Außergewöhnliches, und ich denke, das wäre etwas für Sie.« Rabih präsentierte einen Silberring mit einem Halbedelstein darin, vermutlich Jade, als wären Rubine, Diamanten und Smaragde ohnehin nichts wert.

»Hm«, machte Konstantin, rieb über den Stein, dann über das angelaufene Silber. *Jedenfalls sind sie alt. Alt und ungepflegt.* Er legte den Ring wieder weg und sah, dass ein Stück des schwarzen Stoffs auf dem Kissen umgeschlagen war. Als er es richten wollte, kam darunter überraschend ein weiteres Schmuckstück zum Vorschein, das aus dem Rahmen fiel: ein mit kunstvollen Schnitzereien versehener weißer Männerring, der aus gealtertem Elfenbein bestand.

Auf dem breiten oberen Stück, das einem Siegelring nachempfunden war, ordneten sich vier Nelken aus Silber kreuzförmig an, wobei die Knospen nach außen wiesen; in ihrem Mittelpunkt saß ein fingernagelgroßer Edelstein, über dem ein dünner Schmutzfilm lag.

»Ach herrje. Das alte Ding«, entschlüpfte es Rabih. »Ein echter Ladenhüter. Ich glaube, wir haben es schon dreimal verkauft, aber es kam immer wieder zu uns zurück.«

Konstantin war abrupt von Aufregung gepackt. Er erinnerte sich an seine Nachforschungen zum Thema Vanitas. Das Elfenbein stand demnach für dauernden Bestand, für das Reine. *Und die Nelke … was war noch mal mit ihr? Sarg! Nein, Nagel. Sie steht für das Leiden, das Jesus am Kreuz erduldete.* »Darf ich ihn rausnehmen?«

»Sicher, mein Herr.«

Konstantin hob den Elfenbeinring aus dem Kistchen, drehte ihn und entdeckte auf der Innenseite eine kaum noch sichtbare

Gravur, die man mit viel Vorstellungskraft als Totenschädel deuten konnte. *Sollte das möglich sein?* »Warum wurde er zurückgegeben?«

»Die Käufer behaupteten, sie hätten kein gutes Gefühl beim Tragen. Was natürlich Unsinn ist. Wir verkaufen nur Schmuck ohne Flüche.« Rabih grinste.

»Gibt es dafür auch ein Zertifikat?« Mit dem Daumen rieb er über den Stein, um den Schmutz zu entfernen. Die Grundfarbe war ein helles, wässriges Blau, durch das sich dunklere Adern schlängelten und verästelten. *Kein Opal. Schade.* Die Oberfläche wölbte sich leicht, der Stein wurde durch die Silbernelken wie in einen Schraubstock eingespannt.

»Gegen Flüche nicht. Da müssten Sie meinem Wort vertrauen.« Er zeigte auf den Ring. »Ich weiß nicht, woher wir ihn haben. Aber Monsieur Bouler müsste es wissen.« Seine Körpersprache brachte deutlich zum Ausdruck, dass es ihm am liebsten wäre, wenn Konstantin den Ring weglegte und sich einen anderen aussuchte.

Konstantin dachte gar nicht daran. »Was ist das für ein Stein?«

»Das?« Rabih sah unverhohlen enttäuscht darüber aus, dass er sich so sehr für den Ring interessierte. Mit anderen Worten: Der Ring war zu billig. Für den Geschmack des Händlers. »Das ist ein Harlekin-Opal, mein Herr. Ich denke, er ist eher nicht Ihr Fall, wenn Sie etwas Außergewöhnliches suchen.«

Zwei Vanitasmotive, ein Opal, die Markierung mit dem Totenkopf. Das kann ein Schnitterring sein! Konstantin musste den Ring haben, egal, was er kostete. Er schluckte und wünschte sich ein Glas süßkräftigen Minztee gegen die trockene Kehle. »Wie viel?«

»Ich bin nahezu untröstlich, Ihnen diese Summe nennen zu müssen, die sicher eine Beleidigung für Sie darstellt, weil Sie Ihnen und Ihrem Stil nicht gerecht wird.« Rabih machte ein betrübtes Gesicht. »Nur zehntausend, mein Herr. Euro.« Er lächelte blitzartig. Konstantin verstand: Rabih war ein äußerst gewiefter Kaufmann, der einen Interessenten zuerst geschickt angelockt hatte und ihn nun fest im Würgegriff der Begehrlichkeit hielt. *Und ich bin darauf reingefallen.*

Minsk, Weißrussland

Kristin betrachtete den schlummernden Clarence, der in dem Zimmer lag, in dem Patient 22 vor dem Zwischenfall untergebracht gewesen war.

Professor Smyrnikov stand neben ihr und betrachtete die ersten Untersuchungsergebnisse auf einem Pad, während er unaufhörlich nickte. »Ein sehr guter Proband, Frau von Windau. Blut- und Urinwerte sind bestens, das Nervenwasser ist sauber, keine verborgene Hirnhautentzündung. CT und Kernspin haben ergeben, dass der Mann …«

»Patient 23.«

» … dass Patient 23 kerngesund ist. Er hat ein einwandfreies Gehirn und ist bereit für unsere Operationen.« Er klemmte sich den flachen Computer unter den Arm und sah sie abwartend an. Er wollte von ihr hören, was er anordnen sollte.

»Denken Sie, dass Doktor Tillman in der Lage ist, Willers' Werk fortzuführen?«

»Er hat sich gut eingelebt, doch man merkt ihm an, dass er noch etwas unsicher ist.« Smyrnikov deutete auf Clarence. »Eingriffe, bei denen Menschen wie er eine gravierende Änderung erfahren, ohne dass eine Krankheit bekämpft wird, stehen nicht auf dem Programm der medizinischen Ausbildung. Er behauptet zwar, bereits Forschungen an Menschen vorgenommen zu haben, doch an unsere Art der Experimente muss er sich noch gewöhnen. Theorie und Praxis.«

»Und *wird* er sich daran gewöhnen?« Kristin hatte Tillman mehrmals getroffen, bevor sie ihn nach Minsk holte. Er hatte einen stabilen, ehrgeizigen Eindruck gemacht, jemand, der die Erfolge der Wissenschaft über das Wohl des Einzelnen stellte. Dachte sie. Aber auch McNamara war ein vielversprechender Kandidat gewesen, und ein solches Fiasko wollte sie nicht wiederholen.

Smyrnikov rieb sich über das Kinn. »Ich beobachte ihn genau. Wir sollten ein halbes Jahr abwarten und schauen, wie er sich bei den Operationen benimmt. Ach ja, wo wir beim Thema sind: Die neuen Unterlagen Ihrer Aspirantin aus Paris nehme ich mir gleich vor.« Er deutete auf Clarence. »Gehirnverpflanzung vorbereiten, Frau von Windau?«

Kristin sah auf den Schlafenden, den sie ins künstliche Koma gelegt und an ein EEG angeschlossen hatten, um die Hirnaktivitäten zu überwachen – und an einen Gehirnwellenstimulator, um ihn mittels elektrischer Impulse im Delta-Bereich zu halten, komme was wolle.

Ein solches Desaster wie mit Patient 22 durfte sich keinesfalls wiederholen. Es war schon diesmal schwer genug gewesen, Ersatz für die Toten zu finden. Außerdem war jede Kontaktaufnahme heikel. Es konnte Aufmerksamkeit geweckt werden, die das Institut Leben in den Fokus der westlichen Medien rückte.

»Senden Sie mir eine Liste der möglichen Träger des Gehirns von Patient 23. Ich suche einen davon aus. Inzwischen können Sie die ersten Chemos bei ihm anwenden«, sagte sie und wandte sich ab, um den Raum zu verlassen. Smyrnikov folgte ihr. Sie wollte dafür sorgen, dass Clarence ein gutes neues Zuhause bekam. Ein Körper, in dem er sich wohl fühlte, sobald sie ihn aus dem künstlichen Koma holten. »Wie lange wird die Stammzellenkur brauchen, um die separierten Verbindungen zu reparieren?« Die anhaltenden Erfolge dieser

Therapie fand sie sehr vielversprechend. Die vollständige Verschmelzung von Träger und Hirn rückte näher.

»Wir gehen von sechzehn Wochen aus, um eine Wiederherstellung von sechsundsiebzig Prozent zu erreichen. Patient 22 wurde nur drei Monate entsprechend behandelt und lag bei sechsundsechzig Prozent. Es wird sicherer sein, die Immobilisierung auf vier Monate auszudehnen, um die Stammzellen ihre Arbeit machen zu lassen. Es ist ein Jammer, dass wir bei dem Zwischenfall auch Patient 34 verloren haben.« Smyrnikov sah ehrlich betroffen aus, wobei das vor allem am Verlust seiner Arbeitsergebnisse lag.

»Ja. Sehr bedauerlich.« Kristin sah das Mischwesen aus Singh und Estevez vor sich, das sich so gut entwickelt hatte. Dennoch machten die Forscher unglaubliche Fortschritte und setzten Visionen um, die Mary Shelly mit *Frankenstein* vor beinahe zweihundert Jahren aufgeworfen hatte. »Ich muss zu einem Termin, Professor. Denken Sie bitte an die Einschätzung der Pariser Aspirantin. Gibt es noch etwas Dringendes?«

»Ja«, antwortete er zögernd und deutete auf die Tür seines Büros, an dem sie gerade vorbeigingen. »Kommen Sie, bitte.«

»Wird es länger dauern?« Kristin wollte zu ihrem Sohn. Eugen erwartete sie in Sankt Petersburg auf dem Flughafen. Sie hatte ihm versprochen, mit einer eigenen Maschine zu kommen. Dank einer Spende an die weißrussischen Flugsicherheitsbehörden besaß der mexikanische Learjet eine neue offizielle Kennung und einen frischen Transponder mit harmlosem Code. Die *Los Zetas* würden das Flugzeug niemals zurückbekommen.

»Nein. Aber ich möchte darüber nicht auf dem Gang sprechen.« Er öffnete ihr die Tür, und Kristin ging in sein Büro, verschränkte die Arme.

Smyrnikov umrundete den Schreibtisch, setzte sich und sah zu ihr hoch. »Es geht um die Ergebnisse Ihrer letzten Routinekontrolle.« Da sie sich nicht setzte, fing er an zu erklären. »Wir haben festgestellt, dass die Medikamente, die wir Ihnen gegen die Insomnie verabreichen, schneller als prognostiziert ihre Wirkung verlieren. Auch die Stammzellenkur spricht nicht an. Weitere Regionen Ihres Gehirns sind bereits betroffen. Die Symptome der Krankheit werden zunehmen.«

Kristin spürte, wie sich ihr Magen hob. »Reden Sie von Jahren, Monaten oder Wochen, die mir bleiben?«, flüsterte sie. Ihre Stimme war gegen ihren Willen rauh geworden. Das Treffen mit Eugen wurde umso wichtiger für sie, und er hielt sie mit schlechten Nachrichten auf.

»Das kann ich Ihnen nicht sagen. Wir werden die Stammzellenzufuhr verstärken und versuchen, die Prionen, die Ihr Gehirn zersetzen, aggressiver zu hemmen. Meiner Einschätzung nach sollte es unmittelbarer geschehen als bisher. Die Zugabe mittels Lumbalpunktion reicht nicht aus. Ich plädiere für einen direkten Angriff auf die Herde, die wir bei Ihnen lokalisierten.«

»Oder?«

»Sie leiden bereits an extremen Schlafstörungen und gelangen aus eigener Kraft nicht mehr in die wichtigen tiefen Schlafphasen, Frau von Windau. Es kann nicht mehr lange dauern, bis auch oneiroide Zustände auftreten. Sie werden Traum und Wirklichkeit nicht mehr unterscheiden können. Halluzinatonen, Aufmerksamkeitsstörungen, Muskelzuckungen, Gedächtnisaussetzer folgen. Sie wissen das doch.« Smyrnikov betrachtete sie voller Mitleid, und dieses Mal konnte man es tatsächlich für echt halten. »Mit dem, was wir bei Ihnen erreichten, wäre uns schon ein Nobelpreis sicher.«

»Eine Spritze direkt in mein Hirn«, sprach Kristin aus, was er so verklausuliert ausdrückte. So schnell wurde sie also zu einem seiner Probanden. Sie dachte an die Risiken, an die möglichen Schädigungen durch die Behandlung. Die Nadel zum

Einbringen der Zellen müsste durch sensible Bereiche ihres Hirns. Was würde sie tun, wenn sie ihre Sprache, ihr Augenlicht oder mehr einbüßte? Sie hatte noch zu viel zu tun, um sich derart einschränken zu lassen. »Keinesfalls.«

»Frau von Windau, wenn die Insomnie in der …«

»Wie lange?«, fuhr sie ihn an und nahm die Arme runter, als wollte sie zu einem Kampf antreten. In ihrem Schädel kribbelte es, elektrische Schläge rasten durch den Verstand, und sie sah den Raum plötzlich greller, wie in einem überbelichteten Film.

»Ich weiß es nicht«, erwiderte er und nahm eine abwehrende Haltung ein. »Sie wissen so gut wie ich, dass Sie kein normaler Fall sind.«

Kristin hatte genug von seinem Geschwafel. »Sagen Sie es mir, Professor«, raunte sie drohend. Ihre braunen Augen blitzten. Schwefelgeschmack lag ihr auf der Zunge, der Magen revoltierte.

»Mehr als ein Jahr werden Sie nicht mehr haben. Ohne den invasiven Eingriff, den ich Ihnen vorgeschlagen habe«, entgegnete er resignierend. »Ich kann nur schätzen, das ist Ihnen bewusst. Mit Stammzellen könnten wir die Umwandlung des Eiweißes sowie die Symptome bei gutem Verlauf um ein weiteres Jahr hinauszögern.«

Kristin sah noch immer alles im Grell-Modus, der Raum war in Weiß getaucht, mit Fehlfarben, viel Violett und einer Prise Hellgrau. »Ich bleibe bei meinem Nein.«

Sie verließ das Büro und eilte durch den Korridor, ging in den Fahrstuhl und fuhr ins Erdgeschoss. Gleich darauf stand sie auf der Straße und eilte zu ihrem Mercedes.

Ein Jahr.

Ihre Ausfälle würden stärker werden. Wie lange durfte sie warten, bis sie in den Cryogentank stieg? Und wem übertrug sie die Obhut für sich und ihren Vater? Eugen war zu jung und zu weit weg.

Kristin schloss den Wagen auf und schwang sich hinein. Sie starrte auf die Armaturen, während sie ein Röhrchen mit Tabletten aus der Jacke nahm und zwei davon schluckte. Gegen den Kopfschmerz, gegen das verfälschte Sehen.

Es gab keinen anderen Weg: Sie musste mit ihrem Ex-Mann sprechen und ihn um einen großen Gefallen bitten.

Dieses Unterfangen würde schwieriger als die Entführung von Clarence, das stand fest. Nicht weil es gefährlicher war, sondern wegen der geringeren Erfolgsaussichten, etwas bei ihm zu erreichen.

Ihre Sicht normalisierte sich allmählich, sie konnte die Fahrt zum Flughafen wagen.

Kristin startete den Mercedes und fuhr los. Sie kam zügig voran, auch wenn ihr das Verkehrsaufkommen stärker schien als sonst. Fast wie in Paris.

Wenigstens war der Zwischenstopp dort keine Zeitverschwendung gewesen. Das Gespräch mit der Aspirantin, die ihnen von einem Arzt aus dem Institut empfohlen worden war, erwies sich als vielversprechend. Die Andeutungen über die Art der Forschung, die sie gegenüber der jungen Professorin namens Rambois machte, waren nicht auf Ablehnung gestoßen, und sie vereinbarten ein weiteres Treffen in Paris. Insgeheim wunderte sich Kristin, dass es so viele Frauen gab, die sich für illegale Forschungen interessierten. Sie hätte gedacht, dass der Mutterinstinkt über die Gewissenlosigkeit siegte.

Das Telefon klingelte, Smyrnikovs Name erschien auf dem Display.

Kristin schaltete die Freisprechanlage an. »Ja, Professor? Ich höre.«

»Hallo, Frau von Windau«, vernahm sie die Stimme des Arztes. »Ich sitze wie versprochen über den Unterlagen der französischen Ärztin. Diese Professorin Rambois.«

»Und?« Kristin bog auf den Zubringer zum Flughafen ab.

Dem eindrucksvollen titanfarbenen Mercedes machte man Platz. »Kann man mir ihr etwas anfangen?«

»Die Zeugnisse sind exzellent, ohne Frage. Die Noten in Pathologie und Chirurgie weisen auf eine Pedantin hin, wie wir sie brauchten«, sagte er nachdenklich. »Aber es gibt eine Ungereimtheit, die Sie beim nächsten Treffen überprüfen sollten.«

»Was für eine?«

»Es geht weniger um etwas Medizinisches. Rambois hat angegeben, bei Professor Wischner in Homburg an den Universitätskliniken des Saarlandes in der Experimentellen Chirurgie gearbeitet zu haben. Und das über einen Zeitraum von …«, er blätterte, »… anderthalb Jahren; und anschließend in der experimentellen Neurochirurgie gewesen zu sein. Auch anderthalb Jahre.«

Kristin hatte den Lebenslauf gelesen, doch sie erinnerte sich nicht an die Einzelheiten. »Was hat Sie stutzig gemacht?«

»Ich kenne Wischner. Er war in diesem Zeitraum für ein Jahr in Amerika, als Gastdozent an der Universität von Philadelphia.« Smyrnikov klappte die Unterlagen zu, wie sie vernahm. »Er kann ihr die Bescheinigung nicht ausgestellt haben. Jedenfalls nicht in Homburg.«

Kristin fragte sich, wie weltfremd der Professor war. »Post? E-Mail? Ausdrucke?«

»Frau von Windau, denken Sie, ich würde das nicht in Betracht ziehen? Aber im Gegensatz zu Ihnen ist mir bekannt, dass Wischner seine Zeugnisse *immer* persönlich übergibt und dazu feierliche Worte an seine Mitarbeiter richtet. Immer und ohne Ausnahme.« Smyrnikov freute sich hörbar, im Recht zu sein. »Entweder Rambois ist für ihre Zeugnisse nach Amerika geflogen, oder Wischner war zufällig im Land, was ich wiederum nicht glaube. Was mich zu dem Schluss führt, dass das Zeugnis mit hoher Wahrscheinlichkeit gefälscht wurde. Ich will keine Betrügerin in meinen Reihen wissen.«

»Ich auch nicht, Professor. Danke. Fragen Sie Doktor Dancer, warum er sie uns empfahl. Ich kümmere mich um Rambois.« Kristin legte auf.

Vermutlich wollte die Französin nur ihren Lebenslauf ausschmücken. In ihrem Verstand formte sich eine andere Erklärung für den möglichen Schwindel. Ein Geheimdienst war auf das Institut aufmerksam geworden und hatte ihr einen Spion gesandt. Ob Dancer, der seit zwei Jahren in Minsk forschte, in den Verrat verwickelt war, ließ sich herausfinden. Möglicherweise war er erpresst worden, Rambois einzuschmuggeln.

Kristin überlegte, ob sie sofort nach Paris fahren und sich mit Rambois treffen sollte.

Aber Eugen wartete auf sie in Sankt Petersburg …

Angesichts der Dinge, die ihr Smyrnikov über den Verlauf ihrer Krankheit eröffnet hatte, musste sie ihren Sohn unbedingt sehen und mit ihm sprechen. Er war der Hauptgrund, weswegen sie das alles tat. Er und ihr Vater.

Die Komplikationen wollten einfach kein Ende nehmen. Erst die Sache mit Patient 22, dann Clarence und die *Los Zetas,* jetzt eine Betrügerin, deren wahre Absichten Kristin noch erforschen musste.

Sie beschloss, in den nächsten Tagen und Wochen noch weitere Todesschläfer zu finden und nach Minsk zu bringen. Als Vorrat.

Falls sich ihr Zustand rapide verschlechterte und sie in den Gefriertank musste, benötigte Smyrnikov etliche mehr von ihrer Art. Für Experimente. Da sie den Ärzten nicht zutraute, sich mit Todesschläfern anzulegen, die gut ausgebildet, bewaffnet und organisiert waren, musste sie selbst diese Vorarbeiten leisten. Rücksicht auf die Geheimhaltung ihrer Identität – zumindest, was die Todesschläfer betraf – brauchte sie auch nicht mehr zu nehmen. Seit der Sache mit Clarence durfte den *Deathsleepers* klar sein, wem sie das Verschwinden des DEA-Agenten verdankten.

Als sie den Flughafen erreicht hatte, zwang sie sich, ihr Grübeln zu beenden. Erfreulichere Dinge warteten auf sie. Eugen. Die Stunden mit ihm. Seine Liebe, das Strahlen seiner Augen, sein Humor und sein fröhliches Wesen, das ihr die Kraft gab, ihre Insomnie zu ertragen und ihren Job zu tun. Für ihn und eine gemeinsame Zukunft.

Sie parkte den Mercedes, stieg aus und ging über den Platz und ins Gebäude, dort steuerte sie den Durchgangsbereich für die Privatflieger an.

Nur zum Test, wie sie es gelegentlich machte, blieb sie wie angewurzelt stehen und drehte sich um.

Eine Frau, die etwa zehn Meter hinter ihr entfernt ging, bog unvermittelt zu einem Zeitschriftenstand ab und schien in plötzlich aufgeflammtem Interesse die ausgelegten Zeitschriften zu betrachten. Sie beachtete Kristin mit keinem Blick, doch ihr Verhalten war auffällig genug.

Bei genauerem Betrachten der Flughafenhalle meinte sie, noch zwei Personen ausgemacht zu haben, einen Mann und eine Frau, die sich benahmen, als seien sie ertappt worden. Nervöse Blicke, falsches Lachen, fahrige Bewegungen.

Daraus schloss Kristin erstens, dass es sich bei den Agenten um Anfänger handelte, zweitens, dass die drei keine Todesschläfer waren, und drittens, dass sich neuerdings ein Geheimdienst für sie interessierte, der in Weißrussland operierte.

Spontan änderte sie ihren Plan.

Der Abflug würde sich um wenige Minuten verzögern.

Die Boten des Todes

Vor alten Zeiten wanderte einmal ein Riese auf der großen Landstraße, da sprang ihm plötzlich ein unbekannter Mann entgegen und rief: »Halt! Keinen Schritt weiter!«

»Was«, sprach der Riese, »du Wicht, den ich zwischen den Fingern zerdrücken kann, du willst mir den Weg vertreten? Wer bist du, daß du so keck reden darfst?«

»Ich bin der Tod«, erwiderte der andere, »mir widersteht niemand, und auch du mußt meinen Befehlen gehorchen.«

Der Riese aber weigerte sich und fing an, mit dem Tode zu ringen. Es war ein langer, heftiger Kampf, zuletzt behielt der Riese die Oberhand und schlug den Tod mit seiner Faust nieder, daß er neben einem Stein zusammensank.

Der Riese ging seiner Wege, und der Tod lag da besiegt und war so kraftlos, daß er sich nicht wieder erheben konnte.

»Was soll daraus werden«, sprach er, »wenn ich da in der Ecke liegenbleibe? Es stirbt niemand mehr auf der Welt, und sie wird so mit Menschen angefüllt werden, daß sie nicht mehr Platz haben, nebeneinander zu stehen.«

Indem kam ein junger Mensch des Wegs, frisch und gesund, sang ein Lied und warf seine Augen hin und her. Als er den halb Ohnmächtigen erblickte, ging er mitleidig heran, richtete ihn auf, flößte ihm aus seiner Flasche einen stärkenden Trank ein und wartete, bis er wieder zu Kräften kam.

»Weißt du auch«, fragte der Fremde, indem er sich aufrichtete, »wer ich bin und wem du wieder auf die Beine geholfen hast?«

»Nein«, antwortete der Jüngling, »ich kenne dich nicht.«

»Ich bin der Tod«, sprach er, »ich verschone niemand und kann auch mit dir keine Ausnahme machen. Damit du aber siehst, daß ich dankbar bin, so verspreche ich dir, daß ich dich nicht unversehens überfallen, sondern dir erst meine Boten senden will, bevor ich komme und dich abhole.«

»Wohlan«, sprach der Jüngling, »immer ein Gewinn, daß ich weiß, wann du kommst, und so lange wenigstens sicher vor dir bin.«

Dann zog er weiter, war lustig und guter Dinge und lebte in den Tag hinein.

Allein Jugend und Gesundheit hielten nicht lange aus, bald kamen Krankheiten und Schmerzen, die ihn bei Tag plagten und ihm nachts die Ruhe wegnahmen.

»Sterben werde ich nicht«, sprach er zu sich selbst, »denn der Tod sendet erst seine Boten, ich wollte nur, die bösen Tage der Krankheit wären erst vorüber.«

Sobald er sich gesund fühlte, fing er wieder an, in Freuden zu leben. Da klopfte ihn eines Tages jemand auf die Schulter: Er blickte sich um, und der Tod stand hinter ihm und sprach: »Folge mir, die Stunde deines Abschieds von der Welt ist gekommen.«

»Wie«, antwortete der Mensch, »willst du dein Wort brechen? Hast du mir nicht versprochen, daß du mir, bevor du selbst kämest, deine Boten senden wolltest? Ich habe keinen gesehen.«

»Schweig«, erwiderte der Tod, »habe ich dir nicht einen Boten über den andern geschickt? Kam nicht das Fieber, stieß dich an, rüttelte dich und warf dich nieder? Hat der Schwindel dir nicht den Kopf betäubt? Zwickte dich nicht die Gicht in allen Gliedern? Brauste dir's nicht in den Ohren? Nagte nicht der Zahnschmerz in deinen Backen? Ward dir's nicht dunkel vor den Augen? Über das alles, hat nicht mein leiblicher Bruder, der Schlaf, dich jeden Abend an mich erinnert? Lagst du nicht in der Nacht, als wärst du schon gestorben?«

Der Mensch wußte nichts zu erwidern, ergab sich in sein Geschick und ging mit dem Tode fort.

Gebrüder Grimm, Kinder- und Hausmärchen
Ausgabe von 1857

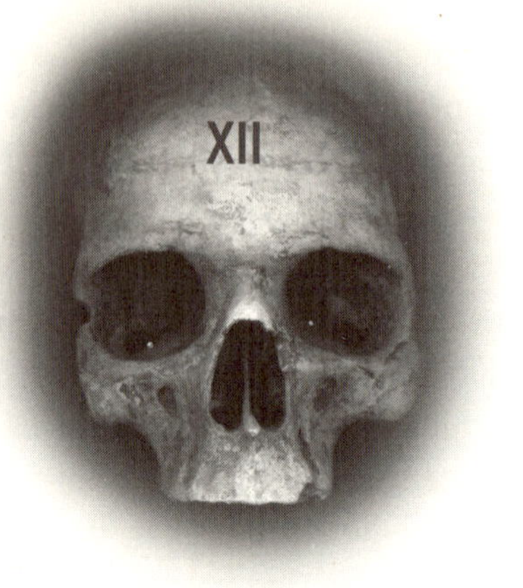

Ich fürchte nicht den Tod,
der mich zu nehmen kümmt;
Ich fürchte mehr den Tod,
der mir die Meinen nimmt.
Friedrich von Logau, Sinngedichte

Marrakesch, Marokko

Konstantin hielt den Elfenbeinring in den Fingern, sah den Harlekin-Opal im Licht aufleuchten und die silbernen Nelken schimmern.

Zehntausend Euro. Die Summe hallte wie ein Glockenschlag in seinem Kopf. *Ist das zu viel oder angemessen?* Wie sollte er so schnell prüfen können, ob die Forderung überzogen war? Am Ende bezahlte er für nichts, weil das Schmuckstück keiner der legendären Schnitterringe war. »Welches Unglück brachte er denn?«

Rabih hatte sich nicht bewegt, präsentierte sein Händlerlächeln, das deutlich machte, dass es ausnahmsweise kaum Verhandlungsspielraum gab. Auch nicht durch die Geistergeschichten, die sich um den Schmuck rankten. »Weiß ich nicht, mein Herr. Monsieur Bouler könnte Ihnen da behilflich sein.« Er nahm Konstantin den Ring behutsam, doch bestimmt aus den Händen. »Am besten, Sie kommen morgen wieder.«

Konstantin zögerte, doch er hatte kaum eine andere Wahl. Er konnte den Ring ohnehin nicht bezahlen, ohne vorher eine Bank aufzusuchen. »Gute Idee. Ich wüsste schon gerne, welches Elend ich mir vielleicht an die Fersen hefte, bevor ich zehntausend Euro in einen Ring investiere.« Er machte gute Miene zum Händlerspiel und sah zu, wie die Holzschatulle irgendwo unter dem Tresen im Tresor verschwand.

Bis morgen bekam er Zeit, das Geld zu beschaffen. Es wäre sicherlich sinnvoller, Bouler die gewünschte Summe zu bezahlen. Vor allem wollte Konstantin erfahren, welche Todesfälle sich rund um den Ring ereignet hatten und, und, und ... Es schien Schicksal zu sein, dass die Suche nach Arctander sich mit seinen Nachforschungen zu den Schnittersteinen verband. *Rückzug.* »Ich bedanke mich für Ihre Zeit und Ihre Mühe.« Er zog sämtliche Dirhams aus der Tasche und drückte sie Rabih in die Hand. »Ach, hätten Sie zufällig eine Foqia für mich? Es wird angenehmer sein als meine Sachen.«

»Aber sicher, mein Herr. Folgen Sie mir.«

Gemeinsam verließen sie den Laden und kehrten in Rabihs eigenes Geschäft zurück, aus dem Konstantin keine fünfzehn Minuten später in einer weißen Foqia mit silberner Borte herauskam und noch zwei weitere gekauft hatte, in Grau und Schwarz. Er trug die beiden zusammen mit seiner alten Kleidung er in einer Plastiktüte. Plastiktüten schienen neuerdings sein beliebtestes Accessoire zu sein.

Im Hotel gönnte er sich zunächst einen Besuch im hauseigenen Hammam, ließ sich die Müdigkeit und den Schweiß abwaschen, bekam eine Schaummassage und warf sich danach die schwarze Foqia über, um ein nahes Restaurant zu besuchen. Zum Lesen hatte er die Grimmsche Märchensammlung dabei.

Gemütlicher geht es kaum. Bei Tee und Orangensalat widmete er sich dem Märchen *Die Boten des Todes.*

Auch hier war der Tod real, eine Gestalt, mit der man sprechen und die man sogar niederschlagen konnte. Märchen waren jedoch keine Fakten, auch wenn er sich wünschte, ebenso mit dem Gevatter umspringen zu können. Er betrachtete die Erzählungen der Grimms als Anregung und Ideengeber.

Was geschähe wohl, wenn der Tod stirbt? Konstantin suchte nach Informationen zu dem Riesen, dem es gelungen war, den Schnitter niederzuschlagen, entdeckte aber nichts.

Interessant fand er die Aussage, dass der Schlaf der leibhaftige Bruder des Todes sei.

Da ist die Verbindung zu mir. Dem Todesschläfer. Er sah sinnierend auf seinen dampfenden Tee hinab, dann grinste er plötzlich. *Ich sollte ein eigenes Märchen schreiben. Darüber, wie sich Schlaf und Tod stritten, und der Schlaf uns erschuf, um seinen Bruder zu ärgern. Ein Familienstreit.*

Konstantin spann die Annahme weiter, dass der Schlaf ebenso wie der Tod eine personifizierte Gestalt hatte.

Der Schlaf war ohnehin ein Scherzbold, ein Sadist und ein Freudenspender, gab den Menschen gute und schlechte Träume, je nach Belieben. Einem derartig sprunghaften Charakter traute Konstantin zu, Todesschläfer zu seinem eigenen Vergnügen erschaffen zu haben, um sich an den Ausbrüchen seines Bruders zu ergötzen.

Er verwarf den Gedanken. Da er nicht annahm, in der echten Welt auf einen Riesen zu treffen, den er dazu bringen konnte, den Schnitter niederzuschlagen und festzuhalten, wandte er sich einer anderen Idee zu. Mit dem Stift schrieb er die Überlegungen auf die Restaurantserviette.

Folgte er der Spur des *Gevatter Tod*-Märchens, war es vielleicht möglich, dass manche Ärzte den Tod erkannten. Intuitiv. Dass es unter ihnen Menschen gab, die den Tod sogar als Gestalt wie im Märchen sahen, glaubte er nicht.

Konstantin seufzte. *Aber es würde alles viel einfacher machen. Ich könnte den Arzt bitten, mit dem Schnitter an meiner Stelle zu reden und ihm einen Deal vorzuschlagen. Irgendwas als Gegenleistung. Er bekäme alles von mir, damit ich ein normales Leben führen könnte.*

Erst mal musste er einen Arzt finden, der irgendeine Verbindung zum Tod hatte. Die Zahl der Mediziner auf der Welt war unüberschaubar, aber wenn es unter ihnen solche geben sollte, wie er sie suchte, dann waren es sicher die effektivsten Ärzte der Welt. Mediziner, die todgeweihte Patienten retteten, ohne dass die Fachwelt eine Erklärung fand; ohne dass es einen nachweisbaren Grund gab. Religiöse Menschen oder selbsternannte Heiler, die Schwerkranke vor dem Tod bewahrten, wanderten ebenso auf seine Serviettenliste.

Nachdenklich rührte er in seinem Tee und betrachtete seine gekrakelten Stichwörter. *Das ist unglaublich viel Arbeit. Suchen und aussortieren, suchen und aussortieren.*

Konstantin legte sich einen Plan zurecht. Er wollte bei den erfolgreichsten Ärzten und Medizinern beginnen, von denen in seriösen Zeitungen berichtet wurde. Das erleichterte die Recherche. Parallel dazu würde er Klatschblätter lesen und Internetforen nach abstrusen Spontan- und Fremdheilungen durchforsten müssen. Ihm war bewusst, dass sein Plan dünn war, aber einen besseren hatte er leider nicht.

Ebenso wenig wusste er, wie er sich und sein Anliegen diesen Ärzten vorstellen sollte. Er sah sich in eine Praxis gehen und sagen: »Guten Tag, mein Name ist Korff, und ich wollte wissen, ob Sie den Gevatter am Bett eines Patienten stehen ehen? Ja? Ehrlich? Prima! Ich hätte da ein paar Fragen an ihn. Wären Sie so nett und übersetzten?«

Was tue ich denn hier? Er blickte niedergeschlagen auf die Notizen und das Märchenbuch. *Normale Menschen werden mich auslachen, es für einen Scherz halten. Wie Iva.*

Der Gedanke an sie war schmerzhaft. Ihre Botschaft trug er mit sich, ungelesen, unbeantwortet. Die ganzen letzten Tage.

Konstantin las ihren Brief aus Angst nicht. Aus Angst, es könnte etwas darin stehen, was seine Hoffnungen unwiderruflich zerstörte. Lapidare Sätze wie »Es ist aus«, oder »Es war schön«, oder »Verpiss dich, du Verrückter!«

Vielleicht schickt sie mir auch Psychiater-Adressen? Konstantin musste auflachen. Es war ungewiss, wie sie nach seinem seltsamen Abgang zu ihm stand. Umso mehr wollte er die Hoffnung auf ein gutes Ende nicht aufgeben. Deswegen suchte er nach einer Möglichkeit, seinem Fluch zu entkommen.

Ich kümmere mich lieber wieder um Bouler und Arctander. Die sind wenigstens real. Er aß seinen Teller leer, die Säure der Orangen prickelte leicht in seinem Mund. Frisch schmeckten sie einfach herrlich.

Konstantin gönnte sich anschließend zwei Mokkas und warf noch eine Extrapille Guarana hinterher, um sich anhaltend zu dopen, und kehrte nicht in der besten Stimmung in sein Hotel zurück, wo er die Unterlagen deponierte.

Danach ging er zu Fuß zurück in die *Avenue Palestine,* um einen guten Observationsstandort zu finden und von dort aus das Geschäft zu belauern.

Konstantin wollte unbemerkt einen ersten Eindruck von Bouler bekommen, bevor er ihn aufsuchte. Was für ein Antiquitätenhändler lagerte Schmuck in Höhe von hunderttausend Euro in einem Tresor? *War überhaupt eine Alarmanlage in der Bude installiert?*

Im Viertel Daoudiate dürfte es kein Geheimnis sein, was Bouler hortete. Anscheinend respektierte man den Geschäftsmann, sonst würde der Laden regelmäßig ausgeraubt werden. *Ließ man ihn aus Ehrfurcht oder aus Angst in Ruhe?*

Konstantin lief die Straße entlang, auf der nicht mehr viel los war. Im Gegensatz zu den touristischen Gebieten verschwanden die Einheimischen in ihren Betten, um morgens ihrem Handwerk nachzugehen, bevor die Sonne zu hoch stand und es viel zu heiß war. Nur in den Teestuben und in zwei kleinen Cafés saßen wenige Männer bei Tee und Shisha zusammen, spielten Schach oder Backgammon, schauten sich Fußball in alten Fernsehern an und bejubelten die Torerfolge der Spieler.

Konstantin wurde von den wenigsten wahrgenommen, und wenn, dann mit Desinteresse. TV und Brettspiel waren wichtiger als ein Fremder, der sich verkleidet nach Daoudiate verlaufen hatte.

Kurz nach Mitternacht. Je näher er Boulers Geschäft kam, desto vorsichtiger wurde er, achtete auf seine Umgebung und das, was sich in den Schatten tat. Es konnte sein, dass der ominöse Thielke auf die gleiche Idee wie er gekommen war. *An seiner Stelle wäre ich schon hier.*

Die Fenster der Häuser um den Laden herum waren hell erleuchtet und offen, Gespräche klangen heraus, lautes Lachen und Klatschen. Bauchtanzmusik ertönte, die sich handgemacht anhörte. Während überall Ruhe im Viertel einkehrte, feierte man ausgerechnet in diesem Teil Daoudiates ganz gerne.

Ungestörtheit wäre mir lieber gewesen. Konstantin erklomm mühelos die Fassade eines Hauses und stellte fest, dass die Foqia genug Beinfreiheit ließ, um sich gut darin zu bewegen. Er hatte das Hausdach schräg gegenüber von Boulers Laden als Spähposten auserkoren.

Mit einem Satz schwang er sich über die Umrandung und landete auf einer Terrasse, auf der weiße Laken auf meterlangen Leinen zum Trocknen hingen. Sie rochen nach Seife, flatterten leise im warmen Nachtwind und berührten Konstantins Nacken, als er hinter einem Mäuerchen abtauchte und die Tür des Geschäfts über die Kante betrachtete.

Konstantin fühlte sich wach und ausgeruht, der Kaffee und das Guarana taten ihren Teil dazu. Die Nacht würde schnell vergehen, und im Laufe des Vormittags, so hoffte er, würde der Inhaber auftauchen. *Sonst werde ich auf der Terrasse gebraten.* Abgesehen von den dünnen Wäscheleinen würde es keinen Schutz vor der afrikanischen Sonne geben.

Die Minuten verstrichen. Es wurde halb eins, dann ein Uhr.

Die Bewohner des Viertels stellten die Party ein. Aus der Altstadt hallten die Klänge eines Touristenspektakels zu ihm. Scheinwerfer strahlten in den Himmel, eine Lasershow malte Bilder in Rot und Grün in aufsteigenden Kunstnebel.

Kurz nach halb zwei erklang das Brummen von Motoren. Alte, schwarze Mercedeslimousinen erschienen unten auf der Straße. Die Modelle stammten aus den Siebzigern und lagen sehr tief in der Federung.

Gepanzert?

Vor Boulers Geschäft hielten sie an.

Jetzt richtete sich Konstantin auf, ohne seine Deckung zu verlassen. *Ah, ist das der Chef?*

Die Wagentüren öffneten sich, nicht weniger als acht Leibwächter schoben sich ins Freie, während die Fahrer sitzen blieben. Die Männer trugen Foqias mit Sakkos darüber. Damit sich ihre Pistolen besser verbergen ließen, wie Konstantin vermutete.

Er hatte keine Waffen dabei, das wäre schon wegen des Flugs nicht gegangen. Selbst zu seinen Attentäterzeiten hatte er höchstens ein Messer mit sich geführt, was daran lag, dass er ein miserabler Schütze war.

Einer der Bodyguards klopfte auf das Dach der mittleren Limousine. Ein älterer Mann stemmte sich heraus, den Konstantin auf um die sechzig schätzte. *Ist das Bouler?*

Da kam Rabih aus dem Haus gelaufen, gekleidet in einen Morgenmantel und mit verwuschelten, langen schwarzsilbernen Haaren, die ihn wie einen verwegenen Abenteurer wirken ließen. »Monsieur Bouler!«, rief er aufgeregt und winkte. »Sie sind ja schon da? Was ist denn los? Wieso haben Sie nichts gesagt, ich hätte ...«

»Du hast mich verraten. Hast mich bestohlen. Nach so vielen Jahren.« Bouler schnippte mit dem Finger und zeigte auf seinen Kompagnon. Einer der Leibwächter griff unter das Sakko und zog eine Micro-Uzi mit Schalldämpfer, der verdickte Lauf richtete sich auf den verschlafenen Hammam-Zubehörverkäufer.

Rabih klappte der Mund auf. »Aber Monsieur! Monsieur, ich ...«

Zwipp, zwipp, zwipp, zwipp, machte es. Und nochmals *zwipp.* Vor der Mündung war kein verräterischer Blitz zu sehen, aber das leise Klirren der Hülsen auf dem Asphalt hallte durch die Stille der Nacht.

Unter Rabihs Kinn erschienen rote Spritzer. Er sah an sich hinab, auf die Löcher in seinem Morgenmantel und die Blutflecken, die sich rasch vergrößerten. Fast im selben Moment fiel er nach vorne, der rechte Arm zuckte kurz, als wollte er sich abfangen, dann stürzte er auf die Straße.

Konstantin verfolgte die Vorgänge gebannt. Was ging da vor?

»Bringt ihn ins Haus und erledigt seine Familie. Beeilt euch. Wir haben nicht viel Zeit«, wies Bouler seine Männer an. »Interpol war dicht an uns dran.«

Zwei Bodyguards gingen los und schleiften die Leiche zurück in das Hammam-Zubehörgeschäft und verschwanden, drei weitere folgten ihnen.

Interpol? Es war klar, dass es ungemütlich für Rabihs Familie wurde. Mehr als das. *Scheiße, und ich kann nichts tun.* Konstantin fragte sich, warum Bouler gleich die ganze Familie ermordete. *Hat er Angst, dass seine Geheimnisse verraten werden?*

Bouler ging unterdessen zu seinem Laden und verschwand darin. Zwei seiner Leute blieben draußen an der Tür und sicherten ihn, der letzte begleitete ihn hinein.

Das Licht im Geschäft ging an. Glas und Porzellan gingen zu Bruch, es krachte laut, gefolgt von Poltern und Rumpeln. Durch die offene Tür sah Konstantin Bouler, der die Kassetten aus dem Tresor genommen hatte, sie aufklappte und mit genauem Blick ihren Inhalt prüfte.

Nicht das Holzkistchen! Nicht das Holzkistchen! Konstantin presste die Hände zusammen. *Lass es da, was immer du sonst auch vorhast. Bitte, ich brauche es!*

Doch die hölzerne Schatulle verschwand ebenso in der Tasche, dann ging Bouler auf den Ausgang zu und rief Anweisungen durch den Laden.

Feuerschein flackerte Sekunden später auf. Der Leibwächter hatte einen Brand gelegt, Kunstschätze und Sammlerstücke wurden rücksichtslos den Flammen ausgesetzt.

Vor der Tür drehte der rechte der Bodyguards den Kopf plötzlich nach links, zog dabei eine schallgedämpfte Pistole und schoss ohne Vorwarnung scheinbar sinnlos in die Schatten. Sein Begleiter sprach in sein Headset und riss die Micro-Uzi ebenfalls in den Anschlag.

Auf das *Zwipp* aus dem Lauf des Leibwächters folgte beinahe unmittelbar ein krachendes BAMM, BAMM, BAMM, BAMM.

An der gegenüberliegenden Ecke des Geschäfts wurden lange Feuerlinien sichtbar und warfen einen orangegelben Schein auf die Gesichter der Getroffenen. Thielke presste sich gegen eine Backsteinwand, den Arm mit dem LeMat-Revolver ausgestreckt.

Die Foqias und Sakkos der beiden Bodyguards beulten sich am Rücken aus und explodierten förmlich, Blut und Gewebefetzen verteilten sich am Haus, auf der Straße, spritzten gegen die Limousinen und besprenkelten das Schaufenster. Die Männer wurden durch die Einschläge der zwölf Millimeter großen Projektile nach hinten geschleudert, ehe sie stürzten. Rote Lachen breiteten sich um die toten Körper aus.

Bin ich froh, dass er mir nur ins Bein geschossen hat! Konstantin blieb auf seiner Position. Eingreifen konnte und wollte er nicht – höchstens wenn sich die Gelegenheit bot, an die Schatulle mit dem möglichen Schnitterring zu gelangen. *Thielke kann von mir aus unter den Leibwächtern aufräumen. Ich hoffe, Bouler bekommt nichts ab. Ich brauche ihn.*

Bouler erschien auf der Schwelle, sah dorthin, wo Thielke sich verborgen hielt, und brüllte Befehle. Das Feuer in seinem Laden verhinderte eine Flucht durch den Hinterausgang. Er blieb kauernd im Türrahmen hocken und schickte seinen Bodyguard vor, der blind in die Richtung des Angreifers ballerte, um seinem Chef auf dem Weg zum Wagen Deckung zu geben.

Ein präziser Kopfschuss zwischen die Augen, der den hinteren Teil des Schädels auseinanderplatzen ließ, warf den Mann gegen die mittlere Limousine, wo er auf der Motorhaube liegen blieb. Blut aus der riesigen Wunde verteilte sich sturzbachartig über dem Blech.

Die übrig gebliebenen Leibwächter mussten die donnernden Schüsse aus dem LeMat gehört haben, aber sie zogen es anscheinend vor, im schützenden Haus von Rabih zu bleiben. Die Fahrer kauerten sich in den Wagen zusammen und wagten nicht, auszusteigen oder wegzufahren.

Bouler schrie immer noch, trat aber nicht aus seinem Geschäft. Erst als Rauchschwaden aus der Tür trieben und den Mann und die Straße vor ihm immer mehr einhüllten, schien er sich für einen Ausfall bereit zu machen.

Clever. Das wird ihn besser vor Thielkes Kugeln schützen als seine Bodyguards. Konstantin überlegte, ob er jetzt eingreifen sollte. Bouler besaß den Gevatterring und durfte nicht entkommen.

Plötzlich tauchte Bent Arctander auf! Er trat von links aus einer Seitenstraße und schien verwundert über die Geschehnisse zu Bouler zu blicken.

Der Franzose rief ihm etwas zu und reckte den Finger drohend gegen ihn.

Gleich darauf verschwand der Narkoleptiker wieder in die Gasse, aus der er gekommen war. *Zwipp, zwipp, zwipp* – Stein barst an der Häuserecke, hinter welcher der Narkoleptiker eben verschwunden war. Die Leibwächter aus dem Hammam-Zubehörladen schossen auf Arctander. Er lag im Gegensatz zu Thielke direkt in ihrem Schussfeld, ohne dass sie ihre Deckung verlassen mussten.

Konstantin rannte geduckt auf dem Dach entlang. *Sie werden ihn in einen Anfall hetzen, diese Penner! Und welche schrecklichen Folgen ein Anfall haben konnte, war oft genug in den Nachrichten gewesen.*

Gleichzeitig hastete Bouler aus seinem Geschäft und hechtete in die Limousine, die sich daraufhin in Fahrt setzte. Sie bog mit hoher Geschwindigkeit in das Sträßchen, in das Arctander gerannt war.

Konstantin richtete sich auf, während er rennend von Haus zu Haus sprang, und sah hinunter in die Gasse, die der Mercedes mit eingeschalteten Scheinwerfern entlangbrauste. Er fuhr Mülltonnen um, zerschmetterte abgestellte Kisten mit altem Gemüse und Obst und gabelte zwei nächtliche Passanten frontal auf die Stoßstange; schreiend flogen sie durch die Luft und blieben schwer verletzt liegen.

Es dauerte nur einen kurzen Moment, bis der Mercedes Arctander erreichte und langsamer wurde. Keine fünf Meter vor der blutfeuchten Motorhaube hetzte er in einer weißen Foqia die Gasse entlang, versuchte verzweifelt zu entkommen. Vergeblich.

Konstantin musste zusehen, wie der Mercedes dem Narkoleptiker in die Waden fuhr und ihn zu Fall brachte. Sofort bremste der Fahrer, um ihn nicht zu überrollen.

Arctander überschlug sich mehrmals und touchierte die Wand mit der rechten Gesichtshälfte.

Bouler, eine Micro-Uzi in der Hand haltend, stieg aus wie von der Tarantel gestochen und packte den bewusstlosen Todesschläfer, um ihn am Kragen in den Wagen zu zerren.

Nein. Der gehört mir. Konstantin überlegte nicht lange und sprang über den Rand hinab. Er landete genau auf dem Dach des Mercedes, das dünne Metall bog sich durch und nahm dem Aufprall die Wucht. Aus dem Inneren drang ein überraschter Schrei.

Bouler reagierte abgeklärt und richtete die Micro-Uzi auf Konstantin, drückte ab.

Mit einem Salto rückwärts brachte er sich aus dem Schussfeld, landete auf der Fahrerseite. Er zog den Kopf ein und wartete, bis das hohe Zwiepen und das Kugelprasseln endete.

Kaum machte es *klick,* schnellte er in die Höhe – und sah in die Mündung einer Automatikpistole. *Scheiße.* Konstantin erstarrte.

Der Franzose hatte nicht nachgeladen, sondern die Uzi einfach gegen eine andere Waffe getauscht.

Bouler sah ihn über das Visier an. »Wer bist du denn?«, schnarrte er, dem Akzent nach stammte er aus der Languedoc-Gegend. »Wo ist dein Kumpel?«

»MI6«, sagte Konstantin. *Wenn es bei Jester funktionierte, warum nicht bei mir?* »Ich bin Agent des britischen Geheimdiensts und habe den Auftrag, Sie und Monsieur Arctander sicher aus Marrakesch rauszubringen.«

Boulers Gesicht verzog sich, die Skepsis war ihm deutlich anzusehen. »Was?« Er gab seinem Fahrer Anweisung, den Bewusstlosen ins Auto zu hieven.

»Monsieur Arctander ist Träger eines seltenen Virus, das er sich im Verlauf eines Experiments eingefangen hat«, redete Konstantin weiter und lauschte. *Keine Sirenen, keine sonstigen Verfolger?* »Durch ihn könnten sehr viele Menschen ums Leben kommen, Monsieur Bouler. Ich habe …«

»Hättest du Interpol und Diamantenschmuggel gesagt, hätte ich dir geglaubt. Getötet hätte ich dich trotzdem!« Der Franzose drückte in rascher Folge ab. Die Schüsse entluden sich ungedämpft mit lautem Knallen.

Konstantin hechtete hinter den Wagen, noch bevor Bouler seinen Satz beendet hatte. Die Projektile verfehlten ihn nur um Haaresbreite.

Der Mercedes raste davon und ließ ihn auf der Straße zurück.

Wütend erhob sich Konstantin. »So eine …« Er trat aus Frust gegen die Reste einer zerborstenen Obstkiste. Arctander weg, Bouler weg, Ring weg. *Na, der Ausflug nach Marrakesch hat sich ja gelohnt.*

Er wischte sich den Staub von der Foqia, die arg in Mitleidenschaft gezogen worden war. Um ihn herum wagten sich die ersten Menschen an die Fenster, auf Balkone und Dächer, um nach der Quelle des Krachs zu schauen.

Er wusste nicht, wo genau er sich in Marrakesch befand, aber er hielt es für sicherer, sich weiter von der Avenue Palestine zu entfernen, um nicht von der Polizei oder Interpol aufgegriffen und befragt zu werden. Bouler schien in ein internationales Verbrechen verwickelt zu sein, vermutlich wegen des Schmucks, den er verkaufte. Konstantin hoffte, dass er nicht ins Visier der Fahnder geraten war, sonst bekam er Schwierigkeiten, aus denen ihm nicht mal Jester helfen konnte.

Hinweisschilder verdeutlichten ihm freundlicherweise, dass er sich nahe der Altstadt befand. Moscheen, Museen, verschiedene Sehenswürdigkeiten waren ausgewiesen.

Na, gut. Von hier aus finde ich in mein Hotel zurück. Konstantin wollte eben nach rechts abbiegen, als er eine Gestalt in einem Torbogen ausgestreckt auf dem Boden liegen sah. Ein Einheimischer. Er hielt einen Reisigbesen in der Rechten, und vor ihm stand eine Mülltonne, an der angebunden eine Kehrichtschaufel baumelte.

Ein Straßenkehrer. Konstantin ging zu ihm und kniete sich neben ihn, prüfte den Puls.

Nichts.

Das leise Prasseln von Feuer drang an sein Ohr, Musik dudelte dazu, die von einem hundertfach überspielten Kassettenband zu stammen schien. Es roch nach garendem Fleisch, nach Gewürzen und nächtlicher Stadt, die Luft war angefüllt von Staub und Abgasen, dem Odeur von warmen Steinen und Asphalt. Ein sanfter Wind blies, säuselte leicht und spielte mit Stoffbannern und Fahnen, die ein leises Flattern und Knattern verursachten.

Sonst war alles unerklärlich ruhig. Weder Stimmen noch Lachen noch ein anderer Laut, der von einem Menschen herrührte.

Und das irritierte Konstantin.

Stärker werdender Flammenschein fiel auf sein Gesicht, und er hob den Kopf. Der Torbogen, unter dem der Straßenkehrer lag, führte auf einen großen Platz. Konstantin ging ein paar Schritte weiter – und das Grauen packte ihn, sandte Eisesschauer über seinen Rücken. Ihm wurde schlecht, die Kopfhaut prickelte.

Menschen jeden Alters lagen auf dem Platz umher. Händler hingen über den Auslagen ihrer Stände, ein Koch war nach vorne auf seinen Grill gestürzt und verbrannte nun zusammen mit dem Fleisch, das er aufgelegt hatte. Die Flammen tanzten über den Körper, verschmurgelten die Haut, die Haare, den Stoff.

Konstantin starrte wie gebannt auf das schreckliche Bild. Er erkannte, dass die Toten wie von einem starken Sturm gefällte Bäume alle in eine bestimmte Richtung gestürzt waren. Die Menschen lagen mit den Fußsohlen in Richtung einer alten, schwarzen Mercedeslimousine. Das Zentrum des Todes. Der Anblick erinnerte an die Halme der ominösen Kornkreise in Getreidefeldern.

Boulers Wagen! Konstantin ging langsam darauf zu, seine Beine zitterten. *Die Arbeit des wütenden Schnitters.* Er vermochte die Anzahl der Opfer unmöglich zu schätzen.

Zweitausend?

Dreitausend?

Die Stille auf dem Platz flößte ihm Angst ein – weil sie absolut war. Weder gab es Wimmern von Verwundeten noch Hilfeschreie der Überlebenden. Der Tod in seiner reinsten, natürlichsten Form hatte die Lebensfäden der Menschen gekappt. Ihre Lebenslichter ausgelöscht. Die Herzen angehalten.

Das ist … Konstantin fand keine Worte, um sein Entsetzen zu beschreiben. Bent Arctander war aus der Ohnmacht erwacht und hatte einen narkoleptischen Anfall erlitten. Und das war das Resultat. Er stand wahrhaft inmitten der Djemaa el Fna: der Versammlung der Toten.

Er erreichte die Limousine und bemerkte, dass die rechte Hintertür auf der anderen Seite geöffnet war. Der Fahrer saß tot auf dem Sitz, Bouler daneben, die Augen weit aufgerissen. Ein Speichelfädchen sickerte aus seinem Mundwinkel, als würde sich eine Spinne daraus abseilen. Bent Arctander war verschwunden.

Wieso hält sich der Idiot nicht von Städten fern? Konstantin rief sich zur Ordnung und durchsuchte Boulers Taschen, steckte den Geldbeutel ebenso ein wie das teure Marken-Smartphone und zwei Briefumschläge. Er erhoffte sich Informationen zur Verbindung zwischen dem Franzosen, Thielke und dem Todesschläfer.

Plötzlich gellte ein langgezogener Schrei durch Marrakeschs Nacht. Das Massaker war bemerkt worden.

Hastig suchte er nach dem Holzkistchen und fand es. Ein Schuss mit Boulers schallgedämpfter Pistole zerstörte das Schloss.

Die Schreie häuften sich. Gleich würde es hektisch werden und von Spezial- und Rettungskräften wimmeln.

Konstantin öffnete den Deckel, wühlte achtlos in den Ringen herum, bis er das Elfenbein schimmern sah. Er nahm das Schmuckstück an sich und entfernte sich anschließend vom Platz, darauf achtend, dass ihn niemand verfolgte. Auf dem schnellsten Weg kehrte er in sein Hotelzimmer zurück.

Angeschlagen wie nach hartem Training oder einer ausgiebigen Runde Parkour plumpste er in den dunkelroten Ledersessel. *Scheiße!* Mit fahrigen Bewegungen schenkte er sich einen Whiskey aus der Minibar ein und stürzte ihn hinunter. *Verdammte Scheiße!*

Er schaltete den Fernseher ein und wählte einen Nachrichtenkanal. Es konnte nicht allzu lange dauern, bis über den Zwischenfall in Marrakesch berichtet wurde.

Dann legte er den mutmaßlichen Schnitterring vor sich auf den Tisch, lehnte sich im Sessel zurück und starrte auf den Opal.

Er war zu aufgewühlt, um einen klaren Gedanken fassen zu können, vor seinen Augen sah er die Toten von Djemaa el Fna. Die Gesichter der Einheimischen, der Touristen. Ein Gefühl von Schuld an dem, was sich auf dem Platz ereignet hatte, kam in ihm auf.

Unsinn. Bouler trägt die Verantwortung. Er hat Arctander

unter Druck gesetzt, sagte er zu sich selbst. *Ich sollte verschwinden, bevor sie Marokko aus Angst vor biologischen Kampfstoffen dichtmachen.*

Konstantin stand auf und packte die wenigen Sachen, die er mitgenommen hatte, und verließ die Unterkunft, die er im Voraus bezahlt hatte.

Den erbeuteten Ring trug er in der Hosentasche eng am Körper. Es war Konstantin zu gefährlich, ihn an den Finger zu stecken, bevor er dessen Geheimnisse ergründet hatte. Die Ereignisse in Marrakesch empfand er als tragisch und unendlich furchtbar.

Im Taxi zum Flughafen schloss er die Augen und lehnte sich zurück. Er fragte sich, wie lange die Bilder der Toten ihn wohl noch verfolgen würden. *Nicht auszudenken, wenn Iva in der Nähe gewesen wäre.*

Selbst seine humane Idee vom Inselexil des Narkoleptikers geriet angesichts der Bilder ins Wanken. Jester hatte mit einem recht.

Bent Arctander muss gestoppt werden. Unverzüglich. Die Mittel spielten dabei keine Rolle mehr.

Marrakesch, Marokko

Thielke stand umringt von Schaulustigen am Nordrand der Djemaa el Fna, eine Kippe im Mund und die Nikon im Anschlag. »Heilige Scheiße«, murmelte er bei jedem zweiten Foto, das er von den Leichen knipste.

Der Platz war abgesperrt, mit schnödem Flatterband, und Polizisten mit Gasmasken stiefelten zwischen den Leibern umher. Die Marrakschi schienen der Meinung, dass eine Gasmaske im abgeriegelten Areal ausreichte, obwohl niemand sagen konnte, ob es sich um ein Gas, Bakterien oder ein Virus gehandelt hatte. Jenseits des dünnen Plastikstreifens herrschte jedoch kaum Angst. Die Neugierigen drängen sich, Kamerateams und Fotografen dokumentierten den Massentod.

Thielke zoomte den alten Mercedes dicht heran und fotografierte Bouler, das zerstörte Kästchen und die umherliegenden Ringe.

Nicht das Werk von lokalen Plünderern. Sie hätten alles mitgenommen. Der Narko hatte etwas gesucht, ein bestimmtes Schmuckstück aus der Sammlung des Franzosen. Nur warum, das konnte er sich nicht erklären. *Könnte natürlich auch Korff gewesen sein.*

Er senkte die Kamera und betrachtete die Umgebung mit seinem gesunden rechten Auge. Der Umstand, dass er vor dem Laden entdeckt worden war, war der Auslöser für diese Katastrophe gewesen. Er war mitschuldig an diesem Massensterben.

»Das hätte alles nicht so laufen sollen«, murmelte er betroffen. Er hatte Arctanders tödlichen Fluch mit Hilfe seiner kleinen Erfindung blockieren und ihm gut zureden wollen: Es gab eine Schlaftechnik, die den Schnitter *nicht* anlockte und die man erlernen konnte. Thielke beherrschte sie, und er freute sich über jeden, der mit seiner Unterstützung versuchte, sie ebenfalls zu erlernen. Das Angebot offerierte er lediglich ausgesuchten Personen.

Diese Option erlosch für Arctander. Den Zwischenfall mit dem Flugzeug hatte er noch als einen unglücklichen Einzelfall ansehen können, aber Arctander strapazierte sein Glück zu sehr, indem er immer wieder dicht besiedelte Städte aufsuchte. Und was daraus wurde, sah man auf dem Djemaa el Fna. Die Schlafkrankheit des Narkos war unkontrollierbar.

Die ersten Transporter rollten auf den Platz, stießen rückwärts in eine schmale Gasse zwischen den Leichen, die die Einsatzkräfte für sie geschaffen hatten. Dicht vorbei an den

Schuhen, den Fingerspitzen, den Gliedmaßen der Toten fuhren sie. Soldaten marschierten aus einer Seitenstraße, gekleidet in ABC-Schutzausrüstung, und machten sich daran, die Toten zu den Lkws zu schleppen. Hochhieven, ablegen.

Thielke konnte sich vorstellen, wie überfordert die großen Geheimdienste der Welt genau jetzt waren. Aufgelöst und aufgescheucht würden sich die Mitarbeiter gegenseitig anschreien, Al Qaida, Nazis, Anarchisten und weitere sinnlose Begriffe durcheinanderwarfen, nach Gasrückständen und Viren suchen, ohne fündig zu werden.

Dabei war die Lösung ebenso einfach wie unglaublich: Der Tod hatte blindlings um sich geschlagen, um Arctander zu treffen.

Thielkes Hand schloss sich fester um den Batteriegriff der Nikon. Er war zu langsam gewesen. Er *hätte* es verhindern können, ohne dem Narko durch den Kopf zu schießen. Mit der Maschine, die sich in seiner Tragetasche befand. Selbst erfunden und selbst gebaut. Mit ihr blockierte er die verheerenden Hirnwellen der Todesschläfer, wenn auch nur auf kurze Distanz.

Ein befreundeter Neurologe, mit dem er sich über die neuesten Erkenntnisse der Schlafforschung unterhielt, brachte ihn auf die richtige Spur: veränderte Hirnwellenmuster. Thielkes Theorie nach wurde der Tod durch besondere Wellen angelockt, also musste man diese Muster verändern.

Nach sehr langen Recherchen über das Gehirn und Manipulationsmöglichkeiten war er auf die transkraniale Magnetstimulation gestoßen. Neurologen setzten das Gerät zur Prüfung von Nervenbahnen ein: Elektrische Impulse wurden von außen auf das Hirn abgefeuert und regten gezielt bestimmte Bereiche an. Die Reaktionsgeschwindigkeit gab Aufschluss über den Zustand der Nerven.

Thielke hatte sich daraufhin eine handliche Version eines

TMS-Apparats bauen lassen, die für mehrere Sekunden einen Dauerimpuls abgab. Es genügte, um die Wellen der Todesschläfer zu verändern. Folglich gab es kein Signal, dem der Schnitter folgen konnte.

Aber diesmal war ich zu langsam.

Unauffällig zog er sich zurück, als er sah, dass Männer mit europäischem Aussehen erschienen, die von einem Offizier des marokkanischen Militärs geführt wurden.

Die westlichen Geheimdienste rückten an und glaubten mit Sicherheit, dass hier die gleichen Attentäter wie ihn Paris am Werk gewesen waren, womit sie nicht einmal falschlagen. Ebenso sicher würden die Medien bald über eine neue, noch unbekannte Terrorgruppe spekulieren, die es auf Christen *und* auf Muslime abgesehen hatte, vielleicht eine verquere fanatische Apokalypse-Sekte. Vermutlich gäbe es bald auch Bekennerschreiben von Trittbrettfahrern. Ein riesiges Chaos.

Thielke verzog sich in eine nahe Teestube, setzte sich ans Fenster und rauchte dabei eine weitere Zigarette. In der Tasche spürte er das Gewicht des TMS-Apparats, der nicht zum Einsatz gekommen war.

Ich war zu langsam. Er streckte das Bein aus, das lediglich bis zum Knie reichte, der Rest war eine Prothese. Der Stumpf juckte und klopfte, ein Wetterumschwung stand bevor.

Thielke bestellte einen Minztee mit viel Zucker, wogegen er sich sofort zwei Einheiten aus seinem Insulinstift in den zerstochenen Bauch setzte. Dann suchte er das Blatt heraus, auf dem er sich eine Handvoll Namen und Begriffe aufgezeichnet hatte, die er während Arctanders Überwachung in Erfahrung gebracht hatte.

Thielke behielt die Todesschläfer, die er lokalisiert hatte, stets im Auge, um zu wissen, was sie taten. Arctander hatte er in Großbritannien das erste Mal gesehen, vor ein paar Wochen kreuzte er seinen Weg zufällig und heftete sich ihm an die Fersen. Allerdings verlor er den Narkoleptiker immer wieder, lediglich die paar aus Telefongesprächen und Ticketkäufen aufgeschnappten Begriffe und Adressen brachten ihn wieder auf seine Spur.

Der Versuch, daraus Arctanders Absichten zu entschlüsseln, scheiterte.

Roccastrada, Via Balzina
Venedig, farmacia al lupo coronato
→ Marokko, Daoudiate? Avenue Palestine?
Bouler E., ED61-O, 23. 8.
→ Madrid, Almudena
Minsk, Inst. Leben?

Marokko konnte er von der Liste streichen. *Das heißt für mich, ich fliege nach Madrid.*

Thielke hatte in seinem Leben bereits mit vielen Todesschläfern zu tun gehabt, mit einsichtigen ebenso wie mit sturen.

Die Sturen, die sich nicht um die Auswirkungen ihres Tuns scherten oder es gezielt einsetzten, um Profit und Vorteile daraus zu schlagen, zog er mit drei Schüssen aus dem LeMat aus dem Verkehr, damit sie den normalen Menschen nicht schadeten. Die einsichtigen Todesschläfer, die auf ihre Umgebung Rücksicht nahmen, wie Korff, beobachtete er und wartete ab.

Durch die Observation lernte er sie genauer einzuschätzen. Zeigten sie sich verantwortlich und diszipliniert, machte er ihnen das Angebot, eine besondere Schlaftechnik zu erlernen, bei der sich der Schnitter ruhig verhielt.

Thielke hatte seine Zigarette zu Ende geraucht und entzündete eine neue.

Er fand es frustrierend, dass es ihm nur in drei Fällen gelungen war, seine eigene, für die Umwelt ungefährliche Schlaftechnik erfolgreich weiterzugeben. Zu schwer, zu komplex, zu viele Nebenwirkungen des Nikotins.

Keine Gnade durften diejenigen Todesschläfer der Organisationen, welche sich Topor's Men, Deathsleepers und Phansigar nannte erwarten. Sie missbrauchten ihre Macht und ihre Überlegenheit, spielten sich zu Richtern und Henkern auf, fungierten als Auftragsmörder. Das ließ er ihnen nicht durchgehen.

Thielke schlürfte an seinem Tee, ließ die Gedanken zusammen mit den Blicken schweifen.

Es ging etwas vor, in der großen Familie der Todesschläfer, unabhängig von dem Narko. Seit die Baronesse bei den *Deathsleepers* ausgetreten war, veränderte sich das Gefüge innerhalb der Gemeinschaften. Von Windau braute nicht nur ihre eigene Suppe, sie kochte ein ganzes geheimes Menü und bastelte etwas, für das sie ihrer eigenen Art nachstellte. Ihre Zutaten, wenn man so wollte. Vor kurzem war in Paris ein neuer, überraschender Verbündeter in ihre Reihen dazugekommen, dessen Ambitionen Thielke nicht einschätzen konnte. Beim nächsten Zusammentreffen würde er den Mann ausschalten. Vorbeugend.

Bevor ich mich um von Windau kümmere, muss ich aber den Narko erwischen. Sie kann in der Zwischenzeit meinetwegen so viele Todesschläfer killen, wie sie möchte. Er inhalierte den Tabakrauch und schnippte den Stummel davon.

Thielke sah auf das Blatt mit den Informationen, die er dank der belauschten Telefonate von Arctander selbst gehört hatte. Lippenlesen barg große Vorteile und benötigte nur direkte Sicht auf den Mund.

Ursprünglich hatte der Narko im Anschluss an Marokko nach Madrid gewollt, um sich mit einem Almudena zu treffen oder so ähnlich. Ob er das noch immer tat, nach den Vorfällen in Marrakesch, konnte Thielke nicht einschätzen. Ebenso wenig den Grund für den Besuch bei Bouler und die Sache mit den Diamanten.

Thielke schlürfte den letzten Schluck heißen Tee, nahm ein Nikotinpflaster aus der Tasche und klebte es sich auf die Innenseite des rechten Oberarms. Als Nächstes zündete er sich einen Zigarillo an. Nach dem ersten Zug musste er ein Husten unterdrücken.

Es half nichts: Sein nächster Stopp wäre Madrid. Sollte er Arctander dort nicht finden, folgte er eben den Spuren, die unter anderem nach Minsk führten.

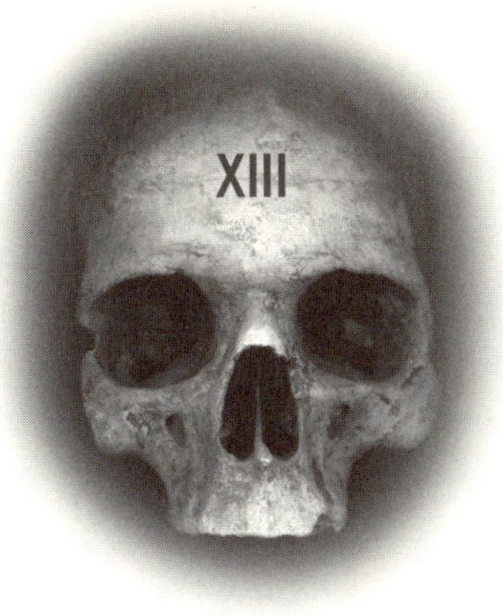

Rasch tritt der Tod den Menschen an,
Es ist ihm keine Frist gegeben;
Es stürzt ihn mitten in der Bahn,
Es reißt ihn fort vom vollen Leben.

Friedrich von Schiller, Wilhelm Tell

Minsk, Weißrussland

Kristin sah zu der Frau, die sich am Zeitungsstand Lidschlag um Lidschlag schwerer tat, Interesse für die Auslage zu heucheln, und nahm Kurs auf sie. »Guten Tag. Sagen Sie, folgen Sie mir?«

»Äh … was?«, antwortete die Unbekannte. Doch bevor sie es verhindern konnte, streifte Kristin ihr die Haare nach hinten. Im rechten Ohr kam ein heller Plastikeinsatz zum Vorschein, aus dem ein dünnes Klarsichtkabel unter ihren Kragen führte. »Hey! Was machen Sie denn?«

»Sie enttarnen. Von welcher Firma sind Sie und Ihre Freunde?« Kristin tat, als würde sie die Jacke der Fremden richten, um keine Aufmerksamkeit zu erregen. Dabei bemerkte sie die

Pistole, die unter der linken Achsel in einem Holster steckte. Eine Walther P6. »Nichts Osteuropäisches. Dafür haben Sie das falsche Fabrikat dabei.«

Kristin dachte an das Treffen in Paris mit der Aspirantin, die ein falsches Zeugnis in ihren Unterlagen hatte. Gehörte die Beschattung zu einem großen Plan, einen Maulwurf in das Institut Leben einzuschleusen, oder hingen ihr verschiedene Teams an den Hacken?

Verdammt! Es war genau *das* eingetreten, was sie hatte verhindern wollen: zu viel Aufmerksamkeit auf sich zu ziehen.

Kristin schossen augenblicklich Umzugsszenarien durch den Kopf, raus aus Minsk, an einen neuen Standort und neu anfangen – aber diese Zeit hatte sie nicht mehr. Jede Störung bedeutete eine unverzeihliche Verzögerung. Ihre Krankheit schritt unaufhaltsam fort, daher musste Kristin ebenso unaufhaltsam sein.

Unaufhaltsam wie in Ciudad Mier.

Die Folgen hatten die Agenten zu verantworten, nicht sie. Sie tötete niemals zum Spaß.

Die Unbekannte sah sich verstohlen nach Hilfe um. Ihre Kollegen näherten sich bereits, die Gesichter eine einzige Drohung.

»Ich schlage vor, wir gehen nach draußen.« Kristin nickte in Richtung des Ausgangs. »Da können wir klären, was Sie von mir wollen. Oder Sie fangen gleich hier an rumzuballern. Dann denken Sie sich lieber schon mal eine Geschichte für den hiesigen Geheimdienst aus. Weißrussische Verhörmethoden sind nicht die freundlichsten. Die machen Waterboarding mit Terpentin, habe ich gehört.«

Inzwischen war sie von einem Mann und einer weiteren Frau umringt. Er zeigte ihr tatsächlich andeutungsweise seine Pistole, eine Beretta 93R, um sie einzuschüchtern, was Kristin zu einem knappen Lachen veranlasste. »Sind jetzt alle da? Können wir rausgehen?«

»Nein, Frau von Windau. Es gibt nichts zu bereden. Setzen Sie einfach Ihren Weg fort, wir begleiten Sie«, entgegnete der Mann missgelaunt.

»Ah, verstehe. Sie sollen mich nicht aus den Augen lassen und nicht eingreifen. Die klassische Observation. Normalerweise sollte die Zielperson das nicht bemerken.« Kristin grinste die Agentin an, die als Erste aufgeflogen war. »Mitnehmen kann ich Sie leider nicht. Ist ein Privatflug.«

»Dann haben wir ein Problem«, erwiderte der Mann.

»Sie könnten mir einen Peilsender mitgeben. Ich trage ihn auch ganz brav, versprochen.« Es gefiel ihr, die Agenten auf die Schippe zu nehmen.

Kristin überlegte, seit wann ihr das Trio wohl folgte. Auf der Fahrt zum Flughafen waren ihr keine Wagen aufgefallen. Vermutlich hatten sie sich in der Halle auf die Lauer gelegt, da bekannt war, dass sie viel reiste.

Es interessierte Kristin nicht, zu welchem Geheimdienst sie gehörten. Das Anfängerteam nervte sie, schränkte ihre Bewegungsfreiheit ein. Warum es also nicht beseitigen? Für sie hatte es keine gravierenden Konsequenzen, auf der Abschussliste eines Geheimdienstes zu landen, weil sie bald eh tot war oder in einem Cryotank verschwand. Die Gefahr für ihren Sohn stufte sie als gering ein. Solange er von seinem Vater beschützt wurde, war Eugen in Sicherheit vor Fremden und Feinden. Und das Institut schienen sie noch nicht entdeckt zu haben.

Kristin sah die drei Agenten an, einen nach dem anderen. Ihre Entscheidung war gefallen. »Also abgemacht? Ich kriege einen Peilsender? Ich verspreche auch, dass ich niemandem verrate, dass ich Sie entdeckt habe.« Sie hob langsam den Arm und rieb sich den Nacken, um mit der Hand näher an ihre

Haarnadel zu gelangen. Die Attacke musste sehr schnell vonstattengehen, damit sie durch die Privatabfertigung gelangte, bevor der Flughafen in Aufregung geriet. Dank Arctander und seinen Anfällen herrschte sogar in Minsk höchste Alarmstufe, da niemand einschätzen konnte, was es mit den unvorhersehbaren Terroranschlägen auf sich hatte.

»Sehr witzig«, sagte die Agentin am Zeitungsstand. Ihre schwarzhaarige Kollegin sicherte unauffällig die Umgebung.

»*Sie* sollten besser gar nichts sagen. Schließlich sind Sie schuld, dass wir hier reichlich bescheuert herumstehen, weil Sie Anfängerfehler machen. Ein Dilemma: Sie können Ihren Auftrag nicht zu Ende führen, und ich muss überlegen, wie ich mit Ihnen ins Geschäft komme«, schnauzte Kristin sie an – und zog die Haarnadel aus der Lederlasche. Sie stach dem Mann durchs Auge, der wie vom Blitz getroffen zusammensackte. An seine Beretta war er nicht mehr gelangt.

Der schwarzhaarigen Frau versetzte Kristin einen Ellbogencheck gegen den Hals, so dass sie röchelnd rückwärtstaumelte und in den Zeitungsstand fiel. Gleichzeitig stach sie mit der Nadel in den Bauch der anderen Agentin. Der Stich war nicht tief genugum sie zu töten, doch darum ging es auch gar nicht. Er sollte sie ablenken, während Kristin in deren Holster griff, die Pistole entsicherte und zweimal abdrückte, ohne die Waffe zu ziehen.

Die Kugeln drangen der Frau schräg in den Oberkörper.

Dann schrie Kristin gellend um Hilfe und zeigte auf das Trio. »Terroristen! Terroristen!« Dabei ging sie rückwärts und fädelte die Nadel in den Stoff der Innenseite des Mantels.

Die Menschen flohen bereits, das Knallen hatte sie aufgescheucht.

Kristin tauchte in der Masse unter, gelangte ungesehen durch die Abfertigung und eilte hinaus auf das Rollfeld, geradewegs auf ihren Jet zu. Was sich im Flughafen unterdessen abspielte, kümmerte sie nicht. Und für wen die Agenten arbeitet auch nicht. Es waren beseitigte Hindernisse.

Sie stieg in die Maschine, schloss die Luke und ging ins Cockpit.

Auf die üblichen Checks verzichtete sie und verlangte sofortige Startfreigabe vom Tower, die sie umgehend erhielt. Sankt Petersburg wartete. Eugen wartete und freute sich, den Jet zu sehen, der seiner Mutter gehörte. Danach standen etliche Namen auf Kristins straffer Zu-erledigen-Liste. Diverse Todesschläfer, die sie einsammeln musste, damit Smyrnikov auch in Zukunft genug Material zum Testen und Experimentieren hatte. Das Gespräch mit ihrem Ex hatte sie ebenfalls noch zu führen.

Viel zu tun für jemanden, dem die Zeit davonläuft, dachte sie und startete die Turbinen.

Frankfurt am Main, Deutschland

Konstantin hatte sich in einer ruhigen Ecke des Frankfurter Flughafens in ein Bistro zurückgezogen, um Boulers Unterlagen durchzuschauen. Es war eine Eingebung gewesen, seine Reise nicht nach Hause fortzusetzen. Weil er sich am größten deutschen Flughafen befand, konnte er von hier aus – je nach Erkenntnissen – sofort zu den verschiedensten Orten aufbrechen. Sein Laptop stand aufgeklappt auf dem Tisch. Das Internet war die größte Informationsschleuder der Gegenwart, die er zu nutzen gedachte.

Bouler hatte sein Smartphone erfreulicherweise nicht gesperrt. Konstantin wühlte sich bei einem Wasser und einem Espresso durch die SMS, Mails und Kontakte des dubiosen Antiquitätenhändlers.

Er erinnerte sich an den kurzen Wortwechsel mit dem

Mann. *Interpol schien dicht an ihm dran gewesen zu sein wegen Diamanten. Denen in den Ringen? Oder handelte er mit gestohlener Ware? Schmuggelte er afrikanische Blutdiamanten?*

Die meisten Nachrichten waren belanglos, manche lustig, wie zum Beispiel die Anweisung an eine Lady Rousseau, an diesem Abend Männerkleidung zu tragen und sich einen Schnurrbart aufzumalen.

Bouler hatte exotische Vorlieben, wie es aussieht.

Einen Hinweis auf Diamanten fand Konstantin nicht. Das Kürzel SH erschien selten, aber regelmäßig, wobei die Botschaften kryptisch genug waren, um sie interessant zu machen: Zahlenkombinationen, abgetrennt durch Kommas und Schrägstriche.

Konstantin vermutete dahinter einen Code, der an einen bestimmten Schlüssel wie ein Buch gekoppelt war. Ohne den Schlüssel brauchte er sich gar nicht erst an einer Lösung zu versuchen.

Da SH eine Geheimnummer benutzte, suchte er die Buchstaben in den Adresseinträgen des Telefons und fand sie: SH, zuerst eine Handynummer und eine Festnetznummer mit der Vorwahl 06781.

Das Internet lieferte ihm keinen Treffer zum Handy, aber zur Vorwahl. *Idar-Oberstein.*

Konstantin sah auf den schraffierten Zettel mit den Hinweisen, die er von Thielke hatte. *I-O! Das könnte gemeint sein.* Er freute sich über den ersten Erfolg, auch wenn er noch nie etwas von der Stadt gehört hatte oder nicht abschätzen konnte, wohin ihn diese Spur führen mochte.

Doch bereits eine kurze Recherche später elektrisierte ihn förmlich. *Deutschlands Zentrum für Edelsteine und Diamanten* nannte sich die Stadt.

Es dauerte wiederum nur Sekunden, und er glaubte, das gesamte Kürzel *EDbI-O* entziffert zu haben: Edelstein- und Diamantbörse Idar-Oberstein. Er folgerte daraus, dass Bouler regen Handel an der dortigen Börse betrieben hatte.

Illegal, vermutlich. Deswegen Interpol. Bekomme ich auf die Schnelle noch mehr heraus? Wer ist SH? Er prüfte die ersten Zahlen nach der Vorwahl.

Das Internet verriet ihm, dass es die Nummer eines Büros im Börsengebäude sein musste. Leider konnte es ihm nicht den passenden Namen zu dem Büro liefern.

Konstantin überlegte, was er unternehmen sollte.

Rief er mit Boulers Smartphone die Nummer an und SH wusste bereits vom Tod des Franzosen, wäre er oder sie gewarnt. Auf gut Glück anzurufen und sich mit »Oh, Verzeihung, ich habe mich verwählt« herauszureden erschien ihm wenig nützlich. SH konnte sich mit »Hallo?« melden, und außerdem würde die Person dann seine Stimme kennen. Als Pseudokunde aufzutreten konnte ebenso ins Auge gehen. Dafür wusste Konstantin zu wenig über Edelsteine und Diamanten und die Börse.

Am effektivsten wäre es, einfach in SHs Büro zu platzen, ihn oder sie festzuhalten und persönlich zu befragen. Von Frankfurt aus war es mit einem Leihwagen nach Idar-Oberstein nicht weit.

»Ach du Scheiße«, sagte jemand laut am Nachbartisch. »Silke, schau mal! Was haben diese kranken Terroristenschweine jetzt angerichtet? Die armen Leute.«

Nicht nur Silke blickte von ihrem Schnitzelteller auf, sondern auch Konstantin.

Über den Tischen hing ein großer Flachbildschirm, auf dem Nachrichten liefen. Das BREAKING-NEWS-Band unten im Bildschirm berichtete von dreitausendsiebenhundertelf Toten in Marrakesch, die auf dem berühmten, mittelalterlichen Platz Djemaa el Fna gestorben waren.

Die Sondersendung dazu begann, der Kellner erhöhte auf Bitten der Gäste die Lautstärke.

»... wird gerätselt. Die marokkanischen Behörden gehen von einem Terroranschlag aus, ein Bekennerschreiben liegt bislang noch nicht vor«, sagte der Sprecher sonor und unaufgeregt, aber mit einem sehr gravitätischen Gesicht, das sagen sollte: Es ist scheißgefährlich da draußen. »Erste Untersuchungen ergaben keinen Aufschluss über den Grund des Massensterbens. Die gängigen Viren und Giftgase scheiden nach Expertenmeinungen aus. Aus vertrauenswürdigen Quellen haben wir erfahren, dass die Wissenschaftler der CIA zurzeit davon ausgehen, dass es sich um die Weiterentwicklung des Gases handelt, das zur Beendigung einer Geiselnahme in einem Moskauer Kino im Jahr 2002 eingesetzt wurde, bei dem die Attentäter und Geiseln ums Leben kamen. Die russischen Behörden verbaten sich diesbezügliche Spekulationen, sandten jedoch eigene Spezialisten nach Marrakesch.« Jetzt wurden Bilder des zerstörten Flughafens Paris-Charles de Gaulle eingeblendet, dazu Aufnahmen der Leichensäcke, die Konstantin in bester Erinnerung waren. In einem davon hatte Lilou gelegen. »Der Vorfall und die Ratlosigkeit der Ermittler erinnerte frappierend an die Vorfälle in Paris, als ein A380 ...«

Er hörte nicht weiter zu. Es gab keine neuen Erkenntnisse, weder suchten die Behörden nach ihm noch nach Arctander. Offiziell.

Konstantin glaubte nicht daran, dass er ins Fadenkreuz der Geheimdienste geraten war. *Jester hätte mich schon lange angerufen, um mich zu warnen.*

Er öffnete auf seinem Laptop ein Dokument, das er aus dem Internet heruntergeladen hatte. Es war ein Fachartikel über Narkolepsie. Er wollte keine Fehler begehen und Arctander bei ihrem Zusammentreffen in einen Anfall treiben, der für die Umwelt katastrophale Auswirkungen hatte.

Narkolepsie wurde als neurologische Krankheit beschrieben, die bei den wenigsten als solche erkannt wurde. Schläfrigkeit, Müdigkeit, Einnicken, das kannte jeder Mensch. Die Betroffenen, deren Zahl in Deutschland auf etwa zwanzigtausend geschätzt wurde, ereilte es in Alltagssituationen und nicht im ungefährlichen Sessel vor dem Fernseher. Ohne dass sie es wollten oder zu kontrollieren vermochten.

Konstantin fluchte leise, als er weiterlas: Narkolepsie war nicht heilbar. Verbesserbar, aber nicht heilbar. Eine Liste der Medikamente war angehängt. *Und mit jedem unfreiwilligen Einschlafen wird Arctander tödlicher und tödlicher.* Er musste Jester nun in seinem Entschluss recht geben, den Todesschläfer zu beseitigen. *Er ist zu gefährlich.*

Grund für die Krankheit war eine Störung in der Steuerung des Schlaf-Wach-Rhythmus, schrieb der Artikel. Das führte zu einem Mangel des Botenstoffs Hypocretin, eigentlich gebildet im Zwischenhirn, dem Hypothalamus. Wie so oft, wenn es um das Gehirn ging, rätselten die Wissenschaftler, welcher Mechanismus hinter den abrupten Schlafattacken steckte. In den letzten Jahren waren kaum Fortschritte erzielt worden.

Logisch. Die Zahl der Befallenen ist so gering, dass es für die Pharmaunternehmen keinen monetären Anreiz gibt, ein Medikament zu entwickeln.

Keine Chance für Arctander.

Es war nicht nur so, dass Narkoleptiker unter unvermittelten Schlafattacken litten. Abgesehen von erschlaffenden Muskeln, wurde von kompletten Lähmungen und Halluzinationen berichtet. Andererseits war es aber auch möglich, dass die Erkrankten während eines Anfalls mit dem fortfuhren, womit sie vor dem Einschlafen angefangen hatten, ohne sich ihres Handelns bewusst zu sein. Allein die Situation entschied über harmlose oder schreckliche persönliche Folgen. Das Gemüseschneiden konnte Finger kosten, das Überqueren der Straße das Leben.

Ob in der Straßenbahn, in der Vorlesung, beim Bügeln, es gab keinen Schutz. Die Muskeln erschlafften, die Narkoleptiker sackten zusammen und mussten sich dem unwiderstehlichen Drang hingeben einzuschlafen.

Du meine Güte! Konstantin wurde beim Lesen erst bewusst, welche Dimensionen diese Krankheit hatte. Die meisten Narkoleptiker schliefen mehrmals pro Tag ein, die Dauer variierte zwischen Sekunden, Minuten und Stunden. Das genügte dem Tod in Arctanders Fall vollauf, sofort zuzuschlagen.

Besonders gefürchtet war die Kataplexie, bei der sämtliche Muskeln schlaff und kraftlos wie im Schlaf wurden. Auslöser waren meist starke Gefühle.

Konstantins Blick huschte über die Zeilen. *Lachen, Ärgern Scherzen, Stress, bei Aufregung, Überraschung. Oder auch beim Sex.* Wäre es nicht so bedauernswert gewesen, hätte er lachen müssen. Bei einer Kataplexie, die zwischen wenigen Sekunden bis hin zu mehreren Minuten dauerte, blieben die Betroffenen bei vollem Bewusstsein.

Perverserweise schliefen die Erkrankten fast immer schlecht, waren unruhig und fanden nachts keinen Schlaf, womit sie anfälliger für Attacken während des Tages wurden.

Meine Güte. Ein solches Päckchen möchte niemand tragen müssen. Konstantin fuhr sich mit der Hand über die Stirn, trank von seinem Wasser. Er bekam unglaubliches Mitleid mit dem Mann. Gejagt von den *Topor's Men,* von ihm, von Thielke. Dabei wollte Arctander vermutlich nur in Ruhe gelassen werden und flüchtete auf der Suche nach einem Refugium durch die Weltgeschichte. *Aber es wäre unverantwortlich, ihn nicht zu stoppen. Er bringt Unschuldige, ohne nachzudenken, in Gefahr.* Gerade wollte sich Konstantins Moral wieder melden und ihn fragen, ob der Tod des Narkoleptikers gerechtfertigt war oder ein Exil in menschenverlassener Gegend nicht ausreichte, da zeigten sie die Toten in Marrakesch in Großaufnahme, die von Soldaten in ABC-Ponchos auf Lastwagen geladen wurden. *Unverantwortbar.*

Konstantin entschied, sofort nach Idar-Oberstein zu fahren, um SH auf den Zahn zu fühlen. Er schaltete den Laptop aus, sammelte seine Sachen zusammen und verstaute sie in seinem Köfferchen, bezahlte und verließ das Bistro.

Er ging zu den kleinen Kabinen, in denen die Mietwagenunternehmen saßen, um sich ein Auto zu besorgen. Es sollte unauffällig und zuverlässig sein, ihn schnell in die Pfalz bringen, in die Stadt, von der er noch nie gehört hatte und die doch Deutschlands Herz für Edelsteine und Diamanten war.

Auf der vorhin angesurften Webseite der internationalen Fachzeitschrift *Jeweler's Circular Keystone* wurde Idar-Oberstein als »the world center of coloured stones« beschrieben. Die Börse handelte unter anderem mit Rohsteinen und verfügte über gut gesicherte Tresore, in denen Lager angelegt waren, falls unruhige Zeiten in den Ursprungsländern anbrachen und die Preise in die Höhe jagten. Auch von Direktverträgen und Minenbeteiligungen war die Rede. Ebenso unterhielten ausländische Rohsteinhändler Büros in der Stadt.

Den Grund, warum ein französisch-marokkanischer Antiquitätenhändler beständige Kontakte zu SH im Büro der Edelstein- und Diamantbörse pflegte, fand er hoffentlich in wenigen Stunden heraus.

Konstantin klopfte im Gehen gegen die Tasche, wo er den Gevatterring trug. Vielleicht könnte er in Idar-Oberstein auch diesem Rätsel zu Leibe rücken.

Er dachte an den Preis, den er eigentlich für den Ring hatte zahlen sollen. Dabei kam ihm eine Idee. *Die Kosten des Wa-*

gens werde ich mir sparen. Bevor er den Tresen mit der nett lächelnden Frau vom Verleih erreichte, zog er sein Handy aus der Tasche und rief Jester an. »Ich bin's«, sagte er.

»Ah, das freut mich«, antwortete sein Freund enthusiastisch. »Außerordentlich sogar. Glänzend! Wo steckst du?«

»In Frankfurt. Treffen wir uns morgen hier? Es gibt einiges zu erzählen.«

»Sicher, alter Knabe.« Jester nannte Konstantin ein Hotel und eine Uhrzeit.

»Alles klar. Ich brauche übrigens einen Leihwagen für meine Suche nach Arctander. Geht das auf Kosten des MI6, Mister Bond?«

Jester lachte. »Ich überweise dir zehntausend Pfund auf dein Konto. Das sollte vorerst reichen, um anfallende Ausgaben zu decken. Alles Weitere morgen. Ich bin gespannt, ob du etwas herausgefunden hast, was wir noch nicht wissen.«

»Das darfst du sein.« *Ob es dir gefällt, weiß ich allerdings nicht.* Konstantin legte auf und trat an den Tresen, wo die Dame in Uniform nach wie vor ihr angenehmes Lächeln zeigte, als würde sie ihn ins Bett kriegen oder ihm einen superteuren Porsche Cayenne oder einen BMW X6 andrehen wollen.

Konstantins Wahl fiel auf ein genügsameres Modell.

***

Am frühen Nachmittag erreichte er Idar-Oberstein.

Es passte zu einer Diamanten- und Edelsteinstadt, dass sie in einen Talkessel und in die Berghänge gebaut worden war. So führte auch die Zufahrtsstraße durch einen langen Tunnel, bevor sie den Blick auf das Tal freigab. Über der Altstadt thronte die Felsenkirche, ein klassischer und schlichter Sakralbau, der wirkte, als wäre er mit der Bergwand verwachsen.

Das Navigationsgerät des Audi A1 führte Konstantin sicher durch die Straßen, auf das Börsengebäude zu.

Normalerweise hätte er sich vor der Reise tiefgründiger über die Stadt und die Börse informiert, die es sicherlich seit dem Mittelalter gab, und etwas über die Historie des Edelstein- und Diamanthandels in Erfahrung gebracht. Aber da er beim Autofahren nicht im Internet surfen konnte – und nicht hatte warten wollen –, besaß er kaum Vorkenntnisse. Die Aussicht, dass Idar-Oberstein mit Schmuck handelte und er hier vielleicht auch etwas über seinen Schnitterring oder Gevattersteine im Allgemeinen erfahren könnte, beflügelte seine Hoffnungen.

Er näherte sich der Börse, einem Hochhaus, das nicht sonderlich hübsch anzuschauen war. Ein mehrgeschossiger grauer Bau aus den Siebzigern oder später, schätzte er.

Er parkte ein Stück abseits, stieg aus und holte einen Umschlag unter dem Fahrersitz hervor, in den er ein kleines Etui mit dem Schnitterring gelegt hatte. Er würde ganz offiziell als Bote des Händlers auftauchen. So spielte es keine Rolle, ob SH schon von Boulers Tod wusste. *Ich kann schon vor seinem Ableben auf den Weg geschickt worden sein.*

Zügig ging er auf das Hochhaus zu, den gefütterten Umschlag unter den Arm geklemmt und eine Sonnenbrille auf der Nase. Im Anzug wirkte er seriös und sogar ein bisschen gefährlich. *Wie in den alten Zeiten.*

Konstantin marschierte durch die automatischen Türen und gelangte in eine Schleuse mit jeder Menge Überwachungskameras an der Decke.

Er ging zum Pförtner, der hinter einer sehr dicken Panzerscheibe saß. Gespräche waren nur mit Mikrofon und Lautsprecher möglich. Ein zweiter bewaffneter Kollege in kugelsicherer Weste leistete ihm Gesellschaft. »Guten Tag«, sagte Konstantin mit französischem Akzent. »Mein Name ist

Mané. Ich bin privater Sicherheitskurier im Auftrag von Monsieur Bouler, und ich habe eine Lieferung für SH.« Er nannte die Durchwahl, die er im Handy des Toten gefunden hatte.

Der schlanke Pförtner blinzelte. »Wie bitte?«

»Ich sagte, ich bin privater Sicherheitskurier, mein Name ist Mané, und ich habe eine Lieferung für jemanden mit den Initialen SH und der Durchwahl 246«, wiederholte er stur und machte ein unbeteiligtes Gesicht. »Mehr weiß ich nicht.«

»Die Initialen und die Durchwahl. Hm.« Der Pförtner musterte ihn. »Kann ich mal sehen, was in dem Umschlag ist?«

»Der Inhalt ist vertraulich. Diskretion sollte Ihnen in diesem Geschäft ein Begriff sein.«

Der Pförtner wechselte einen Blick mit seinem Kollegen, dann tippte er etwas in seinen Computer ein. »Laut Durchwahl meinen Sie Frau Herbst.«

»Richten Sie ihr bitte aus, dass ich hier bin.« Konstantin behielt sein verbindliches Lächeln bei, auch wenn er ungeduldig wurde. *Ich muss das beschleunigen.* »Wenn Sie mir Ihr Telefon geben, kann ich sie auf der Handynummer anrufen, die mir als Kontakt genannt wurde. Damit sollte Ihre Sorge beruhigt sein?«

Der Pförtner nickte und bugsierte den schnurlosen Hörer durch die Schiebevorrichtung in der Scheibe. Konstantin nahm ihn und tippte die Handynummer ein. Es dauerte nur wenige Sekunden, und eine Frauenstimme sagte: »Ja?«

»Guten Tag, Madame Herbst.« Er wandte sich ab, damit die Mikrofone seine Worte nicht übertrugen. »Monsieur Bouler schickt mich mit einer Lieferung.«

»Und Sie sind?« Erkennbares Misstrauen, aber auch Überraschung und Neugier schwangen bei Herbst mit.

»Hercule Mané. Ein privater Sicherheitskurier und Freund von Monsieur Bouler. Es ist gerade etwas brenzlig in Marokko, wie Sie verfolgt haben. Ich bin froh, Marrakesch noch rechtzeitig verlassen zu haben.« Konstantin betete, dass sie auf die Geschichte hereinfiel.

»Ja, davon hörte ich. Warten Sie, ich komme runter.«

Bloß nicht! Das hatte er verhindern wollen. Hier draußen würde sie ihn sicher in ein paar Minuten abfertigen. »Madame Herbst, ich halte es nicht für sinnvoll, wenn ich den Inhalt meiner Lieferung in der Schleuse und vor den Kameras ausbreite.«

Herbst ließ sich mit ihrer Antwort Zeit. »Von mir aus«, gab sie nach.

»Würden Sie dem Pförtner sagen, dass er mich …«

»Tue ich. Siebter Stock, Zimmer sieben-elf. Geben Sie den Hörer an den Portier zurück, ich sage ihm Bescheid.«

Er drehte sich zum Pförtner und legte das Telefon in die Schiebevorrichtung. Er sprach einen kurzen Moment mit Herbst, dann öffnete er mit einem Nicken zu Konstantin die Innentür. In dem schmalen Gang dahinter gab es zwei Aufzüge, mit dem linken fuhr Konstantin in den siebten Stock und suchte nach Herbsts Büro. Als eine Frau am Ende des Flurs aus einem Zimmer trat und ihn abwartend ansah, schien er fündig geworden zu sein.

Sandra Herbst – wie das Namensschild neben der Tür zeigte – war klein, leicht dicklich, und ihr blassgelber Hosenanzug passte überhaupt nicht zu den roten Schuhen und ihren schlecht gefärbten schwarzen Haaren mit der roten Strähne. Vom Alter her schätzte er sie auf Mitte fünfzig. »Sie sind Mané«, stellte sie mehr fest, als dass sie fragte.

»Oui, Madame Herbst.« Er schob sich an ihr vorbei in ihr nüchtern eingerichtetes Büro. Weder hingen Brillanten von der Decke noch Poster von Schmuck an den Wänden noch gab es irgendwo andere persönliche Gegenstände. Aktenschränke und Regale, Uhren mit diversen Zeiten darauf, ein Computer und eine große Telefonanlage. An der Börse wurde effizient gearbeitet, ohne Schnickschnack und Chichi.

Sie folgte ihm, ihre kleinen grünen Augen sahen immer noch verwundert aus. »Ich hoffe für Bouler, dass er einen guten Grund hat, *Sie* zu schicken, anstatt den üblichen Weg einzuhalten.«

Drin bin ich schon mal. Konstantin wagte nicht zu fragen, wie ein Deal normalerweise zustande kam. »Tut mir leid, Madame.« Er reichte ihr den Umschlag. »Zur Ansicht. Monsieur Bouler bittet um Ihre Expertise.«

Sie nahm ihn in die Hand. »Zur Ansicht?«

Konstantin zeigte wieder sein Lächeln. »Monsieur Bouler bat darum.«

»Bouler wird immer seltsamer.« Herbst setzte sich, öffnete das Paket und schüttelte das Etui heraus. Sie nahm den Vanitas-Ring in die Hand, hielt den Schmuck unter die Lampe und begutachtete ihn ausgiebig mit Hilfe einer Lupe. Ihr Auge erschien durch das geschliffene Glas zyklopenhaft.

Sag endlich was! Konstantin hielt es fast nicht mehr aus. »Möchten Sie mir mitteilen, was Sie davon halten und ob Sie den Ring gebrauchen können, Frau Herbst? Monsieur Bouler glaubt, dass er etwas Besonderes ist.«

Herbst drehte den Ring, ging mit dem Gesicht näher heran, dann wieder weiter weg, hielt ihn schräg, betrachtete die Innenseite mit dem Totenschädel, regelte die Helligkeit der Lampe hoch. Sie legte die Lupe weg, zerrte einen kleinen Stift mit Kabel aus einer offenen Schublade, der sich als hochauflösende USB-Kamera herausstellte, und schoss Fotos.

»Was darf ich Monsieur Bouler ausrichten?«, fragte Konstantin erneut.

Sie ignorierte ihn und setzte ihre Untersuchung fort. Schließlich richtete sie die Augen auf ihn, öffnete den Mund, wie um zu sprechen, und wandte sich wieder ab. Sie schrieb etwas auf ihrem Computer, sah flüchtig auf den Bildschirm und hackte mit einer großen Geste auf ENTER.

War das gut für mich? »Madame?«

Ihren Blick hielt sie auf Konstantin gerichtet. »Möchten Sie etwas trinken?«, fragte sie milchsüß.

Die Änderung in ihrem Ton, von brüsk zu nett, war unüberhörbar. »Mir wäre es lieber, wenn Sie sich erst zu dem Ring äußern würden.«

»Monsieur Mané, ich möchte mich für mein abweisendes Verhalten entschuldigen«, gab sie zurück. »Es war ein langer Tag, und es lief nicht gut für mich. Haben Sie von den Unruhen in der Elfenbeinküste gehört? Das macht unsere Kunden natürlich nervös. Und *wen* rufen sie an?«

»Ohne Zweifel Sie, Madame.« Konstantin räusperte sich. »Ich möchte nicht unhöflich sein, aber …«

Herbst hob die Hand. »Meine Kollegin ist gleich da.«

»Ihre Kollegin, Madame?« Unbehagen kroch seinen Rücken hoch. »Ich verstehe nicht.«

»Da geht es Ihnen wie mir.« Sie drehte den Bildschirm des Computers, so dass er ein Bild des Ringes betrachten konnte, der vor ihr lag.

Allerdings war es keine der eben gemachten Aufnahmen.

Der Bildschirm zeigte die eingescannten Seiten eines Prospekts oder eines Ausstellungskatalogs, der dem Stil nach aus dem 19. Jahrhundert stammte.

Konstantin ahnte, dass er durch sein Auftauchen in der Edelstein- und Diamantbörse etwas Unvorhergesehenes in Gang gesetzt hatte. *Mit diesem Ring rechnete Herbst überhaupt nicht.*

Es klopfte kurz, die Tür wurde geöffnet.

Herein kam das Gegenstück zu Herbst: groß, gut gebaut, in einem eleganten weißen Businesskostüm und mit langen kastanienfarbenen Haaren. Sie sah wesentlich jünger aus als Mitte fünfzig, und ihr Lächeln konnte ein Erschießungskommando daran hindern, den Abzug zu ziehen. Wäre Iva nicht in seinem Herzen und in seiner Seele verankert, Konstantin hätte sich auf der Stelle verliebt.

»Hallo, Monsieur Mané«, grüßte sie ihn und reichte ihm eine leicht nach Creme duftende Hand, ihr eigentliches Parfüm stieg ihm unmittelbar darauf in die Nase: leicht, hell und frisch, aber mit einer leichten dunklen Note, die der Mischung etwas Ungewöhnliches gab.

»Bonjour, Madame ...?«

»Herbst«, antwortete sie freundlich. Der Blick aus den grauen Augen, die rötlich changierten, als könnten sich die Farben nicht entscheiden, war frei von Misstrauen; die hellgraue Brille verstärkte die Wirkung der Ungewöhnlichkeit. »Marna Herbst. Ich fürchte, Sie wollten eigentlich zu mir.«

Schwestern? Schwägerinnen? Konstantin wusste für einen Moment nicht, was er sagen sollte. »Das ...« Er sah zur kleinen, hässlichen Herbst-Ausgabe. »Ich bin verwirrt«, sagte er freiheraus.

Marna lachte gutmütig. »Monsieur Bouler versäumte es, Sie richtig zu instruieren. Meine Schwester ist zuständig für die ...«

Sandra machte eine Geste, die ausdrückte: Es reicht. »Die Interna gehen ihn nichts an. Er ist ein Kurier.« Es war deutlich, wer das Sagen hatte. »Meine Schwester wird entscheiden, ob wir die Lieferung annehmen oder nicht.« Sie sah zu Marna und deutete mit der kleinen Stiftkamera auf den Ring. »Das ist dein Metier.«

Konstantin überlegte, wie weit er mit der Rolle des Boten noch kommen konnte. Sie würden es komisch finden, wenn er zu viele Fragen stellte, und ihm sicher nicht antworten. *Abwarten. Mal sehen, was sich ergibt.*

Er versuchte unauffällig, den Scan des alten Prospekts auf dem Computerbildschirm zu lesen.

Die Frakturschrift war verwischt, das Papier hatte die Farbe nicht richtig aufgenommen. Aber ein paar Dinge konnte Konstantin entziffern. Es ging tatsächlich um eine Ausstellung. Der Veranstalter warb damit, dass nicht nur die wichtigsten indischen und australischen Diamanten und Edelsteine gezeigt würden, sondern auch Schmuckstücke, um die sich schaurige Geschichten rankten.

Gerade wollte Konstantin lesen, was es mit seinem Ring auf sich hatte, da drehte Sandra den Bildschirm wieder zu sich herum.

Marna ging an ihm vorbei, trat hinter ihre Schwester und las den Prospekt. Danach legte sie die Hand auf die Maus und klickte mehrmals. Ihr Blick war aufmerksam, die rötlich grauen Augen konzentriert zusammengekniffen.

Konstantin sah die Spiegelung von dem, was sie betrachtete, in ihren Brillengläsern: Es schienen die aktuellen Aufnahmen des Rings zu sein, dann Zeitungsartikel, die älter waren, kleine Meldungen und größere Berichte.

Konstantin begann ernsthaft, sich Sorgen zu machen. Da es Berichte über das Schmuckstück gab, nahm er an, dass es sich bei ihm um Diebesgut handelte – das er entspannt in seiner Hosentasche durch den marokkanischen und deutschen Zoll geschmuggelt hatte. *Der Ring wird garantiert gesucht.* Ihm wurde warm.

Marna brauchte einige Minuten, bis sie fertig gelesen hatte. Anschließend hob sie den Ring an, wog ihn in der Hand und wiederholte die Prozedur, die ihre Schwester schon damit durchlaufen hatte. Zusätzlich holte sie ein Tuch aus der Tasche, wischte das Kleinod gründlich ab, nahm ein anderes Tuch hervor, das einen leicht chemischen Geruch verbreitete, und polierte das Silber. Als Letztes öffnete sie den Mund und biss in das Elfenbein.

Sehr vorsichtig legte Marna den Ring zurück auf die Tischplatte. »Richten Sie Monsieur Bouler meinen Dank und meinen Glückwunsch zu diesem Exemplar aus.«

Genug Theater gespielt. Ich fliege ohnehin gleich auf. »Das kann ich leider nicht.« Konstantin sah die beiden Schwestern an, dann fiel sein Blick auf den Brieföffner, und er langte danach. Er hatte nicht vor, die Herbsts mit der Klinge zu bedrohen, sondern eine mögliche Waffe außerhalb ihrer Reichweite zu bringen. Er wollte Marna auf keinen Fall mit einer Aikido-Technik verletzen, und Sandra … nun ja. *Ein bisschen. Höchstens.* »Monsieur Bouler ist tot.« Gespannt wartete er auf eine Reaktion.

Die kleinere, dickliche Frau schien von der Eröffnung nicht besonders überrascht. Auch ihre hübsche Schwester machte ein Gesicht, als dachte sie, dass es Zeit geworden war.

»Was ist passiert?«, fragte Marna nach einem Moment des Schweigens.

»Eine Schießerei, vor seinem Laden in Marrakesch. Seine Leibwächter sind ums Leben gekommen, er konnte flüchten. Soweit ich weiß, gehört er zu den Toten auf dem Platz Djemaa el Fna. Ich bin kein Kurier. Mir gehört«, er streckte die Hand aus und nahm den Schmuck, »der Ring. Ich bin auf der Suche nach Erklärungen, die sich auf mein Eigentum beziehen.«

Die Frauen schienen sich durch Blicke stumm abzustimmen. Als sie ihn wieder ansahen, zog Sandra die blassgelbe Jacke des Anzugs leicht auf, darunter kam ein Achselholster mit einer Pistole zum Vorschein, der Sicherungsriemen war geöffnet.

Diamantenhändler sollte man nicht unterschätzen. Konstantin setzte sich und legte den Brieföffner weg. Damit wollte er zeigen, dass er es ehrlich meinte und nicht beabsichtigte, sie anzugreifen.

Schließlich nickte Marna. »Meine Schwester und ich dachten uns, dass etwas nicht mit Ihnen stimmt«, entgegnete sie sachlich, aber ohne das schöne Lächeln vom Anfang. »Wir waren gespannt, was Ihre Aufführung sollte. Ihren echten Namen werden Sie uns wohl nicht verraten?«

»Nein. Aber ich werde auch *Sie* beide nicht verraten, weder an Ihren Chef noch an Interpol. Mir ist egal, ob Sie gestohlenen Schmuck verkaufen. Was Sie mir zu dem Ring sagen, bleibt unter uns.«

»Beeindruckend. Sie haben Mut.« Marna zog sich einen Stuhl heran und legte Sandra beruhigend eine Hand auf die Schulter. »Sie haben sich viel Mühe gegeben und Einfallsreichtum gezeig, um die Spur von Bouler bis zu uns zurückzuverfolgen«, antwortete sie. »Monsieur Bouler ist kein Mensch, mit dem gut Kirschen essen war. Sollte die Nachricht von seinem Tod stimmen, ist es nicht besonders schade um ihn.«

»Um seine Kontakte schon«, warf Sandra leise ein. »Er hatte Zugriff auf die besten westafrikanischen Rohsteine.«

Marna ignorierte ihre Schwester, ihr Blick blieb auf Konstantin gerichtet. »Warum sollte ich Ihnen erklären, was es mit dem Ring auf sich hat?«

»Weil ich Sie darum bat.«

»Oh, wenn alles im Leben so einfach zu regeln wäre.« Marna sah ihn über den hellgrauen Brillenrand hinweg an. »Da Sie ja der Besitzer sind, können Sie mir sicher den Namen des Rings nennen?« Ihr Ton war fordernd.

Konstantin entschied, besser bei der Wahrheit zu bleiben. »Nein, kann ich nicht.«

Marna lächelte. »Sie haben Monsieur Bouler den Ring gestohlen. Denn wenn Sie den Ring gekauft, und damit meine ich *legal* erworben hätten, wüssten Sie doch Bescheid, Monsieur.«

Schlau, attraktiv und gefährlich. »Ich habe ihn mir geholt, als Bouler bereits tot in seinem Wagen lag. Durch meine Hand starb er nicht, das schwöre ich.«

Sandra rollte mit den Augen und stieß die Luft aus. Ihre Zweifel an seiner Geschichte waren deutlich.

Marna hingegen sah Konstantin neugierig an. Er schien ihr zu gefallen. »Was halten Sie davon, wenn wir das bei einem Essen besprechen? Sie laden mich ein.«

Konstantin fühlte sich überrumpelt. Marna mochte anscheinend das Abenteuer, wenn sie bereit war, sich in die Hände eines möglichen Mörders zu begeben. Oder hatte sie Pläne, von denen Konstantin nichts ahnen konnte? »Von mir aus«, sagte er wenig charmant. »Nur wir beide?«

»Nur wir beide.« Der Blick aus den rötlich grauen Augen legte sich lauernd auf ihn. Sie öffnete ihre weiße Jacke, um ihm zu zeigen, dass sie keine Pistole mit sich führte. Ihre Figur war traumhaft. »Es gibt gute Restaurants in Idar-Oberstein.«

Konstantin willigte ein. »Aber ich suche es aus.« Er wurde den Eindruck nicht los, dass sich Unheil wolkengleich über ihm ballte, während er mit der hübschen Marna zu Tisch saß und plauderte. Sandra konnte in der Zwischenzeit alles Nötige in die Wege leiten, um ihn auszuschalten und damit den Ring in den Besitz der Schwestern zu bringen. »Sie werden während des Essens nicht telefonieren oder Dinge tun, die mich annehmen lassen, dass Sie mich verraten wollen.«

Sie nickte, ihr Blick hatte etwas Spöttisches.

Die unbekannte Marna Herbst war ohne Zweifel gefährlich, aber er blieb bei seiner Entscheidung. Konstantin brauchte dringend Informationen.

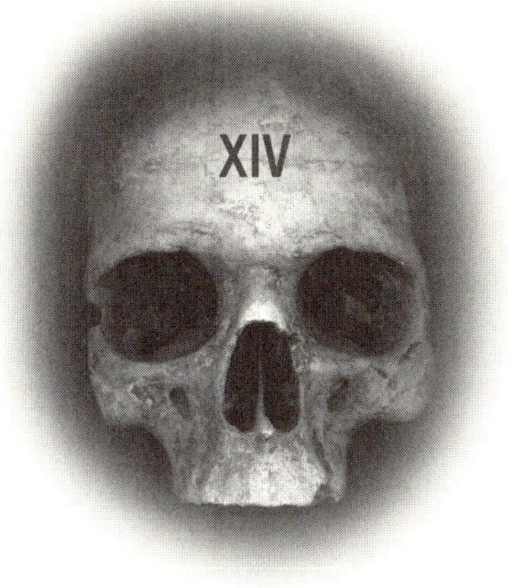

Jünglinge schlummern hin, und Greise bleiben
Wach. Es schleichet der Tod nun hier, nun dort hin,
Hebt die Sichel, eilt, daß er schneide, wartet
Oft nicht der Ähre.

Friedrich Gottlieb Klopstock, Der Frohsinn

Idar-Oberstein, Deutschland

Sie saßen in der *Achatkammer*, einem gutbürgerlichen Gasthaus, in dem es regionale Küche gab. Dunkle Eichenbalken an der Decke, dazu passendes Mobiliar, geweißelte Wände mit eingearbeiteten Halbedelsteinen, kleine Blumensträußchen auf dem Tisch: Die Einrichtung war angemessen, aber nicht eben einfallsreich.

Konstantin hatte das Gasthaus zufällig ausgesucht, um den Herbst-Geschwistern keine Gelegenheit zu geben, einen Hinterhalt zu arrangieren. Sie saßen möglichst weit entfernt vom Eingang, an einem großen Fenster. Von hier aus hatten sie einen schönen Blick auf die Felsenkirche und die Altstadt darunter mit den Fachwerkhäusern und den zahlreichen Läden, in denen Halb- und Edelsteine in verschiedensten Formen zum Verkauf angeboten wurden.

Dass keiner der Steine mehr aus Idar-Oberstein selbst kam, wussten die meisten Touristen nicht, wie Marna ihm erzählte. Der Abbau von Achat war vor mehr als hundertdreißig Jahren eingestellt worden.

Es gab Museen sowie einen Touristenstollen, um einen Eindruck von der damaligen Arbeit zu vermitteln, sowie Schürffelder für Kinder, die dort ausgelegte Halbedelsteine finden und stolz mit nach Hause nehmen konnten. Sogenannte Edelsteincamps boten Jugendlichen die Möglichkeit in den beinahe komplett ausgebeuteten Abraumhalden, mit Werkzeug auf die Jagd nach übersehenen Amethysten, Bergkristallen und Achaten zu gehen.

Ansonsten lebte die Stadt von der Verarbeitung von Rohsteinen aus aller Welt, trieb an der Börse regen Handel mit den Kleinodien, egal ob unbearbeitet, geschliffen oder in Form von Schmuck. Das lückenlose Angebot vor Ort reichte vom Designer über den Schleifer bis zum Fabrikanten des passenden Etuis.

Konstantin wählte einen Salat mit geräucherten Forellenfilets, Marna das Angussteak mit Bratkartoffeln. Der Ober schien wegen der Bestellung irritiert zu sein, weil es nach verkehrter Welt aussah. Als er wieder ging, beschloss Konstantin, dass die Zeit für Small Talk vorbei war. »Sie und Ihre Schwester haben einen kleinen Schwarzhandel mit Steinen aufgemacht?«

Marna blickte Konstantin an und hob ihr Wasserglas. »Auf unser Zusammentreffen, Monsieur Mané.«

»Auf Sie, Frau Herbst.« Er behielt seinen falschen französischen Namen und Akzent bei. Warum sollte er auch die Wahrheit sagen? Er saß mit einer Hehlerin oder Schlimmerem am Tisch. Seine Anspannung blieb. Er traute dem friedlichen Eindruck nicht, den Marna erweckte. »Dann legen Sie los: Was ist mit meinem Ring?«

»Das geht mir ein bisschen schnell. Wir sollten uns erst ein wenig …«

»Nein. Das war die Abmachung: Wir essen, Sie erzählen.« Konstantin sah auf die Uhr. Es war kurz nach sechs Uhr. Zu lange wollte er sich nicht in Idar-Oberstein aufhalten, um den Herbst-Schwestern keine Möglichkeit zu geben, ihm das Leben schwer zu machen.

»Der Ring. Schön. Er ist alt. Dem Elfenbein nach, das man im vergangenen Jahrzehnt untersuchte, wird er auf das 17. Jahrhundert geschätzt. Es gibt Legenden um ihm, einige dieser Geschichten sollen sich im Mittelalter zugetragen haben, doch die Schliffform des Opals beherrschte man in Europa damals nicht.« Marna schwenkte ihr Mineralwasser und sah ihn über den Glasrand hinweg an. »Der Stein ist ein Harlekin-Opal, der aus Persien stammt. Sagt Ihnen das was?«

»Nein.« Konstantin nahm sein Handy und aktivierte die Aufnahmefunktion.

»Er stammt aus einer kleinen Mine in der Nähe des Berges Ali Mersai, die nicht lange existierte. Die Stollen stürzten mehrmals ein und rissen die Arbeiter zu Dutzenden ins Verderben. So entstand die Sage, dass der Tod und der Sheitan persönlich ihre Hand im Spiel hatten. Sheitan ist das arabische Wort für Teufel.«

Konstantin horchte auf. »Ich weiß. Ein orientalisches Märchen?«

»Mehr eine persische Legende.« Sie zog die Mappe mit Ausdrucken, die sie aus ihrem Büro mitgenommen hatte, aus der Handtasche und wählte ein Blatt aus, um das Gedruckte leise vorzulesen …

Von des Todes und des Sheitans Mine

Einst ging ein gieriger Mann, der viel besaß und nach immer mehr trachtete, einen Pakt mit dem Sheitan ein. Er rief ihn zu sich und sprach: »Ich verschreibe dir meine Seele, wenn du mir noch mehr Schätze verschaffst.«
Und der Sheitan rieb sich die Hände und sagte: »Ausgezeichnet! Ich werde dir deine Mine mit Edelsteinen füllen, auf dass sie nimmermehr ohne Ertrag sei.«
Und bald darauf holten die armen Arbeiter des gierigen Mannes feuerfarbene Opale aus dem Bergstollen, dass es ein böses Wunder war. Der Reichtum wuchs und wuchs ins Unermessliche. Könige und Kaiser wurden neidisch.

Aber das genügte dem gierigen Mann nicht.

So rief er den Tod zu sich und sprach: »Ich überlasse dir die Leben meiner Söhne und Töchter, wenn du mir noch mehr Schätze verschaffst.«
Und der Tod rieb sich die Hände und sagte: »Ausgezeichnet! Ich werde dir deine Mine mit Edelsteinen füllen, auf dass sie nimmermehr ohne Ertrag sei.«
Und es geschah, dass neben den feuerroten Opalen plötzlich noch blaue Opale aus der Erde gebrochen wurden.

Der gierige Mann wurde so reich, dass sich die Herrscher der Welt Geld bei ihm leihen konnten, so viel sie wollten, und er immer noch unendlich viele Münzen besaß.

Dafür starben jegliche Kinder, welche die Frau des gierigen Mannes gebar, sobald sie den Mutterleib verlassen hatten.
Das grämte die Frau so sehr, dass sie nach dem vierten verlorenen Kinde ins Wasser ging.

Der gierige Mann freute sich, weil er ein Maul weniger zu stopfen hatte, und heiratete auch nicht mehr. Er lebte mit seinen Schätzen in seinen Schlössern und betrachtete allzeit seine Reichtümer.

Doch der Tod erschien dem gierigen Mann. »Du hast mich verraten. Ich gab dir Schätze noch und nöcher, aber du verweigerst mir meinen Lohn. Um dich zu strafen, werde ich dich mit ewigem Leben schlagen. Du wirst alt und älter werden, du wirst Gebrechen und Krankheit erdulden wie alle anderen. Doch du wirst niemals sterben.«

Davon hörte der Sheitan. Er fühlte sich betrogen, weil er die Seele des gierigen Mannes nicht mehr bekommen sollte.
»Du hast mich verraten«, sprach er. »Dafür belege ich alle Schätze, die aus diesem Stollen entspringen, mit meinem Fluch: Die roten Opale sollen Übel in der Welt verbreiten, auf dass sie niemand mehr haben möchte. Aber die blauen Opale sollen jedem das Leben rauben, der sie findet und trägt.«
Er verschwand in einer Wolke aus stinkendem Schwefel, fuhr in die Mine und drückte seine Klaue als Zeichen des Fluchs tief in die Wand.

Der gierige Mann wagte es nicht, jemandem davon zu berichten, und ließ die Arbeiter weiter schuften, ohne ihnen etwas vom Fluch zu berichten.
Doch Übel befiel jeden Mann, der einen roten Opal fand, und der Tod kam zu allen, die einen blauen Opal in den Händen gehalten halten.
Bald weigerten sich die Männer, in den Stollen einzufahren.

Der gierige Mann geiferte und keifte, er prügelte auf die armen Leute ein und befahl, dass sie ihm neue Schätze ans Tageslicht holten.

Aber die Arbeiter hatten den Sheitan gesehen, wie er durch die Stollen strich und die Wände berührte; und sie hatten den Tod gesehen, wie er seine Sense gegen diejenigen schwang, die nach den Steinen griffen.

Sie packten den gierigen Mann und warfen ihn in den tiefsten Schacht, aus dem er nicht mehr entkommen konnte, und höhnten: »So bleibe bei deinen Steinen und grabe sie selbst aus. Iss sie, wenn du Hunger hast. Wir betreten deine Mine nie wieder. Tod und Sheitan sollen sich andere Opfer als uns suchen.«

Da saß er nun, der gierige Mann, und jammerte. Er rief nach dem Tod, den er betrogen hatte.

Aber der Tod eilte durch die Länder und suchte nach den Trägern der blauen Opale, um sie zu töten.
Ebenso eilte er dorthin, wo die roten Opale zu Hause waren. Denn es dauerte niemals lange, bis sich an diesen Orten arge Zwiste und heftige Kriege entspannen, bei denen er reiche Ernte in sein Gebeinhaus einfahren konnte.

Nur der gierige Mann sitzt bis heute in der verlassenen Mine, da er nicht gestorben war.
Sein Heulen durchdringt Mark und Bein der Lebenden, und wer immer verzweifelt genug ist, den Stollen zu betreten, die Mine von Tod und Sheitan, muss wissen, dass sein Leben verwirkt sein muss, wenn er auch nur einen einzigen Opal anfasst.

»... Soweit die Legende. Ich fand die Geschichte in einem kleinen Büchlein des Hamburger Lichtenberger Verlags und war überrascht, als ich herausfand, dass es diese Mine wirklich gegeben hat. Meine Nachforschungen ergaben, dass sie bereits zwei Jahre nach ihrer Öffnung auf Befehl des Schahs Safi I. im

Jahr 1632 geschlossen wurde, der Betreiber beging Selbstmord, die Familie starb verarmt. Die blauen Harlekin-Opale, wie den in Ihrem Ring, schrieb man dem Tod zu, die roten Feuer-Opale dem Teufel.« Marna hatte es sichtlich Spaß gemacht, die Geschichte zu erzählen. Ihr Gesicht erinnerte an das einer Schauspielerin, die in ihrer Rolle aufging.

Konstantin hätte Marna am liebsten umarmt. Allein für diese Geschichte hatte sich der Besuch in Idar-Oberstein gelohnt. Seine Überzeugung wuchs, es mit einem Schnitterring zu tun zu haben. »Können Sie mir die Legende überlassen?«

»Kann ich.« Sie trank aus ihrem Glas, und Konstantins Blick fiel unwillkürlich auf ihre roten Lippen. »Da die Mine eine kurze Lebenszeit hatte, sprich eine geringe Fördermenge verbuchte, und das Märchen von Teufel und Tod das Übrige dazu beisteuerte, waren die Opale sehr begehrt. Bald sagte man ihnen die absonderlichsten Dinge nach. Und ja, diese Infos kann ich Ihnen auch geben.« Marna lächelte. »Sie wissen wirklich gar nichts über den Ring.«

»Nein. Nur, dass er etwas Besonderes ist.«

»Erwähnte ich seinen Namen schon, den er in der Neuzeit bekam?«

Konstantin schüttelte den Kopf.

»Harlekin's Death.«

Das ist doch mal ein Statement. Er hätte den Ring am liebsten aus der Tasche genommen und ihn betrachtet, nach dem eingravierten Totenkopf geschaut – nur anlegen durfte er ihn nicht. Noch nicht. Erst wollte er die ganze Geschichte kennen. *Ich muss Arctander und Thielke dankbar sein, dass sie mich zu Bouler geführt haben.* »Wer hat ihn anfertigen lassen? Wissen Sie mehr?«

»Aber natürlich, Monsieur Mané. Das ist mein Job. Harlekin's Death besteht aus verschiedenen Elementen, die der Vanitas-Symbolik zuzuschreiben sind«, erklärte Marna weiter und bestätigte die Bedeutung von Nelken, Elfenbein und Opal, die er schon vermutet hatte. Die nächste Information ließ ihn allerdings staunen. »Die Platte, auf der Opal und Silber aufmontiert sind, besteht aus menschlicher Knochensubstanz. Lord Richard Wenthsworth, der die Fertigung des Rings in Auftrag gab, ließ dazu eine der Reliquien, die dem Evangelisten Markus zugeordnet werden, im Februar 1699 stehlen. Der Ring wurde im gleichen Jahr fertiggestellt. Die Überreste des Evangelisten gab er wieder zurück und tat, als habe er die Räuber gefangen und hingerichtet. So waren sie, die Edlen.«

»Und dann verschwand der Ring?«

»Nach dem Tod des Lords, der in York lebte, verblieb der Ring vorerst in der Familie, doch sie wurde von Krankheitsfällen, Morden und Wahnsinn heimgesucht. Der Ring wurde schließlich verkauft und verschwand, bis er bei der Weltausstellung im Jahr 1851 in London wiederauftauchte, deren Prospekt Sie gesehen haben. Er sollte anschließend in einem Museum landen. Doch ein Raub verhinderte das.« Sie deutete auf sein Handy. »Ausschalten.«

»Wieso?«

»Sie werden sich die Einzelheiten merken müssen, Monsieur Mané. Ich werde Ihnen bestimmt keine Beweise gegen mich frei Haus liefern.« Marna wartete, bis er die Aufnahmefunktion deaktiviert hatte, bevor sie weitersprach. »Vor zehn Jahren entdeckte ich den Ring bei einer Nachlassauktion in Köln. Aber er wurde geklaut, bevor ich zuschlagen konnte. Meine Nachforschungen führten ins Leere. Monsieur Bouler ist … sagen wir, ein Spezialist für die Beschaffung von seltenem Schmuck, und ich bat ihn um Hilfe. Vor drei Monaten schrieb er mir, dass er den Harlekin's Death gefunden hat und es nur eine Frage des Preises sei. Die Verhandlungen mit ihm waren … schwierig.«

»Über wie viel Geld reden wir?«

»Ungefähr eine halbe Million. Euro. Das ist der Sammlerwert, nicht der reale Sachwert, der deutlich darunter liegt. Bouler verlangte zu viel.«

Konstantin dachte daran, zu welchem Schnäppchenpreis er den Ring beinahe vom unwissenden Rabih bekommen hätte. *Wegen eines Zufalls.* »Wollten Sie ihn für sich kaufen, oder gab es einen Interessenten für Harlekin's Death?« Vielleicht bekam er einen Namen, vielleicht war der Käufer jemand, der viel mehr über Schnitterringe wusste als Konstantin und sein Wissen mit ihm teilte. Er bekäme Gewissheit. *Das wäre …* Er hing an Marnas Lippen und wartete auf ihre Antwort.

Die Hehlerin ließ ihn zappeln. Sie goss sich etwas Wasser ein und bestellte sich einen schwarzen Tee. »Ich denke nicht, dass Sie das wissen müssen, Monsieur Mané«, erwiderte sie ablehnend.

»Tja. Was mache ich denn, wenn Sie Ihrem Klienten nach unserem Essen von mir erzählen und er mich jagt, weil er den Ring möchte? Wäre es da nicht fair, wenn ich auch was von ihm wüsste?«

Sie lächelte verschmitzt. »Ich weiß nicht mal, ob Sie wirklich Mané heißen, und soll Ihnen im Gegenzug den Namen meines Kunden nennen? Kommen Sie, das können Sie nicht ernsthaft von mir erwarten.« Marna sah zu dem näher kommenden Ober, der ihr Essen brachte. »Ah, sehr gut. Ich habe Hunger.«

Ihr Blick veränderte sich, die Augen richteten sich auf den Eingang. »Erwarten Sie noch jemanden, Monsieur Mané? Vielleicht eine Kollegin von Interpol, damit sie mich nach der Verhaftung durchsuchen kann? Ich hätte eher geglaubt, dass Ihnen das Spaß machen würde.«

Konstantin schaute von seinem leckeren Salat auf und folgte Marnas Blick rechts zur Tür. Er hatte seine Achtsamkeit schleifen lassen, sich zu sehr auf die Geschichte und die hübsche Frau konzentriert. *Ist das ein Trick von ihr?*

Schlagartig verging sein Appetit, als er die Person am anderen Ende des Raums erkannte.

Madrid, Spanien

Thielke widmete sich nach einem Nickerchen seinem LeMat-Revolver. Er baute ihn auseinander und reinigte die Teile gründlich, bevor er sie wieder zusammensetzte. Dann lud er die schweren Patronen in die Trommel, legte die Schrotpatrone in die Einzelkammer und steckte den Revolver in das Gürtelholster. Das Gewicht zog den Gürtel nach unten, aber das war er gewohnt.

Niemals ging er ohne den LeMat aus dem Haus. Für den Transport durch Sicherheitskontrollen zerlegte Thielke ihn bis ins kleinste Schräubchen, schmuggelte die Munition in den Absätzen und in der Prothese, die entsprechend präpariert war, durch die Schleusen auf den Flughäfen der Welt. Der LeMat gehörte einfach zu ihm. Schon der Anblick reichte aus, um beispielsweise eine Diskussion mit nervigen Kleinkriminellen über den Verbleib seiner Geldbörse im Keim zu ersticken.

Thielke paffte eine Zigarre. Er hatte sich ein Raucherzimmer in einem Madrider Hotel geleistet und nutzte das nun aus. An seinen Armen klebten zwei Nikotinpflaster, die ihre Wirkstoffe permanent freisetzten und seinen Nervengiftspiegel auf einem durchgehend hohen Niveau hielten. Das Nikotin floss Tag und Nacht in seinen Adern, es war lebensnotwendig.

Nach einem Biss in ein sündhaft süßes spanisches Gebäckstückchen setzte er sich eine Insulinspritze durch sein Hemd in den Bauch und erhob sich. Er musste los zu dem Treffen mit Arctander.

Wie er inzwischen herausgefunden hatte, war *Almudena* keine Person, sondern ein Ort, nämlich der angeblich schönste Friedhof von Madrid.

Thielke war im Besitz einer Übersichtskarte aus dem Friedhofsamt. Er hatte eine ungefähre Ahnung, wo er Arctander heute finden konnte, bevor der noch so ein Ding wie in Marrakesch vom Stapel ließ. Der Narkoleptiker war vermutlich jetzt schon der mächtigste Todesschläfer in der bekannten Geschichte. Je öfter der Mann einschlief, umso mehr steigerte sich die Macht. Der Tod wurde schlicht saurer und saurer auf denjenigen, der ihm die Stirn bot.

Thielke nahm nach kurzem Zögern elf weitere Patronen aus seiner Unterschenkelprothese, befestigte sie in einem Schnelllader und steckte diesen in die Jacke.

Er ging leicht humpelnd hinaus. Der Stumpf machte ihm weiterhin wegen des Wetters zu schaffen, er pulste und zog unangenehm.

Als Thielke auf der Straße stand, winkte er ein Taxi herbei und ließ sich zum Friedhof bringen. Der unvermeidliche Kaugummi landete in seinem Mund, sein Atem roch nach einer kruden Mischung aus Cola und Zigarrenqualm.

Während der Fahrt studierte er den Friedhofsplan. Auch wenn Bent Arctander aus Schweden stammte, kam ein Teil seiner Vorfahren aus Spanien. Aus Madrid. Der war vor einhundert Jahren gewesen, den spanischen Einschlag sah man dem Narko nicht mehr an.

Was der Todesschläfer nun am Grab seines Urgroßvaters wollte, konnte sich Thielke nicht vorstellen. Ein nostalgisches Wiedersehen auf der Durchreise? Oder wollte er erneut jemanden treffen wie in Marrakesch? Was er von Bouler gewollt hatte, blieb durch dessen Tod leider im Dunkeln.

Zwei Adressen standen noch zur Prüfung aus, auch wenn sie in der Vergangenheit wichtig gewesen wären, um Arctander abzufangen: die Via Balzina in Roccastrada und die Apotheke in Venedig, Nummer eins und zwei auf Arctanders kleiner Reiseliste. Orte, die er zuvor aufsuchte. Bisher hatte er sich noch nicht eingehend damit befasst, da er den Schweden lieber an seinen zukünftigen Reisezielen treffen wollte. »Ich werde ihn gewiss treffen«, brummelte er. »Sogar auf hundert Meter.«

»Qué, Señor?«

»Nada«, gab er zurück. Das war das einzige Wort, das er auf Spanisch beherrschte: nichts. Der LeMat in seinem Rücken drückte, wartete auf seinen Einsatz.

Die Madrider Wärme überfiel ihn, machte Thielke schläfrig und drückte ihm sacht die Lider nach unten.

Er wehrte sich nicht dagegen und sank entspannt in einen oberflächlichen Schlummer, ohne Angst haben zu müssen, dass er den Taxifahrer umbrachte. Sein Trick. Der Ausweg aus dem Elend des Fluchs, ganz ohne Elektronik …

Irgendwann hielt der Wagen schaukelnd an.

»Señor. Wir sind da«, sagte der Fahrer in beinahe unverständlichem Englisch.

Thielke fuhr mit einem Schnarchgeräusch in die Höhe und wischte sich seinen Schlafsabber von der Wange. »Wie viel?«

»Dreißig Euro, Señor.«

Er kniff die Augen zusammen und sah auf das Taxameter, das bereits ausgeschaltet war. »Ist das eine Schätzung? Wie wäre es, wenn du mir die Anzeige noch mal zeigst, damit ich dir und der Maschine glauben kann?«

»No, no, Señor. Sind genau dreißig Euro.« Der Mann wirkte gelangweilt, anscheinend führte er diese Diskussion nicht zum ersten Mal.

Thielke überlegte, ob er den LeMat zum Einsatz bringen sollte, um den echten Preis zu erfahren, den er auch anstandslos bezahlen würde. Aber die installierte Videokamera im Innenraum, die per Funk an die Zentrale sendete, hielt ihn davon ab.

»Das ist Beschiss!«, sagte er deutlich in die Linse und zeigte das Fuck-you-Zeichen. Er spuckte den Kaugummi aus dem Mund in die Hand, knüllte ihn in die Scheine und formte daraus einen Ball. Das klumpige, pappende Geld-Gummi-Gebilde stopfte er tief in die Ritzen des Polsters. »Stimmt so.«

Thielke verließ den Wagen und ließ die Tür offen. Das Fluchen des Fahrers und die *Bastardo*-Rufe quittierte er mit einem breiten Grinsen.

Er hinkte auf den parkähnlichen Friedhof und nahm die Karte zur Hand, suchte das richtige Grab.

Arctanders Verwandtschaft hieß Ibanez, und der Uropa hatte die klangvollen Vornamen Jesús Domingo Hérnando. Dank des Lageplans fand er die Grabstelle recht schnell und suchte sich eine Bank in der Nähe, keine fünfzig Meter entfernt unter einem ausladenden Olivenbaum, der ihn zumindest etwas vor dem heißen Taggestirn schützte. Die Sonnenbrille im Gesicht, nahm er das Gehäuse der Nikon aus der Tasche und schraubte das größte Tele darauf.

Thielke hoffte, dass der Narko nicht schon aufgetaucht und wieder verschwunden war. Aber Arctander hätte kaum schneller als er aus Marrakesch abreisen können.

Mit dem Zoom holte er den Grabstein ganz dicht an sein gesundes Auge.

»Hm, verstehe«, murmelte er, als er die feine Nachricht darauf las. Für das normale Auge kaum ersichtlich war mit Kreide eine Uhrzeit in die untere rechte Ecke geschrieben worden. 18 Uhr.

Bis dahin dauerte es noch vier Stunden. Sofern der heutige Tag gemeint war.

»Kacke.« Thielke leckte einen salzigen Schweißfilm von der Oberlippe und machte es sich auf der Bank bequem. Er aß einen weich gewordenen Schokoriegel, den er in der Fototasche bunkerte, und schoss sich zwei Einheiten Insulin.

Nach einer Stunde wurde ihm das Sitzen zu ungemütlich. Er stellte die Weckfunktion seines Smartphones auf 17.30 Uhr und legte sich hin, schloss die Augen und driftete in den Schlaf. Sollte es der falsche Tag sein, hätte er wenigstens eine entspannte Siesta im Schatten gehalten. Ein Luxus, den sich verantwortungsbewusste Todesschläfer nicht leisten durften. Er schon. Dank seines Tricks.

…

Beim ersten *Piep* riss Thielke die Augen auf und setzte sich langsam auf, um nicht durch eine schnelle Bewegung aufzufallen.

Es war dunkler geworden und nicht mehr ganz so heiß, aber es reichte, um ihn immer noch schwitzen zu lassen.

Behutsam, als wäre er Naturfotograf und wollte scheues Wild nicht verscheuchen, hob er die Kamera und richtete die Linse auf die Umgebung des Grabs von Jesús Domingo Hérnando Ibanez.

Eine nicht mehr ganz junge Frau in einem roten Kleid stand davor, sah auf die Uhr und legte eine weiße Rose auf die Grabplatte, eine zweite hielt sie in der Hand. Sie trug einen breitkrempigen Strohhut, flache Schuhe und Schmuck an den Handgelenken, der verriet, dass sie nicht gerade zu Madrids ärmsten Einwohnern gehörte. Ihre langen schwarzen Haare hatte sie zu einem dicken Zopf geflochten. Auf Anfang fünfzig schätzte er ihr Alter, doch die Figur war modelmäßig.

»Gute Gene oder sportverrückt«, sagte er leise und zündete sich eine Zigarre an. Aus seiner Hosentasche nahm er einen Salamiriegel und öffnete ihn einhändig. Routine.

Zoom, klick, klick, klick – ihr hübsches Gesicht war auf den Speicherchip der Nikon gebannt. Wer sie wohl war? Eine Ähnlichkeit zwischen ihr und Arctander vermochte er nicht zu erkennen.

Sie sah sich gelegentlich um.

Die unbekannte Schönheit wartet definitiv auf jemanden. Thielke sah auf die Uhr und litt schrecklichen Durst. Er hatte nicht daran gedacht, sich etwas zu trinken mitzunehmen, und fühlte sich inzwischen dehydriert, was auch nicht eben gut wegen seines Diabetes war.

Kurz nach 18 Uhr erschien ein Mann, der eine Schirmmütze trug, eine riesige Sonnenbrille aufgesetzt hatte und sich Mühe gab, den Kopf möglichst weit auf die Brust zu senken, damit sein Gesicht nicht zu erkennen war.

Aber der Zoom der Nikon war gnadenlos: Bent Arctander.

Sein weißblau kariertes Hemd zeigte unzählige Knitterfalten, die Jeans nicht weniger. Er schlief sicherlich in den Klamotten.

Zuerst streunte er scheinbar ziellos in der Nähe des Grabs seines Urgroßvaters herum, dann näherte er sich der Frau, die eben die zweite Rose auf das Grab legte, und sprach sie an. Auf Englisch, wie Thielke durch das Objektiv anhand der Lippenbewegungen sah. Gut, das konnte er verstehen – solange er ihre Münder durch den Sucher sah.

Doch sie drehten sich weg. Mehr als ein paar Anhaltspunkte gewährten sie ihm nicht. Er glaubte *Stadion, Barcelona, Spiel, Karten* von Arctander zu verstehen.

»Du wirst doch nicht mit so einer Dame zu einem Fußballmatch gehen?«, grummelte er und verfolgte, wie Arctander gelegentlich Tabletten aus unterschiedlichen Dispensern schüttelte und schluckte.

Klick, klick, klick.

Die Worte *Ring* sowie *Handel* glaubte er auf den vollen Lippen der Dame gesehen zu haben, aber mehr ließ sich nicht mehr erkennen, bis sie sich die Hände reichten.

Thielke schoss noch ein paar Fotos von den beiden, dann steckte er die Kamera schnell weg. Er musste sich jetzt entscheiden: Folgte er der Frau, um herauszufinden, was das Treffen bezwecken sollte? Aber dann verlor er den Narko, der allen Ernstes beabsichtigte, sich ein Fußballspiel anzuschauen. In seiner Verfassung. *Bist du doch ein Psychopath, der die ganzen Menschen absichtlich umbringt, weil es dir einen kranken Kick gibt? Oder leidest du an grenzenloser Selbstüberschätzung?*

Diese hypothetischen Fragen würden sich gleich erledigt haben. So neugierig Thielke auch war, es gab nur eine richtige Entscheidung. Zwei Schuss in den Kopf, und Arctander machte keinen Ärger mehr. Nie wieder.

Sie brachen auf, jeder in eine andere Richtung, genau wie Thielke es befürchtet hatte. Schweren Herzens folgte er Arctander, um ihn zu erschießen. Er humpelte hinter dem Schweden her. Die rechte Hand lag dabei am Griff des LeMat.

Madrids Hinterbliebene schienen mit Einsetzen des Abends beschlossen zu haben, Almudena zu stürmen. Überall liefen Leute, mit Gießkannen, Harken und anderen Grabpflegegerätschaften bewaffnet. Ungesehen konnte er Arctander hier nicht erledigen.

Zu viele Zeugen. Thielke blieb an ihm dran, wartete auf eine bessere Gelegenheit.

Der Schwede ging zurück, quer über den Friedhof, zur Straße.

Okay, jetzt muss ich es wagen, sonst ist er … Thielke wollte den LeMat ziehen und den Kopf des Narkos mit zwei, drei Schüssen über den Bürgersteig verteilen, da klingelte es schrill und hektisch neben ihm.

Aus dem Augenwinkel sah er einen wippenden rosafarbenen Wimpel auf Gesichtshöhe, dann raste etwas zwischen seine Beine, ein harter Gegenstand knallte in seine Genitalien. Eine Kinderstimme quietschte erschrocken auf, während er nach hinten auf den Rücken fiel und geistesgegenwärtig die Hand vom entsicherten Abzug des Revolvers nahm.

Jemand schien ihm eine Bowlingkugel auf die Eier geschmissen zu haben, ihm wurde schwarz vor Augen. Als die Sicht zurückkehrte, wurde er von spanisch sprechenden Leuten auf die Füße gestellt. Man redete entschuldigend auf ihn ein, während vor ihm ein kleines Mädchen neben seinem rosafarbenen Fahrrad stand. Sie war es, die ihn wohl aus Unachtsamkeit umgemäht hatte. Sie packten ihm seine Kameratasche über die Schulter, klopften den Schmutz ab.

»Schon gut, schon gut.« Thielke fuchtelte mit den Händen und wehrte die gut gemeinten Berührungen ab, bevor sie aus Versehen den LeMat bemerkten oder gar auslösten. »Nada, nada.«

Er blickte in Richtung des Ausgangs und sah gerade noch, wie der Narko in ein Taxi einstieg.

Scheiße. Thielke hinkte durch den besorgten Menschenpulk, schubste das kleine Mädchen zur Strafe um und verlor wichtige Sekunden, in denen er auf ein freies Taxi warten musste. Eine Handbewegung brachte das nächste zum Anhalten.

Unter den Beschimpfungen der Eltern und dem Heulen des Kinds schwang er sich auf den Beifahrersitz. Der Wagen mit Arctander war lange verschwunden.

»Wissen Sie vielleicht, in welchem Stadion heute Abend ein Spiel mit einer Mannschaft aus Barcelona stattfindet?«

»Si, Señor. Im Estadio Santiago Bernabéu. Barça gegen Real, ein Duell der Champions«, sagte der Fahrer stolz, als gehörte er zur Mannschaft. Auf dem Armaturenbrett war ein Schildchen mit seiner Lizenz festgeklebt. Er hieß Miguel, die restlichen Angaben hatte die Sonneneinstrahlung unleserlich gemacht. Kurzer Bart, lange schwarze Haar, ein Spanier wie vom Plakat einer Tourismuskampagne.

»Dann fahren Sie mich dahin.«

»Haben Sie Karten, Señor?«

»Kann man die nicht da erstehen?«

Miguel lachte lauthals. »Das Spiel ist schon lange ausverkauft, Señor. Soll ich Sie trotzdem fahren?«

»Ja. Geben Sie Gas, Kollege. Ich muss da hin.« Thielke konnte sich notfalls mit dem LeMat ein Ticket besorgen. »Wissen Sie zufällig, wie viele Leute im Stadion sein werden?«

Miguel fuhr los und kurvte zügig durch den abendlichen Stoßverkehr, der nicht ohne war und von ihm gewisse Fertigkeiten forderte, die auch ein Torero haben sollte: Reflexe und ein gutes Augenmaß. »Na, da ausverkauft ist, würde ich sagen etwa achtzigtausend Menschen. Es ist ein tolles Stadion, Señor. Aber da Sie keine Karten haben, werden Sie es leider nicht von innen sehen.«

»Wird schon.« Thielke war froh, seine Waffe dabeizuhaben. Zwölf Millimeter, mitten durch den Kopf, würden das Leben des Narkos beenden. Zumindest soweit es zählte. Am besten, er jagte das ganze Magazin in ihn, um sicher zu sein. In seiner anderen Tasche hatte er den Wellengenerator. Ob er nahe genug an Actander herankam, damit das Gerät seine Wirkung entfalten konnte, bezweifelte er allerdings.

Die quälend lange Fahrtzeit, die von vielen unfreiwilligen Stopps wegen der Staus unterbrochen wurde, nutzte Thielke, um die eben gemachten Fotos zu sichten. Er zückte sein Smartphone und checkte die Medikamente, die sich Arctander am Grab seines Urgroßvaters eingeworfen hatte, im Netz.

Die Pillen namens Modafinilin und Oxybatan hatten Wirkstoffe, die wach hielten und die Konzentration fördern sollten. In Foren wurden sie im Zusammenhang mit Narkolepsie genannt; dazu passten die Mittel Clomipramin und Reboxetin, die gegen Kataplexie wirkten oder zumindest Muskellähmungen und Halluzinationen unterdrückten. Die andere Pille mit dem schönen Namen WU stand für Wake up: Koffein, Guarana und pflanzliche Wirkstoffe zum Ankurbeln des Kreislaufs.

Thielke konnte nicht abstreiten, dass Arctander alles tat, um gegen seine Krankheit anzukämpfen – aber ob es ausreichte?

In einem Stadion voller Menschen, achtzigtausend Männer, Frauen, Kinder, durfte Thielke keinerlei Risiko eingehen und nicht zögern. Dass man ihn danach höchstwahrscheinlich schnappen und wegen Mordes verhaften würde, war ihm gleichgültig. Mit seiner schlechten Kondition und seinem Prothesenbein verlor er Wettrennen gegen Kleinkinder. Er würde einfach den verwirrten, zuckerkranken, nikotinsüchtigen Krüppel geben, die Auslieferung an Deutschland und Behandlung in einer Irrenanstalt verlangen, aus der er bequem verschwinden konnte.

Sie hatten sich dem Stadion inzwischen auf Sichtweite genähert. Davor stauten sich die Menschenmassen, man schob sich in geordneten Bahnen durch die Einlasskontrollen. Die Fans schwangen Fahnen und Schals, es wurde gegrölt, Schlachtgesänge schallten aus verschiedenen Richtungen und drangen durch die Scheiben des Taxis. Die Stimmung war gut und ausgelassen, die Fußballfreunde erwarteten ein Fest, sowohl auf den Rängen als auch auf dem Rasen.

Und mitten unter ihnen, ohne dass sie es wussten, befand sich der nahe Tod in Gestalt von Bent Arctander.

Thielkes Nackenhaare stellten sich auf. Ihm wurde kalt vor Angst um die vielen Leute. *Wie finde ich den Narko in diesem Trubel?*

Der Einfall kam mit dem nächsten Blinzeln: Da er im Begriff stand, einen Menschen vor Tausenden von Zeugen zu erschießen, und anschließend ohnehin verhaftet wurde, konnte er auch gleich die Sicherheitszentrale stürmen und die Überwachungskameras zur Suche nutzen. Das bisschen Nötigung und Freiheitsberaubung fiele nicht weiter ins Gewicht und würde sein verwirrtes Verhalten sogar bestätigen.

»Weiter kommen wir nicht mehr. Stau.« Miguel grinste ihn

an. »Na, Señor? Immer noch überzeugt, dass Sie Karten kriegen?«

»Schwarzmarkt. Irgendwo steht bestimmt jemand rum und vertickt Karten zu überteuerten Preisen.« Er bezahlte den Fahrer plus Trinkgeld, stieg aus und zündete eine Zigarre an. Eine Hand auf die Kameratasche stützend, hinkte er los und erreichte nach zehn Minuten die ausgelassene Meute. Es roch nach Grillfleisch, nach Bier, die Lieder tönten außerhalb des Wagens noch lauter als vorher.

»Das kann ich vergessen.« Thielke ging nicht davon aus, dass er Arctander selbst mit Hilfe der Sicherheitszentrale und der Kameraüberwachung fand. Es blieb eine unüberschaubare Gesichterzahl.

Aber aufgeben und die Menschen in der Gefahr zurücklassen konnte er nicht.

Daher entwickelte er auf die Schnelle einen neuen Plan.

Thielke entdeckte ein paar Gestalten, die Karten für dreihundert Euro anboten, und kaufte ein Ticket, ohne lange zu handeln. Flott gelangte er durch die lasche Schwerbehinderten-Einlasskontrolle, nachdem er auf unmissverständliche Weise verdeutlicht hatte, dass ihm ein Unterschenkel fehlte.

Thielke schob sich durch die Menschenmenge, schubste und drückte. Zu seinem stummen Entsetzen entdeckte er viele Kinder und Jugendliche unter den Fans. Das war ein zusätzlicher Ansporn für sein selbstloses Unterfangen. *80000 Menschen.*

Er dachte gar nicht daran, zu den ausgewiesenen Arealen zu gehen, die wegen ihrer guten Sicht für Behinderte reserviert blieben, sondern suchte sich einen Weg zur Stadionsprecherkabine. Ein Blick auf die Uhr zeigte ihm, dass es noch eine halbe Stunde bis zum Anstoß dauerte. Die Ränge waren bereits so gut wie restlos gefüllt.

Er humpelte hastig die Stufen zu der großen Glaskanzel

hinauf, in der sich die Sprecherkabine befand, und verfluchte seinen Stumpf.

Ein Sicherheitsmann achtete darauf, dass kein Spaßvogel versuchte, ins Innere zu gelangen. Sein Name war Raphael, wie das Schild auf seiner Brust verriet. Er schlürfte einen Becher Cola, rauchte und unterhielt sich mit einer niedlichen Spanierin, welche die Farben von Real auf die Wangen und ihr stattliches Dekolleté gemalt hatte.

Durch den Flirt abgelenkt, bemerkte ihn der Sicherheitsmann erst, als er vor ihm stand und den LeMat unauffällig gegen den Bauch drückte. »Aufmachen.«

Raphaels Augen wurden groß. Er zog langsam seinen Schlüsselbund und öffnete die Kabine.

»Geh vor«, befahl Thielke und warf der verwunderten Spanierin, die den Revolver nicht sehen konnte, einen knappen Blick zu. »Er kommt wieder. Schön hierbleiben.«

Sie betraten den verglasten Raum, der von Kameramonitoren und einem langen Pult mit Hebelchen, Knöpfchen, Mikros und Leuchtdioden, mehreren Telefonen sowie fünf Bürostühlen davor beherrscht wurde. Vier waren besetzt, drei Männer und eine Frau unterhielten sich auf Spanisch. Sie drehten sich nicht um, als die beiden Männer eintraten.

Zwanzig Minuten bis zum Anpfiff.

Das Vorprogramm hatte begonnen, Jugendmannschaften zeigten, wie der Nachwuchs bei Real gefördert wurde. Jeder Schuss aufs Tor wurde begeistert mit *Olé* quittiert. Eine La Ola raste durch das Rund.

Thielke schlug Raphael mit einem Hieb in den Nacken ohnmächtig. Der muskulöse Mann brach zusammen und krachte unüberhörbar auf den Boden. Das Quartett wandte sich um.

Auftritt des verwirrten Attentäters. »Hallo«, sagte Thielke auf Englisch und richtete die große Mündung seines LeMat auf die Gruppe. »Sie verstehen mich, ja?« Allgemeines Kopfnicken. »Also, ich bin Igor, ehemals FSB, russischer Geheimdienst, und vom großen Manitou geschickt worden, um die Menschheit von ihren Sünden zu erlösen. Ich war das mit dem A380 und in Marrakesch. Und die gleichen Gaszylinder, die ich dem FSB gestohlen habe, liegen überall im Stadion verteilt. Wir spielen jetzt ein lustiges Spiel namens ›Lauf um dein Leben‹. Mal sehen, wie viele ihr retten könnt. Manitou sagt, die Unschuldigen werden frei sein, die Sünder werden sterben.« Er langte in die Tasche und zog seinen Insulinstift heraus, hielt ihn wie einen Zünder. »Das ist der Fernzünder für die Öffnungsventile. Verstanden?«

Das Quartett nickte synchron. Sie waren alle kalkweiß geworden.

Thielke zeigte auf die Frau. Verzweifelte Weiber waren am Telefon immer gut. »Sie rufen die Polizei an und sagen ihr, was los ist. Wenn sie wollen, können sie herkommen und mitrennen. Und du«, er zeigte auf den dunkelhaarigen Mann, »rufst die Leute an, die für die Sicherheit im Stadion verantwortlich sind. Sie sollen niemanden mehr ins Stadion lassen. Wir haben genug Teilnehmer.«

Am ganzen Körper bebend nahm sie den Hörer ab und wählte den Notruf.

Zehn Minuten.

Die Jugendlichen klatschten zum Abschied und erhielten im Gegenzug Applaus von hundertsechzigtausend Händen, dann rannten sie in den Tunnel, der in die Umkleiden führte.

»Wer von euch ist der Stadionsprecher?« Der Kleinste der Männer hob die Hand. »Wie ist Ihr Name?«

»Ringo.«

»Ringo, gehen Sie ans Mikro und machen Sie die Durchsage, dass das Spiel in letzter Sekunde abgesagt wurde. Wegen eines Darmvirus, der die Mannschaft von Real nach dem Genuss des Caterings erwischt hätte. Sagen Sie auch, dass die Karten ihre

Gültigkeit behalten und das Match nachgeholt wird. Schicken Sie die Menschen raus! Los! Geben Sie sich Mühe und wiederholen Sie den Spruch so lange, bis die Leute es verstanden haben. Gleich lasse ich das Gas ausströmen.« Dass ein verrückter Attentäter eine Panik unter seinen Opfern vermeiden wollte, war zwar nicht unbedingt logisch, aber der Revolver und der vermeintliche Auslöser sorgten dafür, dass niemand seine Anweisungen hinterfragte.

Ringo tat, wie ihm befohlen worden war, und spielte zuerst den Jingle, um die Aufmerksamkeit der Leute zu wecken, dudelte eine heitere Melodie hinterher und sagte seinen Text auf.

Thielke zeigte auf den dritten Mann. »Sie rufen in der Mannschaftskabine an und sagen denen, was los ist. Ich will keinen Spieler auf dem Feld sehen. Sie dürfen schon mal loslaufen und entkommen.«

Ringo redete und redete, berichtete von der Diarrhö und dass man es bedauerte und das Spiel nachgeholt werden würde und so weiter. Monoton wiederholte er die Aufforderung, das Stadion zu verlassen. Dafür, dass er so sehr schwitzte, dass er sich die Tropfen vom Gesicht wischen musste, und zitterte wie Espenlaub, war seine Stimme erstaunlich ruhig.

Währenddessen telefonierte die junge Frau heulend mit der Polizei, der eine Mann mit der Sicherheitsabteilung, der andere mit den Spielern in den Kabinen. Es ging zu wie im Wertpapierhandel an einem schwarzen Freitag.

Zu der dramatischen Anspannung in der Kabine passte überhaupt nicht, dass im Stadion selbst wieder La-Ola-Wellen liefen, ein lautes Lachen brandete durch die Ränge. Die Fans glaubten an einen Scherz und bewegten sich nicht. Manche riefen auch Buh und stimmten Schmäh-Chöre gegen den Sprecher an.

Verpisst euch endlich! Wie kann man nur so stur sein? Auf einem unbesetzten Telefon gingen Anrufe ein, wie das Display anzeigte. Thielke vermutete, dass es Fernsehteams oder Reporter waren, die sich nicht erklären konnten, was der Unsinn sollte oder warum sie nichts davon wussten.

Ringo sah verängstigt zu ihm. »Sie gehen nicht! Sie halten es für einen Witz!«

»Geben Sie sich Mühe, verdammt!«, schrie Thielke und spannte den Hahn des Revolvers mit einem lauten Knacken. »Ich drücke in zehn Sekunden den Knopf für die Ventile. Wollen Sie, dass alle Sünder sind? Oh, das wird den großen Manitou freuen, ganz viele schlechte Menschen ausgelöscht.«

Fünf Minuten bis zum Anstoß.

Anstatt der Balljungs marschierten die Stadionsicherheitskräfte aufs Feld, begleitet von gerüsteten Polizeimannschaften, die für eine geordnete Evakuierung sorgen sollten.

Das allgemeine Gelächter verebbte langsam, die Ereignisse auf dem Rasen wurden bemerkt. Aber nach wie vor bewegte sich niemand.

Und dann tat Ringo in seiner Not etwas, worauf Thielke nicht gefasst gewesen war. Wohl wegen des Drucks und der Hilflosigkeit ließ er sich dazu hinreißen, ins Mikro zu schreien: »Bombe! Wir haben eine Bombe im Stadion! Alles sofort raus hier!«

Scheiße! Du Idiot! Bevor Thielke irgendetwas unternehmen konnte, riefen die zwei anderen Männer in der Kabine weitere Warnungen durcheinander. Die verzweifelte Frau schluchzte laut auf, so dass man sie über die Lautsprecher hörte. Dieser Laut der Angst, mehrmals verstärkt und aus den Boxen gespien, sorgte dafür, dass die Stimmung schlagartig kippte. Es war zu spüren, dass das Empfinden der Frau authentisch war.

Die Augen der Besucher richteten sich auf die Sprecherkabine, erste Menschen liefen los.

»Scheiße.« Thielke schaltete die Mikrofone ab. Er betete, dass Arctander nicht in Panik verfiel und einen Anfall bekam.

Es war gar nicht schlecht gelaufen, bis Ringo mit seiner vermeintlichen Heldentat alles zunichte machte. Mit dem saudummen Bombe-Bombe-Gefasel. *Wenn es einen Gott gibt, bitte …*

Das Lachen im Stadion war vergangen, die Pfiffe und Chöre verebbten. Sie hörten in der Kanzel laute Rufe, die wissen wollten, was geschah.

Noch mehr Leute setzten sich in Bewegung. Polizisten forderten mit Gesten auf, die Arena zu verlassen, undeutliche Megafonanweisungen schallten wie die verzerrten Stimmen aus einem Grammofon.

Und von einer Sekunde auf die nächste setzte das Rennen ein, das unweigerlich an die Stierhatz in Pamplona erinnerte. Es wurde geschoben und gedrängelt. Der unaufhaltsame Fluss der Flüchtenden schwoll an und verbreiterte sich, schwappte auf die Treppenabgänge zu. Einzelne wurden mitgerissen, davongespült und von ihren Begleitern getrennt. Woanders strauchelten Personen, stürzten und wurden niedergetrampelt.

Thielke starrte auf die Massenpanik. *Genau das durfte nicht passieren!* Irgendwo da unten befand sich Arctander, die echte Bombe, immer zündbereit. Er hörte sie regelrecht ticken.

Die Tür zur Kabine wurde aufgebrochen, Splitter flogen ihm ins Kreuz, und im nächsten Moment wurde er gepackt und niedergeworfen. Er roch das Aftershave, vermischt mit Plastik- und Kevlargeruch, des Polizisten, der sich auf ihn geworfen hatte.

»Ich ergebe mich, ich ergebe mich!« Als er den LeMat wegwerfen wollte, zog der Polizist daran, um ihn zu entwaffnen – und der Hahn schnellte nach unten und löste den Schuss.

BAMM!

Die Frau kreischte auf, als wäre sie getroffen worden.

Es klirrte, Glas ging zu Bruch, weil die Kugel durch eines

der Fenster der riesigen Kanzel gerauscht war. Scherben regneten auf Thielke und den Polizisten, zerbrachen dabei in kleinere Stücke.

Der laute Knall löste jenseits der Kabine einen kollektiven Schrei aus und steigerte das Bedürfnis der Zuschauer, dem Kessel des Stadions zu entkommen, ins Unermessliche.

Das tausendfache Stampfen der Fußschritte ähnelte grollendem Donner, der Betonboden vibrierte, das Schreien klang dem Kreischen von zu Tode geängstigten Tieren gleich.

Thielke wurde mehrmals geschlagen, ein heißer Schmerz jagte durch seine Schulter. Vermutlich hatte ihm der Polizist den Arm ausgekugelt. »Ist ja gut, ist ja gut«, rief er mit zusammengebissenen Zähnen. »Ich war das n…«

Das Zischeln einer Schlange, das Knistern eines Feuers, das leise Kratzen des Tonabnehmers auf schmutzigen Schallplatten, das Fauchen aggressiver Katzen, Gas, das aus einer Leitung strömt – an all das dachte Thielke bei dem Geräusch, das an seine Ohren drang.

Es war nicht penetrant laut, doch es setzte sich gegen das Poltern und Schreien durch. Und es schwoll scheinbar an, bis er verstand: Nicht das Knistern verstärkte sich, die Umgebung wurde leiser!

Auf Thielkes Rücken landete ein schweres Gewicht, der Helm des Polizisten schlug gegen seinen Hinterkopf, der Mund des Mannes befand sich auf Höhe seines Ohrs. Der letzte Atemzug, das leise »hhhhhhh«, umspielte ihn, der fremde Odem hüllte ihn ein. Warm, mit einer Spur Minze und Säure, die aus dem Magen stieg. Schlaff lag der Mann auf ihm und starb. Einfach und schnell. Unspektakulär.

Thielke schüttelte den Toten mit einem frustrierten Schrei ab, dessen Echo einsam durch das Stadion rollte. Sonst gab es keine Geräusche mehr.

Er nahm den LeMat und zog sich am Pult in die Höhe,

renkte die Schulter mit einem Stoß gegen die Wand wieder ein und schrie erneut. Gellend und anhaltend, um seiner Bestürzung, seiner Wut freien Lauf zu lassen.

Er humpelte hinaus, wissend, welcher Anblick ihn erwartete – und dass er ihn niemals vergaß. Als Thielke aus der Kabine trat, war sein Mund trocken. Er fühlte, dass sich eine Unterzuckerung anbahnte. »Bitte«, stöhnte er verzweifelt. »Irgendein Gott, bitte, ein Wunder. Bitte!« Dann sah er sich um.

Tote.

Tausende.

Zehntausende.

Man könnte meinen, der Fotograf Spencer Tunick hätte zu einem verrückten Kunsthappening geladen und die Menschen angewiesen, sich so hinzulegen, um Aufnahmen zu schießen, die es nur ein einziges Mal auf der Welt geben würde. Ein ganzes Stadion voller liegender Personen: auf den Rängen, auf den Treppen nach unten, auf dem Rasen, in Shirts, in Polizeipanzerung, mit Fahnen und Trommeln in den Händen, bunt bemalt, manche noch mit einem Imbiss oder ihrem Bierbecher in der Hand. Der Schnitter hatte sie gefällt, niedergemäht, die Ähre Mensch. Achtzigtausendfach und unabänderlich stumm.

Dadurch, dass die Leichen auf den Tribünen lagen, entstand der Eindruck, dass sie sich berghoch auftürmten gleich einem archaischen Opfer an einen grausamen Gott. Ein paar tote Tauben trudelten vom Stadiondach und plumpsten auf die Kadaver darunter. Der sattgrüne Rasen verlor seine Farbe, welkte und verkrüppelte. Alles Leben erlosch.

»Arctander!«, schrie Thielke mit Tränen in den Augen und trat mit dem gesunden Bein gegen die Rückenlehne eines Sitzes. Das Plastik zersplitterte, die Stückchen flogen davon und landeten auf Leichen. »Arctander, wach auf, du Scheiß Narko!« Er hob den LeMat und hielt sich schussbereit. *Zeig dich!*

Seine rauhe, kratzige Stimme rollte durch die Arena, das Echo kehrte undeutlich zu ihm zurück. Der einzige Laut, der die Ruhe störte.

»Arctander! Wo steckst du?«

Auf der anderen Seite des Stadions, ihm fast genau gegenüber, bewegte sich plötzlich ein Mensch in den Bergen von Toten. Die Gestalt kroch unter Mühen zwischen den noch warmen Körpern hervor. Da an diesem Ort keine anderen Überlebende als Todesschläfer existierten, gab es nur einen Mann, der das sein konnte: Arctander.

Thielke richtete das Visier auf den Mann, zielte und drückte ab.

BAMM!

Der LeMat bockte, und die Kugel flog auf den Narkoleptiker zu. Arctander warf sich zur Seite und schrie dennoch im nächsten Moment auf. Er war getroffen, leider nicht tödlich. Das Echo des Schusses grollte gewittergleich.

Thielke sah ihn vorwärtsrobben, die Toten als Deckung nutzend. »Was soll die Scheiße, Narko?«, brüllte er. »Bist du ein Psycho, dass du in ein Stadion zum Fußballschauen gehst?«

BAMM!

Die Leiche vor Arctander zuckte unter dem Einschlag, und erneut erklang ein Aufschrei.

Er ist zu weit weg. »Stell dich hin, du Arschloch, damit ich dir den Schädel wegpuste!«, rief Thielke, den LeMat am ausgestreckten Arm. »Lass es uns sauber zu Ende bringen.«

»Ich wollte das nicht«, rief Arctander wehleidig zurück, seine Stimme war kaum zu hören. »Ich dachte, die Medikamente helfen und verhindern es. Ich habe viel ausprobiert und …«

»Wie lange denkst du das schon?«, bellte Thielke. »Seit Marrakesch? Seit deinem Flug mit dem A380?«

BAMM!

Die Kugel verfehlte den Kopf des Mannes nur um Millimeter, weil Arctander ausgerutscht war. Er rollte über die Toten nach unten, purzelte ungelenk wie ein kleines Kind hinab und schlug auf dem Boden auf, hinter der Leiche eines gepanzerten Polizisten.

Thielke wartete, um zu sehen, in welche Richtung sich der Schwede bewegte, um nicht den nächsten Schuss zu vergeuden.

»Ich kann es, ehrlich!«, rief Arctander bittend.

»Hast du dich umgeschaut, du dummer Wichser?«, brüllte er zurück. »Du hast sie umgebracht!«

»Nein, nicht ich. Der Tod. Der … Fluch! Ich kann doch nichts dafür. *Sie* haben mich dazu gemacht! *Sie* wollen, dass ich so werde! Hört auf, mich zu verfolgen!«

»Du hättest deinen Arsch auf eine Insel verfrachten und dort bleiben sollen. Such dir deine Freunde im Internet, benutz den Chat und die Kamera, aber verpiss dich aus Gebieten, in denen Menschen leben.« Thielke sprach absichtlich von Alternativen, um ihn zu locken. Ihm war klar, dass er den Narko nicht aus dem Stadion lassen durfte. Er würde hier und heute sterben, das war Arctanders Schicksal. Das hatte er wegen all der Toten verdient. Tausendfach. Achtzigtausendfach.

Arctander rollte sich plötzlich hinter eine mehrere Meter große Werbetafel mit dem Schriftzug eines Autoherstellers. Sie taugte nicht, um die Kugeln des LeMat aufzuhalten, verschleierte aber die genaue Position von Arctander auf der anderen Seite.

Langsam bewegte sich der Aufsteller vorwärts, der Schwede schob ihn auf der Seitenbahn in Richtung Ausgang und verbarg sich dahinter.

Thielke feuerte den LeMat in rascher Folge, der Widerhall der Detonationen wurde zu einem anhaltenden tiefen Donnern.

Die Einschüsse wanderten von rechts nach links, jeden halben Meter ein dickes Loch stanzend.

»Ich will nicht draufgehen. Ich kenne die Geschichten. Todesschläfer vergehen nicht. Ihre Seelen erlangen niemals Frieden«, rief Arctander aus seiner Deckung.

Thielke brachte sich in eine bessere Schussposition, hob den Arm. Er sah auf einer Seite ein paar helle Haare herausragen. Einen letzten Schuss, die neunte Patrone, hatte er noch, bevor er nachladen musste. Er vertraute seiner ruhigen, sicheren Hand und dem Auge, das ihm geblieben war.

KLICK.

Nein! Er konnte sich unmöglich verzählt haben!

Thielke spannte den Hahn, zielte nochmals, sah den hellen Schopf ganz genau und drückte ab.

KLICK.

»Ich will doch auch, dass es aufhört. Aber ich will leben«, rief ihm Arctander zu und rutschte erneut aus.

Die Tafel fiel ihm aus der Hand und klappte um. Der Schwede kniete auf der Erde und sah erschrocken zu Thielke. Freie Schussbahn. Sekundenlang starrten sie sich an, ihre Blicke trafen sich.

Dann verstand Arctander, dass dem anderen die Munition ausgegangen war. Er rappelte sich auf und rannte auf den Durchgang zu, der in die Umkleiden führte. »Ich verspreche es«, schrie er. »Es wird aufhören! Ich habe es bald geschafft! Aber folgt mir nicht!«

»Bleib hier! Ich …« Thielke schoss die Schrotladung auf Arctander, auch wenn es völlig sinnlos war. Sie erreichte die andere Seite nicht einmal und verstreute sich ohnehin viel zu sehr, um dem Narkoleptiker etwas anhaben zu können. Doch er hatte das Gefühl gehabt, etwas tun zu müssen, ein letzter Versuch.

Bent Arctander war im Durchgang verschwunden.

Die Verfolgung sparte sich Thielke, er würde ihn nicht einholen, weil er mit seiner Prothese über weiche Leichen klettern musste.

Zutiefst erschüttert setzte er sich auf die Stufe vor der Sprecherkabine, auf der Raphael vorhin Wache gehalten hatte, und ließ seinen Blick schweifen.

Höchstens der Einschlag eines brennenden Meteorits oder eine gewaltige Explosion im Zentrum der Arena hätte vertuschen können, welche Hinterlassenschaft auf Arctanders Konto ging.

Thielke wollte nicht vergessen.

Niemals. Das Bild brannte sich in sein Gedächtnis.

Die achtzigtausend Toten von Madrid würden sein Ansporn sein, den Schweden zu finden und zu töten. Denn niemand konnte diesen gefährlichen Mann jagen, ohne von seinem Fluch getroffen zu werden.

Niemand, außer einem anderen Todesschläfer.

Sirenen heulten rund um das Stadion auf. Die Rettungsmaschinerie hatte sich in Gang gesetzt und würde dennoch mit diesem Unglück überfordert sein. Die Welt würde damit überfordert sein.

Thielke schluckte. Selbst wenn jeder Tote einen Ausweis bei sich trug, würde die Identifikation Wochen andauern. *Wie transportieren sie die Leichen ab? In würdigen Leichenwagen oder in Kipplastern wie die Marokkaner?*

Er öffnete die Trommel, ließ die leeren Hülsen sowie den Blindgänger aus dem Revolver auf den Betonboden regnen. Sollten sich die Forensiker über Spuren freuen und nach Igor vom FSB suchen.

Das metallische Klirren klang in der Stille des Stadions gleich einem Windspiel, das von einer leisen Böe angestoßen wurde.

Thielke lud nach, ließ die Trommel zurückschnappen und

steckte die Waffe in das Holster. Dann erhob er sich, um die Sicherheitszentrale aufzusuchen und die Aufnahmen zu löschen. Er wollte sein Gesicht nicht in den Nachrichten sehen. Danach würde er sich als Leiche tarnen und abwarten, bis sich die Gelegenheit bot, sich unter die Retter zu mischen und zu verschwinden.

Sein Blick wanderte die leichenübersäte Treppe nach unten.

Ihn grauste es davor, über die Toten steigen zu müssen. Auf die Toten. Aber schweben konnte er nicht, und so hob er den Fuß und machte den ersten Schritt.

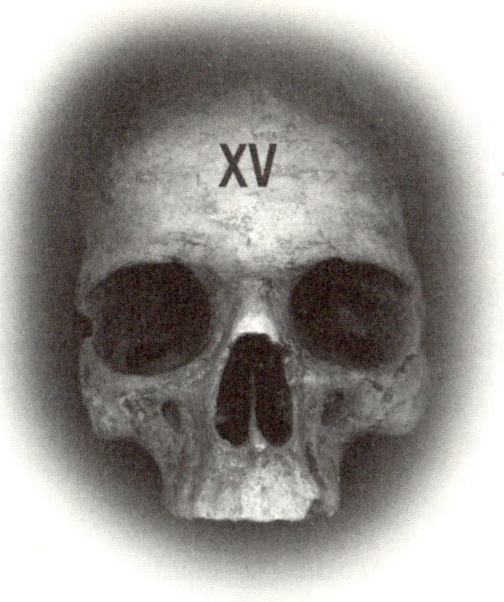

Death must be so beautiful. To lie in the soft brown earth, with the grasses waving above one's head, and listen to silence. To have no yesterday, and no tomorrow. To forget time, to forgive life, to be at peace.

Oscar Wilde, The Canterville Ghost

Idar-Oberstein, Deutschland

Konstantin sah Kristin von Windau auf den Tisch zukommen.

Ihm schoss durch den Kopf, was Jester ihm über die Baronesse erzählt hatte, die Gerüchte über verschwundene Todesschläfer. *Das ist ihr zweiter Versuch bei mir.*

Er hatte nicht vor abzuwarten und Kristin höflich zu fragen, was sie von ihm wollte. Ein schneller Abgang war eindeutig die bessere Option. Vor allem, wenn er Marna nicht in Gefahr bringen wollte.

»Nein, keine Freundin von mir. Eher das Gegenteil.« Hastig stand er auf.

»Was ist?«, fragte Marna beunruhigt. »Wer ist die Frau?«

»Später«, erwiderte er lakonisch. »Wir gehen, Frau Herbst.« Er zog sie am Ellbogen in die Höhe, achtete nicht auf ihre Proteste und schob sie auf den Ausgang zu. Dabei schirmte er sie mit seinem Körper vor Kristin ab.

Der Kellner beobachtete verwundert, wie sich die Gäste davonmachten, denen er eben das Essen serviert hatte. »Verzeihung, aber ...«

Konstantin warf ihm einen 50-Euro-Schein zu und ging einfach weiter.

Kristin presste die Lippen zusammen und ging parallel zu den beiden, um ihnen den Weg abzuschneiden.

Inzwischen war die *Achatkammer* gut besetzt, etwa siebzig Besucher saßen in dem Restaurant, redeten und aßen. Das verhinderte, dass Konstantin sich mit der Todesschläferin unterhalten konnte. Was geschah, sobald sie vor der Tür standen, wusste er nicht. Dem Gesichtsausdruck nach war die Baronesse kaum in versöhnlicher Stimmung.

Sie hatten die Tür beinahe erreicht, als sich von Windau breitbeinig davorschob. »Wenn Sie mitkommen, Korff, i-i-ist alles gut«, sprach sie leise, damit die Gäste nichts hörten.

»Ich habe erfahren, dass Menschen spurlos verschwinden, die Ihnen begegnen. Daran bin ich nicht interessiert.« Er sah kurz über die Schulter. *Der Durchgang zur Küche.* »Hinten raus«, flüsterte er Marna zu. »Steigen Sie in Ihren Wagen. Los!«

»Und Sie?«

»Ich komme nach. Warten Sie auf mich. Ich muss noch mehr wissen.«

Sie lief los, das Geräusch ihrer Schritte entfernte sich von ihm.

Konstantin bemerkte die Blicke, die ihm und Kristin zugeworfen wurden. Niemand mochte es, wenn in einem Restaurant herumgestanden wurde. Ihr auffälliges, latent aggressives Verhalten verbreitete Unruhe und Befremden.

Der Kellner steuerte auf sie zu, um die Ordnung wiederherzustellen.

»Was ist, Korff? Machen Sie Scherereie oder begleiten Sie mich?« Kristin hielt die rechte Hand so, als würde sie etwas darin verbergen.

Vorsicht! »Das Lokal ist voll besetzt. Würden Sie es riskieren …«

»Korff, ich habe keine Zeit zu verschenken. Also kommen Sie her! Auf der Stelle«, fiel sie ihm ins Wort. »Ich werde Sie weder verletzen noch töten. Ich möchte Sie lediglich mitnehmen, Ihnen etwas zeigen und von meiner Vision des ewigen Lebens für unsere Art erzählen. Ohne Alterung, ohne Zerfall.«

Jester hatte recht: Sie ist eine Spinnerin. Konstantin ging langsam rückwärts, auf die Küche zu. »Freiwillig nicht.«

Kristin folgte ihm – bis sich der besorgte Kellner zwischen sie schob. »Meine Herrschaften, wie kann ich Ihnen helfen?«, fragte er beflissen, was so viel bedeutete wie: Wenn Sie sich streiten wollen, dann bitte nicht in der *Achatkammer.*

Kristin drängte ihn zur Seite und folgte Konstantin zum Kücheneingang. Als der Ober sie unauffällig daran hindern wollte, versetzte sie ihm einen blitzschnellen Schlag mit der Handkante gegen den Hals. Er fiel zwischen den Tischen nieder, riss eine weiße Decke samt Besteck und Essen herunter. Teller und Speisen landeten auf ihm und den Schößen der Gäste, die sofort aufsprangen.

Konstantin hatte die Küche erreicht und orientierte sich. Drei Köche bereiteten die Bestellungen zu, es war heiß und roch nach Frittierfett und Gebratenem. »Wohin ging die Frau?«

Der Jüngste von ihnen, wohl der Azubi, zeigte auf eine Tür neben sich. Konstantin hatte kaum zwei Schritte hinter sich gebracht, da stieß Kristin zu ihnen. Aus dem Gastraum erklangen laute Stimmen, jemand rief nach der Polizei.

»Was soll das denn?«, fauchte ein breit gebauter Mann mit fleckiger Kochschürze, der einen Fleischklopfer in den Händen hielt. »Ist Tag der offenen Tür, oder was?« Er zeigte auf den Ausgang. »Raus, aber flott!«

In Kristins rechter Hand baumelte plötzlich ein fast unsichtbarer Draht, an dessen Ende ein abgerundeter, fingerlanger Metallstift hing.

Eine Art Garotte, mit der sie auch schlagen kann. Konstantin machte sich bereit, auf ihre Attacke zu reagieren.

»Raus, ihr beiden!«, herrschte sie der Küchenbulle an und kam auf Konstantin zu, streckte den Arm aus, um ihn zu packen.

Er konterte den Angriff, lenkte dessen Kraft in einen simplen Aikido-Wurf und schleuderte den schweren Mann über die Hüfte auf die Arbeitsplatte, wo er auf einem Haufen aus geschnippeltem Gemüse ächzend aufschlug und in die Neonlampen über sich blinzelte.

»Sie wollten es so, Korff.« Kristin schnellte vorwärts und schlug zu. Der Metallstift sirrte heran, genau auf Höhe von Konstantins Schläfe.

Mit einem Sprung nach hinten entging er dem Angriff, dem nahtlos weitere folgten. Kristin beherrschte den Umgang mit ihrer garotteähnlichen Waffe und zwang ihn immer weiter rückwärts, bis er gegen eine Tischkante stieß.

Konstantin sah aus den Augenwinkeln eine Suppenkelle und schnappte sie. Als das Metallende wieder heransurrte, blockte er damit die Attacke.

Der Draht wickelte sich unverzüglich mehrmals um die Kelle und verhedderte sich. Zwar entriss Kristin ihm seine improvisierte Verteidigung, aber die Garotte war bis auf weiteres für einen Angriff untauglich geworden.

Zwei Kellner stürmten in die Küche, einer mit einem Baseballschläger, auf dem *Hausmacht* stand, der andere mit dem

Schürhaken des Kaminbestecks bewaffnet. »Das reicht«, rief der vordere. »Sie beide bleiben und bezahlen den Schaden!«

Vier Gegner gegen die Baronesse.

Kristin wandte sich ihnen sofort zu, ließ die Garotte fallen, flankte über den Tisch mit dem Fleisch und langte dabei nach einer Bratpfanne, in der heißes Öl siedete.

Sie haben keine Chance.

Konstantin, der sich auf dem Weg zur Tür befunden hatte, kehrte mit einem Sprung zurück, um die Kellner vor schweren Verbrennungen oder Schlimmerem zu bewahren. Er trat gegen den Alutisch mit den geklopften Schnitzeln, die Kante prallte der Todesschläferin daraufhin gegen die Hüfte. Das Öl schwappte harmlos auf den Boden.

Kristin knurrte, schleuderte die leere Pfanne gegen den Azubi und attackierte die Kellner waffenlos.

Jetzt müssen sie selbst mir ihr fertig werden. Herbst wartet nicht mehr lange auf mich. Konstantin wollte verschwinden, doch der noch etwas benommene Küchenbulle baute sich vor ihm auf. Er schwang seinen Schnitzelhammer.

Wieder kam das Aikido zum Einsatz, das auch auf engstem Raum wie in einer Küche nutzbar war – wenn man wusste wie und ein wenig improvisierte.

Konstantin fasste das kräftige Handgelenk des Kochs mit seiner Linken und zog, um die Schwungbewegung weiter fortzuführen, als sein Gegner beabsichtigt hatte, dabei drehte er sich in den Mann und riss den rechten Ellbogen nach oben. Diese Bewegung war zwar kein Aikido, aber effektiv.

Das spitze Gelenk krachte seitlich gegen die Wange des Mannes und warf ihn nach rechts, als wäre er von einem Auto angefahren worden. Der Schlag holte ihn von den Beinen und ließ ihn gegen den Tisch mit dem Gemüse fallen. Umgeben von geschnippelten Karotten und Zucchini schlug der Küchenchef auf dem Boden auf.

»Das hätte nicht sein müssen.« Konstantin sah nach seiner Gegnerin.

Um Kristin verteilt lagen die beiden bewusstlosen Kellner und der Azubi. Dem letzten Koch versetzte sie soeben einen harten Kick: Ihr rechtes Bein schoss kerzengerade in die Höhe und sauste senkrecht gegen die Stirn des Heranstürmenden, der aufschnaufend zu Boden ging. Sie wich seinem Sturz mit einer Drehbewegung aus, nahm ihre Garotte auf und befreite den Draht von der Suppenkelle.

Ich hoffe, Herbst ist noch da! Konstantin rannte aus der Küche der *Achatkammer* auf den Parkplatz.

Marna wartete tatsächlich hinter dem Steuer ihres Audi TT vor der Tür, der Motor schnurrte. Sie hatte ihre Haare zu einem Pferdeschwanz gebunden und sah damit sehr sportlich aus. Wie geschaffen für ein Abenteuer. *Wer illegal historischen Schmuck vertickt, ist sicherlich abgehärtet.*

Er stieg ein, Marna gab Gas.

Kristin kam aus der Tür, sah den Flüchtenden nach und hetzte über den Parkplatz. In welches Auto sie stieg, konnte Konstantin nicht mehr sehen, da sie um eine Kurve bogen. *Sie wird nichts Langsames fahren, schätze ich.*

»Wer war das?«, fragte Marna erneut.

Der TT raste den Hang hinunter in die Innenstadt und dort auf die breite Straße, die durch Idar-Oberstein führte.

Konstantin war überrascht, wie sicher sie bei dieser Geschwindigkeit fuhr. »Es hat mit dem Ring zu tun.« Und das war nicht mal richtig gelogen, wie er fand. Indirekt ging es um Todesschläfer. »Sie hätte ihn gerne, aber ich war schneller.«

»Sie brauchten lange in der Küche.«

»Es wurde handfest.«

Sie sah kurz zu ihm hinüber, während sie den sportlichen Audi in eine Kurve schießen ließ. »Haben Sie was abbekommen?«

»Nein. Die *Achatkammer* wird allerdings Einstellungsgespräche führen müssen. Wir haben leider Verletzte hinterlassen.«

»Schlimm?«

»Ich denke, sie überleben es.«

Marna schüttelte den Kopf. »Da kann ich nie wieder essen gehen, ist Ihnen das klar?«

»Sie können sagen, dass ich eine Ex hatte, die verrückt ist oder so. Das wird Sie rehabilitieren.« Konstantin sah in den Außenspiegel. Ein Scheinwerferpaar näherte sich sehr rasch.

»Schon bemerkt«, sagte Marna. »Da will jemand den Ring aber wirklich dringend.« Sie beschleunigte.

»Wundert Sie das? Bei dem Sammlerwert?«

Die Lampen wurden größer, dahinter wurde kurz eine hohe, eckige Schnauze sichtbar, bevor sie dem TT ins Heck rauschte.

Metall kreischte, Glas und Plastik splitterten. Der dumpfe Schlag schüttelte Konstantin und Marna durch, der Wagen schlingerte, doch es gelang ihr, das Schleudern abzufangen, indem sie aufs Gas trat und sich ans Steuer klammerte.

Konstantin sah ihr an, dass sie nun doch Angst bekam. Ob er besser gefahren wäre, wusste er nicht.

»Haben Sie bestimmt keine Pistole dabei?«, rief sie aufgeregt.

»Nein. Ich bin kein guter Schütze.« Konstantin sah sich um. Er suchte nach etwas Schwerem, einem Wagenheber oder einem gefüllten Ersatzkanister, den er nach ihrer Verfolgerin werfen konnte. Er kletterte auf die Rückbank und klappte den Sitz um, tastete im Kofferraum herum. Der Aufprall hatte das Heck des Audi schwer beschädigt, die Scheibe fehlte, und es roch nach Benzin. *Bitte nicht den Tank.* »Ich dachte, der TT ist ein Sportwagen?«

»Irgendwas stimmt nicht mit dem Motor. Hätte ich gewusst,

dass Sie mich zu einer Verfolgungs… Achtung! Sie kommt wieder!«

Konstantin hob den Kopf. Er sah einen hellgrauen Mercedes Geländewagen herandonnern, der seine verbeulte Front wieder in sie bohren wollte. Mit diesem Modell war Kristin ihnen an PS und strapazierbarem Material eindeutig überlegen.

Der Mercedes rammte sie.

Erneut schaffte es Marna, den TT in der Spur zu halten, obwohl sie die Leitplanke touchierte, was eine Funkenfontäne auslöste, die den nachfolgenden Geländewagen einhüllte. »Scheiße«, schrie sie. »Die will nicht den Ring. Die will Sie umbringen!«

Konstantin sparte sich den Kommentar, dass Kristin vielmehr Marna umbringen wollte, da sie ihn noch benötigte. Lebend. Oder zumindest intakt. *Für was auch immer.*

Hupend wich Marna langsameren Fahrzeugen aus, fuhr Slalom. Auf der B41 war zum Glück nicht viel los, sonst hätten sie bestimmt schon einen Unfall verursacht. Selbst mehrere rote Ampeln hatten sie ohne Konsequenzen überquert – bislang. »Hoffentlich überlebe ich das«, hörte er sie murmeln.

»Werden Sie.« *Zumindest, wenn ich etwas dazu zu sagen habe.* Er bekam beim Suchen etwas Größeres in die Finger, der Geruch nach Benzin wurde intensiver. *Ein Ersatzkanister.* Er zerrte ihn zu sich, zog sein Taschenmesser und schlitzte das Plastik auf, so dass ein großes Loch und Risse entstanden. »Fahren Sie langsamer und, wenn ich es sage, wieder gegen die Leitplanke.«

»Wieso?«

»Machen Sie es einfach.« Konstantin sah den Mercedes heranschießen.

Kristin saß hinter dem Lenker und machte eine wütende Geste, damit sie zur Seite ranfuhren und anhielten.

Stattdessen schleuderte er den angeschnittenen Kanister nach ihr.

Der Behälter flog durch die Luft, prallte auf die Motorhaube des Geländewagens, wo er zerplatzte und seinen Inhalt verteilte, bevor er an der Frontscheibe nach oben rutschte und über das Dach verschwand.

»Jetzt!«, rief er und hielt sich fest.

Marna riss den TT nach rechts, das Blech gab ein grelles Schleifgeräusch von sich.

Die Funken jagten in die Nacht und trafen erneut den Mercedes. Das darauf schwimmende Benzin fing sofort Feuer. Haube, Scheibe, das Dach, die Kotflügel loderten auf, der Fahrtwind drückte die rauschenden Lohen nach hinten. Ein Komet auf vier Rädern schoss durch Idar-Oberstein.

Konstantin hoffte, dass die Flammen bis in die Lüftung schlugen und Kristin die Sicht nahmen.

Doch der Geländewagen machte röhrend einen Satz nach vorne und zog auf gleiche Höhe mit dem Audi. Das Feuer erstarb bereits, die Geschwindigkeit löschte die Flammen.

»Da vorne ist der Altenbergtunnel«, meldete Marna. »Wenn uns darin einer entgegenkommt …«

Konstantin ahnte, was Kristin beabsichtigte. »Aufpassen! Sie wird uns an die Wand drücken!«

Nebeneinander jagten die Autos in den leeren Tunnel.

Die Todesschläferin rückte mit dem Mercedes näher. Marna hielt Abstand, fuhr mit zwei Rädern auf den schmalen Notgehweg, bremste und fuhr schneller, um ihrer Verfolgerin zu entkommen.

Konstantin warf den Wagenheber und den Schraubenschlüssel nach Kristin. Das Seitenfenster des Mercedes barst, doch sie ließ sich nicht beeindrucken.

Ein lautes, dunkles Hupen dröhnte, es wurde hell, dunkel, hell, dunkel. Scheinwerfersignale des Gegenverkehrs.

»Lkw!«, meldete Marna aufgeregt.

Konstantin waren die Wurfgeschosse ausgegangen, er kletterte zu ihr nach vorne.

Wenige Meter trennten sie vom Tunnelausgang, vor den sich der Tanklastwagen mit zusätzlichem Anhänger gleich einem Doppelfelsen schob.

Konstantin legte den Sicherheitsgurt an. »Wir sind auf der guten Seite«, sagte er zu Marna und sich selbst. »Einfach auf dem Notgehweg …«

»Ich weiß«, zischte sie ihn an und umfasste das zitternde Steuer noch fester. Die Spurstange hatte sich verzogen.

Kristin sah den Lkw ebenso – und zog nach links, um ihn zwischen den Autos passieren zu lassen.

Aber der Trucker versuchte, wie es jeder getan hätte, auf die äußere Spur auszuweichen. Er befand sich mitten im Manöver, als Kristin vor der Tankerschnauze kreuzte und entlang der Wand und halb auf dem zweiten Notgehweg fahren wollte.

Das wird nichts. Konstantin schaute hinter sich, Marna verfolgte das Schauspiel im Rückspiegel.

Der Trucker lenkte sofort in die andere Richtung, um den Geländewagen nicht zu zerquetschen, der schwere Anhänger schlingerte durch den abrupten Spurwechsel. Der Mercedes wurde zuerst vom Hinterrad und anschließend von der Stoßstange touchiert.

Der Audi TT jagte aus dem Tunnel, doch der Geländewagen krachte gegen die Wand des Bergdurchgangs, prallte aufschaukelnd ab und zog kippend über die komplette Fahrbahn nach rechts aus der Röhre.

Gegen das Gewicht und das Tempo des Mercedes konnte die Leitplanke nichts ausrichten: Der Wagen durchbrach die Absperrung, flog dabei hoch und drehte sich kreiselgleich um die eigene Achse, verlor Teile der Karosserie, bevor er in die Tiefe stürzte und aus der Sicht verschwand. Die Scheinwerfer leuchteten für zwei Sekunden trüb aus dem Abgrund und erloschen.

Konstantin erwartete noch einen filmreifen Feuerball, aber das geschah nicht. »Die sind wir los.« Er atmete durch und sah nach vorne. Bei seinen Aufträgen hatte er schon ähnlich brenzlige Situationen erlebt wie diese. Sein Herz pochte dennoch schnell. Adrenalin pur.

»Sie ist in die Nahe gestürzt«, erklärte Marna und setzte den Blinker.

»Was machen Sie denn?«

»Anhalten. Mir ist nicht gut.« Marna fuhr etwa vierhundert Meter die Straße hinunter, durch einen Kreisel in ein Gewerbegebiet bis zum Parkplatz eines Baumarktes, wo sie anhielt. Sie stieg aus und übergab sich.

Konstantin folgte ihr. »Tut mir leid«, sagte er schuldbewusst. Ein Blick auf den TT machte deutlich, dass er höchstens noch Schrottwert besaß. »Das tut mir auch leid.« Er setzte sich auf die zerbeulte Motorhaube und betrachtete die Umgebung.

Blaulichter flammten in der Ferne auf, Martinshörner brüllten ihr Tatütata in die Nacht. Feuerwehr und Polizei fuhren auf der Bundesstraße in Richtung Tunnel, die Strecke wurde abgesperrt.

Marna spuckte mehrmals aus, dann kam sie zu ihm und setzte sich neben ihn. Sie fuhr sich mit zitternden Fingern durch die Kastanienhaare und warf die Strähnen zurück, die aus ihrem Zopf gerutscht waren. »Der Ring bringt anscheinend wirklich den Tod, wie es die Sage beschreibt«, sagte sie heiser. »Haben Sie eine Zigarette für mich?«

Innerlich sah Konstantin Kristin auf dem Grund der Nahe liegen. *Das wird Jester freuen. Ich habe ihm Arbeit abgenommen.* »Nein. Ich bin Nichtraucher.«

»Vernünftig, aber gerade scheiße.«

Rote Fackeln leuchteten auf der B41 und warnten den nachfolgenden Verkehr vor dem Unfall, Polizisten mit Taschenlampen und in leuchtenden Sicherheitsjacken standen auf der Straße und gaben Signale. Nichts ging mehr.

Marna sah ihn an. »Wie heißen Sie wirklich? Und lügen Sie mich nicht an, Mr. Ich-bin-ein-Franzose. Nicht nach dieser Sache.«

»Was …«

»Ihr französischer Akzent war weg, als Sie mir Anweisungen gaben.« Sie schluckte. »Ich habe ja schon viel erlebt, aber *das!*« Marna atmete tief ein und aus, wischte sich über die Augen. »Also?«

Konstantin rieb sich die rechte Hand am Hosenbein ab und streckte sie ihr hin. »Konstantin. Konstantin Korff. Ich bin wie Sie zunächst zufällig in das alles geraten. Den Ring habe ich bei einem Toten gefunden und mitgenommen, wie ich schon sagte. Aber ich konnte nicht wissen, dass er dermaßen begehrt ist.« Es war besser, wenn er die Vorfälle auf den Ring schob. *Alles andere kann sie nicht verstehen.* »Die Frau, Kristin von Windau, ist hinter sogenannten Schnitterringen her. Auch hinter dem Harlekin's Death. Deswegen fragte ich vorhin nach Ihrem Kunden, der ihn bei Ihnen bestellt hat. Kann sein, dass er von Windau auf mich gehetzt hat. Weil er auf eigene Faust nach dem Ring suchen ließ, ohne Ihr Wissen, Frau Herbst.«

Marna nickte stumm, starrte hinüber auf die B41, wo immer mehr Blaulichter aufleuchteten. Seine Hand übersah sie.

Glaubt sie mir? Das war vielleicht ein wenig dünn als Erklärung. Er senkte den Arm »Wer orderte den Harlekin's Death bei Ihnen, Frau Herbst?«, setzte er nach.

»Ruben Hoya. Er hat ein Faible für Steine aus der vergessenen Ali-Mersai-Mine. Ich habe ihm bereits vier solche Schmuckstücke beschafft.« Sie drehte den Kopf nicht, verfolgte die Vorgänge auf der Straße.

Er hat vier davon! »Wo finde ich diesen Hoya?«

»Wozu?«

»Damit … ich …« Konstantin suchte nach einer passenden Lüge. »… den Ring verkaufen kann. Sonst stehen noch alle paar Wochen solche Figuren wie von Windau vor meiner Tür. Ich kann nicht immer eine gute Fahrerin wie Sie dabeihaben. Außerdem will ich ihn kennenlernen. Jemand, der mir wegen eines Rings Mörder auf den Hals hetzt, muss ein spezieller Typ sein.«

»Ich kann das in die Wege leiten. Dann sind Sie diese Sorgen los und eventuelle Geldprobleme auch.« Marna rieb sich übers Gesicht und blickte ihn an. »Was gäbe ich für eine Zigarette, Korff. Und dass ich eine Provision kassiere, ist Ihnen ja wohl klar, oder? Schließlich wäre es eigentlich mein Geschäft gewesen.«

»Klar.« Er zeigte auf die Straße, wo ein Leichenwagen vorfuhr und an der Polizeisperre anhielt, um dann durchgelassen zu werden. »Wird besser sein, wenn ich den Ring loswerde, bevor ich von Windaus Schicksal teile. Sagen Sie Hoya, der Ring wäre ein Familienerbstück, das ich mir von Bouler zurückgeholt hätte und verkaufen möchte.«

Marna schien nachzudenken. Die Geschäftsfrau in ihr kam durch. »Okay. Ich rufe Hoya an und frage, ob er damit einverstanden ist. Aber ich komme mit.«

»Ach?«

»Reine Vorsichtsmaßnahme. Wegen meiner Provision.« Sie klopfte auf die Motorhaube. »Und deswegen. Dank Ihnen, Korff, kann ich meinen TT abwracken lassen.«

»Sie sagten doch, er sei kaputt?«

»Ich sagte, mit dem Motor stimmt was nicht. Abgesehen davon, kommt meine Versicherung sicher nicht für Schäden durch verrückte Ringsammlerinnen auf. Und wir beide möchten vermutlich lieber keine Erklärung zu diesem Zwischenfall abgeben, oder? Das macht für Sie fünfzigtausend extra. Bis dahin weiche ich nicht mehr von Ihrer Seite. Ihre Identität werde ich vorher auch noch überprüfen.« Sie hielt die Hand auf. »Ausweis, bitte.«

Konstantin gab ihn ihr.

Marna erhob sich, ging zum Wagen und zog ihr Handy aus der Handtasche, die hinter dem Fahrersitz lag. Sie machte einige Schritte weg von Konstantin, wählte und führte eine leise Unterhaltung.

Konstantin überlegte derweil, wie er Jester beibrachte, dass er morgen nicht in Frankfurt erschien.

Er sah zu der telefonierenden Marna und musste unwillkürlich an Iva denken.

An die Nacht mir ihr, ihr Lachen, ihr Cellospiel und wie sehr ihm die Blicke fehlten, die sie ihm von der Bühne hinunter zugeworfen hatte. Nur ihm. Für sie und eine Zukunft mit ihr machte er das alles. Für ein Leben ohne den Fluch.

Konstantin erschauerte. Ihm wurde bewusst, wie nah er dem Tod eben gewesen war. Seinem körperlichen Ableben, dem Ende seines Leibes. Hätte von Windau eine Prise mehr Glück gehabt, wäre er zu einem Geist geworden, für die Ewigkeit gefangen. In einem nicht gerade schicken Tunnel von Idar-Oberstein.

Oder ertrunken in der Nahe.

Oder …

Konstantin schluckte. Er zückte sein Handy und suchte nach Ivas Telefonnummer. Die Zahlenfolge leuchtete auf, die Verbindung wurde hergestellt.

»Der Teilnehmer ist zurzeit …«

Mist. Konstantin legte enttäuscht auf. Er wollte nicht auf die Mailbox sprechen, sondern Ivas Stimme hören und ihr sagen, dass er sich nach ihr sehnte. Er rieb nachdenklich mit dem Daumen über die glatte Oberfläche des Displays.

Schritte näherten sich.

»Hoya hat einem Treffen zugestimmt«, sagte Marna. »Wir können zu ihm kommen. Ich habe seine Adresse.« Damit machte sie klar, dass sie ihn führen würde. Sie gab ihm seinen Ausweis zurück. »Thanatologe, Herr Korff? Der Ring passt aber mal zu Ihnen.«

»Kann man so sagen.« Konstantin sah auf den ruinierten TT. »Damit wird die Reise wohl nichts.«

»Sowieso nicht. Señor Hoya wohnt in Spanien. In Madrid. Wir fahren zu meiner Wohnung, und ich stelle den Schrotthaufen ab, packe ein paar Sachen. Morgen können wir fliegen. Wie sieht es mit Ihnen aus?«

»Ich habe ein Hotel in Frankfurt. Dort ist auch mein Gepäck. Könnten Sie mich zur Börse fahren? Mein Leihwagen steht da.«

Sie nickte. »Kann ich. Aber es ist einfacher, wenn Sie hier übernachten.«

»Und morgen von hier nach Madrid? Ich wusste nicht, dass Idar-Oberstein einen internationalen Flughafen hat.«

»Uns reicht ein Flugplatz, wo wir den Helikopter stehen lassen können. Er gehört der Börse, um internationale Gäste aus Frankfurt abholen zu können. Diamanten und Edelsteine werden immer auf dem kürzesten Weg transportiert.« Marna stieg ein und sah ihm zu, wie er das Elend namens TT umrundete und neben ihr Platz nahm. »Ich habe eine Couch, die okay ist. Was halten Sie davon? Gegen zehn Uhr düsen wir mit dem Heli nach Frankfurt und von da mit einer Maschine nach Madrid.«

»Und was sagt Ihr Freund?«

»Er wird schon nicht beißen.«

Marna startete und fuhr los. Metall rieb quietschend gegen Metall, irgendwo schleifte etwas. Nach zwei Metern hielt sie wieder an. »Ich rufe uns ein Taxi. Sie zahlen.«

Konstantin grinste.

Idar-Oberstein, Deutschland

Dass Marna Herbst es mit *Freund* und *beißen* wörtlich gemeint hatte, bemerkte Konstantin, als er am nächsten Morgen fertig angekleidet die Tür der Gästetoilette öffnete, um hinauszugehen: Vor ihm stand eine hellbraune Deutsche Dogge, die ihm ohne Anstrengung das Gemächt abreißen könnte. *Wo kommt die denn her?*

Gestern Nacht, als sie ins Haus gekommen waren, war der Hund nicht in Erscheinung getreten. Vermutlich gab es einen Raum, in dem der Vierbeiner üblicherweise untergebracht war. *In ihrem Schlafzimmer vielleicht?*

Die Dogge sah ihn wachsam an, knurrte aber nicht.

Hoffentlich weiß er, dass er nicht beißen soll? »Frau Herbst?«, sagte er laut und machte einen Schritt zurück und brachte die Tür zwischen sich und die Dogge, um sie notfalls zuschlagen zu können. »Ihr *Freund* steht vor mir.«

Aus der Wohnung erklang ein Lachen, gefolgt von einem befehlenden: »Zerbo, hierher!«

Der Doggenrüde warf ihm einen Blick zu, der zwischen beleidigt und drohend lag, dann wandte er sich um und trottete zu seiner Herrin.

Konstantin verließ die Toilette, in der er heimlich die Nacht verbracht hatte. Ein kleiner, abgeschlossener Raum ohne Fenster. Perfekt, um seiner Gastgeberin einen ungestörten Schlaf zu bescheren, aus dem sie wieder aufwachen würde. Weniger perfekt, wenn es um Konstantins Schlaf ging.

Er hatte es sich mit Handtüchern möglichst bequem gemacht – falls Marna in der Nacht nach ihm sehen sollte und die Sofakissen und die Decke fehlten, hätte sie Fragen gestellt, die er schlecht beantworten konnte – aber nach der Nacht zwischen Klo und Tür, mit dem Kopf unter dem Waschbecken, tat ihm der Rücken weh.

Er hatte von Marna Herbst geträumt. Das war vermutlich nicht weiter erstaunlich, aber es erfüllte ihn dennoch mit einem schlechten Gewissen. An Details erinnerte er sich zwar nicht mehr, aber es war eine Mischung aus Agenten- und Erotikthriller. Dummerweise trug sie in seinem kleinen privaten Nachtfilm die gleichen Ankh-Tätowierungen wie von Windau, überall, sogar am Hals. Das fand er befremdlich. Ein Psychologe konnte den Traum sicher besser deuten als er.

»Guten Morgen«, sagte er und betrat zum ersten Mal das Wohn- und Esszimmer, an das sich die offene Küche anschloss. Die Couch mit sorgsam zerwühlter Decke und Kissen stand in ihrer Bibliothek, die auch als Gästezimmer fungierte.

Marna hatte augenscheinlich einen ausgefallenen, schrägen Geschmack. An den Wänden hingen gemalte Bilder, die jenseits der beliebigen Kunstdrucke aus einem typischen Möbelhaus lagen. Modern, mal düster, mal heiter, mal konkret, mal unkonkret.

Am besten gefiel ihm der Miró, den ein Künstler vor den Hintergrund von Da Vincis Mona Lisa verfrachtet hatte – nur ohne die Mona Lisa. In einem Flachbildschirm mit einer Diagonale von einem Meter wechselten sich Landschaftsmotive ab. Eine Collage zeigte die New Yorker Twin Towers, an denen die Flugzeuge der Attentäter abprallten, und ganz fett darüber stand in Comicschrift *The Boing-Boeing!*

Konstantin dachte beim Anblick der Flugzeuge an den A380, an Paris und an Arctander, den er eigentlich jagen sollte anstelle von sagenhaften Schnitterringen. Es gab kein Entkommen vor seinem Verantwortungsbewusstsein.

»Guten Morgen.« Marna stand am Herd. Sie trug einen grau-blau karierten Pyjama mit einem grauen Bademantel darüber wie Jeff Bridges im Film *The Big Lebowski.* Das Outfit kaschierte ihre Figur. Ohne seinen Traum hätte er sich kaum Gedanken um das gemacht, was unter dem Stoff verborgen lag. »Frühstück ist gleich fertig. Ich hoffe, Sie haben keine Allergien?«

»Haselnusspollen.«

»Die benutze ich selten beim Kochen. Ich meinte Lebensmittel. Lactose, Gluten oder so was?«

»Haselnüsse. Passend zu den Pollen«, antwortete er grinsend und kam näher. Zerbo lag neben seinem Frauchen und beobachtete jeden Schritt. »Wann startet unser Helikopter?«

»Sobald wir möchten. Ich habe uns einen Flug für zwölf Uhr von Frankfurt aus gebucht. Das wäre in vier Stunden.« Marna nickte zum gedeckten Tisch. »Greifen Sie zu. Die Eier sind hartgekocht, ich kämpfe noch mit dem Espressozubereiter.«

Konstantin setzte sich. Beim Anblick der vielen guten Sachen bekam er sofort Hunger. Er langte nach einem Brötchen, schnitt es auf und bestrich es mit Butter, legte eine Scheibe Käse und eine Scheibe Wurst darauf. »Wollen wir uns nicht duzen?«

»Wieso?«, gab sie freundlich zurück. »Wegen unserer gemeinsamen Erlebnisse?« Sie nahm das Espressokännchen mit einem Topflappen vom Herd, in dem es brodelte und zischte. Schwarz plätscherte das Gebräu in die bereitstehenden Tässchen, die sie gleich darauf an den Tisch trug. »Das muss ich nicht haben, Korff.« Sie setzte sich ihm gegenüber und lächelte unverbindlich. »Ich nehme Ihnen übel, dass Sie mich in eine Sache hineingezogen haben, mit der ich nichts zu tun habe. Dafür verdienen Sie kein ›du‹.«

Meinetwegen. Konstantin kaute. »Na ja. Sie kaufen und verkaufen illegal historischen Schmuck. Insofern hat es schon was mit Ihnen zu tun.« Er riss ein Stückchen Wurst von seiner Scheibe ab und warf es der Dogge hin.

Zerbo sah zu, wie es auf ihn zuflog und leise vor ihm auf den Steinboden klatschte. Er fraß es aber nicht und starrte stattdessen wieder Konstantin an.

»Mein Hund schließt ebenso wenig schnell Freundschaft wie ich«, kommentierte Marna amüsiert.

Konstantin bemerkte am Kühlschrank ein Bild von Marna und einem Mann, der gerade von ihr auf die Wange geküsst wurde und dabei fröhlich aussah. Handschriftlich war THE KISS OF THE OMEN darauf geschrieben, mit Silber, gefolgt von einem Herzchen. »Erzählen Sie ein wenig über diesen Markt.«

»Welchen Markt meinen Sie?«

»Den für historischen und ... sagen wir, rätselhaften Schmuck.«

»Warum sollte ich?«

»Weil Sie jetzt wissen, dass ich nicht von Interpol bin, sondern Bestatter. Außerdem könnten wir ins Geschäft kommen«, versuchte er sie bei ihrer Geschäftsfrauenseele zu packen. »Ich sehe sehr viele Tote mit altem Schmuck, der mit ihnen begraben werden soll. Bislang habe ich diese Fundstücke anders zu Geld gemacht. Sie sehen, ich kann auch illegal.« Konstantin zog nicht eine Sekunde in Betracht, diese Lüge Wirklichkeit werden zu lassen. Dafür waren ihm die Toten zu heilig. Aber vielleicht half ihm die Geschichte bei Marna.

»Das ist gar keine so dumme Idee.« Marna öffnete einen Naturjoghurt, rührte um. »Keine Details und keine Namen«, machte sie vorab klar. »Ich habe ein Netzwerk aufgebaut, von dem viele Menschen und Einrichtungen profitieren. Museen, private Sammler, Ausstellungsmacher, historische Institute, und das auf der ganzen Welt. Die Schätze der Menschheit, die aus dem Boden geholt oder später auf einem Dachboden gefunden werden, brauchen ein Zuhause, das ihren Wert zu schätzen weiß. Nehmen wir mal Ihre Toten, Korff. Was haben die Würmer von einem Collier oder einer wundervollen Brosche? Glücklich werden einzig die Archäologen der Zukunft sein, die unsere Friedhöfe auseinandernehmen. Oder Grabräuber.«

»Und Ihre Chefs bei der Börse wissen davon?«

Marna verdrehte die Augen, gab aber keine genaue Antwort.

Was immer das bedeutet. »Ich nehme an, Sie arbeiten mit mehreren Zulieferern, die das Kaliber von Monsieur Bouler besitzen?«

»Monsieur Bouler ist eindeutig ein Sonderfall und keinesfalls vergleichbar mit unseren üblichen Zulieferern, wie Sie so schön sagten, Korff. Er ist … war der Indiana Jones von Nordafrika.«

Konstantin sah den alten Mann vor sich, wie er den Befehl gab, Rabih zu töten – und dessen Familie. »Na, das schmeichelt ihm aber. Ich hätte ihn eher als Hehler und rücksichtslosen Schwerverbrecher beschrieben. Seine Bodyguards hatten die Uzis sehr locker sitzen.« Grob fasste er die Ereignisse jener Nacht zusammen und stellte Thielkes Auftauchen als versuchten Raubüberfall dar, in den er hineingeraten war.

»Wirklich?« Zwischendurch löffelte Marna von ihrem Joghurt. »Ich kannte ihn als kultivierten Experten in Sachen pharaonischen Schmuck und Ringe exquisiter Güte. Das, was Sie mir erzählen, überrascht mich.«

»Hm.« Konstantin hatte sein erstes Brötchen aufgegessen und belegte sich ein zweites: Käse und Schinken. »Dieser Spanier, Hoya, warum sammelt er die Steine? Hat er jemals darüber gesprochen?«

»Wegen ihres Werts, denke ich.«

»Nichts esoterisch Angehauchtes?« Konstantin biss ab. Er hatte gehofft, dass sie seine Vermutung bestätigte, dass es sich bei dem Sammler um einen Eingeweihten handelte.

Marna legte den Löffel und den leeren Becher zur Seite, wollte nach einer Scheibe Vollkorntoast greifen und hielt inne. »Sie glauben hoffentlich nicht an Gruselgeschichten?«

»Nein, nein«, wehrte er schnell ab, vermutlich zu schnell,

um glaubwürdig zu sein. »Aber Sie müssen zugeben, dass sich im Zusammenhang mit dem Harlekin's Death eine Menge Todesfälle ereignen und viele Menschen böse Dinge tun. Da kann man schon an einen Fluch glauben.«

»Das sollten Sie mit Señor Hoya besprechen. Er kennt alle Geschichten, die die Schmuckstücke mit den Ali-Mersai-Opalen umranken. Soweit ich weiß, ist er streng katholisch und sehr gläubig.« Marna nahm die Scheibe, bestrich sie dünn mit Butter. »Was wollten Sie eigentlich in Marrakesch, als Sie über Bouler gestolpert sind?«, fragte sie beiläufig.

»Beruflich. Ein thanatologischer Auftrag. Ich bin oft in heißen Ländern unterwegs, weil die Konservierung der Leichen dort am schwierigsten ist. Der Markt der Zukunft.« *Jaroslaf wäre stolz auf mich. Habe ich doch was von ihm gelernt.* »Und plötzlich, vor seinem Geschäft, geriet ich in das Durcheinander.« Er sah sich nach einer Tageszeitung um. »Ist schon etwas von gestern an die Presse durchgedrungen? Von unserer Verfolgungsjagd und dem Unfall? Müsste ja fast bei einem Öffentlich-Rechtlichen laufen.«

Marna schüttelte kauend den Kopf, der kastanienbraune Haarzopf wackelte. »Habe nichts gesehen«, antwortete sie mit vollem Mund. Sie zog eine Schublade des Tischs auf, nahm eine Fernbedienung heraus und betätigte einen Knopf.

Die Landschaftsbilder verschwanden aus dem Flachbildschirm, der nun ein Nachrichtenprogramm zeigte.

Sie schaltete in den Teletext, während im Hintergrund der Sprecher Neuigkeiten aus der ganzen Welt verkündete, suchte nach den Regionalnachrichten und ließ sie anzeigen. »Da ist was.«

Konstantin drehte sich auf seinem Stuhl, damit er besser lesen konnte.

Idar-Oberstein (red). Gestern Nacht lieferten sich zwei Fahrzeuge auf der B41 eine spektakuläre Verfolgungsjagd, bei der ein Sachschaden von mehreren zehntausend Euro entstand. Beteiligt waren ein gestohlenes Fahrzeug sowie ein Leihwagen. Im Altenbergtunnel kam es zu einer Kollision mit einem Milchtanker, woraufhin einer der Wagen von der Fahrbahn abkam, die Leitplanke durchbrach und in die Nahe stürzte. Die Leiche der mutmaßlichen Fahrerin wurde einen halben Kilometer flussabwärts von der Feuerwehr geborgen. Nach dem gestohlenen Fahrzeug sowie dessen Fahrer wird noch gesucht. Die B41 musste für mehrere Stunden gesperrt werden, auch heute wird es durch Instandsetzungsmaßnahmen zu Behinderungen kommen.

»Sie haben Ihren Wagen gestern als gestohlen gemeldet?« Konstantin widmete sich einem dritten Brötchen und nahm Zwiebelmett. Das Taxi hatten sie gestern natürlich nicht am TT halten lassen, sondern es zu einer entfernteren Straße bestellt.

»Ich dachte, das macht es einfacher für uns. Die Polizei wird mich noch früh genug wegen des Vorfalls in der *Achatkammer* anrufen, fürchte ich. Auch wenn ich mich heute Morgen schon in aller Form bei der Chefin entschuldigt habe.« Marna sah nicht glücklich aus. »Wie ich schon sagte: Ich habe viel erlebt, aber das, was Sie mir bieten, Korff, ist die Krönung.«

»Lassen Sie hören. Ich bin ganz Ohr. Was erlebt man, wenn man illegalen Schmuckhandel betreibt?«

»Es geht vermutlich genauso zu wie bei korrupten Bestattern. Man muss nervöse Kunden beruhigen, Zertifikate besorgen, Experten bestechen, Drängeleien aushalten und ständig mit Männern essen gehen, die betonen, wie attraktiv ich bin«, zählte sie auf und trank vom Espresso. »Bei Ihnen sind es dann wohl die trauernden Witwen, die Sie abschleppen wollen.«

Konstantin lachte. Er mochte ihren bösen Humor. »Was war das Gefährlichste, das Sie bisher erlebt haben?«

»Zwei Überfälle. Einer während eines Geschäfts, einer danach. Deswegen begleiten mich normalerweise Leibwächter.« Marna sah auf die Uhr. »Ich ziehe mich an, und dann sollten wir zum Flugfeld. Der Helikopter bringt uns nach Frankfurt, und Sie sollten Ihr Gepäck aus dem Hotel mitnehmen. Señor Hoya legt Wert auf ein gepflegtes Erscheinungsbild.« Sie erhob sich.

Dabei klaffte ein kleiner Spalt im Pyjama auf, und Konstantin sah ihre üppige Brust aufblitzen. Ein dunkler, kleiner Hof mit einer keck aufragenden Spitze. *Keine Tätowierungen.* Der Anblick ihrer Oberweite war ihm unangenehm, er kam sich wie ein Spanner vor.

Sie verschwand im Bad.

Er nahm sein Handy heraus und rief Jester an, um ihn über die Planänderung zu informieren.

Der MI6-Agent nahm nach dem zweiten Klingeln ab. »Du hast es auch erfahren?«, fragte er aufgeregt.

Konstantin stutzte. »Ich weiß nicht, was du meinst. Guten Morgen, übrigens.«

»To fucking bloody hell with *guten Morgen!* Arctander ist in Madrid gewesen und hat einen Anfall bekommen. Wieder einmal«, haspelte Jester schnell und außer sich. »Achtzigtausend Tote.«

Mein Gott!

Das Handy glitt ihm aus den Fingern. Er schnappte sich die Fernbedienung und zappte durch die Sender, bis er einen Bericht fand. Die nach wie vor unbekannte Terrorgruppe habe erneut zugeschlagen. Der Anschlag mit dem heimtückischen Giftgas übertreffe alles, was die Menschheitsgeschichte bisher an Terrorattacken kenne. Vom Stadion gab es nur Hubschrauberbilder, da das Gelände abgesperrt worden war, doch die

Aufnahmen waren erschütternd. Menschenmassen auf den Rängen, alle lagen scheinbar friedlich nebeneinander. Der Fluch hatte zugeschlagen.

Das Bild vom Stadion wurde kleiner und rutschte an den Rand. Eine Spezialistenrunde aus Ärzten, Militärangehörigen und Geheimdienstmitarbeitern spekulierte über das Gas, das immer noch als Ursache für die Anschläge galt und eine frappierend ähnliche Wirkung wie damals in Moskau zu haben schien. Ein Anästhetikum in hoher Dosierung wie Carfentanyl oder Halothan, das Benzilat-Gas BZ oder eine andere verbotene chemische Waffe, Lachgas mit zugesetztem Valium, ein Kampfstoff auf Acetonbasis – die Experten überschlugen sich mit Möglichkeiten.

Allerdings konnte niemand erklären, wie dieses Gas in einem Stadion, im Freien, wo Wind herrschte, angewandt werden konnte und ohne Ausnahme sämtliche Besucher gleichmäßig schnell tötete. So schnell, dass kaum eine SMS oder ein Anruf von den Opfern getätigt worden war.

Ich weiß es. Konstantin wollte ausschalten, doch seine Finger umklammerten weiterhin die Fernbedienung.

»Hörst du mich?«, erklang Jesters brüllende Stimme aus dem am Boden liegenden Handy.

Konstantin bückte sich, hob das Telefon auf und hielt es ans Ohr. »Ja, ich höre dich wieder. Der Empfang war schlecht«, erwiderte Konstantin lahm. »Ich sehe gerade Bilder aus dem Stadion, und ich …«

»Wo bist du?«

»Noch nicht in Frankfurt, aber gleich auf dem Weg.« Konstantin wollte nicht verraten, was er trieb. Hätte er diesen Zwischenfall verhindern können, wenn er sich gleich mit vollem Einsatz an Arctanders Fersen geheftet hätte?

»Gut. Wir ändern den Plan. Ich muss umdisponieren«, sagte Jester angespannt. »Ich rufe dich morgen wieder an und sage dir, wo ich dich einsammle. Bis dahin werden wir wissen, wohin sich Arctander verzogen hat.«

»Wie das?«

»Ich habe ihn zur internationalen Fahndung ausschreiben lassen. Offiziell, als Drahtzieher der terroristischen Vereinigung, die mit den Anschlägen in Verbindung steht«, erklärte er zähneknirschend. »Ich kann es mir nicht mehr leisten, irgendwelche Ressourcen ungenutzt zu lassen, wie Madrid gezeigt hat. Alle Geheimdienste haben strikte Anweisung, mich und mein Team von Spezialisten zu rufen, sobald sie ihn entdecken. Es pfuscht uns hoffentlich niemand dazwischen.«

Konstantin wünschte sich, dass es klappte. Das kleinste bisschen an Aufregung, an Gefühlen, an Panik würde Arctander in einen Schlaf sinken lassen, der wiederum Tausende von Menschen tötete. Oder Zehntausende.

Wie ist er in der kurzen Zeit bloß so stark geworden?

»Gut. Wir reden morgen.«

Jester legte auf und verzichtete sogar auf ein Zitat von seinem geschätzten Oscar Wilde, was kein gutes Zeichen war.

Marna kehrte zurück. Sie hatte die kastanienbraunen Haare unter eine schwarze Kappe gezwängt, trug eine rote Bluse und darüber ein schwarzes Businesskostüm. Der gleiche Parfümgeruch wie gestern breitete sich in der Wohnung aus. »Wir können los.«

Konstantin wies mit der Fernbedienung auf den Beitrag.

Sie keuchte vor Entsetzen leise auf. Ihre Augen verfolgten hektisch das Infoband am Bildschirmrand. »Um Himmels willen!«, stammelte sie. »Das ist … grausam. Die vielen armen Menschen!«

»Sie litten wenigstens nicht«, murmelte Konstantin und ging in die Gästetoilette, um sein Gesicht mit kaltem Wasser zu waschen.

»Woher wollen Sie das wissen?«, rief sie ihm nach.

Er gab keine Antwort. Die Wahrheit würde sie nicht verstehen, genauso wenig wie sie Iva verstanden hatte.

Während des Flugs wollte er seine Recherchen zum Tod vorantreiben. Ob es was brachte, sich auf Sagen, Märchen und Legenden zu stützen, war eine andere Frage.

Der Tod und der Gänshirt

Es ging ein armer Hirt an dem Ufer eines großen und ungestümen Wassers, hütend einen Haufen weißer Gänse.

Zu diesem kam der Tod über Wasser, und wurde von dem Hirten gefragt, wo er herkomme, und wo er hin wolle?

Der Tod antwortete, daß er aus dem Wasser komme und aus der Welt wolle.

Der arme Gänshirt fragte ferners: wie man doch aus der Welt kommen könne?

Der Tod sagte, daß man über das Wasser in die neue Welt müsse, welche jenseits gelegen.

Der Hirt sagte, daß er dieses Lebens müde, und bat den Tod, er sollte ihn mit hinüber nehmen.

Der Tod sagte, daß es noch nicht Zeit, und hätte er jetzt sonstiges zu verrichten.

Es war aber unferne davon ein Geizhals, der trachtete bei Nachts auf seinem Lager, wie er doch mehr Geld und Gut zusammenbringen möge, den führte der Tod zu dem großen Wasser und stieß ihn hinein. Weil er aber nicht schwimmen konnte, ist er zu Grunde gesunken, bevor er an das Ufer kommen. Seine Hunde und Katzen, so ihm nachgelaufen, sind auch mit ihm ersoffen.

Etliche Tage hernach kam der Tod auch zu dem Gänshirten, fand ihn fröhlich singen und sprach zu ihm: »Willst du nun mit?«

Er war willig und kam mit seinen weißen Gänsen wohl hinüber, welche alle in weiße Schafe verwandelt worden.

Der Gänshirt betrachtete das schöne Land und hörte, daß die Hirten der Orten zu Königen würden, und indem er sich recht umsahe, kamen ihm die Erzhirten Abraham, Isaac und Jacob entgegen, setzten ihm eine königliche Krone auf, und führten ihn in der Hirten Schloß, allda er noch zu finden.

Gebrüder Grimm, Kinder- und Hausmärchen,
Ausgabe von 1812

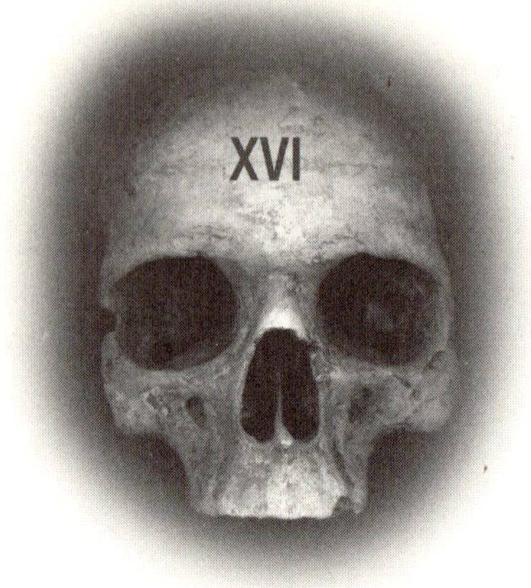

Verachte den Tod nicht,
vielmehr sieh ihm mit Ergebung entgegen,
als einem Gliede in der Kette der Veränderungen,
die dem Willen der Natur gemäß sind.

Marc Aurel, Selbstbetrachtungen

Madrid, Spanien

So ein Mist. Konstantin wurde aus dem sperrig geschriebenen Märchen nicht schlau. Der Tod tauchte wie in den anderen Märchen wieder als reale Gestalt auf, aber davon abgesehen, brachte ihn diese Geschichte nicht weiter. Die Sache mit dem Wasser, das Jesus-ähnliche, der lebensmüde junge Mann brachten keinerlei Erkenntnisse über die Schnitterringe oder die Möglichkeit, den Tod herbeizurufen.

Die Guten kommen ins Paradies, die Schlechten saufen ab, mit allen, die ihnen folgen und die zu ihnen gehören. Was für eine Überraschung!

Der Airbus brachte sie Kilometer um Kilometer näher an Madrid, während Konstantin über seinem Laptop saß und sich durch die Unmengen von Märchen arbeitete, die er aus dem Internet heruntergeladen oder als E-Book gekauft hatte. Wo man früher Stunden in der Bibliothek verbringen musste, konnte man sich heute beinahe an jedem Ort Literatur besorgen und auf den Rechner packen.

Inzwischen kannte er sich mit dem Tod im Märchen aus, entdeckte ihn auch dort, wo er nicht direkt benannt wurde, sondern harmlos erschien. Als Schlaf. Dornröschen und Schneewittchen beispielsweise nahmen in ihrem Schlummer todesgleiche Haltung ein, wurden durch Erweckung gerettet.

Redewendungen konnte man mit viel gutem Willen ebenfalls als Hinweis deuten, dass der Tod manchen Auserwählten personalisiert erschien. Nicht nur, dass man ihm von der Schippe springen konnte, nein: ins Auge sehen, mit ihm ringen, von ihm gezeichnet sein.

Inzwischen hatte Konstantin den Radius seiner Suche erweitert, begab sich weltweit auf Märchenjagd und wurde reichlich fündig, von Asien bis in die indianischen Geschichten, was ihn nicht wirklich wunderte.

Der Schnitter ist eben ein international operierender Geschäftsmann. Oder um es mit dem Schriftsteller Miguel de Cervantes zu sagen, von dem er ein Zitat gefunden hatte: *Der Tod ist kein Schnitter, der Mittagsruhe hält. Er mäht zu allen Stunden und schneidet sowohl das dürre wie das grüne Gras.*

In Jesters alten Unterlagen fand er einen bemerkenswerten Hinweis in den griechischen Sagen. Asklepios, zu seiner Zeit der berühmteste Arzt der Welt, sollte seine Patienten mit Hilfe eines Heilschlafs von ihren Leiden befreit haben. Der Geschichte zufolge ging er bei Chiron beziehungsweise Cheiron in die Lehre. Dieser Name war dem des Totenfährmanns Charon auffällig ähnlich. *Wieder die Verbindung zu Tod und Schlaf?*

Je mehr er suchte, desto mehr fand er.

Beispielsweise Osiris. Der altägyptische Gott und Herr über die Toten erschien auf zeitgenössischen Darstellungen in Form eines Menschen. Der Dreschflegel, den er meist in der Hand hielt, wurde zwar als Symbol der Fruchtbarkeit gedeutet, aber Konstantin sah darin vielmehr die Verbindung zum Tod. *Dreschflegel, Sense, gleiches Gebiet.*

Abgesehen von viel Interessantem fand er natürlich auch baren Unsinn in den absonderlichsten Foren oder auf Webseiten. Besonders schön fand er den gut gemeinten Ratschlag an Asienbesucher, die Essstäbchen nicht senkrecht in die Reisschale zu stecken, da sie an Räucherstäbchen erinnerten, die Opfergaben für die Toten waren.

Du meine Güte. Konstantin schloss die Augen und rieb sich die Lider. *Wenn ich noch ein Märchen lesen muss, wird mir schlecht.*

Er hatte inzwischen einige Hypothesen, aber sonst nichts. Und vor allem hatte er noch keinen richtigen Plan, wie er einen Menschen finden sollte, der für ihn mit dem Schnitter sprach – sofern es solche Menschen denn überhaupt gab. Seine Recherche zu besonders erfolgreichen Lebensrettern unter den Medizinern kam aufgrund der Ereignisse kaum voran. *Erst das Treffen mit Hoya, danach suche ich Arctander. Wenn er aus der Welt geschafft ist, habe ich den Kopf frei für meine eigenen Dinge.* Er sah neben sich, wo Marna aus dem Fenster schaute. »Alles klar?«

Unter ihnen erschien Madrid, der Landeanflug hatte bereits begonnen.

»Bei mir schon. Sie arbeiten wie ein Besessener. Habe ich das richtig gesehen, dass Sie Märchen über den Tod lesen? Ist es wegen des Schnitterrings?« Sie klappte ihr Tischchen hoch. »Denken Sie nicht, dass Sie dem Ganzen zu viel Bedeutung beimessen?«

Konstantin konnte nicht so offen antworten, wie er wollte.

»Ach, man weiß nie, wozu es gut ist«, gab er stattdessen zurück. Er fand, dass sie ängstlich wirkte. »Was ist? Angst vor Hoya?«

»Nein, sicherlich nicht. Er ist vielleicht anspruchsvoll und reich, aber nicht gefährlich.« Marna sah auf die Stadt hinunter. »Mir gehen die schrecklichen Bilder des Stadions nicht aus dem Kopf. Die Terroristen könnten nochmals zuschlagen.«

»Bisher haben sie jedes Mal die Städte gewechselt. Paris, Marrakesch, Madrid. Ich denke nicht, dass wir uns Sorgen machen müssen«, versuchte er, ihr die Furcht zu nehmen. »Vermutlich stecken irgendwelche Arschlöcher dahinter, die die Regierungen um Millionen, vielleicht Milliarden erpressen wollen, damit das Sterben endet.«

»Ich hoffe, die Summe wird bezahlt. Ich will nicht zu den Opfern gehören.« Sie schluckte. »Sie müssen den Laptop wegpacken. Die Stewardess kommt.«

»Es reicht sowieso.« Konstantin schaltete den Computer aus und verstaute ihn in seinem Koffer.

Der Airbus legte sich in die Kurve, sackte spürbar nach unten, korrigierte den Kurs und senkte sich weiter.

»Ist der schwarze Anzug in Ordnung?«, wollte er von Marna wissen, die daraufhin nickte. Dass er ihn auch bei der Aufbahrung von Lilou getragen hatte, behielt er für sich. »Was sollte ich über Hoya wissen?«, erkundigte er sich. »Was mag er überhaupt nicht?«

»Außer neugierigen Fragen zu seiner Sammlung? Hm, lassen Sie mich überlegen, Korff.« Marna spielte mit einer Haarsträhne. »Machen Sie keine Scherze über die Bilder seiner Frau, die er aus Liebe zu ihr an die Wände gehängt hat.«

»Ist sie tot?«

»Nein. Furchtbar schlecht.« Sie lachte. »Hommage an den Kubismus nennt sie das, was sie verbricht, und er schweigt und hängt die Bilder auf. Lehnen Sie kein Getränk ab, das er Ihnen anbietet, es sei denn, Sie sind dagegen allergisch.«

»Warum?«

»Na, weil es teuer ist und er es sonst wegschütten würde. Und das wiederum kann er nicht leiden, trotz allem Geld, das er hat.« Marna überlegte weiter.

Der Airbus zog eine enge Kurve, die Erde kam rasch näher. Bis zur Landung dauerte es nicht mehr lange.

»Berühren Sie ihn nicht, Korff. Händeschütteln zur Begrüßung ist für ihn das Äußerste. Alles darüber hinaus betrachtet er als plump und unter seinem Niveau. Damit ist die Liste der *don'ts* durch.«

»Danke.« Konstantin sah die Ausläufer des Rollfeldes neben dem Fenster auftauchen, der Schub war weggenommen. *Ich lenke sie lieber weiter vom Stadion ab.* »Was passiert mit Zerbo, während Sie unterwegs sind, Frau Herbst? Stellen Sie ihm ein paar Dosen Hundefutter hin, und er frisst das Blech einfach mit?«

Sie lachte. »Nein. Meine Schwester kümmert sich um ihn. Sie ist mehr der häusliche Typ und erledigt *ihre* Geschäfte von ihrem Büro aus.«

Die Betonung machte Konstantin stutzig. *Was meint sie damit?* Um die Situation nicht zu verkomplizieren, fragte er jedoch nicht nach, sondern blieb bei persönlichen Dingen. »Sagen Sie, wieso stand auf dem Bild von Ihnen und Ihrem Freund ›Kiss of the Omen‹?«

Das Flugzeug setzte auf, die Bremsen schlugen zu, und es wurde laut in der Kabine. Wackelnd verringerte der Airbus die Geschwindigkeit. Durch die Fenster sah man die Gebäude des Flughafens, den Tower, die Abfertigungshallen.

Marna schien die Frage unangenehm zu sein. »Das liegt an meinem zweiten Vornamen.«

»Waren Ihre Eltern Fans von Horrorfilmen?«, scherzte er.

»Nein. Ich heiße Philomena.« Sie zog ihr Handy. »Ich rufe Señor Hoya an und sage ihm, dass wir gelandet sind. Er wollte uns einen Wagen schicken.«

Konstantin nickte.

Der Airbus hielt nach einer kurzen Fahrt über das Rollfeld vor einem Terminal an, eine Gangway wurde herangeschoben, und die Passagiere stiegen aus. Da Konstantin und Marna mit leichtem Gepäck reisten, mussten sie nicht am Band warten, sondern gingen gleich in die Halle weiter.

Es wunderte Konstantin nicht, dass sich vor den Abflugterminals die Menschen in langen Schlangen stauten. *Die Flucht vor dem Tod.*

Die Maschine nach Madrid war höchstens zur Hälfte besetzt gewesen, keiner wollte an einen Ort, an dem das Grauen, das Verderben einen historischen Rekord aufgestellt hatte. Die Stadt stand auf einer Liste mit Paris und Marrakesch und nahm die Spitzenposition ein.

Am Ausgang erwartete sie ein Chauffeur im klassischen Outfit mit Mütze, der ein Schild mit »Señora Herbst« in der Hand hielt. Er führte sie zu einem weißen Mercedes CLS Coupé, man stieg ein, und sie fuhren in die Innenstadt.

Konstantin und Marna redeten nicht mehr viel, sie hingen ihren eigenen Gedanken nach.

Der CLS hielt vor einer eindrucksvollen Stadtvilla an, die an eine Hacienda erinnerte und mit Säulen und Marmor aufgepeppt worden war. Sie wirkte wie ein Fremdkörper inmitten der sonst modernen Architektur dieses Stadtviertels. Belagert und belauert von Chrom, Stahl und Eisen.

»Schick«, sagte Konstantin. »Aus der Zeit gefallen.«

»Wie diese eine Kathedrale in New York«, stimmte Marna ihm zu. »Ist es die Saint Patrick's? Jedenfalls wundere ich mich jedes Mal.«

Konstantin vermutete, dass man Señor Hoya bereits sehr

viel Geld geboten hatte, damit er Villa und Grundstück aufgab. »Das ist bestimmt alte Bausubstanz.«

»Das kann ich Ihnen nicht sagen. Ich habe mich bisher immer in einem seiner Büros mit ihm getroffen«, antwortete sie. »Wenn wir Glück haben, hängen hier keine Bilder seiner Frau.«

Der Chauffeur öffnete ihnen die Türen, eskortierte sie bis zum Eingang der Villa und klingelte.

Konstantin erkannte eine winzige Linse, die versteckt in einer Ecke über dem Eingang angebracht war. Damit hatte sich Señor Hoya sein Gesicht auf einer Festplatte gespeichert. *Überwachungsanlage.* Kein Wunder, wenn er in diesem Haus seine Schmucksammlung aufbewahrte.

Ihnen wurde von einer Frau in einem roten Kleid geöffnet, die Konstantin auf Anfang fünfzig schätzte, deren Figur aber den Neid von mancher Dreißigjährigen wecken könnte. Goldkettchen lagen um die schmalen Handgelenke, ein runder Anhänger mit einer Figur, die in einen Spiegel schaute, lag um ihren Hals. Wenn Konstantin es richtig sah, blickte aus dem Spiegel ein Totenkopf zurück. *Klassisches Vanitas-Motiv. Hier bin ich richtig.*

»Buenos días«, grüßte sie. Danach wechselte sie in ein akzentfreies Englisch. »Schön Sie zu sehen, Señora Herbst.« Sie reichte Marna zuerst die Hand, dann wandte sie sich an Konstantin. »Und auch Sie sind ein gern gesehener Gast, Señor Korff. Ich bin Carola Hoya, die älteste Tochter von Ruben Hoya. Mein Vater erwartet Sie in der Bibliothek. Kommen Sie, bitte.«

Sie wandte sich um und ging voran. Lange schwarze Haare fielen offen über ihren Rücken, die flachen Schuhe verursachten keinen Laut auf dem polierten Steinboden.

Konstantin und Marna folgten ihr durch die Eingangshalle, in der es angenehm kühl war.

Die Wände waren mit dunklem Holz vertäfelt, daran hingen Bilder mit spanischen Landschaften, ein Don Quijote ritt gegen Windmühlen an, ein Stier kämpfte in einer Arena gegen einen Torero. Kronleuchter mit echtem Kristall hingen von der Decke. Es roch nach Orangen.

Konstantin war beeindruckt, und Marnas Gesicht nach erging es ihr ebenso. *Ja, da hat jemand Geld.*

Carola schwenkte nach links, auf eine große Doppeltür zu. Sie klopfte einmal kurz und öffnete sie. »Unsere Gäste, Papa.«

Sie betraten einen Raum, der sechs, vielleicht sieben Meter Deckenhöhe hatte und in drei Reihen übereinander Regale aus dunkelrot-schwarzem Mahagoniholz barg, in denen sich Buchrücken an Buchrücken reihte. Zwei schmale Balustraden verliefen über dem untersten und dem mittleren Regal, auf die man über rollbare Leitern gelangte.

In der Mitte des Raumes befanden sich mehrere beleuchtete Vitrinen. Aufgeschlagene Bücher lagen darin und dazwischen Ringe, Amulette und Broschen sowie einige ungefasste Steine. Es roch nach Orangen und Papier, vermengt mit einer schwachen Note von altem Lack und Holz.

Ruben Hoya stand hinter einem Servierwagen, auf dem sich verschiedenste Spirituosenflaschen sammelten. Gläser hatte er bereits auf die Ablage gestellt. Sein Alter war schwer einzuschätzen. Konstantin hätte ihn höchstens auf sechzig geschätzt, aber da er eine Tochter um die fünfzig hatte, musste er wohl mindestens siebzig sein.

»Meine liebe Señora Herbst«, sagte er auf Englisch mit starkem spanischem Einschlag und deutete eine Verbeugung an. Dunkelrotes Hemd, auberginefarbene Hose, schwarze Lederschuhe. »Ich freue mich, Sie in meiner Stadtresidenz begrüßen zu dürfen. Bislang war uns das nicht vergönnt.« Mit einem knappen Blick streifte er Konstantin. »Guten Tag, Señor Korff.« Sein grauer, kurz gestutzter Bart verlieh ihm zusätzliche patriarchalische Wirkung. Er schien ein Don durch und durch.

Sie reichten sich nacheinander die Hände. Hoyas Finger waren gepflegt, kräftig und leicht feucht.

Er ist aufgeregt. Konstantin setzte sich in den Ledersessel, auf den Hoya deutete und der ebenso gut in die Zigarrenlounge eines Gentlemen-Clubs gepasst hätte. Er schaute sich um, sah die alten und neuen Bücher in den Regalen, die anscheinend nach ihrem Erscheinungsdatum sortiert waren. Er entdeckte darunter einige Märchenbücher. *Interessant.* Die Vitrinen konnte er von seinem Platz nicht gut erkennen, er sah nur einen schwarzen Stein, der in eine Brosche eingearbeitet war.

Ohne dass Hoya sie gefragt hatte, reichte er jedem ein Glas mit einem Drink. »Einen Vintage Port aus dem Jahr 1977 für die Señora und einen trockenen Palo Cortado Sherry für den Señor«, erklärte er beim Servieren. Er selbst nahm einen Cognacschwenker in die Hand und ließ die bernsteinfarbene Flüssigkeit darin mit sanften Bewegungen kreisen. »Ich freue mich wirklich, dass Sie beide hier sind.« Er trank einen Schluck.

Carola hatte sich neben ihn auf einen Stuhl gesetzt, nahm einen Laptop vom Tisch hinter ihnen und öffnete ihn. Konstantin machte das nervös, ohne dass er erklären könnte, warum.

»Ich bedanke mich, dass Sie so rasch Zeit für uns hatten«, gab Marna zurück. »Es ist eine besondere Angelegenheit, die uns zu Ihnen bringt, wie ich am Telefon sagte. Señor Korff möchte gerne ein Familienerbstück verkaufen und Sie kennenlernen.«

»Damit ich weiß, dass der Harlekin's Death in guten Händen ist«, fing Konstantin an. »Sie haben eine interessante Sammlung. Würden Sie mir vielleicht den Gefallen tun und mir etwas …«

Hoya hob die Hand, um ihn zum Schweigen zu bringen. »Zuerst möchte ich mit Ihnen anstoßen. Danach ist Zeit für alles Weitere.«

Sherry! Und dann auch noch trocken. Marna warf Konstantin einen vielsagenden Blick zu, prostete in die Runde.

Schweigend tranken sie.

Hoya bewegte den Weinbrand zuerst sanft im Mund, bevor er ihn schluckte, und nahm dann neben seiner Tochter Platz, schlug ein Bein über das andere. Die blassgrünen Augen des Spaniers musterten Konstantin, forschten, prägten sich jede Kleinigkeit ein.

»Sie wissen um den Ruf meines Rings, Señor Hoya. Ich möchte sicher sein, dass er bei Ihnen gut aufgehoben ist, und hätte noch einige Fragen«, sprach er drängend, was ihm erneut einen zügelnden Blick von Marna einbrachte.

Hoya machte eine Geste, die ihn aufforderte, seine Fragen zu stellen. »Wollen wir herausfinden, wie ich Ihnen helfen kann?«

Konstantin hatte auf der Fahrt darüber nachgedacht, was er sagen sollte, um nicht als Spinner betrachtet zu werden. Aber so recht war ihm nichts eingefallen, daher entschied er sich, nicht um den heißen Brei herumzureden. *Dann habe ich die Blamage hinter mir.* »Da Sie Schmuckstücke sammeln, die einen gewissen Ruf haben, Señor, wollte ich wissen, ob Sie an die Wirkung der Schnitterringe glauben.«

Hoyas Augen verengten sich, seine hellen Brauen senkten sich. »Señor Korff. Ich bin ein gläubiger Mensch, ich hoffe auf die Rettung meiner Seele durch Jesus Christus am Tag des Jüngsten Gerichts, und ich weiß, dass der Tod nicht das Ende bedeutet«, erwiderte er. »Die Macht des Todes ist unbestritten, dem sich Christus, der Herr, ebenso beugen musste wie jedes Leben auf der Welt. Niemand entkommt ihm. Auch nicht mit Hilfe von Tricks, Scharlatanerie, der Macht des Satans oder der

Alchemie. Und sicher nicht durch das, was Sie Schnitterringe nennen.« Hoya hob die Hand mit dem Glas, deutete auf die Vitrinen. »Wenn ich etwas sammle, Señor Korff, dann wegen der Schönheit und Einmaligkeit der Dinge, weniger wegen der Geschichten, die sich darum ranken. Es wurden mir schon die absonderlichsten Reliquien oder Devotionalien angeboten.« Er lächelt Marna zu. »Señora Herbst weiß, was ich mir wünsche, und versorgt mich sehr gut. Dafür stehe ich in ihrer Schuld.«

Marna prostete ihm zu.

Konstantin beobachtete den Mann genau, um eine Lüge in seiner Haltung oder in den Augen erkennen zu können. Aber der betagte Spanier sprach mit einer Würde, die jeglichen Gedanken an eine Unwahrheit in seinen Worten verbot. *Nein, er glaubt wirklich nicht daran.* Er sah zu Carola, die so leise auf die Tastatur eintippte, dass man es nicht einmal klicken hörte. *Aber warum ist Hoya dann aufgeregt?*

»Aber Sie sammeln die Legenden zu den Schmuckstücken, wie ich an den Büchern sehe?«, setzte er nach.

»Sicherlich. Sie komplettieren meine Sammlung. Ich versuche grundsätzlich, an die Originalausgaben der Schriften zu kommen, in denen die Stücke beschrieben werden. Mein Liebling ist die Brosche aus Pflaumenbaumholz mit dem Opal. Kennen Sie das Märchen und die Brosche?«

»Nein«, räumte Konstantin ein.

»Die Fassung der Brosche soll aus dem Baum gemacht worden sein, auf dem der überlistete Tod festsaß. Dieses Märchen wird in verschiedenen Ländern erzählt, von Frankreich bis in den Osten hinein, mal ist es ein Apfel-, mal ein Pflaumenbaum. Aber in der ältesten Ausgabe des Märchens, die ich gefunden habe, ist es ein Pflaumenbaum. Weil Sie auf Empfehlung von Señora Herbst hier sind, dürfen Sie sich das einmalige Stück gerne anschauen. Aber wie gesagt, ich glaube nicht an Märchen, nur an die Besonderheit des Schmucks.« Er blickte auffordernd zu seiner Tochter.

Carola erhob sich und entriegelte eine Vitrine, indem sie ihren Daumen an einem verborgenen Scannerfeld vorbeiführte.

Es klackte.

Sie öffnete den Kasten und kehrte mit der Brosche zurück, die Konstantin schon bemerkt hatte, während Hoya sich ebenfalls erhob, ein Buch aus dem Regal nahm, die Geschichte aufschlug … und vorzulesen begann.

Der Gevatter Tod auf dem Pflaumenbaum

Es lebte einst ein alter Mann, dessen Stolz sein kleines Haus war, in einem Dorf nahe eines kleinen Flusses an der Osmanischen Grenze.

Eines Abends kamen drei reich gekleidete Männer, die aus dem Türkenlande stammten, und gingen durchs Dorf, aber die Bewohner fürchteten sich vor ihnen. Es hieß, sie seien Zauberer und Wahrsager. Da sie nirgends ein Nachtlager bekamen, nicht einmal im schäbigsten Wirtshaus, so klopften sie bei jenem alten Mann.

Die drei Zauberer baten ihn um eine Nachtstatt.
Und der Alte entgegnete ihnen, sie sollten sich ruhig hinlegen, neben den Ofen, wo es warm sei. Doch ein Bette könne er ihnen nicht anbieten.
Die Osmanen waren dennoch zufrieden. Und sie nahmen ihre Turbane ab und legten sich dort hin.

Der alte Mann bereitete das Abendbrot. Er hatte nur harte Brotkrumen und Krebspanzer, aus denen er sich eine dünne Suppe kochte. Er bat seine Gäste mitzuessen, wenn es ihnen schmeckte.

Die Zauberer bedankten sich. Und so schmausten sie gemeinsam.

Am Morgen, als die Zauberer sich zum Aufbruch anschickten, wollten sie vom alten Mann wissen, was sie ihm für Unterkunft und Mahl schuldig seien.

Der Mann antwortete, dass er keine Münze verlange, er besäße jedoch einen Pflaumenbaum, der nicht mehr trage.
»Wenn nur die Pflaumen an diesen stattlichen Zweigen hängenbleiben wollten! Kaum beginnen sie zu reifen, so verschwinden sie alle vom Baume.«

Die Fremden versicherten, dass seine Pflaumen von nun an bis ans Ende aller Tage und zum Jüngsten Gericht nicht mehr verschwinden würden.

Eines Morgens ging der Alte hinaus und sah, dass sein Pflaumenbaum voller kleiner Buben war, und droben, im Wipfel, hockte dazu noch ein erwachsener Mann.
Der Alte fragte ihn: »Sag, wie bist du hierhergeraten?«
Doch der Mann antwortete nichts.

Nun ließ der alte Mann die Jungen vom Baume steigen, aber den großen Mann ließ er sitzen und ausharren.
Der Mann begann aber, ihn anzuflehen, und da ließ er ihn hinuntersteigen. Und er freute sich, da er so viele Pflaumen hatte, die er mit einem Stock herabschlug und sich daran labte.

Bald kam der Gevatter Tod zum Alten. »Es ist Zeit, dass du mit mir gehst.«
»Sicher, sicher«, sagte der alte Mann und bat, der Tod möge ihm erlauben, eine Handvoll Pflaumen mit auf den Weg zu nehmen.
Der Gevatter erlaubte es.

Aber die Pflaumen hingen weit oben, und der alte Mann gelangte nicht hinauf.

»Ich habe nicht alle Zeit der Welt. Die Menschen erwarten mich, Alter.« Daraufhin kletterte der Gevatter mit seinen langen Beinen hinauf und holte die Pflaumen.

Als er jedoch hinabsteigen wollte, da kam er nicht mehr los!

Sehr wohl schüttelte und rüttelte er den Baum, konnte aber nicht auf die Erde gelangen. Die Magie der Zauberer war selbst für ihn zu mächtig.

Nun flehte der Gevatter den alten Mann an, er möge ihn hinabsteigen lassen.

»Aber nur, wenn du mir noch einige Jahre zu leben vergönnst.«

Der Gevatter versprach es ihm, und als er letztlich vom Baume herabkam, da grämte er sich ob der List des alten Mannes und nahm Reißaus.

Weltmärchen,
Lichtenberger Verlag, Hamburg 1863

»Schön, oder?« Hoya lachte leise. »Möchten Sie sich die übrigen Stücke anschauen?«

Nein. Ich würde sie lieber mitnehmen. Konstantin war nicht danach, eine neuerliche Märchenstunde einzulegen. Er suchte nach Informationen zu den Ringen, nein, zu *seinem* Ring, nicht zu Broschen, Schnallen oder anderen Kleinodien. »Später, danke.« Er nippte nochmals an seinem trockenen Sherry. Möglicherweise gab ihm der Alkohol die Idee, die er benötigte, um voranzukommen. »Señor, ich nehme an, Sie haben sämtliche Geschichten über Ihre Ringe gelesen?«

Hoya lächelte nachsichtig, was Antwort genug war. »Ich kenne sogar die Geschichte zu Harlekin's Death.«

»Angenommen, man wäre ein abergläubischer Mensch und glaubte an die Wirkung einer *deathgem,* ist Ihnen eine Methode begegnet, wie man einen solchen Stein … anwendet?« Konstantin fehlte das passende Wort.

»Sie meinen, wie man die Wirkung eines Ringes nutzt? Um sich vor dem Griff des Todes zu schützen wie der Pflaumenbaum den alten Mann schützte? Oder um den Tod heraufzubeschwören?« Hoya sah ihn abschätzend an.

»Beides. Muss man den Ring dreimal drehen, ihn mit dem eigenen Blut benetzen oder einfach nur tragen?«, sprudelte es aus ihm heraus.

Hoya rieb sich über den Bart, schwenkte den Weinbrand erneut. »Ah, ich verstehe. Sie gehören zu denen, die daran glauben.« Er sah kurz zu Marna, ohne zu vorwurfsvoll zu wirken, und heftete den durchdringend hellgrünen Blick auf ihn. »Weswegen fürchten Sie sich vor dem Tod? Sie sollten ihn doch gut genug kennen, bei Ihrem Beruf, Señor.«

Beinahe hätte Konstantin losgelacht. *Ich fürchte ihn ausschließlich wegen der Menschen um mich herum.* »Es geht mir mehr darum, jemanden zu treffen, der mit dem Tod sprechen kann«, erwiderte er.

Hoya hob die Augenbrauen. »Señor Korff, ich glaube, Ihre Arbeit hat Ihr Denken zu sehr beeinflusst. Sie beschäftigen sich meines Erachtens zu sehr mit dem Schnitter. Doch … nun ja, ein wenig Exzentrik sei Ihnen vergönnt. Sie können es sich leisten.« Er nahm einen Schluck aus seinem Glas. »Ich hörte von einem guten Freund, dass Sie ein exzellenter Thanatologe sind, Señor. Er lobte Ihre Kunst außerordentlich. In meiner Familie ist das Abschiednehmen von den Toten eine alte Tradition, und es wäre mir sehr unangenehm, wenn ein solch intimer Moment durch Pfusch getrübt würde. Wäre es möglich, mich Ihrer Dienste schon jetzt zu versichern? Zu meinen Lebzeiten?«

»Das ist … ungewöhnlich, Señor Hoya. Ich fühle mich geschmeichelt.« Konstantin rang mit seiner Enttäuschung. Der Spanier wollte ihm anscheinend nichts weiter über die Ringe erzählen. »Wer hat mich empfohlen?«

»Marquis de Girardin. Wir kennen uns schon seit unserer Jugend. Ich war bei der Aufbahrung der Señorita. Eine Schande, dass sie jung sterben musste. Eine solche Schönheit.« Er sah zu den Vitrinen.

Die Welt der Reichen ist noch kleiner als die der normalen Menschen, dachte Konstantin.

»Um auf Ihre Frage zurückzukommen, Señor Korff: nein.«

»Nein?«

»Sie wollten wissen, ob es eine Methode gibt, einen Gevatterring einzusetzen. Angenommen, ich würde daran glauben, dass man den Tod beeinflussen könnte, der uns von Gott gesandt wurde, damit wir vergehen und unseren Platz für unsere Kinder freigeben, dann müsste ich annehmen, dass die Steine von sich aus wirken. Mir sind keinerlei Hinweise bekannt, die etwas anderes vermuten lassen.« Hoya sah zu seiner Tochter. »Oder siehst du es anders?«

Carola blickte vom Monitor auf. »Ja, Papa.«

Hoya lachte leise. »Unsere alte Auseinandersetzung. Meine Tochter teilt mein Faible für Steine und Bücher und alles Seltene. Sie übernimmt die Recherche und stellt für mich die ersten Kontakte zu den Händlern her. Aber im Gegensatz zu mir hat sie eine Vorliebe für alles Mystische.«

Konstantin betrachtete Carola, die schon wieder schrieb. *Weiß sie mehr, als sie sagen darf?*

Hoya stellte seinen Schwenker ab und beugte sich nach vorne. »Kann ich den Harlekin's Death sehen, Señor Korff?«, bat er leise. Er rieb die Hände aneinander, griff in seine Tasche und zog ein Paar Baumwollhandschuhe hervor. »Damit wir zum Geschäft kommen.«

»Sicher.« Konstantin suchte den Ring, den er nicht mal in einer Schatulle aufbewahrte, und reichte ihn dem Spanier. *Schauen darfst du, aber hergeben werde ich ihn nicht.*

Sein Rückzieher dürfte Marna ziemlich wütend machen. Geplatzter Deal, keine Provision. Aber sie hatte ihre Finger in dubiosen Geschäften, sie musste mit enttäuschenden Geschäftsverhandlungen rechnen. Immerhin bezahlte er ihr den Audi.

Da Carola an das Mystische glaubte, überlegte Konstantin, ob er versuchen sollte, ein paar Worte mit ihr allein zu wechseln, abseits der strengen Augen ihres Vaters.

Hoya nahm den Schmuck, seine Tochter brachte ihm unaufgefordert eine Lupe aus dem Schreibtisch. Minutenlang begutachtete er den Ring, wie es damals schon die Herbst-Geschwister getan hatten; auf seinem aristokratischen Don-Gesicht breitete sich unverhohlene Freude aus. Er schien sich vergewissert zu haben, dass er keine Fälschung in den Fingern hielt.

Vermutlich muss ich den Ring am Ende einfach anlegen und abwarten, was geschieht. Vielleicht passiert ja gar nichts, weil es nur ein Scheiß-Ring ist und ich den Fluch niemals loswerde. Konstantin trank seinen Sherry aus und sah zu Marna, die sich mit dem Port beschäftigte und den Kopf leicht angehoben hatte, um die oberen Stockwerke der Bibliothek zu betrachten. Er fand ihr Profil schön und fotogen. *Wie Iva.*

Er wandte sich ab und ließ seinen Blick durch den Raum schweifen. Dabei bemerkte er eine winzige Kamera in einer Ecke sowie dünne Sensordrähte, die in den bodenlangen Fenstern entlangliefen. Nichts entging der Familie Hoya, was bei dem gelagerten Schmuck verständlich war. Garantiert hatte das Alarmsystem eine Direktverbindung zur Polizei und zu einem Wachdienst.

Ihr Gastgeber schloss seine Untersuchung ab. Doch anstatt Harlekin's Death zurückzugeben, legte er ihn auf seinen Schreibtisch. »Meinen Dank, Señor Korff. Es gibt kaum ehrliche Finder wie Sie«, sagte er freundlich lächelnd. »Ich werde sehen, was ich Ihnen und Señora Herbst Gutes tun kann. Ich dachte an doppelten Lohn bei meiner irgendwann fälligen thanatologischen Behandlung und eine Vorabzahlung sofort?«

Marna schaute zuerst verwundert zu Hoya, anschließend zu Konstantin. »Señor Hoya, das ist ein Missverständnis«, stellte sie richtig. »Wir wollten …«

»Señora Herbst, ich weiß, *was* Sie dachten, und ließ Sie in dem Glauben«, unterbrach er sie geschäftsmäßig, wechselte den Überschlag der Beine. »Sonst wären Sie nicht mit Herrn Korff und *meinem* Ring zu mir gekommen.« Er lächelte und trank seinen Cognac aus. »Bevor Sie mich einen Dieb schimpfen, erklärt Ihnen Carola alles.« Er erhob sich, nahm den Ring und ging auf die Tür zu. »Ich bin sofort wieder bei Ihnen.«

Mein Ring! »Señor Hoya!« Konstantin sprang auf. »Geben Sie mir auf der Stelle mein Erbstück …«

Da spürte er Marnas Hand auf seinem Unterarm. »Lassen Sie sich zu nichts hinreißen, Korff. Warten wir erst mal«, raunte sie.

»Auf was denn?« Konstantin war für einen Moment abgelenkt – rumpelnd fiel die schwere Tür ins Schloss. Hoya war gegangen. Mit Harlekin's Death.

Carola hob den Kopf. »Verzeihen Sie, aber ich … Sie werden es gleich verstehen.« Sie ließ den Laptop auf ihrem Schoß. »Mein Vater wird trotz seines Alters sehr schnell zu einem kleinen Jungen, wenn es um seine Sammlung geht. Sehen Sie ihm das bitte nach.«

»Ich warte noch auf eine Erklärung«, knurrte Konstantin. Der Sherry auf nüchternen Magen machte ihn gelöster und weniger beherrscht. Marna nahm ihre Hand nicht weg, als er sich wieder setzte, sie lag beruhigend auf seinem Arm.

»Mein Vater *ist* der rechtmäßige Besitzer des Rings.« Sie verströmte beschwichtigende Freundlichkeit, das Gold an ihren Handgelenken klirrte leise. »Señor Bouler meldete sich vor einigen Wochen bei uns mit dem Angebot, den Ring zu verkaufen. Ohne Mittelsleute.« Sie blickte entschuldigend zu Marna. »Ich weiß nicht, woher er in Erfahrung brachte, dass Sie seine Ware üblicherweise an uns verkaufen. Wir trafen uns mit ihm, prüften den Ring auf seine Echtheit und leisteten daraufhin eine Anzahlung von zweihunderttausend Euro in bar. Monsieur Bouler nahm den Ring wieder mit, da er weitere zweihundertfünfzigtausend verlangte. Wir willigten ein und vereinbarten, uns in Marrakesch zu treffen.« Carola sah zwischen Konstantin und Marna hin und her. »Wie Sie wissen, kam Bouler ums Leben, bevor wir den Handel abschließen konnten. Mein Vater glaubte den Ring bereits verloren.« Sie drehte den Laptop um.

Auf dem Bildschirm war ein Foto zu sehen, und darauf erkannte Konstantin Bent Arctander! Alles, was er hatte sagen wollen, hielt er zurück. Der Besuch in der Hacienda Hoya konnte sich doch noch als hilfreich erweisen.

Marna war seine Anspannung nicht entgangen, sie blickte kurz zu ihm und bat stumm um eine Erklärung. Er schüttelte knapp den Kopf.

Carola dagegen bemerkte nichts und redete weiter. »Dieser Mann meldete sich bei uns und behauptete, er habe den Stein von Señor Bouler gestohlen und wolle ihn verkaufen. Ich traf mich mit ihm auf dem Friedhof Almudena, doch es stellte sich schnell heraus, dass er den Ring gar nicht hatte.«

»Haben Sie den Ort vorgeschlagen?«

»Nein, er bestand darauf. Ich sollte eine weiße Rose mitbringen und sie auf einem bestimmten Grab ablegen. Als Zeichen.«

»Und?« Konstantin sah auf den Bildschirm, wo mehrere Bilder von Arctander in einer Diashow wechselten. »Was hat er gesagt?«

»Er stellte ähnliche Fragen wie Sie, Señor Korff. Zu den Ringen, ob sie funktionierten, ob man den Tod damit nicht nur abwehren oder rufen, sondern auch sehen könne. Ich fand sein Verhalten sehr befremdlich, er schien nahezu besessen. Als glaubte er, vom Schnitter höchstselbst verfolgt zu werden. Er brach sehr plötzlich auf, weil er zu dem Fußballspiel von Real wollte. Sollte er dort angekommen sein, ist er mit den anderen achtzigtausend Menschen gestorben.«

Bild um Bild von Arctander zog vorbei. Die Aufnahmen mussten mit einer kleinen Kamera auf Brusthöhe und mit enormem Weitwinkel gemacht worden sein. Konstantin vermutete eine Spionagekamera, die Carola verborgen getragen hatte.

»Glauben Sie an die Macht der Schnitterringe?«, hakte Konstantin nach, um Hoyas Abwesenheit zu nutzen.

»Sagen wir, ich stehe den Geschichten nicht so ablehnend wie mein Vater gegenüber. Jede Legende birgt einen wahren Kern, und die Häufung von Unglücksfällen rund um einige Edelsteine wäre schon ein sehr großer Zufall. Es gibt mehr um uns herum, Señor Korff.« Sie spielte mit der kleinen Lupe. »Dass Menschen unter uns wandeln, die mit dem Tod sprechen können, halte ich nicht für abwegig.«

Marna lachte auf und hielt sich die Hand vor den Mund. »Entschuldigung«, sagte sie. »Ich … bin nur gerade …«

Carola fühlte sich durch Marnas Reaktion herausgefordert. »Was ist daran so komisch, Señora Herbst? Nur weil Sie nicht daran glauben, heißt das nicht, dass solche Menschen nicht existieren.«

Konstantins Herzschlag beschleunigte sich. Das Gespräch entwickelte sich in die richtige Richtung. »Wie meinen Sie das?«

»Hellseher führen die Polizei an Leichenfundorte, Medien kommunizieren mit dem Jenseits, Menschen wissen Dinge, die sie unmöglich wissen können. Es gibt so vieles, das wir uns nicht erklären können«, führte Carola aus und legte die Lupe auf den Tisch.

»Weil es keine wissenschaftlichen Beweise gibt«, wandte Marna ein.

Señora Hoya lächelte überlegen. »Es gab zunächst auch keine wissenschaftlichen Beweise für dunkle Materie oder für Quantenteilchen, bis man die entsprechenden Nachweise entwickelte. Möglicherweise wird sich das in den kommenden Jahren für das Übersinnliche ebenfalls ändern.« Sie richtete den Blick auf Konstantin. »Warum sollte es keine Menschen geben, die außergewöhnlich sind und die den Tod sehen und mit ihm sprechen können?« Sie beschrieb mit dem rechten Arm eine ausladende Geste, die auf die Vitrinen zielte. »Vielleicht bergen auch diese Schmuckstücke Kräfte, die wir heute nicht messen können. Physikalisch ausgedrückt sind es vielleicht Katalysatoren, Konverter für noch nicht erfassbare Energien.«

Marna ertränkte eine Erwiderung mit ihrem Port, aber Konstantins Hoffnung wurde durch Carolas Äußerungen genährt. Was wiederum bedeutete, dass er den Harlekin's Death unbedingt zurückbekommen musste.

»Ich verlange gar nicht, dass Sie meine Ansichten teilen, Señora. Aber ebenso wenig rücke ich von meinem Standpunkt ab. Ein Standpunkt, den mein Vater geringschätzig *mystisch* nennt. Ich würde eher solche besonderen Menschen sammeln als alles andere.«

Carola schüttelte den Kopf und wollte den Diashowmodus beenden – als Konstantin eine Gestalt im Hintergrund auffiel.

»Halt«, rief er und sprang vom Sessel auf. Er kniete sich vor Carola, legte die Finger auf das Touchpad. »Da hinten, neben dem Baum. Da ist doch eine Bank …« Er wartete nicht auf ihre Erlaubnis, sondern vergrößerte das Foto.

Zwar ging dabei die Schärfe verloren, das Bild verpixelte zusehends von Zoomstufe zu Zoomstufe. Doch die Umrisse des Mannes genügten Konstantin. Die untypische Garderobe und das ausladende Objektiv, das er sehr gut in Erinnerung hatte, waren unverkennbar. »Thielke«, raunte er unwillkürlich. *Ist der auch noch in Madrid.*

Carola drehte den Computer, um ebenfalls etwas zu sehen. »Der Mann ist mir nicht aufgefallen«, sagte sie nachdenklich. »Er fotografierte mich?«

»Sie und Arctander«, verbesserte Konstantin.

»Arctander? Ist das der Name des Mannes, den ich getroffen habe? Wieso kennen Sie die beiden Männer?« Carola warf ihm einen misstrauischen Blick zu, den sie auch auf Marna schleuderte. »Was geht hier vor?«

»Ich habe keine Ahnung, Señora Hoya!«, stieß Marna hervor. »Ich höre davon auch zum ersten Mal.«

Ich muss Jester anrufen. Madrid ist ein heißes Pflaster. Konstantin ging zum Wagen mit den Spirituosenflaschen und goss sich in ein Glas Cognac ein, von dem er einen raschen Schluck nahm. »Monsieur Bouler hat meinen Ring gestohlen und ihn vielen Leuten versprochen«, spann er seine nächste Lüge für Hoya. »Eine Frau namens von Windau hat mich auf der Suche nach dem Harlekin's Death in Idar-Oberstein aufgespürt und Frau Herbst und mich beinahe getötet. Thielke ist ebenso hinter dem Ring her und scheint sich an Arctander geheftet zu haben. Das hat ihn zu Ihnen geführt.«

Die Tür schwang auf, Hoya kehrte zu ihnen zurück. Den Ring trug er in einem Glaskästchen, gebettet auf einem schwarzsamtenen Kissen, damit er noch mehr zur Geltung kam. Dem Funkeln des Silbers nach hatte er die Edelmetallteile poliert.

Seine Tochter erklärte ihm in aller Kürze, was sie besprochen hatten, während Konstantin versuchte, Jester zu erreichen. Doch es reagierte lediglich die Mailbox. Eine Nachricht und eine SMS später widmete er sich erneut dem Geschehen in der Bibliothek.

Hoya hatte sich gesetzt, sein Cognacschwenker war frisch gefüllt. Harlekin's Death stand auf dem Schreibtisch in seiner neuen Prunkhülle und glänzte nahezu boshaft schön.

Marna schwieg und klammerte sich an ihren Portwein, schaute ins Nirgendwo.

»Mit wem haben Sie telefoniert, Señor Korff?«, wollte Hoya wissen.

»Mit einem Freund vom britischen Geheimdienst. Ich habe allerdings nur seine Mailbox erwischt. Er ist hinter Arctander und Thielke her und wird sich freuen, wenn ich ihm sagen kann, wo er sie höchstwahrscheinlich findet.« Das war nahe genug an der Wahrheit. *Jetzt kommt der schwierigste Teil.* »Señor Hoya, ich muss Sie bitten, mir mein Erbstück zurückzugeben«, sagte er laut.

»Ich habe dafür bezahlt.« Hoya legte schützend eine altersfleckige Hand auf die Box.

»Sie haben eine *An*zahlung geleistet. Und dazu noch an den Falschen, an einen Dieb und Räuber, der mir den Ring stahl.« Er sah den Spanier an. »*Ich* war in Marrakesch, Señor Hoya, und *ich* stand auf dem Djemaa-el-Fna-Platz, umringt von Tausenden Toten. Ich nahm mir meinen Ring wieder. *Ich!* Nicht Sie! Und wissen Sie was? Ich glaube nicht an den Unsinn mit den Terroristen. Überall, wo der Tod erschien, war der Ring nicht weit. Wussten Sie, dass sich Bouler in Paris aufhielt, als der A380 ins Terminal raste?« Eine weitere Lüge, doch sie passte gut.

»No«, flüsterte Hoya und starrte Konstantin gebannt an. »No sé! Aber das ist doch …«

Carola legte ihre Hand auf seine. »Ich sagte es dir immer, Papa. Sie haben diese Macht. Diese Schmuckstücke vermögen mehr als nur schön zu funkeln«, raunte sie ihm beschwörend zu. »Siehst du, was sie anrichten?«

»Paris, Marrakesch, Madrid. Immer ist der Harlekin's Death in der Nähe. Wagen Sie es nicht noch einmal, seinen Fluch als Märchen abzutun, Señor Hoya. Die anderen Steine in Ihrer Sammlung mögen harmlos sein, aber dieser nicht.« Er hielt die Hand auf. »Geben Sie ihn mir zurück. Mir als seinem rechtmäßigen Besitzer wird er nichts tun. Aber ich werde sein Rätsel lösen, das schwöre ich. Bei der toten Lilou de Girardin, die der Ring ebenso auf dem Gewissen hat wie beinahe hunderttausend weitere Menschen. Wollen Sie der Nächste in der Reihe sein, Señor?«

In der Bibliothek war es still, die Spannung in der Luft schien geradezu greifbar.

Konstantin hatte sich vor Hoya aufgebaut, noch immer die Hand ausgestreckt, und blickte auf den älteren Spanier herab, der seinem Blick bockig standhielt und doch im Sessel zu schrumpfen schien.

Carola und Marna saßen wie angegossen auf ihren Plätzen.

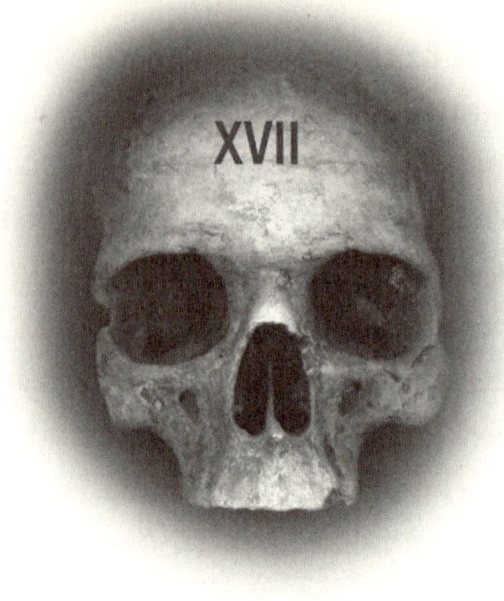

Sollte es nicht auch drüben einen Tod geben,
dessen Resultat irdische Geburt wäre?
Wenn ein Geist stirbt, wird er Mensch.
Wenn ein Mensch stirbt, wird er Geist.

Novalis, Von der geheimen Welt

Madrid, Spanien

Konstantin saß alleine in seinem Hotelzimmer, hörte die beruhigende Musik der Gruppe Lambda über Ohrstöpsel vom MP3-Spieler seines Smartphones und betrachtete den Harlekin's Death. *Du bist schön. Aber ob du die Macht besitzt, die ich benötige?*

Hoya hatte ihm den Ring überlassen, ohne ein weiteres Wort zu sagen. Danach hatte Carola sie zur Tür geführt und dem Chauffeur die Anweisung gegeben, sie an jeden Ort in Madrid zu fahren, an den sie wollten. Bevor sie gingen, schrieb Carola Konstantin ihre Handynummer auf und bat ihn inständig, sie über alles zu unterrichten, was er mit dem Ring erlebte, damit sie es notieren könnte. Die Formulierung »für meine

Ablage« erinnerte ihn frappierend an Thielke. Er versprach es Carola, um den Kontakt zu ihr zu halten und sie notfalls um Beistand bitten zu können.

Marna kannte sich glücklicherweise in Madrid aus und hatte sie in ein Hotel bringen lassen, das nicht weit vom Flughafen entfernt lag.

Noch wusste er nicht, was er als Nächstes unternehmen sollte. Konstantin wartete auf Jesters Anruf. Er hatte seinem Freund per E-Mail eine knappe Zusammenfassung über das, was sich in Almudena ereignet hatte, geschickt. Das war vor zwei Stunden gewesen.

Marna hatte sich mit schlechter Laune in ihrem Zimmer verbarrikadiert. Der Job in der Edelstein- und Diamantbörse verlangte nach ihrer Anwesenheit, Urlaub konnte sie sich nicht nehmen, um weiter an seiner Seite zu bleiben, bis er ihr den Audi TT bezahlt hatte. Der für sie unergiebige Ausflug nach Madrid war gerade noch so unter *geschäftlich* verbucht worden, die weiteren Streifzüge auf Firmenkosten abzurechnen, wäre der Buchhaltung schwer zu erklären. Außerdem war sie sauer, dass er den Ring nicht an Hoya verkauft hatte. Anstatt ihre Provision zu bekommen, hatte sie eine gehörige Portion »übersinnlichen Mist« gehört, der sie – wie sie ihm deutlich sagte – nicht interessierte. Ihr Standing als ehrenwerte Vermittlerin bei Hoya betrachtete sie als geschädigt, und das wiederum würde sich in ihrem Kundenkreis herumsprechen.

Konstantin streckte die Finger und überlegte, ob er den Ring überstreifen sollte. *Was geschieht dann? Geschieht überhaupt etwas?*

Seine Vorstellungskraft ließ ihn Bilder sehen, wie der Schnitter im gleichen Moment den Kopf heben und ihm mit seiner Knochenfratze direkt in die Seele sehen würde, durch Raum und Zeit raubvogelgleich niederstieß, um die Gelegenheit zu nutzen, einen verhassten Todesschläfer zu vernichten. Mit einem einzigen, gewaltigen, lustvollen Schlag und einem lauten Freudenschrei.

Ihn fröstelte, und er erschrak, als er auf seine Hände sah. Unbewusst hatte er Harlekin's Death über das erste Glied seines Zeigefingers geschoben.

Noch wenige Zentimeter, und er wüsste mehr.

Nein. Es ist zu früh. Die Angst, für den Tod sichtbar zu werden und sofort zu sterben, konnte er nicht einfach ignorieren. Er wollte zu Iva, mit ihr Dinge erleben, überhaupt ein *Leben* mit ihr haben. Und vor allem musste er Arctander finden und aufhalten. Carolas Worte hallten in ihm wider, sie hatte ihm Mut gemacht.

Sein Smartphone machte sich mit einem Summton bemerkbar, Jesters Nummer wurde angezeigt.

Konstantin schaltete die Musik aus und nahm den Anruf entgegen. »Ja?«

»Life is too important to be taken seriously«, drang das nächste Wilde-Zitat durch den Hörer. »Aber in diesem Fall, alter Knabe, muss ich Oscar widersprechen. Das Leben der Menschen ist zu wichtig, um den Narko frei herumlaufen zu lassen.«

»Da gebe ich dir recht.« Konstantin legte den Ring auf das Kissen, der Opal schimmerte blauhell auf dem schwarzen Untergrund. »Konntest du mit meinen Informationen etwas anfangen?«

»Ja, danke. Ich habe meine Abteilung damit gefüttert. Sobald es Resultate gibt, melde ich mich.« Jester klang entspannt wie schon lange nicht mehr, als habe er viele gute Neuigkeiten und wollte sie genießerisch eine nach der anderen loswerden. »Bist du immer noch in Madrid?«

»Ja.«

»Wo?«

»Im Hotel Oro. Ich wollte in der Nähe des Flughafens sein, je nachdem, wo du mich hinbestellst.«

»Vorbildlich, alter Knabe. Glänzend! Bleib einfach, wo du bist. Ich habe ein Team nach Madrid geschickt. Sie werden sich bei dir melden. Es sind zwei *Topor's Men* und zwei Freelancer, die tun werden, was du ihnen sagst. Erinnerst du dich noch an Johnny?«

»Ja. Ist er dabei?«

Jester bejahte. »Er hat sich in den letzten Jahren gemacht, und ich dachte, deine Rolle als Teamleiter wird dir leichterfallen, wenn du wenigstens ein Gesicht kennst.«

»Du kommst nicht?«

»Nein. Ich bin sozusagen die Spinne im Netz und versorge euch mit den News, die meine fleißigen Hacker, Abhörer und Satellitenspanner vom MI6 besorgen.« Jester räusperte sich. »Arctander begeht zurzeit unglaubliche Fehler auf seiner Flucht. Er hat die falschen Identitäten fast alle aufgebraucht, und somit wird er beim nächsten Einchecken oder Bezahlen mit der Kreditkarte sofort auffallen. Wir sind vorbereitet.«

Konstantin legte sich aufs Bett, betrachtete die Decke. »Und wieso brauchst du mich dann noch?«

»Weil du ein guter Mann bist, Stan … ich meine Konstantin. Oneiros. Wie auch immer. Deine Vergangenheit prädestiniert dich für die Jagd auf Arctander«, sagte Jester. »Du bist der Einzige, der mir und meinen Teams mehr als einmal entkam. Und den *Phansigar* obendrein. Das macht dich zu einer Legende, auch wenn du dich zurückgezogen hast. Viele erinnern sich genau an den Namen Oneiros.«

»Das ist zwar schmeichelhaft, aber es gefällt mir dennoch nicht.« Konstantin richtete sich auf und öffnete die Minibar, um eine Flasche Cola herauszuholen. Er war müde, obwohl er vorhin eine Stunde im Bad geschlafen hatte, die Tür abgesperrt, damit der Zimmerservice nicht zufällig hereinkam und einen unerwarteten Tod starb. Zucker und Koffein mussten sein. »Apropos *Phansigar.* Was machen eigentlich die Inder? Sind sie dichter an ihm als wir?« *Mal sehen, was du jetzt sagst.*

Jester schien von der Frage überrascht. Seine Antwort ließ einen Moment zu lange auf sich warten. »Ah, die *Phansigar.* Ja, wir haben ihre Leute gesichtet, allerdings in Konstantinopel. Wir verstehen nicht, was sie da wollen, und es wird ohnehin nicht mehr lange dauern, bis sie nach Madrid kommen. Das Massaker war ein zu deutlicher Hinweis. Aber keine Sorge, alter Knabe. Mein Team kennt sich im Gegensatz zu dir bestens mit Feuerwaffen aus. Es können nicht alle solche Nieten beim Schießen sein wie du, alter Knabe.« Jester lachte.

Konstantin schüttelte enttäuscht den Kopf. *Immer noch der alte Geheimdienstmann.* Er öffnete die Colaflasche an der Bettkante. »Jester, was soll der Mist?«

»Pardon?«

»Die *Phansigar* sind nicht hinter Arctander her. Ich habe meine Verbindungen spielen lassen und mich umgehört.«

Jester schwieg erneut, dann lachte er verlegen. »Sorry. Ich wollte dich auf Trab bringen, und die skrupellosesten Todesschläfer sind nun mal die Chai-Macher. Ich dachte, dass ich dich damit zusätzlich ansporne. Es tut mir leid, Kumpel.«

Konstantin sah ihn vor sich, mit seinem jungenhaften Grinsen und dem ertappten Gesichtsausdruck. *Wusste ich es doch.* »Diese MI6-Psycho-Scheiße brauchst du bei mir nicht. Das wird dich eine Flasche guten Wodka kosten! Russischen.«

»Wird erledigt. Meine Freunde vom FSB haben noch welchen von der letzten Razzia eingebunkert.« Jester klang erleichtert, dass Konstantin ihm die Lüge nicht nachtrug. »Es kommt nicht wieder vor.«

»Alles klar. Dann warte ich im Hotel. Bis dann.«

»Cheerio, Konstantin.«

Beim Gedanken an das Team, das er befehligen sollte, fühlte

er sich nicht ganz wohl. Er war Einzelspieler und hätte den erfahrenen Jester lieber dabei gehabt.

Es klopfte an der Tür.

Konstantin erhob sich, sah durch den Türspion hinaus.

Marna wartete vor der Tür. Sie hatte ein dunkelgraues Kostüm mit einer schwarzen Bluse angezogen, die Haare waren hochgesteckt. Als hätte sie geahnt, dass er auf der anderen Seite der Tür stand, sah sie genau in die Linse. Ihre Blicke trafen sich durch das Glas, wie sie sich vorher noch nicht getroffen hatten.

Konstantin fühlte ein warmes Gefühl in seiner Körpermitte, das sich langsam ausbreitete. *Was war das denn?* Schnell riss er sich los, öffnete die Tür.

»Hallo, Korff.« Sie schenkte ihm ein Lächeln. Ihre Wut auf ihn war verraucht. »Wie sieht's aus? Pläne?«

Er rang um Beherrschung. »Ich … habe meinen Kumpel angerufen … und …«, sagte er verdattert und trank von seiner Cola, die er noch immer in der Hand hielt. Um die Verwirrung zusammen mit dem Durst wegzuspülen. »Er sagte …«

»Wollen wir das auf dem Gang besprechen?«, unterbrach sie ihn und beugte sich zur Seite, um an ihm vorbeizuschauen. »Oder haben Sie eine Dame bei sich, die ich nicht sehen soll?«

»Quatsch.« Konstantin trat zur Seite, damit sie eintreten konnte. Er wollte an Iva denken. Ihr Bild leuchtete auf, flackerte und wurde von diesem merkwürdigen Gefühl von eben gestört. *Nur eine leichte Verwirrung. Ich habe zu viel Zeit mit Marna verbracht. Das ist alles.*

Marna schob sich an ihm vorbei, sah ihn verwundert an, sagte jedoch nichts zu seiner Verfassung. »Sie haben mit Ihrem Kumpel gesprochen … und?« Sie blieb stehen, lehnte sich gegen die Wand und kreuzte die Arme.

Rasch nahm er noch einen Schluck, unterdrückte das Gurgeln in seinem Hals, das die Kohlensäure auslöste. »Er … sendet mir ein Team von Spezialisten. Wir kümmern uns um Thielke und Arctander, damit sie keinen Schaden mehr anrichten können«, fasste er zusammen. »Mehr darf ich Ihnen nicht sagen, Frau Herbst.«

»Verstehe.« Sie sah auf das Bett. »Und was jetzt?«

»Wie …?«

»Der Ring. Was machen Sie damit? An dem Schmuck hängt nach wie vor die Provision, die Sie mir schulden. Hoya konnten Sie weismachen, dass er ein Familienerbstück ist. Ich weiß es besser.« Marna lächelte ihn warm an. »Ich fand Ihre Vorstellung übrigens beeindruckend. Ich hätte nicht gedacht, dass man Hoya so schnell aus der Fassung bringen kann. Der Mystik sei Dank. Sie haben sich exzellent auf Señora Hoyas Ausführungen eingelassen. Gute Show.«

»Tja. Danke sehr.« Konstantin hatte seine Verunsicherung endlich niedergerungen. »Ich werde wohl noch ein paar weitere Untersuchungen vornehmen lassen, bevor ich entscheide, was ich mit Harlekin's Death mache«, antwortete er mit einer gewissen Beliebigkeit.

»Weitere Untersuchungen? Was gibt es denn mehr herauszufinden als das, was Sie schon von mir wissen?« Marna atmete durch. »Ah. Sie wollen mir nicht sagen, was Sie vorhaben.«

»Ich kann nicht. Geheimdienstsache. Und es ist auch *mystisch,* was eh nicht Ihr Ding ist, wie Sie sagten.« *Die Spitze musste sein.* Er nippte an der Flasche. »Das bedeutet für Sie, dass Sie nach Hause fliegen können, Frau Herbst. Sie hatten genug Abenteuer.«

Marna rührte sich nicht. »Was ist mit meinem TT?«

»Bezahle ich Ihnen.«

»Schuldschein, Korff?«, schlug sie vor.

Konstantin lachte. »Sie sind hartnäckig.«

»Ich arbeite in einem Beruf, in dem es um Geld und Sicherheiten geht«, erwiderte sie, drückte sich von der Wand ab und begab sich an den Schreibtisch. Sie öffnete die Hotelmappe und setzte einen Schuldschein auf, den sie Konstantin unterschreiben ließ. Damit war er Verbindlichkeiten über fünfzigtausend Euro eingegangen.

»Die Sache mit dem Schmuck der Leichen, die Sie vorgeschlagen haben … ich bin keine Leichenfledderin.« Marna erhob sich und wedelte mit dem Blatt, faltete es. »Die Toten sollen ihre Habe behalten.«

»Ach? Sie haben ja doch Skrupel. Oder ist es vielleicht Aberglaube?« Konstantin freute sich, dass sie den Vorschlag, den er in Idar-Oberstein gemacht und nie hatte umsetzen wollen, ablehnte.

»Ehrgefühl, denke ich. Ich würde mich nicht wohl dabei fühlen.«

Er nickte. »Um ehrlich zu sein, ich hätte es auch nicht getan.«

»Skrupel oder Aberglaube, Korff?« Marna verstaute grinsend den Schuldschein in der Tasche ihres Blazers. Dann klopfte sie einmal darauf. »Denken Sie nicht, dass ich Ihnen den erlasse. Ich weiß, wo ich Sie finde, und die Börse hat gute Kontakte zu Inkassounternehmen. Notfalls komme ich einfach mit Zerbo vorbei. Übrigens erwarte ich auch Schadenersatz für die entgangene Provision. Aber ich bin ja nicht so. Legen wir den Realwert des Rings mit etwa hunderttausend Euro zugrunde, bekomme ich weitere zehntausend von Ihnen, Korff.«

Konstantin wollte etwas erwidern, da beugte sie sich nach vorne und küsste ihn.

Auf den Mund.

Sie schmeckte nach dunklen Kirschen, nach klarem Wasser und einem herrlichen Sommertag am See. Ihr Parfüm drang in seine Nase, und ihre Lippen lagen warm auf seinen.

Marna löste sich von ihm. »Lassen Sie sich nicht umbringen,

Korff. Sie schulden mir Geld.« Dann verließ sie sein Zimmer. Einfach so.

Die Verwirrung, die er gerade eben abgeschüttelt hatte, war wieder zurück, riss sein klares Denken nieder und ließ ihn zu einem glotzenden Idioten mutieren. Bewegungslos stand er da, die Colaflasche in der Hand, die Augen starr auf die geschlossene Tür gerichtet und ihren Geschmack im Mund.

Sein Smartphone vibrierte.

Konstantin ignorierte es und versuchte, die Emotionsexplosionen in seinem Solarplexus zu kontrollieren. Sonneneruptionen am laufenden Band. Zeichen. Die für ihn ungewohnten esoterischen Vergleiche schossen ihm durch den Kopf.

Gleich darauf klingelte das Zimmertelefon.

Wie ferngesteuert griff er zum Hörer. »Korff.«

»Señor Korff, hier ist die Rezeption«, sagte ein warme Männerstimme, die bestens dafür geeignet wäre, überteuerte Produkte an einsame Frauen zu verkaufen. »Sie werden von vier Herrschaften erwartet. Ich soll Ihnen ausrichten: ›I sometimes think that God, in creating man, somewhat overestimated his ability.‹«

Ein Wilde-Zitat. Die Verstärkung ist da. »Vielen Dank. Ich komme runter.« Er legte auf, packte seinen Koffer in aller Eile, steckte den Harlekin's Death in die Hosentasche und verließ seine Unterkunft.

Mit dem Fahrstuhl fuhr er nach unten, sah zwischendurch auf sein Handy, auf dem eine SMS eingegangen war. *Iva!*

Sie hatte ihm geschrieben, dass sie sich sehr über seinen Anruf freuen würde und dass es ihr leidtäte, wie es zwischen ihnen gelaufen sei. *Ruf mich an,* lautete der letzte Satz.

Konstantin war beinahe erleichtert darüber, wie sehr er sich freute, von der Frau zu hören, für die er den Fluch brechen wollte. *Alles ist gut,* dachte er beruhigt und sah sie vor sich, am Cello, auf der Bühne, in einem verführerischen schwarzen

Kleid und mit einer Perlenkette um den Hals, die blonden Haare auf den Schultern … Ein Lächeln stahl sich auf sein Gesicht.

Die Lifttüren öffneten sich. Es machte *ping*, und der Blick auf die Lobby wurde freigegeben.

Konstantins glückliches Lächeln gefror.

Keine vier Meter von ihm entfernt drehte sich eine Frau zu ihm um, von der er dachte, dass sich ihre Lungen mit Nahe-Wasser gefüllt hätten. Ihr Gesicht war von Schrammen gezeichnet, am Hals erkannte er ein langes Pflaster, das unter ihrer Kleidung verschwand und vermutlich eine Naht verbarg; den rechten Arm trug sie in Gips sowie in einem schlingenartigen Korsett.

Aber Baronesse Kristin Sophie von Windau lebte!

Und sie hat mich schon wieder gefunden. Konstantin überlegte fieberhaft, was er unternehmen sollte, während sie langsam den unverletzten Arm zum Gruß hob – und die Finger der Linken nach ihrer Haarnadel ausstreckte.

Madrid, Spanien

Martin Thielke setzte sich einen Insulinschuss in den Bauch und bestellte sich ein zweites Stück der göttlich leckeren spanischen Torte, die fast nur aus Zucker, Mandeln und Fett bestand und durch höchstens einen Teelöffel Mehl zusammengehalten wurde. Dazu schlürfte er einen Café bombón, Espresso mit eingedickter, gesüßter Kondensmilch. Eine Kombination, die sein Körper ohne die Insulinspritze kaum überleben würde.

»Wäre zu schön, wenn bald jemand kommt«, murmelte er und hob seine Nikon, um ein paar Schnappschüsse der Villa zu machen, von der er zirka fünfhundert Meter entfernt saß.

Es hatte sich noch niemand gezeigt, aber man hatte ihm versichert, dass die Señora gelegentlich in der Stadtresidenz ihres Vaters auftauchte.

Das Café, in dem er saß, war eine Ausgeburt an hässlichem, modernem Design, das sich eine Bank ausgedacht hatte. In seinem Landhaus-Outdoor-Look fiel er inmitten der Anzugträger auf wie ein Huhn in einem Affenhaus, doch Thielke kümmerte sich nicht darum. Er folgte einer Spur, und die führte ihn an diesen noblen Ort.

Die Bedienung brachte ihm die Torte, von der er sofort kostete.

Sein Beinstumpf war friedlich, was an den Schmerzmitteln lag, die er eingenommen hatte. Das lebenswichtige Nikotin gelangte über sieben Pflaster auf seiner Brust in den Körper. Er fühlte sich gut und ausgeruht, dank des langen Nickerchens, das er sich gegönnt hatte. Ganz ohne Schlafmittel.

Mit einem Schluck süßen Espresso spülte er den Bissen der Torte hinunter und sah wieder zu der Villa, die so gar nicht zwischen die modernen Gebäude rechts und links von ihr passte.

Seine Ungeduld wuchs.

Er spielte mit dem Gedanken, einfach zu klingeln und nach Arctander zu fragen. Die Zeit, die er mit Warten vergeudete, könnte Unschuldigen später fehlen, könnte den Unterschied zwischen Leben und Tod bedeuten.

Nachdem ihm Arctander im Stadion entkommen war, hatte Thielke die Aufnahmen vom Friedhof genutzt, um das Gesicht der Frau im Internet ausfindig zu machen. Er hoffte, auf einen Namen zu stoßen, und mit dem Namen auf die Adresse.

Es fiel leichter als gedacht.

Carola Hoya war in Madrid recht bekannt, zum einen wegen ihres Vaters, und zum anderen wegen ihrer Tätigkeit in wohltätigen Organisationen. Zwar hatte sie ihren Hauptwohnsitz in Sevilla, aber nach ein paar Anrufen fand er heraus, dass sie sich zurzeit in Madrid aufhielt.

Die Stadtresidenz von Ruben Hoya, ihrem Vater, galt als Anlaufpunkt der ganzen Familie, und so hatte sich Thielke in der Nähe in Position gebracht. Jetzt musste sie nur noch aufkreuzen, damit er sie fragen konnte, was sie über Arctander wusste.

Er kratzte sich am Kopf und rückte die Sonnenbrille zurecht. Sein Tatendrang war nicht mehr auszuhalten, angestachelt durch die Überdosis Nikotin. Er schaufelte den Kuchen in sich hinein, stürzte den Kaffee hinunter und bezahlte.

Die Banker und Anwälte bedachten ihn mit herablassenden Blicken, als er trotzdem sitzen blieb, aber er störte sich nicht daran. Wer seinen Erfahrungsschatz besaß, blieb in seiner solchen Umgebung gelassen. Über seinem erblindeten Auge lag eine schwarze Klappe, die ihn wie einen alten Marshal aus einem Western aussehen ließ, sobald er die Sonnenbrille abnahm. Die schwarzen Gummibänder liefen rechts und links unter dem Gestell hervor.

Thielke hob erneut die Nikon, schoss Fotos von den Fenstern der Villa. Die Einbruchsicherungen machte er durch den Zoom sofort aus.

Señor Hoya, der Patron, nein, der Don der Familie war bekannt für seine Sammelleidenschaft. Er unterhielt ein privates Museum und betätigte sich als Mäzen. Angesichts der gut verborgenen Kameras rund um die Villa und der anderen Sicherheitsvorkehrungen nahm Thielke an, dass sich im Haus Gegenstände von nicht unbeträchtlichem Wert befanden.

Er grübelte darüber nach, was Arctander von Señora Hoya gewollt haben könnte. Kannten sie sich vielleicht von früher? Er hatte bisher noch keine Verbindungen der Hoyas zu den Todesschläfern finden können. *Vielleicht eine Verbindung zu Arctanders spanischer Verwandtschaft?*

Das Nachdenken brachte nichts. Die Señora würde ihm helfen müssen, der Sache auf den Grund zu gehen.

Ein Mercedes CLK fuhr vor, ein Chauffeur stieg aus und näherte sich der Villa.

Thielke fotografierte das Nummernschild und erhob sich. Er nahm an, dass gleich ein Familienmitglied der Hoyas auftauchte, unter Umständen Señora Carola. Hoffentlich ergab sich eine Gelegenheit zum Reden – freiwillig oder erzwungen.

Er verließ das Café, ging den Bürgersteig entlang und näherte sich der Villa. Dabei hängte er die Kamera auf den Rücken, um nicht wie ein psychopathischer Paparazzi auszusehen, und nahm die Sonnenbrille ab.

An der Bordsteinkante hielt er an. Blick rechts, Blick links. Frei. Er hob das gesunde Bein und war im Begriff, den ersten Schritt zu machen, um die Straße zu überqueren.

Das aufröhrende, aggressive Schnarren eines kleinen Motors ließ Thielke herumfahren.

Über den Platz schoss ein aufgemotzter Roller mit zwei Gestalten darauf auf ihn zu. Die verspiegelten Visiere ihrer Helme verdeckten die Gesichter, der Typ auf dem Sozius hob eine schallgedämpfte Heckler & Koch MP5, eine vollautomatische Maschinenpistole. *Eindeutig keine üblichen Handtaschendiebe.*

Thielke warf sich nach hinten. Hart prallte er auf dem Boden auf.

Die erste Garbe verfehlte ihn knapp. Asphaltbröckchen spritzten hoch und trafen ihn im Gesicht. Klirrend ging das Objektiv der Nikon zu Bruch. Er zog den LeMat, legte auf den Fahrer an und drückte zweimal ab.

Der schwere Revolver entlud sich krachend, rüttelte in seiner Hand. Die Detonationen der Treibladungen übertönten jegliche Umgebungsgeräusche.

Die Projektile des LeMat trafen den Hintermann in den

Arm, der aufplatzend herumgerissen wurde, und ins Visier, das sich splitternd auflöste. Die Rückseite des Helms zerbarst, als wäre eine Handgranate darin gezündet worden.

Ich habe den Fahrer verfehlt?! Was ist denn mit mir los?

Der Schütze stürzte vom Roller und überschlug sich mehrmals, wobei sein Blut und graurote Hirnbröckchen umherschleuderten. Die Finger des Toten hatten sich um den Abzug verkrampft, und die MP5 spie ihre Kugeln ungezielt in die Glasfront eines Bürogebäudes. Knisternd und krachend regneten die Scherben zu Boden und bedeckten den gepflasterten Vorplatz.

Thielke lag noch immer auf der Erde. Er hatte ein Rucken im Bein gespürt. Ein Blick nach unten zeigte ihm, dass die Prothese zerfetzt war, Unterschenkel und Schuh bestanden nur noch aus Einzelteilen. Sein gesundes Bein hatte er angezogen, es war der gegnerischen Salve zum Glück entgangen.

Der Rollerfahrer hielt an und griff unter seine Windjacke, um eine Waffe zu ziehen.

Thielke richtete den Oberkörper halb auf, die Mündung des LeMat auf den Angreifer gerichtet. *Dieses Mal schieße ich nicht daneben.* Er setzte ihm einen einzigen Schuss in den Hals, der noch mehr Sauerei auf dem Gehweg anrichtete. Der Lebenssaft sprühte in einem dichten Schwall aus der Ein- und Austrittswunde. Der Kopf wurde halb abgerissen, Mann und Roller stürzten.

Na, also! Thielke erhob sich schwerfällig und hüpfte auf einem Bein bis zu einem zwei Meter langen Blumenkübel, den er als Deckung nutzte. »Wo kommen diese Wichser denn plötzlich her?«, sagte er zu sich selbst und schaute sich um.

Menschen rannten geduckt über den Platz, flüchteten in die Gebäude. Autos fuhren auf der Straße vorbei, aus denen die Menschen hinter den Scheiben mit großen Augen auf die Leichen und das Blut glotzten. Es würde nicht lange dauern, und die Gesetzeshüter rollten an. Die Ereignisse im Stadion hatte die *Policía* in einen Daueralarm versetzt.

Thielke sah die Banker, die ihn vorhin abwertend angeschaut hatten, unter den Tischen des Cafés hocken. So schnell war es vorbei mit der Arroganz und der Überheblichkeit des Geldadels.

Neben ihm flog dunkle Erde in die Höhe, Blümchen zerfledderten und sandten ihre Blätter in den Wind.

Thielke sackte zusammen und schaute hinter sich. Der fehlende Knall bedeutete, dass seine Feinde mit Schalldämpfern auf ihn schossen. Das deutete auf einen Geheimdienst oder einen Profiverbrecher hin. Da er sich in letzter Zeit nicht mit Gangstern angelegt hatte, blieb der Geheimdienst.

Er machte hundert Meter von sich einen Mann mit Eishockeymaske und Anzug aus, der in der offenen Tür eines dunkelblauen Transporters stand und ein langläufiges Sturmgewehr auf ihn gerichtet hielt. Der Form nach war es ein AK74.

Thielke warf sich zur Seite, überrollte dabei nochmals die knirschende Nikon und entging den drei Kugeln, die in den Kübel einschlugen und Betonstücke heraussprengten.

Ich zeige dir, wie das geht. Der LeMat war auf solchen Entfernungen unpräzise, seine erste Kugel durchschlug das Blech neben dem Schützen, woraufhin die Frontscheibe sich von innen rot färbte; die zweite schrammte gegen das Gewehr und schlug es zur Seite, und gerade als der Mann sich duckte, bekam er die dritte in den Bauch. Dumpf hinter der Maske schreiend, sank er auf den Boden des Transporters.

Neben dem Heck des Kleinlasters erschien noch ein Maskierter, der ebenfalls ein AK74 mit Schalldämpfer hob und in Anschlag brachte.

»Scheiße!« Thielke robbte hastig um den Kübel herum, während es hinter ihm sirrte und er mit Steinsplittern überschüttet wurde. Einen Streifschuss bekam er in den rechten

Oberschenkel, was nicht weiter ins Gewicht fiel, da er das Bein wegen der zerschossenen Prothese eh nicht mehr zum Gehen gebrauchen konnte. *Das linke wäre schlimmer gewesen.*

Thielke hörte, dass der Feind vorrückte und dabei sein Magazin wechselte, das leere fiel klappernd auf die Straße.

Aus der Entfernung erklang Sirenengeheul, das gewiss von Polizeifahrzeugen stammte. Er rechnete mit einem Sondereinsatzkommando, das vermutlich erst einmal wild um sich schießen würde, so angespannt, wie die Stimmung seit dem Zwischenfall im Stadion in Madrid war.

Er warf einen hastigen Blick über den Betonrand des Kübels und sah den Maskierten keine dreißig Meter von sich entfernt.

Thielke feuerte, der Beschuss wurde aus der AK sofort erwidert und zwang ihn nach unten. Zerfetzte Blütenstengel und -blätter bedeckten ihn, und er machte sich hinter seiner Deckung klein, so gut es ging. Bei der hohen Feuerfrequenz musste der Mann gleich wieder nachladen.

Als das erwartete Klappern des leeren Magazins, das auf der Straße landete, erklang, neigte sich Thielke seitlich hinter dem Kübel heraus. Er legte an und schoss zweimal auf den Oberkörper des Maskierten.

Der Mann machte unter den Einschlägen mehrere Ausfallschritte rückwärts, ließ zuerst das Gewehr, dann das Ersatzmagazin fallen und brach schließlich zusammen.

Einem Knallen hinter Thielke folgte unmittelbar Schmerz in seiner rechten Hand. Aufschreiend ließ er den LeMat los, presste die Hand an die Brust und wälzte sich herum.

Von der anderen Seite des Platzes näherten sich zwei weitere Gegner, die MP5s auf ihn gerichtet hielten und im Laufschritt auf ihn zueilten. Sie trugen ebenfalls Anzüge und Eishockeymasken. Da sie nach dem ersten Treffer nicht weiterschossen, wollten sie anscheinend etwas von ihm. Seine Hand pochte dumpf, dank der vorhin eingeworfenen Schmerztabletten spürte er die Schusswunde kaum. Als habe er geahnt, dass er die Wirkung der Pillen heute noch benötigte – und zwar nicht für seinen zwackenden Beinstumpf.

Thielke rollte sich über seinen Revolver, um ihn mit der Linken greifen zu können, ohne dass seine beiden Angreifer es sahen. Theatralisch stöhnend verharrte er so, wartete auf die Ankunft der Feinde.

Wenige Sekunden später hatte das Duo ihn erreicht.

»Unten bleiben«, schnarrte ihn einer der Maskierten an. »Homeboy, kommen«, funkte er dann.

Keine Antwort.

Er sah zum Transporter. »Homeboy, was ist? Fahr die Kiste her, wir müssen verschwinden!«

Thielke dachte an die rote Windschutzscheibe. Seine erste Kugel hatte sich ihren Weg in die Fahrerkabine gesucht und einen Treffer gelandet. Homeboy war mindestens schwer verletzt.

»Jeff, lauf los und sieh nach«, wies er seinen Begleiter an. »Ich frag den Boss, was wir tun sollen, falls wir ihn nicht mitnehmen können.«

Sie tauschten einen Blick, wandten sich für eine Sekunde von ihm ab – und Thielke riss den LeMat hoch, löste die Schrotladung aus.

Donnernd jagten die winzigen Kügelchen und Schrapnelle aus der Mündung, hagelten mit enormer Wucht gegen die beiden Maskierten und durchdrangen Kleidung, zerrissen die Hockeymasken, bohrten sich durch Haut und Fleisch.

Aufschreiend taumelten die Männer zurück, schossen wahllos auf Thielke, der noch eine Kugel in den verletzten Oberschenkel kassierte, doch er setzte sie mit einer Reihe von grob gezielten Schüssen außer Gefecht, bis sein Magazin leer war.

Hastig entfernte er die leeren Hülsen aus der Trommel und

schob neue nach, die er in seiner Jackentasche hatte. Den Schrotlauf ließ er ungeladen, das dauerte zu lange.

Sechs Tote, gegen eine Übermacht aus Schnellfeuerwaffen bestanden und den Bankern einen gehörigen Schrecken eingejagt. Das betrachtete Thielke als gute Bilanz für eine Schießerei.

Doch seine Verletzungen bereiteten ihm Sorgen. Er fühlte seinen Blutdruck sinken, die Wirkung des Schocks breitete sich aus, ließ ihn unkontrolliert zittern. Er war kurz davor, das Bewusstsein zu verlieren, und dann würde er verbluten – oder von der spanischen *Policía* gelyncht, die in ihm Igor aus dem Stadion erkennen würden, wenn die Ballistiker ihre Arbeit gemacht hatten.

»Sleeper one, habt ihr ihn?«, drang es leise an sein Ohr.

Thielke kroch ächzend zu einem der Erschossenen und fand ein blutiges Headset unter der zerstörten Maske. Er zog es dem Toten vom Kopf und hielt es sich so, dass er es nutzen konnte. »Sleeper one hier. Wir haben ihn«, sagte er angestrengt. »Mich hat es erwischt. Wohin sollen wir ihn bringen? Kommen.«

»Er lebt noch?«

»Ja. Kommen.«

»Dann erledigt ihn. Wir brauchen den alten Sack nicht. Ich habe keine Lust, dass er sich aus Zufall mit Korff unterhält.«

Die Stimme kam Thielke bekannt vor, doch ihm fehlte das Gesicht dazu. Er musste mehr hören, vielleicht fiel es ihm dann ein. »Bestätigt. Sollen wir Korff auch erledigen, Chef? Wir haben ihn in der Nähe gesichtet. Kommen.«

»Seid ihr verrückt?« Die Stimme klang überrascht und wütend. »Er soll noch für uns arbeiten, bevor wir ihn abstoßen. Erledigt Thielke, verschwindet und bringt mir den LeMat mit. Scheint ja eine gute Waffe zu sein, die sich der alte Idiot gebastelt hat.« Ein leises Lachen drang aus dem Kopfhörer. »›I am not at all cynical, I have merely got experience, which, however, is very much the same thing.‹ Over.«

Dieser kleine MI6-Wichser! Thielke wusste jetzt, wem er den Überfall zu verdanken hatte.

Das Gespräch hatte ihn abgelenkt, so dass er die zuschlagenden Autotüren und die Schritte hinter sich gar nicht vernommen hatte.

Ein Hieb in den Nacken reichte aus, um ihn in der ohnehin nahenden Ohnmacht versinken zu lassen. Er driftete ins Schwarze.

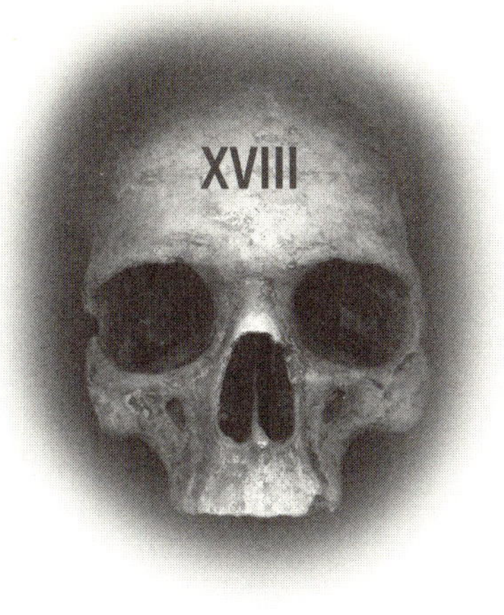

Der Wunsch, einen eigenen Tod zu haben,
wird immer seltener.
Eine Weile noch,
und er wird ebenso selten sein
wie ein eigenes Leben.

Rainer Maria Rilke, Die Aufzeichnungen des Malte Laurids Brigge

Madrid, Spanien

Konstantin starrte die Totgeglaubte an. *Wie hat sie das überlebt?*

Von Windaus Arm wanderte weiter nach oben. Sie griff jedoch nicht nach der Haarnadel, der er bereits ein Loch in seiner Hand verdankte, sondern gab jemandem ein Zeichen.

Daraufhin traten zwei Männer und eine weitere Frau zu ihr, die Anzüge trugen. Einer von ihnen war Johnny. Und da er seelenruhig neben der Baronesse stand, konnte das nur bedeuten ... *Nein! Das darf nicht wahr sein!*

Die Lifttüren schlossen sich langsam

Konstantin hielt den Fuß dazwischen. Die Lichtschranke

reagierte, der Fahrstuhl öffnete sich. Er trat aus der Kabine. »Johnny?«

Der kleingewachsene, drahtige Brite grinste breit, was sein schmales Gesicht unproportional breiter machte. »Konstantin«, sagte er fröhlich und setzte lautlos *Oneiros* hinzu. »Lange nicht mehr gesehen!« Sie reichten sich die Hände. »Wir sind das Team, das Darling dir versprochen hat.«

Johnny führte ihn in eine ruhige Ecke der Lobby und begann mit der Vorstellung des Teams. »Das ist Anjelica Miller, Codename Red, eine Freelancerin, die uns die *Deathsleepers* schickten. Der Mann neben ihr heißt Rick Strong, Codename Black, und gehört zu den *Topor's Men.* Baronesse von Windau und mich kennst du. Mir wäre es recht, wenn du mich Green nennst, sobald wir ...«

Konstantin packte ihn am Oberarm und zog ihn zwei Schritte zur Seite. »Du *weißt,* wer Windau ist, ja?«

»Ich weiß es, Konstantin«, gab Johnny säuerlich zurück und befreite sich mit einem Ruck aus dem Griff. »Sie ist auf Darlings Anweisung hier.«

»Warum?«

Er hob die Schultern. »Er sagte, dass sie in der Lage ist, Arctander außer Gefecht zu setzen, und zwar nicht mit Waffen.«

Konstantin sah zu der Baronesse, die ausdruckslos aus dem Fenster sah. Sie war genauso wenig glücklich wie er. *Was für ein Spiel spielt sie? Und wie, zum Teufel, hat Jester sie dazu bekommen, uns zu helfen?* Falls sie das wirklich vorhatte.

Er ging zu ihr. »Ich hätte ein paar Fragen und bin neugierig auf Ihre Antworten.«

Von Windau blickte ihn nicht an. »Neugier ist meines Erachtens der Auslöser für Erfindungen und Katastrophen«, entgegnete sie ruhig. »Sind Sie Erfinder, Korff?«

»Man hat Ihre Leiche aus der Nahe gezogen. Wie ...?«

Sie lächelte kaum merklich. »D-d-das war ich nicht. Sie haben eine Selbstm-m-mörderin aus dem Fluss gefischt, die sie irrtümlich für die Fahrerin h-h-hielten. So entstehen Falschmeldungen.« Von Windau nahm ein Röhrchen mit Tabletten aus der Tasche. Zwei weiße Pillen landeten in ihrem Mund.

Eine Falschmeldung. Konstantin hätte sie zu gerne gepackt und geschüttelt, sie geschlagen und sich auf diese Weise für die Aktion in Idar-Oberstein bedankt. »Warum sind Sie hier? Was macht Sie so besonders?«

Langsam hob sie den gesunden Arm und legte ihn an die Nasenwurzel. »Ich würde es Ihnen zeigen, Korff. Aber dann w-w-wären Sie tot.«

Er lachte auf. »Oh, Sie können mit Gedanken töten!«

»Nicht ganz. Mit Hirnwellen.« Von Windau antwortete leise, ohne einen Anflug von Ironie. Ihr Stottern war verschwunden, die Pupillen wirkten dafür mikroskopisch klein.

»Erklären Sie mir das.«

Sie schwieg mehrere Sekunden, bevor sie entgegnete: »Muss ich nicht, Korff. Sie würden es sowieso nicht verstehen. Es hat etwas mit uns zu tun, mit dem Schlaf, mit den verschiedenen elektrischen Wellen, die im Gehirn entstehen und die den Schnitter anziehen wie Blut einen Hai. Und mit meiner Insomnie.« Die braunhaarige Frau wandte den Kopf langsam zu ihm. In ihren Augen lag Verachtung und Hochmut. »Sie haben sich für die Toten entschieden, ich für die Lebenden und das Leben.«

»Jagen Sie deswegen nach Todesschläfern?«

»Ich weiß nicht, wovon Sie sprechen.«

»Ich weiß, dass Sie dazu neigen, Angehörige unserer Art verschwinden zu lassen. Das hatten Sie auch mit mir vor, habe ich recht? In Leipzig. Und in Idar-Oberstein.«

Sie ließ sich von seinem drohenden Ton nicht beeindrucken. Ihre Haltung blieb entspannt, der Arm hing locker an ihrer Seite herab. Sie zog die Nase leise hoch und erwiderte nichts.

»Johnny, komm doch mal bitte zu mir«, sagte er. Der MI6-Agent erschien gehorsam neben ihm. »Wie genau lautet unser Auftrag?«

»Bent Arctander ausfindig zu machen und auszuschalten«, antwortete er augenblicklich. »Entweder mit einer Kugel oder mit Hilfe der Baronesse.«

»Okay.« Konstantin konnte sich nicht vorstellen, dass von Windau freiwillig an der Unternehmung teilnahm. Vermutlich erpresste Jester sie, oder es gab einen geheimen Deal. *Straffreiheit gegen die Freilassung der Verschleppten.* »Wie lautet der Plan?«, fragte er Johnny.

»Wir warten im Hotel, bis Mister Darling sich bei dir meldet. Danach ziehen wir los. Wohin auch immer uns die Mission führen wird.«

»Gibt es Hinweise?«

»Arctander scheint sich noch in Spanien aufzuhalten. Mehr weiß ich nicht. Wir überwachen sämtliche seiner Decknamen und Konten. Es kann nicht mehr lange dauern, bis er einen Fehler macht. Zusammen mit dir schaffen wir es, den Narko zu schnappen.«

Konstantin nickte und dachte an die Konsequenzen, die eine Fehleinschätzung des Narkoleptikers haben konnte. »Schön. Warten wir.« Er zeigte auf eine leere Sitzgruppe, und das Team ging los, um die Sessel zu okkupieren.

Strong schleppte diverse Koffer und plazierte sie neben sich, dann holte er ein Buch hervor. Johnny nahm eine Computertasche und holte einen Laptop hervor, klappte ihn auf und arbeitete daran. Von Windau las eine Zeitung, und Miller suchte ein Smartphone aus ihrer Jacke, schien Nachrichten zu studieren.

Der Einzige, der nichts mit der Wartezeit anzufangen wusste, war Konstantin. Er holte sein Handy hervor und entdeckte die alte Nachricht von Iva. *Ruf mich an!*

Daher wählte er ihre Nummer und erhob sich, um sich von den Todesschläfern zu entfernen. Kristin behielt er im Blick, damit sie sich ihm nicht unbemerkt näherte und von Iva erfuhr.

Es klingelte mehrmals, dann ein Knacken. »Ja?«

Ihm wurde sofort heiß, sein Blutdruck stieg, als er ihre Stimme hörte. »Hi, Iva. Hier ist Konstantin. Ich wollte mich …«

»Hallo?«, rief sie. »Ich verstehe Sie nicht?«

Die spanischen Satelliten schienen der Meinung zu sein, dass sie nicht zusammenkommen sollten. »Iva, ich bin's, Konstantin. Ich kann dir nicht alles am Telefon erklären …«

»Hallo? Wer ist denn da?«

Es ist zum Kotzen. Konstantin wäre am liebsten durch die Leitung gekrochen, zu ihr nach Leipzig, um sie zu umarmen, sie zu küssen und ihr zu zeigen, wie sehr er sie vermisste. »Iva! Iva, ich muss dich bald wiedersehen! Hörst du?! Ich …«

Tuuuut …

»Scheiße!« Verärgert sah Konstantin auf die Anzeige. Der Balken für den Empfang zeigte überhaupt nichts an, es gab nicht einmal das Notsignal in der Lobby.

Er tippte sich mit dem Handy nervös gegen das Kinn. Zur Sehnsucht hatten sich eine steigende Angst und der Wunsch gesellt, sie vor allem beschützen zu wollen, was es an Gefahren gab.

Konstantin sah zur Sitzgruppe, zu seinem Team. Er wollte sich nicht zurück zu ihnen. Ihm war nach einer Runde Parkour, um den Kopf freizubekommen. Aber da das momentan unmöglich war, tigerte er durch die Halle, inspizierte die ausliegenden Flyer, betrachtete die Bilder und Drucke an der Wand, setzte sich an den öffentlichen PC und suchte nach neuen Schreckensnachrichten, die auf Arctander schließen ließen.

Er fand eine Meldung über eine spektakuläre Schießerei, die ganz in der Nähe von Hoyas Villa stattgefunden hatte.

Madrid (red). Ein Feuergefecht vor dem Gebäude der RICO-Bank erschütterte heute die Stadt. Sechs Angreifer attackierten eine bislang unbekannte Person mit automatischen Waffen, die heftige Gegenwehr leistete. Dabei kamen alle sechs Angreifer ums Leben, das vermeintliche Opfer verschwand, bevor die Polizei eintraf. Die Auswertung der Überwachungskameras läuft noch.
Durch Querschläger und Splitter wurden sieben weitere Personen verletzt. Der Sachschaden beläuft sich auf geschätzte 120 000 Euro. Laut eines Ermittlungsbeamten habe man am Tatort Munitionshülsen von ungewöhnlich großem Kaliber gefunden. Sie werden zurzeit mit ähnlichen Munitionsfunden aus dem Estadio Santiago Bernabéu verglichen. Es besteht der Verdacht, dass es sich bei dem vermeintlichen Opfer um den Mann namens *Igor* handelt, der sich zur Zeit des Anschlags in der Sprecherkabine des Stadions aufgehalten hat.
Ein Zeuge beschrieb den Mann gegenüber unserer Zeitung als 55 bis 60 Jahre alt. Er trug eine Augenklappe und Kleidung im Landhausstil, ebenso eine Unterschenkelprothese, die durch die Kugeln der Angreifer zerstört wurde. Am Tatort wurde außerdem ein zerstörtes Zoomobjektiv gefunden.
Weitere Zeugen des Feuergefechts melden sich bitte unter …

Konstantin lehnte sich in dem Bürostuhl zurück und stieß sich am Boden ab, so dass er sich um die eigene Achse drehte. *Von der Beschreibung her muss es Thielke sein,* grübelte er. Er hatte sicherlich versucht, über Señora Hoya mehr über Arctander herauszufinden. Das brachiale, gut ausgerüstete Erschießungskommando, das man auf ihn gehetzt hatte, verwunderte Konstantin allerdings. Es hätte zu Bouler gepasst, doch der war tot. Hatte Señor Hoya die Leute geschickt?

Konstantin sah zur Sitzgruppe und runzelte die Stirn. *Besitzt von Windau die nötigen Kontakte? Hat Thielke sie genervt und sie deshalb irgendeinen Verbrecherclan angeheuert?*

Johnny hob den Kopf und sah zu ihm, winkte ihn zu sich. Seine Lippen formten das Wort *Informationen.*

Er ging hinüber und ließ sich neben dem MI6-Agenten in die Hocke sinken, um auf den Monitor schauen zu können. »Und?«

Johnny rief eine Mail mit mehreren Anhängen auf. Die Bilder zeigten eine Gestalt, die aus großer Entfernung von oben aufgenommen worden war und an einem öffentlichen Bankterminal stand. Weitere Fotos zeigten sie, wie sie die Straße entlanglief.

»*Das* ist Arctander?« Konstantin hätte es nicht beschwören können.

»Ja«, sagte Johnny und vergrößerte das nächste Foto, auf dem der Mann neben einer Pfütze stand und sich gerade nach unten beugte, um einen Fleck von seiner Kleidung zu wischen. Die Reflexion des Gesichts in der Lache zeigte sehr deutlich, dass es sich um den Narkoleptiker handelte.

»Stammen die Aufnahmen von einer Drohne?«

»Nein. Besser. Die Amerikaner haben uns den Zugriff auf einen ihrer Spionagesatelliten erlaubt, dank des Einflusses der *Deathsleepers.*« Er nickte Miller mit seinem breiten Grinsen zu, die es gut gelaunt erwiderte. »Wir bemerkten, dass Arctander von einem der MI6-Konten Geld abheben wollte. Da es gesperrt ist, bekam er nichts, aber wir nutzten die Gelegenheit, um ihn zu tracken.«

»Wo ist er?« Konstantins Blick war auf das bleiche, übermüdete Gesicht ihres Ziels gerichtet. *Da bahnt sich die nächste Katastrophe an.*

»In Zaragoza. Er hat versucht, ein Onlineticket für die Bahn nach Barcelona zu erwerben, aber das haben wir ebenso verhindert. Ohne Geld wird es schwerer für ihn werden, uns zu entkommen.« Johnny öffnete ein Browserfenster, in dem ein Stadtplan von Zaragoza mit einem kleinen, blinkenden Punkt darauf angezeigt wurde. »Wir haben einen Satelliten mit Gesichtserkennungssoftware gekoppelt und ihn an Arctander gehängt. Die Kameras der Stadt arbeiten jetzt ebenso für uns.«

Konstantin sah auf den leuchtenden Punkt, dachte an Arctanders weißes, eingefallenes Gesicht. *Der wandelnde Tod.* »Auf die Beine, Team. Wir haben einen Anhaltspunkt«, sagte er laut in die Runde.

»Der Helikopter steht bereit«, warf Johnny ein. »Nur das Beste für uns.«

Schon wieder Hubschrauber. Konstantin richtete sich auf, seine Knie knackten.

Nacheinander erhoben sich die vier Männer und Frauen. Koffer wurden aufgeteilt, und sie verließen das Hotel, stiegen in ein Großraumtaxi und fuhren zum Flughafen.

Konstantin versuchte auf dem Rollfeld nochmals, abseits der anderen, Iva zu erreichen. *Immer noch kein Empfang.* Es ärgerte ihn maßlos, dass die Satelliten nicht in der Lage waren, ein stabiles Signal zu erzeugen. Er schickte eine SMS und hoffte, dass sie bald antwortete.

Konstantin bemerkte, dass von Windau ebenfalls stirnrunzelnd auf den Tasten ihres Smartphones herumdrückte. Madrid schien kein guter Ort für Handys zu sein.

Madrid, Spanien

Thielke schlug die Augen auf, überrascht, noch am Leben zu sein.

Er lag in einem bequemen Bett und blickte an eine stuckverzierte Decke, an der ein Kronleuchter hing. Nicht eben das, was man auf einer Polizeiwache oder in einem Krankenhaus vermutete. Sein angeschossenes Bein brannte etwas.

Seine Zunge war geschwollen, er hatte schrecklichen Durst und fühlte sich benommen. Seine Blutzuckerwerte waren bestimmt beschissen, er brauchte schnell verwertbare Kohlenhydrate, Insulin, Nikotin und einen Cola-Kaugummi, um den widerlichen Geschmack aus dem Mund zu bekommen.

Unter Mühen richtete er den Oberkörper auf, um zu erkennen, wo er sich befand. Seine rechte Hand war mit einem professionellen Verband versehen, und als er das dünne Laken zurückschlug, sah er, dass sein verletztes Bein auf die gleiche Weise behandelt worden war. Scheinbar hatte sich ein Profi um ihn gekümmert.

Thielke betastete sein Gesicht. Die Augenklappe war noch da.

Er wandte sich nach rechts und sah auf dem Beistelltischchen eine Spritze und ein Infusionsbesteck sowie mehrere Ampullen mit Insulin. Ein Glasröhrchen war schon aufgebrochen und benutzt. Man hatte anscheinend schnell erkannt, dass er an Diabetes litt, was dank der Unterlagen in seinem Geldbeutel und einem Notfallanhänger allerdings auch recht einfach war.

Er trug einen cremefarbenen Bademantel, darunter nichts, wie er bemerkte. Er blickte auf eine Doppeltür, die in ein Schloss oder einen Palast gepasst hätte. Durch die Fenster drangen leise Sirenen, die sich entfernten.

Ist das mein goldenes Gefängnis oder was? Thielke biss die Zähne zusammen und erhob sich, rutschte vom Bett und hüpfte auf einem Bein bis zu einem Fenster, wobei er Stühle, Tisch und Kommode als Stütze nutzte.

Durch das Glas blickte er auf die RICO-Bank, vor der er sich die Schießerei mit den Unbekannten geliefert hatte. Polizeifahrzeuge standen umher, Markierungsfähnchen übersäten die Straße, um leere Patronenhülsen anzuzeigen, und Mitarbeiter der Spurensicherung stiefelten in weißen Schutzanzügen um die sechs Leichen herum.

Um die weiträumige Absperrung drängten sich Kamerateams, Reporter schossen aus den Fenstern der umliegenden

Hochhäuser Bilder. Es gab nur einen Ort, von wo aus er so einen Ausblick hätte: die Villa Hoya!

In diesem Moment öffneten sich die Türen hinter ihm.

Thielke sah über die Schulter und erkannte Carola Hoya, die ein kurzes, weißgraues Kleid sowie dazu passende Lederhandschuhe trug. Das schwarze Haar hatte sie zu einem langen, dünnen Zopf geflochten. »Ah, Señor Thielke! Schon aus dem Bett? Sie sind kräftiger, als ich annahm.«

Er drehte sich mit kleinen, hopsenden Bewegungen um und setzte sich auf die Kommode. »Dass ich alter Sack im Bett einer schönen jungen Frau aufwache, hätte ich nicht gedacht«, erwiderte er mit einem Grinsen.

Sie lächelte abgeklärt. »Ich bin nicht wirklich jung, Señor Thielke, und es ist auch nicht mein Bett. *Darin* werden Sie weder einschlafen noch aufwachen, das kann ich Ihnen versprechen.« Carola blieb zwei Meter von ihm entfernt stehen. »Mein Vater und ich würden gerne wissen, was vor sich geht. Aus diesem Grund habe ich Sie einsammeln lassen, bevor die Polizei erschien.«

»Was ist, wenn ich Ihnen nichts sagen kann?«

Sie deutete auf das Fenster. »Die *Policía* wird Sie uns sicher gerne abnehmen.«

»Und wie wollen Sie das erklären?« Thielke zeigte auf den Bademantel und den Handverband. »Ich bin eingebrochen, Sie haben mich erwischt und behandelt, um mich *dann* erst abzuliefern?«

»Man wird mir keine Fragen stellen, Señor Thielke. Ich bin eine Hoya. Man würde Sie einfach mitnehmen und sich freuen, den Terroristen Igor gefangen zu haben, der achtzigtausend Menschen umbrachte.« Carola setzte sich in einen Sessel. »Mein Vater und ich nahmen zunächst an, dass es sich bei Ihnen und Señor Korff sowie Monsieur Bouler um gewissenlose Schmuckräuber handelt, die sich aus wirtschaftlichen

Gründen um Harlekin's Death streiten und dabei bis zum Äußersten gehen. Sie haben mich auf dem Friedhof fotografiert, Sie kennen den Mann, mit dem ich mich traf, demnach ebenso wie Señor Korff.« Sie hob die Hand, der Zeigefinger wies auf ihn. »Doch von allen werde ich nach der Wirkung des Steins auf den Tod gefragt. Und ich frage mich langsam, ob es wirklich nur um Geld geht? Sie werden mir erzählen, um was sich diese Hatz wirklich dreht, Señor Thielke.«

Er verlagerte das Gewicht, sein Stumpf und die Schusswunden schmerzten plötzlich. Es wäre vermutlich besser, wenn er zum Bett hopste und sich wieder hinlegte. »Was tun Sie, wenn ich nichts Neues zu berichten weiß?« Er breitete die Arme aus. »Ich bin nur ein Schmuckräuber, wie Sie schon sagten.«

Ihr Lächeln wurde tückisch. »Und ich bin nicht so geduldig, wie Sie vielleicht annehmen, Señor Thielke. Wir haben Ihre Wunden behandeln lassen, aber wir können auch dafür sorgen, dass Sie sich wünschten, von der *Policía* aufgegriffen worden zu sein.« Carola lehnte sich nach vorne. »Damit Sie verstehen, in welcher Lage Sie sich befinden, Señor: Niemand weiß, wo Sie stecken. Niemand wird Sie hier vermuten. Wenn ich möchte, endet Ihr Leben hier.« Sie tippte mit der Fußspitze zweimal auf den Marmorboden, so dass es klackte.

Thielke wusste, dass sie es ernst meinte. Ihre Augen verrieten die Entschlossenheit. »Ich habe verstanden. Wie aber wollen Sie prüfen, ob ich die Wahrheit sage?«

Carolas Blick legte sich auf den Beistelltisch mit den Ampullen. »Nach der Show vor meinem Fenster zu schließen, lieben Sie Ihr Leben, Señor Thielke. Doch Sie gehen recht rücksichtslos mit Ihrem Körper um, wenn der Arzt Ihre Blutwerte korrekt ausgewertet hat. Wissen Sie, Entzug ist etwas Schmerzhaftes. Er zwingt selbst den Stärksten in die Knie. Wir werden reden, ich prüfe Ihre Angaben, und wenn Sie gelogen haben … nun, dann werden wir sehen, wie lange Sie durchhalten.« Sie richtete sich auf und setzte sich gerade in den Sessel. »So wird es laufen, Señor Thielke.«

Er brummte seine Zustimmung, auch wenn ihm nicht gerade gefiel, was er da hörte. Die Kopfschmerzen, die ihm der Koffein- und Nikotinmangel bescherten, begannen bereits. »Wir können uns gerne unterhalten, aber ich warne Sie, Señora Hoya. Mich auf Entzug zu setzen, bringt Sie mehr in Gefahr, als Sie ahnen. Ich würde an Ihrer Stelle eher dafür sorgen, dass ich gut mit Kaffee und Zigaretten versorgt werde.« Er hüpfte zum Bett zurück und sank darauf, bevor sein Knie nachgab.

»Wieso? Werden Sie so aggressiv?«

»Nein. Ich werde einschlafen. Einfach einschlafen, wie ich es seit Jahren nicht mehr getan habe«, gab er zurück. »Das wird für Sie tödlich sein.«

Carola Hoya lachte ihn aus.

»Diesen Fehler begingen schon ganz andere«, murmelte er.

Zaragoza, Spanien

Konstantin und sein Team erreichten abends den Flughafen der Stadt Zaragoza, mit der längsten Landebahn, die er bislang gesehen hatte, und begaben sich sofort in die Altstadt, wo sie sich zu Fuß an Arctanders Verfolgung machten. Sie trugen identische Bluetooth-Headsets, die Johnny zusammen mit den Handys ausgegeben hatte, und wirkten wie eine Gruppe arbeitswütiger Banker auf Betriebsausflug.

Das Smartphone des MI6-Agenten wies ihnen den Weg, sie folgten dem roten Punkt, der Bent Arctander darstellte und der anscheinend ziellos durch die engen, leicht heruntergekommenen Gassen ebenso wie durch die großen Hauptstraßen irrte. Es gab kein Muster.

Konstantin wusste kaum etwas über die Stadt Zaragoza. Das Einzige, was ihm unerfreulicherweise zu diesem Namen einfiel, war eine Schlagerband aus seiner Kindheit, die *Saragossa* hieß und irgendeinen Song über den Sommer geträllert hatte. Während des Flugs hatte er im Magazin der Airline ein paar Eckdaten gelesen, das meiste jedoch vergessen. Im Gedächtnis geblieben war das beeindruckende Bild einer Kathedrale und die Gründung der Rockgruppe Héroes del Silencio. Die wichtigste Information jedoch ging ihm immer wieder durch den Kopf: Die Stadt beheimatete 700 000 Bewohner, von denen unvorhersehbar viele durch Arctander in Gefahr gerieten.

Sie bewegten sich durch die Altstadt, die *casco viejo,* wie auf den Wegweisern stand. Der historische Stadtkern wurde paradoxerweise vom Verfall beherrscht, wandelte sich gleichzeitig zur Vergnügungsmeile, wo sich Bar an Bar reihte. Konstantin vermutete, dass es sich in schickeren Wohnanlagen am Stadtrand besser lebte. Hierher kamen die Einheimischen und Touristen höchstens am Wochenende zum Feiern. So wie heute.

»Was macht er denn da?«, fragte Johnny, als ihr Ziel abrupt in eine Straße schwenkte. »Sucht er etwas?«

»Möglicherweise einen Kontaktmann.« Konstantin ließ sich die bisherige Route des Mannes auf dem kleinen Display einblenden. Arctander lief mehr oder weniger im Kreis, ging mit leichten Abweichungen immer wieder dieselben Straßen entlang. »Er wartet auf jemanden und will nicht an einer Stelle verharren, denke ich.«

»Er bettelt«, kommentierte von Windau. »Sie haben ihm die Konten gesperrt, Geld wird er keins mehr haben. Das Onlineticket nach Barcelona hat er auch nicht mehr bekommen, also muss er sich die Summe anders beschaffen.«

Sehr gut kombiniert. Konstantin dachte nach und tauschte einen Blick mit dem MI6-Agenten. »Könnte sein, oder?«

Johnny nickte. »Ja. Wenn er auf seiner Route bleibt, müsste er auf uns zukommen. Sofern die Annahme mit dem Betteln stimmt.« Er sah zu Konstantin. Es war klar, dass er eine Anweisung des Teamchefs erwartete.

Konstantin betrachtete das rege Treiben in den Straßen. *Ein narkoleptischer Anfall, und wir haben Hunderte Tote. Mindestens.* Die Gruppe war mit Betäubungswaffen ausgestattet, die den Narkoleptiker in einen unnatürlichen, aber folgenlosen Tiefschlaf versetzten. Aber Arctander war hochgradig aufgeregt, weil er spürte, wie sich die Schlinge um ihn zuzog und er jederzeit mit einem Zugriff rechnete. Und er war müde. *Die besten Voraussetzungen für eins seiner Zwangsnickerchen.*

»Wir sollten ihn abpassen und aus dem Hinterhalt kaltstellen«, sagte von Windau, bevor er selbst den gleichen Vorschlag machen konnte. »Zwei Schüsse mit Betäubungsmunition, und ich«, sie klopfte sich zweimal mit der Kuppe des rechten Mittelfingers gegen den Kopf, »halte mich bereit, um notfalls sein Wellensignal zu überlagern. Damit wären die Menschen in der Umgebung sicher.«

»Gut.« Konstantin sah zu Miller. »Sie besorgen uns ein Taxi. Ohne Fahrer. Wir brauchen eine Möglichkeit, Arctander ohne Zeugen zum Flughafen zu schaffen.« Er wartete darauf, dass Johnny Einwand erhob, da der MI6 eventuell eine Alternative vorbereitet hatte. Doch es kam nichts.

Miller nickte. »Geht klar. Ich komme in die Fußgängerzone, sobald ich euer Go über mein Handy bekomme.« Sie lief los.

»Strong, Johnny, ihr seid die Schützen. Von Windau, Sie bleiben in der Nähe. Sorgen Sie dafür, dass Arctander Sie nicht bemerkt, und greifen Sie nur ein, wenn es nötig wird.« Er hatte keine Lust, die Farb-Codenamen zu benutzen. Er sah darin keinen Sinn.

Die beiden Agenten bestätigten knapp, von Windau sah ihn nur spöttisch an. Mehr bekam er von ihr nicht. Sie sah sich als ihr eigener Chef in dieser Zwangsgemeinschaft.

Konstantin hätte zu gerne mehr über ihre Fähigkeit gewusst und wie genau sie Arctanders Wellensignale überlagern wollte. Seines Wissens war sie die Einzige mit dieser Fähigkeit. *Und sie wird mir nichts darüber erzählen. Zu schade.* Womöglich brauchte sie die Todesschläfer, die sie verschleppte, um ihre Kräfte zu trainieren. Er sollte lieber auf Abstand zur Baronesse bleiben, trotz seiner Neugier.

Unauffällig machten die Männer ihre Waffen schussbereit. Von Windau schlenderte zu einem Stand, an dem es Kinderspielzeug gab, und tat, als sichte sie die Angebote.

»Und Sie?« Strong blickte Konstantin an.

»Ich schaue mir Arctander aus der Nähe an«, gab er zurück. Konstantin wollte einen Eindruck von dem Mann bekommen, dessen Schlaf so vernichtend wie eine kleine Neutronenbombe sein konnte. »Der Zugriff erfolgt erst, wenn ich …«

»Das bringt die Operation in Gefahr. Was, wenn er durch dich bemerkt, dass wir an ihm dran sind?«, warf Johnny ungläubig ein.

»Wieso sollte er? Er kennt mich nicht, und von Windau scheint mit ihren Kräften, von denen ich hoffe, dass sie funktionieren, den Schnitter blocken zu können. Im schlimmsten Fall bemerkt er mich und rennt weg. Oder er bekommt einen Anfall, von Windau überlagert seine Signale, und wir betäuben ihn.« Konstantin löste sich von ihnen und spazierte durch die Straße, dem Narkoleptiker entgegen. Er wusste, dass seine Rechtfertigung etwas dünn war, aber er konnte den Angriff auf Arctander einfach nicht befehlen, ohne ihm einmal in die Augen gesehen zu haben. Er schaltete sein Handy aus, damit es nicht im ungünstigsten Moment klingelte.

Die Menschen schwärmten an ihm vorüber, Gesprächsfetzen auf Spanisch, Englisch, Französisch und Deutsch drangen an sein Ohr. Die warme Luft war angefüllt mit Zigarettenqualm, den unterschiedlichsten Parfüms und Essensgerüchen. Motten umtanzten die Lampen, Schwalben zuckten über die Köpfe der Passanten und jagten ihr Mahl.

Hier sind zu viele Menschen. Er beschloss, Arctander anzusprechen und zu versuchen, ihn von der belebten Straße wegzulotsen. Ein entsprechender Vorwand fiele ihm sicher ein. *Der mächtigste Todesschläfer der Geschichte, und gleich steht er vor mir.*

Konstantin hielt Ausschau nach seinem Gesicht, um ihn in der fröhlichen Menge nicht zu verpassen.

Mitten in der Idylle erschien er plötzlich. Arctander kam frontal auf Konstantin zu, hielt einen Pappbecher vor sich und sprach wahllos Leute an. Die meisten gaben nichts, andere warfen Kleingeld in den Behälter. Dem Klang nach hatte der Narkoleptiker noch nicht viel gesammelt.

Arctander sah sogar noch schlechter aus als auf dem Foto. Müde, eingefallenes Gesicht, stumpfe Augen und ein leichter Schweißfilm auf der Stirn. Die meisten würden ihn für einen Junkie oder einen sehr kranken Mann halten, den man nicht zu nahe an sich heran ließ. Der dünne blonde Bart machte ihn nicht eben vertrauenswürdiger. Kein Wunder, dass er nicht sonderlich erfolgreich beim Betteln war.

Die zerknitterte Kleidung wirkte, als habe er darin mehr als eine Nacht geschlafen. Er zog einen kleinen Trolley hinter sich her, der etliche Reisespuren aufwies.

Konstantin tat so, als würde er eine ausgehängte Speisekarte lesen, und wartete darauf, von ihm angesprochen zu werden.

Die klimpernden Münzen näherten sich, dann roch er alten Schweiß, der zu oft mit einem billigen Deo übersprüht worden war. »Verzeihung, mein Herr«, sagte Arctander auf Englisch. »Ich bin unverschuldet in Schwierigkeiten geraten und brauche ein bisschen Geld, um von hier wegzukommen. Wären Sie so freundlich?«

Konstantin wandte sich ihm zu und steckte eine Hand in die Tasche, suchte sein Portemonnaie heraus. Er bemerkte, dass der Gesuchte ihn aus stecknadelgroßen Pupillen anblickte, er zitterte leicht, die Lippen waren rissig. »Haben Sie schon mal an einen Entzug gedacht?«

Arctander lachte, die Unterlippe sprang auf. Ein dünnes Blutrinnsal wurde sichtbar. »Ich wäre froh, es wäre so etwas. Ich habe Pech gehabt. Alles futsch.«

»Wohin müssen Sie denn? Vielleicht kann ich Sie mitnehmen?«

Arctanders Gesicht veränderte sich, Hoffnung hellte es auf. »Fahren Sie zufällig nach Barcelona?«

»Ja. Meine Frau und ich wollen morgen dorthin. Haben Sie noch so viel Zeit?« *Barcelona! Sein nächstes Ziel?*

Die anfängliche Freude wich aus Arctanders Zügen, Misstrauen ersetzte sie. Es schien ihm plötzlich nicht mehr geheuer, dass ihm ein Fremder das Angebot machte. Er musterte Konstantin, sah die Tätowierung *Do not fall asleep, until …* auf seinem Oberarm. Seine Augen weiteten sich. Er wich zurück.

Konstantin packte ihn am Handgelenk. »Hören Sie zu, Arctander«, flüsterte er leise und schnell. »Ich bin nicht hier, um Sie zu töten.«

In seinem Ohr rauschte es kurz. »Soll ich eingreifen?«, schallte Johnnys Stimme aus dem Headset, und zwar so laut, dass Konstantin fürchtete, der Schwede würde die Frage hören. Er schüttelte ganz leicht den Kopf, um zu verneinen.

»Wer sind Sie?« Arctander blieb stehen, doch seine Muskeln spannten sich spürbar an. »Hat Darling Sie geschickt?«

»Ich bin nicht vom MI6 und gehöre auch keiner Organisation der Todesschläfer an, sondern …«

»Sagen Sie dem Arschloch, dass er mich nicht wieder zurückbekommt. Er kann seine Scheiße alleine machen!«, unterbrach Arctander ihn und sah sich hektisch um.

»Erklären Sie mir, warum Sie flüchten und Unschuldige in den Tod reißen, anstatt sich von Darling helfen zu lassen«, sagte Konstantin hart.

»Helfen?« Arctander starrte ihn an. »Sind Sie bescheuert? Er ist doch schuld. Er hat mich zu dem gemacht, was ich bin! Für sein Projekt.«

Das kann nicht sein. Konstantin schloss für zwei Sekunden die Augen. »Warum sollte er das tun? Können Sie mir erklären, was passiert ist? Von welchem Projekt reden Sie?« Er wusste nicht, was er denken sollte. Jester war sein Freund, er kannte ihn schon so lange. »Wieso …«

»Wer sind Sie, zum Teufel?«, stieß Arctander hervor und versuchte, Konstantins Griff um sein Handgelenk zu lösen. Das schüttere, hellblonde Haar bebte wie lichte Zuckerwatte. Dann erstarrte er für zwei Sekunden. »Ich kenne Sie doch! Sie waren in Marrakesch dabei, als mich Bouler schnappte!«

»Jetzt?«, fragte Johnny wieder in seinem Ohr.

Er hat mich gesehen. Das habe ich nicht bedacht. Konstantin konterte die Bewegung des Schweden mit einer Aikidotechnik. Eine leichte Drehung des Arms, etwas Druck über Ellbogen und Handgelenk, und Arctander musste stillhalten, wenn er sich nicht selbst verletzen wollte. Das Ganze verlief schnell und unauffällig. Außenstehende würden annehmen, dass die beiden sich unterhielten. »Mein Name ist Korff, und ich …«

Arctander sah nach rechts, schrie auf und wich vor Johnny zurück, der sich für einen sauberen Schuss in Position gebracht hatte. Anscheinend kannten sich die zwei. »Sie sind *doch* vom MI6!«, stieß er panisch hervor. »Hilfe! Hilfe, ich werde entführt!«, kreischte er schrill. Jetzt sahen die Umstehenden zu ihnen.

»Runter! Polizei!« Johnny riss seine Waffe aus dem Holster und feuerte zweimal auf den Narkoleptiker.

Schreie gellten durch die Straße, die Menschen duckten sich, rannten davon oder suchten Schutz unter Tischen und in Geschäften.

Arctander zappelte verzweifelt in Konstantins Griff, dabei wich er den Geschossen eher zufällig aus. Im nächsten Moment schüttete er die Münzen gegen Konstantins Gesicht. Es gelang ihm, sich loszureißen, und er warf sich in die umherhetzende Menge der Flüchtenden, tauchte unter.

Nicht noch mehr Massentote! Konstantin verlor den Narko nicht aus den Augen. *Wie weit reichen von Windaus Wellensignale? Kann sie ihn noch blockieren?* Was gut begonnen hatte, konnte rasch in einer Katastrophe münden.

In dem Durcheinander der panischen Menschen verlor er sein Team aus den Augen. Also konzentrierte er sich auf Arctander, tat alles, um den Flüchtenden im Blick zu behalten.

Zeit für Parkour. Konstantin sprang auf den nächsten Tisch, drückte sich ab und packte eine Markise, um sich daran hochzuziehen und auf ein Flachdach zu schwingen. Parallel zu der Gasse sprintete er weiter und fühlte sich an seine Erlebnisse in Marrakesch erinnert. *Es darf nicht wieder auf diese Weise enden.*

Er sprang auf der anderen Seite hinunter, auf das Dach eines Verkaufsstandes, und sah Arctander etwa fünfzig Meter vor sich.

Konstantin hüpfte von einer Bude auf die nächste, machte Ausfallschritte über die Köpfe der Menschen hinweg, schwang sich von einem Straßenschild hoch auf einen Balkon und zog den Gürtel aus den Laschen, um ihn über eine leicht abschüssig verlaufende Stromleitung zu schwingen. Er benutzte ihn wie eine Halterung, packte die Enden und rutschte das dicke Kabel hinab.

Dreißig Meter bis zu Arctander.

Er ließ los und sprang aus voller Fahrt auf einen Müllcontainer, der den Aufprall dämpfte, hopste auf den Boden und hetzte weiter hinter dem erstaunlich schnellen Schweden her.

Konstantin hätte diese Jagd viel Spaß bereitet, wenn sie nicht bedeuten würde, dass der Narkoleptiker jederzeit einen Anfall bekommen könnte. Stress galt als einer der Hauptauslösefaktoren. *Lass ihn einen guten Tag und wirkungsvolle Medikamente eingenommen haben.*

Wo sein Team abgeblieben war, wusste er nicht. Ihm fehlte die Zeit, das Handy zu zücken und einen Rundruf zu starten. *Hoffentlich ist von Windau in unserer Nähe.*

Arctander sah hinter sich, bemerkte ihn und verschwand um eine Ecke.

Konstantin folgte ihm, sprang kurz vor der Biegung auf eine Plastikmülltonne und nutzte sie wie ein Trampolin, um quer über die Einmündung zu hüpfen und sich mit einem Bein von der gegenüberliegenden Wand abzustoßen.

Unter sich sah er Arctander, der ihm aufgelauert hatte, ein verbogenes, am Ende ausgefranstes Metallrohr in der Hand. Der Schwede blickte ihm erstaunt hinterher, aber die Überraschung währte nicht lange. Er stürmte heran, kaum dass Konstantin auf dem Boden gelandet war und den Schwung mit einer Rolle über die Schulter abfing.

Dem ersten Hieb wich Konstantin aus, den zweiten nutzte er, um den Schwung des Narkoleptikers umzulenken, das Rohr drosch gegen die Wand. Er kombinierte seinen Konter mit einem leichten Hieb sowie einem Schulterstoß, der darin endete, dass er den kampfunerfahrenen Schweden gegen die Wand wuchtete.

Arctander prallte frontal gegen die Ziegelsteine und schlug blind mit dem Rohr nach hinten.

Konstantin entging der ungezielten Attacke durch eine Drehung, die spitzen Enden schlitzten jedoch seine Hosentasche auf.

Mit einem leisen Klicken fiel der Schnitterring auf den Boden und blieb zwischen den Kontrahenten liegen.

Arctander drehte sich um und starrte das glitzernde Schmuckstück an. »Harlekin's Death!«, raunte er verblüfft und richtete den Blick langsam auf Konstantin. »Sie glauben daran?«

Er hat ihn sofort erkannt und weiß, um was es geht. »Ich habe gehört, dass es Ringe gibt, die einen Todesschläfer sichtbar machen können«, sagte er. »Ob ich daran glaube, weiß ich noch nicht.«

Arctander warf das Metallrohr weg. »Dann wollen Sie den Fluch also auch loswerden?«

Konstantin wurde das Gefühl nicht los, dass es plötzlich komplizierter wurde, als er angenommen hatte, und es ein paar Dinge gab, die Jester ihm verschwieg. *Sei auf der Hut. Es kann eine Finte sein.* »Will ich. Und ich sage es noch einmal: Ich gehöre nicht zum MI6. Was hat Darling mit Ihnen gemacht? Was für ein Projekt meinen Sie?«

Arctander betastete die aufgeschürfte Wange, die ihm der Kontakt mit der Ziegelsteinmauer beschert hatte. »Ich glaube, Sie sollten ein paar Sachen erfahren. Über mich und Darling.«

Das sah Konstantin genauso. »Wir müssen in Deckung gehen, bevor uns der Satellit erfasst. In dem Chaos eben dürfte er uns verloren haben.« Rasch hob er Harlekin's Death auf, blickte sich um.

»Was denn für …«

»Später.« Sirenengeheul ertönte in der Ferne, die Polizei würde sich auf die Suche nach dem Schützen machen, der auf der Straße herumgeballert hatte. Johnny waren die Nerven durchgegangen – oder er hatte auf Geheiß von Jester gehandelt. »Da sieht es ziemlich verlassen aus.« Konstantin deutete nach rechts, wo sich eine heruntergekommene Werkshalle befand, auf deren Glasfronten Efeu und andere Ranken wuchsen.

Sie gingen los, stiegen durch ein angelehntes Fenster ein, das sie hinter sich schlossen, und setzten sich in eine Ecke des leeren, zugewucherten Gebäudes, das einmal eine kleine Gussfabrik für Metalle gewesen zu sein schien. Das Licht einer Straßenlaterne leuchtete schwach herein.

Arctander ließ sich auf dem Boden nieder, nahm einen Pillendispenser aus der Tasche und drückte zwei heraus. Er steckte sie in den Mund und lutschte sie. »Wie war Ihr Name?«, fragte er undeutlich. Sein Atem ging schnell, er schwitzte stark und musste husten. Die Augen zuckten nach rechts und links wie im REM-Schlaf.

Das sieht nicht gut aus. »Korff heiße ich. Und Sie bleiben wach, okay, Arctander?«

»Das ist bei mir keine Frage des Willens.« Der Narkoleptiker schloss die Lider. »Erklären Sie mir eins, Korff: Wenn Sie kein MI6-Agent sind und nicht für eine Organisation der Todesschläfer arbeiten, warum haben Sie sich dann dem Arschloch Darling angeschlossen?«

»Wir kennen uns von früher. Ich bin neugierig, was Sie mir über ihn erzählen«, antwortete Konstantin und setzte sich auf eine umgedrehte, dreckige Getränkekiste, in der Spinnweben hafteten. *Ich hoffe, ich bekomme ihn wach, sobald er einschläft.* »Sie glauben an die Macht der Schnitterringe?«

Keine Reaktion.

»Hey!« Konstantin versetzte ihm eine leichte Ohrfeige.

Der Mann schrak zusammen und riss die Augen auf. »Langsam. Ich habe nur nachgedacht.« Er grinste schwach. »Ja, ja. Die Schnitterringe. Sie haben mit Sicherheit eine Funktion, aber ich weiß noch nicht, welche. Ich suche lieber nach Menschen, die mit dem Tod sprechen können. Wie Auro, aber den ... hat es leider erwischt.«

Konstantin sog scharf die Luft ein. »Menschen, die …?«

»Menschen, die mit dem Tod sprechen können. Ich fand Darlings Forschungen. Die, die er zum Thema Tod und einem möglichen Ausweg aus unserem Fluch anstellte. Ich dachte, es muss doch Menschen geben, die ihn sehen. Die Spur der Ringe brachte mich zu verschiedenen Leuten, von denen ich hoffte, sie vermögen es vielleicht. Erst bei Auro landete ich einen Treffer. Leider bekam ich einen Anfall, und …« Er schüttelte frustriert den Kopf.

Die Meldung aus Roccastrada. Die Hoffnung, die sich bei den wenigen Worten des Narkoleptikers aufgetürmt hatte, brach zusammen.

Er verstand, dass Bent Arctander vor Jester floh und auf der Suche nach jemandem war, der ihm helfen konnte. Der ihn vom Todesfluch befreite. *Er hatte den gleichen Plan wie ich und war sogar dichter dran, Erfolg zu haben.*

Warum hatte der MI6-Agent ihm nicht dabei geholfen? Es gäbe keine bessere Lösung, als dem gefährlichen Todesschläfer die Gabe zu nehmen und ihn zu entschärfen. Für alle Zeit.

Daraus folgerte er, dass Jester Arctander brauchte. *Nur für was? Es kann nichts Gutes sein, denke ich. Sagte Arctander nicht auch, dass Jester ihn erst zu dem gemacht hat, was er ist? Zu einem Todesschläfer? Was könnte er sonst meinen?* »Fangen wir vorne …«

»Er habe noch eine Frau gefunden, die eine Todseherin ist. Eine Ärztin«, unterbrach ihn Arctander erschöpft. »Auro nannte mir ihren Namen, bevor er starb. Sie lebt in Barcelona. Begleiten Sie mich, Korff! Ich muss zu ihr und sie …« Er war beim Sprechen immer leiser geworden und nun sank ihm der Kopf auf die Brust. Er war eingeschlafen.

In den tödlichen Schlaf.

Da Konstantin nicht wusste, welchen genauen Beschränkungen Arctanders Todesruf unterlag, tat er das Erste, was ihm einfiel: Er hob einen Stein vom Boden auf, umwickelte ihn schnell mit seiner Jacke und schlug den Narkoleptiker damit nieder. Bei einer Ohnmacht kam der Schnitter nicht. Zaragoza war sicher.

Konstantin sah auf den niedersinkenden Arctander, dessen Worte noch immer in seinem Kopf nachhallten. *Er hat eine Todseherin gefunden!*

Er konnte kaum abwarten, mehr zu erfahren. Es gab sie demnach, diese märchenhaften, außergewöhnlichen Menschen. Die den Tod sahen, die mit ihm redeten, ohne dass er sie umbrachte. *Carola hatte recht!* Sein Herz pochte laut und schnell.

Vielleicht hatte er jetzt wirklich ein Chance, als freier Mann zu Iva zurückzukehren und ein normales Leben mit einem ungewöhnlichen Beruf zu führen. Ein Nickerchen im Park, ein Schläfchen an Deck der Vanitas. In Ivas Bett. Vorausgesetzt, sie wollte ihn immer noch.

Nicht zu schnell, sagte er zu sich und versuchte, seine hohen Erwartungen an das Treffen mit der Ärztin zu senken. Bisher hatte er nicht mehr als Arctanders Wort, dass sie wirklich eine Todseherin war. Und selbst wenn sie es war, könnte es sein, dass der Schnitter gar nicht verhandeln wollte. Womöglich erwartete ihn am Ende des Treffens die größte Enttäuschung von allen: das Ende jeglicher Hoffnungen.

Konstantin sah durch das Fenster, vorbei an der Straßenlaterne zum Mond, der hell am Nachthimmel stand. *Ich habe eine Chance. Die Märchen zeigen, dass der Gevatter bereit für einen Handel ist. Nur bescheißen sollte man ihn nicht.*

Konstantin fragte sich, welche Rolle Jester in diesem Spiel hatte. Es würde schwer werden, die Geschichte des Narkoleptikers zu prüfen, aber Konstantin wollte sie hören. Sein Freund hatte ihn schon wegen der *Phansigar* mehrmals angelogen. Zum Anstacheln, wie er sagte. Daran glaubte Konstantin nicht mehr zu hundert Prozent.

Er nahm sein Smartphone hervor und schaltete es ein.

Weder eine SMS noch eine Mail oder ein entgangener Anruf. Sein Team hatte keinerlei Versuch unternommen, Kontakt herzustellen. Auf Jesters Geheiß?

Konstantin senkte das Handy. *Das ist kein gutes Zeichen.*

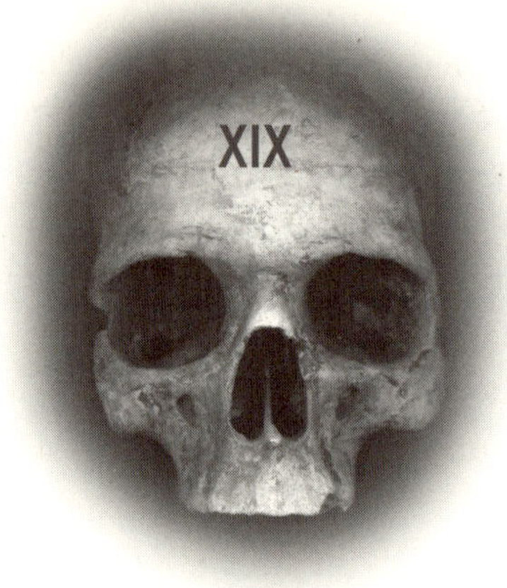

Vor dem Tode erschrickst du?
Du wünschest unsterblich zu leben?
Lebe im Ganzen!
Wenn du lange dahin bist, es bleibt.
Ein guter Abgang ziert die Übung.

Friedrich von Schiller

Madrid, Spanien

Thielke lag im Bett und betrachtete den Stuck an der Decke. Er musste Carola Hoya lassen, dass sie wusste, wie man Informationen aus Menschen herauspresste. Mit einem hartnäckigen Lächeln und dem Entzug von lebenswichtigen Medikamenten.

Zwei Tage hatten sie geredet. Über Todesschläfer, über die Ereignisse vor der Villa und die Zusammenhänge zwischen den Toten in Paris, Marrakesch und Madrid.

Und unentwegt über seine Rolle: der Einzelgänger, der Todesschläfer überwachte, selektierte, sie in seiner Schlafmethode unterwies oder sie jagte. Um sie der normalen Menschheit vom Hals zu schaffen, soweit es eben möglich war. Er gab sich damit zufrieden, ihren Leib unbrauchbar zu machen. Was mit der Seele der Männer und Frauen geschah, interessierte ihn nicht.

Anfangs, das hatte Thielke deutlich in ihrem Gesicht lesen können, glaubte Carola Hoya ihm nicht.

Aber nach dem ersten Tag hatte er plötzlich rauchen dürfen, damit sein Nikotinspiegel stieg. Seine Gereiztheit schwand mit der ersten Zigarette, aber das Nervengift war für seine eigentliche Besonderheit wesentlich wichtiger. Der Grund, warum er überall und zu jeder Zeit einschlafen konnte, ohne Verderben zu bringen.

Es klopfte, und gleich danach öffnete sich die Tür.

Carola Hoya kehrte zurück. Sie trug heute ein knielanges, schwarzes Kleid mit einer weißen Stola aus Seide darüber, flache Schuhe und die Haare offen. Zwei lange Spangen aus Silber verhinderten, dass ihr Strähnen ins Gesicht rutschten. Sie hatte den Laptop dabei, mit dem sie ihre Verhöre aufzeichnete.

»Guten Tag, Señor Thielke«, grüßte sie freundlich. »Wie war das Frühstück?«

»Dieser Café bombón ist eine Wucht«, antwortete er, »auch wenn ich mir jedes Mal eine Insulinspritze dafür geben muss.« Er nahm einen Cola-Kaugummi vom Nachttisch, entfernte das Papier und schob ihn in den Mund. »Wieder ein Verhör?«

»Unterhaltung, Señor Thielke.« Carola setzte sich in einen Sessel neben dem Bett, klappte den Rechner auf und aktivierte das Aufzeichnungsprogramm. Die eingebaute Kamera nahm sein Gesicht auf, Carola blieb außerhalb des Bildes. »Kann ich Ihnen noch etwas bringen lassen?«

»Freiheit wäre schön. Gewürzt mit einer Prise Klamotten«, gab er zurück. »Der Aufenthalt im goldenen Käfig dauert mir zu lange. Fürs Protokoll«, sprach er in die Kamera. »Das hier tue ich nicht freiwillig, und außerdem bin ich unzurechnungsfähig. Ich glaube weder an Schnitterringe noch an den leibhaftigen Tod noch … an … ach ja, Todesschläfer.« Er grinste und formte eine Gummiblase vor dem Mund, die mit einem Knall barst. »Das habe ich alles erfunden, um die kranke Señora hier glücklich zu machen. Ich hoffe, die Polizei buchtet sie ein.«

»Das haben Sie schön gesagt. Vielleicht mache ich Sie berühmt, Señor: Thielkes Märchen, niedergeschrieben von Carola Hoya.« Sie lachte und setzte sich bequem hin. »Also, Todesschläfer rufen den Tod, sobald sie schlafen. Weil der Tod sich rächen will, weil er wütend ist, weil er sich durch ihre Unsichtbarkeit provoziert fühlt. Es gibt verschiedene Gründe«, resümierte sie, »über die letztlich nur spekuliert werden kann. Richtig?«

»Richtig. So habe ich es mir zumindest ausgedacht.«

Sie schnalzte mit der Zunge. »Es existieren verschiedene Organisationen, sagten Sie?«

»Ja, wobei ich mit denen nichts zu tun habe.« Das war gelogen, weil er testen wollte, ob sie es erkannte. Sie hatte in den letzten zwei Tagen eine bemerkenswerte Auffassungsgabe und Menschenkenntnis bewiesen. Er schob es darauf, dass er durch den Insulin-, Nikotin- und Koffeinentzug leichter zu durchschauen war als sonst. »Ich kenne sie nur vom Hörensagen.«

Sie nickte. Diese Lüge schien ihr nicht aufgefallen zu sein. »Jetzt erklären Sie mir bitte erneut, weswegen *Sie* schlafen können, ohne dass der Tod kommt und ein Massaker anrichtet wie im Estadio Santiago Bernabéu.«

»Haben Sie es beim ersten Mal nicht verstanden?«

»Schon. Aber die Aufnahme war schlecht.«

Thielke grinste. »Na schön. Noch mal von vorne. Sie schließen die Augen, Sie schlafen ein, und Ihr Gehirn tut das auch. Komplett. Beide Hirnhälften schalten in den Standby und verarbeiten, was Sie tagsüber erlebt haben. Die Rekalibrierung der Traumfabrik.« Er setzte sich auf, knautschte sein Kissen und stopfte es sich ins Kreuz. Carola korrigierte die Position der Kamera. »Sobald Todesschläfer einschlafen, wird es für die Umgebung unschön, wie ich Ihnen schilderte. Also suchte ich nach einem Weg, das zu vermeiden.«

»Gestatten Sie mir die Zwischenfrage. Warum benutzen Sie keine Schlafmittel? Sie sagten doch, dass ein unnatürlicher Schlaf vor der Heimsuchung durch den Schnitter schützt.«

Er seufzte und schüttelte den Kopf. »Wenn es doch so einfach wäre. Es müssten Betäubungsmittel sein, wie Narkosemittel oder K.o.-Tropfen. Da es auf Dauer nicht sonderlich gesund ist, solche Mittel zu benutzen, wollte ich einen besseren Weg finden, als mir immer einen Baseballschläger überziehen zu lassen, damit ich einschlafe, ohne Menschen dabei umzubringen.« Thielke sah zu ihr. »Die Antwort fand ich im Tierreich.«

»Tiere schlafen anders als wir Menschen?«

»Manche Tiere. Es gibt eine spezielle Art zu schlafen, die sich Halbhirnschlaf nennt. Er wurde zuerst bei Delphinen entdeckt. Die Wissenschaft vermutet, dass sie die Fertigkeit entwickelt haben, um nicht abzusaufen. Lungenatmer, Sie verstehen. Im Halbhirnschlaf versinkt, wie der Name schon sagt, nur eine Gehirnhälfte in Ruhe, die andere bleibt aktiv. Das hat den unschlagbaren Vorteil, dass dabei lediglich ein Auge geschlossen wird, so dass man weiterhin die Umgebung wahrnehmen kann.« Er deutete auf die Klappe vor seiner linken Augenhöhle. »Das ist für mich natürlich dumm gelaufen. Das Ganze ist ziemlich anstrengend, wenn man eins verloren hat.«

»Und Sie haben spontan beschlossen, über die gleichen Fertigkeiten zu verfügen wie Delphine, Señor Thielke? Erklären Sie mir, wie das geht. Nehmen Sie an, ich würde einen Kursus bei Ihnen besuchen.«

»Na ja, zuerst würde ich Ihnen sagen, dass Sie dabei sterben können. Danach knalle ich Sie mit Nikotin zu, bis Sie kurz vor einer Vergiftung stehen.«

»Nikotin? Warum?«

»Es gibt dem Hirn den nötigen Kick. Adrenalin, Dopamin und Serotonin werden dadurch ausgeschüttet, die psychomotorische Leistungsfähigkeit steigt, man kann sich besser konzentrieren, das Gedächtnis funktioniert ebenfalls besser. Da die Wirkung lediglich kurz anhält, muss man ständig Nikotin zu sich nehmen. Dann schieben wir einige Energy-Drinks nach, damit Sie richtig auf Touren kommen. Bis Sie denken, Ihnen explodiert das Herz«, zählte er feixend auf. »Überleben Sie das, experimentieren wir mit weiteren Pillen, die dabei helfen, das Schlafbedürfnis zu minimieren. Dann krönen wir diesen Cocktail mit starken Schlaftabletten. Ich schreibe Ihnen nachher auf, welche Medikamente ich benutze.«

»Welche Wirkung hat diese Mischung?«

»Sie werden hellwach sein und doch schlafen wollen. Sie spüren den Wahnsinn in sich und versuchen alles, um die widersprüchlichen Signale Ihres Geistes und Ihres Körpers in Einklang zu bringen – und entweder schnappen Sie über und sterben oder es macht *klick*. Übung, mehr ist es nicht, wenn man den nötigen Mut aufbringt oder verzweifelt genug ist, sich das alles anzutun. Man hat irgendwann raus, wie es geht. Ich brauche heute nur noch Nikotin im Blut und keine Pillen mehr. Klappt übrigens auch bei Schwertwalen, habe ich gelesen. Halbhirnschlaf. Ohne Nikotin. Wäre auch schwer, unter Wasser zu rauchen. Aber weiß man, welche Umweltverschmutzungen heute im Meer schwimmen, von denen die wiederum abhängig sind?« Er ging davon aus, dass Hoya es verstanden hatte. Sie war schlau genug. Und das wiederum machte es für ihn schwer, sie zu überlisten, um ihr zu entkommen.

»Ich habe gestern noch etwas recherchiert und fand außer

Meeressäugern noch weitere Tiere, die den Halbhirnschlaf beherrschen. Vögel zum Beispiel«, merkte sie an.

»Ich sehe mich eher in der Tradition von Delphinen und weniger in der von Enten.« Thielke formte die nächste Blase mit dem Kaugummi vor seinem Mund.

Carola nickte bloß. »Eine Sache noch. Sie erwähnten, dass jeder Todesschläfer einen anderen Wirkungsradius hat. Könnten Sie das noch etwas weiter ausführen?«

»Sicher. Mal wütet der Schnitter nur in einem geschlossenen Raum, egal mit welchen Abmessungen, egal ob Petersdom oder Besenkammer. Mal ist der Bereich sphärenförmig, ohne von Mauern aufgehalten zu werden.«

»Und bei Ihnen?«

»Das ist schon so lange her, dass ich es gar nicht mehr weiß.«

»Ah, sollten Sie mich anlügen, Señor Thielke?«, rügte sie ihn gespielt vorwurfsvoll. »Ich setze Ihr Insulin ab, wenn Sie nicht folgsam sind.«

Das brachte ihn in eine heikle Lage. Verriet er ihr sein Geheimnis, hätte sie ihn so gut wie in der Hand. »Ich bin fast harmlos. Es ist nicht sonderlich weit und hängt ohnehin von unterschiedlichen Faktoren ab, so dass sich die Entfernung schlecht beziffern lässt.«

Carola sah ihn geduldig an, faltete die Hände vor einem Knie und legte es über das andere. Das hieß: Ich kann warten.

»Schallweite in Sekunden«, sagte er mit einem Seufzen.

»Schallweite? Sie werden nicht Ihr Schnarchen meinen?«

»Nein. Ich meine damit ungefähr dreihundert Meter. Da ich nicht mehr im klassischen Sinn schlafe, ist die Distanz gleich geblieben. Stellen Sie sich vor, dass ich im Schlaf ein für Menschen unhörbares Signal ausstoße, mit ungefähr neunzig bis hundert Dezibel. Befinde ich mich in einem Raum wie hier, schlucken die Wände den Ton. Aber auf einer freien Fläche, zum Beispiel einem Berg, bin ich als Todesschläfer ziemlich effektiv.« Thielke hatte seine Eigenschaft akribisch ausgelotet. »Bei mir ist es vor allem unberechenbar. Angenommen, ich schlafe hier ein, und das rechte Fenster ist offen, dann wäre der Schnitter rechts weiter vorgedrungen, weil das Signal dort weiter schallt. Sie verstehen?«

Carola nickte. »Wie ist es mit dem Echo?«

»Weil ich die Berge angesprochen habe?« Thielke überraschte ihre Frage, vor allem, weil er selbst noch nie daran gedacht hatte. »Ich glaube nicht, dass es so etwas gibt.« *Wow, sie denkt wirklich mit.*

»Kommen wir zur abschließenden Frage des Tages: Von wie vielen Todesschläfern wissen Sie, und wie hoch schätzen Sie deren weltweite Gesamtzahl?«

»Puh, das ist schwierig.« Thielke hätte gerne erneut gelogen und »zwei oder drei« gesagt. Aber damit käme er nicht durch, das sah er der Spanierin an. Er verfluchte sich dafür, die Organisationen ins Spiel gebracht zu haben, woraus sie geschlossen hatte, dass es mindestens ein paar Dutzend seiner Art geben musste. *Was Abhängigkeit und Lebenserhaltungstrieb alles aus einem herauskitzeln.* »Es sind so um die dreißig, von denen ich sicher weiß. Die Gesamtzahl … ehrlich, ich weiß es nicht.«

Die Organisationen suchten ständig nach Todesschläfern, um sie zu rekrutieren und ihre Fähigkeiten in die gewünschten Bahnen zu lenken. Doch meistens stammte dieser Nachwuchs aus den eigenen Reihen. Neue Todesschläfer auszumachen, gestaltete sich schwierig, wenn es nicht eben auffällige Massenmörder wie Arctander waren. Dazu gab es einfach zu viel Todesfälle, die sich nicht alle überprüfen ließen.

»Sie würden mir zustimmen, wenn ich sage, dass Ihre Art sehr selten ist?«, fragte Carola. »Eine Art Mutation?«

Er nahm das leere Wasserglas vom Nachttisch. »Kann ich noch was bekommen?«

»Sicherlich.« Carola beendete die Aufnahme und klappte den Laptop zu. »Ich lasse Ihnen etwas bringen.« Sie bedachte ihn mit einem Blick, den er schon mal gesehen hatte, allerdings nicht bei ihr. Bei ihrem Vater, gestern, unten bei seinem Ausflug aus dem Krankenbett in die Bibliothek. Señor Hoya hatte sich die Ringe angesehen und war beinahe vor Besitzerstolz detoniert. Denselben seltsamen Glanz sah er nun auch bei Carola. »Sie sind ein sehr seltenes mystisches Wesen, Señor Thielke, und Sie achten so wenig auf sich und Ihre Gesundheit«, sagte sie vorwurfsvoll. »Wir behalten Sie noch ein wenig hier, bis es Ihnen bessergeht, einverstanden? Die neue Unterschenkelprothese wird bald fertig sein. Danach können Sie wieder hinaus in die Welt und nach Todesschläfern suchen, um sie zu bekehren oder sie zu töten. Aber als Dank für meine Sorge berichten Sie mir weiter über sich und Ihr Leben, solange Sie noch hier sind, ja? Ich will alles wissen.«

Thielke stimmte zu.

Carola Hoya erhob sich und verließ den Raum.

Der Ausdruck in ihren Augen beunruhigte ihn.

Sie ist regelrecht besessen von mir und den Todesschläfern. Sie weiß inzwischen, dass ich die Wahrheit gesagt habe, egal, was ich sonst noch behaupte.

Thielke vermutete, dass sie ihn liebend gern als Versuchsobjekt behalten wollte, um alles über die Geheimnisse der Todesschläfer herauszufinden. Vermutlich sollte ihn die Aussicht auf Freiheit nur ruhighalten.

Zwar brachte er viele Lügen mit ein, um die Wahrheiten zu verbergen, doch er hatte plaudern müssen, um an seine Medikamente zu kommen. Er wollte nicht sterben. Nicht an diesem Ort. Die Villa hatte bestimmt schon genug Geister.

Thielke prüfte die Wunden in der Hand sowie am rechten Oberschenkel. Die Löcher hatten sich geschlossen, und die Stellen juckten unglaublich. *Diese* Theorie hatte er ihr wissentlich verschwiegen: dass Todesschläfer während ihres Schlafs schneller regenerierten. Bei ihm schien es jedenfalls zu funktionieren, auch wenn er nicht mal richtig schlief.

Ab morgen, entschied er, wollte er die Gastfreundschaft nicht länger in Anspruch nehmen. Der Sammeltrieb der Familie Hoya flößte ihm eine gehörige Portion Unbehagen ein.

Zaragoza, Spanien

Kristin sah Arctander im Getümmel verschwinden und Korff die Verfolgung aufnehmen.

In der abendlichen Gasse herrschte helle Aufregung, die Panik trieb die Menschen auseinander und ließ sie im Schutzreflex Rücksicht und sonstige Tugenden des sozialen Miteinanders vergessen. Stürzende wurden liegen gelassen, Stände und Tische umgerissen, um sich vor dem Mann mit der Waffe in Sicherheit zu bringen.

Johnny steckte die Halbautomatik weg und tauchte ins Durcheinander ein, streifte dabei seine Jacke ab und kam zu Kristins Überraschung zu ihr. »Rückzug«, sagte er, als er sie erreichte.

»Aber … w-w-was ist mit dem Narkoleptiker?« Das beschissene Stottern kehrte zurück, sie war zu aufgewühlt. Die Drogenwirkung ließ zu früh nach. Schnell warf sie sich zwei Pillen ein.

Der MI6-Agent sah sie ungläubig an, als wäre es völlig undenkbar, einen Befehl zu hinterfragen. »Rückzug, habe ich gesagt! Die Anweisung kam von Darling.«

»A-a-aber ich habe m-m-meine Anweisung auch v-v-von D-d-darling.« Kristin hatte nicht vor, ihre beiden wichtigsten Ziele aufzugeben, nur weil der Einsatz nicht nach Plan verlief. Sie wollte Arctander und Korff unbedingt haben, und nichts würde sie aufhalten. Tick, tack, ihre Zeit lief ab. »Wir gehen ihnen n-n-nach.«

»Bestimmt nicht, von Windau. Sie tun, was ich Ihnen sage.« Johnny wandte sich von ihr ab und bahnte sich seinen Weg durch die Flüchtenden zum Rand der Straße, die von Hauswänden begrenzt wurde. Hinter ihnen tauchte Strong auf.

Fluchend folgte Kristin dem Agenten und zog ihre Haarnadel. Lieber hätte sie ihn und die übrigen Teammitglieder als Versuchsobjekte mit nach Minsk genommen, doch die Situation machte es unmöglich, sie alle zu überwältigen, daher musste sie sich auf die beiden interessantesten Zielpersonen konzentrieren. Welche Verschwendung an Ressourcen.

Kristin stieß Johnny in einen dunklen Hofeingang und damit aus den Augen der Menschen. In derselben Bewegung stach sie ihm in den Nacken. »Sie sind ein entbehrlicher Idiot«, raunte sie.

Die Attacke traf Johnny völlig unvorbereitet. Die scharfe Spitze durchdrang die Haut, fuhr an Wirbeln vorbei ins Kleinhirn.

Kristin rüttelte einmal kräftig an der Nadel, um größtmöglichen Schaden anzurichten, bevor sie sie wieder herauszog. Mehr als ein kleiner roter Punkt war nicht zu sehen.

Lautlos sackte Johnny zusammen und stürzte eine finstere, ausgetretene Kellertreppe hinab, blieb dort am Boden liegen.

Kristin beugte sich aus der Hofeinfahrt und winkte Strong zu, der sich bereits suchend nach ihnen umsah. Die Straße hatte sich mittlerweile geleert, die Panik fegte die Menschen davon. »Green ist gestürzt«, sagte sie in ihr Headset und deutete auf die Treppe. »Alleine bekomme ich ihn nicht aufgehoben.«

»Verstanden.« Strong erreichte sie und setzte einen Fuß auf die erste Stufe, um zu Johnny zu gelangen. »Wie ist das passiert?«

»Ungefähr so.« Wieder stach Kristin mit der Nadel zu, erwischte die gleiche Stelle wie beim MI6-Agenten und tötete den *Topor's Man* in weniger als zwei Sekunden. Auch er fiel die Treppe hinab.

Schnell folgte Kristin ihm, zog Johnnys Pistole, tauschte die Betäubungsmunition gegen scharfe und schoss beiden ins Genick, um ihre Spuren zu verwischen. Dann steckte sie die Waffe ein, eilte hinauf und lief in die schmale Straße, in der Arctander und Korff verschwunden waren. Die Nadel steckte sie in die Innenseite ihres Mantels, da sie ihre Lederlasche verloren hatte.

Keinesfalls ordnete sie sich Darlings Willen unter, nicht, solange es noch eine Alternative gab. Die Alternative bedeutete in diesem Fall eine Lüge und zwei Tote.

Kristin rief den Commander an. »Arctander ist entkommen. Korff hat ihm dabei geholfen«, sagte sie knapp. »Er hat Johnny und Strong getötet, als wir auf dem Rückzug waren. Ich glaube, es war ein Fehler, darauf zu vertrauen, dass Korff dumm genug ist, Ihnen zu glauben.« Kein Stammeln mehr, die Drogen wirkten wieder. Und sie war ruhiger geworden.

Darling fluchte laut. »Okay, verfolgen Sie die beiden. Der Satellit hat sie verloren.«

»Geben Sie mir eine Telefonpeilung von Korff.«

»Geht nicht. Sein Smartphone ist ausgeschaltet.« Darling rief etwas Unverständliches, anscheinend irgendeinen Befehl an einen Untergebenen. »Suchen Sie weiter«, wies er sie als Nächstes an. »Ich sage Ihnen Bescheid, sobald ich weiß, wo das Handy ist.«

»Verstanden.« Kristin beendete das Gespräch. Sie traute Darling nicht, genauso wenig wie er ihr vertraute. Sie beide waren es gewohnt, ein doppeltes Spiel zu treiben. Der Commander schickte garantiert ein neues Team auf den Weg, um sie zu kontrollieren. Er würde vermutlich bald herausbekommen, dass sie ihre Abmachung bereits gebrochen hatte. Wobei sie sich diesem Deal ohnehin nicht verpflichtet fühlte. Nicht unter den Umständen, unter denen er zustande gekommen war.

Das Heulen der Sirenen klang wie der klagende Ruf eines jammernden Tiers. Kaum ein Passant eilte an ihr vorbei, die Menschen verkrochen sich in ihren Häusern. Die Bilder der Attentate der unbekannten Terrorgruppe waren zu präsent. Niemand wollte zu den nächsten Opfern des tödlichen Gases gehören.

Kristin blickte sich genau um, während sie durch die verlassenen Straßen zog und nach Spuren der Flüchtenden suchte. Minuten verstrichen. Sie lief und lief, bis sie schließlich einsah, dass es unmöglich war, Korff und Arctander auf diese Weise zu finden. Der Zufall würde ihr nicht zur Hilfe kommen, daher kontaktierte sie Darling erneut. »Ich habe sie verloren.«

»Rufen Sie Miller an, und warten Sie mit ihr gemeinsam, bis ich etwas Neues habe«, sagte er genervt.

Kristin bestätigte, beendete die Unterhaltung, rief Miller an und bestellte sie zu sich. Die Wartezeit nutzte sie, um sich von Johnnys Pistole zu trennen, falls Miller auf die Idee kam, ihre Geschichte anzuzweifeln und sie zu filzen. Klappernd verschwand die Waffe in einem Abwasserschacht. Mehr als die Nadel benötigte sie ohnehin nicht.

Kristin sah auf die Uhr. Jede unnütz verstrichene Sekunde schmerzte sie, ging von ihrer wertvollen Lebenszeit ab, von dem einen Jahr, das ihr noch blieb, sofern sich Smyrnikov nicht täuschte. Sie musste unbedingt mit Eugen sprechen. Ihr Sohn, ihr Anker, ihr größter Schatz, ihre größte Leistung.

Es gab nur wenig, auf das sie wirklich stolz war, und gegen die Dinge, die sie seit der ersten Diagnose getan hatte, verblasste alles Gute in ihrem Leben. Doch Eugen rettete ihre Bilanz. Fröhlich, aufgeweckt, schlau und hübsch, das Beste von ihr und ihrem Ex-Mann in einer Person.

Daran, dass sie auf ihre Taten nicht gerade stolz sein konnte, änderte auch nichts, dass sie neuerdings mit dem Segen des MI6 handelte. Der erpresserische Deal, den sie eingegangen war, sah vor, dass Darling sie in Ruhe ließ, sofern sie Arctander unbeschadet bei ihm ablieferte. Sie wollte gar nicht wissen, was der Agent mit dem Narko vorhatte. Zum Wohle der Menschheit handelte er sicherlich nicht.

Das Zusammentreffen am Minsker Flughafen mit der Agententruppe hätte sie warnen sollen. In Frankreich war es dann geschehen: Darling hatte in seinem Designeranzug vor ihr gestanden, ihr genau beschrieben, wo sich das *Institut Leben* befand, welche Ärzte und Wissenschaftler als Letztes nach Minsk gereist waren. Zwar hatte er bestritten, dass die kleine Agententruppe am Flughafen von ihm stammte, doch er grinste dabei. Kristin war keine Wahl geblieben, als sein Angebot anzunehmen, in sein Team zu wechseln und ihn mit ihren Kräften zu unterstützen, falls es notwendig wurde. Das bedeutete aber nicht, dass sie währenddessen nicht in Ruhe einen Gegenschlag vorbereiten konnte.

Noch ein Grund mehr, sich mit ihrem Ex zu arrangieren. Ein Angriff von dieser Seite würde Darling unvermutet treffen. Der MI6 hatte Anatol garantiert nicht auf dem Schirm.

Sie durfte nicht zulassen, dass Darling ihr Lebenswerk ruinierte. Weder Darling noch irgendeine Macht, ein Staat, eine Person – niemand! Ihr Ex-Mann würde ihr helfen.

Die ungewollte Wartezeit gebar Gedankengänge, denen sie sich ansonsten selten hingab. Weil ihr die Ruhe dazu fehlte.

Kristin zweifelte nicht daran, dass sie herausgefunden hatte, dass die Seele eines Menschen im Kopf und nicht an einer sonstigen Stelle des Körpers saß.

Im ersten Moment klang diese Feststellung beinahe lächerlich, doch sie hatte den Beweis erbracht, dass es wirklich so war. Ein Mysterium der Menschheit – gelöst.

Die Todesschläfer, denen sie das Hirn transplantiert und

welche die Prozedur überlebt hatten, benahmen sich, als befänden sie sich in ihrem alten Körper, sofern man die Wirkung des Traumas gedämpft und mit Chemie niedergerungen hatte.

Auch wenn der verstorbene Patient 22 der Aussichtsreichste auf eine lang andauernde Fremdleibesnutzung gewesen war, hatten Smyrnikov und sein Team Kurzerfolge verzeichnet.

Die Psyche spielte eine große Rolle. Solange man die Transplantierten nicht wissen ließ, was mit ihnen geschehen war, wunderten sie sich lediglich über ihren schlechten Zustand. Verbundene Augen, gefälschte Spiegelbilder, sie hatten vieles ausprobiert, um die Probanden im Unklaren zu halten. Das Märchen von einem Unfall glaubten die meisten. Sie strengten sich an, gegen die Lähmungen, das veränderte Körpergefühl und andere Ausfallerscheinungen anzukämpfen. Aber sie starben rasch wegen der zu hohen Belastung des Organismus.

Die bahnbrechenden Erfolge würden kommen.

Eugen war erst acht. Auch wenn Kristin bald in den Cryotank stieg, um sich ihren Verstand zu bewahren, bis die Zukunft ein Mittel gegen Insomnie parat hielt, würden den Ärzten noch Jahre bleiben, um ihrem Sohn ein einmaliges Leben zu ermöglichen. Ein Leben, das alles schlug und das Dekaden um Dekaden anhalten konnte.

Sie nahm sogar an, dass die Wissenschaft in hundert Jahren weitere Fortschritte machte. In ihrer besten Vorstellung lebte Eugen einfach ewig, verpflanzte sein Hirn von Körper zu Körper. Sie hatte ihm dazu den Weg bereitet. Ihr Vermächtnis an ihn. Mutter und Vorreiterin für eine neue, revolutionäre Art des Lebens.

Endlich näherte sich ein Scheinwerferpaar und wurde langsamer.

Der Wagen erschien aus der Dunkelheit, ein Seat Leon, schwarz und gebraucht, vermutlich gestohlen. Miller saß hinter dem Steuer und hielt neben Kristin an.

Sie stieg im Fond ein. »Ich habe sie verloren. Korff hat Strong und Johnny erledigt.«

»Scheiße.« Es klang nicht unbedingt teilnahmsvoll. Miller fuhr los, nutzte Nebenstraßen, um nicht in eine Polizeikontrolle zu geraten, und verließ die Altstadt. Sie stellte den Wagen schließlich am Straßenrand in einer Parkbucht ab.

Das Warten auf Darlings Anruf begann.

Kristin entdeckte nicht weit weg die Leuchtreklame eines Internet-Cafés. *Perfekt! Eine Möglichkeit, mit meinem Sohn zu sprechen!* »B-b-bin gleich wieder da«, sagte sie und stieg aus. »Wenn was ist, einfach a-a-anrufen.«

Sie überquerte die Straße, ging durch eine Gasse und schlug einen Bogen, um sich dem Internet-Café von hinten zu nähern. Miller musste nicht sehen, was sie tat.

Der Seiteneingang des Ladens war unverschlossen, und Kristin trat aus dem Durchgang zu den Toiletten in den Hauptraum. »Hallo«, grüßte sie den überraschten Angestellten auf Englisch. »Ich brauche einen PC mit Webcam. Am besten irgendwo, wo ich ungestört bin. Geht d-d-das?« Sie legte ihm einen Fünfziger auf den Tresen und zeigte wortlos auf eine der Wodkaflaschen, die in einer Vitrine hinter ihm standen.

»Sicher.« Er schaute an ihr vorbei in den Gang zur Seitentür und klopfte sich auf die Beintasche, wie um sicherzustellen, dass er den Schlüssel bei sich trug. »Platz vierzehn.« Er stand auf, reichte ihr eine Flasche und begab sich nach hinten, um abzuschließen.

Kristin nahm den Wodka und setzte sich in die ruhige Ecke, abseits von zwei zockenden Teenagern, einem downloadenden Mitvierziger und einem palavernden Inder, der laut mit seiner Familie in seiner Muttersprache konferierte. Es würde ihre eigene Unterhaltung nach außen übertönen.

Sie öffnete den Verschluss, trank in zwei langen Zügen

Wodka gegen ihr Stottern und ging ins Netz, aktivierte die Internetkamera, das Sprech- sowie das Chatprogramm, dann suchte sie nach Eugen.

Seine Statusmeldung verkündete, dass er beschäftigt war, aber hinter dem Pseudonym ihres Ex-Mannes leuchtete das grüne Online-Symbol.

Ein Klick darauf, und sie schrieb ihm, dass sie mit ihm reden müsse.

Noch mehr Wodka.

Auf dem Bildschirm blendete sich sein Gesicht ein. Er hatte eine Lampe so eingestellt, dass sie die Kamera blendete und er kaum zu erkennen war. Gelegentlich tauchte ein Teil seines Gesichts, ein Auge, die Mundpartie, das Kinn aus der Dunkelheit auf, wie in der genialen Einstellung im Film *Apocalypse Now* mit General Kurtz, der aus der Finsternis spricht. Bei seinem Anblick pochte ihr Herz sofort schneller. Die Gefühle für ihn waren unvermindert stark, die Liebe zu ihm nicht erloschen. Leider beruhte das Empfinden nicht auf Gegenseitigkeit. Nicht mehr. Nicht, seit die Wahrheit ans Licht gekommen war – oder das, was er für die Wahrheit über sie hielt.

»Anatol«, flüsterte sie gebannt auf Russisch. Wieder trank sie von dem Wodka, dann schob sie die halbleere Flasche zur Seite.

»Ich höre dich, Sophia«, sprach er leise und abweisend. Es fiel ihm schwer, sich mit ihr zu unterhalten, doch zum Wohl ihres gemeinsamen Kindes tat er es. Im Hintergrund erklangen leise Männerstimmen, begleitet von Gläserklirren. »Wo steckst du? Eugen wartet auf dich.«

»Ich … bin in Spanien. Geschäftlich«, würgte sie flüsternd hervor. *Sophia.* So nannte nur er sie, von Beginn an. Eine eiskalte Hand wühlte in ihren Gedärmen, packte ihr Herz und hielt es umklammert. Vor ihren Augen sah sie ihren Sohn mit Sehnsucht in den Augen am Fenster stehen und nach ihr Ausschau halten. Und sie wollte ihn nicht weniger dringend in die Arme schließen. »Ich … habe Probleme«, gestand sie und stützte den Kopf in die Hände.

»Wer?« Die Kamera fing ein Stück seines breiten Oberkörpers ein. Er trug einen Smoking mit schwarzer Fliege und weißem Hemd.

»Der MI6.«

Anatols Mund wurde sichtbar. Die kleine Narbe an der rechten Seite war dunkelrot, die Erinnerung an einen Messerschnitt. Derjenige, der ihm die Verletzung zugefügt hatte, war in kleinen Stückchen an die Hunde verfüttert worden. Kristin hatte die Dobermänner nie gemocht. Dass sie Menschenfleisch fraßen, verstärkte ihre Abneigung. Aber Eugen liebte sie, und die Hunde gehorchten seinen Anweisungen aufs Wort. »Namen?«

»Timothy Chester Darling, MI6-Commander«, flüsterte sie und schloss ihr Smartphone an den Computer an, lud ein Bild hoch, das sie von Darling geschossen hatte, und sandte es ihrem Ex-Mann. »Er weiß viel über das Institut, über meine Wissenschaftler. Er kann meine Forschungen gefährden, Anatol, und damit die Gesundheit unseres Sohns!«

Seine kräftige Hand tauchte auf, rückte die Fliege gerade, ein goldener Siegelring sowie ein Ring, der vor der Umarbeitung ein Tapferkeitsorden gewesen war, blitzten auf. Es war nur eine von vielen militärischen Auszeichnungen, die er sich in seiner ersten Laufbahn erkämpft hatte. Im wahrsten Sinne. »Ich kümmere mich darum. Noch etwas?« Er sprach sanft und abweisend, ungeduldig und verächtlich.

»Ich brauche mehr Geld, Anatol. Für meine Forschungen. Ich muss das Institut verlegen lassen, auch wenn du dich um Darling kümmerst.«

»Hast du einen Ausweichort?«

»Ich dachte an Orscha.«

Die Kamera zeigte sein rechtes Auge, die hellblaue Iris

strahlte wie ein Edelstein. Der energische Blick daraus zielte genau in die Linse. »Denkst du nicht, es wäre besser, du lässt es ganz bleiben?«

Kristin fühlte einen glühenden Stich in die Leibesmitte. »Es lassen?«, stieß sie lauter als gewollt hervor. »Du redest vom Leben unseres Kindes! Wenn ich keinen Erfolge habe, dann bekommt er diese Insomnie und … Schlimmeres. Das weißt du doch!«

»Ja, ich weiß es, Sophia. Aber es muss ein Ende haben«, entgegnete er. »Du gefährdest nicht nur dich damit.«

»Ich kann nicht damit aufhören! Es geht um Eugen«, flüsterte sie atemlos. »Er muss eine Chance bekommen! Eine Chance, die ich nicht habe. Ich tue nichts Verwerfliches. Im Gegenteil, ich habe schon viele Unschuldige vor einem jähen Tod bewahrt. Sieh dir die Opfer im Stadion an. Hätte ich Arctander geschnappt, wären achtzigtausend Männer, Frauen und Kinder noch am Leben. Ich jage und töte Killer.« Kristin bebte vor Aufregung. Ihr Ex-Mann war im Begriff, Verrat an seinem eigenen Fleisch und Blut zu üben. »Ich kann nicht aufhören, Anatol. Es muss sein.«

»Du redest dir deine Taten schön.« Er drehte den Kopf zur Seite, das Auge verschwand in der Schwärze, sein brünettes, kurzes Haar erschien stattdessen. »Du und deine Ärzte seid nicht besser als KZ-Ärzte.«

»Du bist kaum in der Position, mir moralische Vorhaltungen zu machen! Dein Geld verdienst du nicht mit dem Verkauf von Babynahrung«, gab sie ätzend zurück. Die eisige Hand in ihr quetschte ihr Herz weiter. »Bitte, Anatol! Hilf mir!«

Ihr Ex-Mann schwieg. Das Gläserklirren im Zimmer hinter ihm wiederholte sich, sein Name wurde laut von einer Frau gerufen.

Kristin kannte diese Veranstaltungen, die mehrmals im Jahr in einem seiner Häuser stattfanden. Es waren Oligarchen mit am Tisch, internationale Millionäre, diskrete Vertreter von politischen Persönlichkeiten aus verschiedenen Ländern. Sie saßen da, in Smokings und in Cocktailkleidern, im Dresscode, der dem Empfang bei einem Präsidenten alle Ehre machte.

Sie redeten unverfänglich und nutzten dabei Codes, um Geschäfte zu machen, aßen Delikatessen und beschlossen den Tod von Nebenbuhlern, hörten einem klassischen Streichquartett zu und tippten Anweisungen in ihre Smartphones, um Exekutionskommandos loszuschicken oder Bomben zu zünden.

Anatol konnte sich ihr gegenüber nicht als besserer Mensch aufspielen. Sie waren beide Verbrecher, nur ihre Motivation unterschied sich. Sie fühlte sich ihm sogar überlegen, denn die gewonnenen Erkenntnisse würden der ganzen Menschheit nutzen. Ihre Methoden mochten fragwürdig oder moralisch verwerflich sein, das räumte sie ein. Doch es kamen dabei neuartige Erkenntnisse für die Medizin heraus, und diese wiederum retteten eines Tages viele Leben.

Anatols legal-illegale Machenschaften dagegen brachten keine Verbesserung, außer ihm und seinem kleinen Kreis – solange man loyal war, sonst wurde man an die Hunde verfüttert. So lief das rücksichtslose, egoistische Spiel, an dem sie früher teilgenommen hatte.

»Gut«, sagte er mit seiner ruhigen, dunklen Stimme, die ihr eine Gänsehaut verursachte. »Ich kann dir sofort zehn Millionen für den Umzug überweisen. Ich schicke dir die Nummer eines Transportunternehmens, das keine Fragen stellt und alle nötigen Papiere besorgt.«

»Danke«, raunte sie und starrte auf den Bildschirm.

Sie hoffte, noch einmal sein ganzes Gesicht zu sehen. Weil sie ihn vermisste, schrecklich vermisste. Seinen Geruch, die Berührungen, die gemeinsamen Stunden. Am meisten litt sie darunter, sein Lachen nicht mehr hören zu dürfen. Er hatte es ihr entzogen. Für immer.

»Ich will mein Ärzte-Team verstärken«, fügte sie zögerlich hinzu.

»Noch mehr Geld?«

Anatols linke Hand wurde sichtbar, ebenso ein kleiner Punkt zwischen zwei Fingern. Eine unscheinbare Tätowierung. Doch der Punkt stand für zehn Jahre im Gefängnis. Die drei Punkte zwischen seinem Daumen und Zeigefinger wiederum bedeuteten: Glaube niemandem, habe keine Angst vor niemandem, frage nach nichts.

»Bitte. Für unseren Sohn!« Kristin kannte jedes Symbol, das in seine Haut gestochen worden war.

Die Sterne auf den Knien meinten, dass er niemals vor jemandem kniete und nicht diente. Der Tiger auf seinem Rücken stand für das sibirische Gefängnis, in dem er gesessen hatte. Eine Windrose über der Brust und ein Kreuz hinter der muskulösen Schulter sagten: Vory v Zakone. Diebe im Gesetz, eine Vereinigung Krimineller, die ein hohes Ansehen genoss. Anatol war ein Verbrecher mit gutem Ruf, wie er selbst sagte, ein Feind der Politik und ein stolzer Orthodoxer.

Sie erinnerte sich an einen Sommertag, als sie in Sankt Petersburg unterwegs gewesen waren. Anatol hatte ein kurzes Hemd getragen, so dass jeder die Sprüche auf seinen Armen sehen konnte. Auf seinem rechten Unterarm stand vorne: *»Lass alles, was ich gelebt habe, ein Traum sein!«* Auf seinem linken hinteren Unterarm prangte: *»Wohin gehst du?«*, auf dem rechten die passende Antwort dazu: *»Was zur Hölle geht dich das an?«* Seine Lieblingstätowierung verlief auf der rechten Innenseite: *Du sollst nicht den ersten Schlag erwarten.*

Wissende Menschen hatten die Straßenseite gewechselt, Gäste in einem Lokal waren aufgestanden und gegangen, obwohl sie Anatol nicht kannten.

Kristin erfuhr, dass diese Tätowierungen einen ehrbaren Dieb kennzeichneten, der keine Autorität akzeptierte. Bei den

Vory gab es lediglich Respekt für diejenigen, welche die Staatsmacht ablehnten.

Ihre Ankhs hatten eine andere Bedeutung: Für jeden Todesschläfer, den sie ausgelöscht hatte, kam ein Kreuz hinzu. Das Symbol stand für das ewige Leben, das sie einem Mann oder einer Frau genommen hatte, halb Andenken, halb Trophäe. Nach Johnny und Strong kämen nun zwei weitere hinzu.

»Sobald der Umzug gelaufen ist, meldest du dich bei mir«, sagte Anatol leise. »Danach schaue ich, was ich für dich tun kann.« Er richtete die Manschettenknöpfe, die ehemals Orden für militärische Verdienste zur See gewesen waren. »Ich informiere Eugen, dass du keine Zeit hast.« Die rechte Hand stieß aus der Dunkelheit nach vorne und bewegte sich auf das Touchpad zu. Er wollte die Verbindung unterbrechen.

»Nein, warte! Ich möchte wenigstens mit ihm sprechen!«

»Du hattest deine Gelegenheit, ihn zu besuchen«, gab er unbeugsam zurück. »Du bist nicht hier, also wirst du ihn nicht sehen.«

»Sei nicht so grausam zu mir!«, stammelte sie und fühlte, wie sich ihre Augen mit Tränen füllten. »Ich habe mich auf ihn gefreut!«

»Er sich auch auf dich, Sophia. Stell dir vor, was in ihm vorgeht, wenn ich ihm sage, dass du keine Zeit hattest.« Jetzt war die dunkle Stimme scharf wie kalter Messerstahl. Seine Strafe für ihr Versäumnis.

»Bitte, Anatol!«, schluchzte sie auf.

»Sei das nächste Mal pünktlich. Das wäre in zwei Wochen.« Sein Ton war unbeteiligt, die Kamera zeigte seinen Mund und das Kinn. »Du wirst nach Moskau kommen müssen. Sankt Petersburg ist vorerst nicht sicher.«

»Wieso?«, fragte sie erschrocken. »Was hast du …«

»Nicht *ich*, Sophia. *Du* hast die Aufmerksamkeit des MI6 erregt. Vielleicht haben sie ein Bild von Eugen geschossen und wissen mehr von ihm, als ich gutheißen kann.« Anatols rechte Wange erschien, die Muskeln unter der Haut zuckten kurz, ein Ausdruck seiner Verärgerung. »Ich prüfe es, sowie ich mir den MI6-Commander vorgenommen habe. Bis dahin lasse ich größte Vorsicht walten. Es geht um die Sicherheit unseres Kindes. Dabei kann ich auf deine egoistischen Bedürfnisse keine Rücksicht nehmen.«

»Du hast recht ... aber ... Lass mich mit ihm reden!«, rief Kristin und packte den Monitor mit einer Hand, als könnte sie die Geschehnisse darin aufhalten.

Doch Anatols Hand legte sich auf das Touchpad – und das Bild wurde schwarz. Die Statusmeldung sprang um auf Rot, sowohl bei seinem Pseudonym als auch bei Eugens.

Kristin sank auf die Tischplatte und verbarg ihr Gesicht in der Armbeuge, weinte lautlos, eine Hand am Rahmen des Bildschirms.

Sie vergaß die Zeit um sich herum, während sie dasaß, und vergoss Tränen der Sehnsucht, des Trennungsschmerzes – bis sie eine Hand auf der Schulter spürte.

Kristin sprang in die Höhe, riss die Haarnadel aus der Jacke und hielt sie stoßbereit.

Vor ihr stand Miller und hob abwehrend-beschwichtigend die Hände. »Langsam, langsam. Ich bin's.« Sie schaute kurz auf den dunklen Monitor. »Wir müssen los.«

»Wie hast du mich gefunden?« Kristin senkte die Nadel und blickte sich um. Niemand hatte von ihnen Notiz genommen. Es wurde gezockt, runtergeladen und konferiert; der Angestellte sah auf seinen Laptop, hatte Kopfhörer auf den Ohren und nickte zu einem Beat, den nur er vernahm.

»Handy-Ortung. Darling hat angerufen. Wir haben Korffs Standort.« Miller zeigte auf die Tür.

»Ich komme.« Kristin ließ die Wodkaflasche stehen und folgte ihr. Sie verfluchte sich im Stillen selbst. Wie hatte sie nur so unaufmerksam sein können? Sie würde die Agentin ausschalten müssen, um sicherzustellen, dass sie nichts gesehen hatte und Darling davon berichtete. Aber diesmal hatte sie wenigstens die Gelegenheit, die Todesschläferin zu betäuben und für ihre Zwecke zu benutzen, als nächstes Versuchsobjekt für ihr Labor. Wo immer dieses nach dem Umzug sein mochte.

Doch die Todesschläferin und Darling waren das kleinere Problem. Sie traute Anatol nicht mehr, war sich nicht mehr sicher, dass er sich an ihre Abmachung hielt und sie Eugen sehen ließ. Er hielt ihre Forschung für zwecklos. Wie konnte er, wenn es um das Leben ihres Sohnes ging?

Sie würde Brian anrufen und auf dem Weg nach Minsk einen Umweg über Irland fliegen.

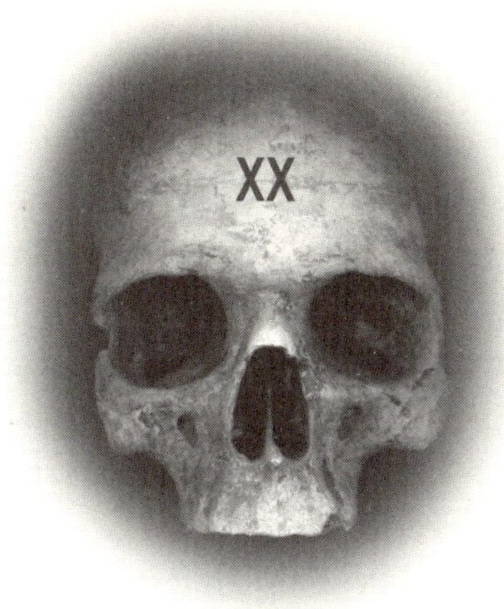

Wer den Tod fürchtet,
hat das Leben verloren.
Johann Gottfried Seume, Apokryphen

Zaragoza, Spanien

Konstantin konnte ein sehr geduldiger Mann sein, wenn er wollte. Doch nicht im Moment. Nach einer halben Stunde schüttelte er den Narkoleptiker so lange, bis er aus seiner Ohnmacht erwachte. Er wollte endlich Informationen. Über die Todseherin, über die Ringe, über Jester und die Rolle, die der Skandinavier spielte.

Arctander streckte sich, betastete seinen Kopf und die Beule, sagte jedoch nichts. Er wusste, weswegen Konstantin es getan hatte. »Haben Sie was zu trinken dabei?«, fragte er mit kratziger Stimme.

»Nein. Wir kaufen uns unterwegs etwas.«

Er räusperte sich. »Übrigens, Sie müssen mich nicht niederschlagen, solange ich einen Anfall irgendwo drinnen wie in dieser Halle bekomme. Ich dachte, ich sage Ihnen das, bevor Sie mich aus Versehen erschlagen.«

»Muss ich nicht?« Konstantins Stimme war ätzend. »Ich war mir nicht sicher, ob alle Fenster richtig geschlossen sind.«

Arctander deutete auf das leere Gebäude. »Mein Fluch erstreckt sich auf einen abgeschlossenen Raum. Auto, Toilette …«

»Stadion«, rutschte es Konstantin heraus.

Arctander presste die Kiefer aufeinander. »Ja. Nur wer sich mit mir darin befindet, stirbt. Alle außerhalb nicht.«

Wie bei mir. »Okay, ich weiß Bescheid.« Konstantin erhob sich und vollführte halbherzig einige Dehnübungen, um die Steifheit aus seinen Gliedern zu vertreiben. Die Fahrt nach Barcelona, wo die Todseherin lebte, würde noch lang werden. *Jester wird sich mittlerweile denken können, dass ich ausgestiegen bin.* »Bevor es losgeht, Herr …«

»Macht es dir was aus, mich Bent zu nennen?«, fiel er ihm ins Wort.

»Kann ich machen. Für dich bin ich Korff.« Nur seine Freunde nannten ihn Konstantin – oder zumindest Menschen, bei denen er sich sicher war, dass er sie nicht umbringen würde. »Kannst du mir erklären, was vorgeht?« Er stemmte die Hände in die Hüften. »Wieso bist du vor den *Topor's Men* abgehauen? Welches Projekt meintest du, das Darling mit dir betreiben will?« In ihm gab es einen einsamen Verteidiger, der Jester in Schutz nahm und sich an die gute Zeit erinnerte. Aber es gab die Lüge, die Durga zunichte gemacht hatte. *Wie oft belog er mich noch? Darf ich denn Bent alles glauben, was er erzählt?*

Arctander warf ihm einen abschätzenden Blick zu. »Wie gut kennst du deinen Kumpel Darling?«

»Ich dachte, ihn gut zu kennen. Was mir im Moment fehlt, sind genug Informationen, um einen Überblick über diese ganze verworrene Situation zu haben.«

»Der fehlt mir auch.« Arctander seufzte und hielt sich nach wie vor die Stelle mit der Beule.

»Finden wir es zusammen raus.« Konstantin ging in die Hocke und suchte den Blick des Narkoleptikers, der nicht mehr ganz so übermüdet aussah. Trotzdem täten ihm eine Dusche und frische Kleider gut. »Was war los?«

»Darling hat mich aufgesucht, nachdem ... das mit meiner Familie passiert ist«, erzählte er stockend. »Ich bin aus Idre sameby, einem samischen Dorf in Südschweden. Wir verdienten unser Geld mit Rentierzucht ... bis zu dem Tag ...« Er seufzte schwer. »Die Narkolepsie war nie richtig gefährlich. Ich hatte ein- bis zweimal im Jahr einen Anfall, und der dauerte höchstens Sekunden. Kataplexie, ja, das kam schon mal vor, doch wir hatten es im Griff. Es lag an der Kälte, dass es nicht schlimm war, denke ich. Doch an *dem* Tag war es ein heftiger Anfall. Ich fiel bei voller Fahrt von meinem Snowbike. Wir trieben gerade die Herde weiter nach Süden, weil die Touristensaison im Skigebiet ... egal. Ich lag im Schnee, konnte mich nicht bewegen und dachte noch: Prima, jetzt bricht die Herde auf meiner Seite aus, und wir können von vorne anfangen. Dann wurde ich unvermittelt noch müder und schlief ein.« Arctander lehnte den Kopf nach vorne. Man sah ihm an, dass er sich schämte für das, was geschehen war. »Ich dachte, ich würde ein Knistern hören, wie von splitternden Eisplatten. Als ich aufwachte, war es dunkel. Still.«

Konstantin konnte sehr gut nachvollziehen, wie er sich gefühlt hatte. Das Knistern kannte er von seiner eigenen Gabe. Es erklang, sobald er einschlief und der Tod heranraste, um alles Lebendige zu töten.

Arctander schluckte nervös. »Ich fand mein Skimobil, das ein paar Meter weiter gegen eine Birke gerast war ... und ... daneben kauerte mein Schwager. Ich rannte hin und stellte fest, dass er tot war. Ich ... suchte meine Taschenlampe und leuchtete umher, um nach seinem Skimobil zu schauen, damit ...« Die Atmung des Schweden beschleunigte sich. »Sie lagen um mich herum«, flüsterte er mit aufgerissenen Augen. »Meine Schwester, meine Frau und meine beiden Söhne, und überall um sie herum verendete Rens. Die Tiere lagen in einem sauberen Kreis, ausgestochen aus dem Leben, und ich hatte im Mittelpunkt geschlafen. Ich bin wie ein Todesmagnet.« Er keuchte auf und schlug die Hände vors Gesicht.

Konstantin fürchtete, dass der nächste Anfall drohte, doch er wollte alles hören. »Danach kam Darling?«

»Ja«, sagte er undeutlich in die hohlen Hände. »Der Vorfall ging durch die lokale Presse, aber der MI6 verhinderte, dass die Meldung weitere Kreise zog. Darling stellte sich bei mir vor und eröffnete mir, was geschehen war und was ich bin: ein Todesschläfer.«

Konstantin überlegte. Er schätzte den Schweden auf Mitte vierzig, aber er glaubte kaum, dass der Tod seiner Familie länger als ein paar Jahre zurücklag. *Ich habe noch nie gehört, dass der Fluch so spät ausgebrochen ist.* »Wie alt waren Sie da?«

»Das ist vor drei Jahren passiert. Da war ich … zweiundvierzig.« Arctander ließ die Arme hängen, seine Finger zeichneten Muster in den Dreck auf dem Hallenboden. Staub und Erde blieben an den feuchten Fingern haften, panierten sie grau und rotbraun.

»Gab es keinerlei Vorboten auf das Unglück?« Konstantin hatte Mitleid mit dem Schweden. Es geschah nicht selten, dass ein Familienmitglied zu den ersten Opfern eines Todesschläfers gehörte, aber gleich die ganze Familie, mitsamt den Kindern. *Armes Schwein.* »Tote Insekten im Schlafzimmer oder …?«

Arctander sah geradeaus. »Ich weiß es nicht. Keine Ahnung. Selbst wenn, was hätte ich daraus schließen sollen?« Er atmete tief ein und aus. »Darling nahm mich mit nach England, brachte mich irgendwo auf dem Land in der Nähe von London unter. Es folgten in den Monaten darauf eine Anamnese, Untersuchungen mit elektrischen und elektronischen Gerätschaften, Sonden auf dem Kopf, Kernspin und alles, was man sich vorstellen kann. Ich dachte, die *Topor's Men* wollten den Fluch ergründen, um ihn auszuschalten und mir mein Leben zurückzugeben.«

Vor der Halle fuhr ein Auto vorbei. Es wurde langsamer, hielt an, setzte zurück und schaltete den Motor aus. Die Scheinwerfer erloschen.

Konstantin bedeutete Arctander zu schweigen und erhob sich, um durch eine Scheibe hinauszusehen.

Es war ein Transporter, in dem ein Pärchen saß, das gerade wild knutschend nach hinten in die Ladefläche kletterte, wie er im Schein der Straßenlampe sah.

Ja, die Leidenschaft. Er grinste und dachte an Iva. Die Nacht mit ihr, die Liebesspiele und das überwältigende Gefühl, gegen das sich beide nicht hatten wehren können. Vermutlich hätten sie es sogar in einer vollbesetzten Tram getrieben, weil die Emotionen so mitreißend waren. »Falscher Alarm«, beruhigte er den Narkoleptiker. »Erzähl weiter, Bent.«

»Es … Darling brachte mich im Verlauf der Tests dazu, rapider in einen Anfall zu driften. Mir wurde bald klar, dass es ihm darum ging, mich von einer Sekunde auf die nächste einschlafen zu lassen. Ich stellte mich ahnungslos. Eines Tages belauschte ich sie. Sie redeten unverblümt in meiner Nähe darüber, wie stark ich geworden sei, wie stark ich noch werden würde und was mit mir alles möglich sei. Und da begriff ich, dass sie niemals vorhatten, mir den Fluch zu nehmen.« Arctander erhob sich ebenfalls vom Boden und rieb sich die dreckigen Hände an der Hose ab. Die Melange aus altem Deo und altem Schweiß traf Konstantin. »Sie haben daran gearbeitet, den Fluch zu verstärken. Ab und zu fiel der Name Oneiros, aber daraus wurde ich nicht schlau.«

Mein alter Codename. Konstantin hatte die Arme erhoben

und die Hände in den Nacken gelegt. Er erinnerte sich genau an das heftige Werben seines falschen Freundes, zu den *Topor's Men* zu kommen. *Hätten sie mir das Gleiche angetan wie Bent? Mich einschlafen lassen und sofort wieder aufgeweckt, immer und immer wieder, damit sich mein Fluch verstärkt?*

Bei einem Narkoleptiker war es natürlich einfach, in extrem kurzer Zeit einen Todesschläfer von enormer Kraft zu erzeugen. Arctander war perfekt für eine solche Ausbildung.

Was hat Jester mit ihm vor? Er wusste, dass die *Topor's Men* durchaus Selbstjustiz an Verbrechern übten – aber selten traten Kriminelle in solchen Mengen an einem Ort auf, dass man einen Todesschläfer vom Kaliber eines Arctander benötigte. Das war ein Rätsel. Noch.

Von draußen erklangen gedämpft Stöhnlaute des Pärchens. Sie schienen tiefer in die Lust eingetaucht zu sein und besorgten es sich in der Seitenstraße.

»Wie ging es dann weiter?«

Arctander ließ die Schultern kreisen, benetzte die trockenen Lippen mit der Zunge. »Ich blieb bei der Taktik, mich dankbar und naiv zu stellen, und schnüffelte im Haus herum. Dabei fand ich Darlings Aufzeichnungen über die Schnitterringe und die Gevattersteine. Da ich nie gedacht hätte, dass es so etwas wie Todesschläfer geben könnte, bevor ich selbst einer geworden bin, nehme ich an, dass es auch diese Ringe gibt. Ich recherchierte, heimlich, und fand viele Spuren. Mir kam die Idee, dass Menschen existieren könnten, die den Tod sehen. Mehr als ein Jahr las ich den miesesten Unsinn im Internet, prüfte jedes Forum im Internet, suchte nach Wundern, bei dem ein Mensch scheinbar dem Tode entrissen wurde. Ich fertigte eine Liste von Ärzten, Wunderheilern, Predigern und sonstigen Gestalten an, die übernatürliche Dinge bewirkt haben sollen.«

»Das war deine Reiseroute.«

»Ja. Der Arzt in Roccastrada und ein Wunderheiler in Venedig, der eine Apotheke betrieb und Todkranken Rettung versprach. Ich bin erst am Anfang.«

»Wie kamst du auf Marrakesch?«

»Ah, das lief über die Schnitterringe und die Steine. Dank des MI6 konnte ich die Datenbänke des Geheimdienstes, der Polizei und Interpol nutzen. Der Name Bouler erschien des Öfteren, wenn es um Auktionen von historischem Schmuck ging. Er stand im Verdacht, mit gestohlenen Ringen und umgeschliffenen Edelsteinen zu handeln. Außerdem sollte er angeblich zwei Steine besitzen, die von ihrem Hintergrund in die Kategorie der tödlichen Diamanten passten. Ich reiste hin, um Bouler gezielt nach den Gevattersteinen zu fragen. Kaum hatte ich angefangen, hielt er mich irrtümlich für einen Laufburschen von Ruben Hoya. Ich spielte mit und ließ mir seine Todesringe zeigen. Als Bouler mir von Harlekin's Death erzählte, konnte ich mein Glück kaum fassen und versicherte ihm, ihn für Hoya abzuholen und das Geld am gleichen Abend zu ihm zu bringen. Ich hatte noch genug Geld von den Konten des MI6 im Hotel, holte es und kehrte zu dem Laden zurück. Aber dann ... lief alles durcheinander. Jemand schoss auf mich. Bouler verfolgte mich, dann tauchtest du auf.« Er schüttelte sich. »Dann der Anfall ...«

Konstantin nickte. Er sah die Schießerei sowie die Toten auf dem Djemaa el Fna genau vor sich. *Es war nicht seine Schuld. Jester hat ihn dazu gemacht. Dieses dumme Arschloch!*

Arctander benötigte einige Sekunden, um die Fassung zurückzugewinnen. »Da Bouler tot war, reiste ich nach Madrid, traf mich mit Hoyas Tochter und tat so, als wollte ich den Harlekin's Death verkaufen, um mit Hoya ins Gespräch zu kommen.«

»Aber was um alles in der Welt hat dich dazu gebracht, in ein vollbesetztes Fußballstadion zu gehen?« Konstantin versuchte, seine Frage so ruhig wie möglich zu stellen, und konnte trotzdem nicht verhindern, den Vorwurf darin anklingen zu lassen.

»Ich musste einfach dorthin«, erwiderte Arctander mit rauher Stimme. »Bitte, versteh mich! Mir waren alle möglichen Gestalten auf den Fersen, und je schneller ich den Fluch los war, desto uninteressanter wäre ich. Für Darling und ... diesen Typ mit dem Revolver.«

»Er heißt Thielke und ist ein Todesschläfer, der ...«

»Ich weiß. Er war auch im Stadion und versuchte, mich zu erschießen.« Arctander berührte sein linkes Bein. »Zwei Streifschüsse. Hätte ich keine Deckung gehabt, wäre ich jetzt tot.«

Das wäre besser für alle. Konstantin tat der Gedanke sofort leid, aber er war schlicht und einfach wahr. Es *wäre* besser für die 80 000 Besucher des Stadions gewesen. *Er kann nichts dafür,* sagte er sich erneut. »Warum musstest du dorthin?«

»Die Ärztin. Eine Todseherin. Sie war dort. Sie ist ein Barcelona-Fan. Ich habe erfahren, dass sie in der VIP-Lounge sitzen würde, und ... ich dachte, ich ... die Tabletten ...« Arctander brach in Tränen aus. »Ich war mir so sicher. So sicher! Und jetzt sind die Menschen alle tot! Sie war nicht einmal da. Ich bin sinnlos ins ...« Er schluchzte und sackte plötzlich vor Konstantin zusammen. Abrupt verstummte er und fiel mit stocksteifen Gliedmaßen auf den Hallenboden.

Ein Kataplexie-Anfall. Konstantin legte seine Jacke unter Arctanders Kopf, damit er bequemer lag, und wartete ab. Etwas anderes konnte er nicht tun.

Er fragte sich, woher Arctander wusste, dass die Ärztin eine Todseherin war. Hatte er berechtigte Gründe für seine Annahme, oder gab er sich einer trügerischen Hoffnung hin? Wieder musste Konstantin auf Antworten warten, die ihm alleine der Narkoleptiker geben konnte.

Aus den leisen Stöhnlauten des Pärchens war lautes Ächzen geworden, Mann und Frau schrien um die Wette, sie auf

Spanisch, er in einer Sprache, die Konstantin nicht zuordnen konnte.

Was immer sie machen, es scheint gut zu sein. Er sah auf Arctander, der die Augen aufriss, dann senkten sich seine Lider, und er erschlaffte. Aus der Kataplexie war ein neuroleptischer Anfall geworden.

Konstantin hörte den Tod im nächsten Moment heranrasen: Es krachte und knisterte um ihn herum, als stünde er auf einem Stück Eis, das sich berstend von der Platte löste und zur Scholle werden wollte. *Da ist er. Hasserfüllt, wütend, rachsüchtig. Auf der Suche nach uns und nach jedem Leben, das er vernichten kann.* Das Geräusch verursachte ihm Gänsehaut, die feinen Härchen im Nacken und auf den Armen stellten sich.

Die Geräusche der Leidenschaft vor der Halle verstummten plötzlich. Das Pärchen hatte wohl den Höhepunkt erreicht und den Koitus eingestellt. Auch das Knistern verstummte. Das bedeutete, dass der Tod wieder gegangen war, weil es nichts in dem gewaltigen Raum zu töten gab.

Oder … Nein! Konstantin kam ein erschreckender Verdacht. Er sah auf Arctander, schaute in der Halle umher, prüfte mit den Augen, ob wirklich alle Fenster geschlossen waren, sah dann zum Transporter – und bemerkte die tote Taube, die davor lag. *Scheiße, nein!*

Schnell kletterte er hinaus, ging zum Wagen und versuchte, die Tür zu öffnen.

Abgesperrt.

Er klopfte mehrmals, lauschte und vernahm nichts aus dem Inneren. *Das kann nicht sein!* Mit dem Ellbogen schlug er die Scheibe der Beifahrertür ein, entriegelte sie und blickte in den Laderaum.

Das Paar lag auf einer Decke, er hinter und halb auf ihr. Es roch nach erhitzten Körpern, nach Leidenschaft, nach leichtem Parfüm und Autoreifen. Das Paar hatte die Augen geschlossen. Sie schienen mitten im Sex eingenickt zu sein.

Konstantin schluckte. Er unterließ es, zu ihnen zu klettern und nach dem Puls der beiden zu fühlen. Der Schnitter kannte keine Gnade. *Bents übliche Begrenzung gilt nicht mehr.* Jester hatte ihn mit den narkoleptischen Schlaf-Wach-Experimenten dazu gebracht, die Einschränkungen des Fluchs hinter sich zu lassen. Wände und geschlossene Räume spielten keine Rolle mehr.

Er kehrte erschüttert in die Halle zurück und betrachtete Bent Arctander, den stärksten Todesschläfer der Welt.

Was vermag dich noch aufzuhalten? Du bist schlimmer als jede Bombe, jedes Gas, jedes Gift und jede Strahlung. Konstantins Augen richteten sich auf den Stein, mit dem er den Mann vorhin ohnmächtig geschlagen hatte. *Kann ich es überhaupt riskieren, mit dir durch bewohntes Gebiet zu reisen? Wie viele Menschen sterben gerade durch dich?*

Es gab eine einfache, effektive Alternative zum Treffen mit der Ärztin und dem unsicheren Hoffen darauf, dass der Schnitter mit sich reden ließ.

Konstantin bückte sich und hob den Brocken auf, wog ihn in der Hand.

Madrid, Spanien

Thielke fand, dass heute der Tag des Abschieds gekommen war, fehlende Unterschenkelprothese hin oder her. Carola Hoya wurde jeden Tag freundlicher zu ihm, aber die Interviews und der zeitweise Entzug endeten nicht. Dafür spürte er genau, dass er hingehalten wurde. Er musste hier raus, um Arctander zu stoppen.

Er schwang sich aus dem Bett, hüpfte auf dem linken Bein

vorwärts und hangelte sich zum Schrank, in dem angeblich Kleidung für ihn deponiert war. Im Moment trug er nichts anderes als eine Art OP-Hemd.

Als er die Tür öffnete und im Schrank nichts vorfand außer den Krankenhaus-Leibchen, sah er sich in seiner Annahme bestätigt: Seine baldige Entlassung war nicht vorgesehen.

Das wird mich nicht aufhalten. Thielke sah sich um. Die Fenster waren abgesperrt und gesichert, dazu kam die Videoüberwachung. Ob sich eine Kamera in seinem Zimmer befand, wusste er nicht, würde es aber bald herausfinden. Hoffentlich traute niemand einem Krüppel zu, dass er einen Ausbruch vorbereitete.

Er stellte sich neben die Tür und wartete. *Es ist Zeit für das Mittagessen, also …*

Schritte näherten sich von der anderen Seite, sie blieben stehen. Es klopfte, und der Eingang schwang auf.

Thielke sah Señora Hoya hereinkommen – und schlug ihr die geballte Faust mitten ins hübsche Gesicht. Er war schon immer für Gleichberechtigung gewesen.

Mit einem leisen Quieken ging sie zu Boden. Das Tablett mit dem Essen fiel auf sie und versaute ihr dunkelgrau-blau gemustertes Kleid samt weißer Jacke mit Gemüse, Nudeln und brauner Soße. Sie blieb auf den Marmorfliesen liegen, die Augen geschlossen.

»Das saß«, murmelte er und zerrte sie ins Zimmer, durchsuchte sie und nahm alle Schlüssel an sich, die er finden konnte, außerdem ihren Geldbeutel und das Handy. Er fesselte sie mit Streifen des Bettlakens, die er sich rasch zurechtriss, und legte sie mit verbundenen Augen in eine Ecke des Raums.

Thielke hopste aus dem Zimmer, sperrte ab und begab sich auf die Suche nach Kleidern. Viel Zeit wollte er damit nicht verlieren. Er durchsuchte die Zimmer. Eines stellte sich als das Zimmer des Butlers heraus. Er fand darin einen schwarzen

Anzug, der ihm einigermaßen passte – nur der fehlende Unterschenkel und das herunterbaumelnde Hosenbein sahen merkwürdig aus.

Thielke prüfte Carola Hoyas Schlüsselbund und entdeckte Autoschlüssel. Ein BMW, irgendwas Teures. »Ich hoffe, es ist ein Automatik«, brummelte er und machte sich auf die Suche nach dem Ausgang. Dunkel erinnerte er sich an den Weg zur Bibliothek, doch die Villa erwies sich als recht verwinkelt.

Außerdem war das Hüpfen unglaublich anstrengend. Er wünschte sich, dass er einen Rollstuhl fand oder wenigstens einen Bürostuhl, mit dem er durch die Flure fahren konnte.

Endlich gelangte er im Anschluss an eine hohe Doppelflügeltür an eine Freitreppe.

Thielke schwang sich eben auf den Handlauf, um herunterzurutschen, als er Señor Hoyas Stimme vernahm. Er telefonierte auf Englisch, die Worte kamen unten aus einem der Zimmer.

Wo ich schon fast draußen war. Thielke duckte sich hinter die Balustrade.

» … ich kann es nur wiederholen, mein Freund. Ich … ja, ich schwöre es dir.« Schritte erklangen, Hoya bewegte sich auf der Treppe nach oben. »Der Harlekin's Death trägt die Verantwortung. Er war jedes Mal an dem Ort, an dem die Unglücke geschahen.«

Er sprach mit irgendjemandem über den Schnitterring, hinter dem Arctander und Korff her waren. Ob an der Geschichte wirklich etwas dran war? Thielke spähte um die Ecke.

Hoya stand auf den Stufen, das Handy ans rechte Ohr gepresst, und lehnte sich gegen das Geländer. Er hörte seinem Gesprächspartner aufmerksam zu, sein Gesicht verriet die Anspannung, unter der er stand. Mit der anderen Hand trommelte er einen Takt auf seiner dünnen Brust. Schließlich ging er langsam weiter, Verärgerung zeichnete sich auf seinem Gesicht ab. »Nun, da kann man nichts machen. Ich sage dir Bescheid, sobald sich der Thanatologe meldet.« Er senkte den Arm und drückte das Gespräch ohne Gruß weg, eilte die restlichen Stufen nach oben.

Thielke hatte ihn zuerst einfach vorbeigehen lassen wollen, doch ihm fehlte ein wichtiger Gegenstand zu seinem Glück: *Ich will den LeMat zurück.*

Kurz bevor Hoya die letzte Stufe erreichte, sprang Thielke auf und rempelte ihn an, so dass der Spanier das Gleichgewicht verlor. Aufschreiend fiel er rückwärts die Treppe hinab.

Thielke rutschte auf dem Geländer hinterher und erreichte den Boden sogar noch vor Hoya. »¡Hola!, wie man bei Ihnen sagt«, grüßte er spöttisch. Der Mann vor ihm blutete aus der Nase, der rechte Arm hatte eine unnatürlich abgewinkelte Haltung, als sei er entweder gebrochen oder aus dem Gelenk gesprungen. »Ich habe Ihre Tochter mehrmals gebeten, mich gehen zu lassen. Da mein Wunsch nicht erfüllt wurde, ist mein Abschied ruppiger geworden.« Er zog den benommenen Mann auf die Beine und versetzte ihm einen Fausthieb gegen den Mund. »Wo ist mein Revolver?« Noch ein Fausthieb, der Hoya zwei Zähne ausschlug. »Ich schwöre, dass ich dir jeden …«

»Arbeitszimmer«, nuschelte der Spanier stöhnend.

»Mit der Munition? Und meine Papiere?«

»Si.«

»Dann gehen wir mal.« Thielke drehte ihn um, legte die Arme auf die Schultern des Spaniers und hüpfte hinter ihm her ins Arbeitszimmer. Dort gab ihm Hoya wirklich den LeMat zurück, ebenso die Munition, die noch übrig war. Zwanzig Schuss und eine volle Trommel, auch die Schrotladung war ersetzt worden.

»Hinsetzen«, befahl Thielke und zielte mit dem Revolver auf ihn, während er sich selbst auf den Schreibtisch schwang.

Hoya ließ sich in einem Sessel nieder, nahm langsam ein Taschentuch aus der Tasche und tupfte sich damit das Blut von den Lippen, presste es dann dagegen. »Verpissen Sie sich«, zischte er ihn undeutlich an.

»Ah, die feine spanische Art.« Thielke grinste breit.

Hoya wandte den Kopf, sah stoisch aus dem Fenster und hielt sich den Arm.

»Richten Sie Ihrer bescheuerten Tochter aus, dass sie mich in Ruhe lassen soll. Sehe ich sie irgendwo in meiner Nähe, schieße ich sofort auf sie. Das war's dann auch. Zum Abschied gebe ich Ihnen was gegen die Schmerzen. Hilft immer, macht aber später Kopfweh.« Thielke holte aus und verpasste Hoya mit dem Kolben des LeMat einen Hieb gegen die Schläfe. Röchelnd brach er im Sessel zusammen.

Schnell verließ Thielke das Zimmer und griff sich im Vorbeigehen einen Besen, der an der Wand lehnte. Er drehte ihn mit den Borsten nach oben und nutzte ihn als improvisierte Krücke. Damit lief er wesentlich schneller und besser.

Thielke trat durch die Haustür ins Freie. Der BMW der Señora parkte direkt davor, leider war der Wagen kein Automatik. *Tja.* Er humpelte weiter und warf die Schlüssel auf der Straße in einen Gulli. Er sah sich regelmäßig um, während er zur nächsten U-Bahn-Station hastete.

Das Hoya-Intermezzo hatte Tage verschlungen. Wichtige Tage, in denen Arctander über alle Berge sein konnte.

Die Spuren und Hinweise zur Reiseroute des Narkoleptikers, die er sich mühsam erarbeitet hatte, waren inzwischen nichts mehr wert. Er stand bei null, ohne zu wissen, was Arctander als Nächstes beabsichtigte.

Thielke entdeckte noch vor der U-Bahn-Station eine Bushaltestelle. Eine der Verbindungen führte zum Hauptbahnhof. Dort gäbe es Geldautomaten und vor allem: eine Apotheke, um Insulin sowie Nikotinpflaster zu kaufen. *Sollten sich die*

Pillendreher weigern, mir ohne Rezept etwas zu geben, habe ich den LeMat. Ohne die Symptome des Entzugs und mit Süßigkeiten im Bauch würde er besser nachdenken können als jetzt, gereizt, unterzuckert und hungrig wie er war.

Kaum hatte er den Bahnhof mit dem pünktlich fahrenden Bus erreicht, eine Zigarre gekauft und geraucht, seinen ersten Hamburger sowie ein Softeis verschlungen, formte sich unter dem Einfluss von Nikotin, Zucker und Fett eine Idee.

Mit ein bisschen Glück brachte ihn sein Vorhaben wieder auf Arctanders Spur.

Zaragoza, Spanien

»Fahr langsamer«, sagte Kristin. Vor ihnen tauchte die Halle auf, in der sich Korff nach der letzten Ortung befand. Am Straßenrand geparkt stand ein alter Transporter.

Ihr fiel auf, dass eine tote Taube neben dem Rad lag. Aufmerksam geworden, blickte sie sich genauer um.

Sie entdeckte noch mehr Tauben und Krähen auf dem Bürgersteig, auf den Straßen, auf den Dächern, dazu noch drei tote Katzen …

»Sieht nach einem Anfall von unserem Freund aus«, befand Miller.

»Auf offener Straße?« Kristin dachte an Marrakesch, an das Stadion. »Wieso ist die Polizei noch nicht hier?« Sie öffnete die Tür. »Und warum ist Korff in der Halle geblieben?«

Kristin stieg aus, ging auf den Transporter zu und warf einen Blick hinein. Zwei Tote. Sie ging nicht davon aus, dass das Paar nach dem Sex in der eher unbequemen Stellung eingeschlafen war. Sie machte Miller auf ihren Fund aufmerksam und kletterte danach durch ein Fenster in die Halle.

Der riesige Raum lag leer vor ihr.

Sie streifte umher, fand Spuren von zwei verschiedenen Paar Schuhen. In einer Ecke sah sie einen Blutfleck und Schleifspuren am Boden, die zu einer angelehnten Tür führten. Dort lag auch das Smartphone, das von Darlings Spezialisten angepeilt worden war.

Korff hatte sie abgehängt, und zwar zusammen mit dem Narko. Wenn Korff Arctander umgebracht hätte, würde die Leiche noch hier liegen. Sie konnte den Thanatologen inzwischen gut genug einschätzen: Es hatte etwas zu bedeuten, wenn er sich mit dem Ziel absetzte.

Miller sprang zu ihr in die Halle, sah sich um. Sie hatte ihre Beretta 93R gezogen, eine vollautomatische Pistole. Sie fürchtete offenbar einen Hinterhalt. »Er ist weg?«

»Scheint so.« Kristin trat durch die Tür in einen von den Sternen beleuchteten Hinterhof, der auf eine Straße mündete. »Ja, sie sind weg.« Sie wandte sich zu ihrer Mitstreiterin um. »Ich hätte eine Frage. Warum schützt Korff den Narkoleptiker plötzlich vor uns?«

Miller sah ihr fest in die Augen. »Keine Ahnung, was er mit ihm vorhat.«

Ungeschulte Menschen hätten ihr die Aussage geglaubt. »Das stimmt so nicht ganz, nicht wahr?« Kristin zeigte auf sie. »*Sie* wissen Dinge, die Korff erst im Gespräch mit dem Narko herausfand. Deshalb ist er mit Arctander verschwunden, anstatt sich mit uns zu treffen.« Ihre Augen wurden schmaler. »Was hat Darling mit dem Narko vor?«

»Ich glaube, Sie verrennen sich in einer fixen Idee.« Miller machte unauffällig kleine Schritte rückwärts, um Abstand zwischen sich und die Baronesse zu bringen. »Außerdem hätten Sie das Strong oder Johnny fragen müssen. Die arbeiteten für die *Topor's Men* und den MI6. Ich bin nur eine …«

Kristin folgte ihr, ein raubtierhaftes Lächeln auf den Lippen. »Sie denken, ich mache mich nicht schlau, mit wem ich zusammenarbeiten soll? Sie waren ein Jahr mit Darling verbandelt und mögen ihn unter Garantie noch genug, um ihm zu helfen. Deswegen wollte er Sie als Vertreterin der *Sleepers* in dieser Gruppe, eine Vertraute, die in seinem Sinn handelt.« Sie hob die Arme, trotz Bandage und Schlinge. »Schauen Sie! Ich bin unbewaffnet. Wissen Sie, warum ich auf eine Feuerwaffe verzichte?«

Miller hob den Arm, zielte mit der Beretta auf sie. »Halt!«

»Sie haben die Krähen, Tauben und Katzen gesehen. Das tote Pärchen im Transporter. Und in den Wohnungen und Häusern rund um diese Halle werden sich noch mehr Leichen befinden, weil Arctander eingeschlafen ist.« Die Augen der Agentin waren starr auf Kristin gerichtet. Wie das Kaninchen vor der Schlange. »Bisher wirkte sich seine Gabe nur in geschlossenen Räumen aus. Wieso ändert sich das?«

Millers Gesicht verschloss sich, der Finger am Abzug zuckte.

»Ah! Sie sollen mich erschießen, wenn ich zu viele Fragen stelle?« Kristin hatte die Arme immer noch erhoben. »Hat das Darling angeordnet oder der Anführer der *Deathsleepers?*«

Miller schoss. Die Beretta spie eine Salve gegen Kristin.

Sie ließ sich mit einem lauten Schrei fallen – obwohl die Kugeln sie verfehlt hatten. Sie landete im Dreck und blieb liegen, bis sie die Schritte der Gegnerin hörte, die sich näherte, um ihr den Fangschuss zu verpassen.

Kristin drehte sich schwungvoll um und schleuderte die Haarnadel, die sie im Fallen gezogen hatte.

Das dünne Metall schoss pfeilgleich voran, bohrte sich in Millers rechte Augenhöhle. Sie kreischte und schoss ein weiteres Mal nach Kristin, die Kugel ging daneben. Gleichzeitig packte sie die Haarnadel und zog sie heraus. Blut und eine trübe Flüssigkeit sickerten aus der Wunde, rannen die Wangen und das Kinn hinab.

Kristin trat ihrer Feindin die Beine weg und rammte der Gestürzten mehrmals die Fersen gegen Brust, Hals und Kopf, bis sich deren Finger vom Pistolengriff lösten. Sofort warf sie sich auf Miller, packte sie mit einer Hand am Hals und presste die Stirn gegen die Schläfe ihrer Widersacherin. Ihre veränderte Gabe aktivierte sich, ein Kribbeln breitete sich im vorderen Teil ihres Schädels aus. »Ruhig, oder Sie sind gleich tot«, knurrte sie. »Ich mache Sie für den Schnitter sichtbar, und ich wette, er freut sich darauf, Sie zu holen.«

Miller spürte, was Kristin auslöste, und wurde stocksteif. »Es war ein Befehl«, jammerte sie. »Bitte, ich …«

»Von Darling?«

»Ja! Er sagte, dass ich Sie erschießen soll, wenn Sie zu viel schnüffeln.«

Kristin beglückwünschte sich dazu, mit ihrem Ex über Darling gesprochen zu haben. Wenigstens dieses Problem hatte sich bald erledigt. »Was will Darling mit dem Narko?«

»Ich weiß es nicht.«

Kristin verstärkte ihre Gabe, und Miller wimmerte. »Dann sag mir, was du *glaubst* zu wissen!«

»Oneiros«, stotterte sie. »Er hat ein Projekt namens Oneiros initiiert. Er und andere ausgesuchte Todesschläfer basteln daran.«

»Was soll das sein? Wer ist dabei?«

»Wir sind ein gutes Dutzend, die Inder haben wir außen vor gelassen. Projekt Oneiros soll uns mehr Macht und Einfluss sichern«, berichtete sie furchtsam.

»Die Organisationen wissen demnach nichts davon?«

Miller schüttelte den Kopf. »Nein. Timothy sprach mich vor einem Jahr an, ob ich nicht mehr sein wollte als eine Handlangerin. Er meinte, wir machen die Drecksarbeit für unsere Regierungen, ohne wirklich eine Chance gegen Verbrechen oder Korruption zu haben. Er wollte ein drastischeres Zeichen setzen als ein paar gezielte Morde an Gangstern. Etwas, das die Menschheit für immer davon abhält, Verbrechen zu begehen.«

Kristin lachte freudlos. »Darling, der Weltverbesserer? Und dazu braucht er ausgerechnet einen narkoleptischen Todesschläfer?«

Miller hatte die Augen geschlossen, sie keuchte mehr als dass sie atmete. »Es geht darum, sowohl die größten Dreckschweine in der Politik als auch in den Reihen des organisierten Verbrechens zu töten. Der Beweis, dass es niemand mit uns aufnehmen und nichts vor uns schützen kann. Keine Bunker und kein Geld der Welt, keine Gefängnisse, keine Suiten.«

»Und ihr nennt euch Oneiros.« Kristin glaubte der Frau. Es passte zu Darling, dem ambitionierten MI6-Agenten, dem es niemals genug war, einen Verbrecher nach dem anderen zu eliminieren. Er wollte *alle*, und er wollte an die Spitze der Todesschläfer.

Gleichzeitig nahm Kristin an, dass er Miller ein Märchen erzählt hatte, um sie auf seine Seite zu ziehen. Die Menschheit durch eine Art Schocktherapie vom Verbrechen abzubringen, war eine schöne Idee, aber auch nicht mehr als das. Es konnte nicht funktionieren. Sie dachte an Mexiko, an die Kartelle. Es würde die Bosse einen Scheiß interessieren, wie viele ihrer Leute krepierten. Und wenn die Bosse selbst draufgingen, krochen neue unter den Steinen hervor.

Kristin hielt abrupt inne, als ihr ein überraschender Gedanke kam: Der einzige Weg, die Menschen ein für alle Mal daran zu hindern, Verbrechen zu begehen, war deren Ausrottung. So verrückt war Darling doch sicher nicht. Doch wie weit reichte Arctanders Todesruf, nachdem man ihn ein oder zwei Jahre lang Tag um Tag mehrmals von einem narkoleptischen Anfall in den nächsten gejagt hatte?

»Kann ich bitte aufstehen?«, fragte Miller erstickt. »Mein Auge ...«

»Ruhe.« Sie schauderte. Am Ende würden lediglich Todesschläfer übrig bleiben, die neuen und einzigen Bewohner der

Erde. Kristin schüttelte den Kopf. Diese Idee war zu verrückt, zu übertrieben, zu furchtbar. Sicher wollte Darling nur etwas vergleichsweise Harmloses, wie Regierungen durch Arctanders Gabe zu erpressen. Oneiros war vermutlich nichts weiter als eine kriminelle Vereinigung aus Todesschläfern, die richtig Profit aus der Gabe schlagen wollten.

Miller weinte und rührte sich nicht. Ihr verletztes Auge hatte aufgehört zu bluten, aber es tränte unaufhörlich.

Kristin fühlte kein Mitleid, sondern überlegte, wie sie vorgehen sollte. Spürte sie Darling auf und prügelte die Wahrheit über Projekt Oneiros aus ihm heraus? Oder verfolgte sie Arctander und Korff weiter?

»Wir fahren zum Flughafen«, sagte sie zu Miller. »Mein Jet wartet.« Sie löste ihre Stirn von der Schläfe der Gegnerin und stand auf. Sie hob ihre Haarnadel vom Boden auf und steckte sie ein, dann nahm sie die Beretta an sich.

»Wir?«, echote die Frau und rieb sich intensiv den Kopf, als leide sie an juckenden Läusen. Ihr Gesicht war vor Schmerzen verzogen. Sie setzte sich auf, holte ein Taschentuch aus ihrer Hosentasche hervor und presste es gegen das verletzte Auge. »Ich muss zu einem Arzt, der …«

»Sie werden mich begleiten.« Kristin stellte sich über die Frau, den Lauf der Pistole auf sie gerichtet. »Ich werde Ihnen Dinge zeigen, die Sie begeistern.« Sie lächelte. »Darling ist nicht der Einzige, der Projekte betreibt.«

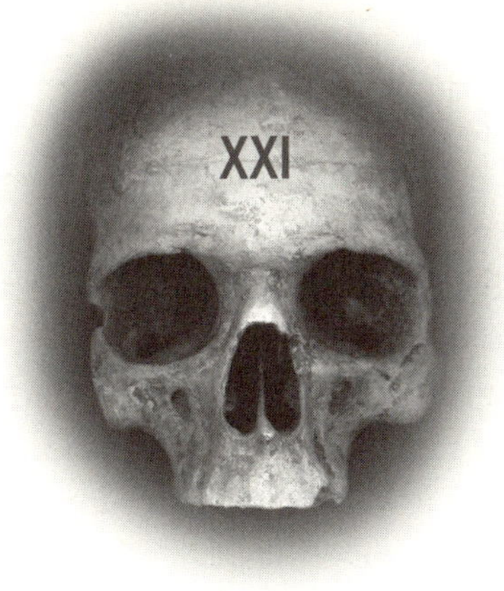

Ist der Tod nur ein Schlaf,
wie kann dich das Sterben erschrecken?
Hast du es je noch gespürt,
wenn du des Abends entschliefst?

Friedrich Hebbel, Gedichte

Barcelona, Spanien

Der Wagen schoss über die Schnellstraße. Konstantin saß am Lenkrad und steuerte auf Barcelona zu. Zusammengesunken auf dem Beifahrersitz lag Bent Arctander, dem er einen provisorischen Kopfverband angelegt hatte.

Es ist eigentlich gefährlich, ihn in die Stadt zu bringen. Aber es muss sein. Nach dem ersten Schlag mit dem Stein hatte er es nicht fertiggebracht, den Todesschläfer umzubringen. Zum einen hatte er nicht das Recht, ihn zu verurteilen, zum anderen hielt Arctander den Schlüssel für Konstantins eigene Erlösung in der Hand. Also hatte er ein Auto gestohlen, den Schweden hineingeschleppt und war aufgebrochen.

Arctander stöhnte, schlug die Augen auf und übergab sich

in den Fußraum. Konstantins Schlag hatte ihm eine Gehirnerschütterung beschert. Fassungslos betastete er seinen Kopf, klappte die Sonnenblende nach unten und betrachtete sich in dem kleinen Spiegel. »Was hast du gemacht, Korff?«

»Ist bei der Flucht passiert«, log er. »Ich habe dich aus der Halle geschleppt, du bist mir von der Schulter gerutscht und gegen eine Eisenkante geknallt. Tut mir leid.« Er zeigte auf ein vorbeihuschendes Hinweisschild. »Wir sind schon in Barcelona, die Abfahrt zur Innenstadt kommt gleich. Wo finden wir die Ärztin?«

Arctander würgte und kotzte dieses Mal während der Fahrt aus dem Fenster. Hinter ihnen erklang aufgeregtes Hupen, Scheinwerfer blendeten protestierend auf.

Bin selbst schuld, dass ich jetzt den Gestank ertragen muss. Konstantin setzte den Blinker und lenkte den Wagen in die Stadt hinein. Barcelona. 1,6 Millionen Einwohner. Tausende von Straßen. Und kein Navigationsgerät.

Arctander hustete und spuckte noch ein letztes Mal aus dem Fenster. »Sie heißt Isabella Dolores Sastre und ist Professorin«, erklärte er. »Sie hat eine Praxis für Allgemeinmedizin und Homöopathie in der *Carrer dels Esports.*«

»Ich schlage vor, wir kaufen erst mal einen Stadtplan.« Konstantin fuhr die nächste Tankstelle an. »Was essen und trinken?«

Arctander nickte und sah auf das Erbrochene zu seinen Füßen. »Ein neues Auto wäre auch nicht schlecht. Das hier stinkt.«

Konstantin stieg grinsend aus und erstand im Tankstellenshop ein paar Vorräte, zwei Duftbäumchen und einen Stadtplan, mit dem Arctander ihn durch Barcelona lotsen sollte. Die Nachrichtensendung in dem Fernseher über der Kasse meldete ein rätselhaftes Massensterben in Zaragoza, rund um eine verlassene Halle. Den Behördenangaben zufolge hatte man die Leichen von zweihundertelf Menschen in einem Bezirk nahe der Innenstadt entdeckt. Sämtliche Tiere in dem Gebiet waren an derselben unbekannten Ursache gestorben.

Das sage ich ihm besser nicht. Er macht sich schon genug Vorwürfe.

Die Nachrichtensprecher spekulierten über Terroristen und eine mögliche Verbindung zu den anderen Anschlägen. Die Polizei gab dazu keine Kommentare ab, bat aber um Mithilfe bei der Suche nach mehreren Personen, die an einer Schießerei in der Fußgängerzone mit zwei Toten beteiligt waren. Die Phantombilder, die eingeblendet wurden, ähnelten glücklicherweise weder ihm noch Arctander. Als sie die Gesichter von Johnny und Strong als unidentifizierte Opfer zeigten, wuchs seine Verwunderung. *Hat die Baronesse ihre Zusammenarbeit mit Darling schon gekündigt? Das ging schnell.*

Er kehrte zum Wagen zurück, fuhr einige Meter weiter bis zum Münzstaubsauger und saugte die Kotze einfach weg, packte die Duftbäumchen aus. Arctander studierte derweil den Stadtplan und suchte die kürzeste Strecke, dabei aß und trank er etwas. Allerdings brachte auch das kaum Farbe in sein Gesicht zurück, er sah aus, als könnte er jeden Moment umfallen. Die Gehirnerschütterung hatte seinen Zustand nicht gerade verbessert.

»Du solltest dich frisch machen. Sie haben eine Fernfahrerdusche hier«, empfahl Konstantin. »Du siehst aus wie ein Penner.«

»Ich habe nicht die Nerven, jetzt noch zu duschen.«

»Und du *riechst* wie ein Penner. Willst du, dass Sastre grün anläuft, wenn ihr dein Gestank in die Nase steigt?«

Arctander sah zur Tankstelle, dann an sich herab und senkte den Kopf, um an sich zu riechen. »Gibt es da drin auch Klamotten?« Er drückte drei Tabletten aus seinem Dispenser und steckte sie sich in den Mund, spülte sie mit Limonade hinunter.

Konstantin nickte und warf ihm ein paar Scheine über das Autodach zu. »Ich warte solange ... oder soll ich mitkommen?«

»Nein. Es geht mir ganz gut«, gab er zurück und schob den Stadtplan zu Konstantin. »Ich habe eine Strecke mit dem Stift markiert.« Arctander ging zur Tankstelle und verschwand um die Ecke, wo die Toiletten lagen.

Konstantin sah ihm nach und musste gegen den Drang ankämpfen, ihm zu folgen und darauf zu achten, dass er keinen Anfall bekam – oder den Anfall mit einem gezielten Hieb gegen den Kopf in eine Ohnmacht zu verwandeln. *Irgendwann bekommt er davon einen bleibenden Schaden.* Er würde die Ärztin um Chloroform oder etwas in der Art bitten.

Konstantin sah sich die Route an. Ein kleiner Kringel kennzeichnete die Praxis von Isabella Dolores Sastre. Arctander vertraute ihm, da er ihm die Adresse überließ, während er selbst zum Duschen ging. Es waren noch etwa fünf Kilometer bis zu ihrem Ziel.

In weniger als einer halben Stunde würde sich entscheiden, ob er und Arctander einer falschen Hoffnung nachgejagt waren, basierend auf Märchen und Legenden. Oder ob sich der Schnitter der Frau tatsächlich zeigte und man mit ihm verhandeln konnte.

Gott, was würde ich darum geben! Konstantin nahm sein Handy hervor, wollte Iva anrufen – und entschied sich doch dagegen. Bald sähe er sie von Angesicht zu Angesicht, hielte ihre Hand und verbrächte vielleicht sogar die Nächte bei ihr, ohne sich davonstehlen zu müssen. *Ich werde neben ihr liegen, sie in meinen Armen halten und einschlafen.* Der Gedanke war überwältigend. *Ich freue mich so sehr darauf!*

Sein Handy piepste, er hatte eine SMS erhalten.

Sie stammte von Jester: DU HAST MEIN VERTRAUEN MISSBRAUCHT. BRING MIR DEN NARKO, UND ICH VERGESSE, WAS DU GETAN HAST, ALTER KNABE.

Bestimmt nicht. Ich befreie dein Spielzeug von seinem Fluch. Konstantin verzichtete auf eine Antwort.

Er nahm den Akku und den Chip aus dem Smartphone und verstaute alles einzeln in seinen Taschen. Beinahe hätte er vergessen, dass man ihn orten konnte.

Arctander kehrte zurück, die Haare noch nass, in einen Trainingsanzug des FC Barça gekleidet. »Sie hatten nichts anderes. Aber das verschafft uns bei der Ärztin sicherlich Pluspunkte.«

Konstantin dachte an die Toten im Fußballstadion. Dass der Narkoleptiker ausgerechnet ein Trikot trug, befremdete ihn. Er stieg wortlos ein, Arctander nahm neben ihm Platz, und sie fuhren los, der ausgesuchten Route folgend.

Zweimal verloren sie die Orientierung, doch mit einigen vorschriftswidrigen U-Turns gelangten sie an ihr Ziel. Konstantin war inzwischen so aufgeregt, dass er vergaß zu fragen, woher Arctander die Gewissheit nahm, dass Sastre eine Todseherin war.

Die Praxis war in einem Altbau untergebracht, im Nordwesten der Stadt.

Es erinnerte von außen an ein Hotel. In dem imposanten Gebäude waren laut einem großen Plexiglasschild im Vorgarten neben *Prof. Dr. med. I. D. Sastre, Allgemeinmedizin & Homöopathie* noch eine Massagepraxis, ein Fitnessstudio und eine Unternehmensberatung untergebracht.

Konstantin parkte auf einem der Stellplätze des Fitnessstudios. Sein Herz schlug immer schneller und schneller. »Alles klar bei dir, Bent?«

»Ich bemühe mich«, erwiderte Arctander unsicher. »So ziemlich alles, was ich gegen die Krankheit einwerfen kann, ist in meinem Blut. Aber ich kann nichts versprechen.« Er atmete tief ein und aus. »Notfalls muss sie eingreifen.«

Sein letzter Satz gefiel Konstantin nicht. »Reiß dich zusammen.«

Sie stiegen angespannt aus und liefen zum Hauseingang. Durch die Lobby ging es zu einem Glasaufzug, der sie ins vierte Geschoss brachte, wo Sastre ihre Praxis betrieb.

Unzählige Gedanken jagten durch Konstantins Kopf, er fühlte, dass seine Hände feucht wurden. Gleich entschied sich, ob alle Hoffnung umsonst gewesen war – oder nicht.

»Wie fangen wir an?«, raunte Arctander ihm zu, als sie durch die Tür in den Warteraum traten, wo sich linker Hand die Anmeldung befand.

»Mit der Wahrheit.« Konstantin nickte der Sprechstundenhilfe hinter dem Tresen zu und trat näher. »Guten Tag. Mein Name ist Karl Schmidt. Mein Freund, Hans Müller«, er zeigte auf Arctander, »hat ein dringendes Problem. Ein Notfall. Das Herz. Kann Frau Professor schnell abhören, ob alles in Ordnung ist?«

Die junge Frau sah zu dem Narkoleptiker, bemerkte seinen geschwächten Zustand, über den weder der nagelneue Trainingsanzug noch der penetrante Duftbaumgeruch hinwegtäuschen konnte. »Kommen Sie. Ich bringe Sie in Behandlungszimmer zwei. Die Professorin ist gleich bei Ihnen.« Sie ging voran. »Haben Sie einen Auslandskrankenschein?«

»Nein. Wir zahlen bar.« Konstantin reichte ihr zweihundert Euro. »Das sollte reichen, denke ich?«

»Sie bekommen bestimmt noch etwas zurück. Das kläre ich mit der Frau Professorin.« Sie öffnete die Tür zu einem Raum mit hohen Decken und dunklen Holzmöbeln nebst einer Behandlungsliege. »Machen Sie bitte den Oberkörper frei, Señor Müller? Dann kann ich schon mal die Elektroden befestigen. Für das EKG.«

Arctander kam der Aufforderung zögernd nach.

»Würden Sie bitte draußen warten, Señor?«

»Nein. Wir sind Partner, und ich möchte ihn nicht alleine lassen«, gab Konstantin zurück.

»Ich verstehe, Señor Schmidt.« Die Arzthelferin verkabelte Arctander und schaltete das EKG ein, dann verließ sie das Zimmer.

Das *diep, diep, diep* kam mit hundertfünfundzwanzig Schlägen pro Minute.

Arctanders Herzschlag war beschleunigt, was Konstantin nachvollziehen konnte. *Mir geht es nicht anders.*

Es dauerte, bis die Ärztin kam, was die beiden Männer ungeduldig schweigend hinnahmen. Arctanders Herz erhöhte den Takt, erreichte hundertsechsundfünfzig.

»Einatmen, ausatmen«, wies ihn Konstantin an und legte ihm beruhigend eine Hand auf die Schulter. Tatsächlich reduzierte sich sein Puls.

Nach fünf Minuten kam eine Frau in einem weißen Kittel herein, die Konstantin auf fünfzig schätzte. Unter dem Weiß sah er eine graue Bluse und einen grauen Rock, die Füße steckten in gemütlichen weißen Slippern. Die schwarzen Haare hatte sie in einer Hochsteckfrisur gebändigt, auf der schmalen Nase saß eine runde, randlose Brille. Für ihr Alter sah sie blendend aus.

»Guten Tag, Señores.« Sie reichte ihnen nacheinander die Hand, sah auf das EKG und die regelmäßigen Ausschläge darauf. »Na, das ist doch schon mal bestens. Ein wenig schnell, aber auf den ersten Blick nichts, worüber ich mir Sorgen machen würde.« Sie nahm das Stethoskop aus der Tasche. »Ich höre Sie ab, Señor Müller.«

Die Wahrheit. Konstantin trat dichter neben sie, um notfalls ihre Flucht vereiteln zu können. »Frau Professorin, wir sind nicht wegen seines Herzens hier«, begann er und fühlte sich in einer unbeschreiblichen Gefühlslage: Hoffnung, Angst, Blamage, Torheit ballten sich. »Mein Name ist Korff, seiner ist Bent Arctander. Wir leiden unter dem gleichen Problem, und Sie wurden uns als Spezialistin empfohlen.« *Jetzt ist es so weit.* Ein kurzes Innehalten, ein Durchatmen, bevor er regelrecht hinausschleuderte: »Sie sollen mit dem Tod sprechen können.«

Sastre hatte das Ende des Stethoskops auf Arctanders nackte Brust gelegt. Für einen Moment rührte sie sich nicht, sie blinzelte zweimal, dann hatte sie sich wieder gefangen. »Ich weiß nicht, was Sie damit meinen, Señor.« Sie sah Arctander freundlich an. »Ihr Herzschlag ist …«

»Ich war bei Professor Auro. In Roccastrada«, sagte der Narkoleptiker mit gesenkter Stimme. »Ich wollte ihn um Rat fragen, doch er verwies mich an Sie. Bevor er mir berichten konnte, warum Sie …« Er presste die Lippen zusammen. Sein Puls hatte sich erneut auf hundertfünfzig erhöht und stieg weiter.

»Der Chlorgasunfall«, sagte sie und drückte einige Knöpfe am EKG-Gerät, bis eine andere Darstellung auf dem kleinen Monitor erschien. »Der arme Kollege. Ich war geschockt, als ich davon …«

»Es war kein Unfall. Sie wissen das.« Konstantin nickte in Richtung Arctander. »Er war es. In Paris, in Marrakesch, in Madrid im Stadion. Wo er Sie treffen wollte, Professorin. Sie sind nur noch am Leben, weil Sie nicht da waren. Sagt Ihnen die Bezeichnung Todesschläfer etwas?«

Sastre blieb bemerkenswert gelassen und richtete ihren Blick auf Arctander. »Was hat Ihnen Auro über mich gesagt?«

»Dass Sie den Tod sehen … und …« Der Narkoleptiker stockte. »Dass Sie mit ihm reden können.« Er nahm ihre Hand, sein Herzschlag schnellte auf hundertzweiundachtzig. »Ich … bitte! Sie *müssen* mit ihm reden! Ich will diesen Fluch loswerden und ein normaler Mensch sein.« Die Verzweiflung verzerrte sein müdes Gesicht, Tränen sprangen über den Lidrand und rollten über die stoppligen Wangen. »Ich will ohne Angst einschlafen, ich will uninteressant sein, Professorin. Ich will …

zurück in mein Leben, nach Idre sameby, und …« Er brach in hemmungsloses Schluchzen aus. »Es sollen keine Menschen mehr wegen mir sterben«, sagte er keuchend. Sein Puls hatte sich bei hundertneunzig eingependelt.

Konstantin wollte zunächst einhaken, doch er schluckte schwer. Er fühlte mit Arctander, dessen Wünsche seine eigenen waren. Die Verzweiflung des Mannes war eindrücklicher als alles, was Konstantin noch hätte sagen können. *Und ich sehe ihr an, dass sie genau weiß, wovon er spricht.*

Sastre hob einen Arm und legte behutsam ihre Hand auf seine. »Sie sind ein sehr, sehr verstörter Mann, Señor.«

Arctanders Augen wurden vor Überraschung größer. »Aber … das ist nicht erfunden!«

»Ich habe Kollegen, die Ihnen helfen können.« Sastre lächelte und trat einen Schritt zurück. Konstantin achtete auf ihre Bewegungen. »Sicherheitshalber verschreibe ich Ihnen eine Kleinigkeit zur Beruhigung. Etwas Homöopathisches. Damit kann man nichts falsch machen.« Sie begab sich an ihren Schreibtisch und zog eine Schublade auf. »Ah, hier habe ich noch eine Packung Zincum metallicum. Geben Sie davon …«

Arctander sprang auf. »Es ist nicht erfunden!«, schrie er, außer sich vor Verzweiflung, und eilte auf sie zu. Die Kabel lösten sich von den Sonden und schnellten davon. »Professorin, ich …«

»Warte, Bent!« Konstantin hielt ihn davon ab, sich auf die Frau zu stürzen. Sastre verleugnete ihre Gabe, und dafür gab es sicher einen Grund. Einen anderen, als dass sie schlicht und einfach keine Gabe besaß. Vielleicht glaubte sie ihnen nicht, oder sie hatte in der Vergangenheit schlechte Erfahrungen gemacht. *Sie fürchtet, dass ihr das Gleiche zustößt wie Auro!* »Hören Sie, Professorin. Was immer Sie an Beweisen verlangen, dass zwei Todesschläfer vor Ihnen stehen, wir erbringen sie«, beschwor er sie.

Sastre richtete ihre graublauen Augen auf ihn. »Sie brauchen anscheinend das gleiche Mittel wie Ihr Freund«, erwiderte sie kühl und reichte ihm einen Zettel, auf den sie ein paar Namen geschrieben hatte. »Das sind gute Psychiater. Sie beide gehen jetzt besser.«

Arctander wollte mit einem Schrei über den Tisch hechten, schaffte es jedoch nicht, sich von Konstantin loszureißen.

Plötzlich erschlaffte sein Körper und wurde weich wie Gummi, er brach zusammen. Seine Augen schlossen sich, der Kopf sank auf die Brust.

Nein, nicht hier! Nicht mitten in Barcelona! »Professorin, er hat einen Anfall«, rief Konstantin panisch und legte Arctander auf den Teppichboden. Bent schlief bereits und beschwor den Schnitter herauf. *Er wird tausendfaches Sterben bringen. Sastre wird es als Erstes erwischen.* Die lange gehegte und zum Greifen nahe Hoffnung geriet in Gefahr. Ihm wurde heiß, und er schwitzte.

Schon erklang das bedrohliche Knistern.

Ich darf das nicht zulassen. Ich habe ihn nach Barcelona gebracht, ich bin hierfür verantwortlich. Konstantin sah sich nach einem schweren Gegenstand um und entdeckte nichts, gar nichts. *Wenn ich ihn nicht ohnmächtig schlagen kann …* Er stieß einen hilflosen Schrei aus und langte auf den Schreibtisch, wo er eine Papierschere packte. *Meine Schuld!* Er hob die lange, stumpfe Klinge mit beiden Armen über den Kopf, um kraftvoll zuzustoßen. Durch die Brust, ins Herz. *Ich muss ihn …*

»Warten Sie!« Sastre senkte die Lider und legte beide Hände gespreizt auf die Tischplatte. Ihre Lippen formten tonlos Worte, ihr Körper war stocksteif und der Oberkörper kerzengerade aufgereckt.

Und das leise, helle Krachen endete!

Wie … geht das? Konstantin erhob sich und beobachtete,

was die Professorin tat. Sie sprach ohne Stimme, gelegentlich erklang ein sanftes Flüstern aus ihrem Mund.

Eine Minute verstrich.

Konstantin wusste nicht, was er unternehmen sollte. Er sah zwischen dem Narkoleptiker und der Ärztin hin und her, schaute zur Tür und hoffte, dass niemand hereinkam.

Weitere sechzig Sekunden vergingen, in der ihre Lippen in einem fort unhörbare Worte formulierten.

Konstantin war fasziniert, gebannt, Schauer liefen ihm über den Rücken. Er bildete sich ein, einen schwachen Blumengeruch wahrzunehmen. *Lilien. Wie passend.* Er fragte sich, ob sie das Phänomen auslöste oder ob sich Arctanders Fluch veränderte.

Schließlich wich die Spannung aus ihr, und sie sackte keuchend auf die Platte.

Im gleichen Moment öffnete Arctander die Augen, ächzte und sah sich orientierungslos um.

Konstantin half ihm auf die Beine und schaute Sastre an. »Was … haben Sie gemacht?«, sprach er mit belegter Stimme. *Sie kann es! Sie kann es wirklich. Sie hat dem Schnitter Einhalt geboten!*

Die Professorin hustete und richtete sich unsicher auf, wankte zu einem Schrank und öffnete ihn. Darin standen Mineralwasser- und Wodkaflaschen. »Jetzt verstehe ich, warum Massimo Sie zu mir schickte.« Zuerst trank sie zwei große Schlucke Alkohol, danach von dem Wasser. »Er kennt Sie beide sehr gut«, sagte sie leise.

»Der … Tod?«, vergewisserte sich Konstantin.

»Ja. Und er hasst Sie. Er hasst vor allem Arctander so unglaublich, wie ich es noch nie erlebt habe.« Sie schüttete noch mehr Wodka in sich, stützte sich mit einer Hand am Schrank ab. »Nie«, raunte sie und schauderte. »Nie zuvor. Massimo hätte nichts gegen die Wut ausgerichtet.«

Konstantin brachte Arctander zu einem Sessel und ging zu ihr. »Was haben Sie mit dem Schnitter besprochen?«

Sie war aschfahl und setzte die Flasche wieder an die Lippen. »Ich *spreche* nicht mit ihm. Ich beschwichtige ihn.«

»Das heißt, er ist weg?« Arctander klammerte sich an die Sessellehnen.

Sie nickte erschöpft. Wieder ein Schluck Wodka. Sie hatte bereits ein Drittel der Flasche geleert. Es sah nicht so aus, als täte sie das zum ersten Mal.

»Keine Toten?« Konstantin wollte ihr sanft die Flasche entwinden.

Aber sie hielt sie fest und warf ihm einen vorwurfsvollen Blick zu. »Nein.«

»Dann ... sind wir den Fluch los?« Arctander legte die Hände wie zum Gebet zusammen und sah sie flehend an.

Sastre ging an Konstantin vorbei, die Flasche in der Hand, und warf sich in ihren Bürostuhl. »Nein. Das kann ich nicht.« Sie sah die Männer nacheinander an. »Weder ich noch der Gevatter selbst können Ihnen diese Gabe nehmen. Alles, was ich vermag, ist, ihn zu besänftigen.«

Alles umsonst ... Konstantin hätte am liebsten geschrien.

Arctander krümmte sich zusammen und barg sein Gesicht zwischen den Händen.

Shannon, Irland

Kristin saß im Passagierbereich des Jets, trank ein Glas Sekt und betrachtete die Auswahl der Pillen, die sie in einer Linie vor sich hingelegt hatte. Die meisten waren weiß, manche rot, manche grünlich, einige bestanden aus einer Kapsel, in der kleine andersfarbige Kügelchen raschelten.

Sie brauchte jede einzelne, gegen die Auswirkungen der Insomnie, gegen die Ausfälle, gegen die Schwindelgefühle und Sehstörungen. Der Sekt half gegen das Stottern.

Ihr Laptop stand auf dem Tisch vor ihr, in ihrem E-Mail-Postfach stauten sich die Nachrichten. Von Darling, von Todesschläfern, von Smyrnikov, von Freunden, die sie kontaktieren wollten.

Kristin hatte keine Lust und keine Zeit, sie zu beantworten.

Miller stöhnte im Hintergrund. Die Todesschläferin lag gefesselt auf dem Boden, mit einem Knebel im Mund, damit sie nicht schrie. Auf dem verletzten Auge klebte ein Stück Mull. Alle zwei Stunden nach ihrem Erwachen betäubte Kristin sie, damit sie nicht in echten Schlaf verfiel und durch Tote für Aufmerksamkeit sorgte.

Kristin nahm die erste Tablette und schluckte sie. Dann die zweite, die dritte und so weiter, bis sie alle neun hinuntergewürgt hatte. Eine volle Mahlzeit, wenn man so wollte.

Sie hatte Darling eine SMS geschickt, in der stand, dass sie und Miller auf dem Weg nach Irland waren, weil sie einen Hinweis gefunden hätte, dass Arctander und Korff dorthin wollten. Was selbstverständlich eine Lüge darstellte: Sie legte den Zwischenstopp in Shannon nur ein, um Leute an Bord zu holen, die weder mit Darling noch mit den Todesschläfern zu tun hatten.

Unten in der Taskleiste des Laptops leuchtete das grüne Statuslämpchen für Eugens Chat auf.

Kristin wunderte sich darüber. Anatol hatte Eugen verboten, ohne seine ausdrückliche Erlaubnis zu chatten, egal mit wem. Und sie waren heute nicht verabredet.

Sie aktivierte die Kamera und wartete gespannt darauf, ihren Sohn zu sehen. Und schon entstanden die Züge ihres Eugen auf dem Monitor. »Hey, mein Großer!«, sagte sie freudig zur Begrüßung. »Hat dir Papa …«

»Mama! Ich vermisse dich!«, flüsterte er. So, wie es im Hintergrund aussah, saß er in einer Kiste oder in einem Schrank. »Ich vermisse dich so sehr!«

Sie sah ihm an, dass er aufgeregt und erschrocken war. »Weiß Papa, dass du den Computer hast?«

Er schüttelte den dunkelblonden Schopf.

»Was ist denn los? Ist was passiert?« Ihre Kehle schnürte sich zu, als sie in seine braunen Augen sah und bemerkte, wie verstört er war.

»Papa hat gesagt, dass er nicht möchte, dass wir beide uns sehen«, platzte es aus ihm heraus. »Er hat gesagt, dass du es nicht verdienst, weil du das letzte Mal nicht gekommen bist.« Er fing an zu weinen, Rotz lief ihm aus der Nase. »Und er hat auch gesagt, dass du mich nicht liebhast.«

»Aber nein, nein! Du musst nicht weinen, Eugen. Du hast Papa falsch verstanden«, versuchte sie, ihn zu beruhigen. »Ich wollte ja kommen, glaub mir, aber ... das Wetter war schlecht. Mein Jet konnte nicht starten.«

Er nickte schniefend und wischte sich die Tränen mit dem rechten Ärmel weg. »Dann sehen wir uns noch?«

»Sicher, Eugen! Du bist doch mein Sohn. Ich will dich immer sehen, das musst du mir glauben.« Kristin zwang sich zu einem Lächeln, während sie vor Angst und Wut die Finger in die Tischplatte krallte. »Wann hat Papa das gesagt?«

»Vorgestern.«

»Zu dir oder ...«

Eugen schüttelte übertrieben den Kopf, wie es Kinder gerne taten. »Nein. Am Telefon. Zu einem Mann, den er Tujev genannt hat.«

»Ach so. Nein, das war Tugurjev. Ein alter Freund von Papa. Die haben bestimmt über etwas anderes geredet.« Kristin hätte ihn unglaublich gerne in den Arm genommen, ihn gehalten und gestreichelt, damit er seine Furcht verlor.

Nur brauchte sie im Moment eigentlich auch jemanden, der

ihr die Angst nahm. Beim Namen Tugurjev war ihr beinahe das Herz stehengeblieben: ein Anwalt, der beste, den man in Russland bekommen konnte und der dazu noch viele Richter persönlich kannte. Die Verfahren, die er führte, endeten stets mit der Niederlage seines Gegners. Anscheinend wollte Anatol seinen Kumpel auf sie hetzen. Sorgerecht. Besuchsverbot. Trennung. Endgültig. Sollte Anatol mit dem Kleinen untertauchen, fände sie ihn niemals wieder.

»Dann stimmt es nicht, Mama?«, vergewisserte Eugen sich nochmals.

»Nein, mein Großer. Wir treffen uns. In zwei Wochen ist es wieder so weit.« Sie musste ihre eigenen Tränen unterdrücken, als sie ihn vor Glück lachen sah. »Dann fliegen wir eine Runde mit dem Jet. Du darfst ihn auch mal lenken.«

»Toll!« Er klatschte in die Hände, dann legte er einen Zeigefinger an die Lippen und machte sich in seiner Kiste klein.

Das Mikrofon übertrug die Geräusche aus Eugens Welt zu ihr. Sie vernahm die Stimme ihres Ex-Manns, der nach Eugen rief, hörte die Schritte der schweren Schuhe, die er trug. Er ging an dem Versteck vorbei.

»Er ist weg«, flüsterte Eugen und grinste. »Das ist unser Geheimnis, Mama.«

»Ja. Das ist es.« Kristin winkte ihn mit dem Zeigefinger nach vorne, und auch sie näherte sich der Kamera. »Wir spielen Papa noch einen Streich.«

Eugen grinste. »Au ja!«

»Ich schicke ein paar Freunde von mir zu dir. Sie werden so tun, als würden sie dich entführen, aber in Wirklichkeit bringen sie dich zu mir. Wenn es losgeht, musst du brav sein und alles tun, was sie sagen. Versprichst du mir das?«

»Ja, das mache ich.« Eugen sah ernst in die Kamera. »Aber das wird Papa nicht gefallen. Und den Leibwächtern auch nicht.«

Kristin winkte ab. »Ach, die! Die wissen Bescheid. Ich habe sie eingeweiht, und sie haben wie meine Freunde Platzpatronen geladen, damit es richtig echt aussieht. Mein Freund heißt Brian. Du bleibst bei ihm, wenn ihr spielt, ja? Und du darfst mit niemandem darüber reden. Hast du das verstanden?«

Eugen nickte begeistert. Der Gedanke, bei einem ungefährlichen Abenteuer dabei zu sein, das gefährlich tat, gefiel ihm. »Wann spielen wir denn?«

»Das darf ich nicht verraten. Es soll auch eine Überraschung für dich sein.« Kristin gab der Kamera einen Kuss. »Und jetzt raus mit dir. Und sag Papa nichts«, schärfte sie ihm nochmals ein.

Eugen gab ihr ebenfalls einen virtuellen Kuss und beendete die Verbindung, noch bevor sie ihm sagen konnte, dass er den Browserverlauf löschen sollte. Sie hoffte, dass er von selbst darauf kam.

Es klopfte an der Luke des Flugzeugs.

Kristin wechselte den Platz und sah aus einem der ovalen, schmalen Fenster.

In dem Hangar, in dem sich die Maschine befand, hatte ein weißer Transporter vor dem Jet angehalten. Zwei Männer waren ausgestiegen und warteten darauf, dass sie ihnen öffnete. Einer von ihnen war Brian.

Sie klappte die Tür auf, die zu einer Leiter wurde, und bedeutete den beiden, in die Maschine zu steigen. Im Wagen befanden sich noch vier weitere Personen, wie sie durch die Scheiben sah, sowie vier große Aluminiumkoffer.

»Hallo«, grüßte sie die zwei Männer und warf ihnen je einen Energy-Drink aus der Minibar zu. »Schön, dass Sie pünktlich sind.«

»Wir werden pünktlich bezahlt, wir sind pünktlich«, gab Brian mit einem Grinsen zurück. Er trug wie sein Begleiter Jeans, ein einfaches dunkles Hemd sowie eine Lederjacke darüber. Die Sommersprossen sahen in seinem markanten Gesicht merkwürdig aus, weil sie nicht recht zu den schwarzen Haaren passten. »Die Ausrüstung haben wir mitgebracht.«

»Wie haben Sie das geschafft?«

»Ich habe Freunde am Flughafen, die mit ein paar meiner Cousinen verheiratet sind und mir einen Gefallen schulden.« Brian lachte. »Wie bekommen wir das Zeug nach der Landung von Bord?«

»Ich habe Freunde in Minsk, Brian. Die sind allerdings nicht mit meiner Verwandtschaft verheiratet, sondern finden nur das Geld gut, das ich ihnen gebe. Leider sperrt sich der Flughafen in Sankt Petersburg gegen eine solche Gabe, sonst wäre es einfacher.« Kristin öffnete einen der Schränke neben der Minibar und hob eine Tüte mit Bargeld heraus. »Das hier sind nochmals fünfzigtausend. Die zweite Rate an Sie.«

»Das war gar nicht abgemacht«, erwiderte Brian verwundert, nahm aber das Geld an sich. »Wir haben noch nichts geleistet.«

Kristin lächelte. »Ich tue etwas für die Motivation Ihrer Truppe.«

Brian stieß wieder das dröhnende Lachen aus, in das sein Freund dieses Mal einstimmte. »Sehr schön! Dann lasse ich ausladen und an Bord gehen?«

Kristin nickte »Je eher wir in Minsk sind, desto besser.« Sie zeigte in die Ecke, wo die verschnürte Miller lag. »Lassen Sie die Dame bitte in Ruhe.«

Brian und sein Begleiter wandten sich gleichzeitig um. »Ah, die habe ich gar nicht gesehen. Ist das eine Zusatzaufgabe für uns?«

»Nein. Sie begleitet mich nach Minsk.« Kristin erhob sich, um ins Cockpit zu gehen. »Also, meine Herren: Laden Sie ein, machen Sie es sich bequem und plündern Sie die Bar. In einer Stunde geht es los.« Sie betrat die Kanzel und ging die Checkliste durch, prüfte die vorgenommenen Wartungsarbeiten der Bodencrew am Jet.

Wenn Anatol geglaubt hatte, er könnte ihr Eugen wegnehmen, würde er bald bemerken, dass er sich täuschte.

Die Männer, die sie für die Entführung gemietet hatte, waren Ulster Freedom Fighters, die aus Geldnot heraus Aufträge als Söldner annahmen, um Mittel für ihren eigenen Krieg im Norden der Insel zu sammeln.

Für Kristin waren die klammen Terroristen eine glückliche Fügung. Das mexikanischen Drogenkartell *Los Zetas* war nicht mehr gut auf sie zu sprechen, auch wenn es keine Beweise gegen sie gab. Der Jet galt offiziell als verschollen. Daher hatte sie sich umgehört und ein Ersatzteam beschafft. Iren fielen in Russland mit ihrem kaukasischen Äußeren ohnehin weniger auf als eine Gruppe bis zum Anschlag tätowierter Mexikaner.

Brian und seine Männer wussten, was sie zu tun hatten und mit welcher Gegenwehr sie rechnen mussten. Die UFF-Veteranen kannten keine Angst vor einer Schießerei.

Kristin hatte gerade ihren Check beendet, als Brian gegen die Cockpittür klopfte und meldete, dass alles verstaut war. Zeitlich passte es perfekt.

Sie ließ die Turbinen anlaufen und steuerte den Jet hinaus aus dem Hangar auf den nächtlichen Flughafen, wo Privatmaschinen und Fracht abgefertigt wurden.

Kristin wurde eine Startbahn zugewiesen, die Startfreigabe erfolgte umgehend. Mit heulenden Triebwerken raste das Flugzeug über den Asphalt und erhob sich in die Lüfte.

Eine merkwürdige Mischung aus Freude und Anspannung erfüllte sie. Minsk wartete auf sie. Brians Team würde mit dem Zug nach Sankt Petersburg fahren und ihren Sohn in Sicherheit bringen. Zu seiner Mutter, wo ein Sohn hingehörte.

Das hätte sie viel früher tun sollen. Nicht erst jetzt, wo sie kaum mehr Zeit miteinander haben würden.

Roccastrada, Italien

Thielke fuhr in das beschauliche italienische Dorf hinein, gerade als die Sonne unterging. Hier befand sich die Kurklinik des unglücklichen Professore Massimo Auro, der den Fehler begangen hatte, sich zu nahe an einen Todesschläfer heranzuwagen. Weil man eine Gefahr kannte, war man deswegen nicht automatisch dagegen immun.

Nett hier. Gar nicht schlecht für einen Urlaub. Das GPS verriet ihm, wo die Via Balzina zu finden war. Dort, das hatte er rasch herausgefunden, besaß Auro eine Wohnung.

Thielke befolgte sämtliche Verkehrsregeln, um nicht aufzufallen, hielt vor dem Haus an, in dem der Professore gelebt hatte, und stieg aus. *Ich hoffe, es gibt was zu entdecken.*

Die neue Prothese, eine Übergangslösung, drückte und fühlte sich falsch an, was seine alte nicht getan hatte. Doch er wollte nicht erst nach Deutschland fliegen, um sich ein neues Kunstbein anpassen zu lassen. Die Billigvariante aus einem italienischen Sanitätshaus musste vorerst genügen.

Thielke humpelte an einer Männergruppe vorbei, die sich auf Stühlen vor einer Trattoria niedergelassen hatte. Er als Fremder fiel hier ohne Zweifel auf. *Ich sollte mich bei meinem Einbruch beeilen.*

Thielke betrat das Mehrparteienhaus, klapperte Stockwerk um Stockwerk ab und sah auf die Klingelschilder, bis er Auros Appartement gefunden hatte.

Das Schloss saß fest in der Tür, keine Versiegelung, keine Aufbruchspuren. Die Polizei hatte die Wohnung nach ihren Ermittlungen freigegeben. Die Erben waren sicherlich auch schon hier gewesen, um sich ihren Anteil zu sichern.

Von mir aus können sie die teuren Vasen und den ganzen Krempel mitgenommen haben. Thielke suchte lediglich nach Informationen. Er zückte den elektrischen Schlossknacker, fädelte die dünne Spitze in das Schlüsselloch und betätigte den Anschaltknopf.

Es summte, nach Sekunden klickte es, und die Wohnung stand ihm offen.

Er schob sich hinein und nahm eine kleine Taschenlampe aus der Jacke.

Es roch nach Sauberkeit, nach einem schwachen Rest Aftershave. Irgendwo tickte eine Uhr. Im feinen Lichtstrahl der Taschenlampe sah er Bilder und Drucke an den Wänden, die der Professore anscheinend gesammelt hatte. Originale, wie es den Anschein hatte. *Die glücklichen Erben waren doch noch nicht zugange. Oder sie sind sich nicht einig geworden.*

Was genau er suchte, würde sich zeigen, sobald er es gefunden hatte. Klang paradox, war aber so.

Es ging ihm um einen wie auch immer gearteten Hinweis auf einen möglichen Aufenthaltsort des Todesschläfers. Da Arctander bei Auro gewesen war, sah er die Wahrscheinlichkeit als recht hoch an, etwas zu entdecken, was Aufschluss über seine Pläne geben könnte.

Thielke hatte es nicht fertiggebracht, in einem Hotel auf die nächste Horrormeldung über ein Massensterben zu warten, für das eine unheimliche Terrorgruppe und ihr Anführer Igor verantwortlich gemacht wurden. Er musste handeln, um sein Gewissen zu beruhigen. Um das Gefühl zu haben, etwas zu tun.

Er begann seine Durchsuchung im Arbeitszimmer.

Thielke brach Schubladen auf, wühlte in Blättern, schraffierte Notizzettel und durchforstete jeden Winkel des Arbeitszimmers, ohne Informationen zu entdecken, die ihm weiterhalfen. Gelegentlich blickte er aus dem Fenster auf die Trattoria. Die Männer davor schienen ihn vergessen zu haben. Sie redeten, rauchten und spielten ein Brettspiel, das er nicht kannte.

Als er die Gemälde und Drucke von der Wand nahm, entdeckte er hinter einer Landschaftsskizze einen verborgenen Safe.

Na also.

Es war ein kleiner, in die Mauer eingelassener Geldschrank, der nicht viel Volumen besaß. Anstelle eines Zahnrädchens hatte er ein Schloss, wenn auch ein kompliziertes.

Wird mich mindestens eine Stunde kosten, um es zu knacken.

»Habe ja sonst nichts anderes vor heute«, brummelte er und machte sich an die Arbeit. Zwischendurch steckte er sich eine Zigarre an, schob sich einen Kaugummi in den Mund, tauschte Nikotinpflaster aus und suchte in der Küche vergeblich nach zuckerhaltigen Getränken.

Thielke stocherte mit seinem Einbrecherwerkzeug, drückte und drehte, führte den elektrischen Schlossknacker mit ein und bearbeitete den Safe synchron.

Nach vierzig Minuten machte es *klack.*

»Mein Fresse, das hat gedauert«, murrte er und öffnete die Klappe – um dahinter eine weitere zu entdecken, die ein modernes Nummerntastenfeld aufwies. Massimo Auro war offensichtlich ein Mensch gewesen, der gern auf Nummer sicher ging.

»Ja, da leck mich doch ...« Thielke paffte schnell an der Zigarre. Er hatte nichts dabei, um dieses zweite Hindernis zu öffnen. Seine gute Ausrüstung, mit der er eine Chance gegen die Elektronik gehabt hätte, befand sich in Deutschland. Vielleicht konnte er einen Sprengsatz basteln, um den Safe aufzusprengen. Mit den richtigen Haushaltschemikalien wäre das gar nicht so schwierig.

Woher kriege auf die Schnelle die Zutaten? In Roccastrada eher nicht. Bliebe noch die Klinik ...

Klick.

Das Deckenlicht sprang an und riss ihn aus der schützenden Dunkelheit.

Thielke sah verwundert über die Schulter und zog den LeMat. Er legte ihn auf die Besucherin an, die ganz selbstverständlich in die Wohnung des toten Arztes schritt – bis sie ihn entdeckte und abrupt in der Tür zum Arbeitszimmer stehen blieb. »Wer immer Sie sind, Sie haben ein schlechtes Timing«, sagte er mit rauchrauher Stimme.

»Das sehe ich auch so«, antwortete die Frau, die fast so groß war wie er. Sie trug Stiefel, Jeans, ein langes weißes Hemd und eine schwarze Kurzjacke. Das lange, kastanienbraune Haar trug sie in einem legeren Zopf, der den sportlichen Eindruck unterstrich, den ihr Outfit hinterließ. Sie verharrte auf der Schwelle und betrachtete ihn unsicher.

»Schön, dass wir uns verstehen. Was schlagen Sie vor?«

»Dass Sie den Revolver weglegen und die Arme heben?«, erwiderte sie und formte ein Lächeln. »Sie werden kaum eine Genehmigung für das haben, was Sie hier gerade tun, oder?« Sie rückte die randlose Brille zurecht, die ihr extrem gut stand.

Thielke fand ihr Auftreten irritierend ruhig für eine Frau, die in die Mündung seines LeMat blickte. »Was wollen Sie hier?«

Sie deutete auf den Tresor. »Eigentum zurückholen.« Sie klopfte auf ihre Manteltasche. »Mit Erlaubnis der Erben und Unterstützung der italienischen Behörden.« Die Frau machte einen Schritt zurück, und zwei Carabinieri in schusssicheren Westen erschienen mit gezogenen Berettas in der Tür.

Thielke fluchte laut.

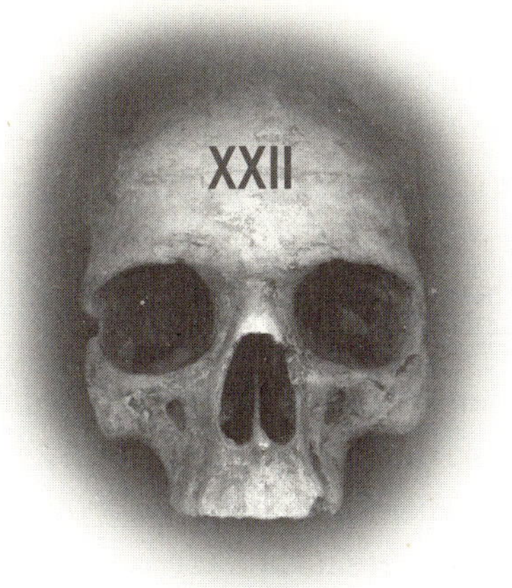

Wer das Leben liebt
und den Tod nicht scheut,
geht fröhlich
durch die sinkende Zeit.

Theodor Körner, Schifferlied

Barcelona, Spanien

Es war ruhig im Behandlungszimmer von Isabella Dolores Sastre.

Sie schraubte die Wodkaflasche nach einem letzten Schluck zu, während Konstantin versuchte, das Gehörte zu verdauen. Arctander saß in seinem Sessel, zusammengekrümmt und das Gesicht in den Händen verborgen.

Von der Straße erklang Kinderlachen, vor der Tür lief die Arzthelferin hin und her, redete leise mit anderen Patienten; der Duft von frisch gebrühtem Kaffee kroch durch die Ritzen zu ihnen. Um sie herum war … Leben.

Ein kleines Wunder. Konstantin blickte zur Ärztin, die ihre Hände zusammengelegt hatte und das Kinn auf die aufgereckten Zeigefinger stützte. *Der Schnitter kam und schlug nicht zu.* Doch sie hatte auch gesagt, dass sie ihnen nicht helfen konnte, dem Fluch zu entkommen. Und das wollte er nicht hinnehmen. Nicht so kurz vor der Erlösung. »Sie beschwichtigen den Tod«, wiederholte er ihre Worte von eben und hoffte, dass sie sich dadurch zu einer genaueren Erklärung ermuntern ließ.

Sastre nickte langsam. »Ich spüre, sobald er kommt oder wenn er gegenwärtig ist. Es ist kein Sehen. Wenn er tatsächlich eine Gestalt besitzt, kenne ich sie nicht. Für mich ist es, als würde es kälter, als würden die Farben verblassen und die Geräusche schwächer, während ein dunkles Surren erklingt. Wie pulsierender Strom. Das ist der Normalfall.« Sie sah ihn an. »Kommt er, weil ein Todesschläfer ihn herausfordert, ändert sich das Geräusch. Hier war es ein Knistern.«

»Wie haben Sie ihn dazu gebracht zu gehen?«

Sastre nahm das Telefon zur Hand und bat um drei doppelte Espresso für sich und ihre Gäste, statt ihm zu antworten. Außerdem ließ sie alle Patienten nach Hause schicken. »Heute waren eh nur Routinekontrollen dran«, erklärte sie. »Niemand, den ich mir unbedingt sofort ansehen müsste.« Sie nahm einen Bleistift und zeichnete damit Muster auf ihrer Papierunterlage, dann fuhr sie mit ihrer Erklärung fort »Ich weiß, wann jemand dem Tod geweiht ist. Sobald einer meiner Patienten eine Krankheit bekommt oder eine Verletzung erleidet, die sein Leben beenden wird, trägt er ein Mal, das ich erkenne. Je nach Stärke des Mals weiß ich, wie schnell es zu Ende sein wird.«

»Wie sieht das Mal aus?«

»Es ist eine Art Fleck, der sich auf den Menschen ausbreitet. Je näher der Tod ihnen ist, desto mehr verlieren sie für mich ihre eigentliche Hautfarbe. Sie fühlen sich an wie mit Mehl bestäubt. Und bevor Sie fragen: Je nach Hautfarbe variiert dieses Mal. Aber man lernt schnell, es zu bemerken.«

»Was haben die Menschen davon, dass sie zu Ihnen kommen?« Er dachte an das Märchen von Gevatter Tod. »Retten Sie sie?«

»Das maße ich mir nicht an. Der Tod weiß, was er tut. Ich schaue mir deren Geschichte, deren Leben an. Kommt der Tag, an dem der Tod an sie herantritt, erbitte ich einen Aufschub. Oder auch nicht.«

»Dann reden Sie doch mit …«

Sie schüttelte den Kopf. »Ich rede, er versteht. Aber er gibt keine Antwort. Wir treten nicht in einen Dialog.«

Es klopfte.

Die Arzthelferin brachte die Espressi, auf einem kleinen Teller lagen Kekse, dazu gab es noch drei Mini-Törtchen. Anscheinend hatte sie Arctander und Konstantin als wichtigen Besuch eingestuft, da ihre Chefin alle Termine wegen ihnen absagte. Sie schien allerdings verwundert wegen der trübseligen Stimmung, die im Behandlungszimmer herrschte. Die Wodkaflasche nahm sie kaum zur Kenntnis. Es schien normal zu sein, dass die Chefin trank. Sie stellte das Tablett ab und verschwand wieder.

Sastre kann nicht selbst entscheiden, wer lebt und wer stirbt! Aber sie ist verdammt nah dran. Konstantin nahm den Espresso und trank davon, Sastre ebenso. Arctander rührte sich nicht mehr, ihm war scheinbar alles egal. Konstantin legte ihm seine Trainingsjacke um den freien Oberkörper.

Die Ärztin sah ihn über den Tassenrand hinweg an. »Ich kann Ihre Gedanken geradezu fühlen, Señor Korff: Wie kann ich es mir anmaßen, über die Kranken zu urteilen und für die einen zu bitten und für die anderen nicht?« Sastre leerte ihren Espresso in einem Zug. »Die Antwort lautet: Weil ich es *kann.* Ich gebe mir Mühe, solche Menschen am Leben zu halten, die sinnvoll für die Gesellschaft sind, die eine Zukunft haben und die wichtig für die Zukunft anderer sind. Die einzige Auflage, die für mich gilt, ist, dass sich Überlebende und Tote am Ende eines Jahres die Waage halten müssen.«

»Und wenn nicht?« Konstantin wollte lieber nicht fragen, ob sie selbst dafür sorgte, dass der Einklang hergestellt wurde, sprich Menschen umbrachte, um ihr Konto auszugleichen. Er nahm lieber an, dass der Tod dafür an einem anderen Ort nach Gutdünken mehr Leben auslöschte als zunächst vorgesehen. Er dachte an Naturkatastrophen, bei denen Hunderte, Tausende starben. Es gab so viele Möglichkeiten für den Tod. *Ob es Sastre zu schaffen macht, dass sie Unschuldige auf dem Gewissen hat?*

»Dann bedient sich der Tod an mir, Señor Korff. Für jeden Toten im Ungleichgewicht nimmt er mir ein Jahr. Es gibt kein Entkommen vor ihm – außer für Sie und Ihresgleichen. Doch selbst das nimmt der Schnitter nicht einfach hin, wie Sie wissen.« Sie nahm einen der Schokoladenkekse und biss davon ab.

Konstantin war fasziniert von ihrer Erzählung. »Woher haben Sie Ihre Gabe?«

Sie lachte bitter. »Ich weiß es nicht. Es liegt in unserer Familie. Alle meine Vorfahren waren Ärzte, und keiner von ihnen wurde älter als sechzig Jahre. Das ist der Preis, den wir zahlen: Wer sich mit dem Tod abgibt, stirbt schneller.«

»Nicht ganz.« Konstantin dachte an das Ars Moriendi und seine Angestellten. *Bestatter sterben nicht früher als andere Menschen.*

»Es könnte auch daran liegen, dass sie alle Säufer waren. Wie ich. Und dass sie einen Hang zu Betäubungsmitteln hatten. Auch wie ich«, fügte sie hinzu. »Wie sonst soll man das aushalten?« Ihr Gesicht verhärtete sich, der Blick richtete sich auf die Wodkaflasche. Sie rang sichtbar das Bedürfnis nieder, danach zu greifen. »Wegen des Rufs meiner Familie wurden wir immer wieder von Menschen wie Ihnen beiden aufgesucht. Wir sollten für sie mit dem Schnitter sprechen und ihn dazu bringen, den Fluch zu lösen.« Sie aß den Rest des Kekses. »Wie ich schon sagte: Ich kann es nicht. Niemand kann das.«

Konstantin setzte sich in den Stuhl vor ihrem Schreibtisch und nahm einen weiteren Schluck von dem starken Kaffee. »Das habe ich inzwischen verstanden. Können Sie mir erklären, was es mit den Gevattersteinen auf sich hat? Ich bin bei meiner Suche mehrfach über sie gestolpert.«

»Die Steine.« Sastre nickte. »Das kann ich. Meine Familie hatte natürlich Mitleid mit den Todesschläfern. Darüber hinaus waren sie eine Gefahr für die Allgemeinheit, wie man an Señor Arctander sieht.«

»Wenn Sie das alles wissen, wieso wollten Sie uns zuerst nicht helfen?«

»Selbstschutz.« Sie konnte nicht länger widerstehen und griff nach der Wodkaflasche, öffnete sie und gab einen Schuss in die Espressotasse. »Wir haben uns ein System ausgedacht. Massimo war eine Art Sprecher für uns, jemand, der die Aufmerksamkeit bewusst auf sich zieht. Wenn jemand zu ihm kam, entschied er darüber, ob diese Person ein legitimes Anliegen hatte. Wenn dem so war, stellte er ein Empfehlungsschreiben aus, als Botschaft. Ohne sie geben wir uns nicht als Menschen zu erkennen, die mit dem Tod in Kontakt treten können. Es ist nur selten ratsam, seine Besonderheit offen zu zeigen. Einige meiner Vorfahren fielen der Inquisition zum Opfer, wie Sie sich denken können. Diese freundliche Institution gibt es zwar heute nicht mehr, aber die Maschinerie dahinter sehr wohl. Die katholische Kirche ist wachsam, was nicht autorisierte Wunder angeht. Ich hatte schon Besuch von zwei Exorzisten, die mir verdeutlichten, was ich darf und nicht darf.« Sie schob den Ärmel ihres Kittels in die Höhe und zeigte kreuzförmige Brandnarben auf ihrem Arm. »Ego te absolvo. Diese Arschlöcher!«, zischte sie.

»In diesem Zusammenhang verstehe ich Ihre Zurückhaltung.« Konstantin war überrascht von diesen Neuigkeiten. *Weiß die Kirche auch von uns? Bestimmt. Unsere Vorfahren haben die Inquisition sicher genauso zu spüren bekommen.* Er lehnte sich in seinem Stuhl zurück. »Kommen wir noch einmal auf ...«

»... die Steine, ja, ich weiß.« Sastre trank vom Wodka. »Wie gesagt, es ging uns darum, eine Möglichkeit zu finden, den Todesschläfern ein normales Leben zu ermöglichen und die Leute um sie herum vor Schaden zu bewahren. Entsprechende Experimente begannen schon sehr früh. Im späten Mittelalter wurden sie schließlich forciert, vor allem von den Alchemisten, mit denen meine Vorfahren zusammenarbeiteten. Zufall und Geduld führten letztendlich zu einem Ergebnis. Zuerst hielt man eine bestimmte alchemistische Mischung für den Grund, dass ein Todesschläfer plötzlich für den Schnitter sichtbar wurde, ein Trank aus verschiedenen Komponenten, darunter auch gemahlene Edelsteine. Aber nach einigen schwerwiegenden Rückschlägen stellte sich heraus, dass Edelsteine allein verantwortlich waren. Wenn ein Todesschläfer einen Gevatterstein trägt, ist er für den Tod erkennbar, und der Gevatter ist beruhigt und wütet nicht mehr, weil er weiß, dass er den Todesschläfer jederzeit finden und holen kann. Die heilige Ordnung von Sterben und Leben ist hergestellt.«

»Der Opal«, warf er ein und sah zu Arctander, der langsam seine Finger senkte. Die Hoffnung war in das Zimmer zurückgekehrt.

»Ja. Aber nicht nur. Ein Stein muss eine gewisse Reinheit aufweisen, um das Phänomen auszulösen. Dazu kommen weitere physikalische Eigenschaften und Spezifikationen, die man nur in einem Labor feststellen kann. Es würde Sie überfordern, wenn ich ins Detail ginge. Nur wenn diese Kriterien erfüllt sind, ist ein Stein tauglich. Wir lassen jede Nuance prüfen, bevor wir ihn kaufen.«

»Haben Sie welche?«, flüsterte Arctander begierig. »Was kosten sie? Wie …«

Sastre richtete ihren Kittel. »Nein. Ich hatte bei Massimo neue erbeten.«

Der Narkoleptiker wurde noch etwas bleicher, als er ohnehin schon war. »Sagten Sie nicht, sie lagen bei ihm im Safe? Dann wäre ich so nahe an meiner Erlösung gewesen, ohne es zu ahnen.«

»Ich weiß es nicht. Dank Ihnen kann er mir nicht mehr helfen. Das ist wirklich mehr als grausame Ironie, oder?« Sie lachte bitter und griff nach der Flasche. Ihre Zunge wurde deutlich schwerer, die Wirkung des Wodkas beeinträchtigte das Sprachzentrum.

Ich läge schon lange besoffen unterm Tisch. Konstantin entriss ihr den Wodka mit einem entschiedenen Ruck. »Warum wollte Auro Bent hierherschicken, wenn er die Steine bei sich im Safe hatte?«

»Weil ich die Stärkere von uns beiden bin«, entgegnete sie böse und sah auf die Flasche. »Ein Stein muss durch einen Todseher an den Todesschläfer gebunden werden. Je stärker der Fluch ist, desto schwerer wird es, diese Bindung von Stein und Todesschläfer herzustellen. Da ich viel Erfahrung besitze, wollte Massimo mir das überlassen, denke ich. Aus Sicherheitsgründen.«

Konstantin und Arctander wechselten kurze Blicke. »Wie kommen wir an neue Opale für Bent?« Er dachte an seinen eigenen Ring, den er in der Hosentasche trug, und an Marna. *Ich könnte sicher etwas arrangieren. Aber erst mal abwarten, was Sastre sagt. Ich möchte Marna nicht unbedingt hineinziehen.* Er überlegte, ob die brünette Händlerin ihm vielleicht etwas vorgespielt hatte und genau wusste, was er war. *Nein, das hätte ich bemerkt. Sie hat sich auf die Ringe spezialisiert.* »Sie wissen, dass es dringend ist.«

»Ja, das weiß ich«, gab sie ätzend zurück. »So etwas wie im Stadion sollte sich nicht noch einmal wiederholen. Es war schwer, den Tod davon abzubringen, seinem Hass freien Lauf zu lassen, als Señor Arctander seinen Anfall hatte. Fast zu schwer. Oft wird mir das bei ihm nicht mehr gelingen.« Ihr Blick wurde abwesend. »Das wäre das erste Mal in der Geschichte meiner Familie, dass der Fluch eines Todesschläfers zu stark wäre.« Sie drehte sich auf ihrem Stuhl und schaltete den Computer ein. »Außer Massimo kenne ich nur noch zwei weitere Menschen, die dieselben Fähigkeiten haben wie ich. Eine Chi-Heilerin und ein Chinese, der sich der traditionellen chinesischen Medizin verschrieben hat. Ich schreibe sie an und frage nach, ob sie noch Steine haben.«

»Geht das schnell?«, wollte Arctander wissen. »Ich … es muss aufhören!«

»Ich nehme an, dass ich bis heute Abend Antworten habe. Der Stein muss von extremer Reinheit sein, wenn ich bedenke, wie verärgert der Schnitter war.« Sastre schrieb ihre Nachrichten.

Bis heute Abend. Das klingt gut. »Wie schnell kann man die Steine herschaffen?«

»Sie kämen aus Sacramento oder Shanghai. Bei Expresslieferungen und ein paar eingerechneten Verspätungen, sagen wir … eine Woche. Geschätzt.« Sastre wusste offensichtlich, auf was er hinaus wollte. »Machen Sie sich keine Sorgen. Ich bringe Sie sicher unter. Ich habe eine kleine Hütte, abseits von Barcelona, auf einem Gelände, das einsam im Wald liegt. Sie ist extra für Todesschläfer gebaut worden. Da können Sie bleiben, bis ich die Steine habe und zu Ihnen komme.«

»Eine Woche?«, stöhnte Arctander.

Sastre sah ihn an, und zum ersten Mal lag Mitleid in ihren Augen. »Beruhigen Sie sich, Señor. Sie werden vollkommen ungestört sein. Eine Woche ausspannen, an einem netten Weiher, in einer beschaulichen Hütte, in der Sie ohne Angst leben können. Señor Korff wird Ihnen Gesellschaft leisten, und die sieben Tage verfliegen schneller, als Sie es sich vorstellen können.« Sie stand auf. »Sind Sie damit einverstanden?«

Konstantin nickte, Arctander tat es ihm nach.

»Gut. Fahren wir.« Sie zog im Gehen den Kittel aus und trat an ihnen vorbei zur Tür. »Kommen Sie, Señores. Ich bringe Sie in Ihr Urlaubsdomizil, das Sie sicher überraschen wird. Und dass mir keiner unterwegs einschläft. Katastrophen hatte die Welt dank Señor Arctander genug.«

Sie folgten ihr durch die Praxis, fuhren mit dem Fahrstuhl nach unten und gingen ins Freie, wo sie von Sastre zu einem alten Land Rover Defender geführt wurden.

Sie stiegen ein, und die Fahrt begann.

Konstantin versuchte unterwegs, Marna zu erreichen, um sie zu fragen, ob sie eventuell die Steine besorgen konnte. Die genauen Spezifikationen konnte ihm Sastre sicherlich zukommen lassen. *Smartphones sind schon eine praktische Erfindung.* Es ärgerte ihn nur, dass er das Handy, auf dem er ihre Nummer gespeichert hatte, gleich wieder ausmachen musste, um zu verhindern, dass der MI6 ihn ortete.

Marna meldete sich leider nicht.

Dann eben später. Am Weiher.

Die Fahrt führte sie aus Barcelona heraus, über die Schnellstraße weiter nach Norden. Die meiste Zeit schwiegen sie.

Konstantin war nicht nach einem Gespräch. Er ging in Gedanken all die neuen Informationen durch, um sie zu verarbeiten und eventuell eigene Schlussfolgerungen zu ziehen. Laut Sastre gab es lediglich eine überschaubare Menge an Leuten, die den Schnitter fühlen und beeinflussen konnten. *Ebenso viele wie Todesschläfer?*

Die Gegend um sie herum wurde karger. Sie verließen die beliebten Tourismusgebiete und nutzten enge Straßen, die von verschlafener Ortschaft zu verschlafener Ortschaft führten. Es wäre gefährlich ermüdend gewesen, aber Sastres rasanter Fahrstil und die Kurven, in denen sie in den Sitzen hin und her geschleudert wurden, verhinderten, dass sie einschliefen.

»Kennen Sie zufällig einen Arzt namens van den Bloom?«, fragte Arctander die Ärztin.

»Nein«, antwortete sie, ohne zu zögern. »Welches Fachgebiet?«

»Neurologie. Ein Holländer. Na, ich hatte eh nicht damit gerechnet.«

Konstantin sah ihn an. »Warum? Ist da was, von dem wir wissen sollten, bevor wir noch mehr Ärger bekommen?«

»Nein, nein. Ich kenne den Mann gar nicht, und er weiß nichts von mir. Ich habe nur gelesen, dass er zu dem Forscherteam gehört, das herausgefunden hat, dass bei Narkoleptikern die Regulation der Körpertemperatur durcheinandergeraten ist. Nicht nur das Schlafen«, erklärte er. »Das wäre auch noch ein Ansatzpunkt gewesen, falls ich mit den Steinen nicht weitergekommen wäre.«

»Inwiefern bringt das was gegen die Krankheit?«

»In dem Artikel stand, dass ein Narkoleptiker eine Körpertemperatur von ungefähr siebenunddreißig Grad im ganzen Körper hat. Bei gesunden Menschen misst man die siebenunddreißig Grad lediglich im Rumpf, die Gliedmaßen sind kälter. Van Den Blooms Theorie besagt, dass diese dauerhaft hohe Temperatur die Nerven des Hypothalamus stört, der eigentlich für die Regulierung des Schlaf-Wach-Rhythmus verantwortlich ist. Ich habe damals auch Darling den Artikel gezeigt, und er versprach mir, ein Treffen mit dem holländischen Arzt zu organisieren.« Arctander stieß die Luft aus. »Dieses Arschloch.«

Konstantin erinnerte sich, dass Bent die Kälte seiner schwedischen Heimat verantwortlich für die geringeren Anfallraten gemacht hatte. »Du bräuchtest einen Thermoanzug, richtig? Eine äußere Regulierung.«

»Wenn die Theorie stimmt. Diese beschissenen Schlafanfälle kommen angeblich nur, weil die Kühlung bei mir versagt und mein Hirn überlastet ist, wenn man so will.« Arctander nickte. »Das wäre der Himmel für mich: Der Fluch verschwindet durch den Stein, und spezielle Thermowäsche verhindert, dass ich einfach so einschlafe. Vielleicht reicht es ja schon, wenn ich wieder nach Schweden zurückgehen kann. Ohne Menschen zu killen.«

Arctander hing seinem Traum nach, während sie die feste Straße verließen und auf einem schmalen überwucherten Weg parallel zu einer verrosteten Bahntrasse weiterfuhren.

Der Geländewagen passierte einen See und fuhr über eine Brücke, vor der Sastre die Spiegel des Defenders einklappte. Dann rollten sie auf einen betonierten Platz, auf dem sich Laubbäume in den Himmel stemmten und Schatten spendeten. Ihre Stämme verdeckten einen Tunneleingang, der in einen Berg führte. Sastre umfuhr die Hindernisse und steuerte den Wagen hinein.

Die Lichter des Defenders erwachten zum Leben und leuchteten eine Röhre von sieben Metern Höhe aus, in der einst Schienen verlaufen waren.

Vor einem großen Tor hielt Sastre an, stieg aus und zog einen Schlüssel aus der Tasche. Sie schob ihn in ein modern aussehendes Schloss, drückte ihn tief hinein und drehte ihn um.

Es klackte.

Ein sirenenartiges Warngeräusch erklang, und das Tor schob sich mit hydraulischem Heulen auf. Licht flackerte auf der anderen Seite.

»Weiter kann ich Sie nicht fahren. Sie gehen einfach durch das Tor, durch den Gang dahinter und gelangen auf der anderen Seite auf das Waldgrundstück. Ein Stück links läuft ein kleiner Bach in den See, und dort steht die Hütte, von der ich erzählt habe. Sie finden Wäsche und Vorräte in den Schränken. Ein paar Gesellschaftsspiele sind auch da. Ihnen wird schon nicht langweilig, da bin ich sicher.« Sie blickte auf die Uhr. »Ich muss zurück.«

Arctander reichte ihr die Hand, doch Sastre schloss ihn überraschend in ihre Arme, nur für einen Moment. Danach ging er durch das Tor.

»Haben Sie diese Schleuse in den Hügel einbauen lassen?« Konstantin war beeindruckt.

»Nein. Das war Franco. Diese Anlage sollte mal was Besonderes werden, eine Art Führerbunker und Schatzhort. Aber das Geld ging ihm aus, und dann wurde seine Diktatur beendet, bevor er neues stehlen konnte. Ich habe sie zusammen mit dem Berg und dem Land gekauft. Spanien war der Unterhalt zu teuer.« Sastre deutete auf den Eingang. »Viel Vergnügen, Señores. In einer Woche sehen wir uns wieder.« Sie drückte den Schlüssel wieder in das Schloss.

Die akustische Warnung erklang erneut, die Hydraulik trat in Aktion.

Konstantin wurde von ihr ebenso umarmt und behielt alle weiteren Fragen vorerst für sich. In der kommenden Woche hatte er genug Zeit, sich ein paar davon selbst zu beantworten und ihr den Rest zu stellen. »Bis dann, Señora. Und vielen Dank für alles.«

Konstantin betrat den Gang hinter dem Tor, während sich das mehr als ein Meter dicke Schott zentimeterweise schloss.

Arctander stand auf der anderen Seite und ging um die Biegung – nur um gleich darauf mit entsetztem Gesicht umzukehren. »Aufhalten!«, schrie er und zeigte auf das Tor.

»Was ist los?«

»Sie hat uns verarscht! Hier gibt es keinen Ausgang!«

Konstantin fuhr herum und musste mitansehen, wie das

Schott sich fugenlos schloss. Klickend verriegelte es sich. Das Geräusch eines Lüftungssystems zischte ganz leise in der Stille, sonst war nichts zu hören, gar nichts. Die Motorengeräusche des Defenders durchdrangen weder Stahl noch Beton. *Was soll der Mist?*

Arctander kam an seine Seite, rüttelte an dem Handgriff des Tors. »Scheiße!«

»Bist du dir sicher, dass es keinen Ausgang gibt?«

»Natürlich bin ich mir sicher! Ich kann doch …« Er verdrehte die Augen und brach zusammen, steif wie ein Brett.

Ein narkoleptischer Anfall? Doch das Knistern blieb aus. Daher schloss Konstantin auf Kataplexie, die Arctander lähmte und in eine Starre verfallen ließ, die sich erst nach Minuten wieder löste. Dagegen konnte er nichts tun.

Er begab sich in den hinteren Teil der Röhre und sah vier Betten, mehrere Spinde in verschiedenen Größen und einen Fernseher mit Kabelanschluss. Rechts von ihm befand sich eine Tür mit dem Wort TOILETTE in verschiedenen Sprachen. Einen Ausgang gab es nicht.

Empfang werde ich keinen haben, oder? Konstantin langte in seine Tasche.

Sein Smartphone fehlte. Sastre hatte bei ihrer Umarmung mehr getan, als ihn aufmunternd zu drücken.

Eine rasche Untersuchung der unverschlossenen Spinde zeigte ihm, dass die Professorin insofern nicht gelogen hatte, als dass er und Arctander genügend Essens- und Getränkevorräte besaßen.

Was Konstantin nicht gefiel, war der Umstand, dass sie für mehr als sieben Tage ausreichten.

Was hat sie mit uns vor?

Roccastrada, Italien

Wenn die Carabinieri mit einer Sache nicht gerechnet hatten, dann damit, dass Martin Thielke ohne Vorwarnung abdrückte: Mit einem lauten Krachen raste die Schrotladung aus dem Revolver.

Die Kügelchen jagten auf die Polizisten zu, rissen Holzstückchen aus dem Türrahmen und zerfetzten den Rauhputz an der Wand. Die Frau stieß einen hohen Schrei aus.

Die Carabinieri feuerten zurück, verfehlten ihn und gingen zu Boden, aus vielen kleinen Wunden blutend. Die Schutzwesten hatten ihnen sicherlich tödliche Verletzungen erspart, aber der Schock der vielen kleinen Einschläge reichte aus, um sie niederzustrecken.

Thielke hielt den LeMat auf die Polizisten gerichtet, sah nach der Frau, die eben aus dem Fenster des Nachbarraums steigen wollte. »Zurückkommen«, schnauzte er sie an und versetzte den liegenden Polizisten je einen kräftigen Tritt gegen den Kopf, damit sie ohnmächtig wurden. »Ich habe kein Problem damit, Ihnen in den Rücken zu schießen.«

Sie blieb stehen, ein Bein bereits auf dem Fenstersims.

»Ich will die Zahlenkombination des Tresors«, sagte er. »Ich verspreche Ihnen, dass ich mich nur für bestimmte Dinge darin interessiere. Wenn Sie Glück haben, vielleicht für nichts von dem, was Sie haben wollen.«

Sie wandte sich zu ihm um und nahm langsam einen Zettel aus der Tasche. »Die Kombination lautet …«

Thielke zeigte auf den Tresor. »Machen Sie mal. Reinlegen lasse ich mich nicht so gern, wissen Sie.«

Sie ging an ihm vorbei, musterte ihn dabei eindringlich, stieg über die bewusstlosen, verwundeten Carabinieri hinweg und blieb vor dem Safe sehen. Sie drückte auf dem Tastenfeld herum, es piepste und klickte verheißungsvoll.

»Jetzt Finger weg und zur Seite treten«, befahl er und humpelte näher. Viel Zeit konnte er sich nicht lassen. In einem kleinen italienischen Dörfchen wie diesem hatte vermutlich jeder Einwohner sein eigenes Gewehr im Schrank, entweder für die Jagd, das Wildern oder weil sie zur Mafia gehörten. Er wollte weg sein, bevor sich die Nachbarschaftshilfe formierte.

Er öffnete das zweite, massivere Türchen des Wandtresors und blickte hinein, mit dem LeMat auf die Frau zielend.

Papiere, vertrauliche Unterlagen, ein paar Briefe.

Na ja. Mal abwarten, was ich darin finde. Die Briefe stopfte er sich in die Jacke.

Da entdeckte er das kleine Kästchen, ganz hinten im Panzerfach.

Er nahm es heraus und schüttete den Inhalt auf den Schreibtisch.

Edelsteine kullerten über die Holzplatte, in geschliffener Form, als Rohmaterial, sowie zwei Ringe mit großen und kleinen Opalen.

Thielke sah, wie sich die Frau anspannte. »Aha. Deswegen sind Sie hier.« Er nahm den ersten Ring in die Hand, den ein stilisierter Totenkopf in Silber mit Diamantsplittern zierte. »Sieht teuer aus. In letzter Zeit sind alle verrückt nach diesen Todesringen.« Er lachte leise. Er war auf der richtigen Spur. Massimo Auro teilte das Faible für Schnitterringe mit Hoya und Bouler.

Er warf den Ring zurück auf den Tisch und hob den anderen vor sein intaktes Auge: kleine Opale in Kreuzform angeordnet, umgeben von Silber, eingeätzte Symbole. »Für wen spielen Sie denn den Eintreiber?«, fragte er sie.

»Warum sollte ich Ihnen das sagen?«

»Weil ich sonst alles einsacke und Sie von Ihrem Boss gefeuert werden«, gab er zurück, nahm die Steine und ging zum Ausgang, der Revolver zeigte nach wie vor auf sie. »Und Vorsicht. Nicht lügen. Das merke ich.«

»Für die Edelstein- und Diamantbörse Idar-Oberstein«, antwortete sie zähneknirschend. »Alles, was ich tue, ist rechtens. Herr Auro war im Verzug mit der Bezahlung der Steine. Bevor die Erben sich plötzlich nicht mehr erinnern, jemals Steine im Tresor gesehen zu haben, bin ich hergekommen, um sie zurückzuholen.«

»Und woher haben Sie die Kombination? Von den Erben?«

»Nein. Ich habe mich mit dem Hersteller des Tresors in Verbindung gesetzt. Es gibt einen Notfallcode, der den Safe immer öffnet. Die Zahl ist bei einem …«

Thielke winkte ab. So genau wollte er es gar nicht wissen. Da er die Erlaubnis und die Carabinieri gesehen hatte, glaubte er ihr die Geschichte. *Ich könnte die Steine als Lockmittel für Arctander behalten.* Er überlegte rasch. *Nein, das macht es zu kompliziert. Die Überraschung ist mein größter Vorteil. Arctander wird sich von mir nicht in die Falle locken lassen.* Er warf ihr die Ringe und Steine zu. »Bitte sehr. Ich glaube nicht an deren Macht. Aber passen Sie auf, denn andere tun es. Und sie morden dafür.« Er wandte sich um und ging zur Tür.

»Meinen Sie Baronesse von Windau?«

Schau einer an. Thielke sah über die Schulter zurück. »Zum Beispiel. Anscheinend ist man bei der Börse gut informiert. Achten Sie auf sich und denken Sie an Boulers Schicksal.« Er dachte kurz darüber nach, sie mitzunehmen und zu befragen, aber er wollte sich keine Geisel ans Bein binden, die ihm später Scherereien machte. »Wie heißen Sie?«

»Sybille Quandt.«

»Ich habe zwar nur ein Auge wie ein Zyklop, aber ich kann trotzdem ganz gut sehen, Tausendschönchen. Zeigen Sie mir Ihren Ausweis.«

Zuerst rührte sie sich nicht, aber als der LeMat sich auf ihr Gesicht richtete, nahm sie ihren Ausweis heraus: Marna Philomena Herbst.

»Danke. Viel Spaß mit den Steinen.« Er humpelte aus der Wohnung und die Treppen hinunter, den LeMat hielt er einsatzbereit unter der Jacke verborgen.

Als er auf die Straße trat, stellte er überrascht fest, dass die Männer unverändert vor dem Café saßen und spielten, palaverten und Wein tranken. Anscheinend nahmen sie an, dass Gewehrschüsse in ihrem kleinen Dorf nur mit der Mafia zu tun haben konnten, und taten daher lieber so, als hätten sie nichts gesehen.

Der beste Schutz gegen Ärger. Thielke grinste. Er wurde für einen Mafioso gehalten. Er blickte nach oben, wo die Frau am Fenster von Massimo Auros Wohnung stand und ihm nachschaute. Sie hielt ein Handy in der Hand und rief vermutlich die Kavallerie.

Er ging weiter und erreichte seinen Mietwagen, stieg ein und fuhr los. Er ließ Roccastrada hinter sich und hielt erst in der nächstgrößeren Stadt in einer Seitenstraße an, um seine Beute zu sichten.

Es waren unverfängliche Briefe von einer Ärztin namens Isabella Dolores Sastre. Allerdings konnte man über den Buchstaben feine Bleistiftmarkierungen erkennen, die sicherlich von Auro stammten.

Kleine geheime Botschaften?

Er nahm sich einen neuen Zettel und setzte darauf die markierten Buchstaben und Silben zusammen. Daraus ergab sich ein neuer Text, in dem es um die Bestellung von neuen Steinen ging.

Sastre hatte in den vergangenen Monaten ihre Vorräte aufgebraucht und benötigte Nachschub: zwei Opale, unbehandelt, sowie zwei geschliffene. Das Aussehen spiele keine Rolle, hieß es in der Botschaft. Es ginge wie eh und je um die Funktion, nicht um den Wert. *Damit habe ich nicht gerechnet. Die Steine scheinen wirklich etwas gegen den Tod auszurichten!*

Arctander versuchte mit Hilfe der Steine, seinen Fluch loszuwerden.

Das ehrte den Narkoleptiker, machte ihn aber nicht ungefährlicher oder die Toten lebendig, die er verschuldet hatte – und noch verschulden würde, solange er frei herumlief.

Thielke sah auf den Briefumschlag. Sastre lebte in Barcelona, ihre Adresse war sein nächstes Ziel. Ein Flughafen, von dem aus eine Maschine in die bekannte spanische Stadt flog, würde sich rasch finden lassen. *Es geht wieder voran.*

Er wollte Sastre warnen, Arctander auflauern und sehen, was geschah. Sollte es möglich und zu einhundert Prozent sicher sein, den Todesfluch mit einem Stein abzuschalten, wollte er dem Schweden eine Chance geben.

Wenn nicht, beendeten zwölf Millimeter dessen leibliche Existenz.

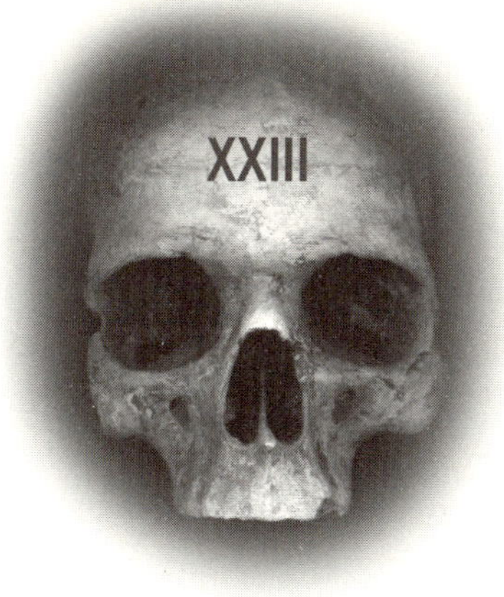

I have no terror of Death.
It is the coming of Death that terrifies me.

Oscar Wilde, *The Picture of Dorian Gray*

In der Nähe von Barcelona, Spanien

Konstantin hatte den Eindruck, dass die Zeit im Bunker langsamer verlief als außerhalb.

Er und Arctander verbrachten die Zeit mit Lesen, Fernsehen und DVD-Schauen, sich über das Verhalten von Sastre wundern, Spekulationen anstellen sowie essen und schlafen.

Das Schlafen, ohne sich Gedanken über die Umgebung machen zu müssen, genoss Arctander noch viel mehr als Konstantin. Doch die Tage vergingen zäh, zogen sich wie selten in seinem Leben. Dazu gesellte sich die Ungewissheit über das Ende ihrer Gefangenschaft.

Konstantin war sich sicher, dass Sastre nicht beabsichtigte, sie zu töten. Es ging ihr, nahm er an, um die sichere Unterbringung von zwei gefährlichen Todesschläfern, mit denen sie nicht lange diskutieren wollte.

Er räumte ein, dass es vielleicht die beste Lösung für alle war, bis sie mit den Steinen zurückkehrte. *Falls.*

Sie war die Einzige, die den Tunnel kannte und den Schlüssel für den Zugang besaß, vermutete er. Kam sie – aus welchen Gründen auch immer – ums Leben, sähe es für sie, umgeben von meterdickem Beton und einem Berg, schlecht aus. Konstantin hatte überschlagen, dass die Vorräte für ein knappes Jahr reichten.

Statt sich Schreckensszenarien zu überlegen, stellte er sich lieber eine Zukunft ohne den Fluch vor. Er sehnte sich nach dem Wiedersehen mit Iva. Entspannt, ohne Fluch, ohne Ausreden.

Konstantin dachte an ihre Augen, an ihre schönen langen blonden Haare – und vor allem an ihr Lächeln. Er rief sich die ersten Blicke in Erinnerung, die sie im Gewandhaus getauscht hatten und die alles sagten, noch bevor sie überhaupt miteinander sprachen.

Er wollte sie endlich wiedersehen, in ihre Augen schauen. Und wenn er dort noch das fände, was früher da war, dann würde alles gut. Dann musste er nichts erklären. Dann würde er sie einfach in die Arme schließen.

Er kam gerade aus der Dusche und trug lediglich ein Handtuch um die Hüften, als der Warnton ertönte: Die hydraulische Hebevorrichtung setzte sich in Gang, das Schott schwang auf.

»Sie kommt! Sie kommt!«, rief Arctander und stand vom Tisch auf, wo er an einem Puzzle gearbeitet hatte.

Konstantin schlüpfte vor seinem Spind in einen schwarzen Trainingsanzug, zog den Zipper bis nach oben und fuhr sich einmal mit den Händen durch die nassen Haare. *Was wird geschehen?* Er hastete zum Eingang, ohne sich eine improvisierte Waffe oder ein Messer zu nehmen.

Das runde Stahltor hatte sich geöffnet. Vor der Schwelle

verharrte Sastre unsicher und sah zu ihnen hinein, hob langsam die Hand zum Gruß. Sie trug ein T-Shirt, Jeans und Turnschuhe, die Haare waren offen.

Arctander stand keine vier Schritte von ihr entfernt, ein Brotmesser in der Rechten, und ging auf sie zu. Er zeigte sein Misstrauen offen. »Was sollte die Scheiße?«, brüllte er los. »Hätten Sie uns nicht einfach sagen können, dass Sie uns zur Sicherheit einschließen? Was haben Sie als Nächstes vor? Wo sind die Steine?«

Konstantin sah ihr Zögern und den seltsamen Gesichtsausdruck. Etwas stimmte nicht. »Halt«, warnte er den Narkoleptiker.

Da erschien ein Männerarm von der Seite und versetzte Sastre einen Schubs gegen den Rücken, der sie in den Bunkerraum stieß.

Thielke trat hinter dem Schott hervor, den LeMat auf sie gerichtet. In seinem linken Mundwinkel hing eine erloschene Stumpenzigarre. Durch die Augenklappe und seinen Landhauslook wirkte er wie ein vergessener Westernheld, der nur aus Versehen in einen Bunker aus dem Zweiten Weltkrieg geraten war. »Keiner versucht irgendwelche Kampfsport-, Helden- oder Was-weiß-ich-Kunststücke, klar?«, sagte er locker. »Die Schrotpatrone in meinem Revolver schreddert Professorin Sastres Schädel in winzig kleine Stücke, wenn einer von euch eine falsche Bewegung macht. Und ihren klugen hübschen Kopf braucht ihr zwei noch, habe ich gehört.« Er warf den Todesschläfern fragende Blicke zu und wartete, bis sie widerwillig nickten. »Gut. Ab in die Sitzecke mit euch. Wir haben Dinge zu besprechen. Wird euch überraschen, denke ich.«

Konstantin ging langsam rückwärts. Vorerst fügte er sich den Anweisungen, um Sastre nicht zu gefährden. *Der Mann ist die Pest.* Er sah den Torschlüssel in Thielkes linker Hand.

Zu seiner Erleichterung unternahm der vor Nervosität

zitternde Arctander ebenfalls nichts. Zu dritt pferchten sie sich in der Ecke auf der Bank zusammen.

Thielke blieb in sicherer Entfernung stehen, die Mündung der Waffe auf die Gruppe geschwenkt. »Dass ich das noch erleben darf.« Er klang erleichtert. »Bent Arctander, tausendfacher Mörder und der stärkste Todesschläfer der Welt, zusammen mit Kollege Korff, der sich als ehemaliger Sünder am normalen Leben versucht«, charakterisierte er sie knapp. »Schicke Runde, was?«

Konstantin sah zu Sastre, die unverletzt zu sein schien. »Wie geht es Ihnen?«, fragte er leise und strafte Thielke mit Missachtung. »Hat er Ihnen was getan?«

Sie schüttelte den Kopf. »Nein.«

»Nein«, bekräftigte Thielke. »Warum auch? Sie ist keine von uns. Eigentlich ist sie genau das Gegenteil von uns. Ich wäre ja dämlich, die gute Ärztin zu verletzen, schließlich kann sie euch dazu verhelfen, fast normale Menschen zu werden.« Der LeMat senkte sich trotzdem nicht. »Ich brauche sie nur als Druckmittel, damit ihr keine Faxen macht und euch auf einen halbblinden, lahmen Krüppel wie mich stürzt.« Er lachte. »Die Donna und ich unterhielten uns ein bisschen, und ich lernte neue Dinge. Spannende Dinge. Weil ich kein Unmensch sein möchte, werde ich es auf einen Versuch mit den Steinen ankommen lassen. Sollte sich herausstellen, dass sich der Schnitter tatsächlich damit zufriedengibt zu wissen, *wo* ihr seid, soll es mir recht sein. Es würde mir viel, nein, *sehr* viel Arbeit ersparen.«

Das hört sich gut an. Konstantin entspannte sich etwas. »Erklären Sie uns, welches Spiel Sie treiben, Thielke? Dass Sie ein Todesschläfer sind, habe ich verstanden. Aber warum haben Sie mich verfolgt?«

Thielke legte den Kopf schief, zog ein Benzinfeuerzeug aus der Tasche und entzündete seine Zigarre, paffte und spie

Qualmwolken aus dem Mund. »Sie haben recht. Ich sollte Ihnen ein wenig von mir erzählen, damit Sie verstehen, dass ich nicht primär ein Feind bin. Wenn die Sache mit den Gevattersteinen funktioniert, kann ich mich eh zur Ruhe setzen – sofern die Todesschläfer geschlossen mitziehen.« Er sog mehrmals am Stumpen. »Ich gehörte zu *Schlafes Brüder.* Aber ich hatte keine Lust mehr. Wie Sie, Korff. Ich wollte keine Menschen mehr töten, egal, ob sie gut oder schlecht waren. Über ihren Tod sollte ihr Schicksal entscheiden, nicht ich oder ein anderer Todesschläfer. Wir benahmen uns wie Götter.« Er zog einen Stuhl zu sich und setzte sich, mit der freien Hand massierte er das rechte Bein. »Ich forschte, ich kam auf den Halbhirnschlaf, um den Schnitter nicht zu rufen, sobald ich eindöse. Über Details können wir bei Gelegenheit sprechen, das würde jetzt zu lange dauern. Ich verstand, dass es unsere elektrischen Signale sind, die Theta-Wellen, die den Tod rufen. Sobald wir sie aussenden, ist er da. Also bastelte ich mit einem befreundeten Elektroniker an einem Gerät, das wie ein Störsender funktioniert.«

»Sie überwachen Todesschläfer und greifen ein, wenn sie jemanden umbringen wollen«, erriet Konstantin. *Ein Störsender. Abgefahrene Idee.*

»Ja. Ich erledige sämtliche Todesschläfer, die den Organisationen angehören und die ich in Ausübung ihrer Macht erwische. Vorher störe ich ihre Theta-Wellen, wofür ich nahe heran muss, damit sie keine Toten anrichten. Die Akkuenergie reicht meistens aus, die Wellen für einige Sekunden zu blocken.« Er tippte auf den Revolver. »Ein extrem großes Kaliber, weil wir ja nicht im eigentlichen Sinn sterben und ich deshalb möglichst großen körperlichen Schaden anrichten muss.« Er schwieg kurz. »Ich tue das nicht gerne, Korff. Aber welche Wahl habe ich? Kann ich zulassen, dass Todesschläfer morden, weil sie sich als Hüter des Gesetzes oder eine eigene moralische Instanz betrachten? Da ich die Frage für mich mit Nein beantwortet habe, handele ich danach. Ich merze diejenigen von uns aus, die größenwahnsinnig geworden sind.«

»Ist das, was Sie tun, nicht dasselbe?«, warf Sastre ein. »Sie spielen sich als Richter der Richter auf. Die höchste Instanz.«

Thielke schenkte ihr ein mildes Lächeln. »Donna, ich diskutiere nicht mit Ihnen. Ich lege meine Motivation dar.« Er zeigte mit dem Revolver auf Arctander. »Mir war klar, dass ich ihn nicht leben lassen durfte.« Er sah sich demonstrativ um. »Das hier wäre allerdings eine angemessene Unterbringung, bei der ich eine Ausnahme machen würde. Hier kann nichts geschehen. Aber würde er sich freiwillig einsperren lassen?« Er richtete den Blick auf den Narkoleptiker. »Ich weiß, Sie sind ein armes Schwein. Vor allem aber sind Sie eine Waffe, die niemandem in die Hände fallen darf.« Er legte den Schlagbolzen nach hinten.

»Nein«, stammelte Arctander. »Korff, lassen Sie das nicht zu! Sie wissen, dass ich ...«

Das schaffe ich nicht. Konstantin würde die Distanz nicht schnell genug überbrücken können, um sich auf Thielke zu werfen. Erst würde der alte Mann auf ihn schießen und vermutlich treffen, danach auf Arctander. »Warten Sie! Ich muss Ihnen etwas über Arctander und Timothy Darling erzählen! Er hat ihn ...«

»Ich habe Sie gefunden, Narko. Eigentlich würde Ihre Flucht an dieser Stelle mit einem Schuss enden«, unterbrach ihn Thielke. »Aber nachdem mir die Professorin erzählte, was man mit den Todessteinen erreichen kann, habe ich mich entschlossen, Sie *nicht* zu töten, sondern erst mal abzuwarten.« Er sah zu Konstantin. »Jetzt können Sie mir von Darling berichten. Was hat er damit zu tun?«

Konstantin atmete auf. »Danke«, sagte er. »Ich fände es mehr als ungerecht. Bent kann nichts dafür.« Er erzählte Thielke von seinem Gespräch mit Arctander, von den Experimenten des MI6 und dass Chester die Anfälle des unscheinbaren Todesschläfers forciert hatte. Er fühlte dabei Wut in sich aufsteigen. Der Mann, den er für seinen Freund gehalten hatte, benutzte ihn aufs schäbigste und jagte ihn.

Als er seinen Bericht beendete, sah Thielke sehr nachdenklich aus. »Darling hat sich eine Massenvernichtungswaffe gebaut«, fasste er zusammen. »Es passt zu seiner Hinterfotzigkeit. Jetzt erzähle ich Ihnen, was ich von dem Commander gehört habe, als mich seine MI6-Idioten abzuknallen versuchten.« Er schilderte Konstantin den Funkspruch, in dem er deutlich Darlings Stimme vernommen hatte. »Das schwöre ich bei der Asche meines amputierten Unterschenkels: nichts erfunden.«

Konstantin ballte die Fäuste. *Jester, du Schwein.* »Lassen Sie ihn mir, Thielke«, bat er heiser vor Wut.

Er senkte den Revolver und steckte ihn ein. »Gut, dass wir uns austauschen. Niemand hat erst einmal etwas von mir zu befürchten. Das schwöre ich.«

»Was«, flüsterte Arctander ängstlich, »geschieht, wenn der Stein bei mir nicht wirkt?«

Thielke schürzte die Lippen und entgegnete nichts.

Konstantin schluckte und überlegte, wie er den Schweden beruhigen konnte, aber Sastre legte ihm eine Hand auf die Schulter und sagte: »Es wird wirken. Das verspreche ich.«

»Das hoffe ich«, setzte Thielke hinzu. »Schön. Fangen wir an. Wo sind die Steine?« Er sah gespannt von einem zum nächsten. »Was muss man damit machen?«

Konstantin wies auf Sastre. »Sie ist unsere Expertin.«

»Ja. Aber …« Sie schnalzte missmutig mit der Zunge. »Meine Freunde hatten keine passenden Steine.«

»Was?« Arctander riss die Augen auf und sah zu Thielke, als fürchtete er, dass der Mann sofort seinen LeMat zog und losfeuerte.

»Wieso haben Sie mir das nicht gesagt, bevor wir losfuhren?«, fragte Thielke.

»Sie hatten eine Waffe und den Wunsch, die beiden zu sehen. Ich wollte Ihnen in dieser Situation nicht unbedingt widersprechen«, gab sie zurück. »Mein Leben mag kürzer sein als manch anderes, aber ich hänge daran.«

Thielke dachte nach. »Als ich bei Auro in Roccastrada eingebrochen bin, lagen im Tresor ein paar Steine. Geschliffene und rohe.« Er schien sich zu ärgern.

»Aber Sie haben sie nicht mitgenommen?« Konstantin fluchte. Die Vermutung war richtig gewesen: Massimo Auro hatte diejenigen Steine besessen, die Arctander halfen, und war vom Tod geholt worden, bevor er sie ihm geben und ihn zu Sastre schicken konnte.

»Nein, ich habe mich dagegen entschieden. Tja, jetzt kann ich nichts mehr dran ändern. Eine Dame namens …« Er zog sein Handy aus der Jacke und drückte darauf herum. »Marna Philomena Herbst war mit zwei Carabinieri dort und nahm die Steine für die Edelstein- und Diamantbörse in Idar-Oberstein mit. Auro hatte seine Schulden nicht bezahlt.« Er wedelte mit dem Smartphone. »Ich habe ihre Adresse. Vielleicht …«

Konstantin unterdrückte jede verräterische Reaktion. Wenn Thielke sie verletzt hatte … »Oh, das klingt, als hätten Sie sich in Freundschaft getrennt?«

»Sagen wir, die Polizisten werden nicht allzu gut auf mich zu sprechen sein. Aber der Dame ist nichts geschehen. Ich bin ja kein Psychopath, der Spaß am Töten hat.« Thielke betrachtete ihn misstrauisch. »Sie interessieren sich für fremde Frauen? Wenn das mal Iva mitbekommt.«

Konstantin würde erst wirklich beruhigt sein, wenn er mit Marna gesprochen hatte. »Sie ist keine Fremde, sondern eine …«, er stockte kurz, »… gute Freundin. Sie und ich sind gemeinsam vor von Windau geflohen.«

»Oh, richtig. Sie erwähnte so etwas. *Das* erklärt, warum Herbst so cool geblieben ist. Dann ist sie sicher Schlimmeres als ein Knalltrauma gewohnt.« Thielke steckte das Handy weg. »Sie haben bestimmt ihre Nummer.«

»Ich rufe sie trotzdem von Ihrem Handy aus an. Darling könnte meins orten, wenn ich zu lange damit telefoniere.« Konstantin sah zu Sastre. »Wo wir gerade beim Thema sind: Kann ich *mein* Handy zurückhaben? Ich habe Herbsts Nummer darin gespeichert.«

»Sicher! Verzeihen Sie. Und verzeihen Sie beide bitte auch, dass ich Sie einsperren musste. Es erschien mir sicherer, wenn ich vorher nicht sage, was ich vorhabe. Señor Arctander ist einfach zu …«

»Tödlich«, beendete der Narkoleptiker ihren Satz. »Trotzdem nehme ich Ihnen das übel.«

Sastre gab Konstantin die Einzelteile seines Handys, und Thielke reichte ihm sein eigenes Gerät. »Empfang haben Sie unmittelbar am Ausgang des Tunnels.«

»Alles klar. Wohin soll ich Sie bestellen, sofern sie uns die Steine besorgen kann?« Konstantin ging auf das geöffnete Schott zu.

»Sagen Sie ihr, ich hole sie am Flughafen ab. Es wäre besser, Sie blieben hier«, schlug Sastre vor.

Arctander nickte. »Kein Problem.«

»Einverstanden.« Konstantin verließ den Bunker, schritt an Sastres Geländewagen vorbei durch die Dunkelheit auf den hellen Tunnelausgang zu, der wie aus der Finsternis ausgeschnitten wirkte.

Er roch die frische Luft, die Erde, die Bäume, den süßlichen Duft von Früchten und Blüten. Die Welt empfing ihn mit einer Sinfonie aus Eindrücken, die er nach der Woche in dem Betongrab umso intensiver wahrnahm.

Er atmete tief durch und schaltete sein Handy an, suchte

Marnas Nummer aus dem Telefonbuch und wählte mit Thielkes. Bevor er sein Telefon wieder ausschaltete, empfing er mehrere SMS, sein Handy hatte in der kurzen Zeit die alten Nachrichten runtergeladen. *Zum Lesen ist später Zeit.*

Es klingelte.

Einmal, zweimal, viele Male …

Klick. »Herbst?«

»Hallo, hier ist Konstantin Korff.«

»Korff! Gibt es Sie auch noch?« Marna hörte sich erleichtert und froh an. »Ich habe schon bei *Ars Moriendi* angerufen und mich nach Ihnen erkundigt. Sogar Ihre Sekretärin hat sich gefragt, wo Sie stecken. Was treiben Sie? Geht es Ihnen gut?«

Sie freut sich ja richtig. »Es ist ein bisschen kompliziert«, erzählte er. »Ich muss Sie um einen Gefallen bitten.«

»Vergessen Sie's! Ich habe mir eben erst ein gebrauchtes Auto gekauft, weil Sie mir immer noch Geld schulden. Für den Audi. Sie erinnern sich an unser Rennen in Idar-Oberstein?« Dann lachte sie. »Ich höre?«

»Wegen der Schulden?«

»Nein. Wegen des Gefallens. Was ist los, Korff?«

Konstantin sah zu den Bäumen vor dem Tunnel hinauf, durch deren Kronen die Sonne schien und ihn blinzeln ließ. »Ich brauche die Steine, die Massimo Auro in seinem Haus in Roccastrada im Tresor lagerte.« Ihm wurde endgültig klar, wie die Verbindungen liefen: von Bouler über die Börse mit den Experten für die Steinuntersuchung zu Auro. Konstantin sah, wie sich immer mehr Kreise schlossen und Fügungen einen Sinn ergaben.

»Woher wissen Sie das?« Marna holte Luft, um weitere Fragen zu stellen.

»Es stand in einem Brief, den Auro vor seinem Tod verfasst hat. Ich brauche diese Steine, Frau Herbst. Sie sind lebenswichtig. Bitte! Können Sie sie nach Barcelona bringen?«, bat er eindringlich.

Sie schwieg einen Moment. »Na, Sie machen mir wirklich Spaß, Korff«, platzte es aus ihr heraus. »Die Steine gehören der Börse. Die machen keine Leihgaben.«

»Sagen Sie denen, Sie hätten einen Käufer.«

»Wer soll das sein?«, fragte sie blitzschnell nach. »Meine Vorgesetzten wollen das wissen.«

»Nehmen Sie Hoya.«

»Bestimmt nicht. Das ist zu leicht nachzuprüfen.«

»Dann ... Professorin Sastre«, sagte er, ohne lange zu überlegen, »der Vorname lautet Isabella.«

»Adresse?«

Seufzend gab er die Anschrift durch und hoffte, dass er der Ärztin keine Schwierigkeiten einhandelte. »Sagen Sie Ihren Bossen, es sei eine ...«

»Ich weiß schon, was ich sagen muss. Versprechen Sie mir, dass ich entweder die Steine wieder mit nach Hause nehme oder den Gegenwert dafür bekomme?«

Konstantin zögerte. »Ich ... denke schon. Notfalls überschreibe ich der Börse das *Ars Moriendi* mit allem, was dazugehört.«

Marna schnaufte. »Eigentlich sollte ich einfach nein sagen, Korff. Sie bringen mich da schon wieder in eine heikle Lage. Was es mit Ihrer Bitte auf sich hat, wollen Sie mir auch nicht verraten, denke ich?«

»Hinterher«, druckste er. »Bitte, Frau Herbst.«

»Schön. Ich mache es. Gegen die Überschreibung Ihres Geschäfts«, lenkte sie ein.

Ich muss verrückt sein! »Abgemacht. Sobald Sie gelandet sind, schicken Sie eine SMS an ...«, er nannte ihr Sastres Handynummer. »Sie werden abgeholt, die Details bekommen Sie noch. Und beeilen Sie sich bitte!«

»Klar, Korff. Für Sie immer. Aber wenn ich von Ihnen auf dem Flughafen nicht die Papiere für die Überschreibung bekomme, fliege ich wieder.« Sie legte auf.

Ja, ich bin verrückt. Mendy wird mich umbringen.

Konstantin nahm sich nun die Zeit, die SMS zu lesen.

Iva schrieb ihm mehrmals, dass sie ihn unbedingt sehen und mit ihm reden wollte, was ihn sehr freute. Jester verlangte, ebenfalls in mehreren Nachrichten, dass er sich sofort bei ihm meldete, und erklärte, was vor sich ging. Sein einst bester Freund drohte nicht und beschimpfte ihn auch nicht. Doch der Stil, in dem die Kurznachrichten verfasst waren, verdeutlichte, wie angepisst Jester war. Das war nicht die feine englische Art.

Du beschissener … Seine Wut auf Jester brachte ihn dazu, dessen Nummer mit Thielkes Handy zu wählen. Vorher schaltete er die Nummernunterdrückung ein.

Der MI6-Commander nahm den Anruf nach dem zweiten Klingeln entgegen. »Bist du das, alter Knabe?«, hörte er die fröhliche Stimme, doch die Heiterkeit darin klang falsch.

»Du Bastard! Wie dein Plan auch aussah, du kannst ihn vergessen!« Konstantin schrie ihn an, und es tat so gut! *Ich würde ihm so gerne die Fresse einschlagen.* »Ich habe eine Methode gefunden, den Fluch zu neutralisieren, und die werde ich sämtlichen Todesschläferorganisationen anbieten.«

»Ruhig, ruhig …«

»Und weißt du, wie mir das gelungen ist?«, brüllte er. »Mit den Hinweisen, die du mir gegeben hast! Mit Hilfe von Edelsteinen, die uns für den Schnitter sichtbar machen.« Er holte tief Luft. »Du kannst aufhören, nach Arctander zu suchen. Er ist nichts mehr wert. Zieh deine Leute ab, und lass mich ebenso in Ruhe wie ihn.«

Konstantin drückte das Gespräch weg, ohne eine Erwiderung abzuwarten. Er zerlegte das Handy, trennte Akku und

Chip vom Gehäuse. Mehr als eine halbe Minute hatte er es nicht in Betrieb gehabt. *Ich kaufe Thielke ein neues.*

Bliebe noch Projekt Oneiros, Jesters Verbündete und ihr Plan mit dem unbekannten Ziel. Der MI6-Commander hütete Geheimnisse vor den Gemeinschaften der Todesschläfer, und das würden sie nicht tolerieren.

Ich werde die Organisationen davon in Kenntnis setzen. Arctander wird mich begleiten, bevor er in der Versenkung verschwinden darf. Jester und seine Leute müssen demaskiert werden. Thielke wird danach nicht der Einzige sein, der auf die Jagd geht. Es wird mir unglaublichen Spaß machen, Jester für seinen Verrat bezahlen zu lassen!

Konstantin kehrte in den Bunker zurück. Er berührte den Rahmen des Stahlschotts, bevor er in die luxuriöse Gruft stieg, die vermutlich einem Atomschlag standhielt. *Noch ein Tag. Zwei, höchstens.*

Er würde im doppelten Sinn fortan ein freier Mann sein. Frei von diesem Gefängnis. Und frei von seinem Fluch.

In der Nähe von Barcelona, Spanien

Konstantin wartete im Tunnel auf Sastres Rückkehr vom Flughafen. Seine Finger berührten den Ring in seiner Tasche. Er lauschte dem Rauschen der Bäume, dem Vogelgesang und dem Säuseln des Windes. Er atmete die reine Luft tief ein. *Frei!*

Thielke und Arctander saßen im Schutzraum und redeten miteinander. Den Schlüssel hatte Sastre ihnen gelassen. Ein immenser Vertrauensbeweis.

Konstantin rekapitulierte die erstaunlichen Entwicklungen des letzten Tages. Aus Feinden waren Männer geworden, die sich achteten. Sie hatten von ihren Erlebnissen erzählt, ihre Vermutungen ausgetauscht und weitergesponnen. Darlings

Aktionen, von Windaus Unternehmungen, Minsk, das Institut Leben, die Zusammenarbeit der Baronesse und des MI6-Commanders, das Unternehmen Oneiros. Noch mehr Geheimnisse, die Thielke ergründen wollte.

Arctander hatte bereits angekündigt, dass er damit nichts mehr zu tun haben wollte. Sein schlichter Traum war die Rückkehr zur Rentierzucht, in die Einsamkeit und die Kälte seiner Heimat.

Konstantin hatte betont, die Organisationen demnächst von allem in Kenntnis zu setzen. Die Lösung des Rätsels der verschwundenen Todesschläfer in Windaus Umfeld hatte sicherlich mit der Klinik in Weißrussland zu tun. Welche Experimente sie anstellte beziehungsweise anstellen ließ, entzog sich Konstantins Vorstellungskraft, aber sie würden weder legal noch menschenwürdig für die Betroffenen sein.

Thielke gefiel nicht, dass Konstantin die anderen Todesschläfer einschalten wollte, doch allein wären sie kaum erfolgreich.

Konstantin hatte sich noch nicht entschieden, ob er Thielke begleiten sollte oder er zu einer der Organisationen stoßen würde, um Jester zu stellen. Thielke war ebenso ein Mörder wie die Mitglieder der *Deathsleepers* oder *Topor's Men,* auch wenn er sich mit dem Schutz der normalen Menschen rechtfertigte. *Der Kerl ist niemand, mit dem ich mich lange verbünden will.*

Motorengeräusch erklang, ein schwerer Wagen bahnte sich seinen Weg über den Pfad.

Konstantins Aufregung stieg. *Gleich ist das Problem Bent Arctander unblutig und sicher gelöst. Und mich befreit sie als Nächstes.*

Sastre hatte bestätigt, dass der Opal in Harlekin's Death ein Gevatterstein war, und wollte ihn an Konstantin binden. *Die Erfüllung meines größten Wunschs!*

Als Sastres Defender um die Stämme kurvte, zu ihm in die Röhre fuhr und zum Stehen kam, hielt er es vor Spannung kaum noch aus.

Zuerst stieg Marna aus, danach die Professorin.

»Frau Herbst?« Ihr Anblick überraschte Konstantin. Sie hatte von Sastre die Überschreibung seines Bestattungsinstituts sowie die Nachricht bekommen, die Steine an die Professorin zu übergeben. Er wollte sie nicht in die Schusslinie bringen wie in Idar-Oberstein. Anscheinend hatte Marna keine Lust gehabt, nach Deutschland zurückzukehren. *Die misstrauische Geschäftsfrau. Hätte ich mir denken können.*

»Korff, ich wusste nicht, dass Sie auch ein eigenes Bergwerk betreiben.« Die Edelsteinexpertin kam auf ihn zu. Sie hatte auf ein teures Kostüm verzichtet und Jeans und T-Shirt angezogen. Die kastanienfarbenen Haare steckten unter einer Schirmmütze, ihre geschnürten Boots reichten bis an die Knie. Sie reichten sich die Hände. »Danke für die Überschreibung des *Ars Moriendi.* Professorin Sastre gab mir den von Ihnen unterzeichneten Brief, aber Sie glauben doch nicht im Ernst, dass ich die Steine aus den Augen lasse, solange ich kein Geld dafür bekommen habe?«

Er sah zu Sastre, die gerade an ihm vorbeiging. Sie hob die Schultern. »Tut mir leid, Korff. Sie ließ sich nicht davon abbringen.«

»Ganz recht. Mal sehen, ob wir unser kleines Abenteuer von Idar-Oberstein toppen. Sie werden mir jetzt sicher zeigen, was Sie mit den Steinen vorhaben?«

»Sie haben keine Angst, dass wir Sie überfallen, Frau Herbst?« Konstantin grinste sie an. »Wer würde Ihre Schreie hier draußen schon hören?«

Marna lächelte selbstsicher. »Wer sagt, dass ich unbewaffnet bin? Ich könnte zudem ein Ortungsgerät bei mir tragen, Korff, das der Börse genau zeigt, wo ich bin und wohin sie das

Rettungsteam schicken müssen. Ach ja, Ihre Überschreibung habe ich in ein Kuvert gesteckt und noch am Flughafen eingeworfen. Die Adresse verrate ich Ihnen nicht. Ihr Geschäft sind Sie los, auch wenn Sie mir etwas antun. Aber Sie sind ein viel zu netter Mann, um so etwas durchzuziehen.« Marna zeigte auf den Eingang. »Da rein?«

Konstantin verbeugte sich. »Nach Ihnen, Frau Herbst.« Sie schritt an ihm vorüber, und er sog ungewollt ihr Parfüm ein, das so unglaublich gut zu ihr passte. Ihre enge Hose betonte die geraden Beine, ihren Hintern.

Sie stießen zu dem Rest der Gruppe.

Marna sah Thielke und blieb sofort stehen. »Korff, vielleicht sind Sie doch nicht so nett?«, stieß sie aus. Sie machte einen Schritt rückwärts. »Das ist der Typ, der in Roccastrada …«

»Er ist auf unserer Seite«, versuchte er, sie zu beruhigen.

»War nicht persönlich gemeint, Schönheit«, warf Thielke mit einem Grinsen ein.

»Sie haben auf Polizisten geschossen!«

»Es war Schrot, und die hatten Panzerwesten an. Es konnte nichts passieren«, erwiderte er. »Ich bin einer von den Guten. Fragen Sie Korff.«

Marna warf Konstantin einen anklagenden Blick zu. »Am liebsten würde ich verschwinden, Korff. Das ist mir zu verworren.«

Konstantin schüttelte den Kopf. »Ich verspreche Ihnen, dass ich Ihnen später alles erkläre, aber jetzt brauchen wir die Steine. Bitte, Frau Herbst!«

Etwas in seinen Augen oder seiner Stimme schien sie zu überzeugen. Marna zog langsam eine Schatulle aus der Tasche, öffnete sie und schüttelte den Inhalt auf den Tisch. Mehrere geschliffene und rohe Steine sowie zwei Ringe kullerten heraus, drohten vom Tisch zu fallen, bis Thielke sie einfing und auf einen Haufen schob.

»Der Inhalt von Massimo Auros Tresor«, kommentierte sie. »Ich habe die Steine analysieren lassen, auf Wert und Beschaffenheit.« Sie zog gefaltete Blätter aus der Seitentasche und breitete sie aus. »Der Gesamtwert beläuft sich auf hundertachtzigtausend Euro.«

»Ich schaue, ob sich etwas Geeignetes für Señor Arctander darunter befindet.« Sastre hatte am Kopfende des Tisches Platz genommen. Sie nahm einen Stein nach dem anderen in die Hand, schloss die Augen und rieb ihn. Dasselbe machte sie mit den beiden Ringen. Gelegentlich warf sie einen Blick auf die Analysewerte.

Sie warteten gespannt, auf welchen Stein ihre Wahl fallen würde.

Sogar Marna stellte keine Fragen. Sie hatte die Arme vor der Brust gekreuzt und sah erstaunt und fasziniert zu, was die Ärztin trieb. Aber nach fünf Minuten berührte sie Konstantin am Arm und zog ihn zum Schott.

»So. Ich habe Ihnen einen Gefallen getan, bin zu einer Unbekannten ins Auto gestiegen und habe mich in einen Bunker verschleppen lassen. Mich beschleicht der Eindruck, dass ich mich unter Menschen befinde, die merkwürdiger als Hoya sind. Und damit untertreibe ich noch«, flüsterte sie ihm zu. »Was meint sie mit *geeignet?* Was geschieht hier, Korff?« Sie sah ihn ernst an.

Das war unvermeidlich. Konstantin erwiderte ihren Blick offen. »Das kann ich in dieser knappen Zeit nicht erklären. Wirklich nicht. Wir haben gerade keine vier bis fünf Stunden, um Ihnen …«

»Korff!«, brüllte Thielke. »Scheiße, kommen Sie her! Helfen Sie mir mit dem Narko!«

Konstantin und Marna wandten sich zum Tisch.

Arctander lag auf dem Boden, die Arme und Beine verkrampft. Er keuchte schwer und versuchte, etwas zu sagen.

Die Kataplexie verhinderte, dass er formulieren konnte. Thielke versuchte, ihn in eine angenehmere Position zu schieben, doch seine Beinbehinderung beeinträchtigte ihn.

Er bekommt einen Anfall! Konstantin sah zu Sastre, die ihre Augen geschlossen hatte und einen ungeschliffenen Rohstein mit den Fingerkuppen hielt. Er nahm Marnas Hand und zerrte die überraschte Frau hinter sich her, zog sie dicht neben die Ärztin. »Sie bleiben hier stehen«, sagte er und hoffte, dass Sastre sie schützen könnte. Der Versuch, sie aus der Reichweite des Schnitters herauszubringen, konnte nur schiefgehen. Die Kraft von Arctanders Fluch mochte inzwischen Hunderte von Metern weit reichen. Er vertraute lieber auf den beschwichtigenden Effekt, den Sastre in ihrer Praxis bereits unter Beweis gestellt hatte.

Marna ließ seine Hand los. »Warum soll ich …?«

»Tun Sie es einfach, wenn Sie nicht sterben wollen!«, schrie er sie an und bückte sich, um nach Arctander zu sehen. »Bent! Bent, reiß dich zusammen! Wo sind deine Medikamente?«

Arctander wimmerte und röchelte unverständlich.

»Lassen Sie ihn«, sagte Sastre leise. »Er soll den Schnitter herbeirufen. Dann kann ich ihn und den Stein verbinden.« Sie öffnete die Augen, erhob sich und kam zu ihnen, presste den Opal gegen Arctanders Stirn. »Geben Sie nach. Geben Sie sich dem Schlaf hin und rufen Sie seinen Bruder in unsere Mitte.«

Die Lider des Mannes flatterten und schlossen sich –

und das grelle Knistern erklang!

Konstantins Gesicht verzog sich vor Abscheu. Das Geräusch wurde mit jedem Mal intensiver, bohrte sich schmerzhaft in seinen Kopf. Ihm wurde eiskalt, er spürte Panik in sich aufsteigen und eine Ohnmacht nahen. Die Lampen flackerten, sogar das Licht floh vor dem Tod.

Der Stein auf Arctanders Stirn leuchtete schwach und schien

die letzte Helligkeit im Raum aufzusaugen. Die Adern schimmerten in der Haut, das Blut darin pulsierte, sein Schädel wurde gleich einer Röntgenaufnahme immer durchsichtiger, bis man sogar das Gehirn des Narkoleptikers erkannte. Der Tod schien ihn zu sehen und regelrecht zu scannen.

Konstantins Nackenhaare richteten sich auf, eine Gänsehaut überzog seinen Körper. Durch das Krachen und Bersten von Millionen von Eisschollen hörte er Marna gellend schreien.

Wo ist sie? Er sah nach rechts, wo sie stand.

Die junge Frau sank gerade auf die Knie, den Mund weit geöffnet und das kalkweiße Gesicht verzerrt vor Pein. Sie rang erstickt nach Luft und hielt sich die Brust.

Sie stirbt! Sastre setzte ihre Gabe ein, um den Stein, den Schnitter und Arctander zu verbinden. Der Schutz des Umfelds spielte für sie gerade eine untergeordnete Rolle. *Sastre muss …* »Beeilen Sie sich!«, rief er über das Knistern. »Herbst geht sonst drauf!« Er sah zu Thielke, dem sein Grauen anzusehen war. Einen solchen Hass des Todes kannte er nicht.

»Ziehen Sie den Ring an«, gab Sastre zurück. Ihre erschöpfte Stimme war kaum zu hören.

»Welchen …«

»Harlekin's Death«, stöhnte sie. »Jetzt, Korff. Ich stehe das nicht noch einmal durch. Jetzt oder niemals mehr, das weiß ich.« Sie schloss die Augen und streckte eine Hand nach ihm aus, während die bebenden Finger ihrer Rechten auf Arctanders Stirn und dem Stein verweilten. Ihre dunklen Haare färbten sich von den Wurzeln an heller und wurden immer grauer. Ihr Gesicht fiel ein, erhielt etwas Mumienhaftes.

Konstantin streifte sich den Ring über den linken Mittelfinger.

Das Knistern wurde überwältigend laut in seinen Ohren, es zwang einen Schrei aus seinem Mund. Jede Zelle im Leib schien zu platzen, schwarze Funken tanzten vor seinen Augen.

Er schwankte, trieb die attackierende Bewusstlosigkeit mit Willenskraft zurück.

Gleichzeitig bekam Sastre seine Hand zu fassen und drückte fest zu, fester, als es eine Frau ihrer Statur können sollte. Seine Finger schmerzten unter dem Druck, ein Knochen brach, doch er entzog sich ihr nicht.

Ein heißer Strahl jagte seinen Arm hinauf, eine Mischung aus elektrischem Schlag und Säure fraß sich durch ihn bis zu seinem Kopf und ließ die Welt in einem explodierenden Feuerball verschwinden.

Konstantin roch schmelzendes Plastik, Klavierlack und warmen Filz, durch den sich der Geruch nach Minze und Metallstaub schob. Sein Mund schien mit Steinen gefüllt zu sein – und dann kamen die Bilder aus der Vergangenheit.

Er sah Tote, die er verschuldet hatte, als Leichen zu einem Berg gestapelt, die langsam verrotteten. Das Fleisch löste sich auf und lief als stinkender Schleim von den Gebeinen, kroch auf ihn zu, umschloss ihn.

Er wich zurück und fiel in eine Grube, die sich mit der bestialisch riechenden Flüssigkeit füllte. Er schrie, und der Leichensaft füllte seinen Schlund, seine Lungen, die Augen und Ohren.

Konstantin brüllte und heulte – und fand sich im Bunker wieder.

Er kniete neben Arctander und hatte den Boden vollgekotzt, Blut schoss aus seiner aufgebissenen Lippe. Die Hand mit dem Ring brannte wie Feuer. Die Adern darauf standen dick unter der Haut hervor, als pumpte die doppelte Menge Flüssigkeit darin.

Vor ihm hockte Sastre, die Arme auf die Oberschenkel gestützt. Sie hechelte, schien fast erstickt zu sein. Ihre Haare waren schlohweiß, fielen büschelweise aus. Konstantin sah die verhärmten Züge, die in den letzten Minuten um Jahre gealtert schienen. *Was hat sie dieser Einsatz gekostet?*

Konstantin spuckte aus und wischte sich über den Mund, blickte sich um. Arctander schlief friedlich mit dem Stein auf der Stirn, Thielke lag mit dem Oberkörper auf dem Tisch und stemmte sich eben mit einem langen Stöhnen auf, als wäre er ein frisch erwachter Untoter.

»Herbst?« Schnell sah er nach Marna.

Sie lag keine zwei Meter entfernt von ihm, zusammengekrümmt, wie ein Embryo, die Fäuste geballt. Aus den Händen lief Blut, ihre Nägel hatten Haut und Fleisch durchschnitten.

Er kroch zu ihr, drehte sie auf den Rücken und tätschelte ihre bleiche Wange. Die ungewöhnlichen rötlich grauen Augen waren geöffnet, sie blickte durch ihn hindurch zur Decke.

»Herbst, nicht sterben!« Er tastete nach ihrem Puls, der unter seinem Finger Schlag um Schlag langsamer wurde. Der Brustkorb senkte sich ein letztes Mal – und blieb stehen.

Aber noch waren ihre Augen nicht gebrochen, noch waren sie nicht zu leblosem Glas geworden.

Ohne zu zögern, setzte er seine Lippen auf Marnas, blies Luft in ihre Lungen, machte Herzmassage, beatmete sie, drückte wieder rhythmisch auf ihre Brust, wie er es gelernt hatte. »Hey, Herbst«, rief er zwischendurch und spürte, wie er zu schwitzen anfing. Es knackte. Er hatte ihr eine Rippe gebrochen. Er gab nicht auf. *Das hat sie nicht verdient. Nicht sie.* »Herbst, bleiben Sie hier!«

Er senkte seinen Mund auf ihren, um sie erneut zu beatmen. Da bewegten sich Marnas Lippen. Sie hob den Arm und berührte ihn an der Schulter.

Sofort richtete Konstantin sich auf und lächelte sie an. »Da sind Sie ja.«

Sie hustete und hielt sich die Seite. Furcht stand in ihren Augen, sie blickte ihn verstört an und versuchte zu begreifen, was mit ihr geschehen war. »Ich …« Marna hustete wieder und versuchte, auf die Beine zu kommen. »Korff …« Konstantin trug sie behutsam zum Sofa, legte sie ab und stützte sich an der Wand ab, als er selbst wankte. Er ging langsam zu einem der Spinde, um Wasser zu holen.

Der gebrochene Finger tat weh, der Mittelfinger nicht weniger, wo Harlekin's Death saß. Konstantin erging es wie nach zehn versoffenen Nächten, er sah gelegentlich Sternchen und Doppelbilder. Sein Kreislauf machte ihm unmissverständlich klar, dass er kurz vor einem Kollaps stand.

Als er zurückkam, saßen Herbst, Sastre und Thielke schweigend am Tisch. Er stellte die Wasserflaschen auf den Tisch und ließ sich schwer auf den freien Platz fallen. Er bekam seine Flasche kaum auf, und als er trank, rann ihm Wasser über das Kinn, weil seine Hand so sehr zitterte.

Bis auf Arctander saßen sie da, schnauften, tranken, starrten.

»Was war das?«, wisperte Marna, hielt sich die Rippen und stöhnte bei jeder Bewegung. »Was ist eben passiert?«

»Der Tod kam und ging wieder, ohne einen von uns holen zu dürfen. Das mag er nicht«, antwortete ihr Sastre mit der brüchigen Stimme einer Greisin. »Señor Korff, tragen Sie den Ring fortan immer bei sich. Am Finger ist er am besten aufgehoben, ansonsten stets dicht am Körper. Das werde ich Arctander auch einschärfen. Sollten Sie ihn länger als einen halben Tag ablegen und einschlafen …« Sie musste die Augen schließen. »Der Schnitter wird danach schlimmer wüten als je zuvor. Es wird Ihnen so ergehen wie Arctander.«

Konstantin nickte. Sein Mund war trocken, und seine Kehle schmeckte nach Blut und Leichenwasser. Freude wollte sich nicht einstellen, dafür rang er zu sehr um Fassung. Die Bilder der Toten, Herbsts Beinahetod, seine Schwäche. Er sah auf den Ring. *Ich … habe den Fluch überlistet.*

Thielke stürzte sein Wasser hinunter und versuchte, sich ein Zigarillo anzustecken. »Ich … habe ihn gespürt«, krächzte er. »Der Schnitter war …« Er schob die Jackenärmel in die Höhe.

»Ich dachte, er schlägt nach mir.« Seiner zitternden Hand gelang es nicht, die Flamme lange genug still zu halten, um den Zigarillo anzuzünden. Nach mehren Versuchen gab er es auf. »Sastre, Sie sind ein Wunder.«

Die Ärztin brach ansatzlos in Tränen aus. Schwarzrotes Blut floss aus ihren Augenwinkeln, was Marna zurückzucken ließ. Die blutigen Tränen rollten über das alte Gesicht, tropften auf den Tisch und bildeten kleine Seen. Sie weinte krampfhaft, ihr Körper bebte.

Konstantin nahm sie tröstend in den Arm und hielt sie fest. »Ich kann Ihnen nicht sagen, wie dankbar ich Ihnen bin«, sagte er behutsam. »Sie haben mir ein neues Leben gegeben.«

Während er diese Worte sagte, sackte die Erkenntnis endgültig. *Ich bin für ihn sichtbar! Ich bin sterblich! Der Schnitter sieht mich und weiß, wo ich bin.* Dieser Gedanke, der jedem anderen Menschen tiefe Angst eingejagt hätte, brachte ihn zum Lächeln.

Sastre beruhigte sich langsam. Sie löste sich von ihm, und er reichte ihr ein paar Taschentücher, mit denen sie die Tränen wegwischen konnte. »Danke«, wisperte sie erstickt. Die schwarzrote Farbe haftete beharrlich an ihren Wangen, also erhob sie sich und torkelte zum Bad.

»Schön drauf aufpassen.« Thielke steckte dem schlafenden Arctander den Stein in die Hosentasche, damit er ihn nicht verlor, und tätschelte ihm dann die Schulter. »Ich bin wirklich froh«, sagte er, »dass ich meinen eigenen Weg gefunden habe, den Tod zu überlisten.«

Konstantin runzelte die Stirn. »Sie wollen keinen Stein?«

Er schüttelte den Kopf und zeigte ihm den Mittelfinger. »Nachdem ich *das* gesehen habe? Niemals. Ich bleibe bei meinem Trick. Halbhirnschlaf.«

»Ich verstehe kein Wort.« Marna erhob sich schwankend. »Ich brauche frische Luft. Und Sie, Korff, kommen mit und erklären mir, was geschehen ist, verdammte Scheiße! Sonst drehe ich durch!«

»Thielke, Sie achten auf Arctander.« Konstantin stand ebenfalls auf. »Sie haben recht, Frau Herbst. Ich erkläre Ihnen alles, auch wenn ich nicht erwarte, dass Sie mir glauben. Aber alles, was ich sage, entspricht der Wahrheit.«

Sie schritten durch den Tunnel auf das helle Sonnenlicht zu.

Konstantin bemerkte sofort, dass draußen keine Vogelstimmen erklangen.

»Ich bin gespannt«, erwiderte sie und stöhnte leise. »Die Rippe ist durch, glaube ich.« Marna hielt ihn fest, drehte ihn zu sich und gab ihm einen Kuss auf den Mund. »Das war mein Danke fürs Leben retten.« Dann setzte sie ihren Weg fort.

Sie erreichten das Ende der Röhre und sahen hinaus.

Auf dem Weg lag ein totes Eichhörnchen, unter den Bäumen, daneben ruhten zwei Amseln mit ausgebreiteten Schwingen in verwelktem Laub. Gräser hingen verschrumpelt herab, Blütenblätter fielen von vertrockneten Stengeln, Brennnesseln und Farn lagen faulend am Boden, die Bäume hatten ihre Blätter abgeworfen, Äste waren abgebrochen. Es roch nach morschem Holz, nach sich zersetzenden Pflanzen – nach Vergänglichkeit.

Ein feuchtwarmer Wind hob das Laub an und wehte es umher. Raschelnd umspielte es die Schuhe der beiden und flog in den Tunnel hinein.

»Mein Gott.« Marna blickte sich entsetzt um. »Was …?«

Konstantin fuhr sich durch die dunklen Haare und atmete tief durch.

Der Schnitter hatte gemäht, was seine Sense zu schneiden imstande war. *Wie erkläre ich ihr das alles?*

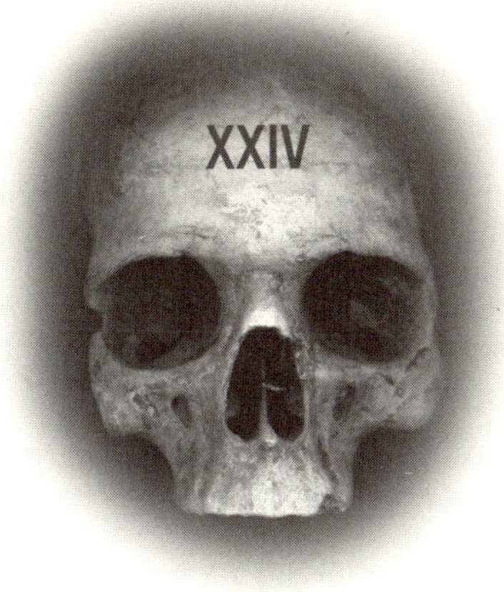

Es ist mir, als kennte man
nicht das ganze Leben,
wenn man nicht den Tod gewissermaßen
in den Kreis einschließt.
Wilhelm von Humboldt

Barcelona, Spanien

Nur weil es keiner laut ausgesprochen hat, ist es nicht aus der Welt.« Bent Arctander sah in die kleine Runde, die sich in einer Tapas-Bar in eine ruhigere Ecke zurückgezogen hatte. Auf dem Tisch standen einige leere Weinflaschen. Offenkundig hatte der Schwede schon lange keinen Alkohol mehr zu sich genommen, denn er hatte zwar nicht mehr getrunken als die anderen, wirkte aber so. Er grinste, kicherte die ganze Zeit ausgelassen und lachte über alles.

Es ist schön, ihn so entspannt zu sehen. Konstantin setzte sein Rotweinglas ab und wartete, dass der andere Mann fortfuhr. Marna, Sastre und Thielke sahen ihn ebenfalls abwartend an.

Sie saßen schon ein paar Stunden hier, futterten verschiedene spanische Kleinigkeiten, tranken süffigen Rioja und ließen die Ereignisse des vergangenen Tages mit ihrer Feier hinter sich, so gut es ging. Sastre trug ein Kopftuch, die grauweißen Haare hatte sie sich abschneiden lassen, weil sie hoffte, dass sie dunkel nachwuchsen.

»Darling.« Arctander fuchtelte mit den Händen und machte »Psssscht«. »Lasst mich ausreden, okay? Das *arsle* weiß, dass es mich gibt. Es wird ihn nicht interessieren, dass ich einen Stein habe, der mich für den Schnitter sichtbar macht.« Er goss sich Rotwein nach. »Aber ich habe keine Angst mehr. Ich gehe in den Norden, in meine Heimat, und er wird mich zwischen meinen Tausenden Rentieren nicht finden. Dieses *arsle.*«

Konstantins Kopf fühlte sich riojabenebelt an. Sein Daumen fuhr die ganze Zeit über Harlekins's Death, als wolle er prüfen, ob der Schnitterring auch noch da war und ihm Sicherheit gab. Ihm und den Menschen um ihn herum. »Keine Sorge, Bent. Ich spreche mit den *Deathsleepers* und den *Topor's Men.* Sie machen Darling platt. Er ist ein größenwahnsinniger Verräter, hat seine Macht missbraucht und wollte dich zu seinem Werkzeug machen. Das lassen sie ihm nicht durchgehen.«

»Ich werde alles bestätigen«, brummte Arctander, hickste und stopfte eine Olive in den Mund. »Dieses *arsle.*«

»Was heißt *arsle?*«, wollte Marna wissen.

»Arschloch«, erklärte der Schwede und betonte jeden Buchstaben des Wortes. »*Arsle,* Arschloch.«

Sie grinste und prostete ihm zu.

»Es ist die beste Lösung. Wir alleine kommen gegen Darling und seine Leute nicht an«, nahm Konstantin das Thema auf. »Vor allem, da wir gar nicht wissen, wer seine Mitstreiter sind.«

»Wer weiß, wie viele zu Darling und seinem Projekt Oneiros gehören?«, warf Thielke bissig ein. »Das wird mal was Neues für die Todesschläfer.«

»Wie meinen Sie das?« Sastre aß von den eingelegten, gefüllten Weinblättern.

»Normalerweise gefallen sie sich als Richter und Lenker der menschlichen Gesellschaft. Jetzt plötzlich müssen sie in ihren eigenen Reihen aufräumen: Darling und von Windau mit ihrem Institut. Das wird ihre Kräfte für einige Zeit binden, das ist sicher.« Thielke nahm sich die Rotweinflasche und stellte fest, dass sie leer war. Mit einem Wink orderte er eine neue. Die siebte.

»Ein Bruderkrieg«, sagte Marna nachdenklich. Sie sah Sastre an. »Sie haben da einen Fleck auf der Wange. Sieht aus wie Wimperntusche.« Die Professorin fuhr sich über die Haut, aber Marna sah nicht zufrieden aus. »Nee, immer noch da. Ist bestimmt nichts oder liegt am Licht.«

Sastre stimmte ihr zu. »Oder es ist ein neuer Altersfleck.«

»Kein echter Krieg«, korrigierte Thielke mit Verzögerung und wurde redseliger. »Ein paar tanzten aus der Reihe. Das wird sich bereinigen lassen und lediglich Zeit und Anstrengung kosten. Einen Bruderkrieg oder zumindest eine offene Abneigung verbindet die Europäer mit den Indern, den *Phansigar.* Und in Südamerika gibt es ...«

Das reicht an Interna. Konstantin räusperte sich. »Das spielt für uns aber keine Rolle. Es geht um Darling und von Windau.« Er warf Thielke einen tadelnden Blick zu, damit er schwieg. Sastre und Marna, sogar Arctander hatten ihm fasziniert zugehört. »Professorin, können Sie noch mehr von uns für den Schnitter sichtbar machen?«, versuchte er, auf das aktuelle Problem zurückzukommen. »Und was ist mit den anderen Todsehern? Würden sie auch helfen?«

»Das ist nicht ganz einfach. Es beginnt damit, die passenden Steine zu beschaffen. Dann muss der Todesschläfer freiwillig dazu bereit sein ...«

»Es sei denn, ich pflanze ihm den Stein ein«, nuschelte Thielke in sein Glas.

»Entschuldigung, Entschuldigung, aber an dieser Stelle möchte ich daran erinnern, dass mir einer der Herrschaften noch etwa zwanzigtausend Euro für den Roh-Opal schuldet, den Bent bei sich trägt«, sagte Marna mit gespieltem Ernst. Auch ihr hörte man an, dass der Rotwein nicht spurlos an ihr vorbeigegangen war. »Ich kenne ein Inkassounternehmen, das mit einer Rockergang kooperiert. Das nur zur Warnung.«

»Ich verkaufe das *Ars Moriendi*«, beruhigte Konstantin sie mit einem Grinsen.

»Das gehört mir eh!« Marna streckte ihm die Zunge raus und grinste zurück. Ihre Augen leuchteten.

Sastre wählte eine getrocknete Tomate und bestrich sie dünn mit Tapenade, bevor sie abbiss. Sie schien als Einzige noch nüchtern zu sein. »Außer Massimo und meinen beiden Freunden kannte ich noch zwei Todseher. Aber einer von ihnen ist gestorben, und die andere ist während eines Hilfsprojektes in Kolumbien verschleppt worden.« Sie lächelte unsicher. »Es ist schwer, diese Begabung bei anderen zu erkennen und sich dann noch zu trauen, den Verdacht anzusprechen, um daraus Gewissheit zu machen.« Sie zeigte auf ihr gealtertes, faltiges Gesicht. »Menschen, die älter aussehen als sie sind, müssen nicht zwangsweise Todseher sein.«

»Also haben wir nur Sie.« Konstantin fuhr mit einem Finger über den Rand seines Glases und leckte anschließend den roten Tropfen daran ab.

»Ja. Aber ich fühle mich derzeit nicht stark genug, um den nächsten Versuch zu wagen. Dieses letzte Treffen mit dem Tod ...« Sie seufzte und griff nach ihrem Rotwein. »Ich brauche eine Pause, sonst wird er mich beim nächsten Mal töten.«

»Sollte er Ihnen nicht dankbar sein, weil Sie die verhasstesten Todschläfer für ihn sichtbar machen?«, wunderte sich Marna, die sich erstaunlich schnell in die Thematik eingefunden hatte, wie Konstantin fand. Bei ihrer langen Unterhaltung vor dem Bunker, inmitten der toten Pflanzen und Tiere, hatte sie viele der Fragen gestellt, die er sich aus dem Mund von Iva gewünscht hätte. Sie akzeptierte, was vorgegangen war, auch wenn es noch etwas dauern würde, bis sie es wirklich begriff. »Wieso straft er Sie, Professorin? Er sollte Ihnen ein paar Lebensjahre zusätzlich für Ihre Arbeit geben.«

»So läuft es nun mal nicht«, gab Sastre leise und bedrückt zurück. »Der Kontakt zu ihm raubt mir Kraft, er schädigt mich. Wie Arbeiter, die nach einem atomaren Unfall die Gefahr eindämmen müssen. Sie tun Gutes, aber sie werden verstrahlt und bezahlen für ihr Handeln mit einer geringeren Lebenserwartung.« Sie hob ihr Glas. »Undank ist nun mal der Welten Lohn, Señora Herbst. Doch wie heißt es so schön: Jemand muss es ja machen.« Sie trank hastig und schenkte sich erneut ein.

Betretenes Schweigen setzte ein, durchdrungen von Arctanders Kichern, der sich über eine Karikatur an der Wand amüsierte. Seine Aufmerksamkeit ließ inzwischen zu wünschen übrig.

Die Bedienung brachte die siebte Flasche, öffnete sie und stellte sie auf den Tisch.

»Ich denke, es ist Zeit, dass ich ins Bett komme. Ich spüre jeden Knochen im Leib.« Sastre erhob sich leicht schwankend, was weniger auf den Alkohol, als vielmehr auf ihre Entkräftung zurückzuführen war. »Señor Korff, wir telefonieren. Können wir uns darauf einigen, dass Sie meine Identität vor den Todesschläfern geheim halten? Wir werden die Sitzungen für diejenigen, die Interesse haben, einen Stein zu tragen, nur zu meinen Bedingungen machen.«

»Sicher. Sie denken an Ihren Bunker?«

»Ja. So oder gar nicht.« Sie reichte jedem die Hand, wünschte Arctander alles Gute und verschwand zur Tür hinaus.

Thielke wirkte nachdenklich, während er ihr hinterherblickte. »Welche Verschwendung«, murmelte er.

Konstantin hakte nicht nach, was er damit meinte. »Sie werden auch den Mund halten, verstanden? Sie haben es Sastre versprochen«, sprach er leise, doch scharf.

»Klar werde ich das.« Thielke blieb locker wie immer.

Konstantin sah ihm an, dass er grübelte. *Denkt er über eine Alternative zu seiner Störsendermethode nach? Sagte er nicht eben was von Stein einpflanzen?* »Seien Sie froh, dass Sie den Todesschläfern bislang entgangen sind, Thielke.« Sein Ton war eindringlich. »Ich empfehle Ihnen, dass Sie …«

Thielke lachte und stand auf. »Schönen Abend miteinander. Mein Bett wartet, und mein Zuckerspiegel ist so hoch, dass ich mein Blut als Süßungsmittel verkaufen könnte.« Zu Arctander gewandt sagte er: »Alles Gute, Bent. Sollten Sie Ihren Stein verlieren, und ich muss in der Zeitung von der nächsten Katastrophe lesen, sehen wir uns wieder.«

Arctander grinste breit und flötete: *»Arsle!«*

Thielke deutete auf sein gesundes rechtes Auge, dann auf den schwedischen Todesschläfer. »Ich habe nur eins, aber damit sehe ich alles.« Er zwinkerte Marna und Konstantin zu. »Sie beide auch.« Er humpelte hinaus.

»Der Typ ist eine Mischung aus Kapitän Ahab und Rooster Cogburn«, sagte Marna und griff nach der Weinflasche.

»Rooster wer?«

Es machte *plock!* Arctander war von einer Sekunde auf die andere mit dem Kopf auf die Tischplatte aufgeschlagen und schnarchte laut. Die anderen Gäste der Tapas-Bar grinsten zu ihnen hinüber.

Marna zuckte mit den Schultern »Mehr für uns.« Dann erklärte sie ihren Kommentar, während sie nachschenkte. »Rooster Cogburn ist ein einäugiger Gesetzeshüter aus einem alten Western.«

Konstantin lehnte ebenfalls ab. »Danke. Mir reicht es. Ich muss Bent noch ins Hotel schleppen.«

»Die paar Meter. Das macht doch einem kräftigen Mann nichts aus.« Marna erhob sich, nahm die Flasche und ging zum Tresen. »Ich zahle.«

»Nein, warten Sie! Ich …«

»Lassen Sie mal. Das übernimmt die Börse. Geschäftsessen. Von Ihnen bekomme ich ohnehin noch zwanzigtausend Euro. Ach ja, und fünfzigtausend für meinen Audi. Denken Sie dran, dass ich Ihr *Ars Moriendi* als Pfand habe.« Sie ging weiter.

Ich muss dringend im Lotto gewinnen. Konstantin wuchtete Arctander von der Sitzbank hoch und warf ihn sich über die Schulter. Es stimmte, was sie gesagt hatte. Die Frage nach der Bezahlung der Steine stand ungeklärt im Raum. Er hoffte, dass die Organisationen einsprangen und seine Schulden übernahmen.

Unter dem freundlichen Lachen der übrigen Gäste trug er ihn durch die Bar zum Ausgang. Dort drehte er sich um, grinste und winkte, als sei er ein Matador nach bestandenem Kampf. *Ich bin so froh, wenn ich endlich wieder meine Arbeit machen kann.* Er sah seine thanatologische Werkstatt vor sich, freute sich auf Mendy, Jaroslaf und seine anderen Mitarbeiter, die er per SMS informiert hatte, dass er morgen zurückkäme.

Und natürlich dachte er an Iva …

Er und Marna erreichten den Ausgang gleichzeitig. Sie öffnete die Tür, und mit einem gemeinschaftlichen *Olé* der Tapas-Bar verließen sie lachend das Lokal.

Das Hotel war nicht allzu weit entfernt. Arctander schnarchte den ganzen Weg friedlich, nur einmal furzte er, was Konstantin zu lauten Flüchen und Marna zu lautem Lachen veranlasste. Sie teilten sich unterwegs die Flasche Wein und hatten sie bis zum Erreichen des Hotelfoyers geleert. Dort stiegen sie in den Fahrstuhl.

Wie gut das tut, sich keine Gedanken machen zu müssen. Konstantin schloss die Augen und lehnte sich mit der freien

Schulter gegen die Kabinenwand. Die Welt drehte sich wie in dem Untertassenkarussell, das er als Kind geliebt hatte. *Ich kann einfach schlafen. Augen zu, träumen, stundenlang.* Er grinste – und spürte plötzlich Marnas Lippen auf seinen.

Sie schmeckte wunderbar, und ein Kribbeln breitete sich von seinem Mund in seinen ganzen Körper aus.

Fast automatisch erwiderte er den leidenschaftlichen Kuss, doch dann zog er den Kopf zurück. Beinahe hätte er Bent fallen lassen.

Marna sah ihn an und streckte die linke Hand nach seinem Gesicht aus.

»Nein«, sagte er leise.

»Aber ich *möchte* es«, erwiderte sie mit belegter Stimme. »Lass es uns tun. Morgen können wir uns damit rausreden, dass wir besoffen waren.« Marna küsste seinen Hals, was ihm ein neuerliches Kribbeln bescherte. Sie ließ die leere Riojaflasche fallen, klirrend zerbarst sie auf dem Kabinenboden.

Der Fahrstuhl hielt an.

»Elfte Etage. Wir müssen raus.« Konstantin schob sie rückwärts aus dem Fahrstuhl. »Bent wird mir langsam zu schwer.« Er stapfte durch den Gang und suchte das Zimmer des Narkoleptikers. Die Zahlen auf den Türen verschwammen vor seinen Augen, die Wände schaukelten wie auf einem Schiff, was er lustig fand.

Sie brauchten mehrere Minuten, bis sie das richtige Zimmer fanden, und beinahe genauso lange, bis sie das elektronische Schloss geöffnet hatten.

Konstantin torkelte in den halbdunklen Raum und warf Arctander aufs Bett, der kurz brummte und sich dann zur Seite rollte, ohne aufzuwachen. »Hörst du das?«, fragte er mit schwerer Zunge und betrachtete den schlafenden Mann.

»Das Schnarchen?«, fragte sie glucksend. Sie stand noch an der Tür, die sie nun zudrückte.

»Nein. Es ist ... still. Kein Knistern. Kein Schnitter. Er kann sich wie jeder normale Mensch dem Bruder des Todes hingeben. Er kann schlafen.« Konstantin berührte Harlekin's Death. *Schlafen. In einem Bett, nicht in einer Badewanne oder in einer Dusche oder in einem Kabuff.* »Ich freue mich so darauf«, raunte er.

Stoff raschelte. »Ich auch«, flüsterte Marna, und Konstantin drehte sich zu ihr um. Sie kam auf ihn zu. Das Licht der Großstadt fiel durch die Fenster und beleuchtete ihren nackten Körper. »Ich will dich, Korff.« Sie presste sich an ihn.

Konstantin spürte ihre vollen Brüste, ihre Wärme.

Der Duft ihrer Haare, ihres Parfüms drang in seine Nase. Seine Hände legten sich auf ihren Rücken, glitten daran herab. Haut, samten, leicht gebräunt und verlockend.

Sie hob die Arme, legte sie um seinen Nacken und zog ihn zu sich, sie drückte sich leise stöhnend gegen ihn und küsste ihn. Ihre Zunge leckte über seine Lippen. Rotweingeschmack mischte sich mit ihrem ureigenen Aroma.

Konstantin konnte das Verlangen spüren, seine Erektion wuchs von Sekunde zu Sekunde. »Wir sind betrunken«, sagte er heiser und strich mit einer Hand über ihren Hintern, die andere fuhr nach oben und liebkoste sanft ihren Nacken, was sie aufkeuchen ließ. Ivas Bild verblasste im Rotweinrausch und in der Wollust.

»Wir sind so was von betrunken«, hauchte Marna und öffnete sein Hemd, küsste seine Brust, wanderte abwärts und streifte seine Hose herab. Schon hatte sie sein hartes Glied im Mund, ließ ihren Kopf hin und her gleiten, umfasste den Schaft mit der Hand und rieb.

Konstantin streichelte ihren Kopf, dann versetzte er ihr einen leichten Schubs, so dass sie das Gleichgewicht verlor. Doch bevor sie fallen konnte, griff er unter ihre Arme und hob sie auf den Hocker, der hinter ihr stand. Er sank zwischen ihre gespreizten Beinen und küsste den leicht behaarten Venushügel. Sie war bereits feucht, wand sich vor Leidenschaft.

Marna stöhnte und griff in seine Haare, zog ihn näher an sich.

Er leckte ihre heiße Spalte, was sie zum Keuchen brachte. Ihr Geschmack ließ seine Lust noch weiter ansteigen, er trieb sie mit seiner Zunge noch weiter in den Wahnsinn.

Dann drehte er sie auf den Bauch. Sie reckte ihm ihren knackigen Hintern entgegen, ihr Oberkörper senkte sich in einem leichten Bogen nach unten. Sie spreizte die Beine erwartungsvoll für ihn. »Überziehen«, wisperte sie und schob ein Kondom über den Teppich zu ihm. Konstantin war nicht betrunken genug, um es sein zu lassen. Er streifte das Gummi über seinen Schwanz und beugte sich nach vorne, um Marnas Hintern zu küssen. Mit einer Hand berührte er ihre Spalte, tauchte mit einem Finger hinein und zog ihn gleich wieder heraus. Sie war so was von bereit für ihn!

Er packte ihre Hüfte und zog sie mitsamt dem Hocker zu sich, schob sich langsam in sie und genoss die Wärme, die seinen Schwanz umschloss. Marna ächzte vor Lust, spannte ihre Muskeln an. Feuchtigkeit rann ihre Schenkel hinab, tropfte auf den Hocker und auf den Teppich.

Konstantin zog sein Glied halb aus ihr und stieß wieder zu, so tief es ging, und wiederholte die Bewegungen, wurde immer schneller, während Marna sich ihm entgegenstemmte und sich seinem Rhythmus anpasste. Er streichelte ihren Rücken und bewunderte dabei das Spiel ihrer Muskeln im matten Licht, berührte ihren Hintern, ihre Schenkel und griff schließlich in das lange, kastanienfarbene Haar, um ihren Oberkörper nach oben zu ziehen.

Seine Arme legten sich um sie, seine Hände massierten ihre weichen, festen Brüste. Er stieß keuchend schneller, fester in sie, hörte ihr Keuchen und versank in einem Strudel von Gefühlen – bis er mit einem lauten Schrei kam und dabei immer weiter zuckend in sie stieß, bis er zusammensank.

Als er die Augen wieder öffnete, wunderte er sich, dass er plötzlich auf ihr und in ihren Armen lag. Er hatte nicht mitbekommen, wie sie die Stellung wechselten.

Marnas Haut war genau wie seine von einem Schweißfilm überzogen. Er presste sein Gesicht in ihren Nacken, um ihren unglaublich aufregenden Duft noch intensiver wahrzunehmen, während sie sanft seinen Hals küsste und seinen Rücken streichelte.

Konstantin hatte damit gerechnet, dass ihn Schuldgefühle anspringen würden und ihm Vorhaltungen wegen Iva machten. Doch sie blieben aus. Sein Sonnengeflecht glomm vor sich hin, sein erhitzter Leib kühlte langsam ab. Aber er wollte sie wieder. *Was passiert denn hier?*

Als ein lauter Schnarcher vom Bett erklang, mussten beide lachen.

»Den habe ich total vergessen.« Konstantin stemmte sich hoch und setzte sich auf, Marna ebenso. Sie grinsten sich an, und Konstantin erkannte aufrichtige Zuneigung in ihren rötlich grauen Augen. *Es wird in meinen nicht anders aussehen.* Er küsste sie lange auf den Mund, fuhr mit der Hand ihren Hals entlang und strich über ihren Nacken.

»Ich finde es toll«, flüsterte sie, »dass wir betrunken sind.« Sie schwang sich rittlings auf ihn und drückte ihre heiße, nasse Spalte gegen seinen Schwanz, der sich bereits wieder erhärtete. Ihre Brüste lagen an seiner Haut, die Nippel reckten sich keck nach vorne.

»Dann sollten wir die Zeit nutzen, in der wir es noch sind.« Konstantin erhob sich trotz des zusätzlichen Gewichts mit ihr vom Boden, sie schlang ihre Beine um seine Hüfte und küsste ihn zärtlich. Dann verschwanden sie im Bad, für den Fall, dass Arctander doch noch aufwachte.

Barcelona, Spanien

Den Klingelton nahm Konstantin wie aus weiter Entfernung wahr. Leise genug, um ihn zu ignorieren und zu versuchen, zurück in den Schlaf zu gleiten.

Doch das Bimmeln kam näher und näher, bis es unmittelbar neben seinem Ohr erklang.

Seit wann kann mein Telefon laufen? Und wann habe ich es überhaupt angeschaltet?

Als er ein Auge öffnete, sah er eine Frauenhand, Marnas Hand, die ihm sein Smartphone hinhielt. Sie waren in seinem Hotelzimmer, aber er hatte keine Ahnung, wie sie hierhergekommen waren. *Ja, wir waren* wirklich *betrunken.* »Danke«, murmelte er und nahm das Handy.

Auf dem Display stand: Iva.

Mit einem Fluch schoss er senkrecht in die Höhe und nahm das Gespräch entgegen.

»Hallo, Iva«, sagte er krächzend. Er hatte in der vergangenen Nacht seine Lust oft genug hinausgeschrien, um heiser zu sein. Er war durcheinander und sagte sich unentwegt, dass er und Marna betrunken gewesen waren. »Es tut mir leid, dass ich lange abgetaucht war«, haspelte er los. »Ich komme bald nach Leipzig. Wir haben viel zu bereden.«

Neben ihm rollte sich Marna mit einem leidenden Laut zusammen und zog die Decke über den Kopf; ihr kastanienfarbener Schopf spitzte darunter hervor. Das Licht fiel durch einen schmalen Spalt ins Zimmer und war für einen katergeplagten Geist zu hell.

Er sah den Umriss ihres Körpers unter dem Laken, dachte an ihren verführerischen Körper, ihre vollen Brüste … *Restalkohol,* sagte er zu sich selbst. »Iva?«

»›A true friend stabs you in the front‹«, kam es aus dem Lautsprecher. Jester lachte leise. »Ich dachte mir, dass es an der

Zeit ist, eine weitere von Oscar Wildes Wahrheiten zu verkünden, alter Knabe. Du wirst inzwischen verstanden haben, dass sich die Regeln unseres Spiels geändert haben.«

Nein! Konstantin kam es vor, als wäre die Temperatur im Zimmer in wenigen Sekunden unter den Gefrierpunkt gesunken. Er erstarrte.

»Konstantin?«

»Ja«, krächzte er. »Ja, ich bin da.«

»Ah, ich merke, ich habe deine volle Aufmerksamkeit. Das ist erfreulich. Und vielen Dank für dein erheiterndes, geschriees Telefonstatement zu Bent Arctander und den neuen Entwicklungen. Schön zu hören, wie engagiert du sein kannst. Das habe ich schon immer bewundert.« Jester ging auf und ab, während er sprach, dem Geräusch seiner Schritte nach lief er durch einen hohen Raum, dessen Boden aus Stein bestand. Seine Stimme hallte leicht, im Hintergrund war es still.

Konstantin kämpfte gegen den Kater und die Panik an und versuchte, klare Gedanken zu fassen. »Lass Iva in Ruhe«, sagte er uninspiriert, weil ihm nichts Besseres einfiel und es der Wahrheit entsprach.

»Warum sollte ich? Ich bin keiner von den Guten, Konstantin. Ich will meinen Narkoleptiker zurück, und du wirst ihn herbringen.«

»Er hat seine Gabe nicht mehr.«

»Bring ihn her. Ich möchte es selbst sehen.«

»Ob ich das verantworten kann?«

»Ob Iva das auch so sieht? Oder Professorin Sastre?«, erwiderte Jester fröhlich. »Sie werden als Erste sterben, alter Knabe. Ich töte munter weiter, bis du mir meinen Narkoleptiker lieferst. Ich habe ihn gefunden, ich habe ihn gerettet, ich habe ihn ausgebildet. Er gehört mir!«

»Du hast vor, ihn zu deinem Werkzeug zu machen. Bent ist dir als Mensch scheißegal«, rief Konstantin und erhob sich, ging ins Bad und trank hastig einen Schluck Wasser, benetzte sich das Gesicht. Die Kälte vertrieb die Wirkung des Alkohols. »Was willst du mit ihm?«

Jester blieb stehen. »Er ist einmalig. Es hat noch nie einen Todesschläfer mit Narkolepsie gegeben. Ich brauche ihn, um meine Ziele durchzusetzen.«

»Und welche sind das?«

»Warum willst du das wissen? Du würdest ohnehin nicht mitmachen. Dafür kenne ich dich zu gut, alter Knabe.« Jester klang bedauernd.

Marna erschien in der Tür, nackt und mit besorgtem Gesicht. Sie sah phantastisch aus, woran auch die kleine Narbe auf dem Unterbauch nichts änderte. Sie war Konstantin gestern nicht aufgefallen. »Ärger?«, fragte sie tonlos.

Konstantin nickte.

Jester ging wieder ein paar Schritte. »Ladys, sagen Sie Herrn Korff doch guten Tag, damit er weiß, dass ich Sie als meine Gäste beherberge.« Zwei Frauen riefen durcheinander. Konstantin erkannte die Stimmen von Iva und Sastre. »Ich könnte das Hotel stürmen lassen, in dem du gerade bist, aber das wäre zu viel Aufwand, wo es doch wesentlich einfacher geht. Also, hier ist der Deal: Du bringst mir Arctander, ich gebe dir deinen Schatz und Sastre. Lebend. Ich habe mich übrigens ein wenig mit der Ärztin unterhalten. Du weißt, wie viel die Ärztin wert ist. Damit keine Missverständnisse aufkommen: Ich begrüße das. Sie hat eine einzigartige Gabe, und ich würde sie nur ungern töten. Warum sollte man einen Todesschläfer auch daran hindern, für den Schnitter sichtbar zu werden, wenn er es möchte?« Er lachte abfällig. »Sollen sich doch alle schwächen. Ich dagegen *mag* meine Besonderheit und nutze sie gern. Zum Wohle der Allgemeinheit.«

»Und dass Arctander normal sein möchte, zählt nicht, ja?«

»Wir müssen alle Opfer für die Allgemeinheit bringen. Ich

habe ihn trainiert und zu der Waffe gemacht, die ich brauche, um Regierungen dazu zu bringen, das Beste für ihr Volk und nicht das Beste für die Firmen zu tun, mit denen sie Verträge abgeschlossen haben. Kein Staat der Welt wird es wagen, gegen seine Bewohner zu handeln, wenn die Mächtigen wissen, dass die Hand von Oneiros sie überall erreicht.« Jester klang begeistert von seiner eigenen Idee. »Arctander ist das Beste, was ich je erschaffen habe. Für die Menschheit. Siehst du das nicht ein?«

»Und wie oft möchtest du demonstrieren, wie stark Oneiros ist? Wie viele Tote reichen aus?«

»Die ungewollten Demonstrationen in Paris, Marrakesch und Madrid genügen, schätze ich. Demnächst verschicke ich ein paar freundliche Briefe an die Regierungen der Erde, und dann wird sich zeigen, ob sie verstanden haben.« Er lachte wieder. »Ach ja, und Geld lasse ich mir natürlich auch überweisen. Ich muss schließlich meine Forschungen finanzieren. Bei Gelegenheit stelle ich dir von Windau in Ruhe vor. Sie und ihre Wissenschaftler arbeiten an faszinierenden Dingen, welche die Zukunft der Menschheit ebenso revolutionieren könnten wie mein Projekt. Derzeit tüftle ich daran, wie sich Synergieeffekte erreichen lassen. Nun, sie weiß noch nichts von der Partnerschaft, die ich anstrebe, und wird auch nicht begeistert sein. Aber ich kann mit Argumenten und Drohungen sehr überzeugend sein.«

Er ist verrückt. Konstantin versuchte erst gar nicht zu ergründen, ob ihn Jester anlog oder nicht. Sein Verhalten war blanker Unsinn. Sollte Jester eines Tages beschließen, dass ihn irgendein Staatsoberhaupt beleidigt hatte, jemand seinen Forderungen nicht schnell genug nachkam oder er einfach eine Stadt für sich haben wollte, würde er Arctander seinen Stein wegnehmen und ihn im Zentrum einer Stadt einschlafen lassen. *Die Opferzahlen gingen in die Millionen.*

»Konstantin?«

»Ja, ja, ich … musste nur überlegen, wie schnell ich Arctander finde.« Er sah auf die Uhr, auf der 11.32 AM stand. Wenn er Pech hatte, war Arctander bereits abgereist. Konstantin hielt den Hörer zu. »Frau … Marna … Herbst«, sagte er, und es kam ihm seltsam vor, sie mit ihrem Nachnamen anzusprechen. *Ich bin zu durcheinander.* »Geh zu Arctander und halte ihn fest. Wir brauchen ihn.«

»Alles klar, Korff.« Sie verschwand aus dem Türrahmen.

»Glänzend, alter Knabe! Ich sehe, wir verstehen uns doch noch.« Jester lachte. »Ich bin, wie du dir denken kannst, mit meinen Leuten in Barcelona. Wir treffen uns …«

»Ich muss Arctander erst noch holen. Er ist schon abgereist«, fiel Konstantin ihm hastig ins Wort. »Aber ich weiß, wohin er will.«

»Das ist außerordentlich erfreulich. Ich gebe dir Zeit bis heute Abend. Zwanzig Uhr, auf der Plaça de Catalunya. Du und Arctander, sonst niemand. Sollte ich bemerken, dass du ein doppeltes Spiel treibst, werde ich zwei meiner Leute in Schlaf versinken lassen. Wäre schade um die ganzen Unschuldigen. Wie Iva. Und die Ärztin.«

Wenn Jester den Treffpunkt aussucht, sind wir geliefert. Der Bunker wäre perfekt. Vielleicht … »Nein, ich sage, wo wir uns …«

Es knallte laut, und Iva schrie gellend vor Schmerzen.

»Hoppla! Da ist mir doch ein Schuss losgegangen. Sieht aber nicht so schlimm aus, Stan. Nur eine Fleischwunde im rechten Oberschenkel. Gut, dass die gute Doktor Sastre da ist«, sagte Jester, während Iva schluchzte und darum flehte, dass man sie nicht tötete. »Verzeihung, hattest du mir widersprochen?«

»Nein«, gab er zurück und schlug mit der Faust gegen die Duschabdeckung, die augenblicklich viele Risse erhielt. *Ich bringe ihn um, und wenn ich Jahre darauf warten muss.*

»Wiederholst du zur Sicherheit Uhrzeit und Treffpunkt, alter Knabe?«

Konstantin schluckte, sah auf die aufgesprungene Haut an seiner Hand. Blut rann daran hinab und tropfte auf die Fliesen. »Zwanzig Uhr, Plaça de Catalunya.« *Mieses Schwein!* Innerlich kochte er vor Wut und Hass. Derart war er niemals im Leben betrogen und hintergangen worden.

»Well, well. Dann bis heute Abend. Ich freue mich darauf, dich wiederzusehen. Iva bestimmt auch.« Jester legte auf.

Die Hotelzimmertür öffnete sich. »Wir sind's«, rief Marna. »Ich habe ihn aus dem Taxi gezogen.«

»Danke auch. Ich könnte schon auf dem Weg zum Flughafen sein«, murrte Arctander. Rumpelnd stellte er seine Tasche ab. »Was ist denn los?«

»Bin sofort da.« Konstantin schlüpfte in einen Bademantel und wickelte sich ein Handtuch um seine blutende Hand. Er musste sein Telefon im besoffenen Zustand angeschaltet haben, irgendwann nach dem Sex mit Marna. Um Iva anzurufen und sich zu entschuldigen? Um Fotos zu machen? *Nie wieder Rioja!*

Er kam ins Zimmer. Arctander sah ihm mit abweisendem Gesicht entgegen. Marna trug nur Bluse und Hose, sie war barfuß unterwegs gewesen. Er bemerkte, dass es im Raum nach Sex und Rotwein roch. Unter seinen Zehen knisterten zwei leere Kondompackungen, die er rasch unters Bett schob. »Wir haben ein Problem«, eröffnete er. »Darling.«

Arctanders Miene änderte sich sofort, er wurde ängstlich. »Ist er hier?«

»Er ist in Barcelona, ja. Er rief mich eben an, um mir zu sagen, dass er Sastre und eine weitere Geisel genommen hat. Er will einen Austausch.«

»Vergiss es!«, rief Arctander empört. »Ich gehe sicher nicht zurück zu diesem Arschloch!« Er klopfte sich gegen die Hosentasche. »Er wird mir den Stein abnehmen, und dann ist ... alles sinnlos gewesen, was wir ... was ich ...« Er wurde immer aufgeregter, immer verzweifelter. Er schüttelte den Kopf und hob seine Reisetasche auf. »Tut mir leid um Sastre und die Geisel«, sprach er leise und schlug die Augen nieder. »Aber das mache ich nicht mit.« Er wandte sich zur Tür und ging an Marna vorbei.

Konstantin sah ihm nach. *Ich habe vielleicht eine Idee. Aber dafür brauche ich ihn auf alle Fälle. Andernfalls kann ich Jester unmöglich täuschen.* »Bent, du verdankst es dieser Frau, dass du überhaupt eine Chance auf ein normales Leben hast!«

»Aber wenn ich zu Darling gehe, werden Tausende sterben. Außerdem bringt er sie sowieso um. Ich glaube nicht, dass er sich an seine Abmachungen hält. Das glaubst du doch genauso wenig wie ich.« Er legte eine Hand auf die Klinke. »Du musst dir was anderes einfallen lassen.«

Genau das habe ich vor. Konstantin machte einen Satz über das Bett hinweg, sprang an Marna vorbei und packte Arctander an der Schulter. »Du bleibst. Ich möchte dich ...«

»Nein!« Der Narkoleptiker schlug in Panik mit der Tasche zu.

Konstantins Kampfsportreflexe übernahmen automatisch. Mit einem Aikido-Griff warf er Arctander mit Hilfe seines eigenen Schwungs gegen den Schrank, beim krachenden Aufprall ließ er die Tasche los. Als er zurücktaumelte, hebelte ihn Konstantin ein zweites Mal aus, schleuderte ihn aufs Bett und verpasste ihm einen Faustschlag gegen die rechte Wange, so dass der Schwede ohnmächtig wurde.

Marna hatte sich in eine Ecke zurückgezogen und das Handgemenge verfolgt. Sie steckte die Hände in die Hosentaschen, sah auf den Bewusstlosen, danach auf Konstantin. »Ich bin gespannt, was Sie vorhaben, Korff. Bent wird nicht mehr Ihr Freund sein, wenn er die Augen aufschlägt.«

»Das denke ich auch.« Konstantin zerriss ein Laken und fesselte Arctander an Armen und Beinen, dann knebelte er ihn.

Marna siezte ihn, auch nach der Nacht, und tat, als hätte es den Sex, die Leidenschaft niemals gegeben. *Von mir aus.* Er zog das Handy und rief Thielke an, um ihn zu bitten, ins Hotel zu kommen. Der Mann sagte zu.

»Sie haben einen Plan?«, fragte Marna neugierig.

»Ja. Könnten Sie veranlassen, dass wir die Zimmer einen Tag länger bekommen?«

Sie nickte und griff nach dem Zimmertelefon. »Erfahre ich, was Sie vorhaben?«

»Sicher. Sobald Thielke da ist, Frau Herbst. Und ich fürchte, ich muss noch mehr Schulden bei Ihnen und der Börse machen.« Er ignorierte ihren skeptischen Blick, streifte den Bademantel ab und ging ins Bad. »Ich dusche und mache mich frisch. Die Nacht war ...« Er brach mitten im Satz ab. *Aber irgendetwas muss ich doch sagen.*

»Ich erinnere mich an nichts«, erwiderte Marna rasch und wandte sich ab. »Muss der Rioja gewesen sein.« Sie suchte ihre letzten verstreuten Sachen zusammen. »Sie rufen mich an, sobald Thielke da ist?«

»Ja.«

Sie nickte ihm zu und huschte hinaus.

Konstantin stellte das Wasser in der Dusche an, entfernte das Tuch um seine verletzte Hand.

Er konnte sich sehr gut an die letzte Nacht mit Marna erinnern. An ihre Haut, an ihren Geruch, an ihr Lachen, an ihre Leidenschaft. An all die verwirrend intensiven Gefühle, die er empfunden hatte.

Was wäre passiert, wenn ich Iva früher erreicht hätte, wenn ich in den letzten Tagen mit ihr gesprochen hätte? Jetzt ist sie wegen mir in tödlicher Gefahr.

Er stieg unter die Dusche. Doch die Vorwürfe, die er sich selbst machte, ließen sich mit keinem Wasser der Welt abwaschen.

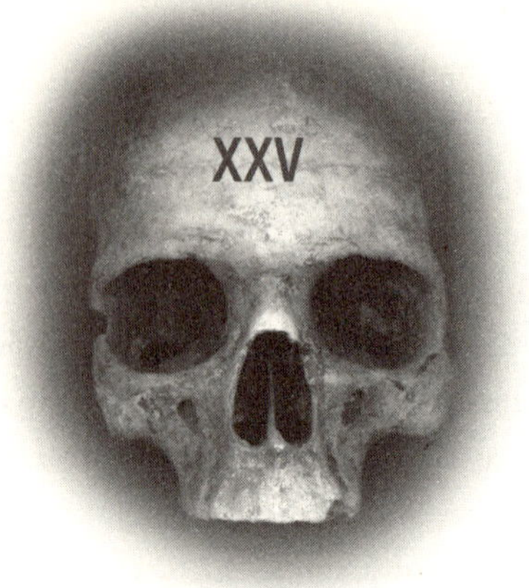

Das wähne nun keiner,
dass er sich nicht entbehren ließ.
Dein Tod oder meiner
macht in der Welt
noch keinen Riss.

Eduard von Bauernfeld

Barcelona, Spanien

Konstantin zog den großen, aluminiumfarbenen Koffer um kurz vor zwanzig Uhr mit viel Kraft auf die runde Plaça de Catalunya. Er schwitzte, trotz der angebrochenen Abendstunden herrschten sommerliche Temperaturen. Er blieb an einem der gusseisernen Trinkwasserspender stehen, nahm einen Schluck und rieb sich mit den feuchten Händen das Gesicht ab.

Neoklassizistische, protzige Gebäude umgaben den Platz, auf dem Springbrunnen rauschten und ihre Kaskaden in den Himmel schossen. Der Bewuchs eines kleinen, parkähnlichen Grünstreifens dämpfte den Lärm des niemals endenden Verkehrsstroms, der in mehrspurigen Straßen um den Platz herumführte.

Für die vielen Besucher erschien dieser Ort sicherlich idyllisch. Das hätte sich geändert, wenn sie wüssten, was für Menschen sich außer ihnen noch hier befanden.

Konstantins Herz pochte laut, weil er nicht nur mit dem Leben von Sastre und Iva spielte. Barcelona besaß mehr als anderthalb Millionen Einwohner, und sie waren hier mitten in der dichtbesiedelten Stadt.

Der Wind drehte und wehte eine erfrischende Gischtwolke von einem der Springbrunnen herüber, die Konstantin benetzte. Er sah sich um und entdeckte an den majestätischen, imposanten Bauwerken der Plaça vor allem die Embleme von Banken. Aus dem Rahmen fiel einzig die Stahlbetonfassade eines modernen Kaufhauses, das zu einer spanischen Kette gehörte.

Dort oben hatte er Marna postiert, die mit einem Fernglas den Platz überwachte, in dessen Mitte ein großer Stern aus verschiedenfarbigen Pflastersteinen prangte. Sie hatten in einem Elektronikladen Prepaid-Handys erstanden, dazu kleine Bluetooth-Ohrenstöpsel, so dass er, Marna und Thielke in permanentem Kontakt standen. Die Stecker waren nur zu erkennen, wenn man genau hinsah.

In dem Gepäckstück neben ihm befand sich der gefesselte Bent Arctander, der auch nach einer langen Diskussion und inständigen Bitten nicht bereit gewesen war, freiwillig an Ivas und Sastres Rettung mitzuwirken. Konstantin hatte ihn zu seiner Hilfsbereitschaft gezwungen. Luftlöcher in der Aluminiumwand des Koffers verhinderten, dass der Narkoleptiker erstickte.

Der Plan, den Konstantin ersonnen hatte, bedeutete die Steigerung von riskant.

Der Ort, an dem der Austausch stattfinden sollte, lag im Zentrum von Barcelona. Abgesehen von dem immensen Verkehr um den Platz herum, wo Autos und Busse Stoßstange an Stoßstange fuhren, sowie den vielen Häusern, den Cafés, Bars und Restaurants, verliefen unmittelbar darunter die Linien von Metro und Schnellbahn. Zwei Metrolinien kreuzten sich hier sogar.

Niemand kannte die Ausmaße von Arctanders Fluch, vor allem jetzt, da sie den Tod betrogen, wenn er seinen Ring abnahm. Selbst ein normaler Todesschläfer konnte an diesem Ort für ein ungeheures Unglück sorgen.

Darling wusste genau, dass sich Konstantin vor der Übergabe über die Plaça de Catalunya informierte und das Pozential dieses Treffpunkts erkannte.

Er wird denken, dass ich mich nicht traue, Widerstand zu leisten. Konstantin schob den Koffer weiter und folgte einer roten breiten Linie, die zu dem Stern in der Mitte führte. *Er irrt sich.*

Jester stand dort, als Fremdenführer verkleidet, zusammen mit einer kleinen Gruppe. Es sah so aus, als hätten ein paar befreundete Paare eine private Tour gebucht. Neben Iva und Sastre zählte er fünf Leute, die zu Darling und seinem Projekt Oneiros gehörten. »Ah!«, rief der MI6-Commander quer über den Platz. »Wir haben schon auf Sie gewartet, Señor. Kommen Sie. Wir wollen doch anfangen.«

Niemand nahm Notiz von ihnen, nichts war normaler als dieses Bild. Die Menschen schlenderten umher, saßen an den Brunnen, redeten, joggten, fotografierten, Kinder planschten an Brunnen, Eltern versuchten zu verhindern, dass sie zu nass wurden. Ein normaler Abend an einem beliebten Touristenziel.

»Es geht los«, sagte Konstantin zu Marna und Thielke.

»Alles klar«, meldete sie. »Ich sehe sonst niemanden, der sich irgendwie auffällig verhält.«

»Bei mir ebenso«, ergänzte Thielke. Er hatte sich bei einem

der Brunnen in Stellung gebracht. Die neue Nikon-Kamera mit dem Zoom verschaffte ihm einen genauen Einblick über die Ereignisse, dank des Lippenlesens würde er wissen, worüber sie sprachen. Der LeMat konnte durchaus von Nutzen sein.

Es darf nichts schiefgehen. Konstantin schob das Gepäckstück vorwärts und erreichte die Gruppe.

Er nickte Iva zu, die ihn ängstlich anschaute. Sie hatte rote Augen vom Weinen. Ihr Wiedersehen hatte er sich anders vorgestellt. Romantisch, intensiv, nur sie beide. Stattdessen befanden sie sich in Todesgefahr, und er hatte sie im Suff mit Marna betrogen, was die ganze Situation nur umso furchtbarer machte. Seine Gefühle für sie fühlten sich verändert an, zäher und zögerlicher, vermutlich die Auswirkungen des schlechten Gewissens. *Ich mache es wieder gut, ich schwöre es!* Sastre wirkte noch verhärmter als gestern Abend.

»Hier bin ich«, sagte er zu Jester und legte eine Hand auf den Koffer. »Arctander ist da drin.«

»Dachte ich mir, alter Knabe.« Jester sah zufrieden aus und fuhr sich mit den Fingerkuppen über die gestylten Haare. »Welch herrlicher Abend! Schau dir die vielen Menschen an, die friedlich um uns versammelt sind.«

»Du bringst sie mit diesem Treffen alle in Gefahr.«

»Ich?«, fragte Jester und tat gespielt überrascht. »Nein, ich habe mich unter Kontrolle. Ich fände es schrecklich, wenn den Leuten etwas geschähe. Schließlich möchte ich nichts anderes, als dass sie in besseren Verhältnissen leben.«

»Was bist du für ein Gutmensch.« Konstantin konnte nicht verhindern, dass sich Verachtung in seine Stimme schlich.

Jester ignorierte es. »Nicht wahr, alter Knabe? Ein neues Zeitalter bricht an: Die Welt wird in absehbarer Zeit von ehrlichen Politikern geleitet werden. Dank mir und Oneiros.« Er lächelte selbstgefällig. »Meine Partner und ich werden genügsam sein, was unsere Entlohnung angeht. Tatsächlich ist unser

Einsatz mit Geld überhaupt nicht zu bezahlen.« Er lachte leise. »Weißt du eigentlich, weswegen dich von Windau damals in Leipzig entführen wollte?«

»Nein.« Konstantin konnte seine Ungeduld kaum mehr zügeln. *Dieses selbstverliebte Arschloch!*

»Stell dir vor: Sie ist auf der Suche nach echter Unsterblichkeit für uns. Sie reißt Todesschläfern die Hirne aus dem Schädel und setzt sie in neue Körper ein.« Jester pochte mit dem Ringfinger gegen seinen dunklen Haaransatz. »Hört sich verrückt an, oder? Aber die Fortschritte, die sie macht, sind imposant. Da steige ich natürlich mit ein, um sie voranzubringen. Ich will die Welt ja möglichst lange mit meiner Anwesenheit beglücken.«

Konstantin lachte ungläubig, doch gleichzeitig drehte sich ihm der Magen um. *Hoffentlich ist das nicht mehr als eine verrückte Spinnerei. Die Vorstellung, dass …* »Ich habe deine Stimme lange genug ertragen«, sagte er finster. »Ich will Iva und Sastre, und dann nichts wie weg von hier.«

»Ich will meinen Narkoleptiker. Schön, dass wir alles zu einem guten Ende bringen können.«

»Tun wir das? Oder bringst du uns um, sobald du Arctander hast?«

Jester lächelte gütig wie ein Vater, doch in seinen Augen blitzte es tückisch. »Wozu? Ich habe alles, was ich will. Oneiros richtet sich nicht gegen dich oder diejenigen, die Opfer sind.«

Ich darf keinen Fehler begehen. Konstantin setzte sich auf das Gepäckstück. »Welche Garantien bekomme ich?«

»Mein Wort. Mehr kann ich dir nicht bieten. Habe ich mich beschwert, dass du eine Frau auf dem Dach des Kaufhauses postiert hast und Thielke gegenüber am Brunnen lauert? Wie hast du ihn überhaupt dazu gebracht mitzumachen?«

»War nicht weiter schwer. Er hasst dich und freut sich darauf, dich zur Rechenschaft zu ziehen.«

»Meine Furcht vor einem einbeinigen Halbblinden hält sich in Grenzen.« Jesters Lächeln erstarb. »Mir entgeht nichts, Stan. Und jetzt runter vom Koffer und aufmachen!«

Die Gruppe formierte sich um und bildete einen runden Schutzschirm gegen die zahlreichen Passanten.

Er hat Marna und Thielke schnell entdeckt. Einen Tick zu schnell. Konstantin erhob sich und kippte den Koffer zur Seite, öffnete die Schlösser, klappte den Deckel hoch. Darin lag Arctander, gefesselt und geknebelt, der Blick eine einzige Anklage. »Da ist er.« Langsam steckte er die Hände in die Taschen. Er sah zu Sastre und versuchte, ihr durch einen Blick begreiflich zu machen, dass gleich etwas geschah.

Sie nickte unmerklich, ihr Blick fiel auf seine Finger – und sie erbleichte. Sastre hatte bemerkt, dass er Harlekin's Death nicht mehr trug. Sie schüttelte den Kopf, doch diesmal war er es, der nickte, ganz leicht nur.

Jester beugte sich nach vorne, prüfte die Fesseln des Narkoleptikers. »Waren das mal Bettlaken?«, fragte er amüsiert. »Du kannst noch immer improvisieren. Glänzend.«

»Er wollte nicht mitkommen«, gab Konstantin gleichgültig zurück. Seine rechte Hand schloss sich um die Tüte mit dem Pulver in seiner Tasche, die linke nahm Thielkes Störsender heraus.

»Nein, Korff«, flüsterte die verängstigte Sastre. »Nein, tun Sie das nicht.«

Jester sah alarmiert zu Konstantin, dann auf das Kästchen. »*Was* sollst du nicht tun?«

»Arctander dir überlassen. Sie weiß, wie gefährlich er ist«, log er. »Ich habe dem Narko einen Sprengsatz unter das Hemd geschoben. Solltest du versuchen, mich zu linken, während ich mit Sastre und Iva verschwinde, geht er hoch. Mit dir und deinen Freunden.«

Jester verzog anerkennend das Gesicht. »Ah, jetzt verstehe

ich, was die Kleine auf dem Dach soll. Sie hat den Auslöser. Clever.«

Arctander stieß ein Stöhnen aus und zerrte an seinen Fesseln. Einige Fasern rissen hörbar, der Stoff hielt aber. Er versuchte aufgeregt, etwas zu sagen.

»In meiner Hand halte ich außerdem einen Zünder mit Totmannschaltung. Sollte ich den Finger wegnehmen, wird aus Bent sofort ein rotes Feuerwerk.« Konstantin sah zu dem Schweden. »Sorry, aber du hättest freiwillig mitkommen sollen.« Er machte einen Schritt zurück. »Die Damen zu mir, wenn ich bitten darf.«

Jester richtete sich langsam auf und gab seinen Begleitern ein Zeichen. Die beiden Frauen wurden losgelassen.

Iva, die Konstantin nicht anschaute, sondern auf den Boden vor sich starrte, und Sastre gingen zu ihm. Jesters Leute rückten zur Seite, bis der MI6-Commander und seine Agenten dicht nebeneinanderstanden.

Konstantin warf Iva einen langen Blick zu, doch sie hob die Augen nicht. *Ihre Missachtung habe ich verdient.* Vor allem, weil er sich wünschte, Marna noch einmal sehen zu können, die hinter ihm auf dem Gebäude wartete. Ging sein Plan nicht auf oder lief das Timing schlecht, wären sie tot. Ohne Chance, sich zu verabschieden.

Jetzt! Konstantin riss die Hand aus der Tasche und schleuderte das kristalline Pulver aus der Tüte gegen seine Feinde. Glitzernd verteilte es sich auf Haaren und Schultern. »Geben Sie alles. Ich brauche nur Sekunden«, raunte er der Ärztin zu, dann schrie er Arctander an. »Ich bringe dich um, du Stück Scheiße!« Gleichzeitig tat er so, als würde er eine Waffe ziehen. »Du wirst Projekt Oneiros nicht helfen!«

Arctander stöhnte in Todesangst auf – und glitt in einen Anfall.

Sastre schrie laut »Nein«, aber schon erklang das Knistern,

das die Ankunft des Schnitters verkündete. Noch lauter, wütender und vernichtender als im Bunker.

Das Licht rund um den Platz verlor an Kraft, ein Taubenschwarm stieg verschreckt auf, einzelne Tiere stürzten ab, dann prallten sämtliche Vögel tot auf die Plaça.

Bitte! Bitte, diesmal muss es schnell gehen! Konstantin hielt den Störsender in der Hand und achtete genau auf die Umgebung.

Der Edelsteinstaub, den er auf die Feinde gestreut hatte, schimmerte auf …

Jester stieß einen gellenden Schrei aus und fiel auf den Rücken, die Hände auf die Brust gepresst. Er wälzte sich von einer Seite zur anderen, stöhnte verzweifelt. Seine Gefolgsleute brachen kreischend zusammen, hielten sich die Kehlen, den Kopf, das Herz. Sie starben zu Konstantins Füßen.

Der Anblick erfüllte Konstantin mit grimmiger Freude. Der Schnitter hatte sie in Sekundenbruchteilen als Todesschläfer erkannt und holte sie sich zuerst, bevor sie erneut unsichtbar wurden. Eine unglaubliche Gelegenheit: Ein Todesschläfer rief ihn, doch es waren andere bei ihm, die er sehen konnte. Die er umbringen konnte. Das hielt ihn davon ab, sich sofort auf die Menschen auf dem Platz zu stürzen. Doch das konnte sich jede Sekunde ändern. Noch spürte der Gevatter die Anwesenheit eines weiteren Todesschläfers, der ihm trotzte.

Lass es gelingen! Konstantin drückte den Knopf des Störsenders und warf sich neben Bent Arctander, hielt den Generator an dessen Kopf – und das knisternde Geräusch verebbte. Vorerst. Es wich nicht, sondern zog sich zurück und schien Anlauf für einen neuen Versuch zu nehmen, um die Sperre zu überwinden.

Konstantin nahm hektisch die Spritze zur Hand, in der sich ein extremer Wachmacher und Adrenalin befand, und jagte sie in den Arm des Narkoleptikers.

Es dauerte vier Sekunden, die wie eine Ewigkeit erschienen, und Arctander hob die Lider.

Abrupt verschwand das Knistern. Das Licht wagte sich wieder heraus, ein leuchtender Sonnenuntergang tauchte Barcelona in strahlendes Gold.

»Es ist vorbei«, versuchte Konstantin, den panischen Mann zu beruhigen, und löste seine Fesseln. »Es ist vorbei, Bent. Wir sind sie los. Darling ist tot.« Rasch drückte er ihm den Schnitterstein in die Hand, den er ihm abgenommen hatte, und nahm seinen eigenen Ring aus dem Innenfach des Koffers, streifte ihn an den Finger. Dann sah er mit einem schrecklichen Gefühl der Ungewissheit nach Iva und allen anderen Menschen auf dem Platz.

Tote Tauben trieben im Wasser der Springbrunnen, mehr noch lagen auf dem Pflaster. Hunde und umherstreunende Katzen waren auf dem Platz zusammengebrochen, Blumen welkten und verloren ihre Blüten. Verdorrte Büsche ließen ihr Laub fallen. Doch die Menschen standen noch und sahen sich verwirrt und verängstigt an.

Es hat funktioniert. Konstantin atmete auf. Der Schnitter hatte nur in einem kleinen, unregelmäßig geformten Bereich gewütet, ohne seine volle Kraft zu entfalten. *War der Tod gnädiger als sonst oder einfach verwirrt, weil wir ihm die Leben der Todesschläfer überließen?*

»Keine Toten«, hörte er Marnas erleichterte Stimme in seinem Ohr. Er freute sich sehr, sie zu hören. »Es ist niemand umgefallen.«

»Zwei Omas, denen gerade wieder auf die Füße geholfen wird«, verkündete Thielke. »Keine Leichen.«

Die Besitzer der Vierbeiner untersuchten ihre leblosen Hunde, Kinder stießen verwundert die leblosen Katzen und Tauben an. Immer mehr Stimmen sprachen durcheinander, man wunderte sich lautstark über das Geschehen.

Konstantin erhob sich und ging zu Iva, schloss sie in die Arme. »Es ist vorbei«, flüsterte er ihr zu und drückte sie fest an sich. Sie erwiderte seine Umarmung nicht. »Du bist nicht mehr in Gefahr.«

»Korff! In Deckung!«, schrie Marna in sein Ohr.

Krachend entlud sich hinter Konstantin eine Waffe. Mehrere Schüsse fielen, die sicherlich getroffen hätten – wäre die Warnung eine Sekunde später gekommen. So aber warf er sich rechtzeitig zur Seite und zog die aufschreiende Iva mit sich.

Menschen kreischten. Dumpf dröhnte der LeMat von der anderen Seite des Platzes durch die Menschenstimmen. Chaos brach aus.

»Bleib unten!« Konstantin wälzte sich über Iva hinweg und sah sich nach dem Angreifer um. Er rechnete fest damit, von Windau zu sehen, die aus dem Hinterhalt gefeuert hatte. *Er sagte, dass sie Partner ...*

Aber vor ihm sackte Jester ein zweites Mal zusammen, aus dicken Löchern in der Brust und dem Hals blutend. Er hatte sein Sakko, auf dem nur ein Hauch des Edelsteinstaubs schimmerte, abgestreift und sich auf diese Weise der vollen Macht des Schnitters entzogen. In seiner Rechten hielt er eine Pistole, aus deren Mündung Rauch stieg. Jester sah erstaunt aus. Roter Speichel und Schaum rann über seine Lippen, doch sein Finger krümmte sich wie in Zeitlupe zu einem weiteren Schuss.

Nein! Dem Tod bist du entkommen, aber mir nicht. Konstantin sprang auf, bog den Arm des Mannes mit der Pistole hoch – gleichzeitig knallte es.

Die Kugel fuhr senkrecht durch Jesters Kinn und zersprengte seine Schädeldecke. Hirn, Blut und Hautfetzen spritzten umher. Der LeMat krachte eine Zehntelsekunde danach und fetzte die rechte Gesichtshälfte davon.

Deine gerechte Strafe. Konstantin ließ den Arm los, die Leiche fiel nach hinten um. *Von mir aus kann deine Seele auf ewig auf diesem Platz bleiben. Das ist sogar besser, als vom Schnitter gefällt zu werden. Du wirst keine Erlösung erfahren.*

Die Plaça de Catalunya war fast völlig menschenleer, als Konstantin wieder aufsah. Touristen und Einheimische flüchteten über die Straßen, gingen hinter Bäumen in Deckung. Jemand rief »Terroristen«, erste Sirenen erklangen.

Iva stemmte sich schniefend auf die Beine, was ihr sichtlich schwerfiel. Als Konstantin ihr helfen wollte, wehrte sie ihn mit einem Schluchzen ab. »Lass mich!«

Konstantin schaute sie betroffen an. Er war verwirrt und verletzt, das Blut rauschte in seinen Ohren. »Ich möchte dir …«

»Gut gemacht, Korff. Schauen Sie nach Sastre. Sie hat sich noch nicht bewegt«, empfahl Marna über die Handyverbindung.

»Ich bin gleich zurück.« Konstantin ging neben der Ärztin in die Hocke, die sich wie zur Meditation niedergelassen hatte. Ihr Gesicht wirkte vergreist, verwittert wie Fels.

»Steh auf, damit ich dir aufs Maul hauen kann!« Arctander kam wutentbrannt näher und holte aus. »Das bist du mir schuldig, *arsle!*«

»Gleich.« Konstantin streckte den Arm aus, um ihn mit der Geste zum Schweigen zu bringen. »Professorin?« Er tastete nach ihrem Puls. Die dünne Haut war warm und trocken.

Nichts.

»Was ist mit ihr?«, hörte er Marna aufgeregt fragen.

»Polizei im Anmarsch«, sagte Thielke gleichzeitig. »Weg da, Korff. Wir treffen uns im Hotel.«

Das war nicht vorgesehen. Konstantin fühlte sich schuldig. Er berührte Sastre zum Abschied an der Schulter, erhob sich und hakte die sich sträubende Iva unter, um sie von der Plaça de Catalunya zu führen. »Wir gehen in mein Hotel«, sagte er zu ihr. »Dort erkläre ich dir alles. Ich möchte, dass du weißt, was geschehen ist.«

Arctander folgte ihnen mit einigem Abstand.

Zuerst stakste Iva schluchzend und humpelnd neben ihm her, doch als sie die Straßenseite gewechselt hatten, riss sie sich los und trat einen Schritt nach hinten, weg von ihm. »Ich sagte, lass mich! Ich will nichts wissen«, haspelte sie ängstlich und zeigte auf ihn. »Ich will auch nichts mehr von dir. Gar nichts, verstehst du? Ich hatte es dir doch geschrieben.«

Konstantin glaubte, dass seine Knie gleich nachgaben. Und doch fühlte er bei ihren Worten nicht das, was er erwartet hätte. Unverständnis und Schock, ja, aber da war auch Erleichterung. *Nein. Sie ist verwirrt ... wie ich. Es war zu viel für sie ... für uns.* Sein Verstand drehte sich im Kreis.

Tränen rannen aus ihren Augen, die Wange hinab. »Das ist mir alles zu ... krank. Zu verrückt. Diese Leute, die Entführung, und was sie mit Thorsten gemacht haben, weiß ich auch nicht.« Sie schlug eine Hand vor den Mund, die andere legte sie gegen die Körpermitte. Nach einem tiefen Atemzug sagte sie stockend: »Was, wenn sie ihm etwas angetan haben? Mein Gott, was, wenn sie ihm etwas angetan haben? Dann ... ich wüsste nicht ...«

Er erinnerte sich, dass einer der Cellisten des Orchesters Thorsten hieß. »Wer ist Thorsten?«

Ihr Blick streifte ihn, verlegen und verunsichert. »Mein Freund«, antwortete sie schließlich.

Konstantin stützte sich an der Wand ab. *Das war's.* Nach wie vor waren seine Gefühle eine chaotische Mischung, die es ihm unmöglich machte zu ergründen, was in ihm vorging. Jedenfalls spürte er keine tiefe Verzweiflung, keinen durchdringenden Schmerz, wie es hätte sein sollen.

»Du hast mich sitzenlassen, nach einer wirren Geschichte von Märchen und ... Es tat mir leid, dass ich dich ausgelacht hatte, ich wollte mich entschuldigen. Aber du bist abgetaucht, ich hörte überhaupt nichts von dir und fühlte mich immer mieser. Thorsten war für mich da. Wir redeten, kamen uns näher.« Iva fuhr sich durch das blonde Haar. »Ich … habe versucht, dich zu erreichen, um dir das zu sagen, und … dann erschienen diese Leute. Dieser MI6-Agent …« Sie hob die Schultern. »Tu mir den Gefallen und bleib mir vom Leib. Ich will nichts mehr mit dir zu tun haben. Was immer bei dir vorgeht, es ist mir zu abgefahren. Kümmere dich um deine Leichen und werde glücklich damit.« Iva sah sich um, während sie die Tränen mit der Hand wegwischte, und hinkte auf den Zugang zur Metro zu. Ohne ein Wort des Abschieds verschwand sie auf der Rolltreppe nach unten.

Konstantin seufzte. *Das war's,* dachte er erneut. Er konnte keinen der Gedanken greifen, die durch seinen Kopf schossen. Es waren zu viele, und sie verschwanden ebenso schnell, wie sie auftauchten, doch in den meisten kam Marna vor. Er war von Ivas Eröffnung schockiert, erleichtert, verwirrt, fassungslos, verwundert, gelöst … »Marna, bist du noch auf dem …«

»Wie gesagt, das schuldest du mir.« Arctander baute sich unvermutet vor ihm auf, holte aus und schlug mit der Faust zu. *»Arsle!«*

Konstantin hatte den Schweden vollkommen vergessen, doch trotz der Überraschung hätte er dem lahmen Hieb leicht ausweichen können. Doch er tat es nicht.

Die Faust traf ihn, die Kiefer knirschten, Blutgeschmack füllte seinen Mund. Er hatte die Kraft des schmächtigen Narkoleptikers unterschätzt. Vor Konstantins Augen funkelten Sterne, und er ging zu Boden. Es wurde schwarz um ihn.

Minsk, Weißrussland

Kristin betrat das Universitätsgebäude, in dem das Institut Leben untergebracht war, und stutzte: Der Empfang war unbesetzt. Keine bewaffneten Wächter, keine Telefone, keine Monitore. Lose Kabel hingen aus Buchsen heraus, ebenso in den Ecken, in denen einmal Kameras hingen.

Der Umzug des Instituts lief, und sie hatte den neuen Standort bereits besucht, als sie Miller dort ablieferte. Aber dass die Umzugsfirma dermaßen rasch und gründlich arbeitete, war nicht vorgesehen gewesen. Noch weniger hatte sie angeordnet, die Bewachung aufzugeben. Nach wie vor befanden sich große Teile der Forschungseinrichtung im Haus und im Keller. Vor allem die Cryotanks, die Kältestasiskammern.

Kristin sah auf die Uhr an der Wand, lauschte auf Geräusche.

Die Stille gefiel ihr nicht. Der Fahrstuhl stand, die Generatoren brummten nicht, und die Studierenden, die zu dieser Zeit Vorlesungen im Erdgeschoss hatten, schienen mucksmäuschenleise geworden zu sein.

Sie zog ihre Halbautomatik und ging zum Fahrstuhl, drückte den Rufknopf.

Die Anzeige blieb dunkel.

Kristin fluchte und ging zur Tür, die ins Treppenhaus führte. Das Zahlenschloss war entfernt worden, jeder konnte von hier aus nach oben und unten gelangen.

Sie rannte die Stufen hinauf ins erste Geschoss und entdeckte noch auf der Treppe Flecken auf dem graublau gestrichenen Betonboden, die von chemischen Substanzen und Blut stammten. In einer Ecke lagen zwei verschossene Munitionshülsen, die Tür zum ersten Stock zierten Einschusslöcher und noch mehr rote Flecken, Spritzer und Sprenkel.

Jetzt wusste Kristin, dass die Verlegung des Instituts anders als vorgesehen verlaufen war.

Sie stürmte in den Gang und schaltete das Licht ein.

Zwei Deckenlampen flackerten auf und beleuchteten die Etage, in der es nichts mehr gab außer herabbaumelnden Leitungen und den Lampen an der Decke. Geräte, Betten, sogar die Anschlussstutzen für Sauerstoffleitungen in der Wand fehlten. Kristin könnte genauso gut in einer beliebigen Fabrikhalle stehen.

Ihr Magen zog sich zusammen, ihre Kehle verengte sich. Sie hatte die Einrichtung von Geschoss eins am neuen Standort nicht gesehen. Das wäre ihr aufgefallen.

Irgendetwas war furchtbar schiefgegangen.

»Scheiße!« Kristin rannte hinaus, hetzte die Treppe hinab. Sie schwitzte und keuchte, lief trotz der brennenden Muskeln in ihren Beinen weiter. Sie eilte abwärts, sprang über ganze Absätze hinweg, um so schnell wie möglich in den Keller zu kommen. Die letzten Stufen stürzte sie hinab und überschlug sich, kam hart auf dem Boden auf. Benommen richtete sie sich auf, als sie mit der Hand über ihre Stirn fuhr, war Blut darauf, warm lief es an ihrem Gesicht hinab.

Hier unten herrschte die gleiche Geräuschlosigkeit wie in den Etagen darüber. Die Maschinen schwiegen, CT und Kernspin waren verschwunden.

Kristin fühlte blanke Panik in sich aufsteigen. Sie hastete weiter und riss die Tür zu den Cryotanks auf.

»Nein«, keuchte sie.

Im Schein eines Baustellenscheinwerfers stand ein einziger Behälter, ein einziger von einst fünf. Eine Leiter lehnte daran und führte zur Öffnung des Tanks. Daneben ruhte auf einer umgedrehten Bierkiste ein ans Stromnetz angeschlossener aufgeklappter Laptop.

Kaum trat Kristin einen Schritt in den Raum, leuchtete der Bildschirm auf.

Sie steckte die Pistole ein und betrachtete den Monitor, auf dem ein Film ablief. Er war mit einer Weitwinkelkamera aufgenommen worden und zeigte eine Gruppe maskierter Bewaffneter, die vor einem Haus lauerte.

Kristin erkannte die Männer sofort. Brian und seine Truppe.

Ein Konvoi aus drei Limousinen näherte sich. Sie hielten an, die Türen schwangen auf. Zur Überraschung der Iren sprangen schwer bewaffnete Männer aus den Wagen und eröffneten das Feuer auf sie. Nur zweien gelang es, den Beschuss überhaupt zu erwidern, die übrigen gingen im Kugelhagel unter. Nach kaum einer Minute war das Gefecht entschieden und Brians Kommando ausgelöscht.

Einer der Russen wandte sich zur Kamera und hob den Daumen. Der Film hielt an und ein Standbild erschien: Brians blutverschmiertes Gesicht, das nach drei Einschüssen deformiert und kaum noch erkennbar war.

Auch dieses Bild verschwand, wurde ersetzt von den Umrissen von Anatols schemenhaftem Kopf. Er zog es erneut vor, ihr seine Züge nicht zu zeigen. Seine Art der Bestrafung, indem er ihr das geliebte Antlitz vorenthielt. Der Vory v Zakone schwieg abwartend.

Kristin wusste, dass er sie beobachtete. »D-d-du hättest das Gleiche versucht«, sagte sie fest.

»Sicher hätte ich das. Aber ich wäre erfolgreich gewesen«, gab er kühl zurück. »Das siehst du an deinem ausgeräumten Spielzeuglabor. Ich lasse mich nicht hintergehen.«

Kristin schaute sich um. »W-w-was soll das? Was hast du g-g-getan?« Sie verfluchte ihr Stottern, durch das sie sich schwach und dumm vorkam.

»Das, was ich schon vor zwei Jahren hätte tun sollen: dir die Forschung entziehen und mich selbst darum kümmern«, erwiderte Anatol. »Deine Wissenschaftler arbeiten nun für mich. Sie haben ein neues Klinikum erhalten, an einem Ort, den du niemals sehen wirst. Vorgehensweise und Ziele haben sich ein wenig geändert, Sophia. Doch das Wohl unseres Sohnes steht ungebrochen im Mittelpunkt.«

»D-d-darf ich …«

»*Du?* Du darfst gar nichts!«, unterbrach er sie eisig und bewegte den Kopf, so dass Mund und Nase sichtbar wurden. »Du hast das Leben unseres Sohnes durch deine irischen Bastarde riskiert! Diese Arschlöcher hätten ihn umbringen können. Eine verirrte Kugel, und er wäre tot! Das kann ich dir nicht vergeben.«

Kristin wurde von schrecklicher Verlustangst befallen. »W-w-wohin hast du meinen V-v-vater bringen lassen?«

»In das neue Klinikum. Er hat den Transport in seinem Cryotank gut überstanden«, sagte Anatol.

»W-w-wann kann i-i-ich Eugen …«

»Siehst du die Leiter, Sophia?«

»Ja.«

»Sie ist für dich. Du ziehst dich aus, steigst in den Cryotank und schließt ihn. Sobald du drin bist, wird er aktiviert.« Anatol sprach emotionslos. »Die Ärzte sagten, dass deine Insomnie zu weit fortgeschritten ist, um dir noch helfen zu können. Nicht auf dem jetzigen Stand der Forschung.«

»A-a-aber …« Kristins Verwirrung stieg. »Ich h-h-habe noch ein J-j-jahr.«

»Nein, das hast du nicht. Weil *ich* dir dieses Jahr nehme! Es ist die Strafe für das, was du beinahe angerichtet hättest.« Anatol schlug mit der Faust auf den Tisch. Der Knall ließ sie zusammenzucken, obwohl der Laut nur durch die kümmerlichen Lautsprecher zu hören war. »Weigerst du dich, in den Tank zu steigen, lasse ich deinen gefrorenen Vater mit einer Bandsäge in Scheiben schneiden, und du wirst Eugen bis zu deinem Tod nicht wiedersehen. Das verspreche ich dir.«

Sie hatte zu lange gekämpft. Gegen ihren Körper, gegen die Zeit, gegen andere Menschen. Es schien auf einmal verlockend, einfach aufzugeben. Niedergeschlagenheit, vollkommene innerliche Aufgabe drangen auf sie ein. »W-w-wann sehe ich ihn dann, w-w-wenn ich mich ei-ei-einfrieren lasse?«

»In der Zukunft«, erwiderte er unbarHmerzig. »Bete, dass

deine Forscher die Ziele erreichen, die ich ihnen gesteckt habe. Wenn Gott gnädig ist, erwachst du irgendwann und schließt Eugen mit seinen Kindern und Kindeskindern in die Arme.« Er entzog sich dem Licht, nur ein Ohr und die Schläfe waren noch zu sehen. Anatol wartete ab und genoss seinen Triumph.

Kristin biss sich auf die Lippe. Sie wollte schreien, wollte die Waffe auf den Computer richten und ihn in Stücke schießen, wollte Eugen festhalten und niemals mehr loslassen – doch sie stand hilflos im Keller des ausgeräumten Gebäudes, in dem sie an ihrem Traum vom ewigen Leben gearbeitet hatte.

Stolz, Trotz und Furcht erfüllten sie. Und Hoffnungslosigkeit, die mit jeder Sekunde zunahm und alles andere verdrängte, zuletzt auch das letzte Quentchen Zuversicht auf eine plötzliche Wendung zu ihren Gunsten. Sie konnte nichts mehr ausrichten. Ihr Ex-Mann hatte sie in der Hand.

»Ich m-m-mache es«, flüsterte sie. »Ich m-m-mache es für Eugen. D-d-damit ich ihn eines T-t-tages wieder umarmen darf.« Die Angst schnürte ihr die Luft ab.

»Willst du ihm noch etwas sagen? Ich zeichne es auf und zeige es ihm, wenn er älter ist.«

Sie schüttelte den Kopf. »W-w-was ich ihm zu sagen habe, w-w-werde ich ihm selbst sagen. Egal ob in hundert Jahren oder in t-t-tausend.« Kristin streifte ihre Kleider ab und warf sie auf den Boden.

»Du hast mein Wort, dass ich auf deinen erstarrten Körper aufpasse und Eugen zu einem guten, aufrechten Mann erziehe. Zu einem Vory v Zakone«, verabschiedete sich Anatol. »Er mag zwar deinen Fluch in sich tragen, Sophia, aber wir werden ihn brechen. Ich finde Mittel und Wege. Er wird ein gutes Leben haben.«

Nackt zeigte sie ihren trainierten Körper mit den zahlreichen Ankh-Tätowierungen der Kamera. »W-w-was soll ich t-t-tun?«

»In den Tank steigen und den Deckel schließen. Auf dem Boden liegen Messelektroden, die du an dir befestigst. Die kleinen auf der Brust, die beiden größeren an den Schläfen. Es werden Männer kommen und das Gerät bedienen.«

»Ich s-s-sehe niem-m-manden.«

»Sie sind da. Vertrau mir.« Anatol hob die Hand zum Gruß und verstummte.

Kristin erklomm die Leiter und schwang sich über den Rand des Tanks, ließ sich an den glatten Wänden mit den vielen kleinen Öffnungen hinabgleiten. Im schwachen Licht, das von oben durch die Öffnung drang, klebte sie die Elektroden an sich fest. Danach stellte sie sich auf die Zehenspitzen, um den Deckel zu schließen.

Es klackte, als sie ihn nach unten zog und in die Verriegelung einrasten ließ.

Kristin setzte sich auf den kalten Boden aus Hartgummi, zog die Beine dicht an ihren Körper heran und legte den Kopf auf die Knie. Es war einsam in der metallischen Dunkelheit, in der es nach nichts roch.

Sie wusste nicht, ob Anatol seine Worte ernst gemeint hatte. Sie traute ihm alles zu. Er konnte sie einfrieren und wirklich mit einer Bandsäge zerschneiden lassen; an einen Plastinator geben; ihre Forschungen nicht weiterführen; sie an Schweine und seine Dobermänner verfüttern; sich um sie kümmern und sie in fünfzig Jahren auftauen lassen. Bei Anatol gab es nichts Unmögliches.

In ihrer übergroßen Angst konzentrierte sie sich auf Eugens hübsches Gesicht. Falls man im erstarrten Zustand träumte, wollte sie mit guten Bildern im Verstand vereisen. Sie stellte sich vor, wie er wohl aussah, wenn er älter wurde. Eugen würde als junger Mann viele Freundinnen haben und sie gut behandeln. Da war sie sich sicher.

Kristin lächelte.

Über ihr klickte es mehrmals. Die Profis waren aufgetaucht und bereiteten das Einfrieren vor, das mit Hilfe von flüssigem Stickstoff und ein paar anderen Tricks geschehen würde.

Aus den vielen winzigen Düsen in der Metallwand des Tanks strömte mit aggressivem Zischen eisige Luft, welche die Temperatur rasch auf Minusgrade sinken ließ.

Sie erinnerte sich seltsamerweise an einen Satz von Jean de la Bruyère. *Der Tod, welcher der Hinfälligkeit zuvorkommt, kommt zur besseren Zeit als der, welcher ihr ein Ende setzt.*

In ihrem Fall wählte sie weder Tod noch Hinfälligkeit.

Sie überlistete den Schnitter, indem sie ein Stadium dazwischen einnahm. Nicht wahrhaft und ewig tot, aber doch nicht lebendig.

Kristins Puls verlangsamte sich, sie zitterte, klapperte mit den Zähnen und wurde müde. Sie erfror ganz allmählich. Sobald das Herz anhielt, würden die Männer den flüssigen Stickstoff einleiten, der sie dann umflutete und bis in die kleinste Zelle schockfrostete.

»Eugen«, flüsterte Kristin und freute sich auf den Moment, in dem sie die Augen erneut öffnen und in sein Gesicht schauen durfte.

Dann blieb ihr Herz stehen …

Barcelona, Spanien

Als Konstantin wieder zu sich kam, lag er in einem weißen Krankenhausbett.

Gott im Himmel oder sonst wer: Lass mich nicht in von Windaus Institut gelandet sein! Schnell sah er sich in dem Einzelzimmer um.

Neben ihm saß Marna auf einem Stuhl, hatte einen Laptop auf dem Schoß und schrieb darauf. Sie trug wieder ein Businesskostüm, grau und weiß. Die kastanienbraunen Haare lagen streng nach hinten, auf der Nase saß eine Brille. Er räusperte sich.

»Einen Moment, Korff«, bat sie und wandte die Augen nicht von ihrem Bildschirm.

»Sicher.« Er hob eine Hand zu seinem schmerzenden, geschwollenen Gesicht. Seine Finger stießen auf eine Maske. *Was ist das denn?* »Haben Sie einen Spiegel, Frau Herbst?«

Marna tippte einen letzten Buchstaben und sah ihn an. »Nein. Aber eine eingebaute Kamera.« Sie drehte den Laptop.

Konstantin sah sich im Bett sitzen. Eine Maske, die das Krankenhaus aus dem Fundus des Phantoms der Oper geklaut zu haben schien, lag auf seinem Gesicht. »Was soll das denn?«

»Bent hat Ihnen das Jochbein und noch zwei andere Knochen gebrochen«, erklärte sie. »Die Ärzte fanden es besser, die Frakturen zu sichern.« Marna lächelte. »Er ist zurück nach Schweden geflogen. Thielke begleitet ihn. Er wird sich melden, sobald sie sicher angekommen sind.«

»Ein neues Traumpaar, wie es aussieht.« Konstantin musste lachen, dann stöhnte er. Es tat weh. »Da wehre ich mich einmal nicht, und das ist das Ergebnis.«

»Es wäre vermutlich schlauer gewesen, dem Schlag auszuweichen. Aber Sie sind auch unglücklich gefallen.« Sie lehnte sich nach vorne. »Außerdem hatten Sie es verdient, Korff. Das müssen Sie zugeben. Es war nicht nett, was Sie mit ihm gemacht haben.«

»Es wäre nicht anders gegangen.« Konstantin sah die Plaça de Catalunya vor sich, er sah Sastre, die sich geopfert hatte. *Die ich geopfert habe.* Nach wie vor glaubte er, dass der Tod an diesem Tag Milde gezeigt hatte und es bei einer Warnung an die überlebenden Todesschläfer beließ, indem er lediglich Pflanzen und Tiere tötete. Konstantin verstand es als Mahnung, seinen Schnitterring niemals abzulegen und die Wut des

Schnitters heraufzubeschwören. Er strich mit einem Daumen über den Ring. »Wie lange liege ich hier schon?«

»Ziemlich genau einen Tag. Ich habe den Ärzten alles gesagt, was sie wissen mussten. Mein Spanisch ist gut.«

»Und das haben die Ärzte mitgemacht?«

»Wo ich doch Ihre *Schwester* bin, Korff. Ich habe sie mit meinem Charme sogar dazu gebracht, Ihnen den Ring zu lassen«, entgegnete sie mit einem Augenzwinkern. »Nach meinem Ausweis fragte niemand. Barcelona hat gerade andere Sorgen.« Sie schaltete die Kamera des Laptops aus und rief eine Nachrichtenwebseite auf.

Dort wurde über den Fluch der Plaça de Catalunya spekuliert. Manche Experten schlossen inzwischen aus, dass der Zwischenfall von dem russischen Gas verursacht wurde, da die Menschen davon ebenso betroffen gewesen wären wie die Tier- und Pflanzenwelt. Andere behaupteten, der Grund für die ausbleibende Katastrophe sei eine fehlerhafte Gasmischung gewesen.

An gesicherten Fakten blieben sechs tote Ausländer übrig, von denen einer ersten Erkenntnissen nach von Igor erschossen worden war, sowie eine Einheimische, die exakt in der Mitte des Platzes auf dem Stern kniend verstorben war. Mystiker und andere Irre sprachen von kosmischen Strahlen, die sich im Stern der Plaça de Catalunya gebündelt hätten. Logische Erklärungen gab es keine, die Ermittlungsbehörden vermuteten einen Streit unter Terroristen.

Konstantin fühlte immer noch Erleichterung, dass alles vorbei war, doch die Schuldgefühle blieben. »Ich habe Sastre auf dem Gewissen«, sagte er schleppend. *Sie hätte noch vielen von uns helfen können.*

Marna berührte ihn aufmunternd an der Hand. »Sie hätte nicht mehr lange gelebt, Korff.«

»Wie kommen Sie darauf?« Er sah sie überrascht an. »Sind Sie unter die Todseherinnen gegangen?«

»Nein, aber Frauen gehen zusammen aufs Klo. In der Tapas-Bar. Ich kam aus der Kabine und sah, wie sie Tabletten schluckte. Morphin. Sie hatte Darmkrebs und war im Endstadium. Mehr als drei Monate hätte sie nicht mehr gehabt.«

»Das wusste ich nicht.« Konstantin war nur zum Teil beruhigt. Er musste an Iva denken, wie sie die Metro-Treppe nach unten gegangen war. Zu Thorsten. Sein schlechtes Gewissen wegen der Nacht mit Marna schwand. Er fühlte sich nicht mehr verwirrt, die Erleichterung hatte sich in den Vordergrund geschoben. Das verwunderte ihn zwar, doch es belastete ihn nicht.

»Sie beschaffen mir schnellstens hunderttausend Euro, die ich der Börse zukommen lasse, damit ich behaupten kann, ich hätte die Opale ganz legal und offiziell verkauft.« Eine vorwitzige Haarsträhne fiel ihr ins Gesicht, sie blies sie zurück. »Ich nehme an, Sie können das arrangieren? Über den Tod von Darling freuen sich bestimmt einige Ihrer Freunde, wenn ich das richtig verstanden habe. Freunde, die solvent sind?«

Konstantin nickte. Er würde Kontakt zu den verbliebenen *Topor's Men*, zu *Schlafes Brüder* und den *Deathsleeper*s aufnehmen. »Es kann sein, dass Sie bald viele Bestellungen bekommen«, sagte er und hob die Hand, an der sein Schnitterring prangte; im anderen Arm steckten Infusionszugänge.

Er dachte daran, sämtliche Organisationen über den Zusammenhang zwischen dem Fluch der Todesschläfer und den Gevattersteinen zu informieren. Die *Traumdrachen, Kalis Gedanken,* die *Thuggee Nidra* und die *Traumwindkrieger* – es gab sicherlich einige in deren Reihen, die ein Geschäft mit dem Schnitter eingehen wollten. Diejenigen, welche die Option auf ein normales Leben ablehnten, konnte Thielke dann mit seinem LeMat zur Strecke bringen. *Sie haben die Wahl.* Richtig einverstanden war Konstantin mit Thielkes Methode immer noch nicht, aber der Mann würde sich nicht von seiner Mission abbringen lassen. »Die Todesschläfer werden Opale brauchen. Sie wissen ja, auf was es ankommt. Als Eingeweihte.«

»Das freut mich. Von der Provision könnte ich mir ein richtig neues Auto kaufen.« Sie lachte. »Ach, und ich bin ja Besitzerin des *Ars Moriendi.* Vielleicht klappt es sogar schon früher mit dem Auto.«

»Richtig«, murmelte er. »Da war was.«

»Sie können mich ruhig *Boss* nennen, Korff. Aber keine Sorge. Sobald ich mein Geld habe, inklusive der 50 000 für meinen Audi, bekommen Sie den Laden zurück.« Marna erhob sich und verstaute den Laptop in ihrer Schultertragetasche. »Sie entkommen mir nicht, Korff. Und wie Sie sagten, ich bin mittlerweile eine Expertin in der Materie der Todesschläfer. Sie werden mich noch mehr als einmal brauchen. Also schätze ich, ich werde *Ihnen* genauso wenig entkommen.« Sie hob die Hand zum Gruß. »Übrigens müssen Sie noch eine Woche zur Beobachtung bleiben. Schlafen Sie sich gesund.« Für ein paar Sekunden wurde ihr Blick weicher und füllte sich mit Zuneigung, bevor die professionelle Distanz in die rötlich grauen Augen zurückkehrte. »Wir sehen uns morgen. Ein Handy habe ich Ihnen in die Schublade gelegt.« Marna wollte das Zimmer verlassen.

»Frau Herbst?«

Sie blieb stehen. »Ja?«

»Wollen wir uns nicht duzen?«

Marna überlegte und nahm die Tasche mit dem Laptop in beide Hände. »Kann ich machen, Korff.« Sie grinste, wandte sich auf dem Absatz um und ging hinaus.

Konstantin grinste ebenfalls. *Ja, du hast recht. Ich werde noch viel mit dir zu tun haben.*

Dann nahm er das Handy aus der Schublade. Er musste etliche Telefonate führen. Es ging um Geld und Edelsteine und die Suche nach neuen Todsehern und -seherinnen. Sie waren die größte Hoffnung auf ein normales Leben für Menschen seiner Art.

Eine Krankenschwester kam herein, noch bevor er die erste Nummer gewählt hatte. Das Tablett mit dem Mittagessen auf einer Hand balancierend, rieb sie sich mit der anderen am Hals herum, als wollte sie etwas entfernen. »Holà«, grüßte sie ihn. »Hier kommt das Essen. Schonkost und leicht zu kauen, damit es nicht zu weh tut, Señor.« Sie entfernte die Abdeckung und präsentierte Kartoffelpüree mit beinahe zu Brei gekochtem Erbsengemüse. »Sagen Sie, habe ich da einen roten Fleck?« Sie beugte sich nach vorne und zeigte auf ihren Hals.

Konstantin konnte nichts entdecken. »Nein. Nichts.«

»Dann hat sich Ihre Schwester getäuscht.« Sie lächelte und stellte das Tablett auf das kleine Tischchen. »Guten Appetit, Señor. Später kommt der Doktor und erklärt Ihnen, was Sie in den kommenden Wochen lieber lassen sollten, solange Sie die Maske tragen. Wünschen Sie mir Glück: Heute absolviere ich meinen ersten Fallschirmsprung.«

»Viel Glück. Und danke für die Information.« Konstantin wartete, bis sie aus dem Zimmer verschwunden war, bevor er das Handy wieder zur Hand nahm und den ersten Anruf tätigte. Der Harlekinopal in der Silbernelkenfassung leuchtete auf. *Sobald ich aufstehen kann, werde ich Sastres Grab besuchen.*

Es klickte, der Anruf wurde angenommen. »Namaste«, sagte eine Männerstimme.

Konstantin stockte. Er hatte mit Durga gerechnet. Im Hintergrund hörte er sie lachen.

Warum eigentlich nicht? Er konnte genauso zuerst mit einem seiner Feinde sprechen, auch wenn er sich mehr über eine Unterhaltung mit der Inderin gefreut hätte. Er wollte sich mit Korff melden, aber dann überlegte er es sich anders. *Paukenschlagmethode.* »Hier ist Oneiros.«

Knappes Schweigen, dann: »Den Namen hörte ich schon lange nicht mehr.«

»Es war nicht leicht, die Nummer eines *Thuggee Nidra* herauszubekommen. Sogar euren Kunden verschließt die Angst die Lippen. Den meisten zumindest«, log er, damit Durga nicht in Verdacht geriet, sie stünde mit ihm in Kontakt. »Es gibt Neuigkeiten, Yama.« Er sah zum Fenster hinaus, blickte in die Sonne und schloss die Augen, während er eine schwache Spur von Marnas Parfüm einatmete. Erinnerungen an die Nacht mit ihr stahlen sich unpassenderweise in seine Gedanken. »Was würdest du dazu sagen, wenn ich dir eine Methode beschreibe, die Todesschläfer für den Schnitter sichtbar macht und ihnen ein beinahe normales Leben ermöglicht?« Gespannt wartete Konstantin auf eine Erwiderung.

»Ich würde annehmen, dass es ein Trick ist, und ablehnen.«

»Und wenn es *keiner* wäre?«

Yama, der Anführer der *Thuggee Nidra,* zögerte, bevor er mit Bedacht erwiderte: »Ich fürchte, es würde mir gar nicht gefallen. Es brächte Unruhe in die Reihen der Thuggee, es gäbe Befürworter und Gegner. Ein Krieg unter Brüdern und Schwestern könnte ausbrechen, und das ist alles andere als wünschenswert. Es würde mir noch weniger gefallen, dass es jemanden gäbe, der von einer solchen Methode wüsste und mich gegen meinen Willen zu einem gewöhnlichen Menschen machen kann. Ich bin ein Auserwählter und will es bleiben.«

Konstantin hielt das Telefon umklammert und lauschte mit klopfendem Herzen. *Er klingt alles andere als begeistert.* Die Drohung des Inders war bei ihm angekommen.

Yamas dunkle Stimme bekam einen scharfen Unterton. »Ich fände es klug, wenn du mir sagtest, dass es *doch* ein Trick ist. Dann könnte ich beruhigt ablehnen, und alles wäre gut.« Er hielt kurz inne, als wollte er Konstantin Zeit zum Überlegen geben. »*Bist* du klug, Oneiros?«

Das Märchen vom Schnitter und vom Schlaf

Die ungleichen Brüder Schnitter und Schlaf stritten sich, wer der Mächtigere von beiden sei.

»Ich beende jegliches Leben«, prahlte der Schnitter und legte eine Knochenhand an die Kette aus Todessteinen, die er um den Hals trug.
»Ich bringe den Menschen Erholung, sende ihnen Träume, die sie erheitern, erschrecken, aufrütteln, inspirieren, ihnen neue Wege zeigen«, hielt der Schlaf dagegen und legte seine schlanken Finger an die Kette aus Träumen, die seine Brust zierte. »Du vermagst die Menschen zu töten, aber ich gebe ihnen so viel mehr. Ich bin der Mächtigere.«
»Und doch fahren sie am Ende in mein Reich, da können sie so viel schlafen und träumen, wie sie möchten«, höhnte der Schnitter grimmig. »Ich kann Schlafende töten, aber du den Toten keine Träume bringen. Ich stehe über dir, Bruder.« Mit langen Schritten eilte er davon, um seiner Aufgabe nachzugehen.
Der Schlaf ärgerte sich und wollte es seinem Bruder heimzahlen.
So wählte er heimlich Menschen auf der ganzen Welt aus, um sie mit einem Zauber vor den Augen des Schnitters unsichtbar zu machen. Er verband seinen Spruch mit einem Edelstein, den er aus der Kette seines Bruders gestohlen hatte.
Doch der Schlaf war ein Schalk obendrein.
Damit sein Bruder unentwegt an die Schmach erinnert würde, dass der Schlaf der Mächtigere von den zweien sei, verlieh er seinen Schützlingen die Fähigkeit, den Schnitter in ihrem Schlummer zu verlachen und zu beleidigen. Es sollten Chöre erschallen, aus allen Ländern der Erde, die sich über des Schlafes Bruder lustig machten.

Und so geschah es.

Als der Schnitter zum ersten Mal das Gelächter hörte, wunderte er sich.
Als er die Schmähungen hörte, ärgerte er sich.
Als er die Beleidigungen vernahm, tobte er.
Der Schnitter raste um das Erdenrund und suchte die Stimmen, die es wagten, ihn zu verhöhnen. Aber sosehr er sich bemühte, so wenig fand er sie. Er kam zwar in ihre Nähe, doch er sah sie nicht.
»Wo stecken sie?«, brüllte er. »Ich höre sie doch! Es sind Menschen, die mich verlachen. Ich muss sie für ihre Frechheit bestrafen!«
Der Schlaf frohlockte. »Ich habe sie erschaffen, mein lieber Bruder. Ihr Schlaf soll dich immer daran erinnern, dass ich mehr Macht besitze als du.«
»Welch Torheit! Deine Auserwählten mögen leben, mein lieber Bruder, aber alles, was um sie herum lebt, wird sterben und nie mehr träumen können«, grollte der Schnitter. »Ihr Tod soll dich immer daran erinnern, dass ich mehr Macht besitze als du.«

So trennten sich die Brüder in tiefstem Zwist.
Und solange die Auserwählten in ihrem Schlaf den Tod verlachen, solange …

… werden der Schnitter und der Schlaf ihren Streit nicht beilegen.

Konstantin Korff

Abspann

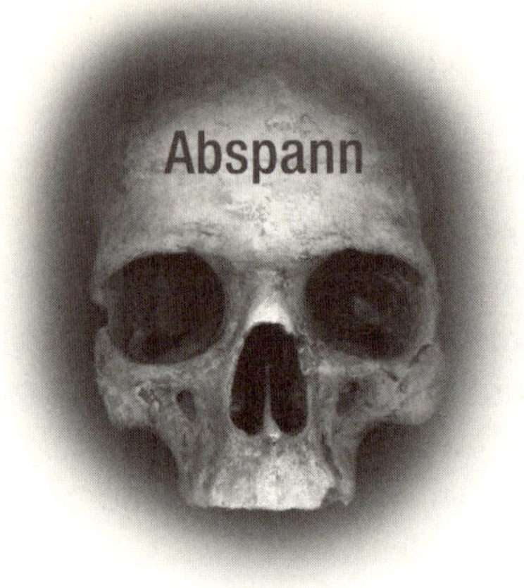

Wie ich in so mancher Lesung im Vorfeld des Buchs versprochen hatte: keine Vampire, keine Werwölfe, keine Dämonen.

Eine Rückkehr zum bekannten Sammelsurium an unheimlichen Gestalten schließe ich nicht aus; dazu gefallen sie mir zu gut.

Aber für mich war es an der Zeit, etwas Neues anzupacken. Die unbedingte Abwechslung musste her.

Und die Idee der Unsterblichkeit eines Menschen *ohne* die klischeehaften Vorteile fand ich faszinierend. Vom Tod nicht vergessen, aber unsichtbar für den Schnitter.

Mit ONEIROS wollte ich zeigen, dass man das klassische Motiv in neuem Licht zeigen und dass es für die Leserinnen und Leser überraschend sein kann – zumindest hoffe ich das sehr.

Inspiriert wurde ich durch alte Märchen und die Vorstellung darin, dass die Lebenden mit dem Gevatter interagieren, mit ihm verhandeln, ihn überlisten – und ihm über kurz oder lang doch nicht entgehen.

Heraus kam ein Buch, das vielleicht sogar ein bisschen zum Nachdenken über das eigene Leben anregen möge. Es kann schneller vorbei sein, als man möchte.

Mein Dank geht an die Testleserinnen Tanja Karmann, Yvonne Schöneck, Petra Ney und Sonja Rüther, die mir geholfen haben, paradoxerweise Tod und Unsterblichkeit gleichermaßen auf den Fersen zu bleiben.

Bedanken möchte ich mich auch bei Lektorin Anne Rudolph, die ich gelegentlich verwirrt und überrascht habe. Sie hat wiederum mit ihren Anmerkungen dafür gesorgt, dass die Verwirrung den Lesenden erspart blieb und sich nur die Überraschung hielt.

Damit die Beschreibungen der thanatologischen Eingriffe korrekt sind, habe ich das Bestattungshaus Kuckelkorn in Köln gebeten, die Szenen zu prüfen. Für die Hinweise und Verbesserungen meinen Dank an Christoph Kuckelkorn!

Apropos fachliche Informationen: Ich sage danke an das Universitätsklinikum des Saarlandes in Homburg, speziell an Roger Motsch von der Pressestelle, der das Interview mit Professor Dr. Joachim Oertel, Direktor der Klinik für Neurochirurgie, organisierte.

Und natürlich einen besonderen Dank an Professor Dr. Oertel selbst, dass er mich mit den Fragen zur Hirntransplantation nicht von vorneherein als Spinner betrachtet hat. Wie es jetzt aussieht, weiß ich nicht, hoffe jedoch das Beste!

Wer sich für die Musik von LAMBDA interessiert, die Korff im Roman hört, wird hier fündig: www.lambda-band.de. Und auf dem zweiten Album, das im Mai 2012 erscheint, auch mit dem herrlichen Gesang von Mareike Greb.

Es sei gesagt und empfohlen: eine Gruppe, die aus dem Rahmen fällt, sowohl live als auch auf CD.

Es ist wichtig, dass es Künstler gibt, die Musik und Texte auf ihre Weise interpretieren, wobei sie davon ausgehen müssen, nicht von der Masse entdeckt zu werden.

Weiter so!

Auch ich war tätig und habe ein paar kleine Stückchen zusammengebaut, sozusagen mein laienhafter Soundtrack zum Roman. Keine Angst, ich singe nicht …

Zu finden sind die Songs im Internet auf MySpace, und dort unter dem Namen The_Mahet's. Viel Vergnügen dabei!

Produzenten können sich danach gerne bei mir melden.

Was als Nächstes kommt?

Wieder Werwölfe, Vampire, Dämonen?

Eine Fortsetzung von ONEIROS habe ich nicht vorgesehen, auch wenn man niemals »nie« sagen sollte. Immerhin steht Korffs Antwort in dem Telefongespräch am Ende des Buchs noch aus.

Da mir jedoch gelegentlich vorgehalten wird, ich könnte keine Bücher mit einem echten Schluss schreiben (was nicht stimmt, da die Geschichten zu Ende erzählt sind), könnte ich an dieser Stelle verraten, wie die Antwort ausfällt.

Tue ich aber nicht.

Ein Schluss ist es dennoch. Korff muss selbst schauen, wie es weitergeht, bevor ich eines Tages möglicherweise in die Welt der Todesschläfer zurückkehre. Ich finde den unaufgelösten Schluss des Films *Inception* grandios. Buchautoren sollten sich die gleiche Freiheit nehmen, was ich hiermit gerne tue.

Vielleicht unternehme ich einen Ausflug in die Welt der Thriller und gebe ihm meine eigene Note?

Die Ideen werden mir zeigen, wohin die Reise geht.

… ach ja, die Drinks zum Buch.

Bitte daran denken: Bewusst genießen, wie die Werbung empfiehlt. Diese Drinks sind hartes Zeug und nichts für Leute unter achtzehn Jahren. Gut, vielleicht der Mata Hari. Der dürfte auf einem Kindergeburtstag ausgeschenkt werden. Aber Achtung: Chai macht lebendig!

Der leckere **Red Russian** *(Korff Style)*

1. Je 3 cl Wodka und 3 cl Kirschlikör in ein Glas geben.
2. Drei Eiswürfel hinzugeben. Drei Minzblättchen mit einem Stößel oder einem Löffel überrollen, damit die ätherischen Öle austreten können, und in das Glas geben.
3. Kurz umrühren. Fertig.

Für die alkoholfreie Fraktion: **Mata Hari** *(Kristin Style)*

1. 0,2 l ungesüßten Chai-Tee in einen Shaker geben, dazu 2 TL Zucker, 2 cl Grenadine-Sirup, 2 cl Zitronensaft, ein Spritzer Rosenwasser, Eiswürfel.
2. Kräftig durchschütteln.
3. In ein Cocktailglas seihen, mit getrockneten Rosenblättern garnieren.

Der ultimative **Fresh Death** *(oder auch Mahet's)*

1. Je 4 cl Lime Juice und Wodka *(nicht den billigsten und keinen aromatisierten)* in einen Shaker mit Eiswürfeln geben. Kurz umrühren, damit sich die Zutaten mischen und abkühlen.
2. Ein großes Stück Orangenzeste schneiden, in den Shaker geben. Alles gut schütteln.
3. In ein Glas mit zwei Eiswürfeln abseihen, frische Orangenzeste hinzugeben.

Wer zum Abschluss jetzt noch ein lustiges Lied zum Thema Tod hören will, dem empfehle ich die Gruppe *Knorkator* und den Song *Wir werden alle sterben.*

Recht haben sie!

Aber man kann dennoch bis dahin viel erleben.

Wohlsein, Cheers to the Lost und Nastrovje!

Markus Heitz
im Herbst 2011

Kurz-Interview mit Prof. Dr. Joachim Oertel, Direktor der Klinik für Neurochirurgie des Universitätsklinikums des Saarlandes in Homburg/Saar.

Sein Arbeitsschwerpunkt liegt in der Entwicklung und Etablierung neuer innovativer Operationstechniken. Dabei beschäftigt er sich insbesondere mit minimal-invasiven Verfahren. Für seine wissenschaftliche Tätigkeit erhielt Oertel zahlreiche Preise.

Markus Heitz: Die Experimente, die im Roman von der Gruppe um Kristin von Windau durchgeführt werden, basieren auf den Arbeiten der Ärzte White und Demikhov, die nach heutigen Maßstäben grausamste Tierversuche an Hunden und Affen vorgenommen haben. Sie rechtfertigten sich damit, dass man diese Transplantationsverfahren bei Unfallopfern anwenden könnte, um ihnen ein neues Leben in einem neuen Körper zu ermöglichen.

Spricht man in der heutigen Ausbildung noch über diese Ärzte oder die damaligen Versuche?

Prof. Dr. Oertel: Im Studium hatte ich nie von den beiden gehört. Deren Experimente und Thesen waren nicht Gegenstand von Vorlesungen; im Alltag als Arzt danach begegneten mir deren Arbeiten auch nicht.

Allerdings erinnere ich mich, jetzt, wo Sie mich danach fragen, die Filmaufnahmen mit den transplantierten Affen gesehen zu haben. Das ist schon sehr lange her. Ich denke nicht, dass einer meiner Mitarbeiter den Film kennt.

Markus Heitz: Ich nehme nicht an, dass die Ideen der beiden Ärzte auch nur ansatzweise von der modernen Medizin in Betracht gezogen werden?

Prof. Dr. Oertel: Allgemein lässt sich zu der Thematik sagen, dass, je komplexer ein Organ ist und je umschriebener seine Funktion, desto wahrscheinlicher ist es, dass ein künstlicher Ersatz entwickelt wird. Das ist für gewöhnlich der Weg, den die Forschung einschlägt, um Komplikationen durch Transplantation oder Restauration zu minimieren. Auch wenn der künstliche Ersatz noch weit schlechter als das Original ist.

Beim Gehör und beim Auge hat man große Fortschritte gemacht. Aktuell forscht man auch nach der Wiederherstellung des Riechsinns.

Es gibt in Europa aber durchaus unseriöse Forschungen, bei denen Querschnittsgelähmten gegen Zahlung von sehr viel Geld Stammzellen injiziert werden und ihnen Hoffnung auf vollständige Genesung gemacht wird. Das ist nicht vertretbar.

Allerdings kann man sagen, dass auf dem Gebiet der Prothetik und durch die Anwendung von Stammzellen enorme Entwicklungen erreicht wurden.

Markus Heitz: Wenn man über den Homburger Campus läuft, entdeckt man doch schon geheimnisvoll klingende Hinweisschilder, auf denen »experimentelle Chirurgie« und »experimentelle Neurochirurgie« steht.

Als Autor, der im Genre »Horror« unterwegs ist, schnellen Bilder wie von selbst empor – aber was wird wirklich dort gemacht?

Prof. Dr. Oertel: Die experimentelle Neurochirurgie ist seit etwa dreißig Jahren auf dem Campus. Es geht uns um die Erforschung neuer Operationstechniken oder auch um die Wiederherstellung von Nerven, wie Hör- oder Gesichtsnerv. Experimente werden dazu in der Zellkultur oder am Versuchstier durchgeführt.

Bei unserer Forschung geht es u.a. darum, wie man Hirnblutungen in den Griff bekommt. In unserer modernen Gesellschaft schlucken viele Menschen sehr selbstverständlich Blutverdünner, was bei Operationen am Hirn zu einem großen Problem wird. Wir tauschen dazu beispielsweise Teile des Schädelknochens einer Ratte gegen Plexiglas aus, um unmittelbar beobachten zu können, was im Hirn nach Verabreichungen eines Medikaments geschieht. So erlangen wir Aufschlüsse über die Vorgänge und Wirkungsweisen.

Markus Heitz: Angenommen, es gäbe skrupellose Ärzte, wie sie die Anti-Heldin im Buch um sich versammelt, die für Geld und falschen Ehrgeiz alles tun: Zu was wären sie imstande? Mit den heutigen Möglichkeiten?

Prof. Dr. Oertel: Im Moment ist die Transplantation eines Gehirns als solches oder eines Kopfes nicht möglich; der Verstand eines Menschen beziehungsweise der Kopf kann nicht einfach in oder auf einen Spenderkörper umgesetzt werden. Dazu ist das Gesamtgebilde zu komplex und sind die Steuerungsfunktionen der Nerven zu umfangreich. Das war damals der

Hauptdenkfehler der Ärzte. Sowohl Kommunikation als auch Sensorik würden nach einer solchen Transplantation nicht funktionieren.

Was aber sehr wohl vorstellbar wäre: Angenommen, man hat ein unversehrtes Hirn plus das dazugehörige Rückgrat und Rückenmark – es wäre möglich, durch unmittelbare Anschlüsse vom Rückgrat zu Muskelgruppen eine Steuerung dieser Muskeln zu ermöglichen.

Abgesehen davon gibt es in den USA die Tendenz, Tote unmittelbar nach dem Ableben mit der Absicht einzufrieren, sie zu einem späteren Zeitpunkt aufzutauen und mit moderneren Mitteln wiederbeleben zu können. Manche beschränken sich dabei nur auf den Kopf.